梦断金戈

穹庐传（二）

姜兆文 著

多线索的铺陈，网状发展脉络
跌宕起伏的情节，壮丽与柔美兼具的风格
呈现了生动鲜活、惊心动魄的历史画面

内蒙古文化出版社

图书在版编目(CIP)数据

梦断金戈/姜兆文著. - 呼伦贝尔:内蒙古文化出版社,2018.2
ISBN 978-7-5521-1417-1

Ⅰ.①梦… Ⅱ.①姜… Ⅲ.①长篇小说-中国-当代 Ⅳ.①I247.5

中国版本图书馆 CIP 数据核字(2018)第 028161 号

梦 断 金 戈

姜兆文 著

责任编辑	白 鹭
出版发行	内蒙古文化出版社
	(呼伦贝尔市海拉尔区河东新春街4付3号)
印刷装订	三河市华东印刷有限公司
开 本	710 毫米×1000 毫米 1/16
印 张	30.50
字 数	469 千字
版 次	2018 年 2 月第 1 版
印 次	2020 年 6 月第 2 次印刷

ISBN 978-7-5521-1417-1
定价:75.00 元

写 在 前 面

我早就渴望出个全集，对写作生涯作个总结。但又知道，我此生只从事长篇小说创作，全集只能是长篇小说的汇总。这在小说界虽说未必绝无仅有，毕竟少之又少。但内蒙古文化出版社丁永才编审告知，决定给我出全集，这令我喜出望外。

原以为这事很简单，但干起来却很不简单。特别是重新排版后的校对，既繁重，又需细心和耐力。结果，我的家人（妻子傅玉玲、儿子姜耆、儿媳胡小丹、女儿姜睿、女婿苏舟、孙女姜思齐、外孙女苏乔）都加入到这项单调乏味和令人生厌的工作中。特别要提到的是我的儿子姜耆。他才华出众、为人厚道，操作电脑的水平出类拔萃。他的文字功底甚至在我之上。为了我的全集早日问世，他决然放弃了自己宏伟的写作计划。有时为了一个词、一个字的妥帖，不仅要看原书、原稿，甚至翻遍辞书。这使我的全集少了许多遗憾之处。有这样的好儿子，是上天对我的眷顾，我期望他陪我到终老。可是，上天却又在我感到我的儿子如此宝贵的时候，把他夺走了！竟让我这年近八旬的白发人哭送四十四岁的黑发人！呜呼哀哉！痛杀我也！痛杀我也！……

在我的全集付梓之际，我要感谢儿子为我做过的一切，愿他的在天之灵安息。

我还要再一次表达对内蒙古文化出版社和丁永才先生的诚挚的谢忱。没有他们的努力和心血，便不会有我这部全集作为厚礼送给爱子姜耆，送给朋友，送给世人！

姜兆文

2017 年 10 月 31 日于海拉尔

内 容 提 要

　　本书是长篇小说《穹庐传》的第二部。内容紧承上部《王爷的末日》。继续以格力图尔和科尔丹少爷两个主人公之间的矛盾冲突为中心，在更加宏阔的背景下和更广阔的地域上，展开了20世纪初哲里木盟(今通辽)蒙古族人民以及盛京(今沈阳)、宽城子(今长春)的清朝将军、沙俄侵略者、义和团将士等各种人物之间错综复杂的斗争。几个主要人物都历尽了死里逃生，颠沛流离，孽海苦乐，人间荣辱。格力图尔在义军失败后走过了一条苦难的道路，思想逐渐成熟起来；科尔丹在经历胜利的欢欣后，终被逐出王府，家破人亡，离开故土。其他人物也或有最后的归宿，或有一个新的前途。

　　作者继续发挥其在结构故事上的多线索的铺陈、网状发展的特点，使故事情节起伏相因，连峰迭浪，时而星移斗转，物是人非；时而刀光剑影，惊心动魄；时而细流潺潺，柳暗花明；时而大河奔涌，风雨骤至。读来莫测高深，引人入胜。

主要人物表

格力图尔：哲里木盟牧民起义军的副统帅，后为盛京新军哨官。
额勒瓦奇尔：哲里木盟牧民起义军统帅，后被博克拿多处斩。
乌日娜金：哲里木盟牧民起义军的女营统领，格力图尔的恋人。
奈曼乌勒：哲里木盟牧民起义军的统领。
索伦扎鲁：哲里木盟牧民起义军的统领，后成为沙俄及日本间谍。
江　　风：哲里木盟牧民起义军参事。
道　尔　吉：哲里木盟牧民起义军护卫营副统领，索伦扎鲁出卖义军的同伙。
松　和　拉：格力图尔的传令兵，死于索伦扎鲁之手。
巴兰森格：原名班卡，乌日娜金的母亲，哲里木盟著名女盗魁，后成为东辽河义和团首领。
王　绍　祖：巴兰森格的义子，义和团首领，曾成为哲里木盟牧民起义军侦察队长。
巴音赛克图：义和团成员之一，格力图尔的朋友。
科　尔　丹：哲里木盟代理盟长，镇压起义的组织者，后被博克拿多逐出王府。
斯　　琴：科尔丹的母亲。
哈　　森：科尔丹的妻子，与斯琴同死于博克拿多之手。
库　　玛：科尔丹的驭手、侍从。
曼　都　拉：热河都统处副都统，清廷"剿逆"军统帅。
王　世　祺：王绍祖的父亲，盛京西三营管带，协同科尔丹镇压牧民起义

　　　　　　后，飞黄腾达。

增　　　祺：盛京将军。

吴　隆　义：奉天提法史，死于赘婿王世祺之手。

敖　尔　敦：格力图尔的舅父，曾任喀喇沁旗协理。

业 喜 海 顺：色旺诺尔布桑保的儿子，图什业图王府的末代王爷。

博 克 拿 多：哲里木盟协理台吉。

索拉吉辽夫：沙俄驻华使馆商务参赞，东三省沙俄间谍头子。

维 连 斯 基：华俄道胜银行吉林分行副总经理，后兼沙俄侵略军军需官。

卡 西 诺 夫：沙俄护路军哥萨克上尉。

奥 古 洛 夫：卡西诺夫的翻译官。

乔 本 三 郎：日本间谍，公开身份是珠宝商，索伦扎鲁的合股人。

1

公元1900年(光绪二十六年)7月下旬一个酷热的中午,乌珠穆沁东边古老的驿路上,出现一支由八个人和三十只骆驼组成的商队,无声无息地迟缓地向东行进着。被烈日烧黄的天空和烤焦的草野,铺满厚厚一层尘埃的滚烫的驿路,都一动不动地沉寂着。好像一切生命都已在可怕的酷热中完结,唯有这支可怜的商队仍在做着毫无希望的挣扎。

当然,一切自然的力量都不可能把人类顽强的生命力量整个地夺走,但就我们看到的这支商队来说,能活到眼下这个时候,也实在不容易。他们原以为,夏末踏上归途,天气一定会凉爽宜人。哪里料得到,当他们从西乌珠穆沁启程取道哲里木盟向洮南进发的时候,老天爷突然逞起威风,把大地烧成了一个密封的火罐。这就给这支倒霉的商队带来了一个接一个的灾难。十只骆驼倒毙了,三个患了热病的脚夫做了他乡之鬼。他们曾为了跪下去就死活不再起来的驼队,急得哭天号地。他们也曾为了追逐魔鬼幻化出的溪流和庙宇,在广袤的沙碛里迷失了路径。只要看一看终于又走上驿路的商队的幸存部分,看一看那倒下的驼峰,变了形的驼蹄,看一看坐在驼峰间无精打采、摇摇欲坠的两个俄国商人,看一看六个牵着骆驼、似乎由于外力的牵引才机械地迈动双腿的赤足汉,就能想象得出,他们经历过怎样艰难的行程。

这一切终于即将过去了。因为坐在驼峰间的卢敏采夫,透过炙热的蒸腾的黄雾,看见了图什业图王府时隐时现的闪光的琉璃瓦顶。他的精神为之一振,呆板的挂满灰尘的脸上,多少显露出尚未消耗殆尽的生命的痕迹。他慢慢回过头,想把这一喜讯告诉他那些昏然欲仆的同伴,以便使这个奄奄一息的狼狈队伍振奋起来。他估计,他们离图什业图王府至多有四十里,如果加一把劲儿,当天夜里就能赶到。他相信,只要提到索拉吉辽夫的名字,肯定会受到博克拿多协理的热情款待。但似乎已经干透了的喉咙，未能把他的思想变成声音，干裂的几乎失去知觉的厚嘴唇企图在嘴角扯出一个可见的微笑，也未能做到，只是令人难以觉察地微微翕动了两下，便又将异常沉重的戴着宽檐凉帽的头，深深垂到胸前。不过，那王府辉煌建筑的瓦顶，毕竟具有绝处逢生的诱惑力，使他疲惫的半僵的躯壳里那颗尚在跳动的心，变得兴奋起来。刹那间，一百天来的种种险遇和不幸，又在如梦如烟的记忆里清晰和生动起来。同时，他看见了普救众生的耶稣头顶的圣光。他的心里不再痛骂让他把商队的足迹扩展到西乌珠穆沁的飞黄腾达的索拉吉辽夫，而是无数次地画着十字，默默地祷告道："伟大的主啊，我终于感到了你无所不在、无所不能的神力。你像从饿狼口中夺回了羔羊、像从漩涡里拉起了溺水者一样，使我在绝望中看到了希望。我要永远赞颂你的大慈大悲……请不要抛弃我们这些有罪的生灵吧，保佑我们在这最后一段路上不再出现魔障，别让我们碰上比妖怪更可怕一百倍的蓝眼大盗吧……"这个运气不佳的俄国商人祷告到这里，心里陡然一阵战栗，眼睛恐怖地大睁开来，脸上的皱纹也像回光返照一样，一下子减退了不少。他过去听人传说过，有一支像魔鬼一样的强盗队伍，活动在哲里木盟境内，在山林里有几处无人敢问津的秘密巢穴，为首的是一个叫巴兰森格的女强盗。索拉吉辽夫曾目睹这个女盗魁削去博克拿多的一只耳朵。现在他们专门打劫商队，凶狠异常，落到他们手里的俄国人，能生还者实在寥寥。据说，这些骑马持刀的强盗，都一律长着蓝色的大胡子，因此被称为蓝髯贼，传来传去，竟成了蓝眼贼了。如果这个只剩下几口残喘的商队遇上了蓝髯贼，不要说抵抗，连逃跑的力量也不会有了，只能乖乖地任其宰割。但这个坐在驼峰间的商队主人，在过去的一段长途跋涉里，由于在种种艰险中挣扎以及和不幸的命运苦斗，从未想到过这支强盗队伍。现在，当地狱一样的沙碛已远远落在身后，富丽堂皇的图什业图王府和繁华的洮南府都近在眼前，终于可以舒一口气的时候，他就不能不想到那些入耳惊心的传闻了。

"但愿这四十里的行程平安无事。"卢敏采夫在心里一边无声地自言自语，一边胆战心惊地巡视着驿路两边逐渐多起来的灌木丛，生怕在那枯萎的枝叶间突然树起一排索命的利刃。继而他又有些宽心了，想道，这样的热天，头发都会被烤焦，那些强盗不在窟穴和林木间乘凉睡大觉，反而会钻到闷死人的灌木丛里来遭罪吗？

正当这个倒霉的俄国商人找到自我安慰的理由,紧张的心理又放松下来,垂落下沉甸甸的眼皮,头颅抵到汗淋淋的胸口,变得昏然欲睡的时候,好像从天空中突然发出一声尖利的呼哨,霎时从驿路两边的灌木丛里飞出几十条壮汉,鼻子下面都兜着一块和帽子相连的蓝布,使人无法看清他们的面孔。说时迟,那时快,一眨眼工夫,三十只骆驼的头都离开各自的躯体,滚落在驿路的滚烫滚烫的尘土上了。强盗们实指望会有一场厮杀,但商队的全体成员却像一摊泥一样瘫在路旁,没有任何反抗的举动和表示,甚至连眼睛都不想睁一睁,那样子好像在说:"这样躺着睡一觉真够舒服了。"不用说,强盗们满足了这八个人的愿望。八个人里,只有卢敏采夫在身首分离前看清了他的索命者,并且自我解嘲地矫正了自己的错误:"这群魔鬼都长着密密的蓝胡子,怎么说是什么蓝眼贼呢?正应该叫他们蓝髯怪才对……"只可惜,他无法把自己这个重要发现去告诉朋友和所有世人了。

　　一支满载而归的商队,就这样在离图什业图王府四十多里的驿路上消失了,昏黄的天空下,只剩下五十多个大汗淋漓的强盗。

　　只有感到自己是天地间真正的强者,那获得的胜利才有意义和值得炫耀。但这五十多个强盗却没有产生这样的自豪感,因为瘫卧在脚前的商队太好对付了,好像不是他们手里大刀的威力,而是商队自己倒毙的。他们感到缺少点儿什么,或者说是不过瘾。特别是,在他们即将离开家乡,跟随尊敬的首领远走辽河前夕的最后一次行动,竟这样毫无生气地草草结束,真是太不惬意,太遗憾了。所以,在首领到来之前,他们理所当然地要补充一场真正的厮杀。否则,将是对力量和尚武精神的可耻亵渎,甚至连脚前的商队财物也不能心安理得地运回营寨。

　　"过来!"一个人跳了个跨马蹲裆式,用刀尖点着对面的同伴,"一对一,干!"

　　立刻有人响应,纷纷跳到垓心,两两相对,拉开了阵势。他们先是叉开腿在原地旋转着跺脚,踏起了一阵烟尘。然后,同时发出一声狂喊,大刀片交织到一起,发出欢快的叮叮当当的响声。其他人,则围着拼斗的同伴,有节奏地踏着脚,呼着号,表示助兴和狂欢。如果从远处看,这里涌动的尘雾一定在表明正进行一场激烈的搏斗。这样的对打,虽说不至有人死去,却往往避免不了有人受伤。这次厮杀的结果,就有三个人被刀尖划破了皮肤,但却没有人指责对方,都哈哈大笑着拥抱在一起。他们获得了精神上的满足。

一阵奇特的狂欢结束了。他们估计首领也即将到来,便各自收好大刀,准备清理战场。正在这时,他们看到,东边升起一片烟尘,并顺着驿路滚滚而来。他们确信,以这样速度顺着几无行人的荒凉驿路飞奔而来的人马,若不是王府的造反者队伍,就肯定是已不复存在的俄国商队的接应者。他们知道,自己的首领正是因为和造反者的统帅闹了别扭才准备远走他乡的,因此,也就成了敌人。

五十多个强盗立即亢奋起来,飞快地以头目为顶点,聚拢成一个锥形队伍,准备展开一场真正的搏斗了。

这一天对渴望厮杀流血的强盗们真是太不幸了。不仅天气的酷热使他们几乎失去本性,焦躁得想互相切开胸膛,而且碰到的商队竟没有一点儿抵抗能力,未费吹灰之力就完满解决,正兴奋地准备填补上一点生动的内容,而那烟尘,却在眼前涌动几下逐渐散去,显露出来的只是一辆马车。车上装着一个看起来很重的包裹。驾车人的身上全是尘土,脸上是尘土和汗水的混合物,几乎无法分辨出嘴和鼻子,他正用那黑亮的眼睛里闪出的惊愕神情,看着和自己相距咫尺的令人生畏的蒙面强盗。强盗们很快排成半月形,把来人和马车紧紧围住了。

站在最前面的一个厉声问道:"喂!你是干什么的?"

"这你们看得出来——赶路的。"驾车人毫无惧色,大大方方地说道,并微微一笑,露出很好看的雪白的牙齿,"你们有人会认识我。如果你们除去鼻子下面的蓝布块,我也会找出我的熟人。"

"你倒挺会饶舌!"第一个说话的小头目尖刻地冷笑道,"你可知道你今天遇到了什么人?"

"人?我好像碰到一群杀人越货的强盗。"

"哼!就算你说得对吧。那你一定会猜出我们怎么对付你!"

"当然猜得出。你们会闪到两边,请我继续赶路。"

"做梦!我们从来没给人闪过路。碰到我,算你运气好,你和那些商人一同赶路去吧!"

驾车人轻蔑地撇了一下嘴,讥笑地说:"那我可真够幸运了。可是你为什么不问问我是谁?把你们首领请来,要不,痛痛快快地放我过去,到山寨去找她。"

"好大的胆量!凭你这些话,你会被剁成肉酱!你的选择只有:躺下,或

者跪下！说吧,怎么个死法？"

"躺下？跪下？哼！你想逞逞威风,你的武艺多高强啊！"

"闭住你这张臭嘴！我还没碰到过敢和我顶撞的人呢！我今天就要叫你知道,油腔滑调会有什么下场！来吧,驾起你的车,从我们的刀丛中钻过去！我要让你和你的马车都成为粉末！"

"你不怕这样有伤你们这群英雄的体面吗？"

小头目回头看了部下一眼,突然仰头哈哈大笑起来。笑声停下后,他大声说道："好！我们总算碰到了一个不怕死的人。——接着！"说着把手里的大刀扔给驾车人,然后对身旁的一个人说道："古斯克①,你和他一对一干一下。"

"不,等一等。"赶车人掂了掂手中的大刀说道,"狮子怎么能和狼斗？要凭我的力气,可以一下子斗你们五个,那又太伤你们的尊严了。我看,你们来两个吧。"

"好样的！——巴热勒②,你也上！"

"一只狼,再加一只虎。这还有点儿意思。可你们干吗围得水泄不通？都散开,让出个空场,免得我的刀伤了别人。"

"别耍滑头！"强盗头目说道,"我知道你的鬼主意,我们一闪开,你就赶车逃跑。对吧？"

驾车人略一思忖,很快回身把马从车辕间卸下来,牵到车旁,把缰绳在车轮上打了一个"胡子扣"③,然后举起刀,说道："闪开点儿,两个送死的人过来吧！"

人们真的闪开了,让出了一个足够三个人施展刀法的空场。

周围的强盗又在跺脚助威了。

"开始！"强盗头目喊道。

古斯克和巴热勒开始向驾车人进攻。后者一边巧妙地躲闪,一边讥笑着说："你们是哪位蹩脚的祖师爷传授的刀法？没有一点儿路数！古斯克还不如土拨鼠,巴热勒纯粹是条狗！"

---

① 古斯克即狼的意思。
② 巴热勒即虎的意思。
③ 这种扣,只要一拉绳头即可解开。

古斯克和巴热勒被骂得性起，进攻得越来越猛烈。三个人很快被耀眼的刀光包围了，刀片频频相击，发出阵阵令人心悸的铿锵声。围观者兴奋得欢呼起来。

突然，古斯克和巴热勒的大刀同时向后退的驾车人劈去。这时，只听驾车人一声巨吼，身体早已旋到进攻者的身后，只见他飞起两脚，那两个倒霉的对手"噗"的一声，脸朝下倒去。驾车人发出一阵狂笑，并把大刀朝空中抛去。

正在强盗们被这个惊人的场面弄得目瞪口呆的时候，驾车人一个箭步蹿到马车前，伸手去拽缰绳。只要有两秒钟的时间，驾车人就会腾身上马飞驰而去……

然而，驾车人并没有跑掉。因为正当他的手拽住了绳头时，突然有一只热得发烫的手抓住了他的腕子。驾车人恼怒地扬起左臂，准备把又大又硬的拳头猛击过去。

"放下！格力图尔。"

像是从天外飞来的女人的说话声，一下子使疯狂的格力图尔冷静下来。他放下左臂，右手松开缰绳，猛地跪下去，哭着喊道："班卡妈妈……"

"起来，我的孩子。"巴兰森格深情地说，伸手拉起格力图尔，并递过去一块手帕，"擦擦你的脸，满是灰尘了。别生这些莽汉的气，连我也一时没有认出你来。"

那些向车旁围过来的人得悉面前的人是格力图尔，都大吃一惊。他们知道，格力图尔即将成为首领的贵婿，惹下他，那还了得？但他们看出，微笑着的巴兰森格并没有怪罪他们的意思，才放下心来，纷纷除去遮面的蓝布，向格力图尔道歉，大家用一阵开怀大笑结束了这场小小的误会。

巴兰森格看了看倒毙的商队，对部下说道："把东西运回山寨！"

人们兴奋而响亮地答应一声，迅速向驿路北边的一片丛林奔去，那里隐藏着他们的坐骑和运载货物的车辆。

驿路上暂时寂静下来，巴兰森格问道："格力图尔，你们的事情一定很顺利吧？"

格力图尔愉快地说："非常顺利。实在痛快！"接着，他就把三天前如何围攻王府；色旺诺尔布桑保王爷如何为情势所逼，不得不毁墙出逃；起义者穷追不舍，将王爷围困在格根庙，并历数王爷四十八条罪状，王爷知道大势

已去,不得不引咎投缳的经过,从头到尾讲述了一遍,最后结束道:"……就这样,这个干尽坏事的王爷被我们撑到地狱里去了。"

巴兰森格点头赞叹道:"干得真漂亮!我替你们高兴……"她略一停顿,接着问道:"乌日娜金找到你了吗?"

格力图尔脸一红,说道:"我们一直在一起。她很快活。大家都很高兴。我们离开格根庙,快马加鞭赶回王府,希望从此能不再离开你。可是,当我们跳下马背,奔进王府时,才知道你又返回山寨了。"

巴兰森格叹了口气说道:"是呀,我返回山寨了……我及时地离开了我不该久留的地方。"

格力图尔用疑惑不解和充满期待的眼神,盯着巴兰森格紧蹙的双眉,问道:"班卡妈妈,你为什么不愿意和我们在一起?"

"不愿意和你们在一起?"巴兰森格似乎在向自己发问,并微露焦躁和痛苦的心绪,来回踱了几步,又仰起沉思的面孔,怜惜地看着格力图尔,"不,你不明白……你没问问额勒瓦奇尔吗?"

"他说,你更习惯流寇生涯,不喜欢义军的拘束和有条不紊。他还说,你不仅要回山寨,还打算离开哲里木盟。但他的话,我一句也没听懂。"

"是呀,我是打算把人马带到东辽河,那里早有人来找我入伙。这一点,额勒瓦奇尔说对了。但他说我不喜欢义军,那是不对的。我怎能不喜欢义军?那里有我的同乡,有我最爱的人……唔,格力图尔,我问你,你来找我,是给我送行还是想挽留我?"

"我受很多人的委托,请你回去。"

"委托……"巴兰森格沉吟道,"很多人?有乌日娜金吗?"

格力图尔惊异地说道:"你怎么了,班卡妈妈?女儿要比别人更盼望母亲的。"

"那么,她为什么不同来?"巴兰森格飞快而严厉地说道,"难道你们不知道,女儿的挽留要比其他人更有力量吗?"

格力图尔极力解释道:"她刚刚获得一套非常漂亮的毡帐,正忙于在里面布置。她说,她等着把你迎进这座毡帐……"

巴兰森格生动而矍铄的眼睛里曾一度闪射出兴奋的亮光,很快又黯然了。她那仍旧很细腻很动人的脸上十分凄楚地抽搐几下,然后无力地垂下头,喃喃自语道:"看来,她对一切都很满意,她不需要母亲的抚爱了……"

格力图尔弄不懂自己的哪一句话刺伤了巴兰森格的心,显得委屈和急切地说道:"不,班卡妈妈。乌日娜金……"

"不要说了!"巴兰森格严厉的口气,使格力图尔感到骇然地闭拢了嘴巴,"不要说了……"她又重复了一句,但这一次却像从胸膛里滤出的沉重而悲哀的呻吟,令格力图尔心里一阵寒栗。

过了一会儿,巴兰森格激烈起伏的胸脯终于平复下来,用那失神的眼睛扫了格力图尔一眼,长长出了一口气,尽量放低声音说道:"我明白了……是的,明白了。我不再是她想象中的母亲,那个母亲名叫班卡。我是巴兰森格,是个失去了母性温柔的比男人还可怕的女强盗。——听着!"她挥手制止住要说话的格力图尔,然后看着格力图尔焦躁不安的脸,继续说下去,"有你和她在一起,我可以放心地离去。你要多关心她,替我……"巴兰森格说到这里,嗓子里一阵哽咽,说不下去了。

格力图尔的心急成一团火,涨红的眼睛里涌出一汪又辣又涩的热泪,他猛地伸手抓住巴兰森格的胳臂,大声说道:"你永远是我们的班卡妈妈,永远……不要丢下我们,我们需要你……"

巴兰森格闭上眼睛,听着格力图尔从心底里发出的真情的呼喊,似乎受到了感动。但她尽力克制着自己,向自己不断发出警告,坚定着经过深思熟虑所作出的抉择。当她又睁开眼睛时,格力图尔心惊胆骇地发现,她那双深邃的眼睛里已见不到刚才还闪动的悲哀和凄凉,却充满了凛然、冷峻和逼人的光。

"格力图尔,不要说了。我心里非常清楚。你们有额勒瓦奇尔,我在这里是多余的。"

"两个人领着我们干,总比一个人强。额勒瓦奇尔才智超群,面善心慈,你们会合得来的……"

"你相信他也希望我留下吗?"

"我想他是希望你留下的。"

"傻瓜!你车上装的是什么?"

"是额勒瓦奇尔叫我带给你的。他说,如果你实在不回去,就算他赠送的旅资。"

"我早就猜到了,哼!'如果实在不回去……'你还不明白吗?格力图尔。"

"不，不明白。"

"那你就回去慢慢想吧。我对你说，格力图尔。我如果想留下，他撵不走我。我不是为了满足他的愿望才决定离去。不是的。假如我提前半天接到你们叫我下山的邀请，假如我带领人马下山时你们还没有攻破王府，假如追击王爷的是我的部下，也就是说，假如我和你们一道拼杀过，那我会毫无愧色地站在额勒瓦奇尔的身边，去做你们的领袖。可事实并非如此，我是作为一个局外人被你们的威严的统帅客客气气迎进大殿的。难道我会允许自己无尺寸之功而去收获你们的胜利果实吗？"

"班卡妈妈，你过虑了。打破王府，围攻格根庙，你在不在都一样，我们取胜的信心至少有一半是你给的。我们会永远尊敬你……"

"不对，格力图尔，你说得不对。这不会一样。你们的一千多人里，并非各个都是格力图尔和奈曼乌勒。当我在王府里接触了高贵的额勒瓦奇尔并度过了一个难熬的夜晚后，我就看出了我在未来的日子里将充当怎样可悲的角色。我是宁可远走他乡，也不甘心仰人鼻息，受人冷眼，被当作寄人篱下强颜作笑的食客！"

格力图尔知道自己在用语言表达思想和说服别人上是个低能儿。但他不认为巴兰森格说的无可非议。在他看来，额勒瓦奇尔是个忠厚的长者，心胸像草原一样宽阔，绝不会容不得人。肯定是巴兰森格太多心了，而且又固执又偏狭。

此时，巴兰森格的部下已骑着马或赶着车返回到驿路上，并立即着手装载商队留下的全部财物。有人把一匹高大的坐骑牵到巴兰森格的身边。

巴兰森格接过缰绳，对沉思中的格力图尔说道："格力图尔，你不必再多费唇舌了。谁来挽留都没有用，包括乌日娜金……"

"那我们就和你一起走！"

巴兰森格摇头笑道："你想让人骂我拆义军的台吗？我不会那样干。我把女儿都留下了……"

"可我不能这样离开你。我和你上山寨好了。"

"哪里还有什么山寨？我的大部分人马已叫巴音赛克图带领，昨天就离开山寨了。要不是我们探知有一支商队将经过这里，你是不会这么巧见到我的。回去吧，额勒瓦奇尔的馈赠我拜受了。——来人，把车上的东西拿去！"

"不！班卡妈妈,我不会放你走！至少请你暂时不要离开哲盟。"

巴兰森格有些生气地厉声道:"这是唯一正确的选择！留下来就会成为你们的累赘。听懂了吗?"

"不懂!"格力图尔也大声说道,"我一辈子也不会明白你为什么抛下我们！但是,不管我懂还是不懂,我的马车将永远跟在你的身后,直到你跟我返回王府！"

巴兰森格怜悯而又怨恨地看了格力图尔一眼,一咬牙,飞身上马,对她的部下喊道:"留下三十个人,挡住格力图尔,不准他前进一步,哪怕你们被他砍死三分之二！你们要在这里等到太阳落山,我带领剩下的人马上山拔营起寨,在预定的地方等着你们!"说完,抖动缰绳,坐骑带着她飞驰而去。

格力图尔看着远去的巴兰森格的背影,脑袋里轰然作响,又好像空然无物。他又看了一眼面前的三十条壮汉,恨不得手里有一条钢鞭,将他们一下子全劈得粉碎。但他既没有去追赶巴兰森格,也没有去和挡住道路的三十个人拼命。突然,一股异常委屈的热泪涌上双眼,他紧闭的嘴唇一抖,猛地伏在马背上哭了起来,心里在大声地说着:"乌日娜金呀,你有一个多么冷酷而又固执的妈妈呀！……"

2

乌日娜金自从在格根庙追上格力图尔,几天来,一直处于高亢的兴奋和极大的欢悦之中。过去以为永无穷尽的苦难,似乎在顷刻间全都隐退了,生活中只剩下了快乐和幸福。她的眼睛里总是流动着迷人的柔波,睫毛显得比以往更长更黑,脸上的红晕像初放的野百合那样鲜艳,嘴角旁的两个小巧的笑靥时隐时现地不停跳跃着。不少人赞叹地说,当年的忽兰[①]恐怕也不见得比她更美。就连曾和她一起给科尔丹的父亲当牧奴的索伦扎鲁,也觉得她比以前更漂亮更可爱,在帮助她支起毡帐以后,一边擦汗一边微笑着说:"乌日娜金,你真漂亮。只有你才配住这样的毡帐。"

乌日娜金垂下眼帘,娇嗔地说:"你净瞎说!"不过,她在心里并没怪罪索伦扎鲁的放肆,她觉得这些曾患难与共、死里逃生的同伴,在感情上比过去更加亲近,索伦扎鲁也好,奈曼乌勒和松和拉也好,都像自己的亲兄弟一样。至于索伦扎鲁说的毡帐,乌日娜金也觉得很美,甚至有点儿美得过分。

这座毡帐造型奇特,就像在一个雪白的圆柱上戴着一个宽檐尖顶的红帽子,而且装饰十分华丽,毡裙和穹顶的衔接处的突出部分,围着一圈金黄色的垂绦,还挂着八个黄铜风铃。据说,这座既轻便又豪华的毡帐,是色旺诺尔布桑保王爷在世时,花了一大笔款,请独具匠心的巧手工人制作,准备给福晋出游时使用的。但这位从京师下嫁的性情怪僻的格格,不赏王爷的脸,连看也没看过一眼。索伦扎鲁协助额勒瓦奇尔清理王府时,在仓库里发现了这件世间宝物,便拿来送给了乌日娜金,在格力图尔驾车走后,又亲自帮助她支了起来。现在它像炫耀自己的华美似的立在义军女兵营当中,显得格外耀目增辉。

[①] 成吉思汗最宠爱的妻子,著名的美女。

索伦扎鲁见乌日娜金害羞地垂下头,便赶忙转换话题说:"乌日娜金妹妹,说真的,你喜欢这座毡帐吗?"

乌日娜金抬头注视着耀人眼目的毡帐,说道:"非常喜欢。你真是好哥哥。"

索伦扎鲁高兴地搓着手说:"听到乌日娜金妹妹夸奖一句,我的心快飞出来了!"

"不过,那些风铃和垂绦太扎眼,我看还是弄下去好。"

"千万别弄掉!弄掉太可惜了……唔,天不早了,快吃早饭吧。然后就休息,你们一天一夜马不停蹄地奔波,该累了。等格力图尔回来,还要开三天庆功宴呢。"索伦扎鲁刚走两步,又回过头来,"乌日娜金,你说你妈妈能回来吗?"

乌日娜金一边用右手捋起被汗水粘到额上的头发,一边不经意地说道:"我想,能吧。"

索伦扎鲁走后,乌日娜金草草吃了早点。但她还很兴奋,毫无困意,便又开始整理她的新居。她先是把毡帐外的风铃和垂绦扯下来,接着开始对毡帐里的布置用起心思。毡帐正当中靠里应放上一个小方桌,上面是茶具和她的书籍;方桌两侧是皮褥,一边是妈妈的,一边是自己的;对了,紧靠方桌要有两把矮椅,格力图尔来时好坐,另一个当然是自己坐,以便读书给两个最亲近的人听……

正在她羞红脸设想着种种生活中的新场面时,跑进来两个自认为又俊俏又伶俐的少女,问她是否想要一个宿伴或传令兵什么的。

乌日娜金笑着说:"如果妈妈不来,我是一定要找一个宿伴的,等着好了。"

一个少女打趣地说:"乌日娜金姐姐,你是不是想在这里布置新房,准备迎接新郎啊?"

"胡说!"乌日娜金跳起来,威胁地扬起拳头。两个少女带着一串笑声飞出毡帐了。乌日娜金自己也忍不住笑了。

到了下午,她终于按着设想把毡帐里布置完毕。她估计,格力图尔当晚不会返回王府。她也实在累了,便躺在皮褥上沉沉睡去。这一觉,她一直睡到金乌西坠,玉兔东升……

在甜梦中,乌日娜金突然听到有人喊她的名字。她以为一定是格力图

尔回来了,便睁开眼一骨碌爬了起来。借着月光,她看清站在门口的并非格力图尔,而是瘦小的逗人喜爱的松和拉,正大喘着气瞪着焦急万状的眼睛看着她。

"松和拉,什么事急成这样?"

"乌日娜金姐姐……"松和拉费劲儿地说道,"索……索伦扎鲁。他,他把哈森……抢来了!"

"什么?"乌日娜金大吃一惊,睡意跑得无影无踪了,"你再说一遍!"

"索伦扎鲁把……把哈森抢来了。"

"竟有这种事?你怎么知道的?"

松和拉咽口唾沫说道:"我想去接格力图尔,刚走到岔路口,看见索伦扎鲁骑马跑过来,马背上还驮着一个女人,我躲在树后仔细一看,那个女人正是哈森。到了阿斯楞的毡帐前,索伦扎鲁把哈森扔到地上,边下马边说:'高贵的科尔丹夫人,该偿还那一鞭子的债务了。'还说了好多难听的词儿。我知道我过去也没用,便跑回来找人。王府我进不去。别人谁敢管?那些哨卡全归索伦扎鲁管。奈曼乌勒离得远,格力图尔没回来,我就找你来了……"

乌日娜金清楚地记得同哈森以及科尔丹的母亲斯琴度过的那段难忘的日子。她们处得很融洽,斯琴还教会了她读书。如果知道哈森将遭受不幸却不挺身相救,那是对不住斯琴的。再说,格力图尔曾发誓,不准任何人伤害科尔丹,他若知道此事,肯定会火冒三丈,大发雷霆的。她在刹那间闪过的那些往昔的情景,使她不由得气愤地咬牙骂道:"这个人面兽心的坏蛋!"也顾不得梳理睡乱的长发,快步跑到外面去鞴马。

乌日娜金跳上马背后,向松和拉问道:"阿斯楞是谁?他的毡帐在哪儿?"

松和拉回答道:"阿斯楞是索伦扎鲁手下的小头目,管三个哨卡。他的毡帐就在南边的岔道口,跟前有两棵柳树。"

"知道了。我先去,你快去告诉奈曼乌勒大哥。"

松和拉爽快地答应一声,催马而去。

乌日娜金把马头转向南边,刚想伏身磕镫,却见一人匆匆朝她走来,她从那落地有声的脚步、宽肩下有力地摆动着的双臂上,一眼就看出,这正是格力图尔。她心里一阵激动,大喜过望地喊道:"格力图尔!这么快就回来了?"

　　格力图尔也看出马背上的姑娘是他思念的和要立刻见到的乌日娜金,他紧走几步,抓住缰绳问道:"你这是要上哪儿去?我找你……"

　　"等一等。"乌日娜金打断格力图尔的话,"索伦扎鲁把哈森抢来了,要报他的一鞭之仇。我想去看看。你来得正好,一起去吧。"

　　格力图尔一听,吃了一惊,不由倒抽了一口冷气,问道:"当真?"

　　"那还有假?是松和拉亲眼看到的。"

　　"这个龟孙子!他要是真……我要了他的命!——该死,我没骑马!"

　　"坐到我后边,快!"

　　格力图尔伸手抓住鞍鞒,纵身跃上马背,坐在乌日娜金的身后,双手紧紧抓住她的腰缠。

　　乌日娜金喊了一声"坐好",便抖起缰绳。一匹马载着正在热恋中的,此刻却被怒火燃烧的两个年轻人,向一个可能产生罪恶的毡帐风驰电掣般驰去。

　　在坐骑的疾驰中,感到愧疚而一直忐忑不安的格力图尔,简单叙述了一遍见到巴兰森格的经过。他原以为乌日娜金听后会伤心地嘤嘤啜泣和埋怨他的拙嘴笨腮,甚至做好了被推下马去的准备。但出乎他的预料,乌日娜金既没啜泣,也无怨言,却只是平静地说:"她自己不愿意来,有什么办法?"

　　乌日娜金对此事淡然处之的冷漠态度,使格力图尔感到一阵寒栗,险些失手跌落马下。

　　乌日娜金回头关心地嗔怪道:"小心点儿,你怎么了?"

　　"没事儿。"格力图尔说完,不再开口了,心里却不住地想:"真奇怪。一个是不等见一见女儿就不告而辞,一个是听说母亲远走他乡毫不动情。真是奇怪!……"

　　格力图尔正在思绪纷乱地想着,觉得坐骑猛停下来,使他的脸整个压在乌日娜金柔软温热的脊背上了,他赶快直起身问道:"到了?"

　　"下去吧。最后一段路我们得步行。如果听到马蹄声,索伦扎鲁会把哈森藏起来。那样就麻烦了。"

　　格力图尔顺从地跳到草地上,又顺从地跟着乌日娜金,快步向岔道口的阿斯楞的毡帐走去。

3

　　索伦扎鲁的复仇怒火,是在一个偶然的时刻突然燃起的。

　　还是在早晨,他迎接了格力图尔凯旋的队伍并帮助乌日娜金支好毡帐后,兴致勃勃地返回王府,踅进西大殿的内室。这是他获得额勒瓦奇尔的准许,为自己准备的宿处。在这里,他藏着一个名叫乌云其其格的姑娘,是已故王爷逃跑时丢下的舞女,长得很漂亮,满身喷射着引诱男人的脂粉味,而且在轻狂和菜肴的烹调上功夫俱佳。索伦扎鲁已享受了三天的口福和艳福了。这天早晨,乌云其其格又用引起索伦扎鲁食欲的佳肴和引起索伦扎鲁淫欲的媚态,使这个志得意满的人心旌摇曳,免不了又和她尽情调笑一番。

　　后来,依偎在索伦扎鲁怀里的乌云其其格,娇滴滴地说道:"我猜你准是个勇士。"

　　索伦扎鲁骄傲地一笑,问道:"你凭什么猜得这么准?"

　　"凭这个。"乌云其其格用滑润的手指轻抚着索伦扎鲁脸上的一道长长的疤痕,"这准是跟人决斗留下的。"

　　当时,索伦扎鲁的脸一下子红到脖颈,那道疤痕涨得像一条紫色的毛毛虫,趴在那里。他一下甩开怀中的女人,跳到地上,几步跨到屋外。羞辱和仇恨一齐向他袭来,整个身体像掉进了火海。他清楚地记起,四年前他家道中落,成了扎布曼都的牧奴。有一次,他见还在当侍女的小哈森从他独居的毡帐门前过去,他捺不住欲火地想把哈森拖进毡帐。哈森拼力挣脱后,哭喊着去找扎布曼都老爷。结果,他遭到一顿毒打,最后,扎布曼都亲手在他脸上狠抽一鞭。从此,那道虫子一样的鞭痕便永远印在他的粗糙的脸上了。他恨哈森,更恨扎布曼都,时时想报这一鞭之仇。但他一直在无穷无尽的苦难中挣扎,跟他形影不离的只有望无尽头的苦役和时时招手的死神。只求能活下去的意念统治了他全部身心后,他对这件事的记忆渐渐淡薄了,甚至忘了脸上有一道显眼的鞭痕。特别是造反后的几天,他成了额勒瓦奇尔的得力助手和最活跃的人物,而且受命管辖义军的巡护营,手下有几百人,就更加使他得意忘形,哪里还会想到当年的一鞭呢?

可是,乌云其其格的不得要领的献媚,使他眼前又出现了该死的哈森的哭喊以及扎布曼都的斥骂和皮鞭。这不仅扇起了他的怒火,也扇起了他的欲火。怒火和欲火加到一起,便酿成了哈森的祸患。

索伦扎鲁谁也没有告诉,仗着他管辖巡护营,哨卡的人谁也不敢过问他的行动。他骑上快马,朝突泉镇西郊斯琴的住处奔去。几十里的路程,在中午他便赶到了。他跳到地上,把坐骑系到角门的一棵杨树上,便闪进院去,凶神般闯进堂屋,使两个在堂屋闲坐的女人惊骇得脸色煞白。

斯琴好不容易说出话来:"索伦扎鲁!你来干什么?"

"来报仇,明白吗?报仇!没忘记怎么打死我爸爸和把我罚作牧奴吧?还有你,哈森!为了你,我脸上留下了这道鞭……鞭伤!"索伦扎鲁一边咬牙切齿地说着,一边亮出匕首,向斯琴逼近。

哈森从惊骇中清醒过来,知道大祸临头了。她突然跳起来,先是护住斯琴,接着便和索伦扎鲁搏斗起来,并不要命地狂喊:"妈妈,快进去,把门顶上!"

斯琴说道:"你拼不过他。你还年轻,让他把仇恨发泄在我的身上吧!"

"快进去!妈妈……科尔丹可以没有我,但不能没有……妈妈呀!快!要不我们都完了!"

斯琴知道插不上手,只好跑进东屋,把门顶上了。

索伦扎鲁知道,这里不比草原,时间久了,会惊动左邻右舍,那就有可能出现麻烦。所以,他放过斯琴,把哈森拖到外面,横搭在马背上,飞身上马,在行人惊异的注视下,朝图什业图王府奔驰而去……

索伦扎鲁以为自己的复仇行为是光明磊落和无可非议的。他这个仇一报,他的历史上便不存在什么不光彩的记录了。"报仇雪耻"嘛,报了仇,不就洗去耻辱了吗?他这样一想,很感自豪和兴奋,忘掉了疲劳,一口气跑回王府。时间刚刚傍晚。

但是,把哈森放在什么地方?如果此事被别人知道,会有什么样的后果?他犹豫了一下,放慢了马的速度。心想:"真的不妙啊!如果人们说我抢来个女人,那可有辱威名啊!而且,一旦格力图尔知道,对了,还有乌日娜金,这两个人都受过科尔丹的恩惠,他们知道,要跟我过不去的。额勒瓦奇尔知道就更不好,不管怎么说,是他的侄媳妇呀!"他后悔此事考虑得不周到,当时,还不如一刀结果了她。真是急中出错。但既然已经弄回来了,后悔有什么用? 他突然想到巡护营哨卡的毡帐,一个好主意使他在阿斯楞毡帐的门前停了下来。

阿斯楞弄清门前下马的是自己的顶头上司,也不问瘫在地上的女人的来历,便讨好地伸手帮助索伦扎鲁把她抬进毡帐,放在皮褥上。

索伦扎鲁敞开汗淋淋的胸膛,把阿斯楞递过来的茶水一口喝干。他觉得时间还早,而且哈森仍在昏迷状态,便叫阿斯楞准备酒食。能有谄媚索伦扎鲁的机会阿斯楞求之不得,立刻把好酒好肉摆到矮桌上,两个人一边一个,对饮起来。

酒热烧去了两个人的羞耻心,酒红遮住了两个人的君子面。几杯酒后,阿斯楞和索伦扎鲁都没有了顾忌,不时淫荡放肆地注视起横陈在旁边的少女迷人的身体。

"喜欢吗?"索伦扎鲁挤了挤眼睛问道。

"岂敢!"

"喜欢还有什么敢不敢?"

"在下……不是白喜欢吗?"

索伦扎鲁闻言,忍不住笑起来。接着,许多不堪入耳的话,便从他们嘴里随着酒臭喷出来。

后来,索伦扎鲁觉得差不多了,哈森也开始蜷动四肢了,他准备把阿斯楞打发走。

"我说阿斯楞,今天就委屈你了……我和她前缘未满,但也只能做一夜夫妻……今晚你的毡帐借给我,明天这个女人就归你了……"

"这个条件……很公平。我……接受了!"

"别看了!"索伦扎鲁扬起拳头喝道,"明天让你搂在怀里看个够!"

说完,两个人都开怀畅笑起来。

突然,毡帐的门被猛然拽开,飞进来一个彪形大汉,两个醉意朦胧的坏蛋还没看清进来的是何许人,随着"咔嚓"的破裂声,他们当中的矮桌早就飞上了穹顶。接着,酒杯、酒壶、铜盘、刀叉以及骨头和肉,纷纷落在他们的头上和地上,响起一阵噼噼啪啪的声音。

索伦扎鲁和阿斯楞,被这突如其来的袭击吓得醉意顿消,纵身跳了起来。这时他们才看清,站在面前怒目而视的是格力图尔,在他后面进来向哈森走去的是乌日娜金。阿斯楞垂手站在那里连大气也不敢出。索伦扎鲁也感到手足无措。

格力图尔对阿斯楞说道:"到门口跪着,直到天亮!滚!"

阿斯楞答应一声,胆战心惊地从格力图尔身边走过,到门外下跪去了。

然后,格力图尔向索伦扎鲁走了一步,两只眼睛的凶光像是脱弦而出的箭簇,射向索伦扎鲁的脸,索伦扎鲁感到一阵战栗。

"格力图尔,干吗发……发这么大的火?"

"干吗发火?问你自己!你干了一件多可耻的蠢事!"

"我……"索伦扎鲁支吾道,"我报仇,有……有什么不对?"

"别瞎编!你那一鞭之仇是在扎布曼都身上,跟哈森有什么关系?"

索伦扎鲁欲言复止,红着脸低下头去。

"说呀!"格力图尔追问道,"你脸上的鞭伤和哈森有什么关系?"

这时,随着一阵哈哈大笑,奈曼乌勒一拐一拐走进毡帐,他走到格力图尔身边,停住了笑声,接着,向索伦扎鲁一拱手说道:"恭喜,恭喜,听说你又有了个马背夫人,大哥特来拜贺!"略一停顿后,又侧过脸对格力图尔说道,"要问起索伦扎鲁的鞭伤和哈森的关系,我可略知一二,请允许我代替索伦扎鲁说一说……"

"大哥!"索伦扎鲁用乞求的眼神看着奈曼乌勒,又扫了一眼最后进来的松和拉"求求你,大哥,……你就别说了。"

奈曼乌勒沉吟了一下,严肃起来:"不说也可以。但你必须承认今天做错了事。"

"我……我是想报仇。好容易有了机会,你们不希望我出出这口怨气吗?"

"什么叫仇恨?只有受到无理的残害才会造成仇恨。桑布大伯、其木格妈妈的惨遭杀害,格力图尔被罚作苦役、乌日娜金被罚作牧奴才是仇恨。如果你真有这样的仇恨,好,我们一起替你报这个仇!可你的鞭伤算什么仇恨?是为什么留在你的脸上的?就算这也是仇恨,你在机会到来时应该去报仇雪恨,怎么能想到把自己的力量发泄在一个柔弱的女人身上?这能表明你不忘耻辱,具有男子汉大丈夫的气概吗?"

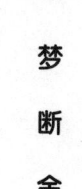

索伦扎鲁听着奈曼乌勒义正词严的训斥，心里很不舒服，甚至不服气。但他异常悲哀地确信，无论自己闪烁其词地辩解也好，虚构情节地搪塞也好，都无法逃脱奈曼乌勒洞若观火的眼睛，也无法逃脱面前几个了解他底细的人的声色俱厉的责备。他感到在这样几个朋友面前出乖露丑实在窝囊，几天来在王府内外耀武扬威所积累起来的全部快乐，被一场无妄之灾扫得精光。他恨这几个人，又怕这几个人；更害怕把今天的事情闹大使他接受更多的冷眼，所以他不得不装出羞愧难当和心服口服的可怜相，慢慢说道："大哥，你说得对，是我做错了事。谢谢你们及时赶来，使我免于掉进罪恶的深渊。好在我还没有把哈森怎么样，我把她送回去好了。"

"算了吧！"格力图尔强忍住怒气说道，"别再去丢人现眼了！"

乌日娜金在旁边说道："我送她回去，就便看看斯琴妈妈。"

奈曼乌勒微笑一下说："那样最好。"然后他又转向索伦扎鲁，"索伦扎鲁，我还没有说完。我们是朋友，发过誓要同生共死的。对朋友的事，要当成自己的事。当然，我们每个人都会和另外的人亲密交往，那些人我们不一定要各个喜欢，也无须非得引为自己的朋友。但是，朋友对任何人说过的话、发过的誓言，在无法证明是错误的时候，都有义务帮助他实现。科尔丹是格力图尔的朋友，格力图尔发过誓不准任何人伤害他。我们怎么办？难道我们不该帮助格力图尔成为一个说得出做得到的好汉吗？"

"我听明白了，大哥。只求你们别把这件事说出去，特别是对额勒瓦奇尔……"

"这你不必担心，我们谁也不想出你的丑。——乌日娜金，哈森好些了吗？"

"她已经醒过来了。先带到我那里去吧。"

"走，我们都去！"格力图尔挥了一下手说道，"索伦扎鲁，你也去，当着哈森的面，好好赔个罪。"

"这……"索伦扎鲁面有难色地说，"我还是别去了吧，……再说……"

"好了，好了。"奈曼乌勒打着圆场说，"不去也好，免得哈森再害怕。"

索伦扎鲁走后，乌日娜金和松和拉扶起已清醒过来的哈森，出了毡帐。这回是乌日娜金和哈森、格力图尔和松和拉分别同乘一匹马，奈曼乌勒自己骑一匹马。在去乌日娜金毡帐的路上，哈森抽咽着讲了索伦扎鲁逞凶的经过。

乌日娜金问道:"当时,科尔丹不在吗?"

哈森答道:"不在。他一直没回去。听说在格根庙,库玛去找他了。"

"哪里还会在格根庙?"乌日娜金拧起眉毛说,"王爷死了几天了,他还在那里干啥?"

走在旁边的奈曼乌勒说:"也许他从格根庙直接到盛京①搬兵去了。"

---

① 今沈阳。

1

　　奈曼乌勒说对了。科尔丹是在造反者解除对格根庙包围的第三天凌晨,拜别了大小喇嘛,独自一人,怀着急切而抑郁的心情,骑马登程的。他遵照王爷的遗命,要到盛京晋见增祺将军,请求发兵剿平叛逆。

　　一开始,科尔丹走得很慢,不时地回过头去看一眼在疏星将灭的晨光中耸立的格根庙的模糊身影。他觉得,那耸入云端的塔顶也好,高瓦飞甍的神殿也好,都酷似一具具站立的或横卧的僵尸。他原以为,在这座古雅幽静的宏伟建筑中,应该居住着不少神灵,可以使王爷在穷途末路之际转危为安。虽然科尔丹从不相信神鬼怪异之说,但这种虚幻的想法毕竟曾给他刹那间的心灵以慰藉。他退一步想,即或真的不存在什么神灵,单单那神殿的令人望而生畏的肃穆和凛然不可侵犯的威严,也足以使追击者却步,给高贵的亡命者一种安全感。但事实却是,神灵未出现,造反者却险些荡平神灵们的殿堂,而王爷则在这里找到了他的归宿……

　　晨星隐去,薄霭散尽,正是个云蒸霞蔚的艳阳天。远远的格根庙传来隐约可闻、飘忽不定的晨钟的声响,那尖尖的塔顶也似乎喷射出灵光。无论是钟声,无论是灵光,好像都在嘲弄着科尔丹,也在嘲弄着大小喇嘛和一切神灵。科尔丹猛地回过头,不想再看它了,而且像躲避魔鬼一样,想尽快飞驰到永远看不到它的所在。

　　与此同时,另一种悲哀和类似悔恨的感情,又涌进他的心海,弄得他神思缭乱,无法平静。他回想起自他和父亲决裂并到王府任职以后的种种经历。他曾经反对向道胜银行借款,却又成了借贷合同的执行者;他反对不顾牧业凋敝而大兴土木,却又成了王府工程的经济"总管";他想斗败博克拿多这个恶棍,却又成了这个恶棍事实上的同伙;他想和叔父额勒瓦奇尔并肩合作,却又和叔父成了不共戴天的冤家对头。是的,他十分惊恐地感到,他往往走向愿望的反面,甚至助纣为虐,成了促使王爷升天的重要因素……

科尔丹的心是平静不了的。他自己也弄不清他应该想什么和正在想什么,仿佛以往的一切都要重演一遍,争先恐后地交错碰撞着向眼前涌来。他的坐骑好像也受了主人纷繁思绪的影响,跑得快一阵慢一阵,蹄声杂乱无章,而且筋疲力尽……

格根庙终于在他的视野范围内消失了。时间已是傍晚。

科尔丹勒住马,眼望着薄暮中落日的余晖,考虑着是继续前进,还是寻找一个栖息的所在。正在他举足未定的时候,一阵杂沓的马蹄声和辚辚的车轮滚动声突然袭进他的耳鼓,并听到有人呼喊他的名字。他大吃一惊,立刻魂飞胆碎了,心想,一定是格力图尔后悔,派人马追捕他来了。他无暇回头去看一眼有多少人马追来,一边后悔自己为什么选择了这唯一的官道,一边抖起缰绳,离开大道,落荒而逃了。

但科尔丹的马上功夫毕竟属于末流,身后的蹄声、车轮声和喊声越来越近了。而他前面竟又出现一条湍急的河流,好像有意让他横遭天祸。他狠下一条心,想驱马入水。正在此时,身后传来一声猛喝:"站住!你会淹死的!"那声音几乎就在脑后。他犹豫了一下,回过头去,同时在心里设想那大群大群的凶汉向他逼来的可怕场面。但他又突然懵懂起来,因为只有一辆马车猛地停在眼前,驭手位置上跳下一个人来。

"少爷!"

"库玛!"科尔丹惊喜地轻声喊道,"你是库玛!"

"是我,少爷。"库玛跑过来,流着眼泪,激动地说,"总算追上了……"说着,伸手把科尔丹扶下马来。

惊魂甫定的科尔丹疲惫地慢慢坐到地上,喃喃说道:"原来我也……怕死。"

"少爷,都怪奴才莽撞。"

科尔丹抬起昏昏然的目光,注视了库玛一会儿,苦笑了一下说道:"这怎么能怪你?是我听到车轮声、马蹄声就惊心丧胆,幻化出惊天动地的场面,……我真是怯懦得可怜,……但是,我还在身负重托的时候,怎么能死去呢?"

"少爷刚才可差点儿把奴才吓死。这样又深又急的河水,马是无法泅渡的。"

"倒也亏得有这条河流——唔,告诉我,你从哪儿来?怎么会知道我的行踪?"

库玛仍旧垂手恭立地说道:"现在,壮丁闹王府的事已传遍草原了……少爷记得在闹王府的前一天叫我去喀喇沁旗的情景吗?您叫我赶着马车,携带着送给老夫人的《青史演义》①以及果品衣物,去问候老夫人和少夫人。第三天,造反的壮丁就打到老爷官邸,他们说,老夫人和少夫人可以继续住在那里,不会有人来伤害她们。但老夫人却毅然决定,永远离开喀喇沁旗,抛弃领地,要终老于突泉镇西郊的土房里。这样,我和老夫人、少夫人便一同到了突泉。又过了一天,人们纷纷传说王爷和少爷被造反者围困在格根庙。老夫人担心少爷发生不幸,差点儿哭得昏过去。她命我驾车火速赶到格根庙,打听少爷的消息。格根庙住持喇嘛告诉我,您是在早晨刚刚离开,并指示我顺着官道追赶……"

科尔丹听着库玛的叙述,回想起这一年来妈妈所经受的种种折磨,不由得流下眼泪,哀伤地说道:"可怜的……妈妈!"

"少爷不想回去看望看望老夫人吗?"

"想……非常想。如果世上还有一个能引起我思念的人,这个人便是妈妈!……"

"那就请少爷上车吧。我会很快把您带到老夫人面前。"

科尔丹坐在那里陷入痛苦和犹豫之中,过了一会儿,他猛地摇了摇头,好像在和自己搏斗似的说道:"不!我不能改变路线。在这条路上,我应该义无反顾。"

"老夫人会因此日夜悬念的。"

"我知道……但妈妈会原谅儿子的。"

"少爷一定不改变主意了吗?"

"这是不应该改变的。"

"那就请少爷上车吧。"

"你是没听清我的话吗?"

"正是听清了少爷的话,我才请少爷上车。——路程很远,又充满艰险。我不能让少爷一个人承受风雨之苦。"

---

① 一部描写成吉思汗的演义小说。

"谢谢你。但我不答应。王爷升天后,我理应遭受苦难的折磨。"

"在少爷遭到苦难的时候,正该有奴才陪伴。"

"我不会答应。你不回去,妈妈会更担心。"

"老夫人预料到少爷可能义无反顾,所以再三叮嘱我要和少爷形影不离。"

"可是,妈妈还不知道你我都平安无事。"

"格根庙住持喇嘛已派人把这个信息送到老夫人身边了。"

"那么,我答应了。我们要睡一觉吗?在河边……"

"不。我们必须走夜路。以后也是如此。"

"为什么?"

"造反队伍里并不都是格力图尔。他们随时都可能追上来。"

"有道理。我们抛掉马车吧。无论是钻林翻山,还是涉水过河。坐骑比马车要方便。"

"放心吧,少爷。我会使马车永远在平坦的道路上行驶。少爷也可以躺在车上睡觉。"

"那好吧。也许我应该听你的……"

科尔丹上了马车躺下后,眼皮很快黏糊糊地睁不开了。在马车的疾驰中,他沉沉睡去……

第二天夜里,他们继续行驶。

科尔丹想看看到什么地方了,打开车窗,探出头去。到处漆黑一团,什么也看不清,静静的夜里只有马车的响声。他又向星空看去,突然一惊,喊住了库玛:

"库玛!你骗我。你想把我带到什么地方去?"

"少爷,一点儿也不错。您怎么了?"

"不对!你现在正朝北驰去。"

"是的,是朝北行驶。"

"可我们不是应该走相反的方向吗?"

"少爷,在走路上您缺少常识。世上没有一条笔直的路通往目的地。只有左旋旋,右转转,拐来拐去,有时还要回过头来走一段,这才能走到要去的地方。"

"你说的倒有些道理。可是,我……总觉得不对劲儿。"

"您看,少爷。前面是弯路,我们要在那里朝西走一段,然后就拐到朝南的方向。——马太累了,我们要缓行一段。少爷,乘这个机会,您最好睡一觉。"

科尔丹疑惑地沉吟了一会儿,终于找不出斥责库玛的理由,便关好车窗,斜靠着车壁,渐渐地,缓行的马车又像催眠曲似的把他送入了梦乡……

"到了。少爷。"

科尔丹听到这好像从另一个世界传来的声音,以为自己是在做梦。到了!哪里会这么快呢?他没有睁开眼睛,觉得在走得这样平稳的车子里不睡觉,真是太可惜了。可是,他又奇怪起来,难道行进中的马车会如此平稳,平稳到使他产生像坐在客厅的沙发上的感觉?

"少爷,请下车。"

这分明是库玛在说话,而且,他听到了开车门的声音,感到有一双手正握着他的胳膊,准备把他搀起来。他睁开眼,看到了库玛微笑的脸和车厢外面隐约可见的马厩。科尔丹一切都明白了,他怒不可遏地推开库玛的手,腾地跳下车来,第一次对库玛大发雷霆了:"狡诈的东西!你到底把我骗了!"

库玛安静地站在科尔丹面前,不动声色地说道:"老夫人再三告诉我,一定要想方设法把少爷接回来。"

"你还想辩解吗?你……你是在误我的大事啊!"科尔丹说着,伸手打了库玛一记耳光。

"少爷,为了完成老夫人的重托,我不得不在少爷身上耍点儿小骗局。但我毕竟是以奴才的身份骗了主人,所以理应受到惩罚。我也相信,少爷也会因为奴才对老夫人的忠诚,而对奴才加以奖赏的。"

这时,正房门口出现了斯琴的身影,正急匆匆走过来。她一面系着衣扣,一面颤着声音说道:"科尔丹,不要责怪库玛。难道能见到妈妈,还不足以抵消你的损失吗?"

"妈妈!"科尔丹奔过去,扶住斯琴晃晃悠悠的身体,"饶恕我!……"

"不,科尔丹。我谁也不责怪。……是我耽搁了你的行程。"

"妈妈别说了。"科尔丹热泪盈眶地说道,"我恨我自己,既当不了孝子,也做不了忠臣……"

"都会是的,科尔丹。妈妈叫你回来,不是阻止你去尽忠。但我想,在万分紧迫的情况下,干什么事都会出差错。所以,我宁肯让你失掉几天时间,在妈妈身边,把你面临的艰难险阻都掂酌一番。"

"我明白了,妈妈。您真是我的好妈妈。"科尔丹感动地说,然后转向库玛,"休息去吧,库玛。别生我的气。"

库玛微笑一下说:"我的心里只能记忆少爷的恩惠。"

母子俩进入堂屋后,斯琴点燃了蜡烛,两人坐到桌旁的椅子上。

沉默了一会儿后,斯琴稍含抱怨地说:"科尔丹,你为什么不问问哈森怎么样?"

科尔丹脸一红,说道:"真是!我差点儿忘掉了这个名字。"

斯琴摇头叹息道:"这不好,科尔丹。你既然宣布她是你的妻子,就该像对妻子一样对待她。可是你总想不起她来。她是在寂寞凄苦中为你承担着做儿女的孝道。就在昨天中午……"

"怎么样?"科尔丹吃惊地问道,"她发生了什么事?"

"她保护了妈妈,自己却去迎接不幸了。"

"妈妈!这到底是怎么回事?"

"昨天中午,索伦扎鲁把她抢到王府去了。"接着,她从头至尾讲了一遍事情的经过。说完,吹熄了蜡烛,外面已经大亮了。

科尔丹紧紧抱住发胀的头,眼泪簌簌滚落下来,无限悲哀地说道:"一切苦难都来了,……可怜的哈森也在为我分担不幸,……而我却什么也没有给她,……不,妈妈!"科尔丹跳起来说,"叫她为我牺牲,这太不公平了!"

斯琴叹息道:"不要太难过,科尔丹,我理解你的心。但你无力拯救她,那里有很多索伦扎鲁那样的凶汉……"

"我知道我不能去,不能去……我必须保证我在完成使命前……万无一失,……正因为如此,对我……不是更残酷吗?"他说到这里,泄气地呻吟着跌坐在椅子里,觉得身体里连再站起来的力量也没有了。

正在这时,库玛飞奔进堂屋,喊道:"少爷!少夫人回来了!"话音刚落,哈森走进门来,一下扑到斯琴膝上哭了起来,使斯琴和科尔丹好像陷入梦境般惊异,一时说不出话来。而更加令他们惊异的是,随着哈森进来的,竟是乌日娜金!

斯琴看看哈森,又看看乌日娜金,不知先跟哪一个搭言。

乌日娜金扫了科尔丹一眼,对斯琴微笑一下说道:"斯琴妈妈,您一定着急了吧?"

斯琴擦了擦眼泪,说道:"她,是不是吃了不少苦?"

"没有,妈妈。"哈森仰起泪脸说道:"亏了乌日娜金妹妹……"

"唔……那我就安心了。——乌日娜金,我应该怎样感谢你呀!"

"别这样说,斯琴妈妈。我永远不会忘记和您以及哈森姐姐相处的日子。庆幸的是,我们及时听到了这件事,使哈森姐姐平安归来。奈曼乌勒和格力图尔把索伦扎鲁训斥了一顿。格力图尔还准备叫额勒瓦奇尔发布一条命令,任何人不得踏进斯琴妈妈的院子,违者砍头。我本想让哈森姐姐和我同住几天,又担心你们会着急,就连夜把她送回来了。"

一直站在旁边注视着乌日娜金的科尔丹这时说道:"乌日娜金,你真好。你救了哈森,同时也救了我们全家。我感谢你……"

乌日娜金转过绯红的脸,看着科尔丹痛苦的眼睛和清瘦的面容,说道:"科尔丹少爷,听说你从格根庙出发去请救兵,没想到会在这里遇到你。你是不是已经打消了求兵的念头?"

"不。我一定要去的。只是,格根庙是我前一段道路的终点,不是下一段道路合适的起点。从这里作为起点,我会更加坚定,更加顺利……"

"你是一定要做我们的敌人了?"

科尔丹略一思忖,以问作答:"你们想永远占据王府吗?"

"不知道。"乌日娜金说着,低下头去,"我们都感到……糊涂。——我该回去了。斯琴妈妈,再见吧。"

哈森拉住乌日娜金的胳臂,挽留地说:"不能走。我不会放你的。"

斯琴也说道:"怎么也得吃过饭啊。能住几天更好,我是很想你的。"

乌日娜金眼圈一红,说道:"我也想您。但我今天实在不能从命了。我还会来看望您和哈森姐姐的。"

科尔丹忧郁地笑道:"不包括我吗?"

"我们是敌人。应该在战场上见面。"

"是啊,……世界上的事情真是太复杂、太奇怪了!"

乌日娜金走后,科尔丹说感到头晕,斯琴以为他劳累过度,便叫哈森把他扶到西屋去睡一觉。然后,她和哈森着手准备饭菜。她们轻手蹑脚地忙碌,唯恐发出声响打扰了科尔丹的甜梦。到了中午,饭菜做好了,在堂屋摆好了碗筷。斯琴觉得还算满意,就让哈森去喊醒科尔丹。但哈森很快惊恐万状地从西屋跑了出来,哭着告诉斯琴,科尔丹病了!

科尔丹这场大病,夺去了他整整四个月的时间。有三个月,他几乎处于失掉自我意识的状态,弄得当地的名医高手也搔首踟蹰,几次宣布无可奈何,叫主人另请高明。后来,虽然出乎意料地好了,人却瘦成了皮包骨。所以,最后一个月,他成了襁褓中的婴儿,眼睁睁地接受着斯琴和哈森无微不至的服侍和照顾。她们往牛奶里加糖,往鸡汤里加人参,把羊肉剁成肉糜,把苹果压成汁水,一匙一匙——准确地说是一滴一滴地送进他的嘴里。她们两人替换着守候在科尔丹身边,用母亲和妻子温柔的心,加上不知疲倦的操劳,几乎是在一个细胞一个细胞地重新创造着科尔丹的形体。

　　四个月以后,科尔丹可以在旁人搀扶下,从西屋走到东屋了。他想起了王府和格根庙,想起了造反者和盛京城。他叫终日在院里忙碌的库玛出去打听一下消息。一个星期后,库玛回来了,报告了如下消息:各旗均未派人去请救兵;造反者虎踞王府,声势日益浩大。科尔丹很失望,担心误了大事,恨自己病得不是时候。他扔开手杖,决定立即南下。斯琴知道阻拦也没有用,或许更加无益,便也不去阻拦。只是叮嘱他和库玛在路上要千万小心。科尔丹无论如何也不让库玛同行,因为其他仆人都跑光了,家里只留两个女人怎么成?他安慰斯琴,对他的旅途尽可放心。他打算先走正东的方向,直奔东清路,可以乘坐很大一段火车,如果赶上四平至盛京段通车,那就更好了。有上次哈森被抢的教训,斯琴也觉得科尔丹说的有道理,只好含泪答应了,但他让库玛至少把科尔丹送到洮南。

　　节令正是冬季。科尔丹一路上晓行夜宿,忍饥挨冻,自不必细说。

　　科尔丹在洮南把库玛赶回去以后,便径直朝东奔驰。他希望能在离他最近的车站登上南下列车。其实,这时四平至盛京一段已试行通车,每月有几趟客车不定期由宽城子[①]直达盛京。所以,科尔丹只要赶到某一个停车站,他就会很快见到增祺将军。但也许是命运在和他作对,也许他注定要经受各种想象不到的灾难,当黑色的东清路在一片银粉世界中出现在他的视野,引起他一阵喜悦的战栗时,突然响起了一阵枪声。他正在惊疑不止,眼前已是一场拼斗的战场了。他分明看到忠义军[②]的旗帜和哥萨克的马刀。战场在扩展,有些人马向科尔丹身边奔来。科尔丹拨转马头,不辨方向地逃

---

① 今长春。
② 一支抗俄的义军。

跑了。

后来,他回忆这一段经历时,仍不免要打冷战,并有一种噩梦般的感觉。因为他自己也不知道往哪里跑,只是知道,他落在哪一伙人手里也休想逃命。所以他一个劲儿地快马加鞭,恨不得插翅飞腾起来。突然,他的坐骑好像打了个前失,猛地停下了,他从马鞍上被甩出足有两丈远。好在是冬天,地上铺着厚厚的雪褥子,他只是昏迷了一会儿,否则,他不知道自己会摔成几瓣儿呢!他睁开眼,看到天正在黑下来,想快起来赶路。可正在此时,他看到一个身穿白茬皮袄的壮汉,使劲儿地拖着他的坐骑。科尔丹这才发现,他的坐骑正好掉进一个冰窟窿里。他以为这个过路人一定想帮他的忙,便跑过去打算搭一把手。那个长着络腮胡子的壮汉,看了看科尔丹,瓮声瓮气地说道:"你醒了?这很好。亏得这冰窟窿小,要不……还看什么!到后边去,拽住马尾巴,使劲儿往上搠!快去!"

科尔丹按着壮汉的话做了。经过一番努力,那坐骑终于被拉出冰窟窿,站在雪上打起哆嗦来。

"谢谢,好心的老乡。"科尔丹擦了一把汗说道,心里在暗自庆幸。

"嘿嘿!"壮汉瓮声瓮气地冷笑两声,"我应该感谢你帮了我的忙。"

"你是说这马……"

"是这马。这马是我的了!还有你的衣服、钱,都是我的了!"

结果,科尔丹的狐皮大衣和所有银两,就此更换了主人。所幸的是,他准备好的名片和住持喇嘛那封信,被那壮汉又扔回来。壮汉没敢要科尔丹的官服,想了想,又把自己的白茬皮袄甩给他。为此,科尔丹表示千恩万谢。待那壮汉穿好狐皮大衣,骑马离去后,科尔丹拾起那白茬皮袄,在手里掂了掂,突然,他仰起脸来,望着闪烁的寒星,哈哈大笑起来,直笑到满脸泪水……

这以后的日子就更可以想见了。他身上一文不名,不要说坐车,连吃饭也得硬着头皮去乞讨。而且,他每天都能听到或看到忠义军和哥萨克开战。他必须躲避开,绕道而行,他想起了库玛那段有关走路的"高论"。他也不敢走进城市或人多的地方,他自己也不知道会碰到怎样的麻烦。走了多少天,他已不复记忆。他觉得天渐渐暖了,积雪开始融化。他卖了皮袄,得到了一个星期的伙食费……

当科尔丹确信已经站在盛京的西郊时,终于感到精力快耗尽了。他不敢休息。他担心一旦坐下去或趔进客栈躺到床上,就再也起不来。于是,他鼓起残存的一点儿精神,支撑着要瘫痪的身体,趔趔趄趄地直奔将军衙门而去……

梦断金戈

5

科尔丹到达盛京已是公元1901年4月。此时轰动全城的新闻是发生在城西桃花村的一件借尸还魂的奇案。不仅街谈巷议,就连门深似海、戒备森严的提法司①衙门里的文武官员们,见面时也必谈此事,仅次于忠义军进逼奉天②和驻俄公使杨儒"跌伤彼得堡"③的地位。不过,这些绣铁横腰、顶戴花翎的高官显宦们,不像破帽短褐的黎民百姓那样毫无顾忌地绘声绘色地大加渲染,只是在见面时摇头晃脑地说一声"怪哉",或在僻静处耳鬓厮磨地交换几句最新消息。这不仅因为事涉怪诞,不信鬼神的提法使吴隆义,从来不允许下属谈论妖妄怪异的奇闻,而且,这还魂的借尸者,恰巧又是这位在盛京城堪称第二号人物的吴隆义吴大人的女儿。特别是今天,十天来一直未露面的吴隆义突然又从内庭来到衙门。属下们看到他脸色如霜、凝眸蹙额,哪个还敢大声喧哗?

说吴隆义是盛京城第二号人物,并非指他的官职。他只是一名三品提法使,这在盛京将军以下恐怕连第五位也排不上。但他是个实权派。据说,他同京师的好几位王爷都保持着极为密切的关系,他的几句"仅供参酌"、"懔俟钧裁"的话,常常可以使高官厚禄者顷刻成为阶下囚,或者使出身微末

---

① 原称按察使司。清末改为提法司,最高长官为提法使,掌管一省的刑名按劾。隶属将军衙门。

② 今辽宁省。

③ 1900年,沙俄占领东北,清府任命驻俄公使杨儒为全权代表,"与俄商办接收东三省事宜"。俄方多次威逼杨儒在卖国条约上签字,杨坚决拒签,因忧愤交加,于1901年3月跌成重伤,次年死于任所。

的人一夜之间变作官场显要,前不久,他又兼起了五部侍郎①和保甲局②总办。又据悉,皇上打算降旨编练新军,盛京将军所辖各旗县,由吴隆义负责招募和编练,这必然将造成吴隆义与增祺将军分权的局面。所以可以说,吴隆义大有权倾盛京城之势。

吴隆义在官场中有如此崇高的荣耀和令人畏惧的权势,在家事上却有一个无法排解的忧虑,那就是膝前寥落,后嗣乏人。他只有一个女儿。这虽然略胜于无,并且也享受了十几年的天伦之乐,但毕竟是个女孩子,不能一辈子留在身边。这唯一的女儿又偏偏不争气,婚后十多年竟未曾生下一男半女,尤其是,十天前,竟在年仅三十四岁的时候,突然夭亡了,这个打击对将近七十岁的吴隆义来说,实在太大了……

吴小姐是在吴隆义三十五六岁时降临人世的。出生的当儿,正是玉轮高悬,夜空澄碧,因而取个乳名玉婵。玉婵虽无月貌花容,却也端庄丰满,而且自幼聪慧,饱学经史,一直被吴隆义视若掌上明珠。十七年前,玉婵十六岁,这是所有大家闺秀出阁的年龄。吴隆义开始为她选择门楣。那时,许多名门望族都想巴结吴大人,渴望联姻者纷至沓来。而吴隆义却出人意料地一一婉言回绝了,更加出人意料地选定了自己手下的侍从武官王世祺。王世祺出身寒微,家境萧条,但才气过人,忠恩敦厚,更兼仪表堂堂,举止风雅,很得吴隆义的赏识和信赖,是可以在吴府内庭行走的少数几个人里的一个,对吴府上下人等了若指掌,而且早就为玉婵小姐所倾慕。一开始,王世祺对此感到万分惊恐,一再表示不敢高攀,甚至泣拜在地,请吴大人为玉婵小姐另选高门。吴隆义把王世祺的惶惑和拒绝看作是谦卑和至诚,反而更坚定了把女儿许配给他的决心,对他百般抚慰,还许下提拔他和在将来由他继承吴府财产的诺言。果然,王世祺与吴玉婵完婚后,官运立即畅达起来。十几年里,几次升迁,到了三十五岁,已是盛京城炙手可热的军界头面人物了,不仅成了西三营的总管带③,而且兼任保甲局提调,对剿匪负有全权。不用说,翁婿之间自然是配合默契,十分融洽的。在十七年里,他们之间只发生过一次纠纷,那就是在1900年,王世祺曾指令一部清兵与义和团联合攻打沙俄的

---

① 清朝入关后,原设在盛京的六大部均迁至北京。后于盛京又恢复吏部以外的各部,只设侍郎一人,称盛京五部侍郎,到清末,权已不甚大,隶属盛京将军衙门。

② 负责保甲治安,相当于地方保安官。

③ 管带系军职,相当于营长。

护路军,吴隆义知道后,严厉斥责了这位乘龙快婿的"鲁莽"。后来,王世祺撤回了自己的军队,并保证不再和义和团往来,吴隆义也就宽恕了他。至于说到王世祺与吴玉婵夫妇之间,更是相敬如宾,婚后十七年,从未发生过哪怕极其微小的口角,甚至连一次玩笑也未曾开过。对于吴玉婵一直不生育,王世祺没说过半句不满意的话,既不怨天,也不尤人,就像根本不在乎一样。这使吴隆义很感动。十二年前,王世祺征得吴隆义的同意,收养了一个七岁的孤儿,起名王绍祖。绍祖聪明俊秀,王世祺夫妻待如亲生。到了1901年,王绍祖已经十九岁,长成了一个英俊而伟岸的青年。而且知书达礼,练就了一身好武艺,枪法和骑术名冠盛京城,很受外祖父的宠爱。

那么,吴玉婵婚后的生活是否快乐呢?表面看,她没有不快乐的理由。丈夫很俊朗,才学出众,武功赫赫,政绩卓著,治家和理财都是出类拔萃的。但她却有一桩隐痛,就是婚后十数年中,王世祺几乎不与她行房事,即或偶尔同榻合房,王世祺也似乎有所保留。玉婵实在不明白,丈夫何以对妻子的肉体如此冷淡,尤其是,为什么他不希望自己的妻子怀孕?但这种事,女儿家是不好对外人讲的,甚至对自己的母亲也难于启齿。后来,她实在忍不住,终于在一次归宁时,偷偷向母亲说了。但是当玉婵的母亲向吴大人讲起这件事时,后者只是微微一笑,认为这是女婿勤于政事之故,并未放在心上,反而对王世祺更加喜爱了。

但是,十天前,玉婵突然死亡了,这给吴隆义带来的与其说是悲痛,莫如说是震惊。他很难相信,身体健康的爱女竟会无病夭亡!他感到事情有点儿蹊跷,顿时生起疑心。他想起不久前玉婵在他面前欲言复止的情景,更觉得事出有因。他的疑心立刻变作仇恨,对女婿的信任一下子降到零。一怒之下,在王世祺报丧的第二天,他亲手草拟并投递了"疑为冤死"的诉状,而受理此案的正堂①宋化鲤当即批下个"停尸待验"。

吴玉婵借尸还魂的怪事,正是发生在"待验"的第八天。

吴隆义此刻尚未获悉女儿已经借尸还魂。即或听到了,也未必相信,因为他和增祺将军不一样,是个无神论者。不过,在当前的心境下,他倒宁肯抛弃自己的信念,希望女儿的冤魂能通过某种不寻常的方式,显显灵验,以便证实自己的猜测和避免当众验尸。实话说,他投了诉状后,特别是宋正堂

---

① 旧时称官府听政的大堂为正堂,清时,称知府、知县为正堂,此处为知县。

批了"停尸待验"以后,他就有些后悔。他心里埋怨自己的急躁。为什么不暂时掩饰一下自己的疑心和怨恨,而利用翁婿的关系,叫夫人哭灵时暗中察看一下呢?母亲抚女儿之尸,谁能非议?假如真去验尸,就要使女儿当众裸体,这成何体统?女儿在九泉之下也会感到羞辱的。然而,既已经官,翁婿两家已成诉讼关系,被告是有权不允许原告接近尸体的。所以,吴隆义这几天以种种理由,有意延宕一下验尸的时间,好稳定和调整一下烦躁的心绪,另寻他法。

吴隆义处在这种矛盾而苦恼的心境之中,在家里实在有些坐卧不宁,便来到提法司衙门,企望不再听到夫人的哀哀哭泣和用繁忙的公事暂且平复一下自己的烦闷。但当他坐在自己的太师椅上,掀开几案上堆积如山的文卷时,却一个字也看不下去。心头郁结的块垒反而愈加膨胀,甚至于要炸开闷热的胸膛。他"啪"地一声合上卷宗,微微挑起多肉的沉甸甸的眼皮,鼓动了一下从两颊垂挂下来的肉块,对垂手站在一旁的贴身侍从说:"不见客!"便仰在椅背上,紧紧地闭上了眼睛,甘心去接受翻腾的思绪的折磨了。

大约时近午刻,门官进来通报道:"京西正堂宋大人求见。"

吴隆义一惊,坐直了身体,皱着眉头说道:"我说过不见客!"

"是的,老爷。可是宋大人非要小人通禀一声不可,他说有极紧要的事。他还说,老爷肯定会接见他的。"

吴隆义的眉头皱得更紧了,他按着扶手,站起身来,在地上踱了几步,心中暗想:"虽说宋化鲤仅是京西知县,官卑身微,但却是受理女儿冤死一案的正堂,暂时还不好驳他的面子。再说,也许他探访到涉及此案的什么细节,特来禀告,也未可知。那么,还是见一见他为好。"想到这里,他回身对门官说:"有请宋大人。"

"嗻!"

门官退下后,吴隆义整了整衣冠,又端坐在太师椅里,凝目沉思起来。不大一会儿,宋化鲤便从打起的帘子下面,躬身踅了进来。

"学生宋化鲤叩见老公祖。"①

"免。请坐。"

"谢老公祖。"

---

① 习惯应称大人,自称卑职,此处表示恭敬和谦卑。

"不知正堂大人有何见教？"

宋化鲤高额头下的小眼睛诡谲地微笑了一下，复又立起身来，朝着正襟危坐的吴隆义躬身道："老公祖，下官相信，今天带来的是一剂唯一可以医治老公祖哀思痛苦的良药。是的，老公祖，这是一件令人惊讶的大喜事，是一件令人瞠目的大奇事。为此，老公祖应该大宴宾朋，并肯定使下官也有叨陪的荣幸。一句话，我是特来给老公祖贺喜的。"

吴隆义又是一惊，心想："难道是我胜诉了？莫不是他私自去验尸因而发现了谋害的证据？"他不由得设想女儿的尸体当众任人摆弄的情景，觉得全身发火一样热起来。"是的，肯定是这么回事！否则，喜从何来？"他想着，心里一阵烦乱的恼怒，恨透了眼前这个笑嘻嘻的混蛋知县。要不是碍着面子和年高力衰，他肯定会跳起来把手掌狠狠击在宋化鲤的皮肉松弛的脸上。吴隆义已经怒形于色了，但他还是压制住了怒火，咽了口唾沫，声音嘶哑而十分艰难地说："你们验……验尸了吗？"

"岂敢！"宋化鲤飞快地回答道，微露谄媚地笑了一下，"玉婵小姐乃老公祖爱女，对此千金之躯，下官顶礼膜拜尚无机缘，岂敢贸然亵渎？再者，学生明白，老公祖一直未催促下官验尸，一定是希望避免此举而待案情水落石出。不过老公祖不会想到会有奇迹出现。"

"你这话是什么意思？"

"老公祖，莫急，听学生详细禀明。其实，令爱玉婵小姐并没有死，甚至可以说，比未曾死过更好。"

吴隆义瞪着宋化鲤，厉声斥责道："你在跟我绕来绕去胡诌些什么？"

"学生不敢顽皮。请老公祖安坐，再接受学生一次拜贺，恭喜老公祖爱女死而复生！"

"什么？她活了？"

"是的，老公祖，比死而复生更胜一筹。老公祖息怒，听学生一一道来。下官之所以说玉婵小姐没有死或死而复生，是因为她借尸还魂了。下官之所以说她比未曾死过更好或比死而复生更胜一筹，是因为令爱所借之尸乃一妙龄女郎，且又俏丽无双。至于学生为什么绕来绕去，那是因为此乃大喜过望之事，而学生知道，大喜是要伤心的……"

吴隆义知道，宋化鲤是决然不敢在他面前开这样的玩笑的，但他又不能一下子对这样怪异的事情深信不疑。他只是垂下眼睛，捻着胡须，喃喃地自语道:"竟会有这等事……"那语气既不是斥责,也不是否定,却隐含着"但愿真有此事"的意思。

宋化鲤向前紧趋两步,继续说道:"老公祖,这是千真万确的。事情发生在两天前,学生听说玉婵小姐借尸还魂了,所借之尸也正是学生治下京西县桃花村的张氏,名叫春兰。一开始,不仅学生,就是令坦也未敢深信。因为事涉老公祖爱女的声誉,虽未深信,也须勘察明白。所以,我和令坦微服私访一番。果不其然,张氏一见令坦,便称本夫,泣不成声,竟真个是玉婵小姐还魂了!"

此时,吴隆义已不想在此事是否虚妄上进一步推敲,而是盼望尽快看到还魂的女儿。他掩饰着自己的兴奋,微微蹙额说:"会不会是世祺捣的鬼,以此掩盖罪行呢?"

"老公祖,您的话使学生万分惶恐。如果是令坦瞒天过海,那么,学生便是为虎作伥了。学生虽然和世祺是至交,但却是老公祖的门生。而为官者,当执法如山,不徇私情,怎能做出有玷官箴的事来?更则学生有何胆量,竟敢偏袒世祺而触忤公祖呢?为此事,学生不惮劳苦,几经核实,自信绝无舛错,方敢到老公祖面前禀告。老公祖如若不信,这里是下官对此奇案批覆的抄本,事情的原委始末尽在其中,请老公祖过目。"

吴隆义接过宋化鲤递上来的批复抄本,戴上花镜,细细看去。只见上面写道:

借尸还魂。虽常见于小说诸书。而事涉怪诞。多系才子寓言。新人耳目。其实均系子虚乌有。他如道路传闻。更属海市蜃楼。妖妄难凭。故经史律例。皆弃不载。兹具禀竟有是事。洵属奇闻。但幽明路隔。人鬼道殊。本县系阳世之衙门。岂能断阴曹之舛错。恐滋生他变。故就现禀情形。详为剖决。……

吴隆义看到此处,略作停顿,挑起眼帘,从镜片上边瞄了宋化鲤一眼,心里说道:"难怪人们说'塞外觅神笔,京西宋化鲤'。这样的开头,看似几句闲笔,岂知他就在这闲笔之中把自己的干系脱得精光,无论此事确否,抑或日后有无瓜葛,均与他了不相涉……"吴隆义想着,似赞赏又似猜疑地微微摇摇头,把镜片后的目光又投到手中的文章上。

察陈凤岗之妻张氏。于回生后即自称系京西三营管带王世祺之内室。述其小字生嫁。与年月日时。并其夫王世祺住址官品及上下男女老幼眷属人等。姓名存殁年齿生辰。甚为详细。而于陈凤岗家丁事业。皆茫然不识。其为王吴氏女魂。借张氏遗脱复生无疑。今心为吴氏之心。而身则张氏之身。鹊巢鸠占。桃僵李代。鬼本无弊。指于人世奸胥。冥王梦之。毫无觉察。遂致阴错阳差。出此怪奇之案。在陈凤岗必谓魂魄虽非。身躯却是。仍欲认为己妻。而王吴氏则谓己本王世祺之妻。于归已十有七载。自被误勾。至冥复明。知此生寿禄甚长。与王世祺夫妇情缘未满。何敢因误换皮囊。便思将错就错。别抱琵琶。陈凤岗见妻不认。势必用强勒逼。吴氏本怀郁恨。复被强逼心窘。必至轻生。以自死表靡他之志。则陈氏之尸复死。陈凤岗不但无自得妻。且有威逼毙命之累。……①

吴隆义又略作停顿,然后把后半部分大致览阅一番,就把批复抄本放在案几上,摘下花镜,默然沉吟起来。片刻后,他慢慢站起来,踱了几步,走到宋化鲤的面前,问道:"这上面写的句句属实吗?"

"如有半句是假,学生甘当重罪。请老公祖明鉴。"

吴隆义捻着胡须慢条斯理地说道:"不过,在行文中,总觉得有威逼恐吓之嫌。而且,你方才说陈张氏俏丽无双,乃一妙龄女郎,而在文本中写的却是'色衰貌陋,远不如先时少艾'……"

宋化鲤抢过话头,略作得意之态地说:"此乃先声夺人、釜底抽薪之意。请老公祖听学生一一布陈。陈凤岗其人,刁钻古怪,且家境贫寒。刁钻则难以通融,贫寒则欲壑难填。他明知留张氏遗躯并无益处,还玉婵魂魄却可顷刻致富。借此机会敲诈一番在所难免。如果他得悉张氏容貌较之玉婵小姐更为姣好,则势必增其索价,甚至有可能在日后旁生枝节……"

吴隆义挥了挥手说道:"好了,我明白了。你倒是煞费了一番苦心……那么,陈张氏现在何处?"

"应该说是玉婵小姐。——已由令坦迎回。"

"可是,我仍有怀疑。"

宋化鲤一惊,赶忙说道:"乞赐明教。"

"如确系小女还魂,那么不仅对世祺家了若指掌,对我家上下人等亦当

---

① 此奇案实际上发生在锦州。

记忆。"

宋化鲤舒了一口气,微笑道:"老公祖可去令坦府上一见令爱,看她认也不认?且可当面询问在家时的一切细节。"

"我当然要问个清楚。"吴隆义说道,"现在就烦你同往世祺家一趟。"

"且慢。老公祖。我理解大人的急切心情。但学生以为,马上去世祺府上,还有不便之处。大人试想,诉讼双方怎好以翁婿之礼相见?"

"以你之见,怎样才便当?"

"以卑职之见,首先,请老公祖掷下一纸'消照'和'拦验'的呈词,一可以免去众议,二可以使学生好说话,三可以使老公祖和世祺兄重叙翁婿之情。其次,请老公祖知会令坦将玉婵遗体速速火化,否则,众口交议在所难免,而对活人设灵祭奠,不仅情理难通,又有诸多不便。但不知老公祖意下如何?"

吴隆义低头默然良久,后来抬起头来说道:"你既是受理此案的主事,一切听你的安排就是了。"

6

两天以后,王世祺在豪华的客厅里举行了一次盛大宴会。出席宴会的有王世祺的同僚和各方面的头面人物。人们在等待增祺将军的时候,谈论着剿匪和沙俄护路军,谈论着戊戌变法和八国联军进北京等近年来的大事。当然更要谈论这次宴会的主题:玉婵小姐的借尸还魂。但是,得以见到还魂后的玉婵小姐的人,只有两个,一个是玉婵的父亲吴隆义,一个是玉婵的母亲白氏。正当客厅里人声鼎沸之时,在内室里,玉婵正和双亲泣诉还魂的过程。吴隆义一再把题目引向吴府的内容,玉婵都回答得极其准确而又自然流利,使吴隆义夫妇确信是女儿还了魂。而且,这面前的玉婵,比原来的玉婵漂亮柔顺多了,口辩也似乎有所长进。这使吴隆义夫妇喜不自胜,并相信自己命中本应该有这样一个标致的女儿,因而对已经火化的玉婵的遗体也不再怀念了。

也正在这时,王世祺在书房接见了挚友宋化鲤。和宋化鲤的瘦黄脸不同,王世祺长着一副胖圆脸,白净而无皱纹,总是修整得清洁光亮,纤尘不染。他的眼睛很幽深,浮动着一种迷离和似有所思的神情,这种哑谜一样的神情,常常被下属理解为慈爱和宽容,而在上司面前,却又被看作忠厚和顺从。只有宋化鲤,才看出他的眼睛里隐藏着某种痛苦、歉疚和忧虑。

两个人默坐了一会儿,宋化鲤盯着垂下眼帘的王世祺问道:"看来,年兄的老岳丈大人已深信不疑了?"

"是的。她一见吴大人夫妇,便哭拜在地。言谈之中,也没有漏洞。"

"真是绝顶聪明、世间少有的女子!"

"是呀,她幼时即聪颖过人。"

"可是,她怎么能一下子就认出了吴大人呢?"

"我叫她在侧室的窗隙中认真看过。其他就好办了,对吴府的事,我是知道得不比玉婵少的。"

"我真应该祝贺您。这事情该是何等危险啊！"

"的确危险。我也曾以为毫无希望了，差点儿重蹈王府窃逃之迹。后来，想到绍祖，又由绍祖想到春兰，才忽萌移花接木之念，而春兰初时又执意不肯。多亏贤弟从中帮助，方使我出此藩篱。救我于水火者，贤弟也。来日方长，补报有日。请先受愚兄一拜！"

"这如何使得！快起，快起。"宋化鲤赶忙扶起王世祺，"叨在至好，何须如此客气。即前日所赐银两，亦大可不必。"

"略表谢忱而已，不足挂齿。请坐。"

"年兄请坐。"

两个人又坐下后，王世祺说道："我真佩服贤弟的神笔，那真是一篇绝妙的文章。"

"世祺兄谬奖了。实话说，事出仓促，语多必失，纰漏之处在在皆是。小弟现在心中仍有些惴惴呢。这骗人的文章原是做不得的。"

"贤弟何出此言？"

"不过，也不必担心。吴大人正被女儿死而未死这件喜事遮住了眼睛，不会再深究文字上的谬误了。只是我想请教年兄，为什么非要玉婵性命？难道仅仅是为了与春兰嫂永结凤鸾之好吗？而且，何以如此急切，竟采取了十分不高妙的手段？那脖颈上的绳索印迹如果不是高衣领遮住，是很容易被发现的。"

"唉，实在是事出无奈。"

"现在仍要对我保密吗？"

"贤弟还是不要追根究底的好。"

"看来，世祺兄还是不相信我哟。"

"万望贤弟体谅愚兄的苦衷。这实在也是为贤弟着想。如果我告诉了你，反而会使你作难……"

"那么说，这是事关重大啰！"

"唉！"王世祺长叹一声，摇了摇头。

"好了，我不再提起就是。我只是劝您戒之慎之。夜长梦多，隔墙有耳，一旦泄露了玉婵死因，恐怕……"

"贤弟放心。愚兄还不是鲁莽粗心的人。"

"不过,您的养子绍祖能和这位夫人处好吗?"

王世祺的思潮被宋化鲤的话搅得翻滚起来,过了好一会儿,他才声音嘶哑地说:"会处得很好的。甚至会比他同前母相处得更好。也应该更好。"

宋化鲤闪出疑惑不解的眼神,吟哦道:"这又是一句隐语。"

"唉,实话讲吧。绍祖原是春兰亲出。也是愚兄的亲生儿子。"

"天哪,竟是这样!绍祖知道吗?"

"不。他还是不知道怎样生到世上的为好……"

宋化鲤慨叹着摇了摇头,深表同情地说:"请原谅小弟冒昧。我本不该再三追问,触动年兄的隐痛的。好了,我们不谈这个了……"

"不,不要走。"王世祺制止住要站起身的宋化鲤,好像对方如果离去,他的精神会立刻崩溃似的,"既然贤弟与我真诚相见,我又怎能不披肝沥胆而有所隐讳呢?看来,增祺将军还一时半时来不了,我索性乘此机会对贤弟全讲出来吧。"

"如果您觉得讲出隐微,对心中的苦闷能起到平复的作用,那么,小弟岂敢不洗耳恭听?"

"唉,说来话长。真是人世沧桑啊!……那是二十几年前的事了,我在哲里木盟图什业图王府里当杂役,适逢老王爷色旺诺尔布桑保延请教师,教王爷嗣子业喜海顺学习汉文。(这在当时满蒙贵族中,是风行一时的事。)王爷看我还聪明利落,便叫我伴读。当时,王爷嗣子的侍女中,有一位叫卓雅的小姑娘,相貌清秀可人,头脑颖达剔透,又说得一口流利的汉语。她常常出入书房,有时就侍立一旁,听一阵'子曰诗云'。没想到,两年以后,她的学识竟不下于王爷嗣子,连教师也赞叹不绝。卓雅待我很好,我也十分喜欢她。日子一久,互生爱慕之意,且又是情窦乍开的少年,免不了生出暧昧的事来,并私订了终身。后来,卓雅身体发生了明显变化,事情终于败露。老王爷大怒,要把我和卓雅处死。我们不得已,在一个漆黑的夜里,逃出了王府。为了逃避追索,我们隐姓埋名,我的名字由王芝生变为王世祺,卓雅就成了张春兰。回忆当时,历尽了艰辛,而且卓雅——唔,春兰——又要临产,唉!那真是上天无路,入地无门啊!在一个小村子里,我们总算遇到了一双好心的老夫妇,他们无儿无女,答应收留我们。但我仍无生计,又不甘心务农,便抛下春兰,到盛京投军,当了一名小头目。不久,春兰生下一子,而我也被简拔到吴府,成了吴大人的侍从武官。这是我最春风得意之时,本想就此把春兰母子接到盛京。可偏偏旁生枝节，吴大人非要招我为婿不可。我又耐难推辞，只好依允……唉，谁知，这就铸成了大错……"

宋化鲤同情地慨叹一声，斟了一杯热茶，递了过去。王世祺轻轻摆了摆手，咽口唾沫，继续讲下去。

"……我允婚以后，万分后悔，五内焦灼。但木已成舟，已是进退两难了。我借口外出，见到春兰，泣述原委。春兰竟毫无怨言，甘心成全我，自己则愿守柏舟之节。但是，一个弱女子，如何生活下去？为了使我安心，她同意嫁人，这就是她成了陈凤岗妻子的原因……"

宋化鲤点了点头，说道："唔，小弟此刻确有点儿了然了。所谓收养的义子，即是春兰所生，且一直在那双老夫妇家抚养。是这样吗？"

"是的。"王世祺舔了舔干燥的嘴唇，用暗淡而迷惘的眼睛扫了宋化鲤一眼，又低下头去，"绍祖一直留在老夫妇家代为养育，我不时有银两送去，他们的日子倒也充裕。到了绍祖七岁时，两位善良的老人相继过世，我便借机领来，亲生骨肉反成了义子……"

"那么说，玉婵小姐的死，和她不生育也有关系吗？"

"不。"王世祺肯定地摇摇头，眼里流露出自责和怨恨混杂的神情，"她能否生育，我不知道。但同我一起，她是不能生育的，我也从未想让她为我生儿育女。而且，我方才说过，我虽然想念春兰，但一直并未萌生重温旧梦之念。唉，干脆吧，我向你和盘托出了吧。你是审理玉婵死案的主事，就算我口述自供吧。如果贤弟出于维护刑律的尊严，判我个通匪和谋害罪，愚兄也不会有半点怨艾的。事情是这样，绍祖今已长大成人，相貌与愚兄酷似，加之我和玉婵婚后十数年，几乎不行房事，她早已生疑。她曾问我是否有外室，我只是冷然一笑，未有作答。她是否将此事禀告父母，我不得而知，但我肯定她迟早是要讲的。一旦吴大人获悉，那是没有我的好下场的。还有一个更主要的原因。贤弟知道，愚兄同情义和团，并曾派兵和义和团协同抗俄。绍祖更走得远，竟成了义和团的成员。去年，东辽河一带出现了一支蒙古族义和团，首领是位叫巴兰森格的老太婆。据说，她原是哲里木盟有名的马贼。彼时，我已受命撤回军队，而逆子却执意不回。有一次，绍祖被俄军捕获，亏得巴兰森格舍命解救，才使他幸免于难。后来，我又受命'清剿拳匪'，捉到了一些拳民，关押在我所管辖的牢房中候斩。一天夜里，巴兰森格同绍祖冒险潜入我的书房，请求我放了他们的人。我以留下绍祖为条件，答

应了巴兰森格。贤弟也知道,此事险些引起轩然大波,至今尚有人想参我一本。然而,事出凑巧,前几天,巴兰森格也被官军捕获。其实,把她和其他拳匪一同就地正法也就没事了。可是,赵管带知道这个老太婆救过绍祖,不便由他处决,竟押解到盛京,交付与我。这使我十分为难。巴兰森格对我有救子之恩,由我处死她,似于情理上不通。不处死她,又难以避嫌。正在我手足无措、委决不下的时候,绍祖又来胡缠,当着玉婵的面和我大吵大闹,使玉婵知道了我以往的隐秘。她大为震惊,声言要向其父揭发我通匪的事实。贤弟知道,这可不仅是渎职和卖放纵容,而是一桩死罪啊! 其实,玉婵也未必真能去指控我,但我当时确实感到厄运就要降临了……为了化险为夷——唔,贤弟,这以后的情节,你都知道了。……"

"唔,原来是这样……"宋化鲤沉吟着说,心里不由产生了反感,眼里闪出怨恨的光,旋即站起身来,几步走到王世祺面前,压抑着怒火说道,"原来是这样! 你为什么不早说? 我以为我是在为朋友分忧,仅仅是遮掩一起凶杀案。可是,你却在把你的'贤弟'牵扯到祸灭九族的渊薮之中……"

王世祺抬起浑浊黯然的眼睛,深感内疚地看着满面恼恨的宋化鲤,似诚恳又似乞怜地说道:"狠狠地骂吧,化鲤贤弟。都怪愚兄一时昏聩。我也很后悔……玉婵既不该殒命,更不该令春兰和贤弟来分担本来属于我的罪责。……不过,现在尚可补救,只要贤弟……"

"怎样? 披露和指控你的罪行?"

"是的。只有这样……"

"住口吧,我的王大人!"宋化鲤重重地挥了一下胳臂,提高声音说道,"你是想让我成为一个既不忠又不义的人吗?"

"不。不能这样说。贤弟这样做,是无可非议的,对我则是罪有应得。"

"好了,不要说了!"宋化鲤叹了口气说道,"事已如此,只好听天由命了。——唔,你听,外面有吆喝声,一定是增祺将军到了。你赶快打起精神,去迎接他吧。请等一等,我还有几句话。你放心,我不会出面揭发你的。但是,你以后要万分小心,一旦出事,我是要说我不晓得底蕴的……"

"那当然。贤弟放心就是。"

"咳,我以后的日子要不好过呢。这真可谓盲人骑瞎马,夜半临深池,说不定何时跌落下去……"

宋化鲤说完,转过身,又长叹一声,急急走出书房,加入客厅中快乐的一群里去了。

众宾客听说增祺将军到,立刻鸦雀无声,纷纷立起,抖衣整冠,争相离坐,趋至客厅门前,两旁俯首恭立。

增祺将军昂然落座后,王世祺到内室请出岳丈吴大人,宴会就正式开始了。席间,人们频频祝酒,并说了很多动听的贺词,比如"做再生之父女,续两世之凤鸾"了,"结意外之奇缘,留百年之佳话"了,等等。这些自不必一一尽述。

且说宴会将至半酣,增祺将军的随行侍从,匆匆走进客厅,绕过酒酣耳热、欢声笑语的达官贵人们,直趋增祺将军座前,躬身呈上一张门状①和一封又脏又破的信函,低声禀道:"将军大人,此人正在大门外候见。"

增祺将军扫了一眼名片和信函,不由得一阵厌恶,随手丢在身后的茶几上,十分不悦地说道:"叫他明天到将军衙门候见。"

"将军大人,此人从哲里木盟长途跋涉而来,辗转几近一年,几次濒于死亡,形容枯槁,衣履狼狈。他执意要立时拜见将军大人,现正泣跪门外,再也不肯走。而且他还说,事情万分紧要,将军看了那封信,是肯定会当即召见的。"

"嗯?"增祺将军皱起那对银白色的浓眉,回手拿过门状,只见上面写着"哲盟梅伦科尔丹",又拆开信的封函,飞快地看了一遍。他的眉头皱得更紧了,沉思了一霎,迅速把门状和信揣入怀中。然后,招手唤过正注视着他的王世祺,低声说了一句什么。王世祺离去后,他便立起身来,朝邻座的吴隆义略一拱手,走出客厅。到了外面的石阶上以后,对随行侍从说:"叫科尔丹到侧厅见我。"

---

① 即名帖、名片。

7

科尔丹被带进侧厅。他看了一眼正面太师椅上端坐的增祺将军,慢慢甩开马蹄袖,跪拜在地,用无力而沙哑的声音说道:"将军治下哲里木盟梅伦科尔丹参见将军大人!"

面带怒容的增祺将军用鼻子轻轻"哼"了一声,说道:"你的职位还不低呢,梅伦?……哼!你以这副模样来见我,不觉得有失体统吗?"

科尔丹没敢站起来,双手拄在地毯上,挺了挺脖颈,挑起眼皮看着增祺将军,心里为受到冷遇气愤,为受到训斥恼火,为以这样的姿势同盛气凌人的将军说话尴尬,想到为了朝廷,他这半年多时间的含辛茹苦,感到伤心。特别是刚才奔波寻找增祺将军的踪迹,更觉得委屈。他是先到将军衙门的,但门官告诉他,将军到西郊赴宴去了,他一面扶着石狮的底座喘息,一面在心里哀叹自己时运蹇滞,险些落下泪来。他歇息了一会儿,望了一眼远处悠然自得的行人和繁华的街衢,重重地叹了口气,咬紧牙关,挪动起已经露出脚趾的高筒靴,顺着来路往西走去。直到下午,他才大汗淋漓地走到王世祺邸宅的威风凛凛的虎座大门前。所幸的是,他的悲哀的泣述总算感动了增祺将军的随行侍从,答应替他通报和说几句好话,这才使得他得以进入王世祺的大门。想到这一切,他如何能不对眼前这个高高在上的将军产生恼恨之情?

但科尔丹不敢把这些感情流露出来,不得不低声下气地陈述道:"将军,请恕罪。卑职是从死亡中逃出来,经过几个月的颠沛流离,来参谒将军的。为了大清天下,为了哲里木盟,卑职已顾不得体面,因此获罪将军大人,万望宽宥是幸……"

增祺将军听完跪拜者不软不硬的回答,心里的恼火更有增无减。他讥讽地冷笑一下,大声说道:"如此看来,我倒应该先慰问一下你的辛苦。是吗?"

"不,将军大人。我只是如实回禀我的苦衷,乞请大人哀怜……"

"不用啰唆。你就干脆说来此有何见教吧。"

"将军大人……"

"请起,请坐。"

"将军大人这样说,奴才是不敢起身,不敢仰视将军大人的。"

"那就听便,你就这样说好了。"

"遵命。将军大人,我今天代表色旺诺尔布桑保王爷的在天之灵向将军大人报告如下不幸事件……"

"什么,什么?色旺死了?"

"是的,升天已经快九个月了。"

"可是这封信里并没说他死啊!"

"这封信写在王爷升天之前。我起身匆促,而又正值活佛身体欠安,信便没有重写……"

"从头说,详细一些。"

"是,大人。去年七月,守卫王府的千余名壮丁造反,围攻王府。色旺诺尔布桑保王爷为情势所逼,毁墙出奔,欲亲来将军府请罪求兵。但行至格根庙,造反壮丁尾追而至,将格根庙围得水泄不通,并威逼王爷出降。王爷身为贵胄,不愿辱没王公贵族的尊严,便写下遗书,悬梁自尽。自从出奔,卑职顷刻未离王爷左右。王爷既死,卑职本应追随地下。怎奈王爷临终前,留下遗命,叮嘱卑职一定要暂留贱躯,到盛京搬请救兵,剿灭叛匪,报仇雪耻。故此,卑职忍辱含愤,苟且偷生,逃离虎穴,历尽艰险,来参见将军。万望将军大人怜悯王爷一片忠贞,体察臣等翘盼之心,立即发兵,平定逆旅,哲盟数十万生灵必永颂将军大恩!"

增祺将军听完科尔丹的哭诉,皱起眉头说道:"竟如此严重! 一波未平,一波又起,简直到处一塌糊涂……不过,两千里的路程,你何至于走了这么久?"

科尔丹扬起胳臂,用异常肮脏的袖头拭了一下眼泪,讲述了途中的遭遇。增祺将军一面听着,一面看着叫花子一般的科尔丹,心里倒生了怜悯之意。他叹了口气,态度显得和蔼多了,声音也变得柔和了:"你起来吧。"

"谢将军。"科尔丹费劲儿地从地毯上爬起来,朝增祺将军深鞠一躬,退到左侧站定,等着将军问话。

"他们闹得很凶?"

"是。"

"盟内旗丁镇压不了?"

"旗丁分散各处,临时聚拢已来不及,况且各旗都自顾不暇,很难抽出旗丁往救王爷。而图什业图王府原有旗丁,又借给俄国人七百名。"

"什么?竟有借旗丁的事?简直是胡闹!这是谁干的好事?"

"将军,这是哲盟协理博克拿多的主意。他在俄国人那里得到了不少好处。"

"是他,……哼!我认识他,……这个贪得无厌的小人!他现在何处?"

"出奔时,同王爷在一起,中途却舍弃了王爷,不知逃到哪里去了?"

"这样的事,他是干得出来的。"

这时,将军的随行侍从匆匆走进来,显然是有什么要事禀报。增祺将军看了科尔丹一眼,对侍从说道:"领哲盟梅伦到后边净面换衣,并叫王管带命人给他备饭。然后你立即回来。"侍从答应了一声"嘛"后,增祺将军又把眼睛转向科尔丹,"你先去吧,饭后我会答复你的。"

科尔丹被带到后面洗了手和脸,换了一身新衣服,并吃了一顿可口的饭菜,精神比先前爽快多了。大约经过半小时,他又被唤进侧厅。这时,增祺将军正在地上怒气冲冲地走来走去。他看到科尔丹进来后,刚想说出几句已准备好的刻薄话,把这个来错了时辰的落拓梅伦打发走,却又在瞬间犹豫了一下,不大忍心了。因为站在他面前的已不是满脸污垢、衣衫褴褛,令他可怜而又可憎的乞丐,却是一个亭亭玉立、举止潇洒,令他惊叹而又喜爱的青年贵族了。他看着科尔丹清癯白皙的脸和宽额头下闪着智慧和希望的亮光的大眼睛,心里说道:"多么英俊可爱的青年,只可惜生不逢辰。"他这样想着,就不能不对自己要说的话做了一番修正,威严的态度里也掺进了一点儿慈祥,冷峻的语气里也隐含着怜悯和无可奈何了。

"一会儿你同我回将军衙门。明天我将派车把你星夜送回哲里木盟。限令你们在三个月内把逆贼荡平。如果克期不效,拿你是问!"

"那么,派兵的事……"

"派兵!派兵!我派个鬼!我的事情够多了,你们又来胡搅!"

"将军大人!"

"少废话！回去后,立即召见各旗扎萨克,让他们各出一千名旗丁。我将给你带一个任命状,在确定哲盟盟长继任人以前,盟内各扎萨克,无论是郡王还是公爷,均由你辖制,剿匪等一切事项,由你全权处理。"增祺将军说完,就准备往外走。

满怀希望的科尔丹听到增祺将军的话,猛地一抖,扑通一声跪下去,扯住增祺将军的衣襟,哭着说:"将军大人！小子了无军事才干,如何担得了如此重任？这对我无异加刃于颈,万望将军大人垂怜,另行简任。再者,哲盟旗丁久乏操训,武器粗劣,且又军心涣散,倒戈者与日俱增。此等兵勇,何堪重战？而造反队伍中,有额勒瓦奇尔等诸多智囊,有格力图尔等无数勇夫,虎踞王府之险要,正所谓方兴未艾,锐不可当,且又与贼首巴兰森格合璧,更是如虎添翼。大人试想,以不堪重战之旗丁,对方兴未艾之强敌,何异于以卵击石、投食馁虎？扬汤止沸,莫如釜底抽薪。望将军大人以大清天下为重,星夜发兵,廓清草野,救哲盟于水火吧！"

"住口！"增祺将军喝道,他本想狠狠训斥几句,但看到科尔丹泪流满面的可怜相,实在有些不忍心。而且,他心里明白,科尔丹方才的话,未始不是真情,哲盟搞得一团糟,他是早有所闻的,只是鞭长莫及,好久未有过问了。所以,他没有说出训斥的话,却是重重地叹了一口气。

过了一会儿,增祺将军低头说道:"是啊,你说的大概是实话。……唔,你刚才说的巴兰森格是个老太婆吗？"

"是的,大人。她是哲盟有名的女盗魁。"

"奇怪……"增祺将军沉吟道,"好,你起来吧。"

"谢大人。"

"来人！"

增祺将军话音刚落,随行侍从跑了进来。

"去告诉王大人,我不到客厅去了,我要在这里多待一会儿,不必备饭,让他命人送过水来。等一等！叫王大人立刻来见我。"

侍从走后,增祺将军坐回到太师椅上,并指了指旁边一把椅子,示意科尔丹也坐下。科尔丹说了声"谢大人",便也坐下去了。

"科尔丹,我现在就告诉你。我对哲盟虽负有责任,但我却不能拨出一兵一卒给你。因为我的兵力要全部用在剿灭义和团上。"

"剿灭义和团？"科尔丹惊讶地仰脸问道。

"是的。一切祸患都是他们酿成的。"

"可是,他们不是灭洋扶清吗?"

"蛊惑人心而已。太后也曾表示支持义和团。糊涂,这是糊涂!结果是得罪了洋人,弄得个兵连祸结。……科尔丹,我看你还算是个有头脑的青年,我可以告诉你,刚才下人来报,俄国代表索拉吉辽夫将军约我于明天会谈。他们的十七万军队,开进了东三省,现全部驻扎在东清路沿线。我受到朝廷和俄方双重挟制,处境困难。① 杨儒公使又不知权变,在彼得堡谈判中失利,弄得我手足无措。树欲静而风不止,可恶的拳匪又从中捣乱,不时骚扰沙俄驻军和破坏路轨,近来又出了个什么'忠义军',人数竟达二十万之众,找了不少麻烦。这就使雷萨尔公使大发雷霆。索拉吉辽夫将军便是受命来同我交涉的。他们提出,我们必须剿灭拳匪、保护东清铁路,否则就不撤军,并要永远占领整个东三省。吉林将军长顺已答应了。我……也答应了。"

科尔丹听着增祺将军的话,惊得目瞪口呆,久久说不出话来。

"将军大人。"科尔丹终于喘过气来,轻声说道,"脚下的土地乃我大清的土地。俄国人如此要挟我们,岂不是太不讲理了吗?"

"唉,当今势力世界,曲直难以理定。我们必须承认,俄国是比我们强大的。"

科尔丹在心里呻吟了一声说道:"我觉得,我们即或剿灭了义和团,也避免不了俄国人占地屠城。"

"这倒是个次要问题。他们不会长久不走的。但是,假如拳匪得势,却有可能灭掉大清。俄国人不是不喜欢大清,只是不喜欢拳匪……"

科尔丹头脑昏昏然地捕捉着增祺将军的似乎在空气中飘动的声音,眼前又出现在王府同索拉吉辽夫交谈的场面。这两个人,一个清朝的将军,一个沙俄的银行家,所说的话何其相似乃尔!他不想再说什么了,只是悲哀地问道:"将军大人,您是不能发兵挽救哲盟了吗?"

"我已经说过了。心有余力不足,真是无可奈何。不过,你还可以到热河都统府去试一试,那里拳匪势力小,也许能有力量救助你们一下。"

---

① 事实是:增祺曾被俄军软禁,为自保,暗地签订了一个卖国条约。为此,清廷将他革职,但慑于俄方压力,旋又准其复职。

"谢谢大人的指教。……大人,您方才说,那个俄国代表叫索拉吉辽夫吗?"

"是的。以前是个银行家,现在是个将军了。"

"他住在什么地方?"

"俄国代办处。——我看你该走了。"

"是。我想去见一见索拉吉辽夫。"

"唔?你认识他?"

"我们有过很深的交往。"

"是吗?"增祺将军惊讶地问道。

"是的。我们认识很久了。而且,我还救过他的命。"

"是吗?说说是怎么回事。"

"那是去年的事了。我到京师采办王爷寿礼,在街上碰到义和团正押解着索拉吉辽夫。我向义和团的战士证明他是安分守法的俄国小商人,才使他免于处决。"

增祺将军捋着胡须沉吟道:"唔,是这样。很好,很好……那么,你这次见他的用意何在呢?"

"我想向他借几千支火枪。"

增祺将军站起来,低头踱了几步,最后停在也站起身来的科尔丹面前,"那么,你晚走一天。我给热河都统府写一封信,他们一定会为你出兵的。还有,今天晚上,你代表我去见一见索拉吉辽夫将军,我给他送点儿礼物,至于你应该说些什么,待回到将军衙门时再和你谈。"

正说着,有人送来茶水和果品。同时,王世祺也轻轻走了进来。

8

王世祺走到增祺将军面前,毕恭毕敬地俯首道:"不知大人传唤卑职有何指教?"

增祺将军向他指了指右边的座位,又向科尔丹指了指左边的座位,示意眼前的两个人可以坐下,自己则慢慢走到中间的太师椅上坐定,这才面对王世祺问道:"听说你处监押着一个拳匪的女首领,是吗?"

王世祺一惊,连忙站起来,一面在心里奇怪将军何以得知此事,一面不得要领地回答道:"是的,将军大人。因近日家事纷纭,心绪芜杂,此事尚未向大人禀报,尚乞恕罪。"

"请坐下。"增祺将军平淡地说,等到王世祺满腹狐疑和心慌意乱地坐好,他又继续说道,"此人名叫巴兰森格?"

"是的,将军大人。"

科尔丹坐在那里,心事重重,原来并未想细听这两个军界显要的对答,特别是对清剿义和团,与其说不感兴趣,莫如说内心反感。所以,他只是出于礼貌和对将军大人赫赫威严的悚惧,才做出恭谨和洗耳静听的样子。其实,他的返辔之心早已过了辽河向哲里木盟狂奔了。但是,当巴兰森格这几个字,像空中的游丝,轻轻飘进他的耳鼓时,他大吃一惊,不由自主地挺了挺脖颈,差点儿离座而起,脱口说出:"怎么,这里也有个巴兰森格?"增祺将军和王世祺并未注意到自己的话在科尔丹身上引起的反应,而科尔丹却意识到自己的失态。他脸一红,赶忙低下头去,掩饰着明显的惊疑,但他的耳朵却像张开口的袋子,准备把眼前两个人的对话只字不漏地装进去。

增祺将军又问道:"我想,你一定知道巴兰森格的来历吧?"

"这……"王世祺支吾着,脸上的酒红渐渐退去,变得苍白起来。他本想说不知道,但又怕增祺将军早已获知底细,而担一个有意欺瞒上峰的罪名,说知道，又怕因此牵出许多隐微，而使他处于"通匪当斩"的绝境。此刻的王世祺真有点左右为难，坐立不安了。

"那么，你是不知道了？看来，令郎是对你隐瞒了他同巴兰森格的关系。"

王世祺又是浑身一抖，心想，增祺将军一定已经都知道了，再躲躲闪闪是不聪明的。他扑通一声跪了下去，恐惧又掺杂乞怜地说道："将军大人，卑职死罪！"

增祺将军却态度宽容地说："无须如此害怕。我并不想怪罪你。……这几年，时势繁复，瞬息万端，弄得我们有时手足无措，无所适从。在这多变的情势中，谁也免不了在行为上出现细过。况且，爱子之心，人皆有之，因此而造成失职，是尚可谅解的。再者，有道是'失之东隅，收之桑榆'，你近来剿匪的功绩，足可弥补以往的过失了。我已不想再去追究。只是方才我听这位年轻人——唔，对了，我忘记告诉你，他是哲里木盟梅伦科尔丹。他谈到了哲盟有个女盗魁叫巴兰森格，而你牢中监押着的义和团女首领也叫巴兰森格。因而，我想问一问，这是姓名偶合的两个人，还原本是一个人？"

"将军大人。"战战惶惶、汗出如浆的王世祺，怀罪地抬头看了增祺将军一眼，又赶忙垂下眼帘，"这两个巴兰森格实为一人。大人明镜高悬，卑职绝不敢有所隐瞒。巴兰森格救过犬子绍祖的命，绍祖感恩戴德，事如生母，她曾对绍祖讲过自己的身世。她原系马贼首领，后又参加了哲里木盟阿拉特的反叛队伍，不久，因与逆首额勒瓦奇尔反目，带领人马到了卓索图盟，并很快成了拳匪的同伙。去年冬……"

"好了，后来的事情，我不想知道的太多，你就不必细讲了。不过，听你的话里，你好像很早就知道哲里木盟有阿拉特造反的事，对吗？"

"是的，大人。去年冬天就知道。"

"这就是你的不是了。"增祺将军说道，声音虽仍很平静，王世祺却明显地感到包含着愠怒，"我应该是在去年冬，而不是在今天才知道盛京将军府管辖的哲里木盟出了乱子。"增祺将军说到这里，忽又眉头一皱，转向目瞪口呆的科尔丹，"科尔丹，我倒忘记问你了，为什么只有你来告急？除了盟长，还有那么多旗的扎萨克呢？"

"将军大人。"科尔丹站起来说道，"按理早该有人来下告急文书。但是，各旗扎萨克一定以为色旺诺尔布桑保王爷会派使者前来，因而只是倾力自

保,静待援兵。而当时,王爷左右,要么血染黄沙,要么逃之夭夭。捐生者自不当承担迟报的罪责,苟活者又有几人以国事为重?至于卑职,因与王爷同时出奔,未曾相舍,且是唯一目睹王爷灵魂飞升的人,这跋涉请兵的责任,非卑职,更是何人?因此,迟报的罪责当由小人领受……"

增祺叹了一口气说:"是呀,你说的也很有道理。况且,你在途中吃尽了苦头,我不能再责怪你。你坐下吧。"

"将军大人如天之仁,卑职没齿衔颂!"科尔丹说道,深鞠一躬,坐了下去。

过了一会儿,增祺将军对仍旧跪在那里的王世祺说道:"世祺,在这件事上,你是失职了。"

王世祺诚惶诚恐地说:"卑职死罪,……卑职原以为,阿拉特散居草野,难于聚合;而些许马贼,不过骚扰劫掠而已,不会成其大事。故尔未曾留意……"

"当时也许是如此,可是我们给了他们整整十个月的时间,势必养成了羽翼,已是不好剪除了。"

"将军大人……"

"现在担心,为时已晚。你起来吧。"

"是"。

"坐下。"

"谢大人。"

增祺将军喝了一口茶水,眯着眼看了看不断拭汗的王世祺,令人难以觉察地冷笑了一下,缓声说道:"我们暂且把两千里以外的事情放一放,谈谈眼前的事情吧。你打算怎样处置巴兰森格呢?"

"卑职唯将军之命是听。"

"那么,你就在明天把她押送将军衙门。我要当着俄国代表的面将她处决。这也算我替你解决了一个难题,据说,因为她同令郎的关系,使你对她的处置很为难。"

"将军大人,卑职是绝不敢执法徇情而犯下包容卖放之罪的!……"

"这很好。"增祺将军说道,略作停顿,"另外,我想让你把令郎和巴兰森格一同押解将军衙门。不知你可舍得?"

王世祺一闻此言,脑袋里轰然一声,惊骇得一时说不出话来。方才还闷热得不断冒汗,此刻却犹如一阵寒风突然袭来,冷得发抖;又红又热的面颊,霎时又变得惨白起来。他知道,将军大人绝不是在开玩笑。如果他唯一的儿子被带到将军衙门,是绝无生理的。儿子一死,他还有什么心思继续活在世上?况且,春兰之所以同他合谋掩饰他杀妻之罪,最主要的原因是她能够和儿子团聚一处。儿子真要被处死,春兰精神上的依托也就不复存在,事情会发展到什么地步?那后果,实在不堪设想……

正当王世祺头脑轰然作响,心里波涛涌动,喉咙似有骨鲠,口中讷讷无言的时候,增祺将军把霹雳一样的声音,继续震进他的耳鼓。

"其实,这也是为你着想。绍祖是你的义子,虽非路人,毕竟不是亲生骨肉。再说,他从小被吴夫人抚育,历十数年之久,据说相处如亲生母子,而今绍祖已是十八九岁的壮汉,非无知幼童可比,已很难同张夫人相处,免不了日后生出纠葛。至于张夫人张春兰,正是妍妍少艾,也许不久即可为你生下一男半女。更兼绍祖眉宇间自有一股凌人的盛气,绝不肯受人冷落。到了那时,如何保证你和张夫人相安无事?所以,依我之见,还是舍弃他。一可以使夫妻和悦,二可以避免因子得祸。"

"大人!"王世祺悲哀地叫道,站起来准备扑到地上给增祺将军叩头了。

"不要如此。"增祺将军说道,"就坐在那里说好了。"

王世祺不得不重新坐好,但那屁股无论如何坐不稳了,而且那样子,就好像随时都要跪下去或立即瘫倒似的。

"大人!万望高抬贵手,留下绍祖一命。春兰是肯定能和绍祖处好的,她不是那种心胸狭窄的人……"王世祺说到这里,忽然意识到自己的话有失斟酌,咽了口唾沫,立即改了口,"大人,卑职是说,春兰即是玉婵,她不会忘记同绍祖十几年的母子之情的。至于绍祖过去的劣迹,实为卑职之过,我一定严加教训,使他不再同拳匪往来……"

增祺微微一笑说道:"看你急切的心情和恳切的话语,我倒疑心绍祖乃是你的亲生儿子,而张春兰倒像你真正的结发妻子。"

"将军大人!您的话实在令卑职惶恐,……卑职万万担当不起!"

增祺将军用鼻子"哼"了一声,拉下脸说道:"算了!不要再巧舌如簧地掩饰了!我问你,王芝生是何人?卓雅又是谁?"

王世祺一下子瘫在椅子上动不得了,好一会儿以后,才猛地站起来跪下去,声音嘶哑地哭喊道:"将军大人饶命!容小人一一供述……"

"不必了。我都知道。"增祺将军慢慢站起来,在地毯上走了几步,把视线在科尔丹脸上停留片刻后,又转向王世祺,"我下面有些话,本该只同你一个人说。不过,这位哲盟梅伦在场也不打紧,况且,我还想让你同他共事一段,他听了也有好处。你起来,坐下去。"

王世祺哆哆嗦嗦站立起来,看到增祺将军在缓缓踱步,却没敢遵命落座。

"我问你,世祺,吴隆义没产生一点儿疑心吗?"

"是的,大人,暂时没有丝毫疑心。"

"那就好。你听着,第一,你和绍祖、春兰都是犯了死罪的人;第二,你从即日起,同吴隆义已再无翁婿的关系;第三,吴隆义暂时还确信春兰身上是玉婵的灵魂。如果你不希望你和娇妻爱子在同一天绑缚法场,互相看着惨遭杀戮,那么,你就必须在一个月之内,寻找机会,把吴隆义除掉。然后,我给你备下车马,可携带春兰、绍祖以及细软,同科尔丹同赴哲里木盟,你可以再来一次更名改姓,协助科尔丹剿灭造反的阿拉特。如果剿匪立功,那你的前途就不仅是官复原职了。我的话你听明白了吗?"

"大人,卑职……明白。"

"还有,你那个巴兰森格已经逃出牢房,不知去向了。你知道吗?"

王世祺惊讶地说:"不会的!"

"令郎在家吗?"

"在的,正在书房读书。"

"命人把他叫来。"

"是。"

王世祺到外面叫人去喊王绍祖,很快又折回侧厅,恭立一旁。

已经落座的增祺将军看着失魂落魄的王世祺,命他坐下,然后说道:"我是今天早上听到巴兰森格越狱的报告的。我已着人四处寻踪追捕。正是为此,我才未能按时来赴宴。至于你现在仍不知道,也可以理解。你的下属大概是考虑今天是你的喜庆日子,不便用一些不愉快的消息破坏你的好心绪,因此尚未禀告。"

王世祺惨然一笑,没有说什么。

这时,门帘掀动,一个身躯挺拔、气宇轩昂的年轻人,泰然自若地走了进来,到了地毯的当中,略一俯首,说道:"参见将军大人,参见父亲大人。"

"绍祖,我问你一句话,你要如实讲来。巴兰森格是怎样逃出牢房的?你知道吗?"

王绍祖略显吃惊地看了看增祺,说道;"知道。是我放她走的。"

王世祺不听此话犹可,一听是他放走了巴兰森格,立时眼前昏黑,口如塞物……半响,才悲哀而又无可奈何地喝道:"逆子!竟干出这种事!还不跪下!"说着就要扑过去痛打王绍祖一顿……

增祺将军挥手制止住发作起来的王世祺,又朝着面不改色的王绍祖说道:"不必跪下,就这样回话好了。你可否讲讲是怎样放走巴兰森格的?"

"当然可以。"王绍祖的态度已经变得安然自若了,"昨天夜里,我带着一个仆人,到牢房探监。因为牢头知道巴兰森格救过我,便放我进去了。到了牢房后,我叫仆人和巴兰森格妈妈换了衣服,留下仆人在牢房顶替她。穿着仆人衣服的巴兰森格妈妈和我一同走出牢房。经过就是如此。"

"很好。你很坦率。巴兰森格逃往何处,你知道吗?"

"知道。"

"你当然不能告诉我了?"

"是的,不能。"

"我很奇怪,你为什么不同她一起逃走?"

"巴兰森格妈妈原是要我和她同行的。但据我所知,我们仍有人关在牢里,我希望能寻找机会把他们救出去。"

"我很佩服你的胆量,这样的话竟也敢讲出来。"

"这是光明正大的事,为什么不敢讲?而且,我还想请将军大人和父亲大人对义和团多加关照。"

"是吗?"增祺将军看了不知所措的王世祺一眼,微笑一下说道,"多不幸!我和令尊大人都负有剿匪的重任,如何能帮助你的朋友呀?而且,你的行为,又正好是通匪,这是犯死罪的。"

"将军大人。"王绍祖向前走了一步,拱了拱手说道,"小人以为,义和团绝非匪类,因此,我也并未犯下通匪罪。"

"我现在就告诉你,为什么说你犯了通匪罪,甚至比通匪罪更可怕。皇上早已下了清剿拳匪之令,你却恣意忤逆圣旨,与拳匪同流,甚至计骗狱吏,私放在押之拳匪要犯,这是对皇上不忠,令尊为国家重臣,身负剿匪重任,夙兴夜寐,尚恐不效,你却一意孤行,陷令尊于渎职之罪,这是事亲不孝。你说,还有比不忠不孝更大的罪过吗?"

"将军大人的宏论实为晚辈所不理解。据我所知,恰恰是皇上曾奖掖义和团灭洋扶清的宗旨,并请进京师,遍设拳坛;恰恰又是家严曾和义和团比肩并辔,同与俄军周旋。要说义和团是匪类,那么皇上应是匪首;要说通匪,则家严正是要犯!"

"住口!"增祺将军大喝道,"小小年纪,竟敢如此狂悖,口出不逊;辱骂长上,訾议朝廷。你这样肆无忌惮是很不聪明的!"

"晚生不愿做一个出尔反尔的骗子,更不愿做一个翻手云覆手雨的聪明人,倒立志成为一个光明磊落的爱国者和言而有信、表里如一的老实人。"

增祺将军拍案而起,嘴唇抖动着怒喝道:"不准你再胡言乱语!我要告诉你,你已是犯了死罪的人。如仍不听训诫、怙恶不悛,我就把你枭首示众!"

此刻的王世祺已吓得面如土色,既站不起身,又说不出话,只是把那暗淡的骇然的眼光闪射在将军和儿子两人的脸上。王绍祖却仍毫不在意,似乎还想进一步激怒增祺将军,他微微冷笑了一下,说道:"将军大人对一个抱定爱国宗旨的义和团战士,正该如此。"

要不是此刻内室的侍女慌里慌张地跑进侧厅,冲断了越来越僵持的谈话,那么,恼羞成怒的增祺将军肯定会喊人绑下王绍祖的。

"老爷!"侍女一面喘着,一面急切地说道。

王世祺问道:"出了什么事?"

"夫人哭昏了!"

"什么!"王世祺大惊道,"怎么回事?快说!"

侍女回头看了看若无其事的王绍祖,咽了口唾沫,略一犹豫,回道:"老爷,方才夫人把少爷唤去,说了一阵话,少爷出去后,夫人就伏在床上哭起来。现在已经背过气去了。老爷快想办法吧!"

王世祺刚想飞奔出去,一转念,喝退了侍女,又走到王绍祖面前,喉咙干燥地问道:"她同你说了些什么?你说了些什么?"

王绍祖冷笑道:"她说,我是你们的私生子!"

王世祺张着嘴一时说不出话,连连倒退,险些摔倒。

"何必如此惊讶?"王绍祖讥讽地说道,"今天,不正是大人志得意满的好日子吗?有了高官厚禄,又有了娇妻爱子。只可惜,你的爱子却是个私生

57

子。"

"不！不……要说了。"王世祺捂着耳朵跌坐到椅子里。

"为什么不说？你大概还想问问我刚才同您尊贵的夫人说了什么话，对吧？那我就告诉你，我对她说：'你比我父亲诚实，因为我总算从你口中知道了我的来历。不过，我已把爱母亲的感情献给了前母玉婵夫人，如果我的身上还残留着爱母亲的天性，那么，我将把它全部献给巴兰森格妈妈。至于你，我的生母，今天只是见我的最后一面！'"王绍祖气愤而又悲痛欲绝地说着，眼泪不断从面颊滚落下来。

"你……你就这样……说的吗？逆子，你好狠心！她为你吃了多少苦呀！"

"她为我……吃了多少苦？……是呀，还有大人您，也为我吃了不少苦，对吧？我真应该跪在大人和尊夫人脚前，痛哭流涕，感谢你们给了我这个可鄙的形体，感谢你们高抬贵手，把我从养子的卑微身份晋升到亲生儿子的荣耀地位。大人，您说对吗？"王绍祖说到这里，眼睛里的泪水早已烧干，用那浑浊的眼睛定定地盯在王世祺的脸上。突然，他令人毛骨悚然地爆发出一阵狂笑，猛地转过身朝门外大步走去。屋子里的几个人站在那里，面面相觑，像被人使了定身法，一时动弹不得……

"放肆，……狂悖！"

增祺将军这句咬牙切齿的话，是在王绍祖走出去至少有一分钟后，才好不容易说出来的。接着，他在地毯上走过来走过去，嘴里不停地重复着："大逆不道，大逆不道……"最后，他停在懵然伫立的王世祺面前，语气变得又凶又狠，"听着，把王绍祖看管起来；立即派出重兵，去给我追捕巴兰森格！"

增祺将军说完，便怒气冲冲向外走去，险些被飞跑着闯进来的门官撞倒。门官胆怯地看着恼怒的增祺将军，觳觫着跪下去，向王世祺禀道："大人！——伙拳匪捣毁了西牢，现正围在门外，声言不交出巴兰森格，就冲进来，杀个鸡犬不留。"

屋里的人都被门官报告的消息惊得目瞪口呆……

9

巴兰森格是在昨天夜里离开盛京城的。为了躲避官兵,她选择的是隐蔽曲折的田间小道。她的坐骑是王绍祖给她准备的一匹出色的走马,跑得又快又平稳。不知过了多久,也不知行过了多少路程,到了什么地方,她突然控住缰绳,只令坐骑在雾霭迷蒙中缓缓地向前行进。

人在经历过种种劫难之后,即或是一场死里逃生之幸,也付之平常,没有那种高亢的兴奋和激动了。现在的巴兰森格就是这样。她的队伍被哥萨克骑兵打得七零八落,而她在落入官兵手中后,她就确信自己的生命已经结束,灵魂已经飞升了。她不相信会有什么奇迹,甚至不希望发生什么奇迹,她已把生命看得太淡泊了。如果她原本没有形体,那就不会经受这么多苦难,她那如火的感情也就不会临近熄灭,一切生动的合情合理的渴望也就不会顿然消逝了。因此,她想,在刑场上屠刀一闪,捐弃了肉体,也许是最惬意不过的一刹那,从此,她的灵魂就算获得解脱了,她会自由地无所不在地去拥抱她所爱的一切。可是,正当她平静地甚至十分虔诚地等待这一刹那的时候,王绍祖却突然出现了……

然而,当她踏上田间小路,知道已经完全脱险以后,她又后悔起来。为什么要逃避死亡,为什么要接受王绍祖的救助呢?前面等着她的是什么?生命中除了痛苦回忆的折磨,还会有别的内容吗?王绍祖恳切地说,义和团的弟兄们需要她,因而她不应该放弃逃生的机会。可是,她自己需要的东西在哪里?难道她活在世界上,仅仅是为了满足别人的需要吗?她早已年过半百。尽管在外人看来,她只像四十岁左右的样子,而且仍显露着青年时代的风韵。但她自己清楚,她的心早已超过了一百岁,她的感情早已枯竭了。在五十多年的岁月中,她几乎寻找不到快乐的记忆。也许,只有少女时代,她作为远近闻名的美女,曾做过快乐的梦,但那太短暂,而且太久远,模糊得似有若无了。后来,她被"马贼"首领扎木苏抢去,因而自己竟做了"马贼"首领以后,生活的基调完全变了。家庭,放牧,赛马,这些概念渐渐淡薄,终至于从她脑海里消失。她只是带着部下,在打家劫舍和逃避官兵的清剿中,度着惶惶不安的日子。当她认识到东躲西藏无所作为,想拉起人马轰轰烈烈大干一场的时候,人已衰老,遇事感到疲倦和力不从心了。她没有成就的事业,在1900年,由格力图尔等几个年轻人完成了。她很兴奋,接受了邀请,带领她的人马下山参加了起义队伍。可是,她又天性骄傲,总觉得惭愧,因为在攻打王府和追赶王爷上,她没有尺寸之功。加上起义者推举的统帅额勒瓦奇尔与她的性格有相似之处,就是不愿受制于人。因而两个人一见面,就由于意见相左产生了隔阂,她看到以后的日子里避免不了会发生仇隙。与其日后争强斗胜,莫如一开始就分道扬镳。就这样,她连女儿乌日娜金也没有等,便在到图什业图王府的第二天,率领她的三百人马返回山寨,继而向南开拔了。她希望在卓索图盟能找到真正的同伙,格力图尔的爸爸桑布,就曾经在这里做过义军首领白凌阿的副将。可是,她又失望了。东辽河一带已不再是以往的卓索图盟,这里不再有毡帐和畜群,展现在她面前的是瓦顶和田园。正当她进退维谷的时候,在一个偶然的机会里,王绍祖第一次成了她的救命恩人,并使她开始接触义和团的组织和思想。她有生以来,第一次感到眼界开阔了,心胸豁然开朗。从此,她的人马成了义和团的一部分。半年多的厮杀,她成了威震东辽河的名将。她自己也奇怪,战绩、荣誉、以及人们对她的崇敬,总不能使她快活起来。后来,她终于悟出,她的心仍旧系在草原和毡帐上。她渴望回到家乡,渴望见到女儿。但是,一场苦战,又击碎了她的梦。她的部下死伤大半,剩下的也星逝云散了,她自己则成了阶下囚。现在,她虽然没有被绑赴市曹砍头,重新获得了自由,但是,她能这样返回家乡吗?如果连原班人马都带不回去,她有什么脸面去见自己的乡亲?

　　想到这些,巴兰森格如何能不悲痛欲绝,又怎么能有心绪策马狂奔呢?结果,她从深夜走到黎明,从黎明走到中午,离开盛京城也不过六七十里地,却已经人困马乏了。

　　田间小路快走尽的时候,巴兰森格听到了一阵激流拍岸的喧嚣声,举目一看,正有一条河流横在眼前。她到过这里,知道这条河虽不甚宽阔,但崖岸壁立,河水很深,坐骑是无法涉渡的。她准备沿着河岸溯流而上,寻找那座连接南北两岸的石桥。她刚刚拨转马头,突然像有一只铁钳紧紧夹住了

左腿,还没容她细想,就觉得飞一样向下落去。一阵剧痛唤回了刹那间消失的意识,她明确地感到有一个沉重的身体压在她的脊背上,一双大手正向她的颈项伸去。不知为什么,她竟在这突如其来的厄运前面轻笑了一下,心里说道:"真没想到,没叫官兵杀死,却被一个剪径的无名蟊贼送进了阴府。不过也好,总算可以结束一切了。要是能看一眼女儿……咳,临死前大概只有这一件憾事了……"她想着,慢慢合上了眼睛,平静地等待着最后的时刻。可是,出乎她的意料,那双伸向她颈项的大手好像抖动了一下,向里收拢的力量也渐渐退去。接下来,脊背上的压力也消失了,与此同时,她的身体被一双有力的大手翻转过来。她睁开眼,看到一个面貌英俊身体魁梧的青年正怀罪地向后退去,那样子就好像知道自己做错了事,等着接受理应获得的训斥。

巴兰森格感到腰间疼痛,忍不住呻吟一声,慢慢坐起来,心里纳闷遇到的竟是这样一个怪人。

这时,那个青年不好意思地垂下眼帘,遮住了他那深邃诚实的眼睛,不得要领地鞠了一躬,轻声说:"我……不知道你是个女人。我不能抢一个女人的马。你走吧。"

青年人说完,转过身想立刻逃走。这使巴兰森格愈加莫名其妙。她下意识地看了看身上的衣服,这才记起穿着的仍是王绍祖的仆人的号衣。难怪这个年轻人说不知道她是女人。看来,她遇到的剪径者倒很有点儿大丈夫气概。

"等一等。你是谁?为什么干起这种行当?"巴兰森格一面问,一面站起身来,摘下帽子擦去满脸的灰土。

那个年轻人并没有回过身来,稍显不满和急躁地大声说:"告诉你,我根本就不是强盗。我需要一匹马,……我放了你,你就快走好了!"

巴兰森格想道:"好大的火气。"同时,她觉得这年轻人的声音很熟,还有那一双勇敢的大眼睛,似乎也曾见过。她皱着眉头想了一下,突然,她的眼睛一亮,兴奋地大声说道:"是你?格力图尔!回过头来,看看我是不是你要寻找的女人。"

那年轻人猛地一抖,飞快地转过身来,一下子认出了巴兰森格。他呼喊着:"班卡妈妈!"奔过去,扑到巴兰森格脚前,抱住她的腿,哭了起来。

巴兰森格轻轻拉起格力图尔,无限感慨地流下眼泪,喃喃地说道:"'班卡'……多亲切的名字。好像有一百年没人这么叫我了,我也……快忘记了这个名字。我为什么不永远是班卡,竟成了什么巴兰森格呢?"

"班卡妈妈,我找您找得好苦啊!"

"对了。告诉我,你是找我回家乡,对吗?"

"正是,班卡妈妈。大家都盼着您回去。乌日娜金也非常想念您。"

"乌日娜金……我的好女儿。她,她为什么不和你同来?"

"她原是要来的。但额勒瓦奇尔说,路途很艰险,他不放心。这样,我就自己来了。"

"你是说,额勒瓦奇尔很喜欢她?"

"喜欢极了!像对自己的女儿一样。"

巴兰森格沉吟了一下又问道:"你们的事业很兴旺?"

"非常兴旺。越闹越大了,现在足有五千人马。额勒瓦奇尔说,我们现在是兵强马壮。他还说,希望您回去担当副统帅。"

"副统帅……是呀,我本应该回家乡去,当初真不该离开家乡呀!"

格力图尔高兴地说:"那么说,您答应回去了?"

巴兰森格眼里闪动的亮光又渐渐暗下去,她轻叹一口气,一股深切的悲哀袭上心头,声音凄楚地说道:"不……我什么也没有答应。——唔,你们结婚了吗?"

格力图尔脸一红说:"没有。"

巴兰森格奇怪地皱起眉头说:"为什么还不结婚?你回去后就结婚,告诉乌日娜金,这是……我说的。"

"要是您跟我一起回去……"

"不,格力图尔,我现在还不能回去。我来的时候,带了三百多名乡亲,可现在……一个连三百人都保护不住的无能首领,怎么能去带领五千人的队伍?你知道我们这里发生了什么事情吗?"

"知道。我循着您的名字,一直找到东辽河,碰到了和您同来的道尔吉,他受了重伤。他告诉我,您的一千多人都被打散了,您被捕后被押往盛京城。前天,巴音赛克图总算收拢了一百多人,到盛京城去搭救您了。"

"什么?!"巴兰森格大惊失色地说道,"巴音赛克图带人进盛京了?"

"是的。"格力图尔没注意到巴兰森格的脸色变得苍白,继续叙述下去,"所以,我没在东辽河迷虎山停留,星夜向盛京赶来。走到这里,被河流隔

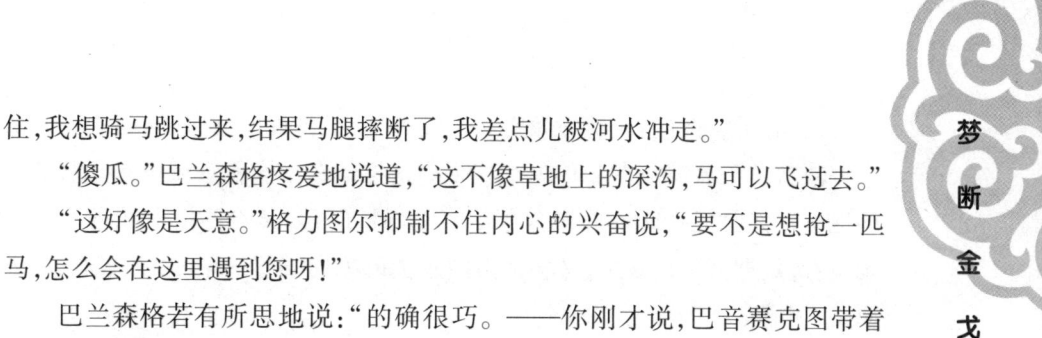

住,我想骑马跳过来,结果马腿摔断了,我差点儿被河水冲走。"

"傻瓜。"巴兰森格疼爱地说道,"这不像草地上的深沟,马可以飞过去。"

"这好像是天意。"格力图尔抑制不住内心的兴奋说,"要不是想抢一匹马,怎么会在这里遇到您呀!"

巴兰森格若有所思地说:"的确很巧。——你刚才说,巴音赛克图带着一百多人想进盛京城劫狱?"

"这是道尔吉亲口对我说的。错不了。"

"是呀,错不了。巴音赛克图,是会这样做的。"

"他们这一去一定很危险吧?"

"危险?不……不会有什么危险。"

"要不要我去看看情况?"

"不!他们……不会有危险,不会出事的。格力图尔,你什么时候走?"

"这要看您确定什么时候启程。"

"不要等我,你马上就走。回去告诉他们,我很快会回去的,只要我的队伍还能扩大到一千人。"

"我等您……"

"不行!"巴兰森格焦躁地大声说,"你必须先走。四面八方去收拢逃散的人马,什么事都可能发生。我不仅为了你,更主要的是为了我可怜的……女儿。"

"班卡妈妈!……"

"别说了!"巴兰森格不容反驳地挥手道,"骑上这匹乌骓马,把它当作乌日娜金的……陪嫁吧。来,好孩子。"巴兰森格充满感情地搂过格力图尔,"再喊我一声妈妈,……替乌日娜金。"

格力图尔感到巴兰森格的热泪滴到他的发际,忍不住哭起来:"妈妈……我不走……"

"听着,格力图尔。如果你想当我的女婿,希望我有一天回到你们身旁,就听我的话。骑上这匹马,离开这里。如果你再说出别的话,我会立刻从你眼前消失,叫你永远找不到我,就像你第一次到山寨找我那样。"

格力图尔无奈,只好牵马慢慢离去。巴兰森格见他犹豫和踯躅不前的样子,在后面大声喊道:"还寻思什么!上马,回去!"

格力图尔终于在前面河湾处的柳树丛中隐去以后,巴兰森格才长出一口气,放心了。但接着,她好像要和谁发脾气,变得暴躁起来,自言自语地大声嘟囔着:"巴音赛克图!你怎么能干出这样的蠢事?盛京城可是你轻易去的地方?你要把我这一百人全送给官军的!而且,又险些搭上我的女婿!"她说着,重重打了个咳声,又朝格力图尔去的方向扫了一眼,才一狠心,顺着原路,朝盛京城大步走去……

巴兰森格的担心不是没有道理的。当她从格力图尔口中得知,巴音赛克图贸然进入戒备森严的盛京城,就立刻预感到,她的一百多名忠诚的部下已经处于极大的危险中。官军早就恨不得一下子荡平她这个义和团的残部。躲避尚且来不及,怎能自己送上门去?不要说仅仅百余人,根本无法攻破监狱,就算有一千人,救出了巴兰森格,又怎样冲出城来?这无异于自投罗网。但她在格力图尔的面前,没敢流露出这种担心和急切的心情,她知道,这个勇敢直率甚至有点儿莽撞的年轻人,一旦猜测到她又要冒一次险,肯定要和她同行的。那样,什么事情都可能发生。她是决不愿意让女儿再经历一次失掉恋人的痛苦的。所以,她用假装出的怒气和家长的威严,赶走了格力图尔以后,便急匆匆向盛京城走去。她设想,她只能看到血染街衢的残局。

那么,巴音赛克图是否会把一百多名义和团战士白白送给官军呢?

巴音赛克图长着一副稍显滑稽的长脸,说话时总是先挤挤眼睛,常常哈哈大笑,感染得别人也忍俊不禁。但他可不是个办事鲁莽的人。一事当前,他总能从脑袋里掏出比别人聪明的办法。如两年前,他巧妙地哄住了一群俄国人,和格力图尔一起,放火烧了俄国人的营帐,使俄国人对哲盟森林的勘察计划无法进行,事成后,他自己逃得无影无踪,还消除了可能使格力图尔受到怀疑的一切痕迹。后来,他随巴兰森格来到东辽河,勇敢和智慧使他很快成了巴兰森格的得力助手。就是这次来救巴兰森格,也不是仅仅凭着似火的肝肠去瞎闯一阵。他探听到巴兰森格被监禁在西牢,便叫部下分散四处,不引人注意地慢慢向牢门集中。然后一声呼哨,一百人在瞬间聚拢一处,飞骑直冲牢门,杀得狱卒们措手不及。这时,巴音赛克图并不知道巴兰森格已被王绍祖救出,所以找不到首领的影子,他以为一定被王世祺转移到更加隐秘的地方去了。这时的情况是,无论是进一步访查还是"鸣金收兵",都来不及了。他便带领人马直奔王世祺邸宅的大门,他想,只要在被官军包围以前挟持到这个三营管带,就有救出巴兰森格的希望,否则,这一百多人

梦断金戈

就非得列队进入冥府不可。

写到这里,我们总算又回到了原来的情节。我们在前文写到,王世祺的门官冲进侧厅,报告了一伙义和团战士企图杀进院来的消息,使王世祺和增祺将军十分震惊。这时,那铁皮大门早已扣死了门闩。而王世祺在惊定之后,立刻下达了两项命令,一是要拼力守住大门,二是派人从后门速去西三营调兵前来围剿暴徒。这样,巴音赛克图和他的一百多名已失掉一半信心的战士,更陷入了进退两难和惊慌失措的境地了。

不要说别人,就连巴音赛克图也急得心如火燎。刚才在冲进监牢时,他还哈哈大笑,对望风而逃的狱卒挤眼睛,可现在,他再也笑不出来,眼睛瞪得溜圆,好像永远也不会眨一下似的。人心动摇了。有人开始埋怨他。有人说他的脑袋在紧急情况下像一块石头。巴音赛克图默然地接受着同伴的埋怨和讥诮,绞着脑汁搜索着主意。冲开大门显然是不可能的。翻越那高墙也是不行的,对院子里的情况他还一无所知。时间在飞逝,危险在接近,情势的紧迫既不允许他多想,又不允许他莽撞。但渐渐的,一个模糊的意念驱使他骑马走到琉璃瓦顶的墙下,他跳起身,踩上马鞍,向院里看去。他一眼看到的是侧厅门口站着两个怒气冲冲的人,从那大块头的身体和豪华的服饰,看得出身份的高贵,其中肯定有一个是王世祺。巴音赛克图巡视了一番院子里的情况,灵机一动,突然回过头来对同伴们挤了挤眼睛,说道:"弟兄们!你们的好运气来了。放心吧,有我巴音赛克图在,就不会让你们吃亏!你们从一数到五百,那时大门不开,你们就四散逃命好了。"说完,他手握墙头的琉璃瓦,在马鞍上轻轻一纵,便飘落在高墙的顶上了。

巴音赛克图叉开双腿,站在瓦脊上,朝着侧厅高声喊道:"你们哪位是王世祺,过来有话说!"

王世祺向前走了一步,也高声回答道:"巴兰森格已经放出去了,你们还来闹什么!"

"唔,原来你就是大名鼎鼎的王世祺呀!和你说吧,你骗不了我们。不交出巴兰森格,我们可就不客气了。"

"我不骗你。巴兰森格真的放出去了。"

增祺将军对王世祺说道:"少和他废话。"说着,从怀里摸出手枪,飞快地向巴音赛克图打了两枪。

只见巴音赛克图在墙上左右跳了两跳,就双手捂着胸口俯下身,顺着高墙一下子滑落到院子里去了。

　　增祺将军也没估计到会打得这样准。他在年轻时也曾打一手好枪,后来多年荒疏了,虽然腰间总是揣着防身的手枪,却一直有等于无。有那么多护卫兵丁,还用得着他的枪吗?而今天,偶然地打了两枪,却枪枪中的,为他长了脸,增了光。因此,他显得踌躇满志,一时骄矜得忘乎所以了。他冷笑了一下,把枪在手里掂了一掂,步下台阶,向他的猎物走去。

　　"将军大人!"王世祺紧跟几步,劝阻道,"请不要过去。万一……"

　　增祺将军回头微笑地看了王世祺一眼,讥讽地说:"放心,在我的枪口下,他既不会起死回生,更不能借尸还魂。"

　　听了增祺将军的话,王世祺的脸烧得像燃起了烈火。他感到惭愧和委屈地轻轻站住了,咬着嘴唇看着增祺将军向被击毙者威风凛凛地走去。

　　增祺将军原是想看看他那两枪击到了死者身上的哪个部位,好在未来的日子里向别人绘声绘色地去讲述这一奇迹。但那个倒霉的家伙却是俯在地上,他不能失去身份去翻转尸体只得用脚踢了踢那瘫在地上的腿,确信那两枪全都击中了心脏,这才慢慢回转身,准备离去了。就在这一瞬间,被他打死的巴音赛克图却真的起死回生了。增祺将军被一跃而起的巴音赛克图拦腰抱住,同时,那支非常精致的手枪,也握进巴音赛克图的手中了。

　　巴音赛克图朝着大惊失色的王世祺挤了挤眼睛,威胁地说道:"小心点儿,王大人!你要胆敢做出不利于我的举动,你的增祺将军就会马上完蛋,他可绝不会起死回生了。"说着,他用左手紧紧扯住增祺将军前胸的衣服,把右手的枪口抵住增祺将军的太阳穴,拽着他向大门走去,并继续说着,"真没想到,我能有幸会一会比王世祺大人还高贵的人物。——王世祺!你也过来!去叫手下人把大门打开,把我的人请进来!"

　　不用说,王世祺不得不痛痛快快地命令手下人开门。

　　新的谈判开始了。一百多人马集中在洞开的大门外,准备随时杀进来;院子里是胆战心惊的王世祺和一群手足无措的高官显宦。大门口则双双站着巴音赛克图和增祺将军。巴音赛克图不住地向门里门外挤弄眼睛,增祺将军却迷梦般微闭双目。

　　"痛快点儿,王大人!"巴音赛克图第三次追问道,"交不交出我们的首领?"

　　"我说过了。巴兰森格确实放出去了。"

"如果你再没有别样的答复,我可不想继续浪费时间了。听着,我要向部下下达如下的命令:随着增祺将军头上的枪声,冲进院子里,无论男女老幼,一个不留!"

"我说的确实是真话。可是你们——"王世祺说着,思忖了一下,向增祺将军接近了两步,"将军大人,看来,只好叫犬子出面了,您看是否把他放出来?"

增祺将军点头表示只好如此了。

被放出来的王绍祖很快跑到大门口,兴奋地和巴音赛克图打了招呼。

"绍祖,令尊大人说已放走了巴兰森格妈妈,是真的吗?"

"是真的。正是因为放走了她,我才被看管起来。"

"要真是这样,我只好放了增祺将军了。"

"暂时不能放。"

"可我是这样和他们讲下的条件啊!"

"你照样能成为一个不食言的人。你应该明白,官军肯定会来给他们解围,也许离这里只有咫尺之遥了。我们可以叫增祺将军和我们同行,官军就不会向我们攻击。到了郊区,我们可以叫增祺将军自己返回盛京城。"

"好!是个好主意!"巴音赛克图高兴地喊道,然后又朝增祺将军挤了挤眼睛,"请吧,将军大人。"

这时,只听得门外的战士们高呼道:"巴兰森格妈妈!巴兰森格妈妈!"原来,恰好在这个时刻,巴兰森格赶到了。

10

在那条不知名的小河边,格力图尔不太甘心地离开巴兰森格后,经过十天的跋涉,乌骓马终于把他送回到哲里木盟图什业图王府义军的大本营。在拜见过额勒瓦奇尔以后,他立即驰向"水神营",在乌日娜金的毡帐前下了马。这时,乌日娜金已把毡帐里整理好,正等着心上人的到来呢。

乌日娜金的毡帐里,基本上是按照她原来的设想布置的。但她想象的两个皮褥,却被两张很矮的铺有软垫的檀木床取代了,矮桌和小凳也被一个两边连着坐箱的凸字形的小巧玲珑的茶几取代了。这是毡帐支起来的第三天,索伦扎鲁派人送来的,他说,这原是这座毡帐配套的陈设。乌日娜金对毡帐里的布局花了不少心思,最后还是打破了对称的格调,把两张矮床并排放在左侧,茶几放在右侧靠窗子的地方。她又特意找索伦扎鲁要了一盆云松,放在茶几的里端。茶几的前半部分,便放上她经常看的各种书籍。在白天,她常常独自坐在茶几旁,把自己的精神倾注在知识的海洋里。有时,她也对着那两张檀木床出神。其中的一张是给传令兵预备的。她想,有一天这张床上不再是传令兵,而是她的丈夫格力图尔了,那会是怎样一幅情景呢?每想到这里,她便像被人偷听了心声,慌乱地捂起火热的红脸蛋,害羞得想从毡帐里逃出去。是啊,她和格力图尔多灾多难的爱恋,该有个新的开端了。以往的叹息、眼泪和痛苦,该得到报偿了。但乌日娜金渐渐发现,自己似乎还不急于结婚,似乎缺点什么或等待什么。缺什么呢?她不知道。等待什么呢?她弄不清。有一次,格力图尔和松和拉到她毡帐里做客。乌日娜金很高兴地给他俩读起书来。一开始,格力图尔如火的眼睛注视着她像朝露一样清新的脸,好像在用心听。但过了一会儿,他却打起了瞌睡。乌日娜金的眼神一小半在书上,一大半却在格力图尔的脸上。她看到他打瞌睡,便用手拍了一下茶几,使他震得一抖,清醒过来,惹得坐在旁边的松和拉忍不住一边笑，一边朝他刮鼻子。格力图尔走后，乌日娜金委屈地哭了一场。即或是十天不睡觉，在恋人面前也不该打瞌睡呀！他的眼睛原是应该一眨不眨地盯在乌日娜金的脸上的。可他，竟瞌睡起来！乌日娜金问自己，难道感到缺少的会是格力图尔的深情的注视？等待的会是有一天格力图尔也能和她一起在知识的海洋里畅游吗？她怀疑自己对格力图尔的爱动摇了，因而感到害怕。但她还是坚决地否定了这种怀疑。"不会的。"她在心里大声说道，"我会深深爱他一辈子，会一辈子做他的好妻子。是的，一定会的！"乌日娜金不是在自我欺骗，这次格力图尔去东辽河找妈妈，她没有一天不思念他，没有一天不为他担心，没有一天不在心里盼着他快回来，甚至后悔竟让他一个人走了。所以，当她听说格力图尔回来了，怎能不惊喜万分呢？她慌忙打扮起自己来，她知道，格力图尔一定会很快进入这座毡帐，来看她的。

门开了，格力图尔走了进来，后边还紧紧跟着他的几个最要好的朋友。原来，他们也听说格力图尔回来了，便都急急忙忙跑到水神营，打算在乌日娜金的毡帐里听他讲述见到班卡妈妈的情景。这几个朋友是：具有长者之风的奈曼乌勒，年龄最小又最瘦弱的松和拉，还有一直住在王府偏殿里总是异常忙碌的索伦扎鲁。这三个人中，只有奈曼乌勒曾和巴兰森格有过屈指可数的几天相处，另两个只匆促地见过一面。但他们无一例外地对巴兰森格怀着特殊的感情，怀着由衷的崇敬。他们曾几次联络共同举事。虽然都失败了，但这三个人，无论是在等待中，还是做苦工时，巴兰森格一直是作为他们的首领存在于他们的心目中的。在他们多次恳求之下，额勒瓦奇尔终于同意派格力图尔去请回巴兰森格。他们盼望她能从东辽河返回哲里木盟，心情的急切绝不亚于乌日娜金。既然获悉她没有来，便盼望能听到有关她的一切消息。盼望听到甚至比盼望见到更强烈十倍。

遗憾的是，格力图尔带回来的，除了他曾经看到巴兰森格还活着以外，没有任何其他消息。而且，这个消息，除了使几个朋友更加担忧外，没有其他任何意义。埋怨和责难的话一直不绝于耳。特别是乌日娜金，一会儿是双手捂着朝霞般的面颊哭泣，一会儿是掀动起挂满泪珠的长睫毛，把那深幽的大眼睛里的一股怨气撒向格力图尔。

"你真是木头脑袋。"乌日娜金一边伤心地哭，一边幽怨地说，唇角边的两个浅靥不住地颤动，眼角的泪珠从面颊滚落下来，"你第一次放走了她，我

69

没埋怨你。这次你又把妈妈扔下,自己回来了。你就想不到,你一离开,妈妈就会返回盛京城的!"

格力图尔自觉无力辩解,深感愧疚和悔恨地垂下头去,低声喃喃说:"班卡妈妈说,巴音赛克图他们不会出事。我就信了……"

"你什么都信!妈妈是怕你也去……她怕你出事,可她……"乌日娜金说着,委屈地抽咽起来。

索伦扎鲁叹了一口气,说道:"格力图尔,你怎么总重复自己的错误呢?你想想看,班卡妈妈返回盛京城,会发生什么事啊!万一……唉,你呀,连马你也给骑来了。你在哪儿弄一匹不行,怎么非骑班卡妈妈的!"

从来也没说过格力图尔一个不字的松和拉,这时也闪动了一下小眼睛,鼓起嘴巴说道:"以前,我们像想亲娘似的想班卡妈妈,这回可好,我们得天天为班卡妈妈担心了!"

这时,格力图尔腾地跳起来,大声说:"我太糊涂了!你们骂我好了!我现在就去盛京城,找不到班卡妈妈我就永不回来!"

"坐下!"一直沉默着的奈曼乌勒伸手拉住格力图尔,"傻瓜,这是今天发生的事吗?如果班卡妈妈真的出了事,你插上翅膀飞去也来不及了。照我看,班卡妈妈不会有危险。"

奈曼乌勒是几个朋友里最受尊重的,他的话和别人比,常常会起到双倍的作用。今天的话虽然说得也不十分肯定,毕竟使另几个人得到点儿安慰。但这几个人,谁也不明白,平常最爱说话的奈曼乌勒,今天为什么一开始竟默不作声,也没注意到,他那粗糙的总是浮现讥诮表情的脸,何以比往常苍白。

事实上,他对班卡妈妈的担心比别人更深切,他也比别人更早地认识到,格力图尔办了一件无可弥补的错事。但他知道,此刻去批评或埋怨,都毫无意义。另外,还有一个隐微的原因,即关于他日夜思念的妻子的消息。他的妻子菊花在死里逃生后,一直同班卡妈妈在一起,据说后来又同班卡妈妈同去了东辽河。奈曼乌勒觉得这太不近情理,太不可信了。不要说爱着他的菊花自己本应留下,就是班卡妈妈,也会逼着她回到丈夫身边的。尤其是从那以后,几个朋友谁也没有谈一句有关菊花的话,这不能不使他在思念和纳闷之余,产生一种非常可怕的预感。这次格力图尔见到班卡妈妈回来,似乎又没有带来菊花的消息,这就使他的预感变得可信起来。

奈曼乌勒是个感情深沉的人,那额头的皱纹和圆圆的鼻头,表明他是一个惯于思考的人。他善于克制自己的感情,从来不把内心的痛苦在别人面前流露出来。这就使那痛苦产生了十倍的力量。怪不得在起义胜利后,别人都变得年轻了,只有他的额头不断地爬上了皱纹。

所以,格力图尔在讲述见到班卡妈妈的经过时,奈曼乌勒的心像海浪翻滚,久久不能平静。他想问又不敢问;他希望格力图尔讲到菊花,又怕他真的讲菊花。他的脸如何能不苍白啊!

但奈曼乌勒毕竟是奈曼乌勒,他既不是总愿意火上浇油的索伦扎鲁,也不是总愿意替人落泪的松和拉。他知道眼前最重要的,是安慰乌日娜金和按捺格力图尔的急躁。

为了平复另外几个人不安的心情,尽快结束眼前的局面,奈曼乌勒继续说道:"班卡妈妈是闯过大场面的人,她不会轻易叫自己陷入险境的。她没有同来,说明她还有些事要办。但她既然说要回来,就一定会回来,现在可能正在收拢人马准备启程呢。"

接下来,几个人似乎无话可唠了。索伦扎鲁托词告退。奈曼乌勒也想离去,但是突然想起一件事,便问道:"格力图尔,班卡妈妈再没有别的话告诉我们吗?"

格力图尔抬起迷惘的眼睛说:"没有了。"

奈曼乌勒皱了皱眉头说:"怎么会?一定是你没问她吧?"

格力图尔努力回想着和朋友们告别时的情景,在记忆里搜索着奈曼乌勒的每一句话,最后到底想起来了,说道:"唔,对了。你是让我问问我们以后怎么办?对吗?"

"对。"奈曼乌勒心情沉重地点头道,"我现在是越来越糊涂了,总觉得我们的事业不应该这样平静地等待。前几天乌日娜金问我,我们就一辈子在这儿当王府的看门人吗?还有一些弟兄问我,怎么不去打我们旗的扎萨克,那也是一个坏王爷啊!甚至有的人私下里说,我们干脆把王府里的财宝分掉,各奔前程算了。可我谁也回答不了。你看,以前总是盼着有一天闹起来,痛痛快快干一场,真正干起来了,反倒没了主意,不知怎么干好了。——好了,先不说这个,快告诉我班卡妈妈是怎么说的吧。她总能比我们看得远些。"

格力图尔有点儿茫然,又有点儿内疚地说道:"我忘了……真见鬼,我这脑袋快成石头了。"

奈曼乌勒想说什么，犹豫了一下，冲到喉咙口的话便又咽了回去，好像吞下了一块骨头，胸口里觉得很气闷，心想："格力图尔呀，你怎么整的？这么重要的事怎能轻易就忘掉呢？"后来，他看了一眼乌日娜金，觉得此时此刻不应该再在这里待下去了，剩下的时间，应该留给眼前这对互相思念的情侣。奈曼乌勒捅了捅松和拉，两个人便站起来轻轻走出去。但格力图尔不仅像逃跑一样尾随松和拉钻出毡帐，而且，从这天开始，至少有半个月他不敢再见乌日娜金，至于班卡妈妈让他们结婚的话，更是连说也不敢说，连想也不敢想了。

这一对从少年时就互相钟情、经过几年痛苦的离徙、感情日深一日的情人，在起义成功后，真正进入了他们的热恋阶段。谁也无法挣脱用互相响应的心声和灼灼欲燃的眼波在他们之间织就的情网，而且也不想挣脱。他们在这情网中，心甘情愿地被缠裹得愈来愈紧。他们见面的间隔，从未超过两天。心里又都盼望消除这个间隔。人们羡慕他们，都说他们是天搭地配的一对。他们之间，除了由于乌日娜金用在读书的时间愈来愈多，而一当她"讲古"，格力图尔便恹恹欲睡，因而笑骂他一两句外，从未发生过纠纷。

但这次，经过近一个月的分别，在互相想念的心情中又重新见面时，却由于格力图尔做错了一件事，两个人发生了小小的争吵。从这以后，格力图尔就像秋天原野的霜黄草，垂到胸的头是再也抬不起来了。他理解乌日娜金的埋怨，承认朋友的责备有道理。自己不好，还怪人家说吗？给所爱的姑娘带来痛苦，就对不起她那颗纯净的心，对不起她的情爱，将来就不配做她的丈夫。格力图尔从来不是个懦夫，连死亡都未曾害怕过。格力图尔是个刚强的汉子，任何磨难都未曾使他沉沦。格力图尔是个正直的丈夫，他的眼睛未曾在任何人面前垂挂下来。但这次，他感到了困窘，仿佛在人前低了一头，眼睛不敢向别人凝视了。他肯定自己已成了罪人，并推想在乌日娜金的心里已失去了他的地位。

乌日娜金可没把问题看得那么严重。她虽然也越来越想念妈妈，盼望在她结婚时，能得到妈妈的祝福。但毕竟她和妈妈一起生活的日子太短促，从她记事时起，更多接触的是格力图尔和格力图尔的父母。这就使她对情人的感情自然而然地比对母亲更深切更执着。她当着朋友的面责备和怪罪格力图尔，也正是基于这种感情。假如是个不相干的人，她是不会这样做

的。然而,由于她对情人不存丝毫芥蒂,理所当然地发泄几句嗔怪话,换回来的,竟是半个月被冷落。前五天尚可忍耐和徜徉于书海中使寂寞得到排遣,第二个五天,她感到失魂落魄和坐卧不宁了,第三个五天,连牛奶也喝不下去,连觉也睡不着了,心里产生了一种被抛弃的可怖想法。她无法等待下去,终于理了理发辫,拭去眼角的泪珠,走出毡帐,向格力图尔所在的"猛虎营"走去。以前,她曾发誓不进入"猛虎营"的栅门,因为她讨厌那些男人们色眯眯的注目礼,讨厌总是挤在格力图尔毡帐里的那些人的粗俗的玩笑。她常常恨自己长了一双男人艳羡的大眼睛,恨自己在又高又直的鼻子下的上唇部长着一层对男人更具诱惑力的淡淡的绒毛。此刻,她的脸色一定是又苍白又晶莹,那绒毛一定更加引人注意。但她顾不了这许多,毫不犹豫地在一群群男人眼光的攒射下,拉开了格力图尔毡帐的门。

毡帐里只有两个人。作为格力图尔的传令兵的小松和拉,正在收拾乱得一塌糊涂的各种物件。格力图尔则蒙着头躺在皮褥上睡大觉。

松和拉见乌日娜金进来,并没显出惊讶,他用手指了指小桌上的酒碗,又努着嘴指了指格力图尔,那意思分明在说:"没办法,又喝酒了。"

乌日娜金一声不响地坐到小桌旁边的矮凳上,又怨恨又可怜地看了格力图尔一眼。

松和拉放下手中的铜盘,凑到乌日娜金跟前,小声地说:"乌日娜金姐姐,你早就该来看看他了。你瞧,他天天喝成这样,还骂人。"

"骂谁?"

"骂我呗,骂谁?他心里不痛快,我就倒霉了。"

乌日娜金咬着嘴唇想了一下,然后说:"奈曼乌勒大哥怎么不来?我在这里坐一会儿,求你去把他请来。"

"他呀,病了好几天了。咳,真是,都赶到一起了。"

"他也病了?"乌日娜金问道,心里为之一阵颤动,她是能猜出奈曼乌勒为什么会病的,不由得叹了一口气,"那就别去找了。一会儿我去看他。"

松和拉想了想,小眼睛一骨碌,连忙站起来笑着说:"不,我这就去找。听说这两天他好多了。"说完,恶作剧地把格力图尔头上的衣服猛地揭开,站起来就向外跑去,门关上后,仍旧还可听到他咯咯的笑声。

被惊醒的格力图尔刚想发作,一眼看到旁边坐着的乌日娜金,就忍住了。在乌日娜金深情地凝望下,慢腾腾地坐了起来,却又深深埋下自己的

73

头,一声不吭。

一股浓重的酒气使乌日娜金皱起眉头,而格力图尔那痛苦的样子又令她心疼。她柔声细语地说道:"格力图尔,你怎么了？我做错了什么事,你这么长久不去看我？"

"别问我了。"格力图尔声音沙哑地说,仍旧没有抬起头来,"我……心里难过。"

"把难过的事说出来就完了,为什么借酒浇愁,还跟松和拉发脾气？……"

"好吧,我以后只和自己发脾气。"

"不,你还没说清楚。我问你,是不是那天因为妈妈,我说了几句话,惹你生气了？"

格力图尔飞快地看了乌日娜金一眼,说道:"你说得对,是我把事情做错了。你怎么骂我都不过分。"

"我就知道你把那几句话记在心上了。"乌日娜金说着,眼圈一红,险些流下委屈的泪水,"事情过去了,我是不该埋怨你的。可那是我的妈妈呀,我心里能不着急吗？你太骄傲了,一句不好的话也不允许人家说,你真……"乌日娜金说着说着,又伤心地啜泣起来。

看着乌日娜金哀怨地流泪,格力图尔的心早就融化成一摊水了。越是这样,就越引起他内心的自责,越觉得对不起乌日娜金。他猛地站起来说:"都是我一个人的错。我想好了,明天我就走,用我的行动证明我是怎样的人!"

"走？"乌日娜金惊讶地问,"又要去东辽河吗？"

"是。东辽河,我必须去。要不,谁也不会放下心来,我的心一天也不会宁静。"

"格力图尔,听我说,别总拿出你那种容不得自己的劲儿。额勒瓦奇尔也不会让你去的。"

"就是不当这个副统帅,我也要去。我决心去做的事,谁也别想阻拦!"

"连我也包括在内吗？"

格力图尔咬着干裂的嘴唇,看着努力支撑着的乌日娜金,在地上走了几步,然后果断地说:"在这件事上,你也阻拦不住。"

乌日娜金深知格力图尔的脾气,如果连她也阻挡不了的事,别人更无能为力。她站起来,一边在心里呻吟着,一边吃力地向格力图尔跟前走去。

"你真要去?"

"十几天折磨着我的就是这件事。我不允许别人说我贪生怕死。被别人指着脊背的日子我是一天也过不下去的。"

"那么……好吧。我和额勒瓦奇尔说说,咱们一起去。"

"不。由我一个人铸成的错误,应该由我一个人去挽回。"

"那我就不放你去。听着,格力图尔,我会抱住你的腿,你打我踢我,我也不会放开的。"

乌日娜金说完,忍不住又哭起来,弄得格力图尔不知如何是好,只好伸手扶住要瘫倒的乌日娜金。

过了一会儿,乌日娜金又温柔地说道:"别胡来了,格力图尔。这件事也怪我,不该那样责怪你。听我的话吧,每天到我那里去,我给你讲书本里的故事,你会慢慢高兴起来的。你跟我一起学习读书,等我们都看了很多书,懂得了很多道理,我们就结婚。好吗?"

读书是乌日娜金最迷醉的事,却是格力图尔最讨厌的话题。格力图尔刚想说一句对读书的刻薄话,奈曼乌勒哈哈笑着进来了。看到两个情人正互相抓住胳膊在说话,奈曼乌勒笑得更畅快了。他朝着身后的松和拉挤了挤眼睛,打趣地说道:"哈哈!我来得真不是时候。二位可要高抬贵手饶过我的冲撞。不过,我可是替额勒瓦奇尔的传令兵来向二位下请帖的。统帅大人今天突然大发游兴,让我们和他同登假山,饮酒作乐。这样的好事,可别落下啰。走吧,我在前边带路,二位可在我身后挽手并肩同往!"说完,又是一阵响亮的大笑,弄得两个情人哭也不是,笑也不是,一时尴尬得不知如何是好……

11

　　历史上曾经发生过的一切大小事件,也许有一多半是错误的,或者至少是不符合人们意愿的。因而后人常常发出"惜乎不中"的慨叹。然而,就像缺少任何一个细小的枝杈就不是一棵完整的大树一样,没有一条条细小的支流也不会汇集成历史的长河。这样看来,历史上的一切大小事件又都是合情合理的。

　　一个迷路的人愿意把碰到的任何人作为正确的前导;对一群迷路的人,也是如此,只要有这么一个人敢说一句:"来,吾导夫先路!"那么,即使这个人是天下最大的恶棍,人们也会跟他走,甚至把他当作救星。这种选择,往往是不困难的,但也往往是错误的,同时,也是合情合理的。

　　比如说,哲里木盟在1900年7月爆发的这次牧民起义,是全盟通缉的在逃犯格力图尔以及他的患难之交奈曼乌勒等人共同策划和发动的。而他们这支起义队伍的至高无上的统帅却是科尔丹的叔父,即在色旺诺尔布桑保王爷手下先任梅伦后任王府工程总监的额勒瓦奇尔台吉。阿拉特们的选择,以及这种奇妙的组合,有人认为正确,有人认为错误。笔者不想充任一个公允的仲裁者,只想说,不论正确还是错误,这种选择和组合同样是合情合理的。

　　试想,这是几千人的队伍,能不需要一个有魄力的领袖吗?那么谁来当这个领袖呢?奈曼乌勒无疑是他同时代的青年中的出类拔萃者,他是在喀喇沁旗扎萨克扎布曼都的禁锢下,曾经想有组织地发动起义的人。但他对自己有个正确的估价,知道自己的力量菲薄,未敢贸然从事,这一方面推迟了起事时间,另一方面使他有可能去发现和结识可以依赖的人。他相继结交了巴兰森格、桑布和格力图尔。他觉得这三个人都比自己更有条件成为起义队伍的领袖。巴兰森格的热情泼辣和令人畏惧的威名,桑布的战斗经历和人们对他的崇拜,以及格力图尔的见义勇为和超群的武艺,都是成为领袖必不可少的条件。而他自己,在这些方面都是不足的。我们不能不说奈曼乌勒有眼力,他的发现和结交是正确的。但不幸的是,桑布惨遭杀害,巴兰森格远走他乡,格力图尔无论如何也不当统帅。格力图尔有自己的看法,而且很有道理,他认为十八岁不是个当领袖的合适年龄,觉得自己缺少这种能力,或者没有发现和认识自己的能力。他主张把指挥权交给额勒瓦奇尔,因为额勒瓦奇尔有超人的魄力和韬略,只有这样的人才知道怎样组织义军和做出战斗部署,知道义军在什么时候该干什么事情……一句话,只有额勒瓦奇尔才是当之无愧的义军统帅。格力图尔的思想总算被奈曼乌勒接受了,又由于这两个人在义军中的崇高威望,这种思想也轻易地被其他人接受了,并形成了义军的普遍思想。直到最后,不论是阵亡的人还是幸存者,谁也没有怀疑这种选择的正确性。

我们的故事已进入 1901 年 6 月,这正是哲里木盟牧民起义军的鼎盛时期。它不仅有近六千人的队伍,而且给养充足,车马无算,军纪整肃,威震全盟。原王爷直辖的科尔沁右翼中旗,被治理得井井有条。额勒瓦奇尔的第一步计划业已完满达到。他的第二步计划是收服盟内其他九个旗。然后,他就可以施展自己的抱负,选任贤才,振兴牧业,把哲盟建成一个繁荣昌盛之地。是的,每当额勒瓦奇尔登上王府的城楼举目四望,面对整齐的营寨、迎风飞舞的大旗,心里便升起一种自豪之感,看到了自己的力量和伟大,似乎他已成了整个哲里木盟的主宰。

一天,额勒瓦奇尔在修饰一新的大殿里,请义军参事江风讨论一份要立即送往盟内各旗的文告。这项文告中,以不容反驳的语气,责令各旗现任扎萨克必须依照旧律按时按数承担实物和劳役贡赋,并定于秋季,举行一次会盟,有误者严惩不贷。

江风是汉人,原在突泉镇居住,是一个"读雪心赋,看阴阳宅"的风水先生。图什业图王府的风水就是他看的。当时,色旺诺尔布桑保王爷曾答应送给他三百亩生荒地作为酬劳。后来,王爷践约,派人给他送去一张当时盛行的"飞天照"。不看地照犹可,一看地照,江风气得顿时昏了过去。那地照上分明写着"可垦殖二等生荒地三百亩。地点在四合屯、施家窝铺之间全部山头。"江风清楚地知道,地照上标明的地方确有几座山,但山的周围坡地早已辟成耕田,山头上除了乱石,别无可垦之地。他就这样,在灌满了一肚子窝囊气之下,卧床不起了。他的老婆靠典当和做佣工给他延医买药,总算保住了性命。他的老婆却因过度劳瘁而驾返莲台了。恰值这时,牧民造反,他便毅然投军。因为他有知识,亦有些谋略,很快被提拔为参事,像索伦扎鲁一样,获得了额勒瓦奇尔的信任,并让他负责清理和保管王府里各种珍贵的珠宝玉器等文物。这些都是半年前的事了。

且说江风仔细看完了由额勒瓦奇尔草拟的文稿,抬起他黄瘦脸上那双充满机智的眼睛,敬慕地注视着抚须安坐的额勒瓦奇尔,以一种类似请教的口吻说道:"统帅大人,叫这九位扎萨克来此会晤,而不去征伐,是否别有寓意?"

额勒瓦奇尔微微笑了一下说:"也并无甚寓意。只是想让他们一睹我们的军威,免生觊觎之想。据我所知,目前他们仍旧各自为政,但求自保。我担心有一天他们会联合起来,那样对我们就不利了。当他们看到我们的力量足以使他们成为齑粉,就不敢轻易勾结,只好服服帖帖听任我们的摆布了……"

"这就叫引而不发。对吗?额勒瓦奇尔统帅。"

"正是如此。很多人主张我们出兵攻打各旗,把公爷、郡王统统杀掉。这是不聪明的。我从来不主张妄杀无辜。当然,这些扎萨克台吉大都是尸位素餐者流,但就目前来讲,我们并不希望他们在其位而谋其政……"

江风似有所悟地点头道:"唔,我明白了。我相信有一天,这些扎萨克会奉您为英明的盟主的。"

"什么?"额勒瓦奇尔惊讶而略含愠怒地说道,"你怎么冒出这样的怪念头?"他突然想起,格力图尔也曾几次提到这个问题,每次听到这类的话,他都感到心震神惊,甚至有一种无法名状的悲哀。记得色旺诺尔布桑保王爷缢死格根庙不久,义军举行了一次盛大宴会。大殿里挤满了人,都沉浸在粗俗的狂欢之中。格力图尔可能喝了过量的酒,他忘形地跳上椅子,对人们喊道:"弟兄们!听我说几句话——"整个大殿立刻鸦雀无声了,格力图尔接着说道,"王府是我们的了,残暴的坏王爷死了。我们推额勒瓦奇尔做哲里木王怎么样?""好!"一阵滚动的声浪险些冲破大殿的屋顶,也险些冲倒微醉的额勒瓦奇尔。他开始似乎感到一种鼓舞,转念之中便感到惊骇和悲哀。虽然他明明知道格力图尔说的"王",是"称王称霸"的"王",而且是醉后的狂言,以后也没有人再提起,但每当他回忆这个场面,使那"已死的王爷"和"哲

里木王"碰到一起时,仍会碰出个炸雷,震得他头晕目眩。格力图尔第二次提出这个问题,是在义军扩大到四五千人,额勒瓦奇尔把义军编成几个营并按八卦的方位驻扎在王府周围以后,格力图尔提出应该树起大旗,王府的堞楼上应该飘扬着绣有"额"字的大旗。"天哪!"额勒瓦奇尔想道,"如果真让这面大旗插上王府堞楼,会是怎样的情景呢?这和称王有何区别?可怕的年轻人,你们要把我推到什么地步上去呀!"所以,这面旗没有树起来,他只是允许各营有自己的旗,但只能用颜色区别,什么字也不得绣上。令额勒瓦奇尔最震动且记忆犹新的是不久前的一次。这次,格力图尔没有喝酒,并且也不是谈诸如旗帜名号等形式问题,却是十分明确的实质性的建议。格力图尔说:"额勒瓦奇尔统帅,我们现在五千人了,可说是兵强马壮。你应该带领我们东征西杀,攻城夺地,称王哲盟。色旺能称王,您为什么不能称王?干吧!有您的智慧,有我们的力量,就会无敌于天下!"听着这番话,额勒瓦奇尔的心哆嗦起来,同时也想起他和奈曼乌勒的争论,觉得有很多条毒蛇向他游动。但他对格力图尔既不能发火,又不能明明白白地做一番解释,有好多想说的话,还不到应该说的时候⋯⋯

这些问题搅得额勒瓦奇尔在很长时间里不得安宁。他打算把几个主要首领找来,经过必要的解释,把他们的思想引到正确的方向。然而,江风又一次提出了这个问题。

"你怎么会冒出这么个怪念头?"额勒瓦奇尔在思绪纷乱中,又问了一句,本想严厉地斥责几句,犹豫了一下,把怒气压下去,叹了口气,说道,"以后不要再这样想,更不要这样说。我从未做此奢想。我只希望能辅佐一位守诚令主,只希望所有阿拉特安居乐业⋯⋯唉,谈何容易?清醒地活在世上是太难了,太难了。我这是一生中第二次被推上虎背。谁知道会是怎样一个结局。⋯⋯只好硬着头皮一步步艰难地走下去了。好了,我们不谈这个了。如果你认为这文告无需改动,就立刻去找人抄录。"

"遵命,统帅大人!"

"唔,等一等。"额勒瓦奇尔站起来叫住要离去的江风,"我今天在假山凉亭里准备了便宴,邀各位统领一起喝几杯。近来弄得很紧张,就便舒散舒散。你找好抄录文告的人以后,也请尽快回到这里,我们好一同前往。"

一小时以后,应邀参加宴会的江风、格力图尔、奈曼乌勒、索伦扎鲁和乌日娜金都在大殿会齐了。额勒瓦奇尔站起来说道:"今天天气很好,我叫人

79

在假山亭子里准备点儿粗茶淡酒，一来和诸位商量一件事，二来，别辜负这良辰美景。现在请随我来。"

他们相随着缓步走出辉煌而阴森的大殿，经过长长的石板路，在卫兵的致敬中出了王府大门，往西拐向假山。

天气确实不错。正是好风如水，阳光和煦。额勒瓦奇尔的疲劳倏然间消逝得无影无踪。他时而举目看看碧空白云，时而侧头听听百鸟喧鸣，感到心舒意朗，遍体轻爽。他兴奋地回过头，扫了跟在后面的头领们一眼，不由得把视线停在微垂双目缓缓走着的乌日娜金身上。看到她素雅无华的装束，轻盈婉约的步态，灼灼如花的双颊，庄严凝重的表情，心里为之一动，油然升起一种深沉的父爱，觉得这个可爱的少女不是自己的女儿真是一件憾事。实在说，以前他并不喜欢这个少女，这不仅因为她是著名的强盗女首领巴兰森格的女儿，而且因为她长得太美。在他看来，天生丽质虽然是个令人艳羡的优点，但同时也是诱人走向罪恶的祸根。他不相信这样漂亮的强盗女儿会是个本分的姑娘。虽然由于她骑术绝佳又是格力图尔的未婚妻，而任命她担当女营的统领，但他在心里却总不释然，甚至感到厌恶。后来，他逐渐发现，乌日娜金虽然和巴兰森格一样倔强，但没有巴兰森格的粗野；虽然她的骑术刀法不比小伙子差，但也不缺少感情的温柔和思想的细腻，特别是近半年来，他又发现乌日娜金有一个别的少女不具备的非常难得的优点，那就是对于知识的如饥似渴的追求。只要碰到一本书，她是宁可不吃不睡，甚至不和情人幽会，也要一口气读完的。据说，曾因此和格力图尔发生几次争吵。格力图尔赌气地说："你和书本过一辈子吧！"乌日娜金针锋相对地说："我就是要和书本过一辈子！"那以后，额勒瓦奇尔有时就从自己的书房里拣几本浅显易懂的书打发人给乌日娜金送去。但过不了几天，乌日娜金便把书全部送还，并继续要书看。额勒瓦奇尔发现，那些浅近的书已满足不了她的要求了。因此，他告诉乌日娜金可以进入他的书房任意选拣。据仆人讲，就在昨天，乌日娜金又抱走了一大堆书，好像要一口把那满屋子的书全部吞掉！想到这里，额勒瓦奇尔差点儿笑出声来。他朝乌日娜金摆了摆手说："来，乌日娜金。到我这里来。"

乌日娜金在沉思中抬起头来，娇羞地瞥了格力图尔一眼，便顺从地紧走几步，到了额勒瓦奇尔的身边。

"听说你要把我的书全搬去。是吗？"额勒瓦奇尔用手指点着乌日娜金的鼻子,微笑着说。

乌日娜金明白这是指昨天的事,她扬手捋了捋额前的头发,不好意思地笑了笑说道:"您有那么多好书!我真想钻到里边,一辈子不出来了。"

"那可不得了!"额勒瓦奇尔故作认真地说,"有人要跟我拼命的。"他说完,忍不住先笑了起来,身后的几个人也跟着笑起来,笑得格力图尔感到很尴尬,笑得乌日娜金害羞地咬起红润的嘴唇埋下脸去。

额勒瓦奇尔笑了一阵以后,回身对格力图尔说:"说真的,格力图尔,你们该结婚了。我想了个好主意,我主持婚礼,按照我们的传统仪式,搞得热热闹闹,叫所有的人都跟着快乐快乐。"

格力图尔咬了咬刚毅的嘴唇,心情抑郁地说道:"结婚?也许她会跟那些书本结婚呢。"

"啊哈!又是那句话!你不愿意读书,也不让人家读吗?这可不太公平啊!"

格力图尔的话本来暗含着别的意思,额勒瓦奇尔没有理解但格力图尔听后,仍旧顶了一句道:"逼着我学,还骂我不开窍,那就公平?"

"是吗?我看骂得对,有道理。其实,你们都应该学,都应该是个有知识的人。如果有一天,你们成了真正的官员,没有知识怎么成?"

"我不想当什么官员,也决不学那些毫无用处的东西。"

"什么?没有用?"额勒瓦奇尔皱起眉头说道,"你是说没有用吗?"

"是的,我是这样说的。而且我是有道理的。"

"那我们倒要领教领教。"

"额勒瓦奇尔大人,去年我们赶跑王爷,靠的是什么?是书本还是大刀?王爷被逼上吊,是因为我们手里拿着书本吗?当两军对阵时,如果我们抱着书本能拼过敌人的刀枪,如果扔出一本书去,敌人就土崩瓦解,那我就扔下刀片,甘心去啃那些书本!"

"多奇妙的高论!"额勒瓦奇尔又好气又好笑地说道,"那么让我再考考你。请你说说,当年成吉思汗的辉煌战果靠的是什么?"

格力图尔不假思索地回答道:"靠的是马蹄和大环刀!这正好证明我说的有道理。"

"嘿!你真是个无往而不胜的幸运儿,连成吉思汗都在替你说话了!可是——唔,停一下,我有些累了,我们在这里站一会儿。"

81

这时,一行人已走到假山脚下的小桥上了。额勒瓦奇尔扶着油漆一新的雕栏,眼望桥下如染的碧流,耳听萧萧的林涛,歇息了片刻,然后转向身旁的乌日娜金,问道:"乌日娜金,你来对我们说说,成吉思汗靠什么获得了胜利?"

乌日娜金思考了一下说:"刚才格力图尔说对了一半儿。但是,我想,除了马蹄和大环刀外,还有一个更主要的原因,那就是他时时记着他母亲对他的教训。他母亲诃额仑在成吉思汗年幼时,常常向他讲述阿兰额阿让五个儿子折箭的故事。告诉他和自己的人一定要精诚团结。先祖成吉思汗的一生,谨记这一教训,使很多能征惯战的勇士,像'四杰'、'四狗',①都成了和他同生共死的朋友⋯⋯"乌日娜金说到这里,看了额勒瓦奇尔一眼,发现他正凝眉沉思,以为自己说错了,便羞怯地笑了笑,"额勒瓦奇尔统帅,我说的不对吧?"

"不。"额勒瓦奇尔抬起头来,看着乌日娜金美丽而灵动的眼睛,充满慈爱和赞叹地说道,"你说得太好了。是的,太好了!你思想的深刻,大大超过了我的想象。刚才我在想,造物主太值得赞美了,它不仅献给我们民族一个超凡绝俗的完美的形体,而且又让她具备了超凡绝俗的聪明的头脑,我相信,你会变得越来越完美,我为你感到骄傲⋯⋯"

乌日娜金听着这些赞美的话,惶惑得不知所措,她娇嗔而又害羞地垂下红红的脸,低声叫道:"额勒瓦奇尔统帅⋯⋯"

"不。乌日娜金,不要再喊我统帅。如果你不因我老朽而鄙弃我,那么从此以后,你就叫我伯伯吧。听到了吗?"

"听到了,伯伯。"

"我的好孩子!"额勒瓦奇尔动情地用颤抖的大手抚摩着乌日娜金油黑的头发,声音有点儿哽咽了。过了一会儿,他又接着说下去,"乌日娜金,我的孩子,我还想问问你,成吉思汗在阔亦田的激战中,遭到了什么不幸?"

"在这次激战中,他的战马被者别射穿了锁子骨。"

"那么,成吉思汗是怎样处置者别的呢?"

"者别被俘后,承认是他射穿了成吉思汗坐骑的锁子骨,毫无隐瞒。成

---

① 四杰:这四人是孛斡儿出、木合黎、孛罗忽勒、赤剌温;
四狗:这四人是者别、忽必来、者勒篾、速别额台。

吉思汗见他不隐瞒自己的所为,认为可以作为朋友,便让他永远跟随在自己的身边。是诚实救了者别的命。"

"说得对,乌日娜金。我们所需要的正是诚实和团结。

——格力图尔,你现在再说说,成吉思汗的胜利证明你说得对吗?"

格力图尔仍然不服气地说:"诚实在好人的心里,不在书本上。我一辈子不会相信书本上的夸夸其谈。我可以和任何人决斗,让他抱着一百本书,我手中只要一把三寸长的匕首。"

额勒瓦奇尔摇头道:"你真是个不开窍的家伙。你为什么看不到,书本里的知识有时比你手中的大刀更有力量呢?等着吧,格力图尔,我早晚要把你的脑袋敲开窍!"

"试试看吧。"格力图尔毫不退让地说,"你最后还是要失败的!"

额勒瓦奇尔苦笑了一下,嘟囔道:"勇敢而又可怜的孩子……好了,我们该上山了。"说着,首先离开小桥,顺着石阶,一级级向山顶攀登。被刚才一段不愉快的争吵弄得有些扫兴的奈曼乌勒等人互相看了看,又都朝格力图尔使了使眼色,便相继踏上了石阶。乌日娜金原想默默跟在最后,但想了想,留给格力图尔一个嗔怪的微笑,跑到前面去,挽起额勒瓦奇尔的胳臂。

正在这时,有两匹马从王府门前飞快地跑过来。骑马的人在桥头跳下马背。其中一个朝山上喊道:"额勒瓦奇尔统帅!有二百名外乡人声称要投奔义军,想立刻见您!"

额勒瓦奇尔停下脚步,回头说道:"叫他们在哨卡外等候传唤!"

"他们的人马都在哨卡外等候。他们的首领已同我来了,此人便是!"

额勒瓦奇尔略一踌躇,说道:"那就请到山上谈吧!"

被称为外乡人首领的青年人把手里的缰绳扔给引见的"哨兵,便走过小桥,拾级而上,很快追上了额勒瓦奇尔等首领。

当他们都登上山顶,走进亭子里后,额勒瓦奇尔微笑着舒了口气,先看了一眼亭子当中的八角案几上的酒食,又向四外巡视一下,伸手让道:"请各位就座。"说完自己先坐了下去。江风等人也随着就座。

额勒瓦奇尔对那来人说道:"你为什么不坐?请坐下,今天就算为你接风。你看,算上你,我们七个人,八面威风只缺一面了!"说完哈哈笑了一阵,他的心绪显然又变得好起来。

"谢谢您对我这外乡人的盛情接待。不过我想先认识认识各位……"

"坐下吧,我一个个给你介绍。"

"不必,我来认一下。您,当然是我倾慕已久的额勒瓦奇尔统帅;这位,一定是出身高贵的索伦扎鲁;您呢,不用说,是幽默而又忠厚的奈曼乌勒大哥;挨着您这位,肯定是威名远震的格力图尔;至于这位姑娘,当然是乌日娜金。唔……只有这位,我是不敢妄加猜测了。"

江风看了一眼都在惊异状态中的几个人,站起来自我介绍道:"在下是义军参事江风。"

"久仰了,江风参事。"

额勒瓦奇尔感到这个年轻人很风趣,便笑着问道:"看来我们接待的贵客一定有未卜先知之明了?"

来人笑道:"不敢说有未卜先知之明。但我曾受一个我尊敬的人的点化,使我在东辽河时,心中就有了诸位的形象。至于乌日娜金,我从她身上看到了巴兰森格妈妈的气质,在她的脸上看到了巴兰森格妈妈明烛万物的眼睛……"

他的话,使在座的人更为惊讶,特别是乌日娜金,有点不相信自己的耳朵了,她猛地站起来,声音颤抖地问道:"你说的是巴兰森格妈妈?她在哪儿?你认识她?"

"别着忙,乌日娜金。一会儿我会详细地对你讲。我的每一句话都将使你比现在更为惊讶!现在,我该向各位介绍我自己了。我叫王绍祖,东辽河义和团的一名小首领。今天躬逢盛筵,并获准叨陪末座,实在是三生有幸。那么,我就不揣冒昧,告坐了。"说完,抱拳一礼,坐在第七个位置上。

这时,额勒瓦奇尔挥了挥手,便有随丁跑过来给在座的人满上酒,乌日娜金面前放的是一杯茶水,算作以茶代酒。

一杯酒落肚后,额勒瓦奇尔说道:"王绍祖,你既是义和团的首领,为什么竟舍弃你们的神圣事业,到这里投奔义军呢?"

王绍祖欠身回答道:"我并没有舍弃我们的神圣事业,我们的大部分人马仍在东清路沿线打击着俄国人。我这二百人,是受了我们总首领的命令,一是来增加你们的力量,二是来报告你们将被朝廷大军围剿的消息……"

"你是说,朝廷已派兵来围剿我们吗?"

"十分确切,额勒瓦奇尔大人。令侄科尔丹梅伦先是到盛京求兵,因增祺将军自顾不暇,叫他去热河。为使你们早作准备,总首领派我带着二百人

到热河打探消息,当我获得了朝廷大军确切的出师日期后,便星夜赶来,并对沿途的地形进行了仔细观察,觉得你们迎敌的最好战场在……"

"当然是半拉山。"江风抢着说道。

"正是。额勒瓦奇尔统帅,您有这样睿智的参事,使我预见到您的胜利。"

额勒瓦奇尔不快地看了江风一眼,接着问道:"那么,你所说的出师的确切日期是哪一天?"

"六月十五日。"

"只要这一日期是确切的,其他一切都好办了……"

"那么说,统帅大人早有准备?"

"这是从举事的第一天就应该考虑到的。但是,朝廷大军出师的确切日期,我们还无从获知。你今天带来的消息,比送给我二千人马更有意义。这不仅可以使我们摆脱被围的险境,又可以使我们及时做好迎敌的准备。只要这一仗是在半拉山展开,我们就有胜利的把握,而这次战斗的胜负,将决定义军所有成员的命运……为此,我应该向你和你们的总首领表示感谢!"

"我相信我的总首领会说,她不需要感谢,需要的是你们的胜利!"

"那我更要表示双倍的感谢。"

奈曼乌勒早就发现格力图尔如坐针毡的难受样,猜到他正在想着什么,想要问什么却又不敢问,便替他问道:"我想请问一下。你刚才说到巴兰森格妈妈,你一定知道她的情况了?她在哪儿?现在怎么样?"

"还有。"江风又插嘴说道,"你怎样叫我们相信你带来的消息的确切性呢?"

王绍祖放下酒杯,微微一笑,说道:"各位问的都是非常重要的问题。特别是江风参事的担心是有道理的。因为一个毫不相干的人是决不会奔波数千里传递与自己无关的消息的。所以我首先回答您的问题。证明我的消息的确切性,对义军的部署和决策,将是个关键。为此先要证明我是个忠诚的人,就像当年者别向成吉思汗表达他的忠诚一样。诸位,此次朝廷剿逆军的统帅为曼都拉将军,家父王世祺为统领衔的随军参事。——我从各位的脸上,看到惊疑。因为家父来镇压你们,他的儿子却来帮你们的忙!如果你们知道,家父较之曼都拉将军、甚至较之也在军旅之中的科尔丹更急于获得胜利,你们更会怀疑我是个奸细。请诸位一面饮酒,一面听我慢慢地讲吧。家父原是盛京西三营的声威赫赫的管带,因故开罪于增祺将军,恰值科尔丹求兵,将军便命家父随同协助,我曾是义和团的成员,在离开战斗后又多次帮助被捕者越狱,此事亦被增祺将军获知,因而命我随父剿匪,戴罪立功。而此时,因为一个不便明说的原因,我决定和家父永远割断父子情义,重返义和团。当我们的总首领知道科尔丹求兵一事以后,便命令我去探明真情。在热河,我不得不再次表演一出父爱子孝的戏,因而获知了应该获知的消息。现在,我想回答奈曼乌勒大哥的问题,我刚才说的总首领,就是你所问的巴兰森格妈妈。"

"是她!"

在座的除了江风,都惊叫起来。

"妈妈……"乌日娜金深情地轻呼道,这从心灵深处发出的声音,勾起她的全部辛酸和对母亲的深切思念,立刻泪水盈盈了。她觉出双腿在抖动,心房在抖动。

格力图尔此刻也感到心里一阵高兴,对班卡妈妈的境遇总算可以放心了,而一种自责的苦痛却在内心成反比地增加了。

但他又感到非常奇怪。乌日娜金何以如此动情?他记得,除了那次羊群被白毛风吹散,她曾哭喊过妈妈,前些天因担心妈妈的安全流过泪外,她从来未在人们谈到妈妈时哀伤,甚至王爷在格根庙自缢,义军回到王府后,得知母亲不辞而别,那时她连一滴眼泪也没流,因而引起人们的议论,说她是铁石心肠的人。可今天,一个外乡人只是两次谈到了"巴兰森格"的名字,她怎么就如此伤情?……

这时,奈曼乌勒问道:"巴兰森格妈妈为什么不来?"

"她是想来的,而且她向格力图尔说的条件已经实现。但我们的事业不允许她在此刻离开。虽然我们都知道,她盼望见到你们,比你们盼望见到她更强烈十倍。不过,她派了一个她最喜欢的人和我同来,这个人救过巴兰森格妈妈,而且随时可以向各位讲述巴兰森格妈妈离开这里后的一切经历。此人就是巴音赛克图。"

这个名字只引起格力图尔的惊讶,他急不可待地问:"他在哪儿?"

"他认识你们的一个哨兵,被拉去喝酒了。"

"请你把他……"

"送给你!对吗?"王绍祖说完,笑了起来,"我相信你们会像烧俄国人一

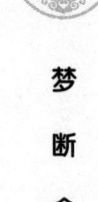

样合作得很好。"

额勒瓦奇尔这时站了起来,举起手中的酒杯说道:"今天感谢乌日娜金在登山前给我们上了一课,使我们能像成吉思汗相信者别一样,相信了你。从此,你将是我们忠诚的朋友。来,为我们的相会,特别是为了乌日娜金获知了母亲的消息,干了这一杯!"

在座的几个人除了乌日娜金更伤心地抽动着双肩外,都站起来,把杯中酒一饮而尽。

王绍祖坐下后,看着抽泣中的乌日娜金,说道:"乌日娜金妹妹,你今天应该高兴才对,因为在我离开东辽河时,我们的妈妈还安然无恙地活着……"

乌日娜金抬起泪脸说道:"你说什么?我们的妈妈?"

"是的,是我们的妈妈。巴兰森格妈妈认我为义子,而在感情上,是比亲母子还深厚的。你知道,我这次离开她,也是不容易的……"

乌日娜金抽咽着说:"我多希望马上听到有关妈妈的一切呀!"

"别着忙,好妹妹。我相信,在紧张的临战部署中,额勒瓦奇尔统帅是会给我们一些时间,使我能把有关妈妈的一切都讲给你的。"

"那自然是有时间的。"额勒瓦奇尔说道。

"额勒瓦奇尔统帅,我还想请问一下,在这次迎战胜利后,您仍想继续以王府为大本营吗?"

额勒瓦奇尔思忖片刻后,问道:"那么,以你之见呢?"

"既然诸位已把我引为忠诚的同伴,我就不揣鄙陋,谈谈我的浅见。我以为,这次迎战朝廷大军,无疑是能够胜利的。但以后呢?可以预见得到,朝廷不会放弃对你们的清剿。是的,我们的皇上是不会允许在他的天下出现不安宁的。所以,总有一天,义军避免不了被朝廷大军紧紧包围,甚至由于你们曾打败了他们的剿逆军,会表现出十倍的决心和残酷。只要义军不离开王府,不放弃这座宏伟的建筑,那么,我刚才说的结果将是不可避免的。因此,义军的真正的天地不应在王府,而应在山深林密之处。当然,假如各位能舍弃草原,去抗击哥萨克,那么你们几千人的队伍定然会给俄国人造成极大的威胁,因而对'御洋人复国土'的大业将做出辉煌的贡献!——以上这些话,不知是否很完备地表达了巴兰森格妈妈的想法,我也只能说到这种程度了。但愿额勒瓦奇尔统帅不把我误认为义和团的说客……"

"你很率直,我决不会误会你。"额勒瓦奇尔说着,离开座位在地上踱起

87

步来,所有的眼睛都在注视着他,他看着王绍祖热烈而期待的眼睛,缓慢地且不容别人反驳地说道,"绍祖,你的话使我想起了和巴兰森格以及奈曼乌勒的争论。初举义旗时,巴兰森格来会合,她劝我把义军全都拉上山去,我没有同意。她一气之下,率领她的人马离开了。后来,奈曼乌勒也曾因同样的原因和我发生了争吵,我把他说服了。对这个问题,我不是没考虑过。但我的宗旨已定,只要这几千义军还称我为统帅,我就决不改变这一宗旨。是的,我不想成为一个草莽英雄,也不允许阿拉特们成为流寇。他们都应该有自己的牧场,自己的畜群,自己的家庭和快乐。我相信,这些都是应该和可以获得的。只要我们在军事上处于不败之地……"

"可是,统帅大人。"王绍祖说道,"假如朝廷并不招安,而是派来上万雄兵,您能保证王府不被攻破吗?"

"是的,我们随时有被攻破的可能。可是这样的结果比去当流寇坏不了多少……"

"统帅!"

"唔,绍祖,请听我说下去。你们还年轻,不可能一下子体会到世事的险恶和人世生活的复杂。我们不能凭着一股热血而应该凭着理智去为人们谋取幸福。当然,我并非说你的话是错误的,甚至我承认你叫我们去打俄国人是个很好的提议。假如我是一个人,而不是几千人的首领,我会毫不犹豫地站到你们义和团的旗帜下。我恨那些俄国人!我认识一个叫索拉吉辽夫的人,是道胜银行的襄理帮办,他就想通过已故王爷借款修王府,夺得哲里木盟全部森林和矿产。我愿意和他们拼死。但是,事情并非如此简单。我重复一遍,我并不是说你的话是错误的。巴兰森格要我上山,站在她的立脚点,这是对的;你要我们去抗击沙俄,站在义和团的立场,也是正确的;但是,我必须有自己特定的立脚点,这同样无可非议。我每时每刻应该想到的,是草原的兴旺,是牧业的发达,是阿拉特们的安居乐业。而这一切,不正是阿拉特们所需要的吗?同时,草原和畜群都需要他们。我如果把他们拉上山或东去抗俄,这一切都将化为乌有。不过,假如有一天义和团重整旗鼓,并需要我们支援的时候,我们决不吝惜自己的牛羊,甚至可以派出一支队伍……"

这时,静坐一旁的格力图尔早已按捺不住了,他一听到要打仗,早就兴奋得坐不安席了,他站起来大声说:"额勒瓦奇尔统帅!现在争论这些事毫无意义。还是合计一下怎么样迎战吧!"

王绍祖知道说服不了额勒瓦奇尔,只好轻叹一声低下头去。

江风说道:"格力图尔说的有道理。还是商议一下当务之急吧,以便给乌日娜金多留点儿时间,和王绍祖好好谈一谈,你们看她都急得坐不住了!"

江风的话说得大家都笑起来。

格力图尔对王绍祖说:"王绍祖……哎呀,我应该怎么称呼你啊?"

王绍祖笑道:"我可是乌日娜金的哥哥呀!"

格力图尔知道王绍祖在和他打趣,便笑道:"我看你的年龄不会超过索伦扎鲁,我就叫你三哥吧!"

王绍祖半惊讶半开玩笑地问:"难道我仍无幸被你称作大……"

"绍祖哥!"乌日娜金红着脸喊道,制止他再说下去,"走吧!快跟我谈谈妈妈……"

王绍祖站起来,准备离去了。

"等一下,绍祖!"额勒瓦奇尔叫道,他此时已经归座,"你此次到来,是想长期和我们在一起吗?"

"统帅大人,我不想当个过客。我和我的二百个弟兄,将和义军战斗在一起,直到义军最后的……胜利。"

"或者……失败!对吗?"

"是的,哪怕是失败。"

"你真是个诚实的人,我喜欢你。我发现你是个很细心的人,正好我缺少一个合适的侦察队长,不知你愿不愿屈就?"

"对此,我感到非常荣幸。"

"那么,就这样定了。我将拨五十名比较精明的当地人做你的部下。——还有,在我们所面临的战斗中,你和你的二百人愿意参战呢,还是暂时休息一下?"

王绍祖想了一下说道:"其实我们是不应该休息的。但我作为儿子去和父亲对阵,似乎情理不通。而且……也没必要增加这无足轻重的二百人而使义军的一些弟兄产生顾虑或者……误会。"

"我明白你的意思。这样也好。那么你就赶快救救我们的乌日娜金吧,她要急疯了!"

在额勒瓦奇尔的善意的笑声中,王绍祖和乌日娜金并肩向山下走去……

12

额勒瓦奇尔对曼都拉早有所闻。知道他所率领的五千骑兵是一支有着光辉历史的军队。他们的前代兵勇,曾随僧格林沁屠杀黑旗军和太平天国。后来,又剿灭过大小十几起蒙古族和回族的民众起义。现在,听说哲盟壮丁闹事,便来小试锋刃了。额勒瓦奇尔明白,和这样一支精锐的骑兵相搏,义军还不是对手。如果在平旷的草原上交锋,义军肯定会惨败。所以他的意见和王绍祖不谋而合。义军必须星夜赶到半拉山下,然后在敌军立足未稳、喘息未定之际,以迅雷不及掩耳之势,冲过山去。这样,势必造成高屋建瓴之势,胜利唾手可得。同时,额勒瓦奇尔对这次出战的人员做了精心挑选,由义军副统帅兼猛虎营统领格力图尔任最高指挥官;雄狮营统领奈曼乌勒任辅佐指挥官,江风为随军参事;乌日娜金的水神营作预备增援部队;三百人的运粮队,则由护卫营统领索伦扎鲁管带。

一切大小战役的指挥官,他所拟定的作战计划,都是完满无缺的。如果每一个细节都被不折不扣地执行了,而且敌对一方的行动也和预料的分毫不差,那么,就不会出现失败的将领。但事实永远不会如此。行军道路上,有无数根本预料不到的障碍,一场突如其来的风雨,不仅可以推迟战斗时间,甚至可能改变战场形势。整个链条中,任何一个环节脱落,都会使整个链条中断。按照额勒瓦奇尔的精确计算,两军开战的时间当为六月二十日前后。但是,当格力图尔的队伍在半拉山脚下扎营时,已是二十五日。几乎在同一时刻,士气正旺的官军在山南立下了绣有"曼"字的大旗。格力图尔饥饿疲惫的战士无法出战,结果形成隔山对垒的局面。

是什么原因阻碍了格力图尔的行军速度呢?这得追溯到十五日那天下午。

当格力图尔的队伍浩浩荡荡地追上提前一天出发的运给养的车队时,

运粮官索伦扎鲁也为义军的声势而兴奋,大声地和人们开玩笑,愉快地让战士们吃肉、奶酪和喝酒。

但是,当索伦扎鲁发现,格力图尔兴高采烈地和聚拢在身边的战士谈笑,威风凛凛地下达一个个命令,而所有人都心悦诚服地遵照执行,并表示出无限崇拜和深切的爱戴的时候,突然意识到,在这位英俊勇武的义军副统帅面前,自己却显得异常渺小和猥琐不堪。他的心情立刻改变了。嫉妒和怨恨同时袭击着他,使他像患了热病一样,无精打采地躺进了他的有篷的马车。结果,这种可怕的妒恨便造成了起义壮丁们的巨大灾难。

实在说,假如索伦扎鲁一直是和奈曼乌勒以及松和拉处于同等地位,那么,他也只能偷偷嫉妒格力图尔,绝不至于采取什么可怕的行动。但事实却并非如此。自从这几个为了格力图尔几乎丧命的朋友到达王府建筑工地以后,索伦扎鲁的地位发生了变化,照他自己说,就是"索伦扎鲁时来运转了"。和他的爸爸有过良好关系的额勒瓦奇尔一下子看上了他。几次通风报信,又得到了这位恩主的信任。特别是,他的活动,无意间沟通了格力图尔和额勒瓦奇尔思想中共同的东西,使这次起义终于成功。这使额勒瓦奇尔对他比对别人更为亲近。在格力图尔去追赶色旺诺尔布桑保王爷的那一段时间,他在王府内协助额勒瓦奇尔清理和整顿,带领壮丁修复望楼和建立营栅,表现出一种独特的发号施令的才干,使额勒瓦奇尔对他所取得的成绩频频点头,应许在义军中将给他一个适当的位置。时来运转已使他手舞足蹈,飞黄腾达更叫他欣喜若狂。是的,喊了多少年的"总有一天"在喀喇沁旗未能实现,却在图什业图王府中到来了。像他这种人,出身高贵,又不肯郁郁久居人下,在受人凌辱的困厄时期,咬牙切齿地想改变境遇,那么,当他的愿望一旦实现,立刻就会表现出他的高贵、傲物和威严,以及对手下人的武断的指令、不容反驳的颐指气使和摆布低贱者的手段。而这些,正好是初举义旗,刚刚丢掉枷锁,尚不知怎么干的壮丁们所需要的。他们一时还摆脱不了受人摆布的习惯,需要一个令人畏惧的人对他们下命令。这样,就使索伦扎鲁在一部分义军战士中,很快赢得了令人敬畏的威名。地位突然急剧地变化,会使人的各种将泯灭的欲望特别炽烈地重新燃烧起来。在清理和整顿王府以及半年多护卫营统领的任职中,由于非常忙碌和在夜晚有乌云其其格的陪伴,还没有条件去点燃起他心中的妒火。而现在,他带领一个车队,拉着各种可口的食物和美酒,各种事务又有几个副手管理,他就不能不"闲饥难忍",挑旺了他对众目所瞩的格力图尔的妒火。而且,在他的眼中,那个骑在滚瓜溜圆的大白马身上并和格力图尔形影不离的乌日娜金,比任何女人都美,比王爷的侍妾和舞女更能勾起他的邪念。你看,她以那样优美的姿势轻盈地坐在鞍鞒上,靴子小巧玲珑,淡红色的紧身的缎袍,淡绿色的腰缠,淡红色的头饰,以及由于长途奔驰,更加红润的脸色,益显得风韵十足。索伦扎鲁明明知道,这个可爱的少女理所当然地属于格力图尔,他也从未产生并且永远不会产生据为己有的非分之想。但他看到这个谁都想多瞅一眼的漂亮姑娘和格力图尔那样亲昵地并辔而行,却使他对格力图尔的妒火一时间猛增一倍,达到了前所未有的高度。

　　索伦扎鲁枕着胳膊躺在车篷里,独自暗暗地熔冶着心里对格力图尔的忌恨。当他听到格力图尔喊他时,才不得不慢吞吞地钻出来。

　　格力图尔拢着马,友好地微笑着说:"喂,我的好二哥,你可得加油啊!我们今天还能跑六十里,你必须在今天夜里赶上我们。能做到吧?"

　　索伦扎鲁的脸特别是那道显眼的鞭痕涨得通红,嘴角抽动了几下,似笑非笑地支吾道:"唔,赶上……能……"然后,低下头,心不在焉地看着脚前的青草和那草上爬上爬下的蚂蚁,不再说话了。

　　格力图尔看着索伦扎鲁精神萎靡和吞吞吐吐的样子,心里一阵厌恶,收住笑容,生气地说道:"索伦扎鲁,这可是事关紧要啊!看你的样子,好像根本没把这当回事……"

　　索伦扎鲁仇恨地冷笑道:"你在教训我吗?事情有多重要,我比你更清楚!"说完,猛地回过身,一头钻进车篷里。

　　格力图尔心里燃起一股怒火,刚想发作,猛然传来一阵马蹄声,并听到松和拉在马上喊道:"格力图尔!"

　　"什么事?"格力图尔勒转马头问道。

　　"你快去吧!索伦扎鲁的驭手们拉去了两个女兵……"

　　乌日娜金一听,怒喊道:"谁在胡闹?在哪儿?"

　　"在那边树毛子里。"

　　乌日娜金恨恨地骂了一句,一磕马镫,朝着松和拉指的方向疾驰过去。

　　格力图尔气得脸色发青,他朝着索伦扎鲁的马车狂吼道:"索伦扎鲁!出来!我要当着你的面砍死那些恶棍!"说完,策马飞奔而去,心里在为带女兵出来而后悔。

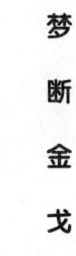

结果,那两个女战士获救了。两个带头的恶棍,被格力图尔当场砍死,另外一些人,大约有十一二个,在索伦扎鲁的命令下,各被抽了五十皮鞭。

发生了这场风波以后,格力图尔立刻命令整队出发。索伦扎鲁则慢慢走到自己的马车旁边,依在车辕上看着渐渐远去的烟尘,心里的怨恨使整个身体都颤抖起来。他觉得格力图尔太狂妄了,和他索伦扎鲁连说一声都没有就下手。这是有损他索伦扎鲁的尊严的。他在心里骂道:"你这个几次从死亡中逃出来的罪犯,刚刚当上个头目,就如此做大!哼!等着瞧吧!我看你是不是总能死里逃生!"

索伦扎鲁这样在心里喊了一阵以后,觉得舒畅了一些。他离开自己的车,慢慢走到刚才被打的那十几个人跟前,那里已围坐了几十个人了。看到索伦扎鲁走过来,胆怯地想散去。他摆了摆手,又都坐了下去。自己也坐了下来。

"唉!"索伦扎鲁深深叹口气,"你们他妈净惹事,弄得格力图尔向我瞪眼睛。你们再胡来,我就把你们都砍死!"

"我们再也不敢了。"

"说得好听!再看到女人,照样迈不动步!你们他妈就是等不得,到了哪个村子,姑娘不有的是!干吗去惹这些姑奶奶?"

索伦扎鲁的话,使那些人都松了一口气,偷偷地笑起来。

过了一会儿,索伦扎鲁又说道:"打你们,是你们不给我长脸。你们身上疼,我心里疼。说实在的,格力图尔为什么要带几百女兵?还不是给他的部下预备的?我们的弟兄动了几个,他就火了,真不义气。"

一个满脸络腮胡子的人愤愤地说:"索伦扎鲁统领,我们干脆不走了,饿他们狗日的!"

"对!不给他们送吃的,让他们喝西北风去吧!"

"好主意,他们有力量就背着娘儿们去打仗好了!"

"背着?哼!他妈的,抱着女人哭去吧!"

索伦扎鲁倏地跳起来喝道:"不准胡闹!这是关系到成败的大事。谁敢不执行额勒瓦奇尔统帅的命令,就地砍头!都起来,马上出发!腿疼、屁股疼,也得走!不过,速度可以放慢点儿。"

索伦扎鲁回到自己车子的旁边,站在那里一面悠闲地吹着口哨,一面耐心地等着驭手们搓腿,揉屁股,整理马套和给牲口饮水。直到傍晚,车队才

93

缓缓转动起轮子。索伦扎鲁在缓行的车子里，舒舒服服地睡起觉来。

  这样，索伦扎鲁的三百辆马车以牛车的速度走着，三百人在途中吃得脑满肠肥，喝得东倒西歪，酒足饭饱，逍遥自在。这就苦了格力图尔的两千名准备迎敌的战士，并且终于误了战机，使额勒瓦奇尔的作战计划成了纸上谈兵。

梦断金戈

13

格力图尔简直气炸了肺。他派出哨探以后,心如火燎地在草草搭起的毡帐前走来走去,有时举目看看南边的半拉山,耸立的山峰仿佛从天上落下的铁栅门和拔地而起的壁垒,挡住了他南下的通道,使他无法前进;有时又回望一眼北边无垠的草野,草野上微风拂拂,却杳无索伦扎鲁的踪影。在他面前,在他四周,则是饿得东倒西歪的将士。让骑手们空着肚子爬上山峰去迎击强敌,显然是不行的。即或抢在对方之前占据了制高点,也毫无意义。因为,饿得站立不稳的骑手,恰似强弩之末,非落个旗倒人亡的结果不可。所以,虽然只剩下半天的路程,格力图尔和他的部下经过仔细商讨,还是决定不再前进了。拿随军参事江风的话说,他们"必须把不至于束手就擒的逃跑力量留下来"。

想到这些,格力图尔猛地扯开衣襟,露出汗淋淋毛茸茸的胸脯,眼里喷射出怒火。他此刻的心,正像那悬崖峭壁的半拉山,似乎被齐刷刷砍去了半边;他此刻的脑海,正像半拉山峭壁下湍急的黑牛河,在奔腾呼啸。

人们都知道格力图尔烈火般的脾气,在他生气的时候,没有人敢惹他,只能静静地等待他慢慢变得心平气和。但今天,他看到异常低落的士气,却无法忍受部下的沉默了。他瞪着一双虎眼,悲哀而又粗暴地对江风吼道:"你这个自命不凡的参事,出发前口似悬河,摇头晃脑,现在为什么一言不发?我们就这样等着全军覆没吗?"

江风忍耐地苦笑一下,说道:"格力图尔,我和你一样着急。但,着急有什么用?"

"照你这样说,我们都别急,等着投降好了!"

"我希望副统帅不要在此士气不振之际轻易发火。——请听我说完。我们尚未到山穷水尽的窘境,即或到了最后关头,马肉总还可以充饥……"

"什么！叫骑手杀自己的马吃？亏你想得出来！"

"我说的是万不得已的情况。当然，谁也不愿意出现那样的局面。我们毕竟还没到最后的时刻。而且，我相信奈曼乌勒决不会误事。他今天早上回过头去找索伦扎鲁，也许明天就会把车队带来。还有，我们派出去的三百人，总可以寻找些食物回来的。"

"这三百人纯粹是白搭！对这一带，我比你清楚，百八十里内是找不到畜群和毡帐的。至于说到奈曼乌勒，我正后悔不该听你的话，你是有意把我的人全调走吗？"

"格力图尔！我不希望你的心里只有几个所谓你的人，我们都是一条船上的乘客，风浪越大，就越要齐心协力。我觉得，一开始就应该派奈曼乌勒去，而不应该叫乌日娜金和松和拉去。站在你的立脚点，你的决定也有道理。你可能估计到这两天内会发生战斗，这对女兵有双重危险，所以你派她们回去寻找运粮队，是对她们的照顾。可是你是否想到，女兵去，只会出现僵局。你曾经为了驭手调戏女兵大发雷霆。我当时就发现索伦扎鲁的部下情绪不对。女兵再出现他们面前，能不发生纠缠吗？所以，我在前天坚决反对派乌日娜金去，而今天早上又坚决主张叫奈曼乌勒去。乌日娜金和索伦扎鲁一旦发生纠纷，只有奈曼乌勒能解除僵局。副统帅，我说的没有道理吗？"

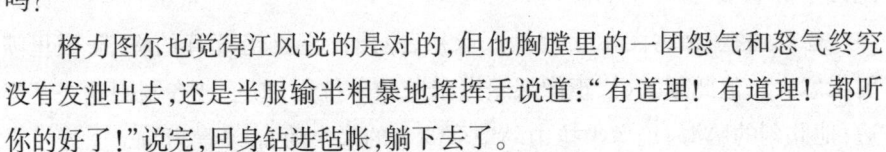

格力图尔也觉得江风说的是对的，但他胸膛里的一团怨气和怒气终究没有发泄出去，还是半服输半粗暴地挥挥手说道："有道理！有道理！都听你的好了！"说完，回身钻进毡帐，躺下去了。

江风摇头苦笑了一下，犹豫片刻，也钻进毡帐。

"格力图尔，我们不能躺在这里等下去。"

格力图尔没好气地说："那你说怎么办？"

"咱们再鼓动鼓动士气，只要振作精神，往前走几十里路，山底下有树林，可以先到那里隐藏起来。像现在这样，在这平旷的原野，等于把饥饿的无力战斗的队伍暴露给敌人，免不了要被敌人一口吞掉。"

"到山底下就有饭吃吗？"

"请听我说下去。我们隐藏起来，能发现敌人，却不能被敌人发现。我们一边等待给养，一边准备迎战。如果曼都拉真过来了，而给养又无希望，我们就杀一部分马，吃饱了再干。"

"又是杀马!"格力图尔气冲冲地站起来说,但他毕竟想不出比这更好的主意,也只好叹气表示同意了,"走到山脚的力量可以鼓舞起来,马却不能轻易杀一匹!"

不久,一千五百名饥饿的战士,勉强服从了命令,跟在格力图尔和江风的后面,缓缓向半拉山走去。直到深夜,他们才走完这最后的几十里路程,进入森林,继续忍受饥饿的煎熬了。

第二天,寻找食物的三百人回来了,可是他们带回来的奶酪和炒米只够一千五百人吃一个半饱。当天晚上,格力图尔不得不流着眼泪下了杀马的命令,他自己则不仅一口不吃,还躲到树林外面去,避免目睹这一令人痛心的场面。派出去哨探的人也在这天晚上回到营地。他们向格力图尔报告说,山的南坡下面,已立起几座大营栅,至少有五千人马。但看样子,敌人似乎没有很快翻越半拉山的意向。这使格力图尔和江风都感到莫名其妙。

江风凝目沉思道:"他们在山脚扎营,却又按兵不动,这是为什么呢?要不,我再带几个人去仔细侦察侦察?"

"算了!"格力图尔显得有点振奋地挥臂道,"越拖越糟。我早就不耐烦了。今天夜里就上山,打他个措手不及!"

江风道:"也好,我们先占据顶峰,取得优势。但是,第一,打与不打,我们看看情况再说,第二,我们的大营还应该在这里,山上去五百,这里留一千,以防万一。"

"你是说曼都拉有可能从别的方向包抄我们?"

"应该预料到这一点。"

格力图尔笑了笑说:"那是不可能的,他们能飞过黑牛河吗?不过照你说的办好了。我有这五百人,就会杀他个七零八落。你就守住大营吧!"

"不,我必须去。参事是不能离开主帅的。"

"那就闲言少叙,快去找人杀马,生火烤肉,越快越好!"

临战前的紧张准备,使义军的士气旺盛起来。人们兴奋地装束,鞴马,分吃马肉,擦拭刀锋。在将近午夜时分,五百名骁勇的义军战士,兴奋地跟在格力图尔和江风的后面,牵着坐骑,向山顶爬去。

但是,曼都拉不是个毫无经验的将领,他比格力图尔更早地派出哨探,摸清了义军的情况,知道顺着山路去攻击义军营栅是愚蠢的,因而做出了一个置义军于死地的安排。等格力图尔明白过来时,已经晚了……

14

6月28日上午,乌日娜金和松和拉总算发现了一堆正被蚊蝇围攻的羊骨头。他们围过去,跳下马来,看到这样的羊骨头有好几堆,附近还有十几处被蚁群和黄蜂争食的呕吐物。看样子,索伦扎鲁的车队曾在这里宿营,并大吃大喝过。他们仔细查看了一下地面上残留的车轮痕迹,确信跑过了头。他们懊悔跑了这么多冤枉路,又飞身上马,向东跟踪追索。乌日娜金心里着实奇怪,为什么和索伦扎鲁竟没能相遇?而且,他们的行踪为什么曲曲折折,有时还离开了大道?

29日凌晨,也就是格力图尔的五百人已经爬到半拉山顶峰时,倒霉的"追索队"终于在一片灌木丛中找到了索伦扎鲁的车队。那时,驭手们正睡得香甜,灌木丛后面的小溪的潺潺声和驭手们的鼾声呼应着。所有的马都在附近的草地上漫步,下夜的牧马人和驭手们一样,也已沉沉睡去。在这样寂静凉爽的清晨,看到在小溪旁,树丛里,那些壮健的驭手们裹着皮袄,或在车上,或在地下,横躺竖卧,以千奇百怪的姿势,酣酣睡着,而在车旁树下,狼藉着骨头、乱扔的碗筷、熄灭的篝火,那情景简直就是一幅"狩猎小憩图"。松和拉面对眼前的情景,看了看惊讶得目瞪口呆的二百名女兵,嘴唇一颤,竟哭了起来。

乌日娜金咬着发紫的嘴唇,愤愤地说:"靠他们,我们全得饿死!"

有人说:"趁他们都睡着,干脆砍死这些坏蛋!"

乌日娜金忍住气摇了摇头,对松和拉说:"松和拉,喊醒他们,赶快找到索伦扎鲁。"

松和拉抹了一把眼泪,驱马在酣睡者们的空隙间,一面跑一面大喊:"龟孙子们!你们被包围了!快起来!"

在寂静的早晨,松和拉的声音在草野上回荡,震醒了一些熟睡的驭手。

他们一骨碌跳起来,忙乱地寻找应手的家什。当他们清醒过来,看到眼前是松和拉和二百名女兵时,便生气地大骂起来,有的气势汹汹地围上松和拉想动手。

"你们敢!有种的动手看看!"松和拉毫不示弱地大声说。

乌日娜金冲开驭手,护在松和拉前面,对着那些睡眼惺忪的人说:"你们的索伦扎鲁呢?"

"啊,是你呀!"那个因调戏女兵而遭鞭打的满脸胡子的大汉趔趄着走过来,脸上粗糙的厚皮扯出一个不怀好意的笑,"你有何贵干哪,乌日娜金小姐?"

"我不是来和你说笑的。快找来索伦扎鲁,有要紧事找他。"

"是吗?哈⋯⋯"那个凶汉大笑着捋了捋腮上的长须,"有什么要紧事?索伦扎鲁大人可不轻易见人啊。有事和我说好了,啊,哈⋯⋯"

乌日娜金气得脸煞白,她喊道:"听着!要误了事,格力图尔会砍掉你们的脑袋!"

"嘀!好厉害呀。你的格力图尔把我们治得好苦啊!为了两个臭娘儿们,又杀又打!哼,告诉你吧,我们可不归他调遣。"

"你们是一群混蛋!"松和拉气愤地大喊。

乌日娜金示意松和拉不要说话,继续对那些笑嘻嘻的人说道:"你们知道,前面两千多人等着你们的给养,已经饿了好几天了。给养上不去,怎么打仗?你们不能再耽搁了,赶快套上车,把给养送上去!"

"你说没有给养不能打仗?"又是那个络腮胡子说道,"我看能。有你们做伴,他们会有用不完的力气。你们也是,怎么能舍得离开那些身强力壮的小伙子啊?"

驭手们听了络腮胡子的不知羞耻的话,笑得前仰后合。乌日娜金恨不得用鞭子劈开那些令人憎恶的脸,但她强捺住心中的怒气,隐含威胁地问道:"我再说一遍,前面需要给养。你们送不送?"

"送,为什么不送?可是有个条件。"络腮胡子说着向旁边的人挤了挤眼睛,"你们留下几个年轻的姑娘。我们明天保证送上去!"

另一个驭手摸了摸鞭伤还没愈合的屁股,笑着大声说:"几个可不行。最少也得三十个。我们十个人分一个!"

松和拉再也忍耐不住了,他大喊一声:"日你们祖宗!"便抽出大刀,一下砍去络腮胡子的半个天灵盖。其他人轰然四散,喊着:"杀人了!"并操起武器,准备火拼了。"

乌日娜金看到局面已不好挽回,回头喊道:"姐妹们! 干! 杀掉这些坏东西,每人带足食物,我们送上去!"

一场混战,至少有四十个驭手丧命,女兵也损失了七八个。直到索伦扎鲁站在一辆车上,扯破喉咙喊着"住手",混战才在互相谩骂声中告一段落。

"怎么回事,乌日娜金?"索伦扎鲁站在车上气喘吁吁地看着乌日娜金问道,"怎么自己人动起手来了?"

"你还好意思问吗?"乌日娜金愤恨地说,"前面的人在挨饿,你们在这里睡大觉!"

"你冤枉我们了,乌日娜金,我们这不是紧赶吗?"

"紧赶个屁!"松和拉气呼呼地喊道,"你们是在游山逛景!"

"你瞎说!"索伦扎鲁狠狠瞪了松和拉一眼。

"索伦扎鲁,松和拉说对了! 看你们剩的那些羊骨头,就知道你吃得多痛快呀!"

"唉,我也着急啊。可是,无论如何也不能动手啊! 额勒瓦奇尔要是知道我们自相残杀,他能不恼火吗?"

"让他杀我好了。但现在,你必须叫他们立即套车,把给养送上去!"

索伦扎鲁为难地摇头说:"你们这么砍杀,谁还有心思赶路啊!"

那些驭手们应和道:"我们不送!"

恰在此刻,奈曼乌勒带着两个人飞骑而来。马还没有拢住,奈曼乌勒就大声喊道:"快离开这里,曼都拉的军队围过来了!"

他的话,使在场的人都大吃一惊。抬头看到远处的一片烟尘,惊慌得乱成一团。

索伦扎鲁知道把事情弄得太糟了。便不再争辩,立刻命令手下人套车。可是马匹都散往各处,已经来不及了。

趁着这个间隙,乌日娜金和松和拉简单地向奈曼乌勒介绍了一下事情的经过。

奈曼乌勒听后大为恼火,但他知道,此刻去训斥索伦扎鲁是没有意义的,便当机立断地对乌日娜金说:"叫你的人立刻下马,把车上的食物抢过来,尽量多带牛肉干,其他全部抛掉。至于这些坏蛋,让他们见鬼去吧!"

乌日娜金的队伍带足食物向东驰去以后,曼都拉的骑兵就赶到了。除了索伦扎鲁自己赶着轻便马车逃出死亡外,那些驭手们无一幸免。而剩在那里的酒肉,则成了曼都拉军队第一仗的战利品。

当天夜里,乌日娜金、奈曼乌勒以及松和拉、索伦扎鲁等人总算赶到了义军营栅。此时,格力图尔也领人下山了,因为他们占据山顶并冲下南麓后,才发现山脚处的帐幕原来是一座空营,知道受骗了,便急忙退回北麓,以便及时冲出可能已经形成的包围圈。

格力图尔听完乌日娜金和奈曼乌勒的讲述后,命人叫来失魂落魄的索伦扎鲁。

"这……这不能全怪我呀!"索伦扎鲁胆怯地看着帐幕里一双双愤怒的眼睛,不由得蹲下去捂住脸,哭了起来。

格力图尔悲哀地垂下头,喃喃地说:"完了……"然后,他慢慢抬起愤怒的眼睛,看着簌簌发抖的索伦扎鲁,"丢人!你误了大事了!你使我们陷入敌人的重围,你要葬送两千名弟兄啊!"说着,一步跨到索伦扎鲁面前,使劲拽住他的胸襟,提起他来,"要么你在拼杀中战死,要么你给自己一刀。否则,我会亲手砍下你的脑袋!你给我滚出去!"

俗语道"福无双至,祸不单行",几个首领正在为索伦扎鲁的可耻行为恨恨不已的时候,营帐外忽然马嘶人叫,乱成一团了。这时有人跑来报告,说不知谁喊了一声曼都拉军队打过来了,人们都争先恐后向山顶逃去了。

格力图尔听后,眼前一阵金星乱进,他长叹一声,颓然坐了下去……

15

住在曼都拉帐幕里的科尔丹,不像曼都拉那样能毫无挂虑地沉沉入睡,即或躺在柔软、暖和、舒适的皮褥上,紧紧闭上眼睛,激烈冲荡着的脑海仍旧平静不下来,无法进入梦乡。他不时侧过更加清癯而苍白的脸,用那黑亮深陷的眼睛看看对面床上打着甜鼾的曼都拉的肥胖身体,使他想起同样肥胖的色旺诺尔布桑保王爷。他的心阵阵抖动,仿佛要从胸膛里跳出来。他赶紧坐起,披上衣服走到帐幕外。门口的卫兵向他敬礼。他就站在这威武的卫兵身边,仰望着满天星斗,耳听周围帐幕里传来的各种细碎的声音,战马的杂乱的嘶鸣,以及远处黑牛河冲击崖岸的喧嚣。他此刻的心也像天上的星斗在不定地闪烁,像夜里营寨周围的声音杂乱无章。他又向一堵黑墙一样立在前面的半拉山看去,心头产生一种巨大的压抑之感,那隐约可见的篝火亮光更使他的心像被炙烤一样难忍。在凉爽的夜里,在森严的营寨中心,在讨逆大军主帅帐幕的门前,科尔丹觉得心在热起来,身体也在热起来,脸像被火猛烈地烧着……他慢慢回转身,进入帐幕,坐在床头,面对案几上淌了一大摊蜡泪的红烛,点燃了纸烟。

这几天科尔丹的心一直很不平静。特别是偷渡黑牛河进入哲盟地界以后,他就更不能平息心中的激动了,以为一下子可以消灭额勒瓦奇尔和格力图尔的全部造反的壮丁,马上就可以威严地走进王府,在曼都拉将军的协助下,去重新整顿哲里木盟的局面了。在他的设想中,半拉山上的造反者已全部毙命或被投进黑牛河,据守王府的造反者也都葬身在令人生畏的堑壕里了。他奇怪,自己怎么会变得如此冷酷,甚至产生过想亲手杀死几个造反者的想法?但他还没有更仔细更深入地推敲和判断这种感情变化是否合理,脑海里却又涌起新的波澜了,并因此觉得曼都拉这个脑满肠肥的满族后裔远比造反者可恶。在刚离开热河都统府时,科尔丹曾提出要日夜兼行,尽早越过半拉山和黑牛河,但曼都拉却非要缓缓行进,保持严整的行伍,炫耀浩浩荡荡的军威不可。到了半拉山南麓,科尔丹以及化名德勒根舍的王世祺一致要求立即到山北扎营,而曼都拉却坚持在南麓下寨,以便养足爬山的力量。结果形成使双方都感到为难的对垒局面。这时,科尔丹虽然觉得曼都拉很骄傲和缺少将帅的精明,但却因看惯了这样刚愎自用的军人而没有产生太大的反感。并且身为求救者,自觉低人一头,不便苛责于人和过分坚持自己的意见。后来,科尔丹又提出在夜间到黑牛河上游用勒勒车架座浮桥,偷渡到北岸,绕到义军身后。值得庆幸的是,这回曼都拉竟偶开慧眼,同意了科尔丹的意见,并亲自督率三千主力骑兵渡过河去。这才打破了进退维谷的僵局,形成了对义军的包围圈,并意外地全歼了义军的运粮队。但是,初战告捷后,曼都拉将军是再也听不进科尔丹的意见了。科尔丹一再说明,敌方给养匮乏,军心浮动,并失策地全部登上半拉山,利用这些有利条件,乘敌人喘息未定的机会,由山的南北两侧同时迅猛地向山顶推进,定会大获全胜。但曼都拉却始终坚持按兵不动,他摇着肥头,不可一世而又悠闲自得地说道:"区区两千乌合之众,本来就不堪一击,而今又在我的掌中,更不足为虑。你看这半拉山,东面是难以通人的密林,西面是无法攀缘的峭壁,南北更有我的重兵堵截,他们难道会插翅飞去不成? 在此绝地扎营,正是兵家大忌。如此看来,你所竭力称赞的额勒瓦奇尔,在我面前,也只是一个略强于蠢材的平庸之辈罢了。"他说着,仰面哈哈大笑一阵,又接着说,"你等着吧,科尔丹,要不了几天,我就会把你送进图什业图王府的大殿。"

科尔丹很反感地听完了曼都拉的夸夸其谈,沉吟了一下说道:"将军神威,获胜是毋庸置疑的。我只是觉得,山上的贼军有可能脱出包围而对我们进行偷袭;另外,我们身后即或出现对方的少量援军,对我们也会造成不利,而时间拖得一久,额勒瓦奇尔是肯定要派来援军的。因此,尚请将军斟酌……"

曼都拉傲然而讥诮地一笑,心里感到很不痛快,甚至觉得这个好为人谋的年轻人,实在令人讨厌。要不是科尔丹即将摄政哲盟,并答应任凭曼都拉搬取王府中的珠宝玉玩,他肯定会立即把这个自作聪明的蒙古族青年赶出帐外去。过了一会儿,他冷峻地说道:"这里的事无须你过分劳思费神。如果你不愿在这里游山逛景和饮酒作乐,又不放心我们的身后,我可以拨出五百骑兵,由德勒根舍统领指挥,跟你去截击贼寇的援军。你看怎样?"

103

这是在白天饮酒时科尔丹和曼都拉的几句对话,此刻,又在科尔丹的耳畔响了起来。他接上第三支烟,继续考虑起到底怎样做更为有利。最后的结论是:与其在这里无所事事,甚至可能会因曼都拉的轻敌而遭到不测,莫如分兵北上,去观察一下造反者大本营的动静,以及各旗在目前处于什么情况。如果有可能,就召集一次各旗扎萨克会议,集聚起一支地方军,以便在曼都拉一旦失利时,及时开辟第二战场。

这艰难的无寐的一夜,总算在科尔丹的穷思极想和吞云吐雾中打发走了。第二天天一亮,科尔丹便毫不客气地喊醒了曼都拉。

"将军大人,这么早就破坏了您的清梦,小人感到万分惶恐。但我相信,大人一定会理解一个创巨痛深的人,特别是一年来,有如孤云野鹤,栖无定所,当他突然有了重见天日的希望时,是多么盼望立即一睹家园。因而,也一定会宽恕我的急切和莽撞的。我想禀告大人,我决定遵照将军大人的吩咐,同德勒根舍统领带五百人马,去堵截逆军可能投入的援兵。假如此行顺利,小人当亲执箕帚,清扫王府门径,以待将军大人驾临。"

"悉听尊便。"曼都拉将军睡眼惺忪地打着哈欠说道,并抽着鼻子嗅了嗅帐幕里浓烈的烟草的辛辣味,紧紧皱起眉头,露出满脸的厌恶,"天哪!简直是乌烟瘴气!亏得我还记得我是睡在帐幕里,否则,我会误认为已身置香烟缭绕的天庭了呢!——来人!去请德勒根舍统领立刻见我!"

德勒根舍进来后,曼都拉将军简单吩咐了几句,便叫他们准备启程。在将近中午的时候,五百名骁勇的骑手,在科尔丹的带领下,顺着草原上唯一一条大道,向图什业图王府的方向进发了。队伍行进的速度很慢,而且太阳还没落山,便宿营了。科尔丹十分焦急,对故意延宕时间的德勒根舍不胜其愤。但由于曼都拉已将这五百人的指挥权授予了此人,科尔丹又是东道主,似乎应表现出谦恭和宽容的态度,所以在第一天他没有发作。第二天,他还有力量控制自己,使那交织胸间的急切和愤怒没有形之于色。第三天傍晚,他实在忍耐不了了,便横眉立目地逼视着又在寻找宿营地的德勒根舍,充满敌意地说道:"统领大人!我发现您对行军速度似乎有独到的研究。记得我们刚一离开都统府,您主张神速;可现在看,即或把行军时间拉长到一年,您也不会感到厌烦!我想请教大人,这里面一定有什么高深的学问吧?"

德勒根舍满腹怨气地朝着科尔丹冷笑了一下,说道:"有学问,当然有学问!一年吗?我不会厌烦。假如可能,我甚至希望是三年或更长。我不忍

目睹我们身后这五百名可怜的生灵,由于你的突发异想和曼都拉的一念之差而在三两天内死于非命。同时,我也是有意延缓死神的翅膀拍击你我头顶的时间!"

"您在故弄玄虚,统领大人!您是企图编造一通耸人听闻的危言来开脱自己的罪责吧!"

"你说什么?你想教训我吗?还早点儿!你以为凭着自己的利嘴花舌获得了增祺将军的好感和在军旅中鬼混了一个月,便成了一个军事家了吗?"

"德勒根舍统领!"

"不要叫我德勒根舍!我是盛京将军衙门三营管带王世祺。"

"您愿意让手下人都知道您的姓名和来历吗?"

"让他们都知道好了!以便使幸存者向我的妻子报告我的死讯。"

王世祺说完,勒住了马缰,并回身制止住队伍的行进。科尔丹气得脸色苍白,嘴唇发青,他使自己的坐骑向王世祺靠近一步,大声说道:"那么,好吧,我就称呼您三营管带王大人吧!您既然提到增祺将军,就一定会记得他说的话。他是命令您来协助我剿逆,命令您来立功赎罪,并不是让您来当我的太上皇!王大人,是不是这样呢?因此,我要求您解释一下自己的行动,并不过分吧?当然,就年齿而论,您是长辈,令郎王绍祖比我还大一岁。但从另一种意义来说,我又相当于您的监护人,这也不是凭什么利嘴花舌虚构出的恫吓之词吧?而且,令郎王绍祖昂藏磊落,胆勇过人,是我衷心倾慕的。我希望你们父子反目将成为过去,希望您分崩离析的家庭重庆团圆。难道您愿意让我说出有损于您声誉的话,而加深绍祖的隐痛和哀怨,使您有家不得归,使尊夫人望断门闾吗?"

王世祺怔怔地听着科尔丹的话,觉得像有无数把鞭子抽在背上,有无数根芒刺射进心房,他思绪如麻,痛苦地呻吟了好一阵,才恨恨地说道:"你不仅是利嘴花舌,简直是蛇口蜂针,刺得我遍体鳞伤了⋯⋯噢!可恶的命运之神,为什么总是让我遇到与我为敌的人哪!难道我经受的痛楚还少吗?"

"看到您如堕烟海的迷惘和听到您这些怨天尤人的话,真令我惊讶不止,并为您感到万分遗憾。王大人阁下,您是久经战阵的将领,眼下又是大敌当前,竟会如此放纵自己的感情,浮沉在个人的伤痛之中。而您所说的痛楚,大概除了私奔、离徙、灭亲、还魂外,不会有更为严重的内容吧?"

"不要说下去了！"王世祺像在战场吃了败仗一样,感到惭愧、丢脸和恼怒,"你拉我来和你作伴,就是为了触及我的隐痛吗？"

"不。"科尔丹既厌恶又怜悯地看着王世祺因痛苦和恼怒而扭歪了的脸,说道,"我从来不允许自己去拿别人的痛苦取笑。我的话是您逼出来的。而且,我还要申明,并非是我拉您来,而是曼都拉将军的安排。当然,我表示了同意。因为我看出您具有将帅之才,又不像曼都拉将军那样刚愎自用。事实证明,我的看法可能是大错了。——不过,不谈这些题外话吧。我还是坚持请您谈谈行军速度方面的高论。"

"你就尽情地讥诮我好了！但我要说,你在应对之中可能是个辩才,在军务上,却纯粹是个无名的蒙童。我们在出兵前即获知贼寇以图什业图王府为大本营,就算他们的大本营固若金汤,也会在长围久困中冰消瓦解。所以我当时主张日夜兼行,尽快越过半拉山,对图什业图王府采取围困的办法。但我们却把时间白白丢在了路上,失去了机会。而目前,迎战的贼寇全部龟缩山顶,形势对我们似乎有利。但我们不应忘记,几天前,我们歼灭了贼寇的运粮队,只要有一个人幸免于死,也会将他们被包围的消息送回大本营。我估计,不出今明两天,贼寇的大批援军即要到来。而当此时,你和曼都拉竟异想天开地把兵力分割为三,并且叫我们这五百战士,去迎接必不可免的又肯定是力量悬殊的战斗。这无异于自投罗网。请问,我说的没有道理吗？"

科尔丹听着王世祺理由充分和振振有词的折辩,竟十分高兴地笑了起来,他显得雀跃,声音朗朗地说道："您说得非常有道理。这的确是自取灭亡。"

王世祺不胜惊诧地看着科尔丹,紧皱眉头地说道："你真是个难以理喻的怪人！既然承认我说得有道理,就该为自己的错误感到惭愧,为我们面临的可怕局面感到心震骨惊才对。可你,……你的话和你此刻的态度多么不协调啊！"

"不协调吗？"科尔丹仍旧笑着说道,"也许是非常矛盾。但有时往往在不协调中蕴蓄着更加深刻的道理。看来,您虽有卓识远谋,却还未能达到机变百出的程度。您想,您这五百所谓生灵,假如为了使庞大的敌军成为'奇兵',因而做了他乡之鬼,不也是非常光荣的吗？"

"你这话是什么意思？"

"您很快就会明白这话的意思的。不过我还想请问一下,贼寇的援军确实在今明两天即可出现在我们面前吗?"

"我考虑了各种因素,时间是不会有太大出入的。"

"在这一点上,您大概对了。照我的估计,似乎在昨天晚上和今天上午即可开战。"

"你的话简直是谜语,叫我越来越大感不解了。"

"好了,尊贵的三营管带王大人阁下。您看,太阳刚刚落山,我们还没到人困马乏的地步。我只要求您再跑他七八十里地,使我们和曼都拉的距离是二百里而不是现在的一百里,然后我们就宿营,以后的一切就悉听尊便了。这总可以吧?而且,只要到了宿营地,我会把一切都解释清楚。请下命令吧,王大人。"

王世祺莫名其妙又无可奈何地耸耸肩膀,不愉快地嘟囔道:"好吧。……我真是遇到了怪人。"

在将近午夜的时候,队伍才从疾驰中停下来,在一片低矮的乱树丛旁边,人们一面怨嗟着这奇特的夜行军,一面解下鞍辔,幕天席地地沉沉睡去。王世祺和科尔丹都不想睡,便踏着清冷的月光,走上宿营地前面的高阜处。两个人无言地默立了一会儿,科尔丹抬起苍白的脸,望着高悬的月亮,落眼于北方幽暗的极目处,缓声说道:"也许真如曼都拉将军所说,额勒瓦奇尔在用兵上是个平庸之才……"

王世祺满心不痛快地说:"你这是准备解释的开头语,还是无意间使思想变成了声音?"

科尔丹笑了一下说:"都不是。……唔,王大人,您回头看看。"科尔丹说着,指了指身后杂陈地上的战士,"这像不像尸横遍野的景象?您此刻没产生肃杀和阴森之感吗?"

"你在干什么玩笑!"

"不是开玩笑,王大人。这里应该是个战场。而且,额勒瓦奇尔和曼都拉将在同一天获知这里的战况。——唔,天哪,您听!这是什么声音?"

王世祺大惊失色地说道:"不好!一定是贼兵冲杀过来了!"

"不必惊慌。"科尔丹不动声色地说道,"眼前的事,证明您料事如神,我衷心佩服,您也应该为此感到骄傲!"

"坏蛋!看你这不慌不忙的样子,我真怀疑你是想让我的战士全部葬身虎口！"

"骂得痛快,说得正确。——不过,请您喊醒您的战士去迎战吧。"

"什么！迎战？让他们睡眼惺忪地去送命？"

"那您打算怎么办？"

"趁着黑夜,逃！"

科尔丹冷笑了一下说："我会告您个贻误战机,临阵脱逃！——不用瞪眼睛,您的命运已经掌握在我的手中。如果您还不想身陷囹圄甚至身首异处,那您就一切听我的安排,否则,您将悔之不迭！"

"听你的安排！不！你是在安排我的葬身之地！"

"恰恰相反。我是在安排您未来的飞黄腾达！正是想让您活,才让他们——您的战士们去死！"

"你简直是个魔鬼！你弄得我进退维谷了！"

"不！迎接您的是柳暗花明和豁然开朗。快去吧,王大人,命令他们飞身上马,冲杀过去,然后,待战衅一开,您便回骑到我这里来,我会点化您,使您猛可醒悟的！"

王世祺悲哀地呻吟了一会儿,奔下坡去,下达了立刻上马迎战、不得后退半步的命令。然后,他飞骑来到科尔丹的身边,把命运整个交给了这个年轻人……

16

两天来,曼都拉将军的帐幕显得异常清静,他的心情也格外舒朗,因为已没有人在他面前聒噪,并且他认为自己已是个大获全胜、战功赫赫的将军了。不过,既不冲杀,又不行军,只是坐待胜利,那时间也确实难以排遣,所以他在高兴的同时,也感到空寥寂寞。白天还好对付,他可以坐在帐外的椅子上,欣赏手下人如何砍下投降者的头颅,中午热起来时,还能舒舒服服睡上一觉,晚上帐幕里清凉起来后,时间就不好消磨了,便只好坐在高烧的红烛前,独饮独酌。

这天晚上将近午夜时分,曼都拉正在饮酒,一个汗水淋漓的人被卫兵带进帐里,报告说此人有机密事。

来人进帐后,扑通一声跪了下去,犹自气喘吁吁地说道:"将军大人在上,罪人向大人叩头!"然后站起来,退到一旁。

曼都拉嚼着牛蹄筋,声音含混地问道:"你是谁?"

"回禀大人,奴才贱名索伦扎鲁。"

"从……哪里来?"

"回禀大人,奴才是从贼军中……逃跑出来的。"

"来投降吗?"

"是的,大人。还有一件机密事想报告大人。奴才要报告的消息,可以使大人……一举消灭贼军,……但先请大人念我一片赤诚,恕我死罪。"

曼都拉抬起醉眼看了看索伦扎鲁,突然哈哈大笑起来,然后又把杯中酒一饮而尽,晃晃悠悠地站起来说道:"你是想立功赎罪吗?好像非有人报告什么机密事我才能消灭你们!是不?你们早就是瓮中之鳖了!我告诉你,这两天,你们来投降的已有一百多人,山上的情况我是了若指掌,不是全部下山投降,就是全部饿死,竟还有什么机密事。笑话!投降也全部砍头,你也不能例外,正好我想吃颗人心呢!"

索伦扎鲁惊恐万状而又急不可耐地喊道:"大人!我真有机密事报告啊!这消息十分重要,关系到……"

"少啰唆!——来人!"

此刻的索伦扎鲁已魂魄俱飞了,似乎看到了自己的胸膛被剖开,一颗血淋淋的心握在曼都拉的手中。但索伦扎鲁毕竟是个有心机的人,他知道在这样关键时刻,不能显得过于惊慌失措。所以,他故作镇静地冷笑道:"将军大人,您杀掉我是非常容易的。但您会因此遗恨终生。罪人久闻将军威名,知道将军大人气度轩昂,虚怀若谷,从善如流,用兵如神。所以,才冒着九死一生的危险,急趋将军帐前,企望解救将军的累卵之急,证明罪人弃暗投明的真诚。"

曼都拉又狂笑了一阵,说道:"你说什么?我有什么累卵之急?"他说着,挥手制止住冲进帐来要带走索伦扎鲁的卫兵,返回案前坐了下去,"等一等!让我们听听他胡诌些什么?这倒也是一盘下酒菜。——好,你说吧。"

"遵命,大人。罪人带来的消息,关系着将军的生命。贼首格力图尔听从了参事江风的谋划,带领七百壮汉,从西边悬崖下到黑牛河边,打算夜晚偷偷来劫营……"

"什么!"曼都拉"啪"的一声把象牙筷子摔到几案上,吃惊地站起来,"劫营?从悬崖上下来?"

"是,大人。"

曼都拉在地上走了几步,拧着眉头想了一会儿,突然朝着索伦扎鲁问道:"你是想让我把人马拉到西边悬崖下去攻打来劫营的贼军,是吗?"

"正是这样,大人。你会因此化险为夷,一举成功。"

"他们已经全部下到河边了吗?"

"我逃离贼营时,已经下了二、三百人。估计眼下快全部下到河边了。此时去攻击他们,准会使他们措手不及……"

"马上就去?"

"那太好了。大人,越快越好。"

曼都拉讥讽地冷笑一声,一步跨到索伦扎鲁面前,左手拽住他的耳朵,右手狠狠打在他的左脸上,咬牙切齿地喝骂道:

"好个奸细!竟敢来骗我!"

"将军大人！"

"住口！你以为曼都拉将军是那么容易受骗的吗？"

"将军！我说的……"

"我叫你住口！"曼都拉松开手，一脚把他踢倒。索伦扎鲁捂着肚子忍着剧痛趴在地上。

"从悬崖上下来，劫营，嗯？真他妈是个聪明的计策啊！你们以为曼都拉将军是个白吃饱吗？你们一说我就深信不疑吗？我对这里的地势比你们清楚。从悬崖上下来，你们长了翅膀了吗？嘿嘿！我知道你们的鬼把戏。把我骗到黑牛河，你们从山上下来逃跑，对不对？"

索伦扎鲁抬起扭歪了的脸，哀怨而恐惧地说："大人！奴才若有半句谎话，就被乱刀砍死！他们是用皮索把人和马系下来的。大人，我是不敢说半句谎话的啊！"

"哼！你还想狡辩吗？"曼都拉喝道，又拉住索伦扎鲁的耳朵，像拖死狗一样把他拖到帐幕外，"你看看，山上是什么？"

索伦扎鲁看着山上隐现的十几处篝火，说道："大人，那是格力图尔留下的疑兵啊！"

"编得多像是真事！我要是个没有经验的统帅，就上你们的当了！那里飞到悬崖下，这里设疑兵。你呢？是孙悟空翻跟斗来的吧？啊？哈……好嘛，多聪明的调虎离山计呀！"

"将军大人！请您相信我的话吧。我和格力图尔……有仇。他们恨我，叫我自杀，……他们怪我把给养给丢了，……我是一心想在将军大人面前求得一线生机啊！"

"唔！"曼都拉扬起了浓厚的眉毛，笑了起来，"你就是那个运粮官？"

"是，将军大人。"

"你很能干啊！把手下的人和车马全扔掉，乘轻车逃跑了，是这样吗？"

索伦扎鲁低下红红的脸，说道："是，大人。我是有意拖延时间，叫格力图尔失败，没想到竟成了我孝敬将军大人的第一个机会。"

"哈！我还得感谢你呢。"

"不敢，大人。"

"行了，运粮官大人。看样子，你在贼军中还是个主要人物呢。真遗憾，这么多人马，单单用你这么个窝囊废！"

"将军大人……"

"不准你再说话！哼，还想用计策呢。使用计策，你们还得学一百年！这回，我倒先不杀你了。你看看我是怎样把你们剿灭的吧。那时，你就知道了，想欺骗曼都拉将军可是不聪明的。——来人！先把他押到那边毡帐里。给他吃喝，让他活到他们全部就擒的那天。"

就这样，索伦扎鲁被押到一座小毡帐里。地面上铺着草，其他东西一概没有。门口有个不停地吧嗒着烟袋的老兵在看守。

索伦扎鲁明白，想在这里逃出去是没有可能的，心里为这次行动后悔来。……

索伦扎鲁到曼都拉帐前告密的决定，是经过了一段激烈的思想斗争的。

还是在义军战士全部攀到半拉山山顶的当天夜里，所有的人便都意识到这是一次非常错误的行动。因为这一行动，使曼都拉轻易地对义军形成了夹击之势，而且，让曼都拉采取攻势的可能性极小，同时，义军向南北两侧的敌人冲击也显然是以卵击石。除非有一方的统帅失去理智和耐性而错误地冲击对方，接战的时机决不会很快到来。这样相持下去，对义军是不利的。但是，当时形势危急，一片混乱，人们一窝蜂向山上奔去，到底是谁下了这样的命令甚至有没有这样的命令，人们已无暇顾及了。为此，战士们埋怨无能的首领，首领互相指责，闹得不可开交。

格力图尔急得冒火，在地上走过来走过去，残酷地向自己和江风、奈曼乌勒两个智囊索取主意，对怀罪的索伦扎鲁痛斥不已。江风在凝目苦思，奈曼乌勒轻轻叹了一口气。

"你叹气有什么用！"格力图尔瞪着充满血丝的双目，把手里的大刀猛地砍到树干上，然后又快步走到江风和奈曼乌勒面前，"你们想个主意呀！"

奈曼乌勒摇了摇头说："格力图尔，光着急顶什么用？"

"那好啊！都别着急！告诉弟兄们，睡吧，玩吧，饿了吃马肉，渴了喝马血，吃完喝完各奔前程！"

"格力图尔！"江风压住声音严厉地说，"你是首领，这样喊，弟兄们听到会散心的！"

格力图尔大声说："心已经散了！"然后，一转身走开了。

为了稳定人心和避免火并，奈曼乌勒和江风召集了一次首领会议，共同权衡了各种可以一试的办法，但没有一种办法可以使义军在三两天内撤离

山顶。最后,江风提议,由他和奈曼乌勒到两边崖顶上踏查一番,寻找一条下山的道路。人们对此表示赞同,但没有一个人认为这样做有什么意义。

江风和奈曼乌勒走时是半夜,回来时已是凌晨了。两个人的衣服都挂得稀烂,脸上、手上、臂上和腿上全都是伤,累得上气不接下气,但十分兴奋。

格力图尔看到这两个人的狼狈样,问道:"你们的马呢?"

奈曼乌勒说:"别提了。我的马和我一样,腿断了。江风的马掉进黑牛河喂乌龟了。"

江风也笑着说:"难为奈曼乌勒了。我以为他走不回来了呢。"

"我爬也得爬回来!我真担心我们急性的副统帅大人会不等我们回来就打下山去。"

格力图尔惭愧地涨红了脸,苦笑了一下说道:"你真估计对了,……可是到底怎么样?快告诉我们,你们好像挺高兴。"

"能不高兴吗?"奈曼乌勒满面春风地说道,"曼都拉这回可要上江风的当了!我们找到了'天梯',真的,是'天梯'!顺着'天梯',我们可以到下界捉拿妖魔了!"

奈曼乌勒说的"天梯",是两边悬崖绝壁上的两块平台。这两块平台把绝壁上下分成三段,每一段大约有五六丈。每层平台足以放上两匹马而不致拥挤。他们的办法是,从上面把马一匹匹一层层弄到河边沙滩上,人也是这样下去。至于吊装的皮索和皮兜,可以用马皮制作,马肉正好使战士们在战斗前饱餐一顿。如果当即行动,到当天半夜即可把七百名战士和坐骑全部送下悬崖,先到的人隐藏在河边树丛里,养足偷袭敌营的精力。胜利是蛮有把握的。

办法很好,而且进行得十分顺利。人们的情绪是异常高昂的。

索伦扎鲁被允许作为一名普通士兵参加这次劫营的行动,而且是较早下到沙滩的一个。他进入树丛躺在那里休息时,曾一度想在这次劫营的战斗中好好干一下,以便抵消人们对他的怨恨。凭他的枪法和胆量,这是不难做到的。但是,这种想法在脑海里仅仅停留了一会儿,便被另一种想法排挤出去了。他想到,这两天对他几乎像两年那样难熬。谁也不把他当作忠诚的伴当,甚至唯恐避之而不远。没有人和他一起分吃马肉,有酒的人一看到他,便把酒瓶揣入怀里,顾左右而言他了。他常常是委屈而怨恨地躲到一边,偷偷地在心里痛骂对他不友好的人。他特别害怕的是原来几个好友对他怀疑而仇视的眼睛。他确信,这些人肯定会串通一气,在适当的时机——比如返回王府后——披露他的罪过,甚至会置他于死地。这是十分可能的。想到这些,他的心乱了起来,开始设计如何保全自己了。事情是很急迫的,这次劫营一定会成功。等到胜利后就不好办了。唯一的办法是寻机投奔曼都拉营寨,叫曼都拉把聚集在河边狭窄的丛林中的义军全部消灭。这里几乎没有任何逃跑的道路,不是在曼都拉的火枪下毙命,就是在黑牛河中丧生。是的,只要这七百人,包括几个首领,全部从世界上消失,一切都好办了。那么,怎么样离开河边呢?这好办,夜已开始来临,而且这是七百人,没谁会注意到在什么时候丢了一个普通的士兵。当天完全黑下来,初升的月亮带给大地一片朦胧的光,而丛林中至少已有三百多名士兵的时候,索伦扎鲁轻轻站起来,牵着马,装作去给马饮水或吃草的样子,走出树丛。等到他再也看不到其他人,其他人也看不到他的时候,他迅速紧好马肚带,检查了一下鞍蹬和嚼铁,便轻轻爬上马背,向北走去。到了平旷的草原上,他松了一口气,咬紧牙关,伏下身体,松开嚼铁,全速狂奔起来……

可是,索伦扎鲁哪里会想到,曼都拉竟是这样一个不开窍的蠢货!他弄不清自己是否为这次行动后悔,也没有时间去后悔,因为他深知,他已处在双重危险之中。求生的愿望统治着他整个身心。时间不容人,马上就要半夜了。门口的老卫兵仍在精神抖擞地吸烟袋和使劲儿咳嗽。索伦扎鲁心急如焚地在地上走来走去。

"喂,奸细,你要干什么?"

索伦扎鲁正好走到门口,听到老卫兵的声音,吓得一抖,他镇定一下,赔笑地说:"唔,老乡,我犯烟瘾了……"

"哼!还有心思抽烟吗?也许明天你就见阎王去了!"

"是啊,老乡。请可怜可怜我,叫我在见阎王前过过烟瘾吧。"

老卫兵磕掉烟袋里的烟灰,又装满了烟叶,点燃后,拉开门,递了过去:"给你,奸细!看你怪可怜的。抽吧,抽吧,可要快……"说完,又紧抱着枪面朝里坐在门口。

"谢谢你,老乡。你真是个好心人。我永远忘不了你……"

老卫兵挤着眼睛笑了一下说:"那些好听话留着到阴曹地府再说吧。"

"我也许死不了呢。以后我会报答你的……"

"别说梦话了!实话说,你们真蠢,怎么敢来骗曼都拉将军?这个乱出主意的人可把你害了……"

索伦扎鲁觉得这个老卫兵很愿意说话,而且心地不坏,是个容易上当的家伙。立刻决定在这个看守者身上打打主意。他大口吸着烟,注视着老卫兵的眼睛。过了一会儿,他把烟袋还了回去,挨着老卫兵坐了下去。

"我真感谢你呀,老乡。"

"你躺到里面去吧,别靠近门口。"

索伦扎鲁笑着说:"你对我不放心吧?老乡。我不会跑的。"

"那谁敢担保?你们这些人什么事干不出来?"

"我可从来不干伤天害理的事。你对我这么好,谢还谢不过来呢,怎么能给你找麻烦呢?"

"那你就往里边去,免得我不客气。"

"稍微等一等。老乡,我看你很有善心,不忍心看你死于非命。我实话告诉你吧,曼都拉可要完蛋了!后半夜,我们的人就要来劫营……"

"算了吧,你死到临头,还没忘了编造谎言呢。曼都拉将军早就识破你们的计策了。"

"没有!他没有识破。"索伦扎鲁急促地说道,"这样一来,今天一过午夜,他完蛋了,连累你们也全完了!你想想看,我被你们关起来了,还能扯谎吗?"

老卫兵皱着眉头想了一下,问道:"你说的是真话吗?"

"我可以对成吉思汗的英灵发誓。"

"那你再去见一见曼都拉将军,和他说一说吧。"

索伦扎鲁摇头叹息道:"他是个地道的傻瓜。他不会相信的。他死了不足惜,我可不忍心看到像你这样善良的人死呀!你想,我是那边的人,他们来了,我就得救了,你们可就别想活命了!"

老卫兵不相信地看着索伦扎鲁,讥笑道:"你可真会说谎啊!可你一说,就露了馅。你来告他们的密,他们来了还能救你?得了,我不想听你的了。"

"那你要后悔的。你想想,我是偷着跑过来的,他们怎么知道我来告密?再说,他们打过来时,看这里还在睡大觉,就证明我没有告密。第三,这里一乱,我混进里面去,谁能猜到我先跑过来了?好了,你愿意信不信,我这是为你好。你不听我的,那就等着吧。到那时你再找我,可就晚了!"

索伦扎鲁说完,站起来,走回到那堆草上,躺了下去,装作要睡一觉的样子。而门口的老卫兵的心却无法安静了,他仔细地品味索伦扎鲁的每一句话和说话的态度,觉得这一切确实是可能的。那些造反的贼人真要来劫营,在夜里人们睡得正甜的时候,那可是连睁开眼睛看看都来不及了! 必须给自己留一条后路,以防万一。想到这里,他轻声唤道:"喂! 老乡,你过来。"

索伦扎鲁头枕双手悠闲自得地说道:"有什么话,你就说吧。"

"不,你过来。咱们好好谈一谈。"

索伦扎鲁打了个哈欠,伸了个懒腰,才站起身,慢慢挪到门口坐下。

"我说,咱们去找曼都拉将军,再和他说一说,他就是不去打吧,也该命令大家别大意,把枪和马准备好。这他总会答应的……"

索伦扎鲁的心也为之一动,但很快摇起头来说道:"我说过了,那是个骄傲的将军,自作聪明,不会相信的。再说,也晚了。我估计那七百名棒小伙子正往这里疾驰呢。大刀片一抡起来,你们的枪可就不顶用了。那时一片大乱,谁顾得上谁呀? 你能保准不被砍吗?"

老卫兵低头默然无语,后来抬起头又问道:"那么你说怎么办好呢? 咱们俩怎么才能逃出去呢?"

索伦扎鲁一笑,说道:"我,你就不用管了。你就想法自己逃命吧。"

"可是怎么个逃法啊? 你给我出个主意吧。"

索伦扎鲁略作思索,说道:"你现在不能跑。你一跑,准会有人去追你,也害了我……我看这么办——你有马吗?"

"有。"

"在哪儿?"

"离这儿不远。"

"你去鞴好马,牵来拴在门口。等喊声一传来,你骑上马就往北跑。然后往东拐,就能夺得一条生路了。"

"行。你不要一匹马吗?"

"不,不要。两匹马容易被人发现和怀疑。牵你自己的马,你怎么解释都行。我好办,到时候弄一匹就是了。"

老卫兵又想了一会儿,说道:"你真的不是骗我吧?"

"唉,你呀! 我骗你有什么用? 再说,你的马拴在这儿,他们不来劫营,你能丢了啥呢? 你不信,就算了!"

"唉,……我真拿不定主意了。"

"早知道你是个没主意的人,就不该对你说。我干吗要多事呀?"

老卫兵咬着胡子想了一下,终于下了决心,说道:"好,我听你的。只是,我牵马这工夫,你能保证不跑吗?"

"我跑得出去吗?你真是个怪人!得,怨我善心。为了让你相信,委屈点儿好了。来,拿你的腰带把我捆在门框上。这你总可以放心了吧?"

老卫兵踌躇了一下,解下腰带,不大好意思地说:"那真叫你委屈了。可是没办法,我必须……"

"行了,少啰唆吧。"

把索伦扎鲁捆在门框上以后,老卫兵很快牵来坐骑。

"你可别生我的气呀!"老卫兵一面解开索伦扎鲁,一面抱歉地说,"看你这样诚实,我真感到惭愧呢。"

索伦扎鲁没有说话,只是伸手拿过烟袋,装上烟,老卫兵马上给他点火。

过了好一会儿,老卫兵发觉索伦扎鲁显得心烦意乱,或者有什么不满意的地方。便讨好地说道:"我总觉得应该替你干点儿啥……"

索伦扎鲁心不在焉地说:"你要舍得,就把你的刀送给我。到时我有用。"

"那好说。这点儿事还不行吗?"老卫兵说着,从腰间解下大刀,递过去。

"放在你身后,要不,你还会怀疑我要用刀砍你呢。"

"那不会。我相信你。"

"算了,嘴上这么说,心里却在害怕。放在你身后吧。等你骑马逃跑后,我再拿过来也不晚……"

"那……也好。"

接下来,两人一个门里,一个门外地静坐在那里,谁也不说话,都在等着远处传来喊杀声。突然,索伦扎鲁浑身一抖,整个神经都为之紧缩了,他分明听到了远处杂乱的马蹄声。到了!准是格力图尔带人杀过来了!霎时,喊杀声传来了。老卫兵立刻站起来,对索伦扎鲁说:"来了!"

索伦扎鲁一步跨到门外,压抑着声音说道:"你该逃命了!祝你一切顺利。"

"我真感谢你呀,再见吧。"

"再见。"

老卫兵刚想拔步去牵马,就在这一瞬间,索伦扎鲁的两只大手有力地掐住了他的脖子,使他喘不过气,哼不出声,终于眼睛一翻,倒在地上了。索伦扎鲁拿起大刀,在老卫兵脖子上砍了一下,然后,飞身上马,向曼都拉的帐幕跑过去。此刻,曼都拉营寨中一片混乱,使索伦扎鲁得以畅通无阻。

索伦扎鲁在曼都拉营帐前被两名卫兵拦住,他不由分说,"刷"地一刀,砍去了其中一个的半拉头盖骨,另一个怔了一下,便抱头鼠窜了。索伦扎鲁也不去追赶,飞身下马,一个箭步跳到曼都拉帐幕里,手起刀落,曼都拉将军的头颅便滚到地下。索伦扎鲁把血淋淋的人头拎起来,扯开发辫,拴在腰上,然后,一刀砍灭了红烛,跑出门外,跳上马背,不管飞奔而来的哨兵怎样朝他高喊"曼都拉将军",他只是一个劲儿地加鞭,那坐骑像箭离弦一样,向远处跑去,很快地在夜色中消失了。

此刻,曼都拉营寨里已经成了一个大屠杀场。格力图尔的七百名猛虎般的勇士们,在外围几乎没有遇到任何抵抗,便呼啸着冲进营栅,碰到他们的兵勇没有几个能保全性命的。义军战士的惊天动地的喊杀声,使那些从睡梦中醒来的兵勇惊心丧胆。他们弄不清这是从天上飞下来的,还是从地下冒出来的妖魔。整个营栅乱作一团。无数尚未从梦中清醒过来的人,稀里糊涂地见了阎王。有的赤条条跑出帐幕,接着赤条条倒在血泊中……

在将近中午的时候,战斗——确切点儿说是砍杀,结束了。义军大获全胜。清军营寨里升腾着义军战士们的欢声。他们骄傲而兴奋地揩着脸上的血,有的脱下破袍,换上了官军簇新的衣服。

索伦扎鲁则把曼都拉将军的头颅献到格力图尔面前。几个朋友看他立了大功,证明他在战斗中一定很勇敢,便宽恕了他在送给养路上犯下的罪过。他痛哭流涕,表示对朋友们的由衷感谢。

按照江风和格力图尔等人的计划,他们原打算立即越过山南,去攻打曼都拉的近三千名的后援部队。但从俘虏口中得知科尔丹领一队人马去袭击王府了。他们很担心。便决定当夜休息,第二天凌晨全速赶回王府,去保卫大本营和额勒瓦奇尔统帅。

17

　　在一天马不停蹄的逃跑过程中,王世祺一直跟在疾驰的科尔丹后边。他有时把自己的眼睛盯在连头也不回的科尔丹的瘦削的脊背上,不知道好像发疯的科尔丹此时是不是头脑清醒地选择着逃生的道路。他心里明白,此刻他什么也不能说,甚至什么也不能问。因为眼前的哲里木草原对他已是陌生之地,而前面的科尔丹,对这里却了若指掌,并且是这里的主人。他必须而且只能把自己的命运交给这个孱弱的人。也许这种消耗体力的不停歇的疾驰是毫无意义的,但有别的办法吗?除了这样跑呀,跑呀,对于他这个舍弃了全部人马的统领还有别的可以实施的行动吗?而前面的科尔丹,似乎把身后的王世祺完全忘却了。王世祺又开始怨恨起科尔丹来:"哼!不用你颐指气使,趾高气扬,我王世祺的体力可以抵上你三个科尔丹。而且,我的坐骑也不比你的缓慢。如果结局仍免不了被造反者活捉,那你也必然是一个少不了的伴当!"

　　在第二天夜幕落下后,两个亡命者终于又驰上了大道。不知是由于人困马乏,还是确信已经脱险,科尔丹突然勒了勒马嚼铁,挺直了上身,疾驰变成了缓辔。王世祺仍旧使自己的马跟在科尔丹后面,他有了空暇扬起右臂,把脸上的汗水擦了几把,并下意识地顺手抚摸了一下马颈,知道坐骑和自己一样,早已汗水淋淋了。

　　夜是很安静的,听得见路旁草丛被微风吹得沙沙作响,听得见忽前忽后的唧唧的虫鸣,加上两匹倒霉的马的细碎无力的脚步声,使得两个刚刚放松了紧张神经的人很快感到了疲惫和困意了。

　　悬在空中的一钩残月,把它惨白的光洒泻在草原上,凝然涂在曲折的路上,像是一层霜。右侧的一带阴影憧憧的树丛,像被抹上了点点片片的银粉。这又使得两个疲惫困倦的亡命者感到了寒意。热汗逐渐变成了冷汗,身上开始打起寒噤来。

科尔丹又轻轻勒了一下马缰，坐骑听话地站下了。王世祺紧跟着停下，不解地看着科尔丹。科尔丹正用他发亮的眼睛注视着右侧的丛林，那清癯惨白的脸上涂抹着一层惨白的月光，模模糊糊，使王世祺无法看出那脸上的表情有什么变化。他想问问科尔丹为什么在此刻竟有心绪去欣赏月光下奇形怪状并有点儿阴森森的树丛。但他终于没有问，只是皱了一下眉头，含怨地瞪了科尔丹一眼，滑下马背，正了正马鞍。马鞍下冲出一股熏人的汗气，他回身使劲儿唾了一口，又重新紧好马肚带，整了整满是灰尘的衣冠。

科尔丹朝着王世祺问道："您知道我为什么对这片树林如此感兴趣吗？"

王世祺耸了耸肩，平淡地说道："也许你想到里面睡上一觉吧？"说完，手按鞍鞒，跳上马背。

"睡觉？在这里？"科尔丹惊讶地反问道，接着畅快地笑了起来，"哈……在树丛里睡觉！您是想躺在树下去欣赏月色吗？"

"也许那是蛮有意思的。当你有一天回首往事的时候，这倒是逃跑之夜里顶有诗意的一段情节……"

"嘎！看来您这个军界显要倒有点儿文人的气质呢。"

"承蒙夸奖，哲盟临时摄政大人阁下。在失魂落魄的逃亡中，您的抬举倒是可以令鄙人忘掉了耻辱。"

"耻辱吗？哈……"科尔丹大声笑了起来，"不，这不是耻辱！如果您愿意把这叫作耻辱，那么这也是光荣的耻辱！对吗？哈……"

科尔丹觉得自己的狂笑竟使自己一阵心悸，同时发现王世祺满面怨愤，便收住笑声，打了个冷战，正色说道："说真的，管带大人，即或您真的累得要到丛林里去睡觉，我也不会允许的。我是这里的主人，无论如何，不能这样招待您。觉，当然要睡。但一会儿，您就会发现，我给您准备的不是冷月下的草地，而是柔软暖和的床铺，明亮的灯烛，还有羔羊美酒……"

王世祺用鼻子讥讽地哼了一下，说道："尊贵的主人！这里除了月亮就只有草木。您就尽情地说大话吧！床铺、灯烛……哼，这正是无家可归的浪子梦中的呓语！"

"是吗？您以为我们真是无家可归吗？您要是高兴，我会在几个小时后，组织鼓乐队并张灯结彩欢迎您这位尊贵的管带大人！"

王世祺气得一阵哆嗦，恼怒地说："科尔丹，你是想庆贺凯旋吗？我不会把你的残酷讽刺当成无意的玩笑。"

"这既不是讽刺,也不是玩笑。事实上应该这样说,我们正是胜利归来。"

"住口吧!我的惨败并不能给你半点儿好处,我的耻辱也不是你的光荣!"

科尔丹不介意地微笑了一下,慢条斯理地说:"您是误解了,我说的是真话。……"

"叫你的'真话'见鬼去吧!你要是把'鼓乐喧鸣,张灯结彩'这些词儿送给你的叔父大人,倒是再恰当不过的。"

科尔丹逐渐收敛起笑意,说道:"是啊,此刻他们真会庆贺胜利呢。可是……"科尔丹咬紧嘴唇停了一下,飞快地接着说道,"不用着急,等着瞧吧!我会让他们懂得什么叫乐极生悲!"

"谈何容易!"

"正因为不容易,我才决定让您舍弃人马。您不久就会看到,我们失去的是几百,而获得的却是几千!"

"你在说梦话!"

"一天前,这可能是梦话。现在,已不再是梦话。您想,额勒瓦奇尔获知已把我们的先头部队全部歼灭,肯定会全力去和曼都拉对垒,而不会预料到有你我这样的重要人物已来了个金蝉脱壳,到了他的身后。这样,我们就有可能在神不知鬼不觉的情况下,集聚各旗的壮丁。只要曼都拉的人马还能剩下一半,我们就可能在很短的时间内对王府实行四面包围。正如您所说,只要对王府形成了包围,我们就算是稳操胜券了。"科尔丹说着,看出低头不语的王世祺似乎已领悟到此举的意义,便改变了话题,"好了,我们不谈这个了,您对军旅的事情要比我知道得多。唔,我刚才说过我对这片树林很感兴趣,为什么呢?我告诉您,去年七月,正是在这片树林,博克拿多协理舍弃了王爷,我则和王爷同乘一匹马,借着夜幕的掩护,逃脱了叛乱者的追击。今天,几乎重演着那场噩梦……"

王世祺一惊,问道:"这片树林离王府不远?"

"离旧王府只有三十里,离新王府要远得多了。"

"天哪!"王世祺无限感慨地说道,"竟是这里!二十几年前,我在这里度过了一个不眠之夜……"

"是和您当今的夫人吗?"

"是的。……"

121

"这真是见旧物而思故人。……不过您不必为此伤感,您会很荣耀地重返盛京。我希望您能见到业喜海顺,据说,是他的同情,才使您和尊夫人逃脱死亡的。"

"正是这样。……业喜海顺在吗?"

"不,他多年不在王府,好像一直同他的父亲色旺诺尔布桑保关系不睦。听说,他是一个才能出众的人。我倒想尽快找到他。最使我担心的是博克拿多也许还寿禄未满。他肯定会想尽一切办法寻找业喜海顺的。他这个人,诡计多端,精于权变,既能狠心舍弃王爷,也同样能千方百计获得王爷嗣子的信任……"科尔丹说着,打了个寒噤,感到浑身上下无一处不是冷森森的,便缩起肩膀,留给那片具有特殊意义的树丛一个奇怪的注目礼,拨转马头,"咱们走吧。"

道路还算平坦,在月光下看得很清楚。两个人并辔缓行几步后,都抖起缰绳,开始小跑起来,继而又变成疾驰。晨雾涌起时,他们已到喀喇沁旗扎萨克官邸大门前,使刚刚起床的海哥敦扎布大吃一惊,赶紧将小主人和客人让到自己的房间,便立即吩咐人将上房启封和清扫一过,并备下酒食,然后跑回来问小主人还有什么吩咐。

科尔丹像一摊软泥一样颓然地仰在椅背上,看着海哥敦扎布惊疑的神情,无力地微笑了一下,说道:"我突然生还,使你大为吃惊,对吗?你知道,看到你也活着,我也……十分惊讶,……当然也十分高兴,……我们都是命运之神留下来的有用的生命。……现在,你看,我和我的客人,身上都湿透了,很想换一身干衣,可能的话,还很想洗洗澡,然后再喝杯酒……"

"是,少爷。马上……马上……"海哥敦扎布说着,瞥了一眼在靠椅上打瞌睡的王世祺,跑出去呼唤随丁去了。

一餐丰盛的早宴以后,王世祺被扶进卧室躺到床上酣酣地睡去。科尔丹也感到眼睛黏糊糊,他勉强抬起沉甸甸的眼皮,要海哥敦扎布陪他到外面看看,因为下马时,他没有看清自己的家园是一幅怎样的景象。

庭院内显得凄凉寥落。台阶上长满了青苔,石隙中绿草丛生,屋顶上成群的鸟雀落下飞起,一阵喧鸣。面对这人去楼空的景象,科尔丹的心里泛起一阵悲戚之感,险些落下伤心的泪水。

"旗内的官员都不在了吗?"

"除了骁骑校和笔帖式,其他人都鱼奔鸟散,不知去向了。"

"是呀,好像应该这样。大树已倒,猢狲焉有不散之理?可是,我万没想到这里竟变得如此荒凉,'可怜此地无车马,颠倒苍苔落绛英',这和昔日红烛高烧的盛况比较,真是霄壤之别……"

"这怪奴才没尽到职责……"

"不。我不是在埋怨你。在此衰败难以逆转的时候,你能不顾安危,抱残守缺,实在是难能可贵的了。为此,我要深深地感谢你……"

"少爷,奴才实在惶恐……"

"我说的是实话。唔,我忘记问你了,令尊大人的消息你知道吗?"

"知道。奈曼乌勒和格力图尔派人把他的尸骨送了回来。"

"是吗?我是亲眼看到令尊大人被他们砍杀的。……可是,他们送还尸骨是什么意思呢?"

"他们没有说,我也没有问。我只是感到很费解。"

"是呀,……也许——是出于好意。以后他们再没来骚扰过吗?"

"没有。只是三天前额勒瓦奇尔老爷派人向我旗科派一百匹马和三百头牛。"

"你答应了吗?"

"答应了。但少爷回来了,我想可以不给他们送去了。"

"不。要送,一定要按时送去。并且,要表现出绝对驯服。听到了吗?"

"听到了,少爷。唔,少爷,还有一件事。不久前,博克拿多大人……"

"他!他怎么样?"

"他带着业喜海顺来了一次,先是打听您的消息,后来又说他要和业喜海顺去热河都统处或京师去搬救兵,需要在各旗筹集旅资,让我们出三百两黄金。我向他解释扎萨克的房子早已加封,少爷不回来,不敢拆封,并陈述我旗的困难,他才勉强答应减到二百两……"

"是这样?……"科尔丹沉吟着说,心情变得阴郁和焦灼起来,觉得胸膛里有一团火在滚动,浑身都在颤抖了,"果然……不出所料。"

"少爷……"

"等一等,海哥敦扎布,外面我就不去看了。我相信你一定会治理得井井有条。从此,你将在这里以代理扎萨克的身份行使权力。"

"少爷!奴才不敢当。"

"就这样。当然,我将为你选择一个恰当的协理。现在,情况越来越复

123

杂了。有以下几件事,是我们必须做的。第一,命令各村屯箭厅立即按比丁人数集合壮丁,于明天夜里来此交付,所有百夫长、骁骑校以及领催等下层官员同时也要来此听点。第二,派出一个车队,星夜赶赴宽城子,索拉吉辽夫答应借给我一千支火枪和数万发枪弹,迅速取回,武装旗丁。第三,派人到盟内各旗,召请各扎萨克秘密来此会盟。——走,随我进去,我们商量一下,尽快地行动起来。……我们必须充分利用命运之神留给我们的有限时间。唔!对了,家母一直没回来吗?"

"没有。我几次去请,她老人家决意不回,说等少爷回来再决定。我说给她派几个仆人,她说有库玛就可以了。"

科尔丹心里一阵骚动和悲哀,两颗泪珠顺着面颊滚落下去。他哽咽了一下说:"她不回来是对的,特别是目前……唉,可怜的妈妈……"

当晚,科尔丹把王世祺留在舒适的卧室里休息,自己携带两名随丁直奔突泉镇西郊去看望母亲。第二天夜里,他和库玛返回扎萨克官邸的时候,各地的壮丁已陆续到达。奔驰了一天一夜的海哥敦扎布显得疲惫而又兴奋,他向科尔丹作了简要的报告。

"那么说,所有村屯箭厅已全部通知到了?"

"是的,少爷。"

"很好。看来很顺利?"

"是的,少爷。只是有个别的百夫长对我的命令不大服气。他们说,我们听扎布曼都老爷的,谁知道你海哥敦扎布是哪儿冒出来的?我告诉他们,老爷已升天了,这是少爷的命令。他们说,那就叫科尔丹来好了,他要多少人,我们出多少人。我又说,我就是代表少爷来下达命令的,谁敢误了时间,谁就会倒霉!"

科尔丹无声地冷笑了一下说道:"我谅他们也不敢误了时间。那么,最好的是哪个村子?"

"多伦村。"

"多伦村的百夫长是——"

"敖尔敦。"

"是了。他是格力图尔的舅舅。他很能干吧?"

"很能干。多伦村被他治理得非常出色,是唯一能按时缴纳贡物的村子。"

"很好。你命令他们最迟在什么时候到达这里?"

"今天半夜。"

"住处和酒食都准备好了吗?"

"是的,奴才不敢怠慢。"

"你太辛苦了,先休息一会儿。我去和王管带商量一下旗丁的操练问题。到午夜时,你把所有百夫长、骁骑校和领催等官员请到客厅。好,你去吧。"

"是,少爷。"

时值午夜。客厅里已坐满了喀喇沁旗的下层官员,人们不敢大声喧哗,都在交头接耳地低声议论。科尔丹和王世祺并肩走进来后,人们立刻严肃起来,纷纷立起身向主人致敬。

科尔丹挥手叫大家坐下,和王世祺一同坐在扎布曼都当年发号施令的条几后面,提高声音说道:"今天请诸位来,有几件事。第一,自家严弃世后,旗内事务一直由海哥敦扎布处置,而且卓有成效。自即日起,海哥敦扎布便名正言顺地成为本旗扎萨克。有不服管辖者,按先朝法典,严惩不贷!第二,当前,马贼盗匪骚扰于外,造反壮丁为害于内,为旗内自保和协同剿匪,急需编练旗丁,今特从盛京将军府请来三营管带王大人,自明日起,所有旗丁全部由王管带大人操练。第三,为武装旗丁,需购置枪支弹药,所需费用,由全旗阿拉特摊派,分担数量一会儿由海哥敦扎布宣读……"

百夫长、骁骑校和领催们,听着科尔丹的命令,无不吐舌。但是,他们第一次看到温文尔雅的科尔丹少爷态度如此严厉,也就没有一个敢表示异议。

正在这时,有随丁进来通报说,门外有两个迟到的百夫长要见科尔丹。

科尔丹略一思索,站起来说:"请都随我出来。"

这一行人在科尔丹的带领下,很快走出红漆大门。

科尔丹没容两个汗流满面的百夫长说话,便命令手下人:"把他们捆到拴马桩上。"

人们不由得惊骇地看了看怒形于色的科尔丹,又不约而同地把担心的目光集中到两个被捆绑起来的百夫长身上。

科尔丹慢慢走到两个吓得面如土色的迟到者面前。

"你接到我的命令是什么时候?"

"昨天,科尔丹少爷。……昨天夜里。"

"那一位呢?"

"也是……昨天夜里。"

"那么,为什么才到?"

"我昨天晚上喝……喝多了,……科尔丹少爷,我……再也不敢了。"

"你呢?也喝多了吗?"

"我……不知道是少爷回来。以为是海哥敦扎布……"

"什么!就算是海哥敦扎布的命令,你就胆敢怠慢吗?"

"是,少爷。奴才誓不再犯。"

科尔丹冷笑道:"如果我原谅了初犯,就等于允许其他人再犯!"科尔丹说着,从衣袋里摸出手枪,只听"啪、啪"两枪,两个迟到者的胸膛便流出了遣送灵魂的殷红的血……

科尔丹把手枪在手里掂了一下,抛给身旁的海哥敦扎布。海歌敦扎布把枪抱在怀里不知所措。然后,科尔丹转向那些目瞪口呆的百夫长们说道:"以后有不服管辖和玩忽职守者,海哥敦扎布就要像我今天这样行使权力!你们现在没事了,可以回毡帐里睡觉。明天早饭后,都要到王管带帐前听调!——敖尔敦,你先留一下。"

拴马桩前只剩下科尔丹、王世祺、海哥敦扎布和敖尔敦的时候,科尔丹问道:"你们感到惊讶吗?"他没等人们回答他,冷峻地笑了一下,接着说下去,"我这是第一次……亲手杀人,……心里也免不了突突直跳,甚至是悲哀,……可这是必要的。我们已经死了不少人了,包括我们的父辈,……也许我们在明天也同样会被……杀死。所以,我们必须习惯于见到死亡,并随时准备打死人和被人打死。……你们知道先祖成吉思汗光辉的远征吗?他的马蹄每一次踏下去,都象征着敌人的死亡,同时,每一瞬间都有可能被死神请去……"科尔丹说着,把视线又停在拴马桩上两个死者的胸口,那里仍在淌着血,他赶忙掉过头去,"走,我们进去吧。"

海哥敦扎布问道:"这两个尸体……"

"先放在那里,明天扔出去。"科尔丹说道,走了一步,竟感到腿在哆嗦了,"唔,快,扶住我。我的腿好像一点儿劲儿都没有了……"

敖尔敦连忙过去搀住科尔丹,科尔丹看了看他,说道:"谢谢,敖尔敦。我叫你留下来,是想告诉你,从今天起,你就是本旗协理……"然后,他也不管敖尔敦如何大惊失色,惨然笑了一下,大步向红漆大门走去,不住地摇着头……

126

18

科尔丹被自己亲手杀人的行为吓坏了,他像经历了一场噩梦,久久处于惊魂飘忽之中。直到中午,想起几件事情必须立即着手进行,才在紧张的忙碌中,把自己从残酷的精神折磨里解脱出来。他首先委派漂亮而精明的库玛,携带着索拉吉辽夫的亲笔信,率领一个马车队,取道突泉、洮南直赴宽城子去取运枪弹。然后,又派出由海哥敦扎布挑选出来的二十名随丁,分赴哲盟各旗,召请各扎萨克台吉,以半月为期,到喀喇沁旗扎萨克官邸,接读热河都统府的文书。最后,他叫来敖尔敦。"敖尔敦,我要集聚人马去剿灭格力图尔,你有什么想法?"

敖尔敦站起来说道:"科尔丹少爷,请相信我吧。我早就和格力图尔断绝了关系。他不是我的外甥,我也不是他的舅舅了。他们一家,把我弄得……好苦啊!……"

"不要哭。我是相信你的。"

"谢谢少爷。"敖尔敦擦了一把眼泪,态度诚恳地说道,"我悔不该叫妹妹嫁给桑布,更不该把女儿嫁给格力图尔,……这是我一生中的两个大错误。不是他们父子为非作歹,我的妹妹和女儿怎能死得……那样惨啊!"

科尔丹慨然叹息道:"这些我都知道。特别是令爱玳玛,是个很好的姑娘。至于她们的选择,并没有错。只是由于这个混沌世界使桑布和格力图尔迷了心窍,误入歧途,因而使令妹和令爱惨遭不幸。据说,她们死得都很惨烈,而且是作为灵魂高尚的人离开世界的。……我们先不谈这个了。夜里我曾和你讲,打算叫你来当本旗协理。经过这多半天的考虑,不知你是否愿意在此危难之际出任这一职务?"

敖尔敦激动地揩去泪水,嘴唇嗫嚅了半天,没有说出话来。实话说,他是巴不得立即走马上任的。在担任多伦村百夫长的一年多,他尝到了在众人之上的甜头。对周围的人发号施令,喝骂申斥,以及随丁们的喏喏连声,阿拉特们的唯命是听,对他简直是一种极大的乐趣和享受。而且,治理多伦村的过程和取得的出色成效,又使他认识到自己具有左右事物的超凡绝俗的才干和永不枯竭的旺盛精力。治理一个小小的多伦村,他早已感到操纵裕如,甚至游刃有余,早已满足不了他的欲望了。但他决然未曾想到,此生竟有一天会成为一个旗的大协理!所以,在夜里科尔丹说出此项任命时,他感到吃惊和骇然,继而又大喜过望,高兴得胡须都在抖动了,只担心科尔丹会收回成命。整个一上午,他没想到别的,只是一遍又一遍地在心里预演大协理的威仪,一遍又一遍地在心里祈祷:"上帝保佑,科尔丹不要后悔吧!"当科尔丹又提起此事,并问他愿不愿出任协理时,他竟一时语塞,不知说什么好了。

过了一会儿,科尔丹微笑着说:"你还没有想好吗?"

"少爷,……少爷……"敖尔敦吞吞吐吐又提心吊胆地说,那样子分明是在担心自己的话一旦出口就获准,因而失去生命似的,"我……的能力……"

科尔丹看出了敖尔敦的心理,便笑了一下说道:"放心干吧,敖尔敦。在你的治理下,多伦村成为繁盛之地。我相信,你同样会把喀喇沁旗管理得井然有序,人畜两旺。你一会儿就返回多伦村,把你的家接来。就便你可在多伦村任命一个新百夫长。以后,你的家就在这个院子了。只要我还活在世上,你在喀喇沁旗的地位就不会比现在更低。"

"少爷,……我一定要拼却老命来报答少爷的……恩遇。"敖尔敦感激涕零地说着,不自觉地竟跪了下去。

科尔丹伸手扶起敖尔敦,自己也不觉流出几滴泪水,在心里满意起自己这个大胆的决断,又感慨地说道:"敖尔敦,从现在起,我们将永远并肩站在一起,并同时与各自的亲人为敌,……快乐和眼泪总是寸步难离,咳,生活对于你我是太不容情了。"

敖尔敦像在梦里一样,被科尔丹送出红漆大门。他爬上马背,在灿烂的阳光下,忘我地向多伦村飞驰而去。……

这以后的十几天,科尔丹实在是太忙碌了。海哥敦扎布和敖尔敦这两位霎时间平步青云的官场新手,还不能一下子就习惯于当前的崇高地位,很多事情常常需要科尔丹去指点。而且,半拉山传来的曼都拉被袭击的消息,使他震惊和担忧,不得不请出王世祺星夜赶回半拉山南麓去收拢剿匪大军的残部。科尔丹知道,假如曼都拉的军队全部溃散,那么他已经着手的集聚力量的努力是毫无意义的。而各旗扎萨克已陆续到来,他又不得不装出充满信心和胸有成竹的样子,因为这些养尊处优的扎萨克们,是不会在没有朝廷大军的情况下派出壮丁的。

科尔丹依次拜见了各位先期到达的扎萨克台吉,问候了他们旅途的辛苦,表示出很谦恭和虚心的样子,却不急于把自己的使命透露给他们。这些高傲的王公们,原以为是都统府来的特使,所以都惶惶然地车无缓轨、马不停蹄地赶来。当他们一经知道,召集他们的竟是已故的扎布曼都的嗣子、不存在的王府的空头梅伦、无家可归的浪子时,都大为生气,十分恼火。有人后悔甚至想离去了。他们在客房里偷偷议论和骂起科尔丹。

"这可真是乱世出英雄啊!一个流浪汉也向我们下起命令了!"

"可不是,知道是这么个骗局,我是说啥也不来的!"

"叫这么个不更世事的娃娃折腾一趟,真令人啼笑皆非!"

"这就叫天下之大,无奇不有!"

"其实有什么奇怪?我看透了他的鬼主意,是想叫我们替他收复被额勒瓦奇尔占据的王府。"

"他妈的,真是想得美!我自顾不暇呢,管得了他?"

"都一样啊,也许明天格力图尔就到我的门口了!"

"干脆,我们不告而辞,叫他做梦去吧!"

"得!你只要套上马,我随后就走!"

但是,他们想了想,又都决定不走了。既然来了,为什么不听听这个浪迹半年多的丧家犬叫唤几声,然后奚落他一番,出出这口怨气呢?反正谁也不会叫科尔丹满意的,况且这里客房很舒适,酒食又丰盛得很。

在原定的正式会晤日期的头天晚上,科尔丹照例到客房去慰问各位扎萨克台吉。这时,兴冲冲的敖尔敦协理把他叫到客厅,报告了一个使他振奋的消息。原来,是王世祺派人送来一封信,信中说,曼都拉已死,星散的残兵败卒已全部聚拢完毕,现都集中到半拉山南麓;所幸贼兵业已班师,未触及山南的营栅;总计尚有三千人马,可以周旋一阵;而且,所有统领管带等军官,都愿意在王世祺麾下死战一场,以雪败军之耻。信中还要求科尔丹尽快召集旗丁,日夜操训,早日定下围攻图什业图王府的时间。

科尔丹一连把王世祺的信看了两遍,感到很兴奋。十来天的疲劳和忧虑顿时云散，剩下的是整个身心的轻松和爽快。有这三千貔貅，有王世祺这样谋算深远的将领，再召集起数千旗丁，那么胜利是不会成问题的，如果额勒瓦奇尔不放弃图什业图王府的话。科尔丹预料额勒瓦奇尔不会放弃王府，因为他不相信额勒瓦奇尔会甘心以流寇的身份终此残生。只是有一点实在令科尔丹大惑不解，为什么格力图尔的人马不乘胜追杀到半拉山的南麓呢？他们不会不知道，山南至少还有曼都拉手下的一小半兵力。是什么原因使格力图尔在未获全胜的情况下，错误地下令班师呢？科尔丹当然不知道格力图尔的人马三停中已散去一停，更不知道失实的传闻使格力图尔急于回师去解救王府大本营的倒悬之危。不过，科尔丹已没有时间去分析数百里外出现的战局，他需要好好地想一想明天即将举行的哲里木盟各旗扎萨克的会议了。

第二天早饭过后，不动声色的科尔丹把各旗扎萨克请到了议事厅。按着他的安排，先在这里饮茶议事，然后举行盛大宴会。

科尔丹和各位道貌岸然、气宇轩昂、趾高气扬、不可一世的扎萨克台吉们谦让了一番以后，便以东道主的身份，就座于主位上。各位扎萨克则十分不快地找个座位放下了胖瘦不一的身体，都一个个显出轻浮和不屑与坐的态度。有的互相唠闲嗑，有的坐下后又起来踱步赏画，有的在坐椅上跷起腿望着豪华的吊灯，有的仰在椅背上闭目养神，有的颇有兴味地品着香茶，有的若有所思地吞云吐雾……

科尔丹略略皱了皱眉头，放下手中的茶杯，开口说道："诸位扎萨克尊长。今天请你们来，想共同商量一下，我们面对图什业图王府的造反壮丁，怎样互相连通一气，廓清哲盟，恢复宁静的秩序。请各位都来谈谈高见。"

科尔丹说完上面的几句话，便住了口，用他那期待而锐利的目光依次看着各位在座的王公。人们的姿态没有变，也没有谁要说话。空气变得死一样沉闷。科尔丹慢慢收回自己的眼光，低头看着手里的茶杯，耐心地等着有人打破沉寂。

一袋水烟的时间过去了。科尔沁右翼前旗扎萨克台吉首先发言了。

"这个这个……嗯，我看，还是让我们先听听科尔丹梅伦的高见吧。"

"对嘛！既然是科尔丹梅伦把我们找来，一定会有什么指教的。我是洗耳恭听。"

说话的是扎赉特旗扎萨克。

扎鲁特旗扎萨克撮口吹了吹浮在水面上的茶叶,煞有介事地咳了一声说道:"我说两句吧。诸位,我和中旗是邻居,额勒瓦奇尔一迈步,就到了我的家门口。这是诸位都知道的。所以呢,我知道他们……唔,知道科尔丹梅伦所说的造反壮丁的底细。是不是?他们前几天去打曼都拉,就是从我门口过去的。对不?所以呢,我说我知道他们的底细。说起来,请诸位别害怕。他们确实很……不……不,是非常……不……不,是特别,对了,是特别可怕。所以呢,咱们想打,是打不赢他们的。还有,那领头的是谁呢?是额勒瓦奇尔,对不?是科尔丹的叔父,对不?人家是叔侄关系了,是不是?嗯……所以呢,干脆说吧,咱们说合说合,叫他们重归于好。反正色旺诺尔布桑保已经升天了。科右中旗呢,就让给额勒瓦奇尔,科尔丹,还是坐你的喀喇沁旗宝座。然后,你是你,他是他,我是我,咱们十个旗各不相扰。你们看……嗯?"

"妙哉!妙哉!"郭尔罗斯前旗扎萨克拍手叫道,"真是个好主意。这正好应了一句话,叫分久必合!"

扎鲁特旗扎萨克眯着眼说道:"不对呀,老兄。这叫疏不间亲!"

"对,对!正是疏不间亲!"

"……同时,这又叫各自为政。"

"各自为政,各自为政。这样顶好!"

第一个发言的扎萨克摇晃着脑袋,啧啧两声说道:"这不行,不行……"

扎鲁特旗扎萨克笑着问道:"为什么?请谈谈您的宏论。"

"诸位想,你们谁能说动额勒瓦奇尔,还有那个亡命徒格力……图尔?再说,谁去?谁敢去?"

"那个好说。谁敢去,谁就去嘛。"

"哈……这倒真是出类拔萃的宏论了!"

"这个也有一比。"右翼前旗扎萨克伸出一个指头歪着脑袋说道,"叫作纸上谈兵,或者是画饼充饥。"

"比得不对。不对!"

"不对?那您就说说看。比如您吧,敢去见额勒瓦奇尔吗?"

"为什么是我呢?这里放着最合适的人嘛。"

"他是哪一位?"

"科尔丹梅伦!"

"哈……这真是天下之大，无奇不有！叫科尔丹替自己当说合人？啊？哈……这真……"

"这有什么好笑呢？只要科尔丹把自己捆上去向额勒瓦奇尔请罪，不就万事大吉了吗？"

"好，千古妙论！哈……"

整个议事厅一下子被哄笑声充满了。在哄笑中，科尔丹低着头，冷冷地微笑着。他知道，这些人的俏皮话还没说完。他心里说道："你们先尽情地耍笑我吧！你们要笑我的程度将和服从我的程度成正比。再过一会儿，你们就是我脚下的绵羊了！"

笑声低落下去以后，科尔沁右翼前旗扎萨克说道："妙论倒确是妙论。但还有不足，总不能科尔丹一人去呀！"

"那您倒是一位顶好的伴当。"扎鲁特旗扎萨克笑道，"您是又会说，又能笑……"

"我还缺少一个条件，那就是还得会哭和会下跪。"

"这容易……"

"是吗？那您一定是一个更好的伴当。"

"哎哟，承蒙夸奖，不胜荣幸。好了，算我一个！"

"还不够。至少得凑个整，满十人才成。"

郭尔罗斯前旗扎萨克拍手叫道："您这不是要咱们都去吗？天哪！我可不敢奉陪——要不这样好了，把我的脑袋砍下来你们带去！"

"行！还有哪一位肯出脑袋的？"

"就借这一回吗？"

"只此一回，下不为例。"

人们再也憋不住了，于是包围科尔丹的又是一阵更强烈的哄笑。

科尔丹觉得这场玩笑该收场了，便提高嗓门说道："诸位如此乐观，令我佩服。但我们总不能用讥诮打败敌人。简单说，我们面对的是共同的敌人。我不揣鄙陋，请大家共商大计，也并非出于一己的私利。诸位都清楚，我们要解决的头等问题，是精诚团结，其次是壮丁……"

"我明白科尔丹梅伦的意思了。"那个好说话的扎鲁特旗扎萨克说道，"您这是借兵，或者说要人吧？对不？可是我不明白，前不久，博克拿多向我们摊派去请救兵的旅资，今天你又来向我们科派壮丁，你们二位到底谁是当

今哲盟的代理人呢？是不是你们合计好了想让我们破产呢？"

科尔丹刚想说话，扎赉特旗扎萨克抢过话头去说道："不要浪费时间耽误主人的盛宴。我看，既然科尔丹梅伦有了急难，我们谁也不能作壁上观。我可以出五十名大汉相助！"

"我出八十！"郭尔罗斯前旗扎萨克随声附和道，并转向右前旗扎萨克，"您呢？您出多少？"

"我？哎呀！这不好说呢。没有色旺诺尔布桑保盟长的命令，我不知道该出多少壮丁呀！"

扎鲁特旗扎萨克笑道："您去到阴曹地府找王爷问一问。嗯？"

"光我去问？别人怎么办？都去问吗？"

"真的，哪能都去？要不，就烦请科尔丹去见见色旺王爷，拿一通命令来，我们一定凛遵照办！"

科尔丹推开眼前的茶碗，倏地站起来，冷笑了一下，大声说道："我已经问过了，并且命令就在这里！"说着，就从怀里摸出一卷纸，"唰"地扯开，顺手递给离他不远的扎鲁特旗扎萨克，"那么，就烦请您这位尊贵的扎萨克台吉当众开读吧！"

扎鲁特旗扎萨克捧着那张纸，扫了众人一眼，先默念起那上面的字来。他两旁的扎萨克都凑过脖子去，看到那上面的几行字和最后面的都统府的红色大印，不由得吐舌瞠目。

科尔丹严峻地看着扎萨克台吉们的莫名其妙的脸，又坐下去，说道："请大声读吧！"

扎鲁特旗扎萨克咧了咧嘴巴，怀罪地看了科尔丹一眼，清了清喉咙，站起身来，念出了下面的话：

  热河都统府为责令科尔丹全权处理哲盟剿逆事。都统府获悉哲盟贼首额勒瓦奇尔、格力图尔等聚众造反、打杀朝廷命官，踞王府作匪巢等情。并驰报金门，我皇仰察民意，降旨发兵，为民除暴等由。今特责令科尔丹梅伦代行哲盟盟长职权。凡征丁科派讨贼奖惩，得全权处置。哲盟各旗扎萨克，均归辖制。有訾议违抗者，先斩后报。望凛遵勿怠。

              年 月 日

在座的一心想开科尔丹玩笑的众扎萨克台吉听完都统府的黄卷文书，

无不骇然。他们大张着嘴,面面相觑。最后又不约而同地把视线集中到科尔丹的脸上,等着听他的怒斥。但科尔丹并没有斥责谁,只是在接回那卷文书后,长长出了一口气,好像面对一群无知而又调皮的顽童,慢慢说道:"诸位扎萨克台吉,你们都是我的尊长,我本不应该辖制哪一位。但诸位逼得我不得不开读这一纸文书。既已如此,我不得不遵照都统府的指令行事,以后要下达各种命令。这一点,尚请各位体谅……"

不用说,这一下子到底打下了这些扎萨克的高傲气焰,没有哪一个敢再开玩笑,纷纷表示一切听科尔丹的号令,并交口称颂科尔丹是哲里木盟的顶梁柱,切齿痛骂博克拿多是个可恶的骗子。

接下来的商谈当然是非常顺利了。最后,科尔丹宣布宴会开始。

19

半拉山之战以义军的胜利告终了。但义军统帅额勒瓦奇尔并没感到是光荣的胜利者，反倒在精神上平添一种使他寝食不安的忧虑。额勒瓦奇尔作为王公贵族的一员，是少有的头脑清醒的人物。他还是闲散台吉的时候，为了制止王爷向道胜银行借款修王府，冒着种种危险，毛遂自荐地担任起哲盟的梅伦；后来，他为权贵们所不容，并被迫担任王府工程总监时，又绞尽脑汁，费尽心血，企图使哲盟经济不致因修王府而崩溃。总之，异常顽固地统治他思想的是这样一个信念：他将通过自己的努力来振兴哲盟的经济。这种信念是如此有力地攫住了他整个身心，即使在他成了义军的统帅后，也没有一刻忘却这个信念。所以，起事以来，他从未主张对任何一个旗展开攻击，而是以他的威望，把以格力图尔为代表的渴望拼杀的力量，引向他确信是正确的方向——建立固若金汤的大本营。是的，他不愿看到本已凋敝的牧场再处处出现砍杀和流血。他盼望能有一天，所有阿拉特都能愉快地重返家园，过上安居乐业的生活，而他本人则能为重振牧业有所建树。

额勒瓦奇尔的愿望，自认是十分正确的。毫无疑问，这个愿望是良好的，也为造反者的大多数所接受。

但是，半拉山一战，却几乎彻底击碎了他的愿望。

额勒瓦奇尔不曾天真地认为朝廷会立刻派人来对义军进行招抚。派兵前来镇压是不可避免的。正因为如此，他才对数千名造反的阿拉特加强武装和训练，确信达到攻无不克的程度，才当机立断地派出去迎击官兵。他知道，胜利有把握。只要全歼官兵，他原来的良好愿望仍旧可以实现，甚至会更容易些。然而，事与愿违，格力图尔不仅错误地到山顶绝路处扎营，更加错误地未经最后决战便轻信传闻率队归营了！当他听说，夜袭敌营只斩敌千余名，其余官军均四处逃窜，而对山南的数千官兵竟毛发未动时，他差点拍案而起,心里骂道:"一群蠢材!名为救主,实则害主呀!"是的,他清楚地认识到,这样的战况,除了触怒朝廷外,不会有任何意义,即或朝廷不再增兵添将,仅这幸存的几千官军,只要越过半拉山(这是毫无疑义的),那对他将造成多大的威胁呀!而且,他也清醒地认识到,义军的战斗力并非如设想的那样可以信赖。

事情确实令人担忧,而且是幼稚和愚蠢所致。但有理由责怪他们吗?他们毕竟是经历了一场险恶的搏斗,而且确实是为了救额勒瓦奇尔才返回图什业图王府的。所以,额勒瓦奇尔暂时掩饰起内心的忧虑,为了抚慰这些从战场归来的将士,他宣布大宴三天庆功。四个方向上的四座营栅里摆露天筵,全部百夫长以上的首领和征战有功人员,都被请到王府的正殿,那里的筵席更加丰盛。与此同时,他把王府周围的哨所增加到三层,并派出侦察队打探半拉山官兵的动静。

至于额勒瓦奇尔以外的人,并没产生如他那样复杂的想法。特别是出战的那部分人,他们的夜袭敌人一举,化险为夷,甚至可以说是转败为胜,他们的心情是非常高兴的。连日来,整个王府内外,都处于皆大欢喜之中。四个营寨之间,人们穿梭般往来,互相敬酒,开怀痛饮,争吵嬉笑,甚至摔跤。他们有时还派出代表,不理会宫门处卫兵的阻拦,跑到正殿里向首领们敬酒。他们恭恭敬敬地请额勒瓦奇尔饮下他们献上的酒,然后怀着奴隶对主人的畏怯心理退向一边,又热情而执拗地逼着格力图尔喝干他们的酒碗。人们簇拥在格力图尔的身边,喊着,笑着,甚至拍他的肩膀。

额勒瓦奇尔历来讨厌乱糟糟的场面,要是往常,他早就高声呵斥,赶走这些粗鲁的阿拉特了。但现在他不能这样做。眼前这些被烈酒烧热了血液、麻醉了神经的人们,曾经有一只脚迈进了死亡的门槛。他们刚刚摆脱了恐怖心理。死里逃生的人难道不应该狂欢吗?他们正应该使劲儿地喝,使劲儿地闹,使劲儿地吵,使劲儿地跳。

然而,一切乱糟糟的东西,都是额勒瓦奇尔的天性所不能容忍的。他喜欢的是秩序,是听从,是安静,是周围的一切都受他个人意志的支配。他既然不能制止这种乱糟糟,又承认这种乱糟糟的合理性,那么,他的神经系统就不能不处于极大的压抑之中了。更何况,他乱哄哄的脑海里,又时时爬进使他忧虑的可怕想法,使他的神经不单单是压抑,甚而在颤抖了。额勒瓦奇尔坐在那里,心绪一阵阵烦躁,顺手抓过酒杯,一口饮干了里面热辣辣的酒……

在座的人都在尽情饮酒狂欢,谁也没注意额勒瓦奇尔的表情。但他烦躁的表情还是被一个人注意到了,这个人便是索伦扎鲁。

半拉山战斗结束后,索伦扎鲁的功劳也到处被人们传说着,但和格力图尔比较,就有些黯然失色了。索伦扎鲁的奇迹是他自己说出来的,格力图尔天神般的砍杀却是所有人亲眼看到的。听到的和看到的,在人们的心里产生的作用毕竟不同。虽然格力图尔几次替索伦扎鲁宣扬功绩,但人们更感兴趣的仍然是偷袭敌营中格力图尔惊天地而泣鬼神的搏斗。他们清楚地记得,在惨淡的月光下,一马当先地冲进曼都拉营寨的格力图尔,两只眼睛射出两道怒火,浑身喷射着可怖的杀气,那要砸碎整个世界的手掌上,擎着闪着几十道寒光的大刀。匆忙还战的曼都拉的部下,吓呆了,吓傻了,甚至那寒光一闪,自己半个天灵盖飞掉也感觉不到了,许多人像被使了定身法一样,愣在那里,等着在寒光中飞升……那么,对于索伦扎鲁,人们记得什么呢?只记得在战斗结束时,他出现了,鞍鞯上挂着曼都拉的头颅,其他的情节,人们就无从知道了。而且,索伦扎鲁本人也不敢过分炫耀自己的奇迹,他虽然希望所有的人都注意到他的补天浴日的奇功,所有的人都把他当成盖世英雄,但他又害怕由自己来讲一讲这一段经过。他害怕人们会问起每一个细节,害怕因说得太多或说得不慎而露了马脚。

索伦扎鲁既然明知自己心里有鬼,又明明看出人们并不注意他,因而对人们的恨和对格力图尔的忌妒就不能不鼓动他再次动用心机了。正在这时,他发现了额勒瓦奇尔的烦躁……

索伦扎鲁低头沉思了半晌,站了起来,轻轻走到额勒瓦奇尔身旁,关切地说:"额勒瓦奇尔老爷,您不舒服吧?"

额勒瓦奇尔猛地一怔,抬头看了索伦扎鲁一眼。

"您是不是喝多了?"

额勒瓦奇尔在思绪烦乱中正愁没有理由退席,索伦扎鲁的话提示了他,便乘机说:"我喝多了,头晕……"

索伦扎鲁回身喊过来一个随丁:"快把额勒瓦奇尔老爷搀进卧室,他喝多了。……"

人们相信额勒瓦奇尔真的喝多了,不为他的退席感到奇怪,都站起来目送他在索伦扎鲁和随丁的搀扶下离开正殿……

索伦扎鲁把额勒瓦奇尔送回卧室后,并没有马上离去。他打发走随丁,亲自给额勒瓦奇尔沏上红茶,斟上后端到案几上。

"你怎么不回去参加宴会?"

索伦扎鲁微笑道:"我想陪您呆一会儿,聊一聊,好使您消愁解闷。"

"胡说!"额勒瓦奇尔怒道,"我有什么愁要消,什么闷要解!"

"您看,怎么动怒了?这一怒,不正好说明您没有醉吗?"

"放肆!不准你胡言乱语!我头晕得厉害,你快离开我!"

"您头晕,我就更不敢走开。一会儿我扶您上床……"

"用不着!你快走吧!"

索伦扎鲁冷冷笑了一下说:"您赶我走,这很容易。可是您是否想到有人要赶走您呢?我从您这里走开,仍旧可以领几百人马。您要是从王府走开,那可就是孤零零一个人了!"

"你今天疯了!跟我胡诌些什么?谁要赶走我?"

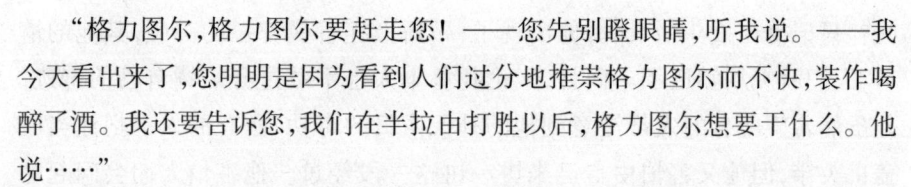

"格力图尔,格力图尔要赶走您!——您先别瞪眼睛,听我说。——我今天看出来了,您明明是因为看到人们过分地推崇格力图尔而不快,装作喝醉了酒。我还要告诉您,我们在半拉由打胜以后,格力图尔想要干什么。他说……"

"住口!"额勒瓦奇尔跳起来喝道,并重重打了索伦扎鲁一个耳光,"没想到你年纪轻轻,竟如此奸狡。你的心术坏透了!你说,你是怎么丢的运粮队?格力图尔还一再回护你这个反复无常的小人!可你,竟在我面前败坏一个如此高尚而纯洁的灵魂!我本应该砍下你的脑袋……可是,看在已故的令尊面上,暂不责罚你。但你从此必须洗心革面,如果再萌生邪念,我不会饶过你!滚出去!"

索伦扎鲁的脸被打得火辣辣地疼,被训斥得站立不稳,他知道自己打错了算盘,后悔办了一件蠢事。他又恼又羞地回转身,在心里继续打自己的耳光,悻悻然走出当年王爷的卧室,心里说道:"等着吧,额勒瓦奇尔!我会叫格力图尔不信任你,恨你,叫你比别人更先去进地狱!"

索伦扎鲁装出没事的样子,又回到正殿,继续加入狂欢的一群。宴会结束了,他原打算把格力图尔拉到自己的卧室,但想了想,暂且忍耐住了。傍晚,他步出王府大门,准备去拜访格力图尔。他估计格力图尔准会去和乌日娜金幽会,便朝着女营当中的乌日娜金毡帐走去……

20

乌日娜金的小毡帐坐落在女营的正中。伴她同住这座毡帐的是一个名叫娜仁的少女。

娜仁是个胖姑娘。她长得很白,脸庞很大;鼻子被脸拉得扁平,鼻孔似乎不是向下,而是朝前;眼睛和嘴都很小,牙齿却非常美,不仅排列整齐,而且简直是透明的玉石;特别是那两只小手,胖得圆滚滚的,白皙而细腻,她常常绾起袖口,露出同样白皙细腻的皓腕,引得一些单身汉们心旌摇曳。一个叫道尔吉的小首领,就是由于被这两只手迷住,才开始不停地追逐起她来。有一次,道尔吉大胆地把这两只手攥在自己的手里,娜仁竟没有拒绝,两个人的一段艳史就此开了幕。道尔吉常常对人讲,当娜仁的两只柔滑的小手抚摸你的脊背时,你的身体简直会融化,那时,你会完全忘掉了眼前是一张丑陋的脸,而认为怀里抱着的是一个最漂亮的公主。

乌日娜金很喜欢这个比自己小两个月的胖姑娘。这既不是因为娜仁的脸丑,也不是因为娜仁的手美,而是因为她是一个身强力壮的姑娘,粗活细活都在行,马术出类拔萃,打仗很勇敢,口齿又很伶俐,叫她传令送信,从来没误过事。这样,乌日娜金就把她留在自己的身边了。当乌日娜金发现了她和道尔吉的秘密后,心里十分生气。因为乌日娜金很讨厌这个小白脸上长着一双贼溜溜眼睛的道尔吉。有几次,竟当着娜仁的面,从毡帐里把他赶走。从那以后,道尔吉是不敢轻易到乌日娜金的毡帐里来的。不久前,王绍祖带领人马来投奔义军,并带来了巴兰森格的消息。乌日娜金对半年前不辞而别的母亲,产生了越来越强烈的怀念,常常整日整日地坐在王绍祖的毡帐里,打听母亲生活的每一个细节。这样,道尔吉就又有机会来和娜仁相会了。

这一天,宴会后,乌日娜金又去找王绍祖,道尔吉便偷偷来找娜仁。正当两个人抱作一团,弄得娜仁透不过气来的时候,他们听到外面有人喊乌日娜金。道尔吉大吃一惊,推开娜仁,跳起来,朝门外冲出去。

门口站着微醉的索伦扎鲁。

道尔吉稍稍放下心来,装出笑脸,刚想同索伦扎鲁打招呼,斥责声已响在耳畔:"你到这里干什么?!"

听着索伦扎鲁的训斥,道尔吉感到一阵恼火,他拉下脸来,撇着薄嘴唇说道:"嗄!口气干吗这么硬!我愿意来,你管得着吗?"

"好啊!你敢冲撞老爷?"

"不嫌羞!你是哪路老爷?"

"不服吗?小心倒霉!我告诉你,以后不准你再到这座毡帐里来!"

"为什么?"

"因为这里住着乌日娜金。你再敢来,我就替我的好朋友格力图尔抠去你的眼睛!"

"哈,你还挺够朋友呢!可是你算老几?我偏来!"

"你敢!"

"哼,少来这一套!你就攥着拳头滚蛋吧。打架吗?你还不是对手!"

索伦扎鲁气得浑身发抖,半天说不出话来。他心里知道,道尔吉的拳头比自己的硬得多。

道尔吉又讥讽地笑了笑,说道:"我劝你还是聪明点儿。在这里,我可能比你受欢迎呢。"

"欢迎?等着吧,我要叫你后悔的。——乌日娜金在里面吗?"

"不用喊了。她恰好不在。听我说吧,你不用唬人,别人怕你,我道尔吉可不怕你。"

"不怕吗?好大的胆子!你要不为你今天的无礼行为向我赔罪,我就叫额勒瓦奇尔老爷革你的职!"

"好啊,索伦扎鲁。但愿你会这么做。小人专候传唤就是了。你呢,可别一忘情把半拉山下的荣耀弄露了馅!祝你诸事如意。"道尔吉说完,留给索伦扎鲁讥讽的一笑,扬长而去。

听了道尔吉的话,索伦扎鲁的心猛地一抖,两腿酥软得差点儿瘫倒。他心里嘀咕道:"天哪,他这话是什么意思?他一定知道了那件事!他要一怒之下把这件丑事宣扬出去,我就全完了!"他站在那里看看一摇一摆向前走

去的道尔吉,又回头看了看乌日娜金的寂静的毡帐,猛地拔开腿,朝道尔吉追过去。

"道尔吉,等一等!"

听到索伦扎鲁喉咙嘶哑的喊声,道尔吉并没有停下脚步,只是回头冷笑一下,拉长声音说道:"小人不敢耽误老爷的时间。恕不奉陪。"

"道尔古老兄,别生气,停一会儿嘛。"

"嘿!我又成了老兄了,实在不敢当啊!我可是快被革职的罪人了。"

索伦扎鲁急走几步,拉住道尔吉,喘息着哀求道:"别这么说。都怪我,酒后言重,冲撞了老兄。千万不要见怪。"

道尔吉停下脚步,眯起双眼,看着急得脸色煞白的索伦扎鲁,说道:"岂敢。有什么指教,小人洗耳恭听!"

"老兄,别开玩笑了。我已为刚才的话后悔了,我向你道歉。我只求你一定说清楚,你刚才说半拉山……"

"半拉山怎么?说下去呀!"

"唉,道尔吉……你……知道了?"

"知——道。谁不知道?在半拉山下,索伦扎鲁杀掉了曼都拉,为义军立了一大功!"

"不,……不对。"索伦扎鲁咬着嘴唇,低下难看的脸,"你一定发现了什么……秘密……"

道尔吉笑了:"什么秘密?还有更大的功劳吗?你说说看,我一定替你宣扬,好在功劳簿上再给你添一笔!"

索伦扎鲁苦笑了一下,说道:"别再开心了……实话对你说。额勒瓦奇尔很相信我。只要你能帮我的忙,我一定替你出把力,使你升任统领……"

"假如我不想帮你的忙呢?"

"你……能那样吗?再说,那样对你有什么好处呢?你是个聪明人,你能看出,额勒瓦奇尔和格力图尔都不大喜欢你。……你叫我身败名裂,他们能给你什么好处?"

"嘿,索伦扎鲁啊,你挺会说话呢。"

"不是我会说,这是实情啊!咱们前世无冤,今世无仇,看我倒霉,你痛快吗?"

"凭你刚才的话,我倒是愿意看到你倒个大霉呢。"

141

"刚才是我该死,你打我吧!……"

"那倒不必。不过,我确实不相信你说的都是真心话。"

"我可以发誓!干脆吧,咱俩结拜为兄弟,有福同享,有难同当。"

"有福同享?可我来看看娜仁,你都大发雷霆啊!"

"什么?你是和那个胖姑娘幽会?她可不怎么漂亮啊!"

"那有什么办法?凑合着吧。"

"别着急,道尔吉。我送给你一个好的。王爷留下不少姑娘,有一个乌云其其格,又会唱,又会跳,肉皮子又细又嫩,保你满意。"

"你要说这个是'同享',倒可能是一句实话。"

"可是说真的。你是怎么知道半拉山那件事的呢?"

"这个吗,你可听着。知道底细的可不是我一个人哪!"

"天哪!"索伦扎鲁惊叫道,"还有谁知道?"

"我的一个部下。"

"就一个吗?他是谁?"

"除我就是他一个。正因为除了他再没别人了,我是不能把他的名字奉告的。"

"看样子,你是不相信我。"

"这个,得看你怎么对待我。假如你能让我相信你是我生死不渝的朋友,这个人我可以除掉他,使你放心。假如正好相反,这个人就会替我去揭露你,因为我是他的救命恩人。"

"你真是个有心机的人哪!"

"和有心机的人打交道,是必须也得有点儿心机的。"

"我佩服你。但是,千万别叫这个人走了风声啊!"

"他不敢。他是俘虏,是死神叩他的门时,我救了他。"

"你把他放在你身边了吗?"

"你不必为此动心机了。你看到他,也不会认出他是曼都拉帐前的唯一幸存者。"

"好了,我不问了。我们回去吧。今晚你随我进王府,我那里有一个房间,酒肉都现成。我们俩也该有一个结拜仪式啊。完了后,我就叫乌云其其格陪你,她可以给你唱,给你跳,给你一切……"

"那就恭敬不如从命了。"

当晚，他们喝了不少酒，谈了不少话。在所有问题上，都一拍即合。两个人立刻成了刎颈之交。道尔吉表示在任何事情上都可助索伦扎鲁一臂之力。索伦扎鲁则许诺在一个适宜的时候，让道尔吉升任护卫营副统领，做他的左右手。但当索伦扎鲁谈到要挑起格力图尔对额勒瓦奇尔的仇恨时，道尔吉连连说："不妥，不妥。额勒瓦奇尔对格力图尔有救命之恩。格力图尔崇拜额勒瓦奇尔简直像崇拜天神一般。这仇恨是无论如何也挑不起来的。弄不好，倒会使自己两面不够人，甚至身败名裂！"

索伦扎鲁搔着头皮说道："是啊，你说的有道理。我险些又弄坏了事。可是怎么办呢？我们总不能郁郁久居人下，净去祝贺别人的飞黄腾达啊！"

"天哪！你还不算飞黄腾达吗？护卫营的统领啊！"

"这算什么。区区五百人的小头目。平常大不了做额勒瓦奇尔的仆从，打仗时，又得充当听人摆布的军需官！"

"这已经使我艳羡不已了。我看你的胃口是太大了。"

"道尔吉老弟，不是我的胃口大，我是觉着不公平。你看，猛虎营一千五百人，统领是谁？是只会抡刀片、发脾气的格力图尔。雄狮营一千五百人，统领是谁？瘸腿魔王奈曼乌勒。还有那个老蛮子王绍祖，初来乍到，无尺寸之功，算个屁毛！却被额勒瓦奇尔捧上了天，当上了侦察队长，甚至快成了宰相了。可我，虽然不敢说是满腹经纶，才能总在他们之上啊！"

"这几个人不都是你的朋友吗？"

"屁！大丈夫处世，能屈能伸。在我倒运的时候，不得不和他们鬼混一下而已，怎比你我是兄弟呀……"

"那么说，阻碍你青云直上的正是这几个人啰？"

"一点儿不错。"

"我明白了。你是想压过他们或者说干脆把他们除掉，对吗？"

"咳……只是苦于无从下手啊！"

"是呀，这的确很难办。"

两人闷坐了一会儿以后，道尔吉缓缓地说道："这几个人好得像一个人，又深得额勒瓦奇尔的信任，除掉哪个也不容易。除非像你说的，挑起他们之间的仇恨，方好从中做手脚。"

索伦扎鲁沉吟道："挑起他们的仇恨……仇恨……"他说着，眉头一皱，拍起手来，"有了。让我们先从格力图尔和王绍祖身上开刀，来一场坐山观虎斗吧！"

"你是说……"

"夺妻之恨,不共戴天！"

道尔吉点头咂舌地说道："对,对呀！要不是乌日娜金天天往王绍祖那里跑,我还没机会去看望我的胖姑娘呢！"

索伦扎鲁自我欣赏地继续说道："只要把这话传到格力图尔的耳朵里,他那火暴脾气,要不捅死他两个才怪！那时,额勒瓦奇尔准会对格力图尔大发雷霆。这就叫两败俱伤！"

"不过,怎样叫格力图尔相信呢？"

索伦扎鲁想了想,俯在道尔吉耳边如此这般地说了一番,道尔吉点头称是。

此后,两个人又连连干杯。在恰到好处的时候,索伦扎鲁离开了房间,只留下了道尔吉和乌云其其格……

21

　　第二天早晨,道尔吉在和乌云其其格厮搂厮抱的被窝里,被索伦扎鲁拽了起来,告诉他乌日娜金又离开了自己的毡帐,他可以立即按昨晚定好的方案开始行动。道尔吉赶忙穿好衣服。索伦扎鲁把他送出王府大门,约好一会儿就在道尔吉的毡帐见面。

　　这时的道尔吉,心里感到美滋滋的,神态兴奋而慵倦。夜里索伦扎鲁的许诺,醇酒和羔羊的美餐,以及乌云其其格令他迷醉的梦一般的甜蜜滋味,还留在他整个意识里。他眯着双眼,飘飘然地摆动着身体,第一次傲然而不是忐忑地拉开乌日娜金毡帐的木门。

　　毡帐里只有娜仁一个人在擦拭着用具,看到道尔吉进来,她高兴得涨红了脸,朝道尔吉抿嘴笑了笑说道:"该死的,你倒会找时候。"

　　道尔吉有点心虚地看了娜仁一眼,笑了笑低下头去,心里想:"可怜的姑娘,你还不知道,我们的缘分已经到头了。可是有什么办法?和乌云其其格香艳的躯体相比,你该是多么蠢呀!"但这样的心里话,娜仁是听不到的,而且,她也不可能把自己的思想用在研究道尔吉奇怪的表情上。

　　"怎么,就你一个人?"道尔吉接过娜仁递给他的奶茶,坐下去问道。

　　娜仁瞪了他一眼,嗔怪地说道:"你不希望就我一个人在吗?你要是来找别人,就滚开吧!"

　　道尔吉嘿嘿笑了一阵说:"狠心的姑娘,撵我吗?你打也打不走的!"

　　娜仁扬起拳头故意生气地说:"打你又怎么样?"

　　"来吧,娜仁。打呀!往这儿,往胸脯上打!"

　　娜仁真的把拳头朝道尔吉的胸脯上打去,但她那松松攥着的拳头还没落在那令她着迷的胸脯上,就被道尔吉接住了。他哈哈笑着一拉,娜仁便顺势倒在了他的怀里。

"哎呀,快松开!"娜仁轻轻地喊道,双手却紧紧地搂住了道尔吉的脖子。接着,两个人尽情地轻薄了一阵,使得娜仁快乐地呻吟不止。

过了一会儿,娜仁迷醉般地闭着眼睛骂道:"该死的,别乱摸。衣服都弄乱了,叫人看到多不好……"

"我还想把你的衣服解开呢。"

"滚你的。"娜仁笑骂着,挣脱了身体,站起来整了整衣服。道尔吉像个胜利者一样,微笑地看着站在面前的痴心的姑娘。

"以后不准你乱来。像刚才这样让乌日娜金看到可不得了。"

"可这是你自己跑到我怀里的呀!"

娜仁跺着脚说:"你瞎说,我还打你!"

道尔吉跳起来笑着说:"饶了我吧!"说着猛不防捧起娜仁的头在那小嘴唇上使劲地亲了一下。

"去你的!"娜仁推了道尔吉一把,憨笑着退了一步。

道尔吉畅快地笑了起来,又坐下去,喝了一口奶茶,咂了咂嘴,说道:"嘿,这奶茶里也有香唇的味道呢。"

"你真够坏了,道尔吉。我才发现你有那么多难听的话。你再说,我就捂起耳朵了!"

"得了吧。你听到这话,心里一定美滋滋的呢。——可是说真的,我真有点儿害怕乌日娜金,她为什么那么讨厌我呢?"

"我也不知道,"娜仁说着,眼圈儿一红,"道尔吉,咱们快结婚吧,不能总这么偷偷地……"

道尔吉叹息了一声,在地上走了几个来回,说道:"娜仁,我比你还着急呀!可有什么办法?唉……娜仁,你说,你真愿意和我过一辈子吗?"

"你说的是啥呀,道尔吉!你不相信我永远是你的吗?"

"不,娜仁。我不是不相信你。我喜欢你喜欢得快发疯了,……可是,在我们面前出现了一个跨越不过去的障碍,……也许我们只能一辈子互相偷偷地……想念了!"

娜仁浑身一抖,急得要哭出来了,她摇着道尔吉的手说:

"你说明白呀,谁不让咱们……正大光明地在一起呀?"

"乌日娜金。"

娜仁泄气地垂下头,哀怨地说:"她为什么要这样呢?她还叫我别搭理你……"

"你看,是不是?"

"你到底怎么惹了她呀?"

"我怎么能惹着她?井水不犯河水。你还不知道呢,我听说她想让你嫁给格力图尔的传令兵松和拉……"

"什么?"娜仁吃惊地抬起头说,"让我嫁给那个小瘦猴?"

"正是这样。所以她才不让我们来往。"

"你不好去找额勒瓦奇尔说说吗?"

"傻姑娘,额勒瓦奇尔对乌日娜金像对自己的女儿一样。他会听我的?"

"天哪!那怎么办哪!"

"唉,我看你和乌日娜金俩挺好,不愿意让你们弄僵。其实,她就那么好?我才不信。她可不像我们这样相爱。她是今天和这个黏到一起,明天又和那个打得火热。要不是看在格力图尔的面子上,我早把她的丑事折腾出来了!"

娜仁摇了摇头说:"不,你说的话我不信。乌日娜金不会的。"

"不会吗?你真是个傻姑娘。你说她最近天天往哪儿跑?"

"去找王绍祖呀。"

"找他干啥?"

"乌日娜金说,王绍祖可有学问了,和他在一起能学不少东西。再说,那是她哥哥呀!"

"屁哥哥!乌日娜金是蒙古人,王绍祖却是个老蛮子。哼!他们以为别人看不出来呢。我可知道他们的底细。乌日娜金一去,王绍祖就把闲人全赶出去,然后把门紧紧一关……"

娜仁捂起耳朵叫道:"别说了!这太……这能吗?"

"难道我还能和你撒谎?现在就剩格力图尔不知道了。他要知道,……哼!"

"道尔吉!我害怕,你千万别乱说啊,要是格力图尔听到……那会出什么样的事啊!"

道尔吉咬着嘴唇想了一会儿,走过去拉住娜仁的两只小手,一边温存一边说道:"听我说,娜仁。你要真想和我过一辈子,咱们就得一同闯过难关。你现在知道了,有乌日娜金打横,咱们就不可能住进一个毡帐。乌日娜金现在做出了丑事……唉,咱们都太善良,不愿意给她说出去。可是,她在逼我们这样做呀!再说,她又是和一个汉人,多现眼!咱们不管管,也对不起格力图尔呀!你说对不?听说格力图尔还送过你一副银手镯,对吗?多好的人。多美的一个姑娘眼睁睁地让一个汉人夺去了!你能忍心吗?我想,格力图尔还会来找乌日娜金,那时你把外面的传闻对他说说,当然,为了你和乌日娜金的关系,可以说是王绍祖在引诱她……"

"道尔吉!"娜仁惊恐万状地瞪着眼睛喊道,"你在打什么鬼主意!"

"轻点儿喊。"道尔吉严厉地喝道,并走到门口向外看了一眼,重又关好门,回到娜仁身边,"娜仁,这不是什么鬼主意。这是为了我们的幸福。"

"可是你为什么不想想别的办法呢?"

"别的办法?你拿出办法来吧!你有什么办法能使咱们成为夫妻?你说呀!"

"别逼我了,道尔吉。……我叫你弄糊涂了。……"

"那你就糊涂到底吧。听好,娜仁,要想跟我过一辈子,就按我说的做。否则,你就去给松和拉当老婆吧!"道尔吉说完,匆匆走了出去。

"道尔吉!……"娜仁悲哀无措地轻呼着,双手抱住了嗡嗡叫的头,"天哪,叫我怎么办啊!"

道尔吉听到了娜仁乞求的喊声,连头也没有回。他知道,一切都很顺利,痴心的姑娘是不会放弃做妻子的美梦的。他很快回到了自己的毡帐。当他看到一边吸着烟一边在地上走来走去的索伦扎鲁时,心里不由升起一股怨气。觉得自己的奔波纯粹是为了眼前这个坏蛋,甚至成了这个坏蛋搞阴谋的走狗了!和这样一个只会干坏事的家伙搅在一起,实在不光彩,并在心里可怜起娜仁来。

看到道尔吉走进来,索伦扎鲁抛掉烟头,生气地站在道尔吉对面。说道:"好啊,你倒是个谈情说爱的能手!"

"你先别生气,也别瞪眼睛,更别连问都不问一声就张口训人。我还不是你的马弁和随丁!"

"嘀!你倒火了。我劝你大功告成以前先别这么傲气。"

"哼,大功告成也只能给你带来好处!"

"是吗?"索伦扎鲁讥消地咧开嘴巴说,"看来,你是在替我卖命了?"

"事实上不正是如此吗?"

"那么，你呢？你已经获得的和将要获得的，比我少吗？"

"说得多动听，已经获得，将要获得！我已经获得的是悔不当初，将要获得的是良心上的谴责！"

"好嘛，道尔吉。看样子，你是后悔了。你现在也可以洗手不干嘛。"

"这也两说着。"

"那就赶早不赶晚，现在就去吧！去找格力图尔认罪忏悔，去告我一状吧！"

道尔吉冷笑了一下说："你不要威胁我，你的处境不见得比我好。告诉你吧，你我的生命都在危险之中！"

索伦扎鲁一抖，刚刚划着的火柴掉落地上，他向道尔吉靠近一步，急促地问道："什么意思？是娜仁不干？还是被别人偷听了去？"

"是嘛，你一开始就应该这么问一问，而不应该吹胡子瞪眼睛地瞎吆喝！"

"你知道我等得……好了，不说这个，快告诉我出了什么岔头？"

"那你就请坐下。我也得坐下喘口气。"

道尔吉点着烟吸了两口后，讲述起这次游说的始末。

"你干得不妙啊，伙计。为什么不说准了就回来呢？"

"行了，我的索伦扎鲁老爷。再过一会儿也许我会改变主意了呢。我忍心看娜仁痛苦而可怜的泪脸吗？"

"你可真多情，还在恋着那个蠢姑娘呢！？"

"谁像你那么没有良心，和一个婊子睡一夜就忘了自己的情人。实话说，我真有些后悔。一定是你在酒里放了迷魂药，把我弄得什么都忘了。仅仅是一天以前，我还过着无忧无虑的快乐的逍遥日子，大小是个头儿，没人恨我，也没人和我争权夺势或争风吃醋。可现在……"

"你别再跟我胡叨叨这些没用的话，我不想听。"

"你又向我喊叫吗？别忘了，你可不是我的主人。"

"谁是你的主人？格力图尔吗？你去找他好了！"

"找他又怎样？他可不会让我去干坏事。"

"这很好嘛，你去告密，身价会猛增百倍。可是，好像你也不应忘记，现在，额勒瓦奇尔仍旧还很喜欢他老朋友的儿子。"

"别那么高兴吧，索伦扎鲁。额勒瓦奇尔可能喜欢砍死曼都拉将军的索

149

伦扎鲁,不见得也同样喜欢投降告密想葬送义军的索伦扎鲁!"

"天哪!道尔吉,你到底打出了这张王牌。这真叫我灵魂出窍了呢!你不是说过保守秘密吗?"

"我也同样说过,要看你对我怎样。王牌在我手里,打不打出去可要根据你对我的态度来定。"

索伦扎鲁久久地注视着骄傲的道尔吉,慢慢眯起了眼睛,接着在嘴角露出一丝笑意,再接着咧开嘴巴,鼻翼一扇一扇的,最后,眼睛也笑了,突然,他把头往后一仰,爆发出一阵狂笑,笑声越来越高,使得道尔吉莫名其妙地皱起了眉头。

后来,笑声止住了,笑意却长久地留在那张带疤的红脸上,这张脸随着转动的脖子摆了几下,正对着道尔吉迷惑不解的眼睛,一直在颤动的嘴唇一掀,发出了朗朗的讥讽的笑声:"多可惜呀,我的朋友!多可惜呀,那张王牌已经永远从你手中消失了!"

"什么?你说什么?"

"别那么吃惊。我说你那张王牌的名字叫巴根,对吗?"

道尔吉跳起来,恶狠狠地瞪着索伦扎鲁,狂喊道:"你……坏蛋!"

"何必大动肝火?这可怪你自己呀。是因为我是'坏蛋',巴根才到我面前的吗?你要骂你自己是条'蠢驴'才对呢。你想想,你办事多不周密,多不在行啊!"

"别说了,我恨死你了,你这个阴险毒辣的小人!"

索伦扎鲁仰脸哈哈笑了起来:"骂得好。可是,你能骂回你的巴根吗?"

道尔吉气得连脚都抖动起来了:"你,你把他弄到哪儿去了?"

"弄到了一个绝对安全的地方。他在那里,会吃到更多的肉,喝到更多的酒。"

"真没想到,你这样奸狡!"

"这你可错了,我的朋友。怎能说我奸狡呢?你想想,你明明知道我会在你这里待很长时间,怎么不事先告诉巴根避开我呢?你应该警告他,没有你的传唤,万不能到你的帐前。——你先别发火,坐好,听我详细地告诉你我这次意外收获的经过吧!"

"别说了,这个该死的……叛徒!"

"骂得好,一箭双雕呢!"

"我恨不得一口咬碎这个可恶的巴根！"

"那可不行。在我那里，他是受到优待的。"

"你还在嘲弄我！你快把他还给我，当着你的面，我亲手砍死他！"

"朋友，这是办不到的。这是个很有用的人呀。"

"你说什么？你想拿他干什么？"

"和你一样，当作一张王牌。在适当的时候，把它打出去！"

"我不明白你的话……"

"多聪明的人啊！你仔细琢磨一下，在我手里，可是让他说啥，他就说啥啊。他要说你留下他是为了当奸细，那可是怎样的情形啊?！"

"索伦扎鲁！你真是我见到的狠毒里最狠毒的人，阴险里最阴险的人！"

"和有心人打交道，还是有点儿心机好呀！"他重复着道尔吉说过的话。

道尔吉嘴唇哆嗦着，想说什么，但什么也没说出来，他瘫痪一样地跌落在椅子里，用抖抖的手捂住了垂到胸前的脸。

过了一会儿，索伦扎鲁说道："好了，朋友。你放心吧。只要你对朋友忠诚，我是不会亏待你的。我们已经开始的事情，还须携手进行下去。我吃肉，就不能让你喝汤。喂，我的话你听到了吗？"

道尔吉呻吟着说："我承认……我败在你手里了，我已经不再是道尔吉，而是你手里的……一根鞭子了。"

"不对，我的朋友。将来你会看到，我是不会背叛友谊的。我劝你还要去找娜仁，一定要让她明白不为我们效劳只有死路一条。否则，就想法先让她去见阎王，由你自己去挑起格力图尔的怒火。好了，我要回去了。你呢，办完正事以后也该喝点儿酒，睡一觉，晚上好有精神和乌云其其格拥抱啊！"

22

王绍祖陷入苦恼的漩涡了……

使王绍祖苦恼的不是额勒瓦奇尔的固执。他看出,额勒瓦奇尔不会放弃王府去做草寇,也不会带领人马去同巴兰森格的义和团残部会合。使他苦恼的也不是王府即将被围困。他认为这是不可避免的,半拉山交锋曼都拉副都统①战死后,朝廷大军的指挥权势必落在他的父亲王世祺和科尔丹的手里,这两个人都深具谋略,机变百出,一定会采取围困逼降的办法。他的苦恼,也不是由于某些人对他的不信任。获得所有人的好感和信任原本是不可能的,特别是,现在官军的统帅是他的父亲,这就使他不能在此时离去,否则,王府被围一旦成为事实,人们准会说,王绍祖肯定是官军的奸细,要不,为什么他前脚走,官军后脚便包围了王府呢?

是的,对那些他无力挽回的局面和他甘心承受的误解,不足以使他苦恼。

那么,到底是什么原因使他凝眸辗转,寝食俱废呢?

还是在半拉山战斗以后,乌日娜金不再把自己关在小毡帐里。她离开了这个小天地,走出了书房。她要置身一个更加浩瀚的世界。这个浩瀚的世界就在王绍祖的毡帐里。

王绍祖的侦察队离护卫营不远,和王府北侧的乌日娜金的水神营遥遥相对。乌日娜金有时经过东边的猛虎营,有时经过西边的雄狮营,一直驱马到王绍祖的毡帐门前。

按照王绍祖的习惯,毡帐里的地面不是铺着皮褥,而是靠右侧搭了个木板床。另一侧放着一张八仙桌和几把檀木椅。

---

① 清朝军职,统辖旗兵七千五百人。

乌日娜金一走进毡帐,便坐在靠桌子的木椅上,立刻央告王绍祖讲她想知道的种种事情。那样子,就好像一个善于幻想的儿童,急切地想听一个迷人的故事。那时,王绍祖也立刻放开手里的书本或正在做的其他事情,善意地哈哈笑着说:"哎呀,我的好妹妹,你是想把哥哥的肚子掏空是咋的?"

"瞎说!永远掏不空的。"

"那好,试试看吧。"

接着,王绍祖便往乌日娜金对面一坐,神采飞扬、滔滔不绝地讲起来。他讲世界各国新的思想潮流,讲国内风起云涌的群众斗争,讲巴兰森格的勇略无双,讲红灯照少女的传奇,讲辽河岸边的恶战,讲爆炸铁路的轰鸣。有时也讲一点儿官场趣闻,或民间传说。乌日娜金则用臂肘抵在桌上,双手托腮,闪着两只幻梦般的眼睛,盯着王绍祖生动的脸,唯恐漏掉一句话。她常常听得忘了周围的一切,甚至忘记了自己的存在,随着清泉般美妙悦耳的声音,到处翱翔,有时低掠草野,有时高骛云天……

是的,乌日娜金从斯琴那里学会了读书后,便尽情地在书海里遨游,那些黑色字或棕色字,曾使她那样兴奋,令她遐思无限;那字迹体现出来的思想,使她感到了知识的力量。她在那些厚厚的书本中,看到了使她惊异不止的过去。她贪婪地读着那些锦绣佳章,激动地徜徉在历史的天地中,有时甚至觉得自己就是历史中的某一个人物。而今天,当她沉醉于王绍祖的侃侃而谈中的时候,她突然认识到,自己的思想境界太狭小了。那狭小的境界,已不足供她驰骋了。她盼望有一个更广阔的天地,更浩瀚的世界。她希望自己能像妈妈一样,能像哥哥王绍祖一样。

就这样,乌日娜金在王绍祖的毡帐里,打开了眼界,敞开了胸怀,想吞下整个世界。她常常直到日落西山仍不想离去,不愿黑夜的来临而中断驰骋的思想。她盼望永远是白天……

不久,奈曼乌勒和王绍祖成了很亲密的朋友,时常在一起闲聊。他们谈得很融洽,有时异常严肃,有时谈笑风生。乌日娜金喜欢坐在一旁,瞪着美丽的眼睛,默默地听这两个人谈各种事情。有很多深奥的内容,是她以前闻所未闻的。

有一次,乌日娜金又进入这座毡帐,正值王绍祖和奈曼乌勒很认真地交谈着,并且好像没有注意她的到来。她轻轻地坐在一边。

"……所以,我急于想问一问班卡妈妈,我们以后怎么办?我们的未来会是如何？唉,我们都是一些无知的人,举起义旗前,我们思想中只一个字：干。干起来以后,却又不知道下一步怎样迈出。我相信班卡妈妈会指引我们的。可是她走了。而且……"奈曼乌勒说到这里,停顿了一下,抬头看了一眼乌日娜金。

乌日娜金不由得脸上飞起红晕。她知道,奈曼乌勒想说："而且,我们叫格力图尔去东辽河找班卡妈妈,他却把这么重要的事给忘了！"她在心里也怪格力图尔太马虎,既然见到了妈妈,为什么不好好问一问呢？但此刻,她什么也不能说,只能像不在意似的垂下眼帘。

王绍祖看出了乌日娜金不自然的神色,便接过话头说道："我想,巴兰森格——你们看,这样叫惯了,总是改不了口。我是说,班卡妈妈恐怕也无法回答这个问题。她可能会说,尽快撤离王府。至于未来会是如何,那是无法预料的。"

"就算只谈眼前吧,我们也总该心里有数啊。你说的有道理,我们应该离开王府这个鬼地方。我看着那高耸的围墙、耀武扬威的大殿,总觉得别扭,好像那里隐藏着妖魔……"

"你这是指的……"

"我什么也没有指。反正这不是我们可以依靠的地方。可是,额勒瓦奇尔统帅却坚持非以王府为大本营不可。你说,绍祖,这对吗？"

"不对。"

"可我们谁也说服不了他。"

"确实,没有谁能动摇他的信念。"

"我们都尊敬他,服从他。虽然知道他这样做不对,却说不出他错在哪里,……因而无法摆脱他。"

王绍祖惊讶地问道："你想过摆脱他吗？"

"唉！"奈曼乌勒重重地叹口气,"我现在也弄不清是否想摆脱他。记得我们起事前,曾想让格力图尔领着干,那时我们什么也不管了,要么被杀死,要么死里求生,造反是唯一的一条生路。但又觉得自己不行,干不好。所以我们都听了格力图尔的话,请额勒瓦奇尔来当我们的统帅。也许一开始我们就错了,……但是,摆脱不了……"

"如果你想摆脱……你为什么说摆脱不了呢？"

"我们——是的,几乎所有的人,对他太尊重了。——乌日娜金,你说对吗?"

乌日娜金飞快地看了王绍祖一眼,说道:"是这样,大哥。他是值得尊重的。他不是我们遇到的最聪明的人吗?"

"的确。"奈曼乌勒阴郁地轻声道,"他比我们都聪明。"

王绍祖沉吟着说:"聪明……也许光有聪明是不够的。奈曼乌勒,听我劝你一句吧。如果你确实认为摆脱不了,那就必须毫不动摇地尊重。"

"还有……服从。"奈曼乌勒说着,慢慢站起来,"我明白。官军在半拉山首战失利后,必然要重整旗鼓,和我们决战。我们必须对统帅尊重和服从……"他长出一口气,一边向外走,一边继续说着,"成吉思汗的先祖是受天命降生的,成吉思汗也是受天命降生的,所以他们能驾驭整个草原。将来还会有一个受天命而降临人间的英雄……"

奈曼乌勒连同他的声音在门外渐渐消失了。剩下的两个人也失去了谈兴。毡帐里的光线逐渐暗下来,乌日娜金站起来准备告辞。

正在这时,门被猛地拉开,闯进一个人来。这个人是乌日娜金的宿伴和传令兵娜仁。

乌日娜金急忙问道:"有什么事吗?"

娜仁看了看王绍祖,吞吞吐吐地说:"乌日娜金,快……回去,……出事了!"

乌日娜金皱起眉毛追问道:"说明白,到底出了什么事?"

娜仁又犹豫了一下,说道:"侦察队的两个……坏蛋,闯进女……女兵的毡帐。被索伦扎鲁和道尔吉抓去了……"

王绍祖闻言大吃一惊,两步跨到娜仁面前,问道:"你说的当真吗?"

"当真的。我亲眼看到那两个坏蛋被人从毡帐里拖出来捆走。"

"确实是侦察队的人?"

"是。"

"怎么会?"王绍祖沉吟着说,"我手下的人是不敢随意离开营帐的。"

乌日娜金思忖了一下问道:"娜仁,这可不是说着玩的事。你能保证那两个人是绍祖哥哥的部下吗?"

娜仁肯定地点点头说:"我听他们亲口说的。他们还说,是和王绍祖一起从东辽河来的。"

王绍祖又问道:"这两个人在哪儿?"

娜仁说:"听说格力图尔已命令砍头……"

"怎么,已经砍头了?"

"我想,这会儿连尸体也该扔了……"

乌日娜金看着低头沉思的王绍祖,说道:"走,我们去看看。事情会弄清楚的。"

王绍祖抬起顷刻间布满血丝的眼睛说道:"你们先回去。我去查看一下,会很快知道是谁离开了自己的营帐。然后我立刻赶到水神营。"

但是,查看的结果是:他的部下没有一人失踪。王绍祖感到事情蹊跷,甚至预感到有一只被阴谋所支配的黑手正在向他的头上抓来。他为了澄清事实,对朋友说明这是目下尚无法揭开的阴谋,立刻飞身上马,全速向水神营奔来。他在营栅门外下了马,快步走向乌日娜金的毡帐,但他一下子怔住了,在乌日娜金毡帐的门口,格力图尔和乌日娜金正在激烈地争吵。他进退维谷地停下脚步,听到了下面这些对他有如晴天霹雳的对话:

格力图尔愤怒并略带讥讽地说道:"杀了王绍祖的两个恶劣的部下,你就如此心疼,真令我惊讶!"

"我是说,不管是谁的部下,总该审问明白再砍头。"

"可是我还记得,在进军半拉山的途中,也发生过这类事,并且是我亲手砍的。那时你为什么不这样说?"

"那是我们共同目睹的事实。我要是跑到你的前边,也会亲手砍死那两个坏蛋的。可是这次是你亲眼看到的吗?特别是,这两个人口口声声甚至据说是大吵大嚷地声称自己是王绍祖的部下,你不觉得奇怪吗?"

"一点儿也不奇怪。这正好证明我下令砍头是对的,因为他们已供认了自己是谁的部下。"

"不,格力图尔,你根本没听懂我的意思。"

"你是想说我是个大傻瓜,对吗?我告诉你,我可能曾经当过傻瓜,把王绍祖当成了正人君子。可是我昨天终于明白了他是怎样一个正人君子。他……哼!从他身上我看到了他的部下,从他部下的身上,我也看到了他。知道他是怎样一个人,也就知道他的部下为什么会干出这种可耻的勾当!"

"你……你这是什么意思?你是在污辱绍祖哥哥。"

"哥哥?我明白他想当个什么样的哥哥!"

"格力图尔！"乌日娜金愤怒地喊道，脸上一片惨白，"你迷了心窍了！你自己想想，你说了一句多么难听的话！"

"是我迷了心窍，还是你迷了心窍？"

乌日娜金强忍住眼泪，异常困难地说道："你……格力图尔！你在想些什么？你听到了什么谣言？你连我都不相信了吗？"

"坏就坏在我太相信你了。就是在昨天晚上以前，我还在欺骗自己，不相信人们的那些传说。若不是昨天晚上一个关心蒙古人光荣的人，把他亲眼看到的事实讲给我，我还会蒙在鼓里。"

"那就请你说明白，我有什么不光彩的行为？"

"可惜，我不想弄脏了牙齿。你自己做下的事情，还要别人去替你讲吗？"

"格力图尔，你今天是为什么对我发这样大的火？不，我不相信你会这样。一定有什么人想挑起仇恨。这个人是谁？"

"这个人是谁，你不必知道。我只是希望你迷途知返，从此和王绍祖一刀两断！"

"格力图尔，你已经失掉自信了吗？你不觉得你是在污辱你自己吗？你会为今天不假思索的话后悔的！……我不愿看到你被人唆使或被人利用。一切都很正常……真正不正常的是，你命令砍死的两个人绝不会是王绍祖的部下。我劝你以后多和王绍祖接触，和他交个朋友，像他刚来时一样。你会变得更加聪明和高尚……"

"什么？你还让我亲眼……够了，乌日娜金，我不想再听到这个人的名字。我希望你别掉进罪恶的深渊，别过那种被人指着脊梁的日子。"

乌日娜金忍住抽泣，大声说："格力图尔，你没有权力教训我！请你离开我的营栅，从今天起，我的门对你永远是关闭的！"

"你会后悔的！"

"永远不会！"

"我会砍掉那个汉人的脑袋！"

"你不敢！……有一天我会告诉妈妈，她看准了桑布大伯，却看错了桑布大伯的儿子。你为什么还不走？你不走吗？我走！我现在还要去绍祖哥哥的毡帐。"

乌日娜金说完，飞快地向栅门外跑去。王绍祖紧紧跟在后面，但当他看见乌日娜金向假山方向跑去时,又咬住嘴唇站下了。至于格力图尔什么时候离开水神营的,王绍祖就不得而知了。但他对今天接连发生的事情,总算理出了头绪。

从这天开始,王绍祖陷入了苦恼的漩涡。当天晚上,他对自己带来的二百人下了一道严令,没有他的话,任何人都不得走出营栅,违者格杀勿论。他自己,则整天躲在闷热的毡帐里,企图钻进书本里去排遣郁结于心头的愁闷。即或在他奉命出去侦察时,也只是带着额勒瓦奇尔拨给他的五十名蒙古族战士。他害怕再生出别的也许是更可怕的流言蜚语。他把侦察的结果详细写在纸上,画出地形图,精确标明哪里有山隘,哪里有激流,哪里可扎营,哪里可伏兵,然后呈交额勒瓦奇尔。额勒瓦奇尔曾提议让王绍祖搬进大殿,以便能和他朝夕相处,但王绍祖担心他离开自己人,会再生出什么枝节,便托词婉谢了。

他仍旧继续把自己藏在小毡帐里,不和其他几个营有任何往来。他认为,涉及个人声誉事小,若再弄出个他想拉拢义军逃跑的谣言,那事情就大了。但他没想到,他的谨慎恰恰增加了人们对他的怀疑。

王绍祖是个思想很活跃的人,过不惯寂寞而沉闷的生活,忍受不了门庭冷落。他盼望有人叩响门扉,盼望这个人就是机智幽默、言辞敏捷的奈曼乌勒。他又担心有人叩响门扉,担心这个人就是乌日娜金,她如果突然出现在面前,他会尴尬得手足无措……

门扉真被叩响了,然而不是奈曼乌勒,却正是乌日娜金飘进毡帐,轻轻喊了一声"哥哥",坐到椅子上。看到乌日娜金憔悴的面容和失去了光彩的眼睛里的忧愁,以及坐在那里不言不动的失神的样子,王绍祖吓了一跳。他装出笑容,说道:"乌日娜金妹妹,你好几天没来了。身体不好吗?"

乌日娜金怔怔地说:"娜仁死了……"

"娜仁?是和你住在一座毡帐里的胖姑娘吗?"

乌日娜金点点头。

"怎么回事?"

"不知道……我找了她两天,后来在河里发现了她的尸体。"

"跳水自杀?可是为了什么呢?她不正和道尔吉热恋吗?"

"绍祖哥哥!"乌日娜金突然仰起脸,盯住王绍祖困惑的眼睛,大声说道,"我不是来报告娜仁死讯的。我……有事……"

"什么事？你说吧。"

乌日娜金嘴唇颤动起来，眼睛润出泪水，她本想站起来，却往桌子上猛地伏下脸去，失声痛哭起来。

王绍祖看着痛苦万分的乌日娜金，不知如何是好，急得在地上走来走去。后来，他站在乌日娜金面前，说道："妹妹，有什么话，尽管说好了。"

过了半天，乌日娜金终于平复下来，她慢慢抬起泪脸，悲哀又带着祈求地看着王绍祖期待的眼睛，说道："你为什么还要在这里待下去？你赶快走吧！"

王绍祖心里一震，想道，一定是她也听到了那些可怕而又可耻可恨的议论。一个少女，纯真无邪，如何受得了那些肮脏话的刺激？她显然也在怨恨他，怨恨这个给她带来不快的外乡人。是呀，没有怨恨的理由吗？有。虽称兄妹，但毕竟不是一母所生，而且你是比她大好几岁的独身男人。你不知道和一个未婚少女相处过密必然会引起误会吗？你自认为像亲兄妹一样，别人也这样认为吗？王绍祖想着，把这一切的罪过都集中到自己身上。他不由得把头垂到胸前，深感内疚地说："妹妹，这一切都是我的过错。我的不谨慎造成了你的痛苦。你骂我吧。我明天就走，永远离开这里，只要能使快乐尽快回到你的身上……"

"不！"乌日娜金骇然地喊道，站起来扯住王绍祖的衣袖，"你误解了我的话，……我叫你走，不是赶你。对那些无耻的诽谤，我不放在心上。要说过错，那不在你，是我自己造成的。为此，我求你原谅你这个不懂事的妹妹。我常常到这里来，是想听你多说一遍妈妈的名字，是想让自己的蒙昧变得开化起来，就像未开的混沌想叫别人凿出七窍一样。你给了我那么多快乐，那么多幸福，那么多知识，我会一辈子感谢你。哥哥，难道我能赶走这样的好哥哥吗？难道我能允许自己去怨恨这样的好哥哥吗？我让你离开这里，也是想让笑容重新回到你的脸上，让快乐再进入你的心中。我让你走，是想……是想让你把我也带走！"

"什么？"王绍祖大惊失色地说道，"乌日娜金妹妹，你在说什么呀？你不是和我一样，也听到了那些可怕的谣诼，也受着那些可耻的流言的进攻吗？当我们被谣诼包围的时候，我们理应回避；当我们受着流言进攻的时候，我本该尽快离去。可你，我的妹妹，却要和我一起走，而且在这种时候！你想没想过那样做的后果？想没想过会有千万支箭镞朝我们脊背攒射呀！"

"我想过,我全想过!可就是没想到你会这样回答我。哥哥,你在炸毁铁路路基时,没有想过安危;你在千军万马的拼杀中更没有退缩过,为什么竟在几句流言蜚语面前胆战心惊?你答应过要带我去看妈妈,你也知道我恨不得立刻飞到妈妈怀里。你就忍心为了躲避几句有损声誉的无耻谰言,就不满足妹妹的愿望吗?你就忍心为了对自己的清白作不必要的表白,叫妈妈在东辽河空唤女儿,叫妹妹在毡帐里哭喊妈妈吗?"

乌日娜金大声说着,热泪如泉,哭声撕肝裂肺。她的热泪也牵出了王绍祖的热泪。

"妹妹,我是答应过带你去见妈妈。记得临行前,巴兰森格妈妈流着泪对我说:'去吧,儿子。我不该忍心让你到未知的命运里去遭受风雨之苦。可我太想念女儿了。我原是期望乌日娜金自己走到我的面前,喊我一声……妈妈。可是她一直没来。我的年龄不允许我再等了。去吧,好儿子。为妈妈去吃一次苦。千万把女儿带来。我希望在我临死前,能抚摸一次女儿的……头发……'"说到这里,两个人都哭得直不起腰来,过了一会儿,王绍祖又抬起泪眼,痛苦又显得无奈地继续说着,"那时,无论是妈妈,还是我,都确信你已和格力图尔结婚了。我们都相信,格力图尔会同意你去看望妈妈的。可是……乌日娜金妹妹,你们为什么没有结婚呀?如果你已成了格力图尔的妻子,会发生这些可恼可恨的不愉快吗?听我的话,好妹妹,我先离开这里,到磨盘山或哈尔滨去联络我的同伴。你和格力图尔消除误会重归于好后,赶快结婚,然后,去东辽河。我把找到妈妈的路线详细讲给你……"

"不,哥哥,我不结婚!我不先见到妈妈决不会结婚。难道你不知道,我现在心里的唯一愿望,是见到可敬的……妈妈呀!"

乌日娜金说的确实是心里话,她想念妈妈,每当王绍祖说一次妈妈的名字,她的想念就会猛增一倍。她过去并不这样。她过去也想念过妈妈,但从未感到见不到妈妈会痛苦和寝食不安。在假山的亭子里,从妈妈身边来的王绍祖第一次谈到妈妈的名字时,她从心灵中爆发出对妈妈的强烈感情。她当时的表现,曾使格力图尔感到震惊和害怕。但乌日娜金却没认识到,这种深埋在心底甚至几乎忘却了的母女感情的突然爆发,对她和格力图尔的爱情是个可怕的征兆。她只是觉得,她渴望见到妈妈,就像当年渴望见到格力图尔一样,是合情合理的,甚至是天性的胜利,感情的升华。她没认识到,

由于她在斯琴那里接受了文化,从王绍祖那里开阔了视野,而和原地踏步的格力图尔变得陌生起来。她更没认识到,感情并非是稳定不变的东西,里边有许多异常活跃的因素,它可能生长,也可能消失,更可能转移。感情的转移有时恰恰就是对爱情的背叛。她没有考虑她的离去会使格力图尔痛苦。她会在心里说:"我是忠实于你的,格力图尔。"但这是不可能的,一旦离去,那原来的感情就会从淡薄走向幻灭,甚至离别的艰难的一刹那过去后,她就会像挣脱羁绊一样感到轻松,永远不会再回头了。

　　对这些看不见摸不着的东西,乌日娜金意识不到,并不是别人也意识不到。格力图尔意识到了,虽然他是歪曲地意识到了。所以他害怕了,震动了,轻信了谣言并变得暴躁了。王绍祖也意识到了,他是站在客观的位置上,他看得就比较正确。所以,他也感到事情可怕,并且长时间钳口结舌,不知怎样去回答站在十字路口的小妹妹。而乌日娜金却急于听到回答。

　　"你说话呀,为什么不说话?"

　　王绍祖在沉默中吃了一惊,摇了摇头,说道:"你叫我说什么?……乌日娜金妹妹,我替你担忧。如果渴望见到妈妈成了你感情上所追逐的全部内容,那就说明你和自己所爱的人生疏起来了。……是不是这样呢?"

　　乌日娜金迷惘地看了王绍祖一眼,低下头喃喃说道:"不知道……"

　　"你说不知道,恰好证明我说对了。可是,乌日娜金,这是不正常的。甚至是错误的。妈妈以为你们已经结婚,说明她是盼望有格力图尔这样的女婿的。"

　　乌日娜金悲哀地叹口气,阴郁地说道:"谁知道,我可能注定一辈子不会成为别人的妻子……"

　　王绍祖眉头凝聚在一起,盯着乌日娜金,问道:"告诉我,妹妹,你和格力图尔除了误会,还发生过别的纠纷吗?"

　　"没有……"乌日娜金摇头道,眼泪又流了出来,"别问了,哥哥。我的心里乱极了……"

　　"那么你就先回去好好休息一下。过几天心里会平静下来的。那时,你会给自己寻找一条正确的道路。"

　　"你在撵我吗?你是不让我再来了吗?我明白你刚才这些话是什么意思。你是想强迫我跟格力图尔结婚,是不?难道一个女人生下来就只有接受男人教训的份吗?我最后问你一句,带不带我马上离开这里?"

王绍祖痛苦地低下头,说道:"我不能……不能……"

"哼!还哥哥呢,如果我说要决心同你和妈妈过一辈子,你会吓得昏过去的!告诉你,你不带我,我自己也会走。就像你刚才教训我那样,我最后也说几句:等你平静下来,好好想想,会有个正确结论的。我今天去突泉向斯琴妈妈辞行,最多两天我就回来。那时如果你仍旧下不了决心,我就一个人去东辽河!"

看着毅然离去的乌日娜金,王绍祖抱着头肝肠寸断般地呻吟道:"都是我的过错,没人会理解我的,给我一个机会吧,让我表明自己的心迹!"

梦断金戈

23

科尔丹母亲斯琴住在一个有土砌围墙的四合院。院墙里种植着枝叶披拂的垂柳和各种花草。在我们叙述的这个美好的季节,正是满院芳菲扑鼻,四面绿荫摇凉之际。院内东侧,原是碾坊,后改为马厩,由一个老男仆管理,西侧厢房归两个女仆居住。正对大门,坐北朝南的是五间高大的瓦房。一年前,斯琴带着哈森和乌日娜金来到这里居住时,当中的一间,旧主人曾修有两个大灶。斯琴觉得碍眼,便找人拆除。又买了几件家具和盆景,由她精心设计,哈森和乌日娜金动手,把这间屋子布置得像客厅一样。东边两间归斯琴和乌日娜金居住,西边两间归哈森居住。但由于科尔丹几乎不到这里过夜,三个女人便总是挤在一间屋子里。那时,人们还没有粉刷墙壁的习惯,旧主人也不甚讲究,墙皮剥落,又黑又脏。后来,斯琴找来裱糊匠,在挂棚时,一并糊上了壁纸,使三个房间都显得洁净明亮。

乌日娜金这次的突然拜访,使斯琴和哈森又惊又喜,表现得十分热情。乌日娜金看到堂屋里的摆设依然如故,她经常使用的那把椅子,仍旧铺着她亲手缝制的羊毛软垫,使她想起在这里那段有意义的生活,心如潮涌,感慨万端,竟滚下眼泪。她又把模糊的泪眼投向面前两个女人,哈森似乎变化不大,还是圆滚滚的细腻的脸儿,淡淡的眉毛下仍是那一对圆溜溜的眼睛,里面闪着稚气的渴望的光,好像总在等待着什么;斯琴却老多了,头发斑白,颧骨突起,慈祥的眼睛里失去了以往的深邃和生动,显得黯淡,眼角的鱼尾纹一直伸展到鬓角了。

乌日娜金深情地拉住斯琴的衣袖,柔声说道:"斯琴妈妈,您瘦了,也老了……"

"唉!"斯琴重重地叹口气,"岁月不饶人啊。这两年来的经历,我的心力快耗尽了。"

哈森在一旁微笑着说:"乌日娜金妹妹,你可是越发漂亮了。这件粉红袍把你的脸衬得就像玉石一样。"

乌日娜金心想,自己的脸一定十分苍白。想起这几天吃不下睡不好的情景,心里一阵酸楚。但她努力控制着总想痛哭一场的心绪,装出笑容,故意开着玩笑说:"你的脸像玛瑙,那才叫漂亮呢。你是越来越像三圆观音了。"

"三圆观音"是乌日娜金给哈森起的绰号,因为她的脸圆,眼睛圆。不过这个绰号,只有她们三个女人知道。今天,乌日娜金又这样叫了起来,哈森感到很亲切,不由得轻轻打了乌日娜金一拳,笑着说:"还记得你的调皮呢。"

斯琴退后一步,观赏着乌日娜金说道:"你是比以前丰满多了。唔,忘记问你了,结婚了吗?"

乌日娜金的心里一阵颤动过后,垂下眼帘摇了摇头。

"该结婚了。"斯琴说道,"还是正正经经过日子好。你们结婚后,要是不愿意回多伦村,就搬这儿来吧,我给你们倒出一间房。你们在王府这样闹下去,结局不会太好……"

斯琴看乌日娜金低头不语,知道谈的话题不太合适,便笑了一下说:"看我,真是老得不行了,怎么让你站着说话呢?快,坐下说话。"

接下来,她们就不再谈王府和结婚的事了。

当天夜里,她们久久不能入睡,互相问东问西,回忆过去的趣事和艰难。谈到会心处,拊掌大笑,触到伤心事,潸然落泪。这自不必细说。

古诗云"相见时难别亦难",要放在女人之间就更贴切。试想男人道别,绝不至于缠绵得分不开,最多互道珍重,说一句"后会有期",便挥手而去。女人则不然,一旦临别,则牵衣挽袂,珠泪轻弹,厮搂厮抱,难舍难分。更兼女人心软肠热,几句知心话,数滴真情泪,便不由得又要勾连一阵。乌日娜金也是这样,本想在这里住一夜便返回王府,但由于斯琴执意挽留,哈森连抱带劝,不得不多住了两天。

说巧也真巧了。就在乌日娜金决定启程的头一天晚上,科尔丹来看望他的妈妈了。

那时已是上灯时分,乌日娜金正和哈森、斯琴闲谈,互相说着嘱咐的话,一阵疾驰的马车声在大门外停下来,斯琴眼睛一亮,激动地说:"科尔丹!"

"他!"乌日娜金倏地立起身,刚想喊什么,但立即又用指头按住了嘴唇,

不知所措地坐下去,而那椅上的羊毛软垫却好像生出无数钢针,刺得她直想跳起来。

斯琴见状一笑,说道:"这是在我家,不用担心。……不过,你如果不愿见他,就和哈森到西屋去。我和他到东屋说话……"

乌日娜金一边连连点头,一边跟着哈森进入西屋。这时,科尔丹在外面吩咐仆人几句,便喊着"妈妈",兴奋地扑进堂屋,立刻投入斯琴的怀里了。

"你又瘦了,科尔丹。"斯琴抚摸着科尔丹的脸,心疼地掉下泪来。

"可您看我多高兴啊!妈妈,您快坐下,我有一肚子话想告诉您,第一个告诉您,让您也能分享我的快乐。——哈森呢?叫她快点儿沏茶,我是又渴又热……"科尔丹说着,也坐到椅子上,敞开衣襟,顺手拿过一把扇子,用力地扇起来。

斯琴往西屋看了一眼,说道:"哈森不大舒服,大概睡着了。别惊动她了,你到我的屋里,我给你沏茶。"

科尔丹故意顽皮地说:"那就有劳母亲大驾了!"

斯琴含笑瞪了他一眼,说道:"越长越像个顽童!快去到外面叫库玛也来喝茶。"

"库玛没有来。"

"什么?是你自己驾的车!"

"不信吗?妈妈,我已经是个好驭手了。"

"我是怕你出事,一个人……"

"哪里会呢,妈妈。有您的慈爱像神灵一样地庇护着我,即或碰到危险也能化险为夷。而且,一个人反而觉得更安全。"

"我总是替你担心,……库玛生病了?"

"不,他正在完成一项重要使命:我让他给额勒瓦奇尔叔父送去一封密信。"

"轻声点儿!"斯琴嘘了一声说,并向科尔丹招招手,"来,科尔丹,到东屋说话,不要惊动了哈森。"说着拿起了蜡烛。

科尔丹跑过去拉开门并打起门帘,然后把斯琴扶坐到椅子上。

"把门关上吧。"斯琴边沏水边说道。

"千万别关,妈妈,热死我了!"科尔丹说着,坐到桌子另一边的椅子上,端起茶杯。

"你刚才说给叔父送信,是为了开导他,还是仅仅表示一下叔侄之情?"

"妈妈,这两个方面是分不开的。我总觉得叔父是一个可以为我们民族做很多事情的人。这样的民族精英像凤毛麟角般难得啊!"

"那么,你的意思是劝降?"

"只有这样,才有可能保住叔父的生命。"

"他会听信你的劝导吗?"

"也只是尽心焉而已。我在信中讲了利害关系,同时四面重兵围困,也许……他会醒悟过来。不过,对叔父很难做出准确的估计,他有时会使自己的优点变为缺点。他刚正不阿,这难得的品操有可能恰恰是阻止他回头的巨大力量……"

斯琴摇头道:"唉,……我看他是不会投降的。他这个人……我早就知道他很正直,正直的人不能做官。纵观历代宦海,有几个正直的为官者能善始善终?大都不得善终,而且只有死后才获得尊崇。科尔丹,从你的话中,我听出你的叔父处境很险恶,存殁难以预卜。我想,你会尽力不使他死于非命的。如果确实无能为力,在他死后,把你婶母和弟弟接来同住吧。"

"我一定遵命,妈妈。您真是女人中最高尚的!"

"唉,说起来,我们也有责任。让我们活着的人替死去的人弥补点儿罪过吧。"

"我懂得您的意思,妈妈。我正在努力这样做着。"

斯琴叹息了一阵后,问道:"科尔丹,你这次有把握成功吗?"

"放心吧,妈妈。"科尔丹撇去谈到叔父并想起父亲的罪恶和不克令终而引起的悲怆,又兴奋起来,"事情进行得非常顺利。朝廷的剿逆军和哲盟旗丁总计近一万人。这一万精兵,已经像口袋一样,把王府整个儿装了进去。现在只差一收缩一扎口了。只要那个令人期待的时间一到,王府周围的数千阿拉特,就会不战自溃!"

"难道他直到现在还不知道王府已经被包围了吗?"

"他能预料到会被包围,但想不到在曼都拉副都统死后,我们能这么快集聚起力量,这么快对他形成包围圈。叔父很精明,但又十分固执而不知权变。他有一支很好的侦察队,侦察的足迹已扩展到王府周围一百多里地。但我却命令我们的人马在二百里外扎营,并且偃旗息鼓。我已把行动的时刻告诉各部,时间一到,一万人马便会在一天的时间里,奇迹般出现在王府

周围……"

"科尔丹,你是不是做得过分了?"

"您说什么,妈妈?"科尔丹不解地看着斯琴问道。

"我是说,你是想斩草除根,把造反的人全部杀死吗?"

科尔丹笑了笑说道:"恰恰相反,我希望他们都不死,希望他们将来都是好牧人。正是为此,我才尽量增加兵力,四面包围。在重兵威压的形势下,他们自知除拼死和投降外,别无出路,才有可能树起降旗。"

斯琴叹了口气说:"但愿如此。……万不能使生灵涂炭,怨声载道。唔,想起来了,刚才我就想问,那个博克拿多确实还活着吗?"

听着斯琴的问话,一道阴影爬上科尔丹变得又白又冷的脸,他慨然叹息道:"这是唯一使我担心的问题。他确实还活着,而且和先王嗣子业喜海顺形影不离。他似乎应该知道我请来了救兵,却一直回避我。我没见到他,但他却像一个可怕的幽灵随时跟在我的身边。据说,他带业喜海顺去热河了。我想他不会干出好事,更不会说出有利于我的话。"

"科尔丹,你说得对。这也是我最担心的问题。你是斗不过他的。书上说,'邪不压正',是叫人相信'正'终能获胜,因而弃邪归正,去做正直的人。但事实上,'邪'总是占着上风,'正'的获胜还不知在我们死后多少年代才能实现。……所以,我的孩子,要千万小心,身败名裂的往往是正直的人啊!"

科尔丹站起来,在地上焦躁地来回走着,后来他面对斯琴,如同自言自语地说道:"是啊,结果常常和愿望相反……但是,假如连个良好的愿望都没有,人还剩下了什么呢?我知道实现一种良好的愿望多么艰难,但又不能不去为此而奋斗!博克拿多,……是啊,他有一天肯定会站到王府的大殿里,顾盼神飞地宣告他自己是个最优秀的人物,甚至会大义凛然地指着我的鼻子大叫:'一切祸患都是你造成的!'……"

"科尔丹,你能事先预见到面临深渊的险境,这很好,这能使你及时准备一条退路。咳,科尔丹,做人难,做好人更难哪!"

"妈妈,不想这些。让博克拿多见鬼去吧,我们不去想他。正邪自有公论。当然,也许有一天,我会成为一无所有的人。那时,我将时刻和我尊敬的母亲生活在一起。我将作为一个问心无愧的人,一个持身正大的人,活在母亲身旁。能有您对我的慈爱,能听您说一句'正直的好儿子',我就会成为世界上最富有的人了……"科尔丹说到这里,忍不住泪落如雨,跪倒在斯琴颤抖的双膝前。

斯琴心如刀绞地抚摸着科尔丹冰冷的泪脸,鼻子一抽动,眼泪如断线珠子般滚落下来。

"好妈妈,不要为我难过……"

"不,科尔丹。我在恨我自己。做妈妈的,明知儿子将走上险途,却又无力保护他……"

"您真是我的好妈妈。我听出来了,您是支持我的。有您的慈爱和支持,儿子是敢向虎口拔须、龙头锯角的——谁?谁在外面说话?"科尔丹吃惊地跳起来,急走几步,打开门帘。……

"乌日娜金,是你!"科尔丹万没想到,会在这个时候,在这里见到乌日娜金,他不相信地擦去脸上的泪水,又仔细地看了一眼,"真是你!你怎么会在这里!请到屋里来。"

"不,我想走。"乌日娜金扫了一眼科尔丹模模糊糊的脸,轻声说了一句,低下头去。

斯琴端着烛台走过来说道:"都在堂屋里坐吧。——科尔丹,乌日娜金感到和你见面很为难,我就叫她和哈森避进西屋。既然都看到了,就一起谈一谈吧。"

虽然都很尴尬,但有斯琴的话,不好推辞,便都坐下去了。

好像都不大好开口,只好沉默了一会儿,想想该说些什么。

后来,还是斯琴先打破了沉默,说道:"乌日娜金想离开哲盟去看妈妈,特来向我辞行的。"

"是吗?那太好了!"科尔丹也不知为什么对乌日娜金的决定感到如此高兴,竟拍起手来,"应该去看看。巴兰森格妈妈是少有的女中豪杰,她在东辽河一带,因抗击沙俄哥萨克,遐迩闻名。我在盛京时,听到一个很好的青年人讲过她,这个青年人还曾舍命从狱中救出了你的妈妈。"

乌日娜金没有马上离去,是出于对斯琴的尊重,本不想和科尔丹说什么。但听到他讲妈妈被救的事,不由得抬头问道:"这个青年人是谁?"

"他的名字叫王绍祖,是你妈妈在东辽河认的义子。"

"是他!可他从来没讲过这件事。"

"谁?你说谁从来没讲过这件事?"

"王绍祖。"

"你见过他?"

"他是我们的侦察队长。"

科尔丹又拍手叫道:"天哪,竟是他!是啊,这是合情合理的。你看,王绍祖是知道巴兰森格的女儿在图什业图王府的,他能不把官军要来围剿的消息告诉巴兰森格吗?巴兰森格又怎么能安心等着女儿的坏消息呢?真的,我太蠢了,这是早就应该估计到的。当我知道王绍祖在他爸爸的身边突然失踪时,就应该估计到他肯定来到了哲里木盟。可是,直到昨天我们还弄不清,你们为什么能在半拉山迎击我们。……不过,先说你什么时候走?需要我帮助吗?比如旅资、车马……"

"不。"

"你对我的态度过于冷淡了。这使我想起初次见面的那个可怕的风雪之夜。那时,我也这样问:'你需要我的帮助吗?'你冷淡地不屑一顾地扭过脸去……"

乌日娜金微微冷笑一下说:"那时可能是误会了你的好意。今天却不会再误会了:我们是敌人……"

"不,乌日娜金,两个对立的营垒中的人,并不一定都是敌人。这是很复杂的。就算我们曾经是敌人,现在不再是了。因为你选择了一个最好的最关键的时刻离开了敌人的营垒。"

"可是,我又突然决定不走了。"

"为什么?"

"我不能在义军面临存亡的关头,离开自己同甘共苦的兄弟姊妹。那样做是不光彩的。我必须尽快赶回去把义军当前的处境报告给额勒瓦奇尔。"

"那么说,你刚才听到了我和妈妈的谈话?"

乌日娜金点了点头说:"但我不是故意偷听的。你的过早的兴奋使你提高了说话的声音。"

"是这样,……真的,我太不谨慎了。不过,你即或长上翅膀飞回去,也来不及了。"

"你们已经开始行动了吗?"

"我估计,我们的一万人马在四个方向上,离王府至多还有一百里。当你驰向王府,这一百里可能就会变成了五十里或更少。因此,你不仅救不了额勒瓦奇尔的燃眉之急,又白白使自己走进了铁箍一样的包围圈。"

"你是想把义军置于死地而后快！你为什么这样恨我们？不正是我们在王爷自缢后,给了你一条生路吗？"

"是这样,而且何止于此？由于你们的回护,没人来打扰家母,你们又救了哈森。对这些大恩大德,我将永铭肺腑。我也希望将来能有机会用同样方式进行回报。但这是属于个人之间的恩义。而当我们面对的不是个人恩怨,而是对朝廷的态度时,就不允许我徇私情了。我的话,格力图尔不一定懂,但你一定明白。当然,只要有可能,我会使格力图尔、额勒瓦奇尔以及其他人都不死。"

"就算你说的是真心话,可是做不到,就是一句一文不值的空话。战衅一开,会有无数人死去。这里面有两个人,一个是你的叔父,一个是王世祺的儿子。这样的结果对你和王世祺是愉快的吗？"

"我不希望会有这样的结果。你没听清我的话。我不愿看到任何人死亡。我之所以给额勒瓦奇尔叔父寄去密信,并且集聚一万人马包围王府,目的就是使你们在失掉信心后,选择投降这条唯一正确的道路,因而保证所有的人都安然无恙。"

"如果我们没有一个人想投降呢？"

"不可能。这是不可能的。"

"你的话我全部听懂了。我的选择是,立即回到义军队伍中去。"

科尔丹和斯琴想喊住乌日娜金,但她已毫不犹豫地跨出门去,很快便听到了她鞴马的声音。

斯琴站起来想出去挽留乌日娜金,科尔丹苦笑了一下说：

"没有用。这真是一个可爱而又固执的姑娘……"

"那么,让她去吧。否则,她会感到良心不安……"斯琴说着,叹息了一声。

24

　　还是在这天的中午,乌日娜金还坐在堂屋里和斯琴、哈森热烈交谈,科尔丹正兴冲冲飞驰在去突泉镇的途中时,库玛就来到了图什业图王府。他在义军第一层哨卡处,跳下马来,对拦住他去路的哨兵申明有要事求见额勒瓦奇尔。他被带到已升任护卫营副统领的道尔吉的毡帐。那时,道尔吉正和乌云其其格调笑,他看了看被带进来的人,把怀里的乌云其其格放到一旁,坐到椅子上。

　　"你从什么地方来?有何公干?"

　　"我是科尔丹派来求见额勒瓦奇尔老爷的。"

　　"科尔丹?我看你是奸细,来刺探军情的,对不?"

　　"对贵军的军情,科尔丹是了若指掌的。再说,一个奸细怎能直接来闯你们的哨卡呢?"

　　"嘀,你还对答如流呢。你睁大点眼睛,你的面前是护卫营副统领!"

　　"我相信,我有幸能见到护卫营副统领,会更快完成我的使命。"

　　"你的使命,哼。我正需要一颗脑袋,为我升任副统领祭祭天地呢。"

　　库玛永无表情的漂亮的脸纹丝未动,只是在那双聪明的眼睛里,隐约流露出很难看出的讥诮。他很平静地说:"能有幸为副统领的官运亨通作祭神的牺牲,奴才也不枉为人一世了,但在我获得这种荣幸之前,我必须先见到额勒瓦奇尔大人。"

　　"想耍滑头吗?做梦,来人!给我用刑!"

　　"等一等。"拉门进来的是索伦扎鲁,他走到库玛面前,仔细看了看,"唔,我认识你,库玛。"

　　库玛冷冷地注视着索伦扎鲁,说道:"是的,我们都曾经是已故的扎布曼都老爷的随丁。"

索伦扎鲁脸一红,说道:"你仍在给科尔丹当驭手吗?"

"正是。"

"那么这次是充当科尔丹的信使了?"

"他和额勒瓦奇尔之间有重要的话需要我传递。但不是通过书信。"

"是公事,还是私事?"

"这需要额勒瓦奇尔老爷去判断。"

"什么话,你就和我讲吧。"

"科尔丹叫我必须面见额勒瓦奇尔老爷。"

"你以为额勒瓦奇尔统帅会因为你带来科尔丹的话而看重你吗?他们现在是死对头。额勒瓦奇尔是不会叫你活到明天的。"

"作为一个奴才,只有完成主人使命的份儿,对后果是不考虑的。"

"好一个忠实的奴才。你真不对我讲吗?"

"索伦扎鲁,你应该明白,他们叔侄之间的话,外人是不应该过问的。"

"可是,统帅吩咐过,他不接见外人。科尔丹有什么话,我去对他讲。"

"那样没有好处。你想想,你去传达,正好告诉他你知道了科尔丹的话。这对你是很不利的。因为有些话,额勒瓦奇尔决不允许第三者知道。"

"不想向我透露,对不?你知道我和额勒瓦奇尔的关系吗?"

"不知道,也无须知道。"

"好硬的嘴,实话对你讲,你说给额勒瓦奇尔的话,他会一句不隐地告诉我。"

"这是额勒瓦奇尔老爷的事。"

"你真的不讲吗?"

"我已经说过了。"

"你因此丧生,不后悔吗?"

"你我之间,将有一个因鲁莽从事而后悔。"

索伦扎鲁对库玛一再追问,终没问出子午卯酉,又担心扣下库玛会误事,只好领着库玛去见额勒瓦奇尔。他们走上石板路,快到正殿的石阶时,索伦扎鲁把嘴凑到库玛耳边神秘地说:"库玛,我们是老相识。能替我办一件事吗?"

"那要看什么事。"

"我想弃暗投明。"

"不必说了,索伦扎鲁。我此行并未带着传递口信以外的第二个任务。所以,涉及我能力以外的事情,就不必徒费唇舌了。"

"别忙啊,听我说完嘛。"

"不,索伦扎鲁。请千万别说下去了。我说过,我此行没有第二个任务。更兼这事关重大,不是我应过问的。但是,假如你叫我捎给科尔丹一封信,而又不告诉我信的内容,那么,我是愿意为你效劳的。"

"那样更好。好,你进去吧。"索伦扎鲁喊过随丁,命令他带库玛去见额勒瓦奇尔,便匆匆走向偏殿了。

半个小时后,索伦扎鲁从偏殿的窗户里看到库玛从正殿被带了出来,赶忙跑过去,对库玛说:"这么快就谈完了?"

"其实什么也没有谈。"库玛说着,笑了一下。

"什么?!"

"我交给他一封信。他看了一遍。什么也没有说,便叫我回去……"

"你到底把我骗了!"

"你慢慢会明白我这样做对你的好处。"

"那么,……你马上走吗?"

"不。他先是叫我回去,后来想了一下,又叫我先别走,让这位领我去吃饭。"

"他是想写回信吗?"

"好像是——或者想想叫我怎样回复科尔丹。"

索伦扎鲁想了想说道:"你吃饭去吧。我也回去办我的事。你走时,我送你出去。"

可是,额勒瓦奇尔没有再召见库玛,却在一小时后,叫人去找索伦扎鲁,命他办两件事:一是派人把库玛送出哨卡,二是立即通知各位统领到正殿议事。

索伦扎鲁感到很纳闷,心想:"科尔丹的信写的到底是什么?何以竟使额勒瓦奇尔感到难以回复并且要立即召开统领会议呢?"

173

25

叔父大人：尊前敬禀者，身在军旅，未便移膝颂安。且以叔侄之情而兵戎相见，心实悱恻。今皇上天恩，发兵剿逆，委侄以兵权。于我皇，实君命难违，于叔父，则稚心不宁。以臣逆君则不忠，以幼凌长则不孝。侄进退维谷，不堪泣述。况战衅一开，难卜存亡。侄亡亡于王事，可受国殇之颂；叔亡亡于何事，徒遭青史斥骂。故临阵凄惶，不敢不以实情禀于尊前：今皇上发重兵万余，志在扫清逆乱，固我边鄙，非全胜不已。而肇事丁壮，乃乌合之众，何堪围剿？彼时玉石俱焚，叔父何处安身。侄以为，叔父之才智，固在人人之上。治国可为良臣，理家堪为表率。侄曾立志，追随左右，振兴牧业，共效王室。然吾愿未遂，竟成敌国。每念及此，涕泗交并。想我叔虽身陷匪穴，心实匪心。定翘盼皇恩，以待天时。今天时已到，叔父何以处之？侄在都统府，曾代叔陈言，蠡贼胁迫，身不由己。都统哀悯，允称可不究罪。若能协助朝廷，率众归顺，当擢为长旗佐盟之职，世代不替。叔之荣耀，侄之荣耀也。能不切盼而为之踊跃耶？叔者，祖之子，与我父何异？侄之言，肺腑言也；侄之情，赤子情也。望叔父思而再思，勿遗悔恨。临阵怵惕，未能尽言。何去何从，恭请三思。如蒙赐教，勿逾今晚。侄科尔丹匆就。再拜。

上面抄录的，就是库玛交给额勒瓦奇尔的密信。

额勒瓦奇尔先是草草看了一遍，在犹豫难决的心情下，叫人送库玛先去用饭。然后回到他的寝宫，坐也不是卧也不是地苦苦思考起来。

额勒瓦奇尔的一生真是太不幸了。他走过的每一步，几乎都经历过一个痛苦的抉择。远的不讲，仅从他入仕王府后的这短暂的几年中，就经历了几次这样的抉择。其中使他记忆犹新的最重大的一次,是格力图尔等几个率先起事者,几乎是胁迫他出任起义的统帅。那时,在电闪雷鸣中,在十几双渴望的眼睛的注视下,他在毡帐的穹顶下走来走去,痛苦地在心里问自己:"干"还是"不干"?后来,他选择了"干",使他干起了他过去连想也未敢想的事情。今天,当他领导的事业面临最后决战的考验时,科尔丹突然派人送来一封信,在信中晓之以理,动之以情,摆出了一个新的难题:"降"还是"不降"?谁知道,在这之后,也许还会有一个"死"还是"不死"的选择,那该是最后——真正的最后的抉择了吧?

额勒瓦奇尔想着,深深地叹了口气,又从头看了一遍科尔丹的长信。他觉得科尔丹说得是有道理的。朝廷"剿逆",早在预料之中,自不必说。"归顺"一事,也不是没有想过,甚至可以说,他从被"推上虎背"的那一天,就在不停地想,直到今天,这一问题仍萦回在脑际。他不让人们成为流寇,就是为了有一天能使这些不幸的人恢复阿拉特身份。但额勒瓦奇尔设计的归顺,是胜利后的归顺,而不是重兵围困下的归顺。这也许是额勒瓦奇尔天性骄傲所致,也许这种骄傲的天性会不断造成他的悲剧,但他从未想过要使自己成为识时务者。

"皇上发兵万余"吗?这是可能的,不像是科尔丹有意去夸大,虽然他敢肯定这一万人马里至少有五千是当地的旗丁。还是在半拉山战役,义军初战告捷,并失策地留下了一个可怕的尾巴以后,额勒瓦奇尔就预见到了,朝廷要么撤回败将残兵,要么再派重兵增援。但他无论如何也没估计到科尔丹会如此神速地把一万大军部署在他的四周。假如官军失败后,朝廷招安,额勒瓦奇尔有可能就此下坡。但在重兵压境的情况下,他是决不想向天阙屈膝的。他宁可损失一半人马而成为胜利者,决不愿意让所有人都成为俘虏,最后免不了受人唾弃甚至屠戮。

除此而外,还有一个更为主要的原因。那就是他手下的几位首领,据他所知,是在任何情况下都不想投降的。这些人从揭竿而起那天开始,就决心反抗到底,而且直到死也不会离开自己选定的道路。除非他们胸膛里盛满的怨气全部发泄出来并感到了厌倦。额勒瓦奇尔等待着这一天,相信这一天终于会到来。那时,人们会高高兴兴地返回牧场,用剩余的力量把草原搞得一片火旺。但眼下是否是这样的时机呢?肯定不是,条件远没成熟。此时不要说把义军拱手让给官军,就是稍稍流露出这样的念头,也会被人骂为

"软骨头"。当然,会有一些人愿意投降,但大多数人却肯定要拼死一战。这样,投降的人不会有好结果,剩下的人又会必然失败。与其这样在失败前就分崩离析,莫如用"拼死一战"这一思想把义军统一起来或许还有一线胜利的希望……

额勒瓦奇尔想到这里,长长呼出一口气,心里的痛苦虽说没有减弱,总算平静了一些,精神也振作起来。他在心里暗暗骂道:"科尔丹哟科尔丹,你险些把我临战前的思想搞乱!"

这样,他决定不答复科尔丹,叫人把库玛送走;立即召集各位统领,合计一下如何迎接这生死攸关的决战。

大约下午两点钟,各位统领都聚集到王府正殿里了。

额勒瓦奇尔巡视了一眼各位统领,没有看到乌日娜金,三天来搅得他不得安睡的悲哀又袭进他的心房,不由得呻吟了一声,对索伦扎鲁问道:"乌日娜金还没有下落吗?"

"没有。额勒瓦奇尔统帅。"

额勒瓦奇尔控制不住恼怒地说道:"你是怎么搞的?我看你的护卫营该解散了!"

"额勒瓦奇尔统帅,这不能全怪护卫营……"

"那么怪谁呢?既然看见她骑马走出哨卡,为什么不问问?事后又为什么不报告?"

"老爷。"索伦扎鲁辩解道:"那是乌日娜金呀,哪一个敢问?除非是您和……王绍祖。"

"住口!你在胡说些什么?"

看到额勒瓦奇尔气得胡须抖动的样子,索伦扎鲁立刻闭上了嘴,惶恐地低下头去。但他在心里却一阵高兴,因为他那一箭双雕的话,毕竟收到了预期的效果。谁都知道,格力图尔在义军中是第二把交椅,王绍祖却仅仅是侦察队队长。索伦扎鲁故意不提格力图尔的名字,给这个陷入失恋的悲哀的人,在激烈翻腾的心海里又注入了巨大的愤怒。他又有意提到王绍祖的名字,使这个也同样陷入悲哀的人突地一抖,怨恨而又心慌意乱、无可奈何地垂下头去。王绍祖感到难受的是自己不能说出知道的实情。如果他说出乌日娜金的去向,格力图尔会怎样呢?会不会使他们的关系进一步恶化呢?然而,格力图尔也好,王绍祖也好,都认识不到,他们截然相反的性格正是造成这场悲剧的主要因素。他们的性格如果对调一下,那误会早就烟消云散了。

看到这两个人的异样表情,额勒瓦奇尔以为不便进一步训斥索伦扎鲁,便摇头叹息道:"唉,偏偏在这个时候……"说了半句话,又把脸转向索伦扎鲁,"索伦扎鲁,不管怎样说,你的护卫营是有责任的。从今天起,护卫营暂由道尔吉统辖,你的任务是,尽快弄清乌日娜金的下落。听到了吗?"

索伦扎鲁有些为难地说:"这……"

"就这样定了,去吧。"额勒瓦奇尔不容分辩地说,朝索伦扎鲁反感地挥了挥手。

索伦扎鲁咬了咬厚嘴唇,怨恨地走出大殿。

接下来,额勒瓦奇尔转入正题,讲到义军面临的形势和他的打算,叫各营都做好迎战的准备,对科尔丹的信,他则一字未提……

26

人生充满着不幸和苦难,最令人难于忍受的就是失去恋人。格力图尔已经是第二次遭受这个巨大的打击了。第一次失去恋人,还是在他情窦初开的时候,由于同村百夫长杰尔登布的淫威,在一个漆黑的夜晚,乌日娜金和父亲偷偷逃出多伦村。那时,格力图尔吃不下,睡不好,骑着马跑遍草原去追寻乌日娜金的踪迹。他痛苦,但不萎靡,因为在他思念乌日娜金的同时,还有对杰尔登布的强烈的恨占据着他感情的一部分。而且,多少能慰藉他的,是乌日娜金肯定活着,肯定还深深爱着他。

这次却大大不同了。乌日娜金是在和他争吵后走的。虽说这里掺和着一个王绍祖,这也许是个不能排除的因素,但可以肯定,乌日娜金绝不是王绍祖逼走的。再说,王绍祖追求乌日娜金,格力图尔细思细想之后,并不是深信不疑,说到底,这只是爱情的排他性,使他看不得恋人和别人关系太密切。还有一层,王绍祖是班卡妈妈的义子,毕竟不是杰尔登布呀!因此,让他增加自己对王绍祖的恨,以期减弱思念恋人的痛苦,显然做不到。在心绪烦乱中,格力图尔渐渐意识到,不是别人,恰恰是自己把她逼走的。这使他对王绍祖的恨发生了动摇。他似乎感到自己的罪过不可饶恕,并应该承受苦难的惩罚。他不断咒骂自己,为乌日娜金感到委屈。他希望有人骂他,打他,唾他。他想扒开火热的胸膛,接受狂风暴雪的袭击,或者自己就变成狂风暴雪的一部分,在夜空下摔来摔去,最后在石崖下撞个粉身碎骨……

就像虚构的情节往往比真实的情节更动人一样,虚构的痛苦有时会比实在的痛苦更强烈百倍。这是因为,实在的痛苦的根据毕竟是有限的,而虚构的痛苦的根据却是无限的。格力图尔正是在这种虚构的痛苦中折磨着自己,不断地使自责变得更强烈,更残酷,有时竟觉得一切罪过都应由自己承担,而王绍祖和乌日娜金都是被冤枉的。

然而,当他在两天寝食俱废的情况下,勉强参加了统领会议,并听了索伦扎鲁的一句话,他的心情又一下子变了。他心中的猜忌的大门被敲开了,自责退居到第二位,对王绍祖的恨却猛增十倍。要不是他最后强迫自己一霎不停地离开正殿,他的猜忌和恼恨说不定会变为一种可怕的行动。

他离开正殿,飞快地走出大门,径直走回猛虎营,钻进他的毡帐。他默然坐在那里,眉毛皱结,两眼怔怔的,既不说,也不动,弄得松和拉和巴音赛克图瞠目结舌,手足无措。松和拉眨巴一下眼睛,担心地盯着格力图尔的脸,好像等着一场暴风雨的到来。巴音赛克图再也说不出逗趣的话,无可奈何地耸起肩膀。

这样过了一会儿,松和拉斟了一碗酒,小心翼翼地说道:"格力图尔,喝点儿酒睡一觉吧。总不睡怎么行?"

格力图尔接过酒碗,看也不看,一仰脖,咕嘟咕嘟喝得一滴不剩。松和拉见状直向巴音赛克图吐舌头。格力图尔又把碗伸过去,那意思分明在说:有酒尽管斟来!

"还要?"

"倒!"

正在这时,索伦扎鲁眯着眼钻了进来,打着哈哈说:"哈!在借酒浇愁吗?"说着,坐在格力图尔身边了。

"你来干什么?"格力图尔浑身被烈酒燃烧着,语气里充满了怨恨和威胁。

"别跟我发火嘛,"索伦扎鲁挤了挤眼睛说,"我可是来报告乌日娜金消息的呀。"

"什么?她回来了!"格力图尔急不可耐地大声问道,伸手抓住了索伦扎鲁的肩头。

"别着忙,听我慢慢地讲。"索伦扎鲁说着,煞有介事地咳了一声,"我知道老弟着急,所以,一有了线索,就立刻跑来相告。至于乌日娜金回没回来呢?还没有。她能不能回来呢?肯定不能。"

"到底你听到了什么?快说!别拐来拐去!"

"我没有说一句废话呀!"

"就算你没说废话。快说下去,她在哪儿?"

"在哪儿嘛,……这,除非去问王绍祖。"

"你！"格力图尔怒不可遏地一拳打翻索伦扎鲁,跳起来喝道,"你是来胡扯,还是来火上浇油？滚出去！"

索伦扎鲁一边爬起来,一边哭丧着脸说:"这可真是冤哉枉也呀！听我从头讲讲,听完后,你就不会再说我胡扯和火上浇油了。众所周知,三天前,乌日娜金失踪了。其实,她活得蛮痛快,是王绍祖把她送到了一个别人不知道的地方,让她在那里等着。然后,王绍祖寻找一个适当的机会,名正言顺、大摇大摆地带着他的部下离开王府。再然后,他们男亲女爱地会到一处,像两只出笼的小鸟,翅儿挨着翅儿地双双飞走。"

"你在瞎编,王绍祖刚才还在。"

"刚才是在,可是就要不在了。我说的前半部分,是已经发生的事;后半部分是必然要发生而且即将要发生的事。"索伦扎鲁抑扬顿挫地调着音调,两只溜溜转的眼珠一直观察着格力图尔的表情,没有注意到巴音赛克图和松和拉悄悄走出毡帐。

索伦扎鲁继续说道:"正因为这后半部分尚未成为事实,有挽回或避免的余地,我才特意跑来告诉你。我们毕竟是同甘共苦的生死之交呀！别人看热闹,我能吗？——是这么回事,刚才,王绍祖又提出要去侦察。其实,这是个借口。单单如此,还引不起我的怀疑。你猜怎么着？他说要把部下全带去。干吗要去那么多人？这不明明是想远走高飞吗？以前他没表示过要走,偏偏乌日娜金失踪三天后要走,不是想和乌日娜金一起走又是什么？现在王绍祖大概正兴冲冲地打点行装呢。他多高兴啊！原班人马,又多了一个顶漂亮顶可爱的姑娘。不过,话说回来,我还是劝你压住火,常言道,能忍者自安嘛。既然已经如此这般,王绍祖又不是别人,就让他们走吧。反正迟早是这么一出戏。你说是吗？"

还没等索伦扎鲁说完,格力图尔早已按捺不住怒火,回身从毡壁上一把拽过大刀,咬牙说道:"不！不能让他这么便宜,想逃走,留下脑袋再走！"

"等一等！"巴音赛克图就在这时奔进毡帐,劈手夺过格力图尔的大刀。

"给我！这口气我忍不下！"

"这口气我也忍不下。"巴音赛克图充满义愤地说,"我夺下刀,并非不让你出这口气。而是由我去替你出这口气。"

"这是我自己的事,不能连累别人。"

"这不仅仅是你自己的事。一个汉人带走我们的姑娘,是所有蒙古人的耻辱。义军出现叛徒和临阵脱逃者,是整个义军的耻辱。每个人都应起而诛之。但你不能去,你是统领和副统帅。再说,不能替朋友解除烦恼,不能替朋友承担罪责,还算是正直的人吗?放心,你们稍候片刻,我会提着王绍祖的头颅来见二位统领!"他说完,冲出门去,不大一会儿,就听到马蹄疾驰的声音。

索伦扎鲁微皱眉头地对格力图尔说:"你以为巴音赛克图会像他说的那样干吗?"

格力图尔看了索伦扎鲁一眼,什么也没有说,只是心烦意乱地走过来走过去。

索伦扎鲁摸不透格力图尔正在想着什么,一时不敢再说话。他想叫松和拉去尾随巴音赛克图观察一下,松和拉却不知到什么地方去了。但他总觉得不甚放心,过了大约二十分钟,他壮起胆子试探着说道:"格力图尔,别忘了,巴音赛克图是和王绍祖同来的。跟你住一座毡帐,本来就不合适。谁知道他的心在哪一边呀!"

格力图尔此刻也弄不清自己在想什么,或者脑子里一切思想都不存在了。所以,他很轻易地落入身外思想的左右之中。他狠了狠心,把匕首挂在腰带上,一步跨出门去。

索伦扎鲁跟着走出毡帐,帮助格力图尔鞴好马,看着他骑马驰去,这才冷笑一下"打道回府"了。

此刻,王绍祖正坐在自己的毡帐里,向原来的部下巴音赛克图艰难地讲述着乌日娜金出走的经过。最后,王绍祖叹息道:"唉!……她还没有回来。这样的时候,我真担心她出了什么事。"

"你不替自己担心吗?"

"我自己?不。我准备迎接任何可怕的厄运。甚至希望有人朝我胸口捅一刀。"

"你无须这样希望,就会有人这么干的。"

王绍祖苦笑了一下说:"我估计到了。"

"你认为是谁?"

"索伦扎鲁。也许还有格力图尔。"

巴音赛克图惊讶地说:"我原以为你会更肯定是格力图尔。"停了一下,他又说下去,"你知道我这么急匆匆跑来干啥?你知道我为什么逼着你讲乌日娜金的出走吗？"

"知道，一定是刀锋正向我接近。"

"你又说对了。刚才索伦扎鲁说你假托侦察要和乌日娜金一同逃跑。我不相信，我知道你是怎样的人，你不会做出叫巴兰森格妈妈伤心的事。但有人相信了，这个人正是格力图尔。——唔，听！好像有人骑马跑来了。"巴音赛克图跳起来，推开一个门缝向外看去，"天哪，格力图尔！"

"叫他来吧，叫他把心里自造的悲哀，通过刀锋发泄出来吧！那样，他会更好地带兵去迎战强敌！"

巴音赛克图怒目回首道："为什么？为了一个坏蛋的谣言？为了一个人不问青红皂白的鲁莽？不！这是不值得的。特别是你马上要去进行一次重要的侦察。——听着，你虽然是我的首领，但我决不允许你在这样的时刻犯下错误。你不要出声，我会把他带走的。然后，你要尽快去完成你的使命！"说完，他钻出毡帐，跳上坐骑，向格力图尔迎去，并回头朝着王绍祖的毡帐喊道："听着，你要是向我撒了谎，回头我就把你剁成肉酱！"

"怎么回事？"格力图尔勒住马问道。

"来迟了一步。他手下人说，他带着几个人到西边侦察去了。"巴音赛克图气咻咻地说。

"你是说往西边去了？"格力图尔凝眸沉思道，"只带几个人？"

"是的。我一来，就看到西边有一股烟尘。没想到他走得这么快！"

"那就是说，他不是逃走，真的……去侦察了。"

"别管这些。我们去追他。恰好现在官军就要包围我们，追不上他，我们也可以活着去找乌日娜金。再说，凭什么让他去侦察？这样的功劳应该归我们！"

"你是说，我们去追？"

"对，一定要追。"

"为了逃命和去找乌日娜金？"

"为此我们必须活下去，不必管义军的胜败存亡。"

"为了剥夺王绍祖立功的机会？"

"我们宁可被包围，被消灭，也不能让这个汉人去立功。"

"你！"格力图尔逼向巴音赛克图，一把拽住他的衣襟，"你这个坏蛋，不是你这几句无耻的话，我真会上当了。你想把我引上绝路，想让我在罪孽上再加一次罪孽吗？在义军的生死关头，你想让我背叛额勒瓦奇尔和我的同伴吗？你有胆量再说这样一句，我先把你的脑袋敲碎！——走，回去告诉弟兄们，立即做好迎战的准备。"

格力图尔这样喊了一阵，觉得心里郁结的块垒已在融化，并感到非常羞愧。他赶紧勒转马头，像躲避瘟疫或者罪恶，头也不回地跑出王绍祖的营栅，弄得门口的卫兵呆若木鸡，不知发生了什么事。巴音赛克图则长出了一口气，舒心地笑了……

格力图尔跑远后，巴音赛克图又送走了王绍祖，准备返回猛虎营。这时，额勒瓦奇尔和松和拉飞骑而至。巴音赛克图叙述了一遍事情的经过，额勒瓦奇尔才算放下心来。他对格力图尔的两个忠诚而聪明的助手表示感谢，对索伦扎鲁的可耻行径感到异常气愤。他叫巴音赛克图立刻回去协助格力图尔做战前准备，叫松和拉寻找索伦扎鲁立刻到王府正殿听候发落。

但是，松和拉跑了几个营栅，都没有找到索伦扎鲁。他奔进王府，向额勒瓦奇尔作了报告。

"你去偏殿找过吗？"

"没有。"

"你再去偏殿看看。你知道索伦扎鲁的房间吗？"

"知道，我进去过。"

"如果在那里，叫他快来。我已经没有多少时间处理这些乱事了。"

"是。"松和拉答应了一声，退出正殿，向右偏殿奔去。

27

索伦扎鲁的房间在右偏殿里边一个隐秘的地方。进入他的房间,先要经过空荡荡、阴森森的大敞厅。他为自己选定这样一个住处,是因为没人愿意涉足这个令人毛骨悚然的所在,他可以在里面干任何事情而不受到干扰。开初,他听说额勒瓦奇尔要遣散已故王爷留下的舞女,便偷偷将曾向他卖弄过风骚的乌云其其格藏到这里,享受了一段艳福。后来,他在这里和道尔吉结为兄弟。从此,道尔吉成了这里的常客。两人经常在这里饮酒作乐,有时甚至和乌云其其格做起联床大会。再后来,道尔吉升任为护卫营副统领,索伦扎鲁干脆把乌云其其格送到道尔吉在王府外面的毡帐里。这样,这个房间就更加清静,更适合索伦扎鲁和道尔吉密谈了。

索伦扎鲁离开格力图尔的猛虎营,兴冲冲来到护卫营,把道尔吉从乌云其其格身边拉出来,又一起躲进了这个隐秘的房间。

索伦扎鲁还没坐下,便喜滋滋地高声说道:"喂,伙计,事情成功一多半了。"

道尔吉坐在另一把椅子上,讥诮地微微一笑,说道:"看你神魂颠倒的样子,好像刚从天上摘下了月亮。——你大概创造了什么奇迹吧?"

"那还用说,当然是奇迹了。一会儿你就会听到一个使人震惊的消息:王绍祖在格力图尔的大刀下送了命!"

"是真的?"

"那当然是真的了,简直是意外的收获,简直是一箭双雕呀。这回,你就别再叽里呱啦说什么'一封信顶个屁毛'了,我们总算有了送给科尔丹的见面礼了。伙计,高兴吧!"

"我还是高兴不起来。你还没说明白你这一箭双雕是怎么回事。"

"是吗?我还没讲吗?"索伦扎鲁拍着掌大笑一阵,接着就绘声绘色地描

述了一遍事情的经过。

"你很有心机,但太阴损。"听完索伦扎鲁的叙述后,道尔吉这样说道。

"承蒙夸奖。俗话道,无毒不丈夫嘛。实话说,这也是不得已而为之。"

"我还是担心。王绍祖的爸爸是官军统帅,他一旦知道底细……"

"你真是个傻瓜。我们说投降,是一条后路。你想,江风手里的珠宝到不了你我手中,又逃不出去,那时总得有一个保住头颅的办法呀!——唔,走,到你的毡帐喝两口,我还真有点儿想念那个乌云其其格呢。"

"走吧,随你的便。"

两个人哈哈笑着,推开门走进敞厅。使他们大吃一惊的是,松和拉刚刚从门口离去,向外疾走。

"松和拉,站住!你来干什么?"

松和拉回头怒视着索伦扎鲁,说道:"额勒瓦奇尔叫我找你去商议要事。"

索伦扎鲁一面追过去,一面掩饰内心惶恐地说道:"那你怎么不喊一声就走呀!"

"我以为你不在里边,所以……"松和拉有些心慌起来。

"你方才在我门口偷听了我们的谈话吧?"

"听到了又怎么样!"松和拉说着,猛地朝着向他逼来的索伦扎鲁唾了一口,"等着吧,会有人收拾你的。"

索伦扎鲁顾不得去擦脸上的唾沫,一个箭步奔过去,用力抱住了松和拉的胳膊,威胁地说:"你上哪儿去?"

"我去报告额勒瓦奇尔统帅!"

"何必呢?对你有什么好处?你既然听到了,那很好。跟我到里边去,我详细跟你讲讲,总不会让你吃亏的。"

"我永远不会听信你的鬼话。松开我!"

索伦扎鲁阴险地冷笑一声,说道:"相信不相信,尽可由你。只是想叫我松开你让你报告,却是绝对办不到的。"说着,他一把抓紧松和拉那娇小的身体,扬起拳头朝着松和拉的太阳穴用力砸去。松和拉还没喊出来,就在轰然一声巨响中晕了过去。

索伦扎鲁松开松和拉瘫软的身体,恶狠狠地瞪着道尔吉喝道:"光他妈看热闹!捆上他,堵上嘴,藏到里边去。然后马上告诉卫兵,一旦有人问起,就说看见松和拉走出大门了。"

说完,他定了定神,跨出偏殿,一眼看见额勒瓦奇尔正沿着台阶下的石板路向南走去,看样子一定是急着办什么事。他骇然地站在那里,一时竟挪不开腿了,但额勒瓦奇尔到底看见了他,满面怒容地站下了。

"松和拉呢?"额勒瓦奇尔大声问道。

索伦扎鲁支吾道:"他……刚走。"

"偏殿里鬼鬼祟祟的是谁?"

"是……道尔吉。"

"喊他出来!"

索伦扎鲁故作镇静地回头喊道:"道尔吉,额勒瓦奇尔统帅叫你。"

随着敞厅里传出的隐约可闻的沉重的响声,道尔吉战战兢兢地走了出来,随手带上大门,低头站在那里。

"过来!"

两个人做贼心虚地慢慢挪着脚步,走下台阶。听到额勒瓦奇尔朝正殿喊道:"来人!"都吓得一抖,不由得站下了。

额勒瓦奇尔对出现在正殿门口的随丁喊道:"把右偏殿大门加锁,停止使用!"然后,他转向失魂落魄的两个人,"听着!护卫营由道尔吉统领,索伦扎鲁从即日起革职,暂去江风处听调,道尔吉立刻返回护卫营。去吧!"

28

入夜以来,王绍祖派往各方侦探的人,陆续返回了义军大本营。将近午夜的时候,风尘仆仆的王绍祖也安全归来。他把部下侦察的结果,汇总到一起,画了一个敌军分布情况的草图,便匆匆奔进王府正殿,向一直没休息的额勒瓦奇尔作了报告。

根据王绍祖最近几次侦察的情况,可以肯定,科尔丹所说的一万人马,分别部署在王府外围的四个方向上。除王世祺亲自率领的三千官军独当一面外,其他三个方向上都是科尔丹刚刚聚集起来的盟内旗丁。他们大概是为了迷惑义军,使义军在企图突围时,无法选择合适的方向,因而部署情况在不断变化。一开始,王世祺的三千人马驻扎在正南,眼下却在西北。要不是经验丰富和观察细心,是不易发现这种变化的。王绍祖说,如果科尔丹(王绍祖是闭口不提王世祺的名字的)打算一两天开战,那么就不可能再变化一次部署。

额勒瓦奇尔很同意王绍祖的分析,并且认为,目前形势对义军十分有利。

"谢谢你,绍祖。"额勒瓦奇尔兴奋而又十分感激地说道,"你的侦察给我带来了取胜的希望。"他说着,在地上踱了几步,重新斟酌着早就在考虑的作战计划,然后胸有成竹地说道,"是的,取胜是大有希望的。甚至可以毫不夸张地说,我们已经获得了全胜。你想,虽说我们周围有一万人马,但至少有七千人是匆匆召集的旗丁,他们早就对义军闻风丧胆,是不堪一击的。值得认真对付的,只有曼都拉的残部(他也尽量回避王世祺的名字)。这是一支能征惯战的军队,在半拉山偶然惨败后,一直耿耿于怀,而且决不甘心竟在被他们称为'乌合之众'的义军面前成为不光彩的失败者,肯定要下双倍的决心,拼死挽回他们的荣誉。如果说我们面临着威胁,这就是最大的威胁。

但是，他们不会估计到，变来变去，到底没变出王绍祖的眼睛。而且，他们又把主力放在对我们非常有利的地方，我们最勇敢的统领，家乡正好就是多伦村呀！所以，我打算今晚就行动，把格力图尔的猛虎营、奈曼乌勒的雄狮营都派出去夹击曼都拉的残部。这样，就会一战成功。"

王绍祖看着兴奋中的额勒瓦奇尔，沉吟着说道："可是那样一来，我们的大本营就空虚了。"

额勒瓦奇尔笑了笑说道："这无须担心。盟内的旗丁我是深为了解的。我估计，明天凌晨格力图尔和奈曼乌勒就会获胜。

一旦三千名官军失败，那些旗丁就会一哄而散的。再说，我们还有一千多人留守大本营，不会有什么问题。"

王绍祖觉得额勒瓦奇尔的话很有道理，他也不愿意再提出某些细节去扰乱统帅在此刻的思想，便不说话了。

额勒瓦奇尔又面对王绍祖画的图纸凝目沉思了片刻，觉得自己的计划中再没有什么漏洞，便充满信心地喊过随丁，叫他立即请来各位统领。

一直在枕戈待命的统领们，很快又来到灯火辉煌的正殿。额勒瓦奇尔交代了各营的任务，行动时间以及取胜的希望，并要求他们严守秘密，回去后抓紧时间准备，不能浪费一分一秒。

额勒瓦奇尔发现，统领们并不像他那样振奋和喜形于色，脸上的表情和当前的气氛很不协调。特别是格力图尔和奈曼乌勒，伤心地头垂到胸，脸上还残留着泪痕的污迹。他觉得自己的心被揪了一下，猛然想起松和拉。松和拉是首倡起义的几个人中最年幼的一个，今年才满十六岁。他那聪明伶俐、顽皮可笑的样子，给额勒瓦奇尔留下了极为深刻的印象。他从来也没有发愁过，好像在他心里永远不会有令他发愁的事。义军里稍稍有点儿年纪的人，没有不喜欢他的。因为他总是嘻嘻哈哈，让他办事，二话不说，拍拍屁股就走，人们喜爱地称他为"马驹子"，又因为他非常瘦小，有些人又叫他"小瘦猴"，对这样的"雅号"，他都高高兴兴地领受了。额勒瓦奇尔早就有意要他留在自己身边，当个传令兵。但看到格力图尔把他当作亲弟弟一样，一天到晚形影不离，便一直没有出口。

然而就在今天下午，松和拉像乌日娜金突然失踪一样，也神秘地不见了踪影。无论是格力图尔、奈曼乌勒，还是巴音赛克图，都急得团团转。他们一口气不歇地骑着马跑过来跑过去，找遍了各营的每一座毡帐，却没有一点

儿信息。格力图尔最后竟大发雷霆地向额勒瓦奇尔要人。额勒瓦奇尔感到惊讶，立刻到城门询问，卫兵说，看见松和拉在下午走出王府了。可是他到底在出了王府后到哪儿去了，或者出了什么事，大家都感到茫然。

想到这里，额勒瓦奇尔轻声问道："格力图尔，还没有找到松和拉吗？"

格力图尔似乎呻吟了一声，痛苦地摇摇头。

奈曼乌勒费劲儿地站起来，忍着哽咽说道："统帅大人，一定有人在暗中做着坏事。这简直是在挖我们的心啊！"

格力图尔在案几上击了一拳，大声说道："我恨不得立刻血洗护卫营！"

"护卫营？"额勒瓦奇尔吃惊道，"怎么知道是护卫营干的？"

奈曼乌勒说道："我们怀疑是索伦扎鲁。"

额勒瓦奇尔摇头道："那不会……当然，索伦扎鲁是个心术不正的人。我已把他解职交给江风。况且松和拉是在这之前离开王府大门的。"

奈曼乌勒说道："我们确实发过誓要同生死、共命运的。但是，彩云经不住风吹，朝露经不起日晒，索伦扎鲁的行为，已使我们失掉了对他的信任。"

"好吧。我可以查一查。……唉，接连发生的两件事，的确令人迷惑和悲哀。不仅对你们，对我也有如挖了心一样。但我们不能只是沉浸在这巨大的悲哀中。我们正面临着一次生死搏斗，还得以大局为重……"

就在这时，额勒瓦奇尔的随丁慌里慌张地冲进正殿，大声喊道："统帅大人，鬼！"

"胡说什么？"额勒瓦奇尔发怒道，"哪里来的什么鬼！"

"大人！"随丁叫道，仍在哆嗦不止，"真的，奴才不敢扯谎！"

"说清楚，在什么地方？看见了什么？如有一点儿不实，就问你个蛊惑军心罪！"

"是，大人。……奴才经过右偏殿，听到里面有说话的声音。是大人叫我锁的门，我知道那是空房子呀！我又仔细听了听，真有声音，好像用长长的手指抠门。突然一声大叫，窗户咣啷响了一声。我吓得差点昏过去，就来报告了。"

"会有这等事！"额勒瓦奇尔拧着眉毛说道，也觉得有点儿毛骨悚然。

可是谁也没有注意到，位于末座的道尔吉，惊骇得脸色煞白。他努力控制着要瘫痪的双腿，战战兢兢地立起身，尽量使声音响亮地说道："统帅大人，也许是……猫呀，狗呀……什么的。我去看看吧。"

额勒瓦奇尔说道:"快去快回。——看你那个样子,还没出门,就先吓得哆嗦起来。"

道尔吉一面加快了步伐,一面壮着胆子说道:"奴才不怕,不怕……"

额勒瓦奇尔又对那个随丁说:"你和他一起去。"

"我……"随丁心有余悸地嗫嚅道。

额勒瓦奇尔喝道:"快去!"

"是……"

十分钟过去,道尔吉和随丁都没有回来。额勒瓦奇尔感到心里没底儿了。他过去听说过,已故王爷色旺诺尔布桑保,曾在右偏殿亲手掐死了一个不愿侍候他的舞女。难道是这个舞女的冤魂在作怪?难道道尔吉和随丁都叫这个冤魂收拾了?如果真有鬼,真是这个舞女的冤魂,她又为什么在义军面临决战的前夕作怪呢?额勒瓦奇尔心里乱糟糟地想着,在地上踱来踱去。第二个十分钟过去了,额勒瓦奇尔看了看都陷入迷惑和惶恐之中的统领们,下了决心似的说:"拿着灯,我们全去。我倒要看看这个鬼是什么模样。"

即或不信鬼神的人,有时也会闻鬼色变,特别是在深夜。但有额勒瓦奇尔的命令,人们还是壮起胆子,挑着灯,摸着腰带上的匕首,相继走出正殿。这一行人,在灯光照耀下,走过朝右拐去的长长的游廊,走过西北角黑洞一样的月门,又向南走去,一步步接近了阴森森的右偏殿。突然,人们一下子全站下了。他们几乎同时发现,报告有鬼的随丁,胸口插着一柄匕首,直挺挺地躺在右偏殿门口……

事情是这样:

还是在天刚黑下来的时候,暂时协助江风清理案卷和财物的索伦扎鲁,就获悉了格力图尔发疯一样四处寻找松和拉的消息。他感到事情不妙,心里恐惧异常。虽说在道尔吉走出右偏殿大门之前,为了把握起见,又照着松和拉的太阳穴狠狠踢了一脚。但索伦扎鲁仍担心这一拳一脚不能使松和拉致死。松和拉一旦苏醒过来,一切都完了。就算他真不会活转来,听人们议论的格力图尔的架势,是不会轻易罢手,甚至有可能威逼额勒瓦奇尔叫他进入王府各个大殿和房间里搜索的。暂时封闭的右偏殿即或不首当其冲,也决不会被放过。那样的话,比松和拉活过来强不了多少。谁都可以认定索伦扎鲁是凶手。

想到这些,索伦扎鲁越发不能安心了。他艰难地盼着时间过得快些,寻找可能利用的机会去偏殿处理掉松和拉的尸体。但不知是额勒瓦奇尔命令江风必须在今晚把文卷清理完呢,还是江风意识到自己负有监督索伦扎鲁的责任,他一直不去休息。这就使索伦扎鲁不便溜出房去,心里像有一只猫爪在抓挠,一刻不得宁帖了。他知道,几乎每一瞬间,他都可能听到一声猛喝,然后被带到正殿,在听完格力图尔、奈曼乌勒的痛骂后,被砍下头来。因而,在随丁来喊江风到正殿议事的时候,他惊骇得一时连呼吸都停止了,险些从床上滚下来。直到江风出去了,惊魂甫定的索伦扎鲁才明白此刻是不可再有的机会,便滑下床来,闪出门去,仗着对王府内情况了若指掌,飞快地奔到对面的右偏殿,熟练地撬开窗子,轻轻爬了进去。

正如索伦扎鲁担心的那样,松和拉已经醒过来。他的知觉刚刚恢复过来时,以为自己是躺在一座黑洞洞的坟墓里。脑袋里嗡嗡响成一片,太阳穴处难忍的疼痛使他的眼睛连睁一下都办不到,脖颈又热又麻又僵硬,根本无法转动。四肢也象被压上了千斤石块,沉甸甸的,挪不了,抬不起。他想道:"我怎么了?这是在哪儿?为什么没有一点儿声音?"其实,就是此刻有千军万马从身边跑过去,他也不会听到一丝儿响声。在他的耳朵里,世界上的一切声音永远不复存在了。他可能呻吟过,但他听不到,误以为自己成了哑子,不能再说话了。"是谁这么坏?是谁不让我说话呀?"他在心里费劲儿地问道,突然眼前一亮,闪现出索伦扎鲁紧捂他嘴的一幕。"对,是索伦扎鲁!"这倏忽又消逝的场面,袭击得松和拉浑身颤抖了一下,往事的记忆又都在头脑里的嗡嗡声中复活了。同时,他记起了自己是躺在偏殿。"不行。"一个坚强的声音在他胸膛里冲荡起来,"我不能再躺下去了,我必须去报告统帅,索伦扎鲁和道尔吉要出卖义军。再说……格力图尔哥哥找不到我,会着急的呀!"

松和拉挣扎着,就像必须推倒一座大山,才能把自己拯救出来那样用着浑身的气力。他身体中残存的力量已不足以使他的身体翻转过来。所幸的是,他是斜靠在墙壁上,到底像被从悬崖上摔下去一样,胸脯接触到硬硬的砖地了。他的脸也碰到砖上,鼻子好像磕出了血,而且脖颈已无力把头部支撑起来了。他趴在那里,嘴唇咬着砖缝,鼻子嗅着自己的血腥,呼呼地喘着。他知道,顺着墙壁摸过去,就是右偏殿的大门。可是,他有力量爬到门口吗?

"要是能听见声音多好!"松和拉伤心地想道,"我多愿意听到声音哪!听到说话声,我就会知道外面有人,我就有力量爬过去了。我真想听……特别是乌日娜金说话,那么动听,那么美妙……"

他想起乌日娜金给他们讲故事的情景。那柔和悦耳的声音,那生动的故事情节,把他带进了一个个奇妙的世界。他有时听着听着,哭成了泪人;有时听着听着,又笑得前仰后合。他总是说:"好姐姐,再来一段。"他听多少也听不够。他说,听乌日娜金讲故事,一宿不睡也行。可是,他还能听吗?

"千万别让我死呀!"松和拉在心里为自己祈求着,"我多想再听乌日娜金姐姐讲一个故事呀!就让我听一次再死吧,就一次……哪怕是看着别人听呀!"

两颗大大的泪珠从松和拉的眼角滚落下来。他的四肢使足了力气,向前爬了一寸。眼泪落到血上,掺和到一起,又混进砖上的尘土,沾到他的嘴唇上。

"千万别让我死,别让我哑呀!"松和拉在心里哭喊着,"能说话多好!能说话多有用呀!格力图尔哥哥不是很愿意听我说话吗?"

他记得,就在不久前,他看到格力图尔愁眉苦脸地躺在毡帐里,他笑嘻嘻地趴在格力图尔的身边,说道:"好哥哥,听我给你讲个故事。"接着丢三落四地讲起了从乌日娜金那里听来的"四个巴特儿"。弄得格力图尔竟也忍不住笑了。

松和拉继续跟自己说着:"格力图尔哥哥现在那么发愁,不吃不睡,会把身体弄垮的。我真应该再讲个故事让他笑一笑。我一定好好讲,让他笑,笑得……哈哈的。那多好!让我晚死一会儿,再把格力图尔哥哥逗笑一次吧。那样,我死了也甘心了……"

他的眼泪不断涌流出来。他的四肢使足力气,身体又向前挪动了一寸。他的下颏抵在血、泪、尘土的混合物上。

他又想起他由衷敬佩的奈曼乌勒和额勒瓦奇尔。奈曼乌勒大哥,他那么有劲儿!有一次,奈曼乌勒亲昵地搂着松和拉,笑着说:"你这个小瘦猴,我会一下子把你扔到天上去!"说着,真的抱起他的身体抛到空中,使他体会到一次飞的滋味。而额勒瓦奇尔简直和慈父一样,几次想让松和拉当他的传令兵。那时松和拉想:"一个人能变成两个人多好!"

真的,这些人多好!声音多动听!说话又多么有用啊!可是,不正是有人要把这一切都从他身边夺去吗?

"不!我得赶快爬。不能让索伦扎鲁这个坏蛋出卖了义军……"他止住眼泪,四肢用足了力气,身体又向前挪动了一寸,又一寸……

松和拉的手触到门槛上了。他心中燃起了希望。他只要再向前爬两寸,就可以扬手敲响门板了。他又爬出一寸,手指终于碰到了门板。然而,他身体的力量已经耗尽了,最后的一寸,终于未能爬出。

松和拉开始埋怨自己太软弱,太不争气了。他狠狠地骂着自己,把拳头向门槛击去。但不要说他的力量已敲响不了门板,就是有再大的力量,那厚厚的门槛也不会发出引人注意的响声。他的心开始恸哭,用他的指甲狠狠地去抠那刚刚能触及的门板。指甲掉了,门板上的油漆合着鲜血剥落了一片,又一片。他决心这样抠下去,直到把门板抠漏,哪怕十个指甲全部掉下去……

突然,不知是凭第六感官,还是刹那间恢复了听觉,他感到身后有人。一阵快乐流遍了全身,冲去了最后一部分力量,喃喃地说道:"快……快……"

"快什么?"一个恶狠狠的声音在松和拉耳边响起来。

不知道这个声音松和拉是否听到了,但他清醒地意识到这是索伦扎鲁在说话。他看到了逼近的死神,胸腔里又燃烧起了仇恨的力量,咬牙切齿地说:"你……为什么这样坏?"

索伦扎鲁俯下的脸更贴近松和拉了,他压抑着声音说:"你想问我为什么这样坏吗?说来话长,我是没时间向你讲述了。但你也别指望有人来救你……"

就是这时,额勒瓦奇尔的随丁被从门外吓跑了。

索伦扎鲁一惊,知道此刻无法把松和拉藏进内室了,他说道:"小弟弟,实在对不起了。"说着,亮出匕首,向松和拉脊背猛刺下去。然后,他飞快地跳出窗口,跑到一个阴暗的角落隐起身体……

当额勒瓦奇尔领人走到右偏殿的门外,认出死在地上的人正是他的随丁时,他猛地醒悟了,痛苦而又暴怒地说道:"索伦扎鲁、道尔吉!我……我让这两个坏蛋骗了!"说完,回过身来瞪着血红的眼睛,看着江风,"江风,马上回去,把索伦扎鲁押到正殿,我要亲手凌迟这个恶棍!——绍祖,烦请你立即接管护卫营,把王府内的卫兵全部撤下来,加强巡逻和搜索,不拘死活,一定要抓住道尔吉!"江风和王绍祖领命后,相继跑走了,额勒瓦奇尔俯身从随丁腰间解下钥匙,抖抖地去开偏殿大门上的锁,像是谴责自己又像是祷告地说道:"上天保佑,松和拉别遭了他们的毒手……"

门打开后,格力图尔和奈曼乌勒急不可待地冲进去。灯光下,松和拉的尸体一下闯进他们的眼里。虽然他们已预感到不幸,但松和拉令人不忍目睹的惨状,仍旧像霹雳一样,震得他们要昏厥过去。两个人几乎同时哭喊着弟弟,扑向松和拉还温暖的尸体。格力图尔俯在松和拉耳边,叫他睁开眼睛,奈曼乌勒则用手捂住仍在汩汩流血的伤口,以为让他少流点儿血就会活转过来……

额勒瓦奇尔忍不住老泪横流,他慢慢跪下去,帮助格力图尔把松和拉翻过身来。他们看到松和拉耸起的太阳穴处的伤痕,看到他鼻头已磨出了血,而那掉了指甲的手上还粘着从门板上抠下来的漆皮,想象得出松和拉在临死前挣扎着向门槛爬去的情景,都控制不住痛哭失声了。格力图尔大喊一声,昏了过去……奈曼乌勒不住地吮着松和拉脸上的伤痕、血迹和泪、血、尘土的混合物,令人肝肠寸断地哭喊着:"我的小弟弟,我的亲弟弟呀!你吃了多少苦,你把我的心都疼碎了呀!……"

相继赶回来的江风和王绍祖含着泪好不容易把格力图尔弄醒,并向额勒瓦奇尔报告了引起更大气愤的消息。有人看见道尔吉骑马逃跑了,索伦扎鲁不知去向。

格力图尔闻信,挣扎着站起来,一把抓住额勒瓦奇尔的衣襟,喷射怒火般地喊道:"把凶手给我抓来!"但他立刻觉得不应该向统帅发泄,便松开手,扑向松和拉……

额勒瓦奇尔一点儿也不怪罪格力图尔,他拭了一下眼泪说道:"骂我吧,你们都来责怪我吧!这都是我造成的,都是我的罪过呀!……松和拉呀,你要能张开嘴也骂我一句,我会感到多痛快呀!"说完,忍不住,抱着自己的头抽泣起来。

是的,无论是额勒瓦奇尔,还是格力图尔,以及奈曼乌勒,谁也没有预料到,他们竟怀着这样巨大的悲痛去迎接关系到义军命运的决战……

29

格力图尔率领他的一千五百名骑手,在夜色的掩护下,小心翼翼地经过曲折崎岖的山路和人迹罕至的沼泽地,在将近午夜的时候,到达了多伦村东南二十里处的一带丛林。按着额勒瓦奇尔的部署,格力图尔的队伍要在这里埋伏到太阳升起的时候。在这以前,应当使人马补充足够数量的水和食物,略事休息,然后,在太阳升起一套马杆高度时,就要飞骑袭击在多伦村下寨的官军主力。那时,如果不发生意外,奈曼乌勒率领的另一支马队已经和官军接阵。格力图尔出敌不意地从天而降,定使官军腹背受敌。这样,在近三千名骑术娴熟惯于短兵相搏的勇士的砍杀下,官军的火枪队会完全失去威力。然后,额勒瓦奇尔亲自督阵的义军的宠儿——火枪营,会突然出现,追杀溃逃的官军,必置官军于死地。即或奈曼乌勒受到阻碍而晚于格力图尔和官军接触,也仍不失为夹击之势。只要消灭了官军主力,对付另外三面的旗丁就容易多了。总之,这是一次精心策划的速决战。

想到执行任务的顺利和自己的队伍在天明的战斗中将起的作用,格力图尔暂时忘掉了悲哀,在夜的温柔的拥抱中骄傲地微笑起来。他回头扫视了一下黑压压的马队,但看不清部下的面孔,只能听到不肯安静的马匹踏地和打响鼻的声音。格力图尔知道,如果他此时大喊一声:"前面二十里就是敌军,拿出刀来,冲过去!"那么,人们会一下子把蕴蓄在胸膛中的一股怒气,变作震破夜空的"杀"声,狂风一样挥刀冲向前去!而这,又是多么符合格力图尔的性格啊!但是,当人们听到的不是这样的命令,而是叫他们在丛林中一直睡到天明,那该怎样呢?人们准会莫名其妙地瞪圆了眼睛。不过,他不能为了一时痛快和满足部下的愿望而把整个计划泄露出去。这是一次不寻常的战斗。任何细微的疏忽都可能把整个义军葬送掉。这次作战的详细计划,额勒瓦奇尔只让几个人知道,并且再三告诫他们,对部下只能一步一步下达命令。这倒不是额勒瓦奇尔不相信这些舍生忘死的阿拉特,而是为了防止万一走漏了消息。要知道,千万人的伟大业绩,往往会因为一个恶棍或者一个无意的疏忽而付之东流。尤其在敌对双方都想方设法在不可避免的接触中置对方于死地的情况下,这种谨慎就显得更加必要。格力图尔是相信额勒瓦奇尔的,相信他的正确就像相信牛羊必须吃草喝水和太阳东升西落一样。格力图尔认为,只要不折不扣地执行额勒瓦奇尔的命令,胜利就不会比套一匹烈马更难。所以,格力图尔绝不能轻率到违背额勒瓦奇尔的命令,虽然他对额勒瓦奇尔此次过分的谨小慎微不以为然。

这时,一直在后面压阵的巴音赛克图赶了过来。格力图尔叫他把"进入丛林,解鞍休息"的命令传达下去。他自己则领着早就挑选好的五十个战士确定巡哨的位置去了。一切就绪后,他牵着马进入树丛中,躺在巴音赛克图早就铺好的毡子上。但他还不能马上入睡。他望着枝隙间闪烁的星光,听着各种细碎的声音组成的夜曲,嗅着野薄荷、山苏子和腐烂的树叶混合在一起的奇特的香味,为即将到来的战斗兴奋着。这的确是一次不寻常的战斗,不只因为这将决定义军的命运,更主要的这是在自己出生之地的一次战斗。三年前,就在这里,他的父亲桑布被扎布曼都老爷打断了腿,他本人被罚做一年苦役。在他服苦役期满,鼓起勇气准备恢复幸福家庭的时候,父亲惨遭杀害,表妹(在形式上已成为他的妻子)玳玛受辱自杀,母亲其木格被王爷抠去双眼后喂了饿狼。他自己,如果不是额勒瓦奇尔的救助,也早在地下与家人团聚了。接二连三的不幸,使他应接不暇,几乎没有充分的时间在新颖奇特的痛苦的浪涛中遨游,以便好好体味一下人生的苦难。他的整个身心被两个字统治着,这便是——复仇。但由于他和科尔丹以及额勒瓦奇尔的特殊关系,使他的复仇过程变成了一场特殊的经历,反而使原来的痛苦更加深切。直到一年前,在一个偶然的机会举起义旗后,格力图尔才感到生活中还有更加令人振奋的内容。而且,能够和自己所爱的姑娘并辔驰骋沙场,又使他在创巨痛深后找到了幸福。然而,天缘多阻,他和乌日娜金的爱情似乎仍要经历种种考验。是的,乌日娜金发生了变化,起义后回到脸上的微笑再度消失,在格力图尔面前常常沉默不语,有时又魂不守舍地想着什么毫不相干的事情。索伦扎鲁曾神秘而诡谲地对他说,乌日娜金在王绍祖面前那种心荡神驰的样子实在令人担心,必须引起注意,防患于未然。格力图尔对此只是付之一笑。他相信从班卡妈妈身边来的举动光明的王绍祖,更相信与他

腹心相照的乌日娜金,确信这两个人都不会干出见不得人或对不起他的事。但是,当有人传说乌日娜金和王绍祖曾搂抱在一起的时候,他却像遭了雷殛一样,按捺不住心头怒火了。他不再问一问自己,王绍祖和乌日娜金之间能否发生这种苟且行为,也不再考查一下,这是不是那些轻口薄舌的人编造出的有意中伤的流言蜚语,而是又一次放纵自己的感情,做出了一个追悔莫及的举动。他偏狭凌厉的言辞和生硬激烈的态度,使乌日娜金一气之下离开了大营,不知去向。特别是几小时前,和他形影不离的可爱的松和拉又惨遭毒手,而恶毒的索伦扎鲁却不知藏身何处。如果不是决战在即,他肯定会驱马跑遍草原,去追回乌日娜金,揪出索伦扎鲁……

格力图尔心绪缭乱地想着这些往事,时间已悄然溜了过去。东方渐渐从铅灰色变成鱼肚白,很快又呈现出橘红色。最早飞出暖窠的小鸟已在树枝上开始整理毛羽和初试歌喉了。格力图尔坐起来斜靠在树干上,顺手拾起一片枯叶放在嘴里嚼出又苦又涩的汁水。这时,一阵急促的脚步声向他接近,他立刻跳了起来。巴音赛克图带着一个汗水涔涔的人来到面前。

"啊,格力图尔!"来人飞快地上前一步,抓住格力图尔的胳臂,脸上的汗珠还在大颗大颗地向外涌流。

格力图尔看着面前那张沾满灰尘的脏脸,终于辨认出这是王绍祖。一阵羞愧涌上心头,又一次想起被自己的莽撞气走的乌日娜金。他本想说几句道歉的话,但他又偏偏是一个不善于用语言表达感情的人,只是动了动嘴唇,垂下眼帘。

王绍祖看到了格力图尔欲言复止的窘态,但此刻无暇多说题外话,他回头看了看躺在地上的人们,扯着格力图尔的衣袖说道:"走,到那边。"

格力图尔随着王绍祖走出林外,心里预感到战局一定发生了新的变化,不由得紧张起来,急促地问道:"王绍祖,快说吧!你是不是带来了变更命令的消息?"

"比那还要坏,格力图尔。事情完全搞糟了。也许我们全完蛋了……"

"你说清楚,到底是怎么回事?"

"事不宜迟。你必须马上把队伍拉回去,赶到王府。救出额勒瓦奇尔的希望的大小,就由你们的速度决定了。"

"什么?!额勒瓦奇尔?他怎么样?"

"王府被包围了。官军比我们抢先了一步。"

"这怎么会？这可能吗？额勒瓦奇尔竟会让官军走到了前面？"

"格力图尔，这不是可能，是事实。但现在不是分析事情发生原委的时候。这个，我在路上再告诉你吧。现在，你必须马上喊醒你的战士，争取每一秒钟的时间……"

"好吧。可是我真不明白。——巴音赛克图！去喊醒所有的人，立刻鞴马，叫回哨兵。告诉人们，随我前进！快去吧，顺便把备用的马给王绍祖牵来一匹。"

当格力图尔率队驰奔，铁蹄敲得大地山响，卷得烟尘滚滚的时候，王绍祖用力尽丹田的声音，把突然变化的战局形势简要地告诉了并驾齐驱的格力图尔。从那约略听到的片言断语中，格力图尔获知，官军在午夜就拔营了，分兵两路，成半圆形向王府全速挺进。他们的左翼和义军奈曼乌勒部遭遇。在措手不及的情况下，奈曼乌勒的骑兵被官军击败。奈曼乌勒受了伤。官军两翼顺利收缩。而此时，东面和北面的数千旗丁也都向王府围来。义军大本营受到严重威胁。因此，额勒瓦奇尔命令侦察队长王绍祖飞骑调回格力图尔的人马。

王绍祖的每一句话都令格力图尔震惊，像一把利刃在一块块切割他的剧烈跳动的心。是啊，这些天发生的每一件事，都像一场噩梦，都像是地狱里的一个轮回。乌日娜金杳无音信，松和拉惨遭横祸。现在，奈曼乌勒兵败受伤，生死不明；额勒瓦奇尔被敌人围困，前途未卜。这些都是格力图尔最爱的和最尊敬的人，难道他们都要顷刻间从人间消失，格力图尔命中注定要成为一个孤零零的人吗？格力图尔真有些承受不住了，他觉得胸口气闷，嗓子发胀，直想扒开胸膛狂喊一声，或者挥开大刀，劈开一切与他为敌的人和物，以便发泄这些天郁结起来的全部的怨气。但他既没喊，也没挥刀，只是把身上的力量集中到脚跟，狠狠地磕起马镫，使坐骑更快地飞奔。他回头看了看紧跟上来的王绍祖，那一副平静得毫无表情的面孔使他心里升起了一阵厌恶。他想道："看你那安闲自得的样子，好像发生的一切都与你无关，好像所有人都死了你也不会动情。也许你正好希望我们都遭到不幸！"他这样想着，心里突然一抖，一个可怕的念头闯入脑海，"天哪！官军的统帅不是你的爸爸吗？无论谁胜谁负，你都可以保住性命，安然无恙地活下去。而且……而且会不会……想起来了，你昨天晚上还煞有介事地给额勒瓦奇尔献计献策，花言巧语地给义军描绘出一条胜利的道路。为什么

今天一下子全变了？一定是你在捣鬼！"

想到这里，格力图尔敌视地飞了王绍祖一眼，大声说道："你们侦察队怎么搞的？都是白吃饭的吗？"

王绍祖没听清格力图尔的话，问道："你说什么？"

格力图尔又恶狠狠地瞪了王绍祖一眼，用力抖了一下缰绳："我说你们都是混蛋，你们是存心葬送额勒瓦奇尔！"

"格力图尔，我希望你能冷静地动脑思考一下，难道现在你还不明白固守王府是错误的、被围困是避免不了的吗？而且，是我叫官军来包围王府的吗？到现在你还不明白是谁出卖了义军吗？"

"好啊！你是在质问我吗？好大的口气，不要忘了格力图尔的拳头！"格力图尔仍然听不进王绍祖的话。

"你不敢，而且毫无道理。我现在是代表统帅向你下命令！"

"代表统帅，"格力图尔鄙夷地举起拳头向王绍祖挥了一下，"等着吧，侦察队长。我们解下马鞍以后，我会让你有个应得的下场的！"

王绍祖把自己的马更贴近格力图尔，几乎在他的耳边喊道："威名显赫的统领大人，等不到那个时候了。命运之神总是眷顾你。可是我预感到活不到自己解下马鞍的时候了。"

格力图尔轻蔑地撇了撇嘴，回头说道："你不会死，官军的犒赏在等着一个立了大功的人。你很快可以和父亲团聚了！"

"住口！格力图尔，你错了！"此时，王绍祖的脸已被悲痛和气愤扭歪了，"额勒瓦奇尔和你一样，也曾怀疑我。可我不是叛徒！我将用鲜血来证明我是忠于义军的！"

"我知道那些贪生怕死的懦夫下的誓言能值几根牛毛的价钱！你们这些三足鳖①的子孙，当初就不该叫你们参与成吉思汗后代的事业！"

"你会为自己的话感到后悔的！"王绍祖狂喊道，使劲咬起嘴唇，鲜血立刻顺着下唇流下来，他瞪起浑浊的眼睛，抽出大刀，用刀背朝马臀猛击一下，那马便像离弦的箭一样，向前飞去！

我们知道，有些事情的发展，全靠速度来决定。当年成吉思汗的骑兵正是靠着风卷残云般的神速，才打得大半个欧洲措手不及。两千年前的"五羖

---

① 相传大禹死后化作了三足鳖，这里是蔑称。

大夫",如果不是制作歌谣使车夫加快了槛车的速度,也不会逃脱追赶并最终当上有名的齐国宰相。这一天,也正是格力图尔的马蹄的速度,赶走了向额勒瓦奇尔逼近的死神。

一千多骑兵带着一阵冲天的烟尘赶到了王府南边的战场。

在一时还弄不清到底来了多少"天兵"的情况下,官军取胜的信心动摇了,阵脚立刻乱了起来,纷纷向后全速退去。这使义军占了大便宜。双方的人马不仅蓦然两开,泾渭分明,而且从后面追杀要比正面攻击省力多了。

转败为胜的机遇所造成的心理因素,使义军的精神和力量倍增。但是,不考虑最坏的可能是不配做一个好统帅的,尤其在暂时有利的情况下,更应该有应付突变的准备。额勒瓦奇尔知道对方有一个武装精良的火枪营,如果这支火枪营是在一个精明统帅的麾下,那么,此时一定要从斜刺里向追兵展开射击。所以,额勒瓦奇尔立刻命令吹起号角,义军就勒转马缰,向回奔来。同时,他又调上火枪队准备迎战。不久,在双方撤退了骑兵而留下数以百计的尸体的战场上,双方的火枪队互射起来。传统的战斗形式暂时被现代化形式取代了,烟尘化成了硝烟,铿锵声变成了"嘭嘭"声,刀光变成了火光。在这时,双方又都着手整顿自己的骑兵,准备迎接下一个回合。

格力图尔听到大本营传来的号角声,把自己的部下带到王府门前,跳下马来。

站在堞楼上督战的额勒瓦奇尔嗓子哽咽地喊道:"格力图尔!"

格力图尔立刻跑进门去,奔上堞楼。

"格力图尔,谢谢你。"额勒瓦奇尔用力抱住格力图尔的宽阔的双肩,淌下热泪,"我的好孩子,苍天是不会把任何灾难降给救了义军的英雄的。"

"可是,我们来迟了……"

"不。一点儿也不迟。"

"马上冲过去吗?"

"不,稍等一等。我已派人去收集奈曼乌勒的残部……"

"奈曼乌勒怎么样?"

"他还活着。听说他只受了轻伤。我还没见到他。不过,没有时间等他了。敌军的骑兵马上还要向我们冲击。我们现在已是四面楚歌。形势糟透了。敌人好像只打算在西部对我们攻击,其他三个方向的几千人,一定是为我们撤退或对我们长困久围准备的。看来,王绍祖是对的,奈曼乌勒也是对的,还有班卡。虽然我永远不会按着他们的话去做,但我必须承认,他们是对的。是我酿就的苦酒,正该由我来喝下去……"额勒瓦奇尔说着,向城楼下的王绍祖看去,"王绍祖!为什么不下马?快到我的身边来。格力图尔来得这样快,全靠你的不辞劳苦。对此,整个义军都要感谢你的。"

王绍祖听着额勒瓦奇尔这几句真诚的夸赞,感动得热泪涌流。他没去揩拭,仰起泪脸看着额勒瓦奇尔说道:"您对我的赞扬,我很感动。但是,在义军损失惨重后,我是受之有愧的。我现在只是想向我的朋友们表明,从参加义军那天,到我最后一次呼吸,我都是忠于义军的……"

"绍祖,失败是我造成的。避免更惨重的损失,却是你的功劳。请不要把过去的那些不愉快的东西永远留在心里。"

"请相信我,统帅大人。我不允许我的心有半点儿怀恨落在你的身上。这一点,在我死后,我将在另一个世界找到成吉思汗,请他做我的证人……统帅大人,我曾几次不揣鄙陋,建议义军抛弃王府。我现在仍然盼望您能考虑这一点。"

"绍祖……"额勒瓦奇尔低头默然良久,并抬手摸了摸怀里那封科尔丹的劝降信,心事重重地叹了口气,又看着王绍祖说下去,"你是对的。但我不能……而且,对我来说一切都迟了。绍祖,我来不及向你做详细解释了。你呢,必须去休息一会儿,你已经两天没合眼了……"

此时,枪声已经稀落下来,额勒瓦奇尔把眼睛转向战场。那里,双方的火枪队已经对峙了一个时辰,在互有伤亡、弹药差不多用尽的情况下,都有了退回本部的趋向。额勒瓦奇尔对格力图尔说道:"格力图尔,你要听好我下面的话。刚才我想了所有可能一试的办法,没有能保全人马的道路。我们必须下孤注一掷的决心,从正面开出一条血路,冲杀出去。我们同与我们一样疲惫的敌人搏斗,似乎还有一线突围的希望。也许我们要付出一半人马的代价。可是有什么别的办法呢?一个无能的统帅,会葬送多少生命啊!"

格力图尔刚想说什么,却听到堞楼下传来巴音赛克图的喊声:"格力图尔!王绍祖带着他的人马冲过去了!"

"啊,糟糕!"格力图尔急躁地喊道,"你怎么不挡住他?"

"挡住他?应该让你去试试,就不会这样对我发火了。"

额勒瓦奇尔皱起眉头看着王绍祖鼓动起的几百骑手已飞向敌军阵脚而

去,搏斗很快开始了。他喃喃说道:"我忽略了他的话,……看来,他今天是下决心要死的。这又是我促成的。他容不得一句伤害他的话……"

"这是他的一个弱点……"格力图尔不知怎么冒出这么一句话,心里认定自己也是这种类型的人,同时他也觉得,自己是促成王绍祖赴难的重要因素。他无限羞愧和懊悔地垂下头去。

额勒瓦奇尔接着说道:"的确是个弱点,但也是个优点,不过,是个可怕的优点。这使他很难谅解别人……唉,我为什么要和他谈起清军主帅的事呢?"

"我去追回他来吗?"

额勒瓦奇尔苦笑着摇摇头道:"没有用。也来不及了。这样一个灵魂干净的人,他下的决心是扭转不过来的。唉!他就这样抛弃了我们,不知道义军是多么需要他呀!——不过,既已如此,只好让他去吧。我们就把这当作前进的号角,由你——我的好孩子,带领全部人马,跟着冲过去。王绍祖会牵制住一部分敌军。你要告诉部下,要尽量集中,只求打开一个缺口,然后全速撤离,去寻找你们的命运吧。格力图尔,从此你就是这些人马的领袖了!"

"什么!"格力图尔惊叫道,"那么,您呢?"

"我要用火枪队掩护你们,使你们免受敌军火枪队的攻击。"

"不,不行!您在队伍当中,我们全力保护您冲出去!"

"你说什么?用几百甚至上千条性命来换取我这个有双重罪过的躯壳?你是不是疯了,怎么会想出这种鬼主意?!"

"就算是我疯了吧,但无论如何,您不能疯。没有您,就不会有义军!"

"傻瓜!假如世上根本没有什么额勒瓦奇尔,也照样会有义军存在。而且,当初根本不该有额勒瓦奇尔。……好了,快去吧。"

"不!"格力图尔喊道,流出眼泪,"跟我们走吧,永远带领我们吧!我不能这样离开您。这是……怎么了?我好像在做梦!"

额勒瓦奇尔抓住格力图尔冰冷的手,心里说道:"你永远不会理解我此刻的矛盾和苦恼……"嘴上却说道:"放心吧,格力图尔。我不会拿生命开玩笑。我知道,如果我能活下去,还会做很多事情。快去吧。我太累了,要下去休息一会儿,然后,然后……我会比你想象的安排得更好。这一次,我不是命令你,而是请求你,快去吧!你看,你的人马也在往前移动,再过一会

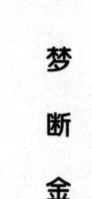

儿,都会跟王绍祖冲过去的。去吧。每一秒钟都是宝贵的……"

格力图尔终于没有弄清额勒瓦奇尔的话是什么意思。他只是心里感到一阵阵不安的躁动。但时间和面临的形势已不容他多想。他擦了一把泪水,回过身,飞快地奔下堞楼……

30

额勒瓦奇尔慢慢步下堞楼的台阶,命令身旁的随丁去告诉火枪队,从即刻起归格力图尔指挥,并加紧准备,带足弹药,尽快去掩护大队人马突围。

然后,他迈着异常沉重的步履,顺着石板路,向正殿走去。不时有人从他身旁跑过,院内一片混乱。额勒瓦奇尔似乎看不到这些,只是目不旁视地缓缓移动着双腿。这段路,对一下子苍老起来的额勒瓦奇尔变得特别长,就像整个生命那么长,又如此坎坷,有几次险些跌倒……不过,他的生命之火到底还没有彻底熄灭,使他还能把自己的身体移上台阶,走到他发号施令将近一年的正殿的大门口。

最后的抉择对额勒瓦奇尔并不是太艰难的,甚至觉得很快慰,甚至早已预见了这样的结局。因此,他不认为应该感到遗憾,反而努力鼓动自己高兴起来。尽管后人对他会做出各种各样的评价,总得承认这是一个有才干的人、刚强的人、正直的人。为此,他应该高兴。

他确实感到高兴。特别是他刚刚离别了两个正直的年轻人。也许这两个人的道路是错误的,未来是悲惨的,但那两颗闪着璀璨光辉的心,却令他佩服,促使他下了最后的决心,毫不退缩和畏葸地走向自己的归宿。

但是,他当真没有丝毫值得遗憾的地方吗?他站在正殿门前,这样问着自己。科尔丹在信中说他将得到青史骂名,这大概是避免不了的。这"青史"原本就是一本糊涂账啊!不要说对死去的人可以不分贤愚忠佞,随心所欲地乱涂一通,就是对同时代的活人,不也常常是黑白颠倒、曲直易位,根据权势者的好恶,任意加以抑扬臧否吗?是的,骂去好了。额勒瓦奇尔一生中没有做过对不起朝廷的事,他没有任何劣迹。他为了民族和草原,舍弃了妻子儿女,甚至顾不上他们的温饱。他和人争斗过,那是为了王爷和朝廷。他做了义军的统帅,那是为了有一天把阿拉特们送回牧场。这难道是一个见利忘义的小人敢于做出的吗？骂去好了，这根本不值得遗憾。那么，对造反的阿拉特他是否问心无愧呢？真的，要说有遗憾，这大概是唯一值得遗憾的一点。不知是才能不够，还是鬼使神差，他为阿拉特们准备的未来，竟在一个早上化为泡影。而且，那么些可怜可爱的人未能避免惨遭杀戮。他想起了松和拉……

额勒瓦奇尔不自觉地垂下要推开正殿大门的手，转过身，幽灵一样顺着游廊缓缓走向右偏殿。右偏殿的大门还敞着，午夜点燃的几十支蜡烛尚未燃尽，一堆堆蜡泪的中间，还都闪动着微弱的光点，就像一个个脆弱的生命在临近最后的消亡。地当中的案几上，停着松和拉的安静的尸体，尸体上苫着一块黄缎。这里成了灵堂，原准备胜利后发丧的。额勒瓦奇尔轻轻走到案几旁，怕惊醒松和拉似的伫立片刻。然后，他揭开黄缎，把自己冰凉的嘴唇印在松和拉的额头上。当他抬起身来，又轻轻苫好黄缎时，心里涌起了一种高尚的感情，并觉得灵魂获得慰藉和超度了。他在心里说道："小松和拉，这里做你的灵堂，你是未曾想到的；我，却是要明明白白地走进自己的灵堂。两个大殿，两个灵堂，一个十六，一个六十。我们一起走向另一个世界，不是很有意思吗？"

额勒瓦奇尔想着，竟微微笑了一下。他轻轻把松和拉身上黄缎的皱褶扯平，平静地迈开步子，向自己的"灵堂"走去了。

他本该平静地、高兴而且高傲地离去，假如他没有走进正殿，没有看见一出令他气炸肝肺的丑剧的话……

他万没想到，在如此紧张而险恶的关键时刻，竟有人为了抢夺王府里的财宝而在正殿里展开了一场决斗。他更没想到，这两个人中，一个是恂恂有儒者之风的义军参事江风，另一个是出卖朋友、杀人灭口、悬斩在案的索伦扎鲁。……

索伦扎鲁杀死松和拉后，并没有逃跑，他不甘心就这样空手离去。江风清理和封存珍珠玛瑙时，闪光的宝物早已迷住了索伦扎鲁的心窍，引着他向更深的孽海走去。他让杀了额勒瓦奇尔随丁的道尔吉一刻不停地驰离王府，去多伦村官军处密告义军，并尽快返回来在王府后面的树林处接应他。然后，在夜光掩护下，凭着他对王府结构的熟悉，神不知鬼不觉地躲藏起来。在格力图尔和奈曼乌勒已率队出发，王府内稍稍肃静下来以后，他突然出现在江风面前。

"索伦扎鲁！你……"江风惊讶地喊道,不由得抬起右臂,准备把手探入怀里。

"轻点儿！"索伦扎鲁恶狠狠地喝道,晃了晃手中寒光闪闪的匕首,"把手放下来,我知道你怀里有一支手枪。如果你不想死,就不要去摸它！"

江风慢慢垂下手,脸色变得苍白起来,不由一阵恐怖。他闭目镇静了一下自己,恼怒地说:"你想干什么?"

"放心吧,参事大人。"索伦扎鲁威胁地逼视着江风,阴险地笑了一下,说道,"我并不想把所有的人都杀死,只要他活着并不危及我的安全。"

"可是,对你的搜捕还没有结束。额勒瓦奇尔统帅的命令是,任何人都可以打死你。"

"你呢?也想执行这个命令吗?"

"当然,假如可能……"

索伦扎鲁冷然一笑说:"多可惜,这个机会因你的粗心大意失去了。而且我相信,一会儿你就会甘心情愿、高高兴兴地做我的保护者和刎颈之交了。"

"那是不会的。我宁可死,也不去做杀人凶手的窝藏犯。"

"你会这样做的,会的！先不谈这个,我没有更多的时间和你闲磨牙。我问你,你清点这些珠宝玉玩,想运到哪里去?"

江风说道:"登记造册后,封存库房。"

"义军失败甚至撤离王府呢?"

"仍旧封存库房。任何人不得携出王府。"

"包括那些小件珠宝吗?"

"一颗珍珠一锭黄金也不能散失。"

"你知道他为什么要这样做吗?"

"他不想在万一失败后,背上窃取王府珍宝的骂名。"

"这是愚蠢的。额勒瓦奇尔愚蠢,你又比他愚蠢一百倍。"

"不。我不这样想……"

"那是因为你还没开窍,冥顽不化。我现在来点化你,你仔细听着。第一,义军失败已成定局;第二,官军攻进王府,必然首先洗劫所有珍宝。真正获得这些宝物的人,将成为收复王府的英雄和锱铢未取的君子;他们又必然要把劫掠王府珍宝的罪名加到额勒瓦奇尔的身上。再说你,这事和你毫无关系,珍宝真能完好无缺,那美名属于额勒瓦奇尔;珍宝全部不翼而飞,那骂名也属于额勒瓦奇尔。想完好无缺地留下珍宝,是根本不可能的。这样,两袖清风的额勒瓦奇尔不要说你监守自盗吗?官军不治你罪,额勒瓦奇尔也不会饶过你。所以我说,你和额勒瓦奇尔都是办着一件蠢事。"

"这……"

"不要这呀那呀的了!天与不取、当断不断,是不聪明的。现在还来得及。决心一下,你就是百万富翁了!但必须是我们俩携起手来。干吧,江风。稍一犹豫,你会后悔一辈子的。"

在索伦扎鲁的威逼利诱下,江风终于同意在混战时和他一同逃走,珠宝玉玩由两人平分,并立即着手挑选价值千金而又便于携带的珍宝,装进一个大包袱里。但事到临头,索伦扎鲁又觉得二一添作五不如自己独吞。结果两人发生了争斗,由左偏殿打到正殿,终于都亮起匕首,要用武力去解决了。

这些情节,额勒瓦奇尔当然无从知道。但从地毯上那个沉甸甸的包袱,以及江风和索伦扎鲁手里闪亮的利器上,他可以推测出这两个市侩为了争夺珠宝,曾怎样去动用心机。

额勒瓦奇尔站在门口,怜悯而又憎恶地看着眼前的搏斗,听着两个人呼哧带喘地说着不知羞耻的话。

江风躲开索伦扎鲁猛刺过来的匕首,断断续续地痛骂道:"你这个忘恩负义的……狗东西!我们……说好平分的。看刀!"

"你说的不完全对。"索伦扎鲁一边说,一边拨开江风的匕首,也"嘿"地喊了一声刺过去。

"他妈的!一开始就应该掏出手枪来结果你!着!"

"白扯,看这下——嘿!江风,多遗憾,有枪在怀里,却掏不出来!"

"我劝你,放聪明点儿,弄得两败俱伤,你也捞不着。"

"那也比看着你拿走一半好受得多。"

这两个坏蛋为了争夺珠宝,动用着全身解数,在地毯上闪转腾挪,转来转去。江风终于最先看到了站在门口的额勒瓦奇尔,心里一惊,躲闪得稍稍慢了一点儿,使索伦扎鲁得以把匕首一下捅进他的胸口。他惨叫一声倒在地上。索伦扎鲁冷笑一声,立刻蹲下去,从江风怀里摸出手枪,就去提那个包袱,还没有挎到身上,一眼看见了额勒瓦奇尔。在额勒瓦奇尔愤怒而凛然的注视下,他连连后退,不得要领地辩解道:"他……要逃跑……"

"放下！"

"不，我不能放下。额勒瓦奇尔大人，大势已去了，跟我一起走吧。我不会亏待你……"

"住口！"额勒瓦奇尔怒喝道，"你使我在临死前看到了一个最丑恶的灵魂。"说着，去怀里想摸出手枪，"我要最后一次满足那些高贵的人的愿望。"

索伦扎鲁举起枪，恶狠狠地冷笑道："你很不识时务，大人。看在先父的面上，我还不想朝你开这一枪。"他说着，朝后边的月门退去，他知道，那里有门通到外面，"听着，额勒瓦奇尔大人。你一旦举起枪来，会立刻有一颗子弹击碎你的头颅！"

"开枪吧，如果你有胆量。"额勒瓦奇尔大声说道，把子弹推上膛，朝索伦扎鲁"啪"地打了一枪。

索伦扎鲁一惊，紧退几步，镇静了一下说道："可惜你的枪法太不中用。对不起，现在轮到我开枪了。这可是你逼的。"说完，他勾动了扳机。

随着一声枪响，额勒瓦奇尔跟跄了一下，一股殷红的血从他胸口流出来，手中的枪也掉落在地上。他瞪着向后退去的索伦扎鲁，断续地说道："一定……会有人惩罚……你这个恶棍。……"说完，他站立不住，扑倒到地毯上了。

额勒瓦奇尔本来想毫无遗憾地离开人生的舞台，结果，他没能如愿……

31

当额勒瓦奇尔在一片空蒙的寂静中,走向另一个世界的时候,格力图尔已将人马在王府南边一里处约束住并集合完毕,火枪队也全部跟上来。这时,从王府后面闪过来一彪人马,为首的是奈曼乌勒。他的马颈上还驮着一个被捆了手脚的人。到了格力图尔面前,奈曼乌勒一面滑下马背,一面就势把横在胯前的那个簌簌发抖的家伙摔到地上。人们看清,这正是昨天夜晚畏罪潜逃的道尔吉。

"大哥!"格力图尔大声喊道,跳下马来,奔向奈曼乌勒,两个人紧紧抱在一起,都泣不成声了。

"大哥!"

"我的好弟弟!"

"你又受苦了。我真不该让你离开我……"

"不要说这些了。我们这不是又到一起了吗?"

"你的伤——"

"不要紧,只是受了点儿轻伤。唔,等一等,乌日娜金还没有消息吗?"

"没有……她厌弃我了,是吗?"

"我想——不会。"

"不会……不会吗? 可是事实上……"

"根本不存在什么事实!"奈曼乌勒愤然道,"我们都叫人给欺骗了!"他说着,狠狠踢了道尔吉一脚。

"是他?"

"是他。还有索伦扎鲁。——道尔吉! 当着格力图尔的面,把你们的可耻行为讲出来!"

道尔吉蜷缩了一下身体,仰起满是鞭伤的脸,哭喊道:"格力图尔饶命啊！这都是索伦扎鲁的主意,不干我的事啊！"

"你还想狡辩吗?"奈曼乌勒押着道尔吉的耳朵,叫他跪在格力图尔面前,"你们不仅挑起格力图尔和王绍祖之间的仇恨,还害死了娜仁和松和拉,更令人气愤的是,你们把义军的计划密告了王世祺,还想劫掠王府的珠宝去发一笔横财。亏得你财迷心窍,回来接应索伦扎鲁,落到我的手中,否则,有些事我们现在还会蒙在鼓里。"

"是这样!"格力图尔咬牙切齿地说,向前走了一步,狠狠打了道尔吉一记耳光,"来人! 把他拉到队伍前,让我们所有人的坐骑都从这个十恶不赦的坏蛋身上踏过去!"

立刻有人把哭喊饶命的道尔吉像拖死狗一样,拖到队伍前边去了。

奈曼乌勒看了看眼前黑压压的马队,问道:"看样子,额勒瓦奇尔改变了主意?"

"是的,决定放弃王府。"

"唉,早该如此。他人呢?"

"他说要休息一会儿,然后用火枪队掩护我撤退。"

"可是,火枪队就在你的马队后边,并没有额勒瓦奇尔呀!"

"怎么会呢? 走,我们去看看。"

格力图尔和奈曼乌勒跳上马背,跑到马队后边的火枪队跟前。火枪队的统领告诉他们,额勒瓦奇尔在向正殿走去的时候,命令火枪队从即刻起归格力图尔指挥。格力图尔拧起双眉焦躁地向王府方向看去,发现王府周围已全是敌人的马队,堞楼上已飘扬起官军的大旗。

奈曼乌勒轻轻摇摇头道:"他是宁肯死掉,也不愿同我们一起去做流寇的。"

"你是说……"

"他可能自杀。"

"为什么?"格力图尔大声喊道,额头上沁出大颗大颗的汗珠,"今天怎么了? 为什么都想去死? 难道我们都到了末日?"

"你说谁都想去死? 还有谁?"

"王绍祖! 他也是自己去寻找死亡!"

"你说清楚,他在哪儿?"

"你看吧!"格力图尔回过头来,指着南边的一带烟尘说,"他带领他的人马冲过去了。"

奈曼乌勒怔了一下,很快明白了王绍祖的决心,悲痛欲绝地喊道:"格力图尔!我们为什么一个连一个地犯错误?我早估计到他要用一死来解除人们对他的误会。我也曾担心会来不及挽回这样的后果。而现在……唔,天哪!我仅仅晚来一步!我们怎么向巴兰森格妈妈解释?她会骂我们的呀!该死的索伦扎鲁,是你误了我的时间,你在哪儿?我恨不得立刻把你扯成碎片!"

"大哥,你骂我吧!都怪我呀……"格力图尔流着泪说道,怀罪地低下头去。过了一会儿,他猛地抬起头,大声说道:"大哥!你带领弟兄们突围。我先去救出额勒瓦奇尔,然后救出王绍祖。不救出王绍祖,我不会活着来见你!"

"住口!"奈曼乌勒大喝一声,"我不允许你再胡来!首先,王府已被官军占领,你冲不进去。就算你能冲进去,恐怕也只能看到额勒瓦奇尔的尸体。再说王绍祖,你以为他此刻愿意见到你吗?把你的骄傲收敛一下吧!你要立刻带领人马突围。多带出一个兄弟,你就会为你为额勒瓦奇尔多赎回一分罪过。从此,你要多听听朋友们的话,多想想我们受过的苦。记住,我们的生命是有用的,不能无代价地轻易捐躯,我们要走巴兰森格的道路,或者寻找一条更新的更理想的道路。出发吧!我会救出王绍祖的!"

奈曼乌勒说完,便率领他幸存下的几百名战士,踏过道尔吉的身体,朝着充满杀气的左前方,斜刺里冲了过去。格力图尔曾想立即带队突围,但略一思索,还是决定先去救出额勒瓦奇尔,便举起大刀,带领部下,向王府猛冲过去。

义军的速度是惊人的,喊声是惊天动地的。刹那间,王府大门外,刀光乱闪,火枪齐鸣,杀声震耳,尘土飞扬。双方都使足了力量,展开了激烈的交锋。

激战一开始,格力图尔的队伍就占了上风。这有两个原因,首先,占领王府的并非王世祺的官兵,而是喀喇沁旗召集起来的旗丁,战斗力本来就很差,他们原以为义军正想突围,不会再回过头来攻打已放弃的王府,又没有迎战的充分准备;其次,义军已下了破釜沉舟的决心,而且是想救出自己爱戴的统帅,早已置生命于不顾了。另外,在人数上,义军也占着绝对优势。这样,旗丁在猛虎般的义军骑手的砍杀下,哭爹叫娘,渐渐向王府大门退去。

统领旗丁的是敖尔敦和额勒吉卡。此刻这两个人正站在堞楼上,看着下面的激战,急得手足无措。他们本想命令堞楼上的火枪手开枪,但有谁能分辨出，被混战弄得天昏地暗的战场，谁个是旗丁，谁个又是义军战士呢？而且，那搅到一起的拼杀者，渐渐地逼近了城门。这一点最使敖尔敦不寒而栗，只要大队人马进入大门，他和所有旗丁只能束手就擒，王府又要落入义军的手里，即或他能从义军手里得免一死，科尔丹也不会饶过他的。满脸大胡子的额勒吉卡更是沉不住气，他看着焦虑无计、心惊胆战的敖尔敦，感到厌恶和恼怒，便嘟囔着骂了一句什么，挥了一下胳臂，回身想冲下堞楼。

敖尔敦赶上去，一把拉住额勒吉卡，大声说道："额勒吉卡，难道你也想去冲杀吗？"

"我还等个屁！现在就是杀，杀，杀！或者杀死对方，或者被对方杀死。'带刀的人，要有断头刺胸的勇气'！"

"可是你应该清醒些，看看当前的局面。这样的交锋，成吉思汗的名言是挽救不了我们的败局的。"

"我宁可战死，也不能像你这样眼睁睁地等着失败！不要忘记科尔丹对你的恩惠！"

"我怎能忘记科尔丹的恩惠？我想，我们应该动动脑。你说，他们已经放弃了王府，为什么又返回来攻打王府？我看，格力图尔可能还不知道额勒瓦奇尔已经命丧黄泉，唯一的目的是回来救他的。"

"就算你说的有道理，也退不掉格力图尔的人马啊！"

"能的，额勒吉卡。只有我去冒一次险了。我现在就到大门外边去，找到格力图尔，叫他知道额勒瓦奇尔已经死了，他会立刻解围的。"

"那你就快去吧！"

"好。额勒吉卡，我一出门，你仍旧要把大门紧闭。"

这时，格力图尔已在激战中跌下马去，他的肩上受了伤，马头挨了一刀。他更加激怒起来，瞪着发火的眼睛，挥起仍握在手里的大刀，向他所能碰到的旗丁和他们的坐骑猛砍。有人叫着跌下马背，又叫着在他的大刀下丧命。格力图尔已杀得性起，好像身体里注入了使不完的力量，注入了令人胆寒心骇的杀气。周围的旗丁心惊肉跳地躲避着他。在激烈的混战中，火枪失去了作用，全凭大刀片了，而使用刀片的纯熟和令人生畏，在整个战场上没有一个人能抵得上格力图尔，这样，就使格力图尔周围的旗丁唯恐避之而不远了。

失掉坐骑的不止格力图尔一人，双方都有不少人临时成了步兵。战场上除骑兵拼搏外，又加上了步兵的格斗。

格力图尔一会儿砍死左边的敌人，一会儿砍死右边的敌人，他的眼前只剩下了恐怖的眼睛和飞溅的血花。他又举起大刀向正前方一个逼近的敌人砍去，只听那人大声喊道："格力图尔，别砍！是我！"

格力图尔一怔，收回了大刀，却向前一步，拽住了那人的胸襟，气愤地抖动着声音说道："是你！敖尔敦……"

"外甥，千万饶我一命吧！"

"你可没想饶过外甥的命呢！"

"怪我，我该死！看在你妈妈的份上，留我一命吧！"

格力图尔痛苦地呻吟了一声，松开敖尔敦，骂道："滚！我不杀你，还会有人杀你的！"

"等一等，格力图尔。我知道你为啥又来攻打王府。可额勒瓦奇尔已经死了……"

"你说什么？你在撒谎！"

"外甥啊，在这种时候，我还敢撒谎吗？他真死了，好像是……自杀。不信，你可以进去看看。"

"我要进去看看的。你以为我们打不进去吗？"

"能，你能打进去。这里的旗丁都是你的老乡，你忍心把他们都砍死吗？你可以喊住你的人，先收住大刀，等你证实我在骗你，再打也不迟呀！你还不相信我吗？要不这样，我就留在你的身边，你派人到王府正殿去看个究竟，要是那里没停着额勒瓦奇尔的尸体，你就当着众人的面砍下我的脑袋！"

格力图尔听着敖尔敦倾心吐胆的保证，耳边响起在堞楼上同额勒瓦奇尔分别时，额勒瓦奇尔那番意味深长的谈话，以及奈曼乌勒离去前的一番真知灼见的分析，终于相信了额勒瓦奇尔确已不可能生存了的事实。他觉得眼前一下子变得漆黑一团，身上的力量也消失了一大半。他努力使自己站稳，抬起黯然无神的眼睛，向王府内闪烁着寒光的琉璃瓦顶望去，悲哀地喃喃自语道："你为什么要死，为什么要自杀呀！没有你，我们可怎么办哪！"是的，在他看来，失掉了额勒瓦奇尔比失掉自己更可怕，义军从此没了灵魂。如果此刻没有周围的拼杀声，如果不是这拼杀声使他想起必须带领部下突围，那他肯定会昏厥过去，甚至永远站不起来了。他镇定了一下，在心里说道："额勒瓦奇尔统帅，原谅我不能跪在你身边给你送行了，……用不了多久,我也会追随你去的……"接着,他推开了敖尔敦,发了疯一样挥刀劈死一个旗丁,夺过缰绳,飞身上马,喊着自己的部下,撤离王府门前的战场,向正南方已开始向里收缩的官军猛扑过去。半小时后,在一个更大的战场上,又开始了一场刀光剑影和血肉横飞的搏斗。

官军中临阵指挥的王世祺终于看透了义军的意图,立即改变了和科尔丹商定的围困逼降的计划,一面拼死迎战,一面派出传令兵,命令四个方面的队伍同时对义军展开围剿。

原地格斗的局面长久地持续着……

在奈曼乌勒的人马冲向王绍祖决战的地方的时候,王世祺也派出一部人马尾追过去。这样,在王绍祖的周围,便形成了一个复杂的包围圈:他和决心战死的二百人处在核心,四面是铁箍一样向里收缩的官军,官军外面是猛虎一般往里冲杀的奈曼乌勒的人马,最外面是自信为胜利者的又一股官军。这就使王绍祖有了喘息的机会,因为和他们格斗的官军要同时对付前后两方的攻击。当然,奈曼乌勒也同样处在前击后杀的局面中。奈曼乌勒终于在一块高阜处看到了杀得性起的王绍祖,王绍祖也同时看到了刀法娴熟的奈曼乌勒。两人终于冲开一条血路,遇到了一起,马头对着马头,气喘吁吁地对望着。

"绍祖,弟兄们都为你担心,都等着你回去呀!"

"唔,谢谢。"王绍祖扬起手背抹了一把脸上的血污,"不过,我怎么能回去呢?你们赶快突围去吧!"

"难道一句错话一个误会就使我们的友谊整个毁灭吗?请不要叫朋友们在灵魂上不安……"

"你错了,奈曼乌勒。我不会忘掉友谊,也不会成为友谊的叛徒。我的心,永远盛着你和弟兄们的情谊。但是,假如由于我的存在,由于对我的误会,而使一颗高贵的心受到伤害,那我宁可消灭自己的形骸,特别是,这个人是巴兰森格妈妈的女儿……"

"可是,你这样做,不是更加刺痛朋友们和巴兰森格妈妈的心吗?"

"不会。他们会赞同我表白自己心迹的方式。而且,我希望你们知道,对那些同甘共苦的伙伴,是不该怀疑他们的,哪怕他们并不是同一祖先……"

"绍祖,我们已经明白了你的心迹,而且得知你的身上也流着蒙古族的血液。你的行为又毫不夸张地证明了你高贵的心灵。为此,格力图尔正在深深地责备自己,……我只求你保存有用的生命,义军是需要你的。"

王绍祖惨然一笑,说道:"我感谢你的盛意。不过,你又错了。我这样做,并不是为了以生命的代价重新获得永存的信任。而且,作为一个擅自离开队伍的人,他也不会原谅自己而给义军开一个不好的先例……"

"绍祖!"奈曼乌勒使自己的马更靠近王绍祖,紧紧抱住他,眼泪簌簌滚落下来,"绍祖,听我说……"

"等一下,我到底想起来了。"王绍祖垂下眼帘,说道,"现在,我可以完成巴兰森格妈妈的全部嘱托了……"接着他简单而又十分费力地讲述了奈曼乌勒的妻子菊花的消息。菊花逃出扎布曼都官邸,在中途流产后不久,被巴音赛克图送到巴兰森格的山寨。因她身体一直不好,巴兰森格从不让她下山。有一次,巴兰森格又带人马去打劫商队,她的两个部下偷偷返回山寨,把菊花挟持走了。为此,巴兰森格大病一场。她知道,菊花和奈曼乌勒这对夫妻爱得很深。失掉菊花,对奈曼乌勒将是一个致命的打击。所以,巴兰森格再三嘱咐乌日娜金和格力图尔,不准把菊花失踪的消息告诉奈曼乌勒。后来,王府壮丁造反,巴兰森格应邀下山会合。那时,她以为再也无法隐瞒此事了。但可巧,奈曼乌勒还没有返回王府,巴兰森格便因为与额勒瓦奇尔见解相左而愤然离去。巴兰森格想,这对奈曼乌勒也许是件好事,他可能误认为菊花也去了东辽河。在希望甚至在埋怨中,总比在绝望和悲哀中略好一些,由猜测慢慢过渡到确信无疑,也总比承受突然的打击容易忍受。现在,时间已过去很久,到了应该让奈曼乌勒知道的时候了。所以,巴兰森格派王绍祖到图什业图王府报信的同时,叫他把此事转告奈曼乌勒。但是,王绍祖一直没有找到一个合适的机会完成这项使命,便开始了眼前这场决战。……

奈曼乌勒听着王绍祖的简短陈述,并没有吃惊和落泪,只是悲哀地叹口气,说道:"我早预料到了,……甚至以为她早已不在人世。"

"你问过乌日娜金和格力图尔吗?"

"没有。"

"想过要问我吗?"

"不。没有这样想过。应该说的话是无须询问的。况且,谁都不说,就已在非常明确地告诉了我。"

"可是,你总该问一问,以便……"

"以便证实我的猜测,是吗?那样,会使很多人替我痛苦……"

"奈曼乌勒!你真是个无比高尚的人……"

"不谈这个了,绍祖。眼前的事,比谈论失踪的人更重要。和我一起走吧。我们突围后,一起去找巴兰森格妈妈……你已经是满身创伤,血染战袍了,你对朋友的忠诚表达得还嫌不够吗?你忍心这样抛弃我们吗?你能决心用死表白自己,竟不能用活下去表白你原谅了朋友吗?"

王绍祖痛苦地闭了闭眼睛,几大颗泪珠滚落下来,他轻轻挣脱了奈曼乌勒的拥抱,然后凝视着不远处激烈搏斗的场面,那里的刀光和喊声正在召唤他。他缓缓地但非常坚定地说:"我还没有死吗?唔,我的心脏还在跳,血仍在涌流,力量还足够和五个人同时搏斗——不!"他大声喊起来,"不!在我还没有换回我生命价值的时候,看来是不会死去的!等着我吧!你会看到大禹和成吉思汗共同的子孙怎样实现自己的誓言!奈曼乌勒,我的朋友,等你有一天也到了另一个世界的时候,我们还会是朋友,而且不会再分别了。再见了,朋友!"

"王绍祖——"奈曼乌勒热泪涌流,伸出双臂,但王绍祖已纵马驰下高坡,找到对手搏斗起来了。与此同时,五六个兵勇向奈曼乌勒围来,他高喊一声:"来吧!绍祖,奈曼乌勒来和你作个同行人吧!"他抡起大刀,在一片寒光中,凶神般砍杀起来。随着这两个不要命的人手中大刀片的起落,周围的敌兵发出了一声声惨叫……

在王绍祖和奈曼乌勒最后想再砍杀几个敌人,同生命告别的时候,格力图尔正领着近三千人马困难地开辟着退路。官军所有伏兵都已调过来,以生力军的锐不可当的威势,对义军展开了围剿。这就使义军在无路可走的形势下,决心死战。既是不可避免的了,那么还剩下什么值得害怕的东西呢?他们一个个张着嘴,瞪着血红的眼睛,像瘟神一样,一会儿把死亡带给前面的阻击者,一会儿又把哭喊赋予后面的追兵,他们自己也随时可能成为无常的客人……

伤亡是惨重的。缺口终于打开了。

最先冲出重围的当然是格力图尔。在刚刚过去的搏斗中,他被眼前的砍杀所局限,只知道应该把大刀挥向围攻的敌兵,思想中已空无一物,甚至忘掉了自我。当他终于得以停下喘口气,看到成群的幸免于难的同伴向他聚拢的时候,才意识到自己仍旧活在人间,同时感觉到满身创伤的剧烈痛楚。他扬起又酸又麻的胳膊,擦去脸上的汗和血,迷惘地回望着仍在激战的地方,猛然想起王绍祖和奈曼乌勒。耳边回响起王绍祖的声音:"命运之神总是眷顾你,你也许不会死……"是的,他的确活着,而王绍祖却可能已经飞赴九泉。"天哪!我成了怎样一个罪人啊!"格力图尔在心里喊着,良心的谴责使他浑身颤抖起来。恰恰就在这时,有人告诉他,看到乌日娜金也身陷敌阵中。一阵痛苦的风暴疯狂地袭上他的心海,激起了汹涌奔腾的浪涛。他无力地呻吟了一声,险些从马鞍上栽下来。他知道,他想到的三个人此刻都处于极大的危险中,甚至可能都已血染沙场。这样悲惨的结局是谁促成的呢?格力图尔自然而然地归咎于自己。他的心不得安宁了。他不能扔掉朋友和恋人,只顾自己去逃命。不,格力图尔不是这种人!

那么,格力图尔到底是哪一种人呢?奈曼乌勒说得对,他是一个骄傲的人。骄傲,对格力图尔是个优点,正是这种骄傲,曾使他的正直多次放射出豪气冲天的光彩;但这种骄傲,同时又是格力图尔一个致命的弱点,不仅使他失去了无数次复仇的机会,而且屡屡犯下无法补救的过失。就眼前的形势来看,他的正确的抉择应该是率领冲出重围的同伴,远遁他乡,以求东山再起,使他们的事业得以延续。他没有这样做。也许额勒瓦奇尔的嘱咐和奈曼乌勒的批评曾使他犹豫了一下,但这种犹豫也只是刹那间一掠而过。接着,他的全部灵魂便被骄傲所统治了。他一次又一次地责问自己:"如果我扔掉了朋友,算是什么样的人?"却一次也没问一问:"如果我葬送了事业,是个什么样的人?"结果,他扔掉了上千名同伴,任凭他们群龙无首,鱼奔鸟散,一句话也没有说,只是在心里骄傲地狂喊:"我永远是忠实于友谊的格力图尔!"跃马挥刀,返身直扑战阵而去……

大约又经过近半个小时的拼斗,格力图尔竟神奇地找到了王绍祖。王绍祖已不在马背上,而是在一个暂时未被官军兵勇注意的僻静的所在,躺在地上奄奄待毙。格力图尔跳下马来,跪在王绍祖身边,双手擎着他直往后仰的头,试图扶他起来。王绍祖却死死抓住旁边的一棵杏树不放,好像在表示拒绝任何人的帮助,甚至拒绝逃出活命。

"绍祖!跟我走吧,我们还可以冲出去。"

王绍祖闭着眼睛呻吟了一声,似乎刚从梦中醒来,迷惘地问道:"你是……奈曼乌勒?"

"我是格力图尔,绍祖。答应我,让我带你走。我们已经打开了退路,……如果用一死可以赎回我的罪过,我可以用一百次死亡来换回你的生命……"

王绍祖微笑着摇摇头,推开格力图尔向他身下插去的胳臂。但他突然全身抖动了一下,神志变得清醒了。他睁开眼,看着格力图尔焦急和怀罪的脸,说道:"唔,不是做梦。你真是格力图尔!我……还没有死。我真高兴,能在与生命告别前的一刻,又见到你……去找乌日娜金吧,她在科尔丹的妈妈那里,别让她再伤心。她会原谅你……"

"可我不会原谅自己。……她现在……有人看见她也在战场上……"

"什么!"王绍祖吃惊地喊道,想挣扎着站起来,但用力过猛,刀伤疼得他满脸沁出汗珠,险些昏厥过去,眼睛里又是梦境中的迷惘和昏暗了。

"放心,我会救出她的。可你不能再说话了。绍祖,走吧,我先把你送出去。再耽搁一会儿,什么都完了……"

"不……"王绍祖断然地说,声音显得十分微弱,"我……砍死了二十七个,可他们竟没有杀死我。这群孬种!你快走吧,朋友!……别了,……格力图尔,告诉……巴兰森格……妈妈……"王绍祖说到这里,一阵剧痛使他昏迷过去。

格力图尔深感愧疚地咬着嘴唇,轻轻抱起王绍祖软绵绵的身体,想把他送上马背。可是已经来不及了,至少有十个握着大刀的兵勇朝他围过来。

格力图尔站在马旁,没有动,也没有放下王绍祖,更没有做逃跑的准备,而是凶神恶煞般面对官兵,突然他雷鸣一般地吼道:"听着!你们这群恶狗!我怀里这个人是王世祺的儿子,过来两个人,立刻把他送到你们统帅面前!再过来两个人,保护他们不受任何人攻击!"

说也奇怪,格力图尔的狂吼,真的奏效了。立刻有四个官兵跳下马来,从他怀里接过王绍祖。格力图尔弯腰拾起大刀,引镫上马,对其余几个官兵喊道:"过来吧,孬种!一齐举起你们的刀,朝我砍来吧!"

那几个官兵一下子吓傻了。他们弄不清,眼前这个瞪着血红眼睛的恶汉,是个活人还是个魔鬼?竟大眼瞪小眼,不知所措了。一刹那以后,他们纷纷勒转马缰,不要命地逃开了。

格力图尔发疯了一样哈哈大笑,然后在心里哭喊着乌日娜金,一弓身,一磕镫,像叱咤风云的天神,风驰电掣般追杀过去……

32

还是在上午,最后的决战开始的时候,科尔丹看出义军将放弃王府准备突围的企图,便立即把喀喇沁旗旗丁队伍调离战场,命令他们争取每一秒钟火速把王府团团围住,保护好每一座大殿。他态度峻厉地说,除敖尔敦亲自带领的少数忠诚可靠的旗丁,可以进入王府大门,搜捕隐藏的逆军残余和执行巡逻任务外,不得放进任何人。如有敢不听命令,越雷池一步者,杀无赦!中午前后,科尔丹曾驱车前来查看。这时,格力图尔的队伍早已离去,敖尔敦已命手下人运走了百余具战死者的尸体,王府内外打扫得干干净净。科尔丹本想到王府里去看看,但惊心动魄的战斗更吸引他。他把进入王府的时间推迟到晚上,跑到战场观战去了。

这时,战场已由王府之南移到了王府之北。这里是一带沙漠和与沙漠相连的一片沼泽地。争斗的双方都弄不清怎么会相持着跑到这么个鬼地方,甚至连想也来不及想他们的马蹄下面是沙还是泥。科尔丹的马车就停在沙漠南侧的一段岗路上。他在这里目睹了一场惨绝人寰的大屠杀。朝廷的大军和临时召集的几千名旗丁,从四面八方把义军战士围在这座屠场。作为一个旁观者,科尔丹感到一阵恐怖和悲凉。

鲜血染红了黄沙。那些可怜的造反者们,终于意识到朝廷大军比自己的队伍更有力量,知道挣扎也没有用了。有的举起双手,有的跪在血泊中,但终免不了兵勇赏赐的枪弹和刀锋。更多的人,则一直到生命的最后一息,也在死拼。不远处的沼泽地的战斗,更是惨不忍睹,马成了泥马,人成了泥人,分辨不出是人是鬼,分辨不出是敌是我,只要觉得陌生,便以刀枪相见。有的互相扭在一起,抱腰勾腿,在泥淖里角力,扼着脖子,抠着眼睛,把身体中残余的力量,用在任何可以致对方于死命的地方。他们已不记得世界上还有杀人以外的事情可干,人类所具有的一切本能和理智,全被砍杀对手这一单纯意念所包括了,而且,它也成了此刻维系生命的唯一力量。

看到这些,科尔丹曾想大喊:"住手!"但他一个字也没喊出来,却从胸腔里滤出一声凄惨的呻吟。这时,他派往王府找王世祺的库玛飞骑回来。

科尔丹愤然而无力地问道:"找到了吗?"

"找到了。"库玛跳下马来说道,"但他说,要马上去清理王府内的财物,暂时不能来见您。"

科尔丹鄙夷地"哼"了一下,说道:"清理……还不如明明白白说是夺取!可是——"科尔丹抬起沉重的胳膊指了指眼前的屠杀,"他对这个怎么解释?"

库玛道:"奴才按照您的命令,问他'科尔丹梅伦和您讲定的是围困逼降,为什么变成了围剿杀戮'?"

"他,怎么回答?"

"王世祺大人说:'你告诉科尔丹,他可没有说过逆军会去夹攻我的队伍。他们想置我于死地,我就要把他们斩尽杀绝!'"

科尔丹无可奈何地摇了摇头,又把眼睛移向下边的砍杀场面。突然,一个左砍右击的被围攻者,跌下马来,只见他用手捂住双眼,一骨碌爬起来,伸开沾满鲜血的双手,跌跌撞撞地向四外摸着,并嘶哑地狂喊:"上来!龟孙子们!"

"是奈曼乌勒!"科尔丹惊讶地叫道。

"是他,少爷。"库玛证实地回答道。

"快去,库玛。告诉那些官军,说这个人我要活的。"

摩玛答应了一声,跳上马背驰下坡去。不大一会儿,两个官兵就协助库玛把两眼已被砍瞎的奈曼乌勒带到科尔丹的面前。

奈曼乌勒仍在一面挣扎一面狂喊:"松开我!龟孙子们!"随着他的喊声,流到嘴角的鲜血四处飞溅,就像喷射出一股股烈火。

这情景把科尔丹吓坏了。刹那间,喊杀声,拼斗声,在耳畔轰响起来,生死搏斗的场面恐怖地接二连三地闯进他的眼帘。这一切又都很快变成了阴惨惨的地狱景象。紧接着全是殷红的飞溅的鲜血了。鲜血向他瓢泼大雨般浇来,冲进他的双眼,冲进他的脑海。他的喉咙有一团火在燃烧,他就要被烧焦了。他终于控制不住,在劈头盖脸压下来的鲜血中,倒在地上了。库玛和另几个随行人员把他架到车上……

过了好久,战斗已经结束,他才苏醒过来。库玛向他报告,奈曼乌勒以外,又活捉了格力图尔。叛逆队伍的几个主要统领,只不见了索伦扎鲁和乌日娜金。

"格力图尔也被捉住了?"科尔丹问道。

库玛说:"其实他已经逃出去了。只是为了救乌日娜金,才又返回战场。"

"你怎么知道?"

"刚才是他自己亲口对奈曼乌勒说的。"

"那么,乌日娜金呢?"

"不知道。听格力图尔的话,好像根本没有看见她。他的马陷在泥淖里,否则也不至于被生擒。"

"是啊,他的马救了他。……能活捉他,这很好。他在哪儿?"

"和奈曼乌勒一起押往王府了。"

"对了,叔父有消息吗?"

"据说,他被自己手下人打死了。也有人说是自杀。"

科尔丹喟然哀叹道:"可怜的叔父。……一个有用的人,就这样从世界上消失了。"

"我们回去吗?"库玛问道。

"回哪里?"科尔丹感到很迷惘。

"敖尔敦刚才派人来请您尽快回王府。"

科尔丹没说什么,却显得神情恍惚地从车上下来,眼望着那尸横遍野的战场,觉得心里一阵搅痛。这时,朝廷得胜的兵马,已全部向东追剿突围出去的败兵了,战场开始沉寂下来。但那喊叫声和砍杀声却依旧在科尔丹的耳畔震响。不知是一种什么力量和什么心理作用,科尔丹慢慢走下山坡,到了战斗过的地方,在尸体间向纵深处走去。他周围是以各种可怜、可怖和可鄙的姿态倒毙的勇士,看那临死前的刹那凝然留下的表情,更是令人毛骨悚然,觉得头皮和颅骨离开了一样。有的大张着血口,有的恶狠狠地瞪着眼睛,有的龇牙咧嘴,似乎疼痛地号叫着。有的怡然微笑,像唱着"得其所哉"。科尔丹发现,有的尸体仍在蠕动,甚至发出呻吟声。他脚前就有一个趴在地上的战败者,两只手都在用力地抓着身旁血染的黄沙。科尔丹蹲下去,把那个笨重的身体翻转过来。那个人确实没有死,竟睁开眼睛,迷惘地注视着昏惨惨的天空。当他渐渐恢复了视觉的眼睛接触到科尔丹的目光时,惊恐地叫了一声:"科尔丹!"

"你是谁?"

"我是多伦村的。我叫……"

"不必说出名字。你感到后悔吗?"

"不知道……你要杀死我吗?"

"不。"

"那我也会死的。"

"不会。你身上并没有重伤。"

"是,我被打昏了。我说的……不是这个。你们抓住我,也会杀死我的。"

"朝廷确实有这样的命令。"

"所以,我莫如死在这里。死在……战场。"

"你会后悔的。"

"不。一死,就什么也不知道了。"

"你很勇敢,很有骨气。"

那个人苦笑着闭了闭眼睛,说道:"我很高兴在临死前听到这样的……赞扬。请快些动手吧!"

"不过,我却不想让你死。我可以放了你,只要你回多伦村。"

"你——你说的是真的?"

"我能对一个战败的受伤者说谎吗?"

"以后呢?"

"以后也不再追究,只要你安分地过日子。唉,我们都丧失了理性,干了一场糊涂事。特别是我……"

"那么,我回多伦村……"

"好。我扶你起来。"

科尔丹伸出颤抖的手,帮助他站起来。这个人努力立定双脚,晃了几晃,总算稳住了身体,没有再倒下去。他四处看着,喃喃地说道:"天哪,多可怕!"

"是啊,太可怕了。伟大的成吉思汗在惩罚他的不肖子孙……"

"科尔丹少爷,你……真让我走吗?"

"你走吧。……不对,往那边,往西才对。你会找到马的。如果你遇到还能走动的同伴,也告诉他,他自由了……"

看着那个人趔趔趄趄向西走去,科尔丹重重地叹了口气。然后,他回过身,向另一处走去。大约有十几个还活着的人,被他放走了。最后,他走到一个也开始复活的"女尸"跟前。她仰脸躺在那里,身上有几处刀伤还在流血,几乎还是新的长袍被撕得零零碎碎,脸上被黄沙和血的混合物涂抹得无法辨认容貌,看样子,在昏厥前曾在地上翻来覆去挣扎过。科尔丹默然凄惨地看着这个不幸的女子,两行热泪顺着面颊流了下来,嘴唇颤抖着说:"可怜的姑娘……也许你还没有……结婚。"他慢慢蹲下去,伸出右手,轻轻拂拭那少女脸上的污物。曾有一瞬间,那眼睛睁开了一次,又立刻痛苦地闭上了。然而,科尔丹毕竟看清了,那正是乌日娜金的美丽而冷峻的眼睛。同时,那依稀可辨的鸭蛋脸,盘在脑际的长辫,都证明他没有认错。他突地一抖,站起身来,连退了两三步。跟在身后的随丁不知道这具"活尸"为什么如此令科尔丹惊骇,连忙从两边扶住他。

科尔丹微合两眼镇定了一下,然后对库玛说:"把你的马牵来。"

在库玛去山坡上牵马的这段时间,科尔丹久久地凝视着乌日娜金的身体,看着她的四肢缓缓开始搐动,丰满的胸脯呈现深深吸气的状态,脸上也开始有了痛楚的表情。这就是当年他为之慨叹"红颜薄命"的美丽少女吗?这就是那个引诱不能动其心、淫威不能夺其志的刚强姑娘吗?这样的好姑娘,为什么注定要和眼前的悲惨场面搅到一起呢?同时,另一种模糊的想法也随着惋惜的心情油然而生,那就是,他总觉得欠着乌日娜金什么。到底欠什么呢?他一时却回答不出。

库玛牵着马过来了。他站在科尔丹身后问道:"少爷,有什么吩咐?"

科尔丹眼睛仍旧盯着乌日娜金,对库玛说道:"库玛,你能忠实地执行我的命令吗?"

"少爷,奴才从未违拂过您的意旨。"

"那么你听好。你守在她的身边——你知道她是谁吗?"

"她是乌日娜金。"

"对了,正是乌日娜金。你守在她身边,不准任何人加害于她。待她完全醒过来——她的伤还不至于送命——你把她扶到马上。告诉她,她可以到任何地方去。但不能提到我的名字,你能做到吗?"

"虽然奴才不理解少爷的意思,但我保证执行得分毫不差。"

"这就好。等她骑马走了,你再回王府。假如来得及,我会派车来接你。"

"明白了,少爷。"

科尔丹又看了看乌日娜金,长吁了一口气,转过身走了。刚走几步,好像又想起了什么,停下脚步。他略一思索,伸手扯下帽子上那颗很多人艳羡的玛瑙珠子,摘下腰间佩带的玉玦,集中一起,用手帕包起来,又回到乌日娜金身旁,蹲下去,塞进她的怀里,又理了理她的衣服,确信放进的东西不至于遗落下来,才直起身,头也不回地向山坡上马车停留的地方走去了。他对自己的行动感到奇怪,在心里自问道:"这是什么意思?是怜悯?是恻隐之心?是恩赐?还是补偿?……"他找不出答案,却感到羞愧。他紧走几步,钻进车子,再也不想去看身外之物了……

33

科尔丹从结束激战的沼泽地返回王府,已是当日上灯时分。

在暗淡的天光下,呈现在科尔丹面前的王府,是一片肃穆的宁静。犹如一座大剧场,舞台上高歌狂舞的演员和舞台下击节喝彩的观众,一下子全消失了一样,显出一种令人难以忍受的空寥和寂寞。特别是经过阴沉沉的月光的涂抹,使人联想到隐藏在深山老林里的千年古墓,怵然不敢举足前行;又使人有一种魇在梦境的感觉,像掉入砭人肌骨的冰窟,硬是挣扎不起。

科尔丹真以为是在做梦,甚至觉得自己的身体是从车上轻轻飘到地上,和鞠躬迎候他的敖尔敦一样,都是梦中虚幻的人物,他怀疑自己的存在,怀疑自己还能够发出声音。他下意识地试探地轻咳一下,那嘶哑凄惨的声音连他自己也吓了一跳。

敖尔敦关切而恭敬地问道:"您受了风寒吧,少爷?"

"不。没有。"科尔丹说道,身上竟真的发起抖来,"不过,我觉得很冷。也许是月光过分的凄清了吧?我们进去吧。"科尔丹费力地拔开腿,同时把脸转向驭手,"立即去接回库玛。"

马车辚辚地驰走了。在敖尔敦的陪同下,科尔丹慢慢走进王府大门。他的脚步很轻,但脚下石板发出的嚓嚓声,在阴气森森的王府庭院里,仍有点儿瘆人。他满腹感慨地环顾着四周,在冷月清辉下,画梁飞檐依然在,红墙碧瓦犹自存。然而,人去楼空,静如古刹。这和昔日绛灯高照,金杯频举,鼓乐声喧,人流穿梭的繁华比较,真有如云泥之隔而令人百感交集了。这时,迷蒙的雾霭无声无息地涌进王府的庭院,并挟带一股股令人窒息的血腥味。科尔丹实在有点儿胆寒心骇了。为了调整一下有点紊乱的神经和镇定一下恐怖的心理,他又开始和敖尔敦说起话来。

"敖尔敦,格力图尔很好吗?"

"他……是的。少爷,他的伤不重。"

"你没放了他?"

"奴才怎么敢?再说……"

科尔丹挥手打断了敖尔敦的话,惨然一笑说道:"其实,你放了他,我也不会怪罪你的。"

"可是,奴才怎能干出给少爷带来麻烦的蠢事呢?据说,人们都知道你活捉了格力图尔。"

"他关在哪里?"

"被王世祺大人带走了。"

"怎么,他已经来了吗?"科尔丹问道,心里奇怪自己怎么会明知故问?

"是的。他坚持带走格力图尔,而且要进驻王府。我再三解释,他才答应把大队人马驻扎在三里外。但他和几个随从却非进来不可。"

"那么说,王世祺正在王府里?"

"正是,少爷。但正殿和王爷卧室,我一直派人把守,他没有进去,很不高兴。"

科尔丹沉吟道:"是啊,他是有权发一次大财的。放过这次机会,也就不是王大人了。——走,我们就先到正殿吧,看一看我的叔父曾发号施令的地方。"

"对了,科尔丹少爷。令叔父大人已死在正殿的地毯上……"

"知道了。"科尔丹说道,"照你看,像是自杀吗?"

"看样子是自杀的。胸口流血,手边有一支手枪。"

"自杀……当然,应该是自杀。他肯定会这样做的。像叔父这样耿介拔俗、一身傲骨的人,怎么会在失败时逃跑和向他的敌人乞求活命呢?咳,可怜的叔父……"科尔丹边说边踏上正殿的台阶,"他的尸体在哪儿?"

"仍在原地,未敢移动,专等少爷处置。我只是把令叔父大人的伤口堵住,以免地毯流上更多的血。另外还有一具不知姓名的尸体,也没有抬出去。"

"你做得很对,敖尔敦。对于叔父,我是很敬重的,我将厚礼安葬他。而且,维持原状,可以使我想象他临终前的情景。实在说,我是不希望他死的。好,我们进去吧,我想看一看叔父那高贵的遗容。叫卫兵把门全敞开,使里面的空气清新一些……"

大殿里,早已没有了生动的气氛,陈设却依然井井有条。唯其如此,在寂静中更显得凝滞呆板。几支蜡烛的暗红的光照出地当中的一具恰然僵卧的尸体,使这座豪华的大殿俨然成为一间灵堂。这里的格局与王爷在世时并无变化,只是地毯的两侧多了几张条几,令人想见额勒瓦奇尔在这里和各位首领议事的情景。

科尔丹摇头叹息一声,怀着崇敬、悲怆和惋惜的心情,向叔父的尸体缓缓接近。他似乎走了很长的路。往事在心头涌动,眼泪顺着面颊滚落下来。他终于走到了叔父的身边。

敖尔敦蹑手蹑脚走到正面的案几前,擎过一支蜡烛。使科尔丹能更清楚地看到额勒瓦奇尔的面孔。科尔丹慢慢蹲下去。他看出在那张坚毅刚强的脸上,残留着庄严凝重而又隐隐有痛苦之状的表情,似乎有许多想说又未能说出的话停在嘴角。科尔丹忍不住抽咽一声,心头突然像压上一座山一样沉重。他伸出不停抖动的手,轻抚了一下叔父自戕的部位,并把胸前衣服的皱褶理平。他感到自己的手触到一个硬硬的东西上,像是纸。他想,也许是遗嘱吧。他把手探入叔父的怀里,抽出一叠纸,急不可待地展开,凑近烛光,看起来。这不是遗嘱,却是他在决战前写给叔父的劝降信。科尔丹一下子明白了,叔父在临死前的一刹那,仍处在痛苦的矛盾之中。他把信收入自己的怀里,看着叔父的脸,心里暗暗说道:"叔父大人,为什么你不就是王爷?为什么你非要选择死这条路呢?如果以一死能挽救我们这个民族,我也不会吝惜生命而苟活于世的。"

正在这时,科尔丹好像看到叔父的脸抽搐一下,他吓了一跳,不胜惊骇地跳了起来,踉跄地倒退一步,恐怖地看着敖尔敦说道:"敖尔敦,你看到叔父在动吗?"

"少爷,不会的。"敖尔敦扶住脸色惨白的科尔丹,宽慰着他说,"是由于你太伤心,不断滚落的泪水使你看到一切都在动。"

"可我如此真切地看到他的脸抽动了一下,是的,不会错。如果是由于伤心、劳累和眼泪在作弄我,那我应该像你说的,看到一切都在动。而我,却只看到叔父的脸在动,而且仅仅是左脸……真的,他肯定动了一下。我相信,如果叔父的在天之灵有知,是会理解我的苦心,不会故意吓唬我的。也许……也许他还没有死。"

"那怎么会?这么长时间了。我们走吧,少爷。你此刻是很需要安静和休息的。"

"不,等一等。"科尔丹固执地推开敖尔敦的手,壮起胆子又蹲下去,把手放在额勒瓦奇尔的胸口,继而干脆趴下去,将耳朵紧紧贴在伤口附近的心脏处。他终于确信,刚才没有看错,因为他听到了叔父的心脏的微弱的跳动声。他惊喜地跳起来,抓住默然伫立的敖尔敦,激动地说:"真的,他还活着!敖尔敦,我得感谢你。"

"少爷,您说什么?"

"我说我要感谢你!叔父可能是在开枪时手抖动了一下,因而没有射中心脏。但如果不是你及时堵住他流血的枪口,他早就与世长辞了。——事不宜迟,敖尔敦,去喊来两个人,把叔父抬到王爷的卧室。快去找来医生。另外,去看看库玛回来没有,叫他准备好马车,把叔父连夜送到喀喇沁旗调治。这一切都必须秘密进行,万不可叫王世祺知道。我们明天要用另外那具尸体给叔父举行葬礼。——唔,等一等。我们俩先把叔父抬进去——不,这不行。你叫门口的卫兵去找来一块木板,门板也行。这里的事我来干,你要抓紧时间去找医生和库玛。快去吧,敖尔敦!"

敖尔敦答应了一声,又看了看简直有点儿癫狂的科尔丹,把蜡烛递过去,便跑去执行命令了。

敖尔敦和卫兵离去后,大殿里寂静下来,科尔丹焦急地走来走去,不知该做什么。他又开始怀疑是在做梦,甚至怀疑自己疯了。过了一会儿,觉得镇定了一些,便擎着蜡烛,在叔父身边蹲下去,掏出手帕,开始用心擦拭叔父手上和脸上的血迹……

"科尔丹梅伦!"

一声不客气的呼喊,使科尔丹骇然地跳起来,咚咚乱响的心脏险些从喉咙里蹦出来。当他看清站在面前的是王世祺,并有一股酒气冲进鼻孔时,恼怒和厌恶立刻在胸间交织起来,变成一股力量,迅速向紧握的拳头上集聚。他竭力控制着自己,逼视着这个志得意满的市侩,竟一时说不出话来。

王世祺不在乎科尔丹不友好的表情,假惺惺地笑了一下说道:"据说额勒瓦奇尔自杀了。科尔丹梅伦这一定是在凭吊令叔父大人了。对吗?"

科尔丹此刻最担心的是王世祺知道叔父并没死,所以他朝王世祺走了一步,把蜡烛擎在胸前,使烛光不能照到叔父的脸上。然后,压住怒火,尽量显得平静地说:"正是这样。叔父自杀身亡,侄儿理所当然感到悲痛。"

"我想,你也一定会按王公的葬礼来处理令叔父大人的后事了。"

"您说对了,管带大人。"

"这可就有点儿过分了。他可是罪魁祸首呀！"

"三营管带王大人，这次巨大的胜利对您已经够荣耀了。而且，您还自食其言，使您部下的疯狂杀戮超过了极限。在这样的残杀后，是不该对已经死去的人太残忍的。"

"凭你怎么说吧，你是不该在钦犯的尸体前抛洒清泪的。

——不过，我们不谈它吧。我能体谅你，也可以不过问此事。而且，我也并非有意来寻找你的行为失于检点之处。我刚才经过这里，门开着，你在里面抚尸落泪，而恰好没有卫兵阻拦，才敢蹑足潜踪地过来拜见你。"

"您这话是什么意思？"

"很明白，科尔丹梅伦。你曾下令不准任何人——当然包括我了——进入王府。在我根据当之无愧的权利进入王府大门后，又是你的命令把我拒之在正殿之外。"

"这是您的误解，管带大人。在目前，您可以在整个哲里木盟为所欲为，而没有人敢稍加拦阻。我是下过您方才提到的命令，但我的命令，是为了在您到来之前，为您清扫门庭，和在您光荣地进入王府大门时，受到热烈的拜迎。因为按理您作为主帅，是不会在战斗结束前就离开战场的。"

"是呀，我来的不是时机。对我的捷足先登，你一定十分生气吧？"

"岂敢！我只是说，您在激战的当日莅临王府，是我未曾料到的。至于说到正殿和王爷卧室，我以为还是保持原样为好。我估计，在逆军窃据王府的日子里，正殿肯定归叔父使用，而他绝不会破坏或改变这里的一切。在以后的日子里，我也希望这里不发生什么变化。这您应该理解。而且，据我所知，大殿和王爷卧室的贵重物品与库房里的珍宝比较，那是不足道的。"

"这话怎讲？在你眼里我是来洗劫财宝的吗？"

"不是洗劫。我们是有言在先的，我也不会悔约。——不过，王世祺大人，我们别再为这些本可心照不宣的事争论了。这对您和我，都不是什么光彩事。我想问一下，令郎没有消息吗？"科尔丹转换话题，是想尽快使王世祺离开大殿。

王世祺说道："承蒙关心，十分感谢。犬子已被送进王府。"

"他是自己来的吗？"

"不是。他受了很重的伤。是被我的部下抬来的。所幸尚未毙命，如果上天有眼，会恢复健康的。——唔？什么声音？我好像听到令叔父大人在呻吟！"

科尔丹也听到了叔父的呻吟，不由得一抖。他极力掩饰着心里的不安，故意叹息了一声，说道："哪里会？叔父已死了半天多了，子弹打中了心脏。您一定是害怕了，误将不相干的声音当成了尸体的呻吟。我们离开这里吧，再过一会儿，您会怀疑叔父要闹鬼的。"

"闹鬼？哼，"王世祺说道，"现在不会，以后也许真会闹鬼，但那要在安葬之后。"

"天哪！"科尔丹故作惊恐之状地说道，"您的话真使我毛骨悚然。我们快走吧，要不，我连腿也抬不起来了。令郎在哪里？"

"在西偏殿，已派人服侍。——可是，令叔也许……"

"别再吓唬我了！我见过闹鬼，太可怕了。尸体忽地坐起来，又忽地跳起来，见人就追。被他搂住的人，休想逃命！您要不怕，自己在这里听尸体的呻吟吧！"科尔丹边说，边急急地向门口走去，并吹熄了手中的蜡烛，随手把它抛到黑暗处，发出嚓啦啦的响声。

王世祺听到科尔丹的话，也感到头皮发麻，又突然听到黑暗处传来响动，就更害怕了。他紧赶几步，拉住科尔丹的胳膊，仍有些不甘心地说："科尔丹梅伦，我们还是看个究竟才对，要不，我再去喊来几个人壮壮胆子？"

科尔丹生气地说："您真是个怪人！您是希望在王府里也出现一出类似借尸还魂的闹剧吗？您最好多给活人一点儿安慰，少在死人身上去寻找毛病吧。我要去看望绍祖，您要愿意，就在这里替我守灵好了。"

科尔丹的话，触到了王世祺的痛处，使他想起在盛京城自己导演的那一场借尸还魂的丑剧，以及接踵而至的种种厄运。他悲哀而又羞愧地低下头。后来，只好随着科尔丹走出大殿。恰值敖尔敦一干人等急急走来，两个卫兵还抬着一块大木板。

科尔丹先是一惊，但立刻镇定下来。他朝着敖尔敦说："你们干得很快，这很好。立刻搭好灵床，把叔父的尸体抬上去。要增加蜡烛，让大殿里明亮一些。然后，你先在这里守灵，我和王世祺大人去看望他的公子，后半夜就由我和王大人守灵。——王大人，我们先去绍祖处，后半夜就有劳您的大驾了。"

"这……好吧。"王世祺无奈地说道。

不用说，聪明的敖尔敦对科尔丹的话是心领神会的，而且，一切都会令科尔丹满意。

34

　　战斗结束的第二天,仍似处在噩梦中的科尔丹,草草安葬了以江风尸体冒充的额勒瓦奇尔的尸体。从此,他陷入极度的忙碌中。作为一个哲里木盟临时摄政者,摆在面前的事情太多了,正是百废待举。但由于胜利给他带来的荣誉和威望,使他的命令得以在全盟畅通无阻。而且,各旗扎萨克都为这次辉煌的战绩付出过力量,也感到光荣和兴奋,愿意在胜利后同科尔丹密切合作。因此,科尔丹觉得非常顺利,干什么都得心应手。再加上造反者在一年来的时间里,并未骚扰过其他各旗,生活秩序未受任何破坏,战斗一结束,也就很容易地呈现一片平静了。

　　但在王府的庭院中和大殿里,并非一切都那么平静。比如,盛传义军的残部准备营救格力图尔,以及王世祺父子发生了几次激烈的争吵,都使新上任的僚属们议论纷纷。造反者准备营救格力图尔的消息,并未引起科尔丹的震惊。王世祺父子的争吵却给科尔丹灵魂上很大的刺激,使他忆起与自己的父亲决裂的情景。有一次,他去探望已恢复了健康的王绍祖,正好赶上了这对冤家父子的一场大闹。

　　"我已经说过了,我决不跟你回去。"王绍祖平静地却非常坚定地说道。

　　"你太放肆了!"王世祺狂怒地喊道,"我毕竟是你的父亲。"

　　"不错,我的肉体是你给的。但从精神上说,你是我的敌人。"

　　"住口!逆子……"

　　"不管你怎样骂,我也不会回去。"

　　"做梦!我宁可再做一个囚笼,像押解格力图尔一样,把你装回盛京!"

　　"那样,你将带回去一具尸体!"

　　"叫人看住你,绑上你的手脚!"

　　"没有用。死的方法随时都可以找到。"

"等着吧,你这忤逆的不肖之子,从现在开始,你就休想离开这个房间。"

他说的房间,正是以前索伦扎鲁的房间,王绍祖一直住在这里养伤。敞厅里的松和拉的尸体早就移到王府外面去了。

王世祺刚想转身走出去,看见了站在门口的科尔丹。

科尔丹站在门口,看着僵局中的王世祺父子,微微笑了一下,然后态度凝重地说道:"都不要发火。父子间的纠纷总会慢慢解开的。"但他自己也听得出,语气是软弱无力的,对别人的劝慰反而使自己变得心烦意乱起来。他连忙垂下了自己的目光。

王世祺当然无法猜测科尔丹此刻的心理状态,刚才儿子断然而无情的声音,仍在耳畔飘动和撞击,弄得他心绪缭乱。他没想到,亲生儿子竟会如此对待老子的苦心。特别是在他获得了赫赫战功即将踏入新生活之际,更令他无法忍受。这促使他坚定了立即离开王府的决心。他不胜其愤地怒目回首,对王绍祖"哼"了一声,然后朝科尔丹走了一步,冷峻而坚定地说:

"科尔丹,我正好要找你。我明天就走。"

"何必那么急?"

"这里已经没有我的事了,不便久留。"

科尔丹思忖了一下,说道:"也好。那个格力图尔,你一定要带走吗?"

"这个事情,无须再商量。我总不能空手回去。"

"怎么能说是空手呢?你是满载而归嘛。唔……我是说,你是得胜班师的将军啊!"

王世祺觉得脸上热了一下,又支吾道:"胜利……当然。不过,首恶已死,我再不带回个逆匪的重犯,何以向将军和都统交代?我真不明白,你为什么对这条凶汉这么感兴趣?"

"你不知道,他救过我的命,还救过我妻子的命。"

"他过去不是全盟的通缉犯吗?"

"是这样。"

"不是因为他行刺令尊大人吗?"

"是这样。但那是未遂的行刺,而且是他自己放下匕首的。他是个非常正直的人。"

"嘿!你怎么能为令尊大人的仇人开脱呢?对这样无法无天的家伙,还能讲什么恩义吗?亏得我把他放在我的看管中,否则,你会把他放了呢,是吗？"

"很有可能。"

"你的行为令人难以理解。连那个叫'瘸腿魔鬼'的奈曼乌勒,你也是不该放掉的。"

"他的两只眼睛都瞎了。他失掉的还少吗？"

"这样的东西应该失掉整个肉体,整个生命。让他们都从世界上消失好了！"

王世祺说完,头也不回地走了。科尔丹不再说什么,轻轻叹了口气。过了一会儿,他凝视着王绍祖的脊背,轻声问道：

"你肯定不同令尊回去吗？"

王绍祖点点头,并没有转过身来。

"我能理解你。"科尔丹感慨良深地说道,"在盛京城华府里,我听过你义正词严的申辩。那时,你就赢得了我的同情。遗憾的是,我们没能好好谈一谈。如果你仍然要去和俄国人周旋,我是无限钦佩你的。请你说句真心话,你仍想去继续你们义和团的事业吗？"

王绍祖又点点头。

"你知道,我曾经产生过这样一种想法,那就是请你留在王府,协助我干一番事业。你的身上也流着大蒙民族的血液,你的才智应该贡献给草原。但我又估计到,在当前的情况下,你是不会答应我的。对吗？"

王绍祖肯定地点点头。

"是啊,我被所有人讨厌。也许理应如此。自作自受,真令人痛苦,……唔,不说它！我尊重你的选择。但是,为了不使令尊过分难过和难堪,你可以向他表示,准备在王府同我共事一段。待令尊离去后,你什么时候想走,我不会阻拦你。甚至可以给你一些帮助。行吗？"

对此,王绍祖没做出任何反应。

科尔丹摇了摇头道："我希望你能答应我。我很愿意有机会和你详细谈一谈。"科尔丹说完,回身向门外走去。

"等一等。"

科尔丹走到门口,听到王绍祖喊他,便转过身高兴地走回来,但他只在一个极为短暂的时间里看到了一双充满渴望、固执的眼光,便又只剩下那脊背对着他了。

233

科尔丹皱起眉头,想了一下问道:"你既然喊住我,一定有些话要说吧?"

"不,你走吧。"

"为什么犹豫不决?有话尽可说。"

"我改变了主意,不问你了。"

"唔,我猜出来了。你一定想问一下,除了格力图尔和奈曼乌勒,其他一些人的情况,对吗?我可以告诉你……"

"我说过了,不问你。请出去!"

科尔丹叹口气,说道:"骄傲有时会变成偏狭的。好吧,等你平静下来,我们再谈。"

但是,第二天早晨,王绍祖不见了。王世祺又气又急,痛苦之外又添上了一股火,嗓子当即就变得嘶哑起来。他本想四处寻找,或暂时不启程,但想到昨天夜里偷偷运出大门的金银玉器如果再运进王府,一旦被人看破,在脸面上是有失尊严的。因而,他捺下了思念儿子的痛苦,命令部下按原定时间出发。

科尔丹站在王府大门外,看着浩浩荡荡班师的朝廷大军,满腹感慨。心想,一场噩梦就这样结束了。

"而且,"他继续在心里暗自说道,"随着这场噩梦的结束,许多人也都离去了,都走到难以预卜的命运中去了。奈曼乌勒不知是否活着,乌日娜金不知身在何处,格力图尔肯定被带上刑场,额勒瓦奇尔是否恢复健康,还有——是的,还有王绍祖,他的不辞而别,说明他不愿意或者不耻于接受我的任何帮助。对这几个人,我为什么总是放心不下?为什么不仅仅喜欢他们,而且还有点儿崇敬他们呢?这是对朝廷的不忠,抑或我本来就不是个忠臣?而向我包围的,永远包围着我的,只有怨恨……"

他想着,深深呼出一口气,开始挪动双脚,向王府里走去。参领胡穆达跑来报告说,有人看见王绍祖往东走了,是步行。问是否去追回来。科尔丹摇摇头,本想叫胡穆达给王绍祖送一匹马,但立刻又打消了这个念头。

"刚强而固执的王绍祖……"科尔丹想道,"他一定去东清路和俄国人周旋去了。希望有一天我会听到你获得胜利的消息……"他的思想似乎尾随着王绍祖高傲的背影,到了东清路,并听到了铁路爆炸的巨大轰鸣……

35

从额勒瓦奇尔倒在索伦扎鲁的枪口下,到他又能拄着木棍走出毡帐,已经过去了三个多月的时间。炎热的夏天按时告别了人们,曾烜赫一时的百般红紫、千种芳菲被枯草败叶、瑟瑟秋风取代了。草原的秋天是清澈的,不要说天空是澄碧高远的,河水也如滤过般清冽见底,就连望无际涯的草野,也要比夏天洁净得多,就像被洗过一样纤尘不染。

也许正是由于秋天的明快素雅、气爽风清,才使额勒瓦奇尔这么快恢复了健康,使他的将灭的灵魂又凭借曾决心捐弃的肉体苏醒过来。然而,这神奇的死而复活,对于额勒瓦奇尔就像哑谜一样难以理解。他不仅没有产生丝毫的喜悦和庆幸,反而不断地忍受着痛苦的煎熬,甚至在他那骄傲的心灵中,常常攒集起一团难消的怨气和怒火。

那么,额勒瓦奇尔恨谁呢?他也不清楚。有时,他眉毛凝结成一团,伫立在蒙蒙秋雨中;有时恨锁巫山地默坐于潺潺流水旁。但是,不管他怎样穷思苦想,在他的记忆里,从"死"到活这段经历,仍是无法填补的空白,始终找不到使他深恶痛绝的"救命恩人"。

是的,他恨这个既想做救命的菩萨又不肯显现身形的怪人。他决定自杀前,索伦扎鲁的那颗致命的子弹穿进胸膛,清楚地感到灵魂在刹那间的闷热中迅速飘散,他曾轻松地舒出一口气,因为他终于得到解脱了。但是,偏偏有一个人又把他拉回到尘世的苦海中。特别是,当他"死"后第一次睁开眼睛,看到的竟是自己曾苦度生涯的毡帐和老泪横流的结发妻子,就更增加了对那个救命者的憎恨。因为他不能在可怜的老妻面前,扼断刚刚回到肉体上的一缕生命。假如是在另一个所在,在另一个人的面前,他肯定会第二次踏上死亡的道路的。

额勒瓦奇尔曾几次询问他返回这座毡帐的情景。老妻的回答却更增加了他的疑惑。她说,那是一个月光朦胧的夜晚,她正睡在梦中,被外面的一阵嘈杂声惊醒了。她点燃了油灯,穿起衣服。但当她走出毡帐时,连个人影也没看到,只听见急驰而去的车轮声。她疑惑不解并深感不安地站了一会儿,刚想转身返回毡帐,却听到了一阵呻吟,这才发现在门口躺着额勒瓦奇尔,他的身下是柔软的皮褥,身旁放着一些药品和一大包通宝。他的老妻当时竟未能骑马追赶那辆车去问个究竟,这显然是个很大的疏忽。但是,能埋怨她吗?看到自己垂危中的丈夫,除了尽快把他挪进毡帐,然后整日整夜地守候和调治,还能想到别的吗?

　　额勒瓦奇尔确信,救他的人不会是曾跟他造反的阿拉特,这些人没必要偷偷这么干,也不可能附加一些通宝。最大的可能是索伦扎鲁。这个恶棍可能觉得在王府的最后的举动太不光彩了,良心受到谴责,因而,在逃离王府前又返回大殿,用此番"善举"来为自己赎罪。可是,这又不太合理。当时,正在激战,王府四面受敌,索伦扎鲁自己逃命尚前途难卜,再携带一个僵尸一样的人,岂不是自讨苦吃?而且,他既然财迷心窍,为了独吞财宝忍心杀死江风,把子弹射进他额勒瓦奇尔的胸膛,又怎能突发善心呢?

　　总之,额勒瓦奇尔像面对一座云遮雾罩的山峰,看不清那山峰的真实面目一样,对自己恢复神志前的一段经历百思不得其解。他设想过种种可能,猜测过很多人,就是没有想到科尔丹。

　　额勒瓦奇尔就这样,在和任何人毫无往来的环境里,怀着无法排遣的烦闷和怨恨,度着漫长的日日夜夜。草原上本来极为短暂的秋季,对于他几乎等于一个世纪。然而,虽说他居住的地方很偏僻很幽静,但毕竟不是真正的与世隔绝。他奇异地回到自己的毡帐,并逐渐恢复了健康的消息,终于有人知道了。人们互相传说,甚至有人骑马或赶车跑来探望他。拜访他的小毡帐的人,都是曾在王府做过苦工和参加造反的阿拉特。他们都说,对眼前的日子很满意。当然,人少了,牲畜少了,苦是苦了点儿,但来年会好起来的,因为临时摄政王府的科尔丹宣布,两年内解除一切徭役,实物贡赋减半。额勒瓦奇尔觉着自己对别人已失去了存在的价值,因而,除了对拜访者表示感谢外,不对任何事物表示自己的看法。在拜访者的眼里,那个令人敬畏的王府工程总监以及英明统帅的形象,都消失得无影无踪了。

　　在初冬的第一场清雪飘洒下来的一天,额勒瓦奇尔正独自坐在牛粪炉旁饮着热茶时,忽然听到外面传来一阵马蹄声。来人好像在门外不远处下

了马,片刻后,传来一个少女和他的老妻说话的声音:

"老妈妈,您好啊!请问,这是额勒瓦奇尔老爷的家吗?"

"是他的家。可他不是什么老爷,是个只会受苦受难的……'统帅'!看样子,你也是来看望'统帅'的吧?"

"是的,老妈妈。我能进去看看他吗?"

"去看吧,去看吧。哼,刚刚清静两天……"

额勒瓦奇尔听到那少女的第一句话就觉得很熟,后来,他猛然记起,这不是乌日娜金的声音吗?他很快站起来,大声喊道:"外面是乌日娜金吗?快,快进来!"

扑进毡帐的真是乌日娜金,她激动得流下眼泪,行礼也忘了,双手抱住额勒瓦奇尔的胳膊,半天才说出话来:"额勒瓦奇尔……伯父,我总算又看到了您。您好吗?"

"我好,我好啊。"额勒瓦奇尔连声说,眼睛也被泪水模糊了,"来,坐下。快坐下。"他把乌日娜金拉到炉旁坐下去,伸出颤抖的手,拂去她头上和衣服上的雪花,"乌日娜金,你瘦了,也黑了……我也瘦了,是吗?"

乌日娜金擦了一把泪水,看着额勒瓦奇尔的满脸皱纹,抽咽着说:"您……也瘦了,皱纹多了。您吃了不少苦吧?"

"和你比,就不算苦了。前些天,有人告诉我,你还活着,但无家可归,四处游荡。"

乌日娜金凄然一笑说道:"谁也不敢收留我。我好像成了会带来灾难的魔鬼了。……后来,听人们传说,您在王府受了重伤,是被一只神鸟驮回家的。我就找来了。"

额勒瓦奇尔摇头微笑道:"神鸟?有意思。连神鸟都来救我,看来我是不该死的。"

"我并不相信。但刚才听到您喊我的名字的时候,我又相信真有那只神鸟了。"

"那是人们胡编乱造的故事,哪里会有什么神鸟?即或所有神仙都降临到草原,也不会有一位神仙舍得向我微笑。"

"难道所有的神仙都只能帮助邪恶吗?"

"神和鬼都是强者的奴仆,不管这强者是否邪恶。"

"这太不公平了!"

额勒瓦奇尔冷然一笑道:"公平?这正是制造不公平的人同时制造出的一句鬼话!不过——"他挥了一下手,接着说下去,"不说这些了。你能来看我,使我意识到我还没有成为一具真正的僵尸,我很高兴。是的,今天是我复活以来最快乐的日子。"他边说,边站起来,喊进在外面干活的老伴儿,"喂,自封的'老奴才'!给乌日娜金弄点儿吃的。我也要喝两口酒。从今天开始,我们的小毡帐增加了一口人,乌日娜金不走了!"

额勒瓦奇尔的老妻走进来说道:"原来你就是乌日娜金啊!行啊,孩子,留下吧。正好是个帮手。要不,我真有点儿侍候不了你们这位鼎鼎大名的'统帅'呢!"

乌日娜金脸上飞起红晕,显得吃惊地说道:"伯父,伯母,那怎么行?不方便的。我知道你们还有……"

"儿子吗?"额勒瓦奇尔抢过话头说道。

他的老妻说:"不要提那个该死的畜生!"

"做母亲的不要骂儿子。我们不能埋怨他。——乌日娜金,我们没有儿子了。"

"什么!难道……"

"唔,不。他没出什么事儿。但他不会再回来了。俗话道:'生佳儿所以报我之缘,生顽儿所以取我之债。'做父母的只有认命而已。当父母富贵或者可能留下富贵之时,才会有父慈子孝的天伦之乐;如果父母留下的只是祸患和贫困呢?难道儿子不应该自奔前程吗?唉,谈这些不愉快的事干什么?反正我是被人们抛弃的人,你呢,乌日娜金,不是也没人敢收留你吗?我们正好可以组成一个同病相怜的新家庭。"

"可是我还想……"

"我知道你要去找谁。我不会让你长期住在这里。但现在已是冬天了,我不能让你在这样的季节再到处乱跑。来年开春就放你走。"

乌日娜金想了一下说:"也好,我就住下了。可是,我还不知道您到底是怎样脱险的呀!"

"我当然要讲。而且,我也很想知道你这几个月的经历。不过,说到我怎样脱险,连我自己也弄不清。我只记得,我决定自己把枪弹射进胸膛……"

"什么?您自己?"

"是我自己。但当时有一个人代替了我。你感到奇怪吗？如果你听完我的讲述，你就不会对我想自杀表示惊讶了。"

接着，额勒瓦奇尔把当时义军的形势，以及在举枪自杀前怎样目睹索伦扎鲁和江风抢夺财宝的一幕，怎样被索伦扎鲁子弹打中的这段经历，详细讲述了一遍。最后结束道："至于我倒下后怎样神奇地回到这座毡帐的，直到今天，我仍是莫名其妙……"

乌日娜金沉吟着说："这真太奇怪了。会是谁呢？"

"是呀，会是谁呢？我想遍了所有的人，也还是找不到答案。你也不必费劲儿去猜测，猜不到的。不想它了，说说你吧。听说你是在战场上幸免于难的。好像有人送你一匹马，是这样吗？"

"是这样。这匹马，我现在还骑着它。可是……送我马的人是谁呢？记得我睁开过一次眼睛，看到一个人，这个人好像见过，又好像没见过。当时，我一阵昏迷，就什么也看不清了……"

乌日娜金还清楚地记得，她离开斯琴的院子驰回王府时，最后的决战已经开始。当她夺得一把刀，冲进重围，左杀右砍之中，终于找到同伴时，决战已进入酣醉状态。激烈的战斗使她无法找到格力图尔和额勒瓦奇尔，并且知道，在这种情况下，找到这两个人又有什么意义？所以，她只是在心中祷告："格力图尔、绍祖哥哥和所有的朋友们啊！千万要冲出去，要活下去！"对自己，她确信必死无疑，她知道自己是无法冲出去的。除非有什么神灵，念动真言，使周围的人马立刻变成石头，否则，就不会有生还的任何希望。也许真有神灵出现了，几匹失去主人的战马，贴着她身边振鬣长嘶地奔腾过去，踏起一阵迷眼的黄沙，使那几个向她围攻的官兵只顾揩眼睛，而她则觉得肩背上挨了重重的一下，跌下马来，便昏迷过去了。这就使她暂时成为不被人注意的"尸体"，并在后来得以复活，骑上似曾相识又不知姓名的人赠的一匹马，踏上了漂萍无依的旅途……额勒瓦奇尔听完后笑着说："我们的经历真有点儿惊人的相似呢。我一直在想，这个赠马人会不会是科尔丹？我知道他以及他的母亲对你是很好的，而且又不止一次救过你……"

乌日娜金脸一红，低下头说道："他能这样做的。但肯定不是他。您想，他能到战场去吗？"

"大概不能。"额勒瓦奇尔说道，突然双眉紧蹙地停了一下，"嗯……？科尔丹不能到战场，不能到战场……那么……"

乌日娜金看着额勒瓦奇尔说道:"所以,送给我马的人是另外一个人。"

额勒瓦奇尔魂不守舍地喃喃说道:"也许……是的。"

"您怎么了?不舒服吗?"

"不,没什么。我在听,说下去吧。"

"我以为,救您的人……"

"你说什么?"额勒瓦奇尔从沉思中抬起头问道。

"噢,您的脸色那么苍白!"

"不要管我的脸色。说下去,救我的人怎么样?"

"我是说,救您的这个人,既不肯露面,不愿让您知道他是谁,又能如此动用心思,把事情办得天衣无缝,会是别人吗?这个人只能是……"

"科尔丹?"

"我想——应该是他。"

"天哪!"额勒瓦奇尔双手抓着头发悲惨地低声喊道,"我早就应该知道是他!是的,难道会是别人吗?义军失败后,第一个进入王府的,不正应该是他吗?不愿意我获得死的安宁,想让我眼睁睁看着他的胜利,不正应该是他吗?知道我渴望死,又知道我不会用第二次死去伤老妻的心,除了他还有谁?当我睁开眼睛,当我发现怀里的那封信不在了的时候,我就应该知道,想残酷折磨我的灵魂的,就是科尔丹!可是……唔,孩子。"额勒瓦奇尔抓住乌日娜金的手,吃力地说下去,"我……太软弱了。是的,我可能想到过这是科尔丹干的,但是,我不愿承认。不愿对他……感恩戴德,害怕自己会由于软弱而对他感恩戴德……"

"您想得太多了。这只是我的猜测。也许根本不是这么回事。再说,就算是他,也不管他这样做的目的是什么,总算是做了一件好事。至少对我是这样。您说不对吗?"

"不要安慰我了,乌日娜金。"额勒瓦奇尔垂下浮肿的眼皮,像似呻吟般地说,"这个世界根本不需要我。我的生命是一个悲哀愁苦的灵魂。苦难和我形影不离。我想做的和曾做过的一切,只能使我在苦海里愈沉愈深。这个灵魂太疲惫了,需要毁灭,需要在毁灭中获得休憩和安宁。有人却偏偏要把我的将毁灭的灵魂和将毁灭的肉体捏合到一起,无非是想把我当作他胜利筵席上的别致的冷盘,无非是想留下一个活生生受轮回之苦的肉体去点缀草原……"

"您说得多可怕呀,额勒瓦奇尔伯父。我们都希望您长寿。我们需要您活下去……"乌日娜金这样说着,心里却无限悲伤地想道:"额勒瓦奇尔统帅,您怎么一下子变成了感情脆弱的老头了?您让我想起了可怜的爸爸……"

额勒瓦奇尔撩起眼皮看了乌日娜金一眼,然后摇了摇头说道:"我已经是一具僵尸了……"

"不,您说得不对。您可以做我的老师,还可以做我们的统帅。"

"统帅?"额勒瓦奇尔说道,辛酸地笑了笑,"我还要去当那个只能给部下带来灾难和死亡的统帅吗?那是一场噩梦啊!乌日娜金,我不能再增加自己的罪孽了……不说这些吧,不管怎样,我现在已无权结束自己的生命。你是说让我做老师吗?好,我高兴收你这个学生。我们共同熬过这个漫长的冬夜吧……"

就这样,乌日娜金在额勒瓦奇尔的毡帐里住下了,学识与日俱增。如果不是第二年秋天,额勒瓦奇尔获得了一个最理想的结束生命的机会,不容分辩地把她赶走,那么,她肯定还要住下去……

36

公元1902年秋,对于哲里木盟的阿拉特是个美好的季节。因为春天风调雨顺,夏天水丰草美,到了秋天,所有畜群都膘满体壮。对于科尔丹,这个秋天则具有更深的意义。他的丰收是多方面的。操劳和心血没有白费,总算结出了令人兴奋的果实。他在八月中旬,带着贴身随从库玛,花了近一个月的时间,对哲里木盟各旗的经济和防务作了一次认真的巡视,觉得一切都很满意。他心里充满了胜利者的喜悦。在突泉西郊的土房里,他把自己的喜悦分给了母亲和妻子。母亲和妻子也把温柔和爱抚给了他。所以,当他和库玛、驭手三人踏上返回图什业图王府的道路时,真可以说是兴高而采烈了。

一路上,科尔丹不住地和旁边的库玛开玩笑,甚至有时还和那个驭车人交谈几句。

他乘坐的还是索拉吉辽夫赠送给博克拿多的那辆四轮马车,式样漂亮,还不算旧,四面都有玻璃窗,车座底下有弹簧,坐在里面很舒服,简直可以在飞驰中安安稳稳地睡觉。但是,在这样的艳阳天里,四周是翻滚的草浪,鸟儿唱着飞上飞下,牧马人在草野驰骋,有时还能听到粗犷豪放的牧歌;特别是心里回忆着在各旗扎萨克官邸受到的超过预料的礼遇,对比几年前从京师蒙学馆被赶回来的心情,科尔丹是兴奋得无法睡觉的。不错,是够劳累了。不仅仅是这一个月的奔波劳顿,自从色旺诺尔布桑保王爷升天后,他作为一个王爷代理人和临时摄政者,便一直是心力交瘁。试想,以他这样阅历不深的年轻人,把哲里木盟这个千疮百孔的破烂摊,在仅仅一年的时间里,治理得井井有条,无论是王公贵族还是阿拉特,都能各得其所,战乱造成的萧条如此迅速地改观,大有蒸蒸日上的趋势,这可不是轻而易举的事情。所以,虽说朝廷还没有关于哲里木盟盟长继任人的诏示,虽说科右中旗扎萨克的继承人问题确实很复杂,比如先王嗣子业喜海顺,继承扎萨克当是名正言顺,而崭露头角的丹赞尼玛,却咄咄逼人,力争给自己的儿子抢得这个宝座①,但由于科尔丹的调停和周旋,这种权力之争还一直不能明朗化,保证了局势的稳定,加上他令人赞叹的政绩,使他在王府左右局面的地位一直未被动摇。科尔丹常常暗暗自鸣得意,那当然就毫不奇怪了。

总之,科尔丹确实是进入了他个人历史的黄金时代。在他的神经线上跃动的是乐观的幻想,勃勃的雄心和对未来施政的宏伟设计。他决心施展满腹经纶,把哲里木盟治理得超过其他各盟;他自己则要成为主持风宪、表率官常、公正廉明、冰清玉洁的人物,让人们知道他这个优秀的青年人曾怎样力挽狂澜和独撑局面!

但是,9月15日下午三时,当四轮马车威风凛凛地驰进王府大门,科尔丹在车停后被库玛搀扶着跳下马车时,他的心却陡然变了。他预感到,有一只无形的利爪正准备抓过来,把他从快乐的顶峰摔向不幸的深渊。

科尔丹很敏感,锐利的眼睛可以看到任何细微的变化,反映到睿智剔透的头脑里,瞬息间便可以得出十分精确的结论。这细微的变化,他一下车就看到了。他发现,和往常一样毕恭毕敬迎接他的临时协理官布的含笑的眼睛里,已不仅仅是崇敬、信服和驯顺了,还隐隐闪着讥笑、敷衍和惭愧。这显然说明,在科尔丹离去的一个月里,王府中一定发生了不利于他的大事。

科尔丹可不愿意叫别人从脸上看出自己心里的变化。他迅速调整了一下神经,向那些恭立在石板路两旁的领职台吉们,很得体地微笑还礼。然后,和官布并肩向正殿走去,其他人都尾随在后面。

科尔丹一边走一边不露声色地对官布说道:"这一个月,你一定够累了。"

"哪里?卑职只是深感难当重托而日夜惶恐。倒是您在路上奔波劳瘁,太辛苦了。"

"谈不上辛苦。看到各地方兴未艾的兴旺景象,多大的疲劳也会忘掉的。"

"这正是您一年来励精图治的政绩。王公和阿拉特们都在颂扬您的功德呢。"

---

① 此事以丹赞尼玛失败告终。

243

"这样说,我真当之有愧,承受不起了。当前的政通人和,是各位领职台吉们同心协力的结果。我个人则深感力不从心,有愧于先王的在天之灵。"

"您过谦了。现在谁不在念颂您的好?人们都说,这要比先王在世时清明多了。连先王福晋和……先王嗣子业喜海顺都心悦诚服地说,除了科尔丹梅伦,别人是治理不好哲里木盟的。"

"你说什么?先王福晋?她在哪儿?"

"她和业喜海顺已经来了十几天了。正在偏殿等候您的召见。"

"岂敢!应该是我去拜见。"

"不,不。那怎么能成?您毕竟是当今王府的真正权柄人物嘛!"

"权柄?"科尔丹笑道,"我倒很想把这个'柄'交到别人手里。各位都知道,我只是临时代为料理盟内事务。现在,归政业喜海顺的时机已经成熟,应该请新王爷登基理政了。"

官布斜睨着科尔丹说道:"那恐怕不是人心所向吧?我想您会看出,对您现在是天与人归,怎能……"

此时,科尔丹已走上正殿的台阶,听到官布的话,猝然停下,转回身盯着比他少登一个台阶的官布,厉声说道:"你这是什么话?照你这样说,我一天也不该忝居政位了。你是想给我一个'窥窃神器'的罪名吧?"

官布仰脸看着盛怒的科尔丹,诚惶诚恐地拱手道:"请千万不要误会我的意思。我说的是真情实话……"

"应该说事出有因、弦外有声更确切!"

"不敢,不敢。奴才死罪。"

科尔丹不再理他,却对台阶下面那一群僚属们说道:"各位领职台吉,关于本旗扎萨克和盟长的继任人一事,请大家不必操心和着急。据说,还有另外的人想登上王爷之位,你们当中也有人介入其间。这很不好。在业喜海顺登上王爷之位之前,王府内一仍其旧。有敢暗中煽动、怂恿王爷之位之争而使刚刚稳定的局面引起混乱者,一定严加惩处。你们都请回吧。"

科尔丹说完,回转身,径直朝正殿大门走去。那里,已有随丁将门打开,恭候两侧。他一进入大殿,便有人一迭连声喊开去:"科尔丹梅伦到——"同时,就有随丁飞快地捧出茶盘,随后,糕点、果品等也相继送了过来。科尔丹想平静一下自己的心潮,对随丁们挥手道:"退下去。"随丁们轻轻退出后,他自己也没有在这里落座,踽踽地走向他的卧室。

这间卧室曾住过色旺诺尔布桑保王爷,后来又成为额勒瓦奇尔的起居处。科尔丹认为这是个不祥的处所,一开始宁肯住在偏殿。但后来,他还是认定唯有这间卧室是王府里最安全的所在,因为,从任何一个方向进入这间卧室,都至少要经过三道门。科尔丹从不在这间卧室会见任何人。能够进入这间卧室的第二个人,只有库玛。

科尔丹进入卧室,接过库玛递过来的热毛巾擦了擦脸,坐在茶几旁的躺椅上,看着从西窗好不容易挤进来的一缕淡淡的阳光,细细咀嚼回味着进入王府这几分钟所听到和看到的一切,检讨着自己的言行和态度。后来,他示意库玛退下去,自己慢慢站起身来,看着对面墙上经过战乱唯一幸存的陈子昂的真迹。据说,那是先王福晋当年从朝廷宫禁里带来的。科尔丹此刻的思想,就如那字画上走笔龙蛇的汉字,弯弯曲曲地徜徉在已经走过的生命的旅途上。

"难道我当真进入仕途上的第二次低潮?"这个十八磅重锤一样的问号,敲得他的脑袋嗡嗡乱叫。这不是没有可能。博克拿多不达到目的,是不肯住手的。既然他叫业喜海顺进入王府,说明把一切都已安排妥当。博克拿多本人也会接踵而至。这王府可又要热闹起来了。但博克拿多为什么不同业喜海顺一起来呢?显然又是这老奸巨猾的家伙的巧妙安排。他是想暗中观察一下我对业喜海顺的突然到来怎样处置,还是有意给我们两个人一个短暂的单独接触的机会,以便考查一下业喜海顺的态度?这真叫人费解。

但有一点可以肯定,博克拿多的当务之急,便是使他科尔丹陷入不利的窘境。因为博克拿多不会想不到,对他威胁最大的是他科尔丹。他的种种劣迹,尤其是和先王出逃时的不光彩行为,只有他科尔丹知道得最清楚。那么博克拿多为什么不和业喜海顺一起来,而使他科尔丹找不到机会讲出出逃时的真情呢?科尔丹明白了,在博克拿多挟持业喜海顺的一年里,会不断编造各种离奇的情节,证明他自己对色旺诺尔布桑保的耿耿忠心、不容否定的持身正大和堪称表率的高风亮节,并把王爷的自缢归咎于他科尔丹,借此收到先入为主的效果。

"肯定是这样。"科尔丹继续想道,喝了一口已冷却了的茶水,在地上踱起步来,"在业喜海顺的心里,我早就是一个最大的权欲迷和最大的恶棍了。我的任何不折不扣的陈述,在他那里都会是弥天大谎。博克拿多!这个惯于'挟天子以令诸侯'的曹瞒,能容忍身边存在一个比他更受王爷信赖、比他更能获得下属尊崇的人物吗?"

所以说,业喜海顺的出现,标志着博克拿多重握王府权柄,也标志着科尔丹的鼎盛时期即将完结。

实话说,科尔丹并不是一个权欲迷,他从不想把别人踩在脚下,由着性子为所欲为。他也从未想过要去享受肉山酒海和身着罗绮、日接美色的快乐。这些,就是他不入仕王府也可以得到。但他不是这样的凡夫俗子,他有雄心,有抱负,有忧国忧民的刚正之气,有治国平天下的雄才大略。他的所作所为都证明了这一点。

然而,这一年来的劳神费思所初建的辉煌政绩,也许又要在一些色厉胆薄、狗苟蝇营之辈的手中付之东流!科尔丹原来想,业喜海顺也是想有一番作为的人。他很愿意辅佐这样的令主。如果有一个举动光明、肝肠似火有如额勒瓦奇尔那样的台吉充任协理,哲里木盟是大有希望的。但现在看来,这未来的协理仍旧是博克拿多,哲里木盟将重回旧路,振兴绝无希望。

想到这些,科尔丹真有些心灰意冷了。他深深叹口气,颓然坐回到躺椅上。

傍晚,科尔丹总算镇定一些,他站起身,整整衣冠,去拜见先王福晋和业喜海顺了。这次会见,除了互相之间交谈了一大堆不冷不热的恭维话,其他什么也没有谈及。

科尔丹返回正殿后,叫随丁去请官布。

官布很快进来了,肘间是一叠案卷。

"请坐下。"

"是。"官布把案卷呈递到科尔丹面前的案几上,看着科尔丹深邃而疲惫的眼睛,"这是您离开王府的一个月里,卑职受理的一些事务的记录。请过目。"说完,退了两步,坐在一把椅子上,仍旧盯着科尔丹。

科尔丹凭第六感官觉出官布那种带有刺激性的目光,却偏不去看他,装出毫不在意的样子眯起了眼睛,平静地说道:"不必看了。相信你会裁处得当的。"

"过奖。"官布欠了欠身说道,心里想:"别看你表面若无其事,你的心里可不会平静。"

"官布,我找你来,是想问一问,对福晋和业喜海顺是怎样接待的?"

"一切比照闲散王公办理。"

"这就不对了。这是你自己的主意,还是别的什么人叫你这样做?"

"这……我以为……"官布慌乱地支吾道,"奴才死罪。但不知怎样做才算得体?"

"这不是得体不得体的事。这是看我们对先王是否忠忱。请你传下话去,一概按王爷福晋和王爷嗣子的先制侍奉。起居和游宴也要和先王在世一样。"

"这样好吗?他们目前毕竟是闲散……而且,又是声称来王府观瞻的。而且……"

"你说的又都不对。首先,业喜海顺不是闲散王公。其次,他进入王府,也并非什么观瞻,王府是他的,这里的人,都是他的臣仆。我想,朝廷的诏令马上要到。而且,他也绝不是'自己'要来,肯定会有一些'功莫大焉'的劝进者,在等着赏赐和加封晋爵。"

"您的意思……"

"请说下去。我的'意思'怎样啊?"

官布的脸一红一白地变化着,显得很费劲地喃喃说道:"我……我只是想说,对此,卑职一无所知。"

科尔丹笑了一下说道:"那太遗憾了。我倒希望你能成为第二等的功臣。"

"科尔丹梅伦!"

"坐下谈。何必那么吃惊?你刚才的一番话,使我不能看不出,一定有人故意把业喜海顺安排到偏殿,并且比照什么'闲散'王公。这样的安排,好像不是你,而是另外一个尚未露面的人设计的,这真难为他的一番苦心了。……好了,不谈这个。关于我方才说的,还请你仍以代理协理的身份抓紧办一下。"

"方才说的?"官布十分狼狈地问道,"你指的是什么?"

"就是接待福晋和业喜海顺的事。从明天开始,全体官员都要按以往的惯例,向福晋和嗣子请安。业喜海顺应在庆宴后搬进正殿,这个你也要做准备。至于业喜海顺就任盟长的庆典,待皇上诏令下来后举行。所有车马服饰以及请帖之类,也由你一手承办。"

"是。……卑职一切照办。"

稍停一下,科尔丹又问道:"近来有什么新奇的事务吗?"

"千篇一律,千篇一律……唔,对了,这里有一封给您的信,请看。"官布说着,站起身打开案卷,从里面拿出一封仍旧缄封的信,呈给科尔丹。

科尔丹接过信,看了看信封上的字,不由得一惊,说道:"噢,是维连斯基!"他立刻启开封口,抽出信笺,一句句细读下去。

科尔丹看完信,冷笑了一下说道:"哼!要账了!"

"要账?什么账?"

"这件事你不知道。还是去年,我曾在他那里借了一批枪支弹药。现在他们要我用牛羊偿付。'乞借生牛五百,活羊两千',……哼!科尔丹愤愤地说着,把信递给了官布。

"唔,我在案卷中见过这件事的记载。"

"那上面的数字你记得吗?"

"那倒记不清了。但他们要五百头牛两千只羊,还不算不公平。"

"依你之见,是可以还了。"

"礼尚往来,何况又是欠账。"

"他信中说派人前来,此人现在何处?"

"遵照您的命令,我们将那位持信的俄国人拒之门外。他是今天上午到达的。他知道你不在,又知道不能让他进入王府,很不高兴,拒绝在王府门外的客房里休息,把信扔给我,到突泉镇他们自己的商号下榻。并说,一两天他再来拜见您。"

"你做得很对。我是认识这些俄国人的。他们从哲里木盟夺去的不少了,真是欲壑难填,贪得无厌!……"

"那么您怎样回答维连斯基呢?那个叫卡西诺夫的军官肯定还要来的。"

科尔丹想了想说:"我看无须他再来'拜见'。明天我亲自去突泉把他打发走。"

"不还账吗?"

"不。"

"可是,我看这个人有点儿来者不善啊!"

"那当然,善者不来嘛。"

"您这样做会不会惹出麻烦?"

"我想不会的。……我当时和索拉吉辽夫说好是三年以后还债,为什么提前由维连斯基出面逼债呢?"

37

维连斯基为什么突然要提前逼债呢？这得从四天前说起。

9月11日，坐落在宽城子教会大街的维连斯基公馆豪华的会客厅里，荟萃了在东三省修建铁路的最优秀的俄罗斯代表。这些人物，在19和20世纪交接的年代里，以他们得天独厚的才智，用最低的耗资、最快的速度、最好的质量，修建了一条全长二千八百公里、像一颗钉子钉在中国东北的东清铁路。他们是：精于理财，善于量入量出，以一个戈比计算支出、以一万卢布计算收入的银行家兼军界要员维连斯基伯爵，在海山崴、海兰泡两次闻名世界的战斗和保卫东清铁路中立下赫赫战功的格尔恩格罗斯少将，以及有效地统辖十七万名每天挣十个戈比的中国工人，并发明了"叫工人戴着手铐修路"，因而获得了好几枚勋章的总监工犹戈维奇，最后一个是东清铁路副总工程师库兹涅佐夫，他以设计铁路桥梁著称，特别是因参与了兴安岭盘山道的设计而名噪一时。

时值仲秋，天正高远，气亦爽人，可说是良辰美景。这样一些出类拔萃的人物，济济一堂，正该举杯痛饮，像他们在东清路开工典礼那天一样。但是拿什么话作今天盛会的祝酒词呢？为了今天凌晨发生的列车颠覆和毁路事件？祝贺列车颠覆和毁路事件分别达到第十三次和五十四次？这些，太使人扫兴了。而这却正是他们今天聚会要谈的主题，是避不开的，因而，干一杯的雅兴，已从凌晨起就跑得无影无踪了。就连嗜酒如命的犹戈维奇和号称江海之量的格尔恩格罗斯也不想望一眼壁橱里令人眼花缭乱的各色甜的和辣的优等酒。

在这之前发生的那些次列车颠覆和毁路事件，他们并没有聚会。这次不同，当维连斯基给他的三位客人拍出长达二百字的电报后，没有一个人认为这次会勘是可有可无的。因为那电报上分明写着，这次事件的直接经济损失超过八十万卢布,至少有五百米的路基被炸得一塌糊涂,宽城子至四平一线至少要完全停运十天,二千八百公里的东清铁路中已通车的两千公里,将可悲地陷于半瘫痪状态。更主要的,是在同一地点,这已经是第三次列车颠覆了。这是很罕见的。伯爵的电文中还谈到,东清路将于来年上半年全线通车,必须通过这次会勘总结经验,以便采取适当的预防措施。

聚会的目的是为了会勘,会勘起程的时间拟定为上午十一时。现在正好是十点整。有整整一个小时的时间,使调度和护路军可以做好充分准备。四位首脑人物坐在这间俄罗斯风格的客厅里等待动身。他们的心里各自想着怎样推卸自己的责任,谁也不说话。沉默持续了三个十分钟。最先沉不住气的当然是军人风度十足的格尔恩格罗斯少将,他从沙发上倏然站起,飞快扫了一眼另外的三位,便大步迈动两只油黑的马靴,走到落地玻璃窗前,数那高大的杨树往下慢悠悠飘落的黄叶去了。犹戈维奇落下了翘起的双腿,下意识地看了看被少将的突然动作弄得呻吟起来的沙发,耸了耸窄小的肩膀,便死盯住那军官的笔挺而优美的后背,那样子,似乎以为少将会突然踢开窗子跳到楼下。库兹涅佐夫心不在焉地挑了挑松弛的眼皮。只有老于世故的维连斯基伯爵对少将的举止没有丝毫反应。他表情漠然,始终斜靠在沙发里;从那过厚的微垂的眼皮下的缝隙间不时闪射出冷峻的光,这是一种令人不快和战栗的不祥的光。那样子是责怪吗?不像;是期待吗?也不像。也许是二者兼而有之,或者是别的什么。但是,不管怎样去看待这长时间的难堪的沉默,可以肯定的一点是,这是具有威严的优越感的主人有意造成的,而且无疑是对三位客人沉着性的可怕的考验。

仆人蹑手蹑脚地走进空气十分紧张的客厅,俯在维连斯基耳边说了一句什么,待后者点了点头后,又恭恭敬敬地退了出去。

维连斯基从喉咙里挤出一声柔和的轻咳,示意他终于要打破沉默了。当他确信自己的声音已引起在场的三个人注意后,便用他惯有的缓慢、清晰的男低音说道:"诸位,是很不幸。皇上会责备我们,甚至……但有什么办法呢?我们谁也不希望发生这样的悲剧。诸位的恪尽职守和卓著的功绩,是举世共睹,也是皇上明察和倍加称许的。我们都不想让自己光辉的名字蒙上耻辱的灰尘。所以,我们不应该眼睁睁地等着我们刚刚开始的伟大事业被一些无知顽民所破坏。这就是劳各位大驾共赴现场会勘的原因。具体地说,我们必须立即研究出补救措施,其次是追索一下我们存在的……嗯,某

些方面的漏洞。也许是我们忽略了什么,或者是……唔,诸位,现在还不能说可能是哪一方面的责任,也不希望是哪个人的责任。一句话,这次烦请各位受此劳顿,只是为了能向皇上呈递恰如其分的报告。"他说完上面的话,又恢复了原先的姿势和表情,表示他要听听别人发言。

犹戈维奇左顾一下,右盼一下,发现将军和工程师都没有什么反应,便抢先说道:"是的,事情弄得越来越不像话了。结果,我们都跟着陷入了可怕的窘境。卑职作为总监工,在即将全线通车的时候,本应大刀阔斧裁减工人,可是事实呢,这项巨大的开支却不能在应该减少时立刻减少。不停地修补,修补,其工程量不亚于最紧张的施工阶段。有些事情我们是记忆犹新的。诸位一定还记得,仅仅两年前,我不得不发布一项令人痛苦的暂停筑路的命令,我们,包括护路哥萨克,像乌龟一样龟缩在哈尔滨。如果再次出现这种场面,皇上是会大发雷霆的。不过,话说回来,我们确实应该提高某些方面的……效率,以避免再一次发生类似的不愉快事件。这应了中国一句俗语:'亡羊补牢,犹未为晚'嘛!"

格尔恩格罗斯少将以一个文职官员的优雅动作,轻轻转过身来,凝视着犹戈维奇,冷冷地说道:"阁下,您是在说,发生这样的事件是由于护路军的无能或玩忽职守,对吗?"

"我并没有这样说呀,将军。"

"您却拐弯抹角地表达了这个意思。"少将向前走了两步,眼睛仍旧盯着总监工,"可是我请教阁下,您知道我有多少哥萨克?"

"将军,这和当前的事情有什么关系?"

"当然有关系。我可以奉告阁下,我的哥萨克总数是一万二千人。您的工人有多少?十七万!铁路有多长?二千八百公里。阁下可以算一下这道简单的算术题:把集中在齐齐哈尔、哈尔滨、宽城子、盛京等地的五千护路军去掉后,剩下的七千哥萨克每人要看管多少工人、多长的路轨?您更应该清楚,没有哥萨克,您的十七万,现在可能变成了一万七!"

"将军!"

"不,等一等。还有,给养供不上。我的部下至少有三千人在忍受饥饿。当前,又正值青黄不接,而从我们家乡开来的列车,十列倒有十列是军火,好像我们明天就要和日本人开战。对了,卡西诺夫中尉在十天前就报告给养不足了。其次——尊贵的总监工阁下,恕我冒昧直言——大概您还不知道,这次炸毁列车和道轨的领头人，是曾被您夸耀过的王大柱。这个人是第一个摘掉您所谓的'手镯'的。他的真实姓名是王绍祖，拳匪的一个大名鼎鼎的大师兄！据说，他和您不辞而别后，带走了您手下的一百五十名工人。"

"什么，您说？"犹戈维奇吃惊地跳起来大声说，"不，这不可能！"

"总监工阁下，拳匪的首领在您手下平安无事地受宠半年，然后拉走了一伙人，昼伏夜出和我们周旋。请问，假如您的工人中有十个王绍祖，会给我们的护路造成怎样的局面啊！"

"这，简直是'天方夜谭'！"

"阁下，我有卡西诺夫中尉的详细报告。"

"我不相信什么卡西诺夫的鬼话！这是不可能的！"

"可能的，犹戈维奇，"维连斯基慢条斯理地说，同时，按着沙发的扶手站了起来，"事情是会搞清的。不过，二位暂且无须争论这些。——将军，您方才说到给养，在当前这确实是个难题。十几个面粉厂在那里停工待料。兵员也实在太多，加上您的护路军，至少在二十万上下。但这是需要的。无论对满清还是对日本人，这都是需要的。给养问题，我们正在想办法。您说的卡西诺夫，我有了一个主意。这一点，我们一会儿再谈。您方才说到一些数字，都是事实。世界上唯有时间和数字是谁也违抗不了的。——诸位，我也想到几个数字。当前对我们大概会更有意义。请到这里来。"

维连斯基说着，走到地当中一张很大的平台旁。往常，这平台是放盆景的。此刻，上面摊着一张很大的东清铁路示意图。待另外三位以不同速度和姿态相继站到平台四周的时候，维连斯基拿起一根铅笔点着示意图说道："我们从北向南看吧。这是满洲里，离它二十公里处，上个月的第三天，发生过毁路事件，这算一个不安全区。这里，恰好是满洲里和海拉尔中间，曾有二十五名哥萨克莫名其妙地丢了脑袋，也算一个不安全区。往南，这里，还有这里，道轨都被扒过，只是程度不同。这里，未标地名，好像叫免渡河，一群当地居民袭击了哥萨克兵营，双方死伤相当。再往南，巴林、扎兰屯，都发生过类似事件。扎兰屯南十二公里处一次列车颠覆，造成五十万卢布的损失。——唔，我们挑大的说吧。这儿，齐齐哈尔，我们防卫力量较强的车站，在通车的那个月，一列北行的运牛专列，开出十分钟便起火，烧毁十一节，跑掉活牛三百头，据说'焦煳之腥膻经十日不绝'，嘿，妙绝！哈尔滨，对了，还有前面忘下的兴安岭，诸位都知道，这两个一大一小的重要车站，几乎等于修建两次,耗资几百万。再往南,直到盛京,这类事件要比北方频繁得多,可谓应接不暇了。仅以我们即将会勘的一段,据我所知,至少已发生了三次列车颠覆。毁路事件更是司空见惯……"维连斯基询问似地扫了在场的三个人一眼,丢下铅笔,继续说道,"如果从时间分布看,仅以第三季度为例,七月上旬大小事件十三起,中旬二十一起,下旬五起;八月份上旬三起,中旬平安无事,下旬五十九起;九月份上旬二十起,中旬今天是第一天,卡西诺夫中尉驻防的一段,算首开记录……"维连斯基一边回身一边说下去,"诸位,请坐,请坐下谈。"

四个人都低着头回到座位。这些事件,谁知道的也不比维连斯基少。但当他们听完他的流水账,还是产生了一种类似走向绞刑架的感觉。维连斯基仍旧不动声色,只是用右手中指轻弹着沙发扶手,一板三眼地说道:"是呀,简直是热闹非凡,令人应接不暇。当然,这并不奇怪。我们毕竟是……不大受欢迎的人。但是,如果一个月三、四次停运,列车颠覆竟达到千分之五以上,那我们就无法交代了。诸位知道,我们为什么答应清府撤出军队而事实并没撤回一兵一卒呢?因为皇上是下决心要使我们脚下这块土地真正成为'黄色俄罗斯'的。这是一项极其伟大的事业,需要各位贡献出才智和力量。还有,我们几乎花了一个亿修建了旅顺口军港,花了更多的卢布筹建太平洋舰队,这是为了抵御劲敌日本的。清朝军民好对付,日本却不可小觑。因而,我们必须保证运输线畅通无阻。为此,就要毫不迟疑地对那些顽徒采取更为果断的行动。这一点,将军阁下,您会比别人表现出更大的才华,对吗?"

少将略略欠了欠身,说道:"伯爵,我愿为皇上效力,死而无怨,但是谈到对付中国乡下佬的办法,我只能表示遗憾,我是……心有余而力不足。"

维连斯基微微笑了笑说:"我理解阁下的意思和苦衷。您的哥萨克马上会增加到一万五千人。而且原来驻守法库门的一个旅,也将归阁下调遣。这是我受命组织这次会勘的同时,获悉的消息。还有,您有权越过法定的活动范围,去剿灭您认定的铁路破坏者。这并不背离我国和清政府签订的协议。"

"只恐清廷旗军……"

"对此不必担心。东三省的三位清廷将军,有可能和我们为难的,只有吉林的长顺。但有我在这里,您尽可以放胆去干!"

"如果能这样,伯爵,我将十分感谢您,并竭诚报效皇上。"

维连斯基看了看表,说道:"我们起程的时间到了。走吧,诸位。我们可以就便欣赏一下秋天的美景,舒散一下郁闷的心绪……"

这一行人到达出事地点是中午十二点三刻。

看样子,这里早就热闹起来了。铁路管理处派来的一个小组在现场忙来忙去,用尺子量着,做着记录,互相交换意见或者争论。被炸的那段路基,正有几百名筑路工人一面清理,一面整修。四周有荷枪的哥萨克兵往来看守。没有嘈杂声,只有一片秩序井然的忙碌。哥萨克兵也就显得很悠闲。

维连斯基等四人下车后,先走到颠覆的列车跟前。原先在这里进行查勘的人,认识这四个大人物,都恭恭敬敬地退到后面。只有一个身份地位略高于同事的人,走到犹戈维奇面前,呈递上记录,并准备略作一番说明。犹戈维奇把记录递向维连斯基,他没有接,对那个工作人员说:"讲吧,我听着。"

"是,大人。经初步查勘,路基毁坏一千五百米。三〇五一六次军火专列,全部报废。机组和押乘人员无一幸存。因尸体残缺不全,无法确定人数。另有十二具男尸,估计系肇事者。"

"肇事者?"维连斯基拧起眉头问道。

"是的,大人。这十二个人均系飞起的车体和道轨砸死。而出事的时间是凌晨,不会有和事件无关的行人的。"

"愚蠢的……可怜的破坏者!——好,谢谢你。剩下来的,我们自己看。你可以继续工作。"

"是,伯爵大人。"

维连斯基耸了耸肩膀,似苦笑又似讥笑地说:"请随便欣赏吧,诸位。"

说完,他绕过一节零零碎碎瘫在地上的车厢,站到脱离了车体的大轮子上,环顾起周围的惨状。到处是车厢的碎片,裂的或残的铁轮,炮弹皮,蛇一样弯曲的道轨,劈柴一样的枕木。近处成堆的,像工厂废料存放处;远处散落的,像下了一场铁和木的暴雨。土地好像燃烧过,很多地方还隐约看得出有一缕缕青烟缓缓升起。空气中充满焦煳的和火药的气味。唯一能辨认出原来形体的,是那个至少滚了三个过的机车,它脚朝上躺着,大曲臂支向一旁,还举着两个仍保持圆形的铁轮。它的下面汪着一大片水,那样子酷似一头巨兽躺在血泊中。

维连斯基在心里哀叹了一声："简直是滑铁卢战役的战场。"他真的好像听到了一声震天动地的轰鸣，甚至觉得脚下像地震一样晃动起来。善于克制的银行家，在被授予上将衔后，还是第一次参与会勘铁路被炸的现场，此时感到一阵头晕。他闭着眼睛定了定神，小心翼翼地把脚移到地上，下意识地看了看另外的三个人。

维连斯基的担心是多余的。那三个人早已离开他，分散到现场另外的地方去随意"欣赏"了。即或这三个人在跟前，也不会注意到维连斯基在那一瞬间的失态。因为，有那么多值得寓目的东西在周围，好像走进了一个奇观世界，哪里还会有心思去注意他的表情呢？

维连斯基默默向北走去，不时地绊在不成形的铁器上，有时也无意地抚摸一下摸得着的物件。他一直走到车尾处，三百米的距离，他像走了一百公里的艰难道路。他倒背着双手，一动不动地站在那里，听着附近工人劳作的声音，似乎在想着什么或者计算着什么。这时，另外的三个人也相继走过来，站在他的旁边。

过了一会儿，维连斯基问道："将军阁下，您认为这群暴徒是怎样实行自己计划的呢？"

"我想……他们也许根本没有什么计划。这是一次很盲目的行动，或者干脆是一个偶然的机缘……"

犹戈维奇插嘴道："我不这样看。仔细分析一下现场，可以肯定，这是一次计划周密、执行准确、手段巧妙的行动。难道一个偶然的机会和盲目的行动，会获得如此巨大的成功吗？"

"会的，而且不乏其例。比如阁下，在拿掉王绍祖的手铐时，你想过他会创造出使我们为之震惊的奇迹吗？"

"将军阁下！我希望您在事情弄清以前，最好不拿这种子虚乌有的东西作例子！"

"但愿这确是子虚乌有。不幸的是，只怕您自己也无法否认它。"

维连斯基没有关心少将和总监工的争吵，把脸转向少将，慢慢说道："您说的有道理。暴徒的成功，确实是一个偶然的机会。他们甚至来不及在列车前面放上脱轨器或拆毁一节道轨。这些，恰恰是颠覆列车必须计划到的。他们扒上车——也许是为了推下几十袋粮食，这是流寇们在当前季节首先要干的——但可能扒上车的人被飞驰的列车吓昏了，只能扒上最后一节。

255

他们发现车上装的是重型炮弹,吃不得,用不上,结果便引爆了炮弹。这是很容易做到的。"

少将接着说:"但由于扒上列车的人已来不及通知等着搬粮食的人,便造成了他们十二个同伴的死亡。"

"也许更多,只是这十二个来不及运走了。"

"正是这样,伯爵。外行人的盲目行动,获得了意想不到的成功。"

"请教将军阁下。"犹戈维奇不服气地说,"列车后面相距一千多米的线路怎么会炸毁一段呢?"

少将刚想回答,维连斯基向犹戈维奇挥了挥手说,"算了,犹戈维奇,您的军事常识等于零。"

"我不明白,伯爵……"

"您不会明白的。"维连斯基不耐烦地打断了犹戈维奇,"诸位,我们该走了。"说完,回身便走。

另外三个人也随在后面迈开腿。

几乎同时,他们都怔在那里了,面前破碎的守车唯一幸存的一面板壁上,用白粉涂着一行大字:

灭洋复国　王绍祖

维连斯基在心里念出了这几个字,他的脸色立刻变得煞白,生气地扭身便走。刚走两步,又转过身对库兹涅佐夫说道:"工程师,请给那二位翻译过来。"

工程师顺从地翻译一遍。少将冷笑着看了总监工一眼,总监工目瞪口呆。

正当此时,又有一件事吸引了他们的注意。他们身后传来严厉的吆喝声,都吓了一跳。他们顺着声音看去,发现不远处的修路工人都放下了手中的工具,哥萨克们举枪命令他们继续干活。看样子,工人们是气愤极了,大有哗变之势。

犹戈维奇和格尔恩格罗斯迅速走上坑坑洼洼的路基,向修路工人走去。维连斯基和库兹涅佐夫也跟了过去。

"卡西诺夫!怎么回事?"少将大声喊道。

名叫卡西诺夫的中尉衔的哥萨克军官,闻声跑了过来,向少将行了个举手礼。

"将军,您有什么吩咐?"

"中尉,这里发生了什么事?"

"没什么大事。马上就会好的,将军。"

"我问你工人为什么停止了工作?"

"将军,是这么回事:哥萨克们弄来几个姑娘,刚刚……这不,您看,——她们跑出来了……"

少将顺着卡西诺夫指的方向看去,在哥萨克营帐不远的地方,几个哥萨克兵正在对付四个差不多赤身裸体的姑娘。工人们正是看到这种情景才停下劳作,准备冲过去……

"简直不像话!"少将生气地说,"为什么把姑娘弄到这儿来?"

"我们这里是临时营房。而且正好不远处有个元宝屯。嗯……就是这样,将军大人。刚刚弄来,还没有……有什么办法?哥萨克们熬不住了。"

"你说什么?中尉,熬不住了?"维连斯基第一次声色俱厉地说,"滚回去,把哥萨克们都叫过来!"

"是,伯爵。"

格尔恩格罗斯少将威严地向前跨了一步,对那些已整齐排好队伍的哥萨克们训斥道:"你们干的好事,大白天……像什么话?谁领头干的?"

一个戴少尉肩章的衣服不整的哥萨克从行列里走出一步,说道:"将军,请容我代表兄弟们禀告几句。"

"你叫什么名字?"

"格力奇·格里高夫。"

"你好像喝得太多了,格里高夫少尉。你想说什么?"

"是这样,将军。哥萨克们在顿河干这种事都没人管。这是哥萨克——自由人的……癖性。将军试想,身强力壮的哥萨克怎么能忍受没有女人的日子呢?至于说,这是谁带的头,将军,这是上帝赐给男人的天性……"

少将迅速向前走了几步,一掌重重地打在少尉的酒红的左颊上,怒气冲冲地说:"你胡扯些什么?从现在开始,你再也不是少尉了!"说着,左一下右一下扯下少尉的肩章。

少尉不但没表示害怕,反倒冷笑一下,愤然地说道:"将军,我们不过偶然干一下。我们够苦了!你们肚子里的油水满了,口袋里的钱满了,屋子里的女人满了,想玩什么样的,就玩什么样的。可是为什么不准我们痛快痛快?你们顶好去管点儿正经事,这些小事,让我们自己管好了!"

一向稳重和从不过问与己无涉的事情的库兹涅佐夫,此时不知被一种什么力量鼓动,向那少尉走去,狠狠地骂道:"你这个坏蛋!混蛋!你在胡诌些什么?"

被革职的少尉肯定喝了过多的伏特加,那兽性的眼睛里迸射出野蛮的光,朝着工程师说道:"您也一样,饱汉不知饿汉饥。你们要是舍得把自己屋里的女人供我们消受,我们也不会去找这些又脏又丑的娘们儿!"

"恶棍!"工程师抖动着发青的嘴唇从喉咙里喊道,他几乎忘掉了一切,猛然从将军腰上拔出手枪,向那少尉的胸口连打了三枪。

一时间,人们全惊呆了。只见那横遭厄运的哥萨克少尉,踉跄了几下,双手捂着冒血的胸口,张大了失去血色的嘴,好像在冷笑,看定那个精神有点儿失常的工程师,似乎要扑过去。但刚想伸手,却"噗"的一声趴到地上再也起不来了。

哥萨克队伍惊定之后,立刻哗然了。有几个开始摸枪,大有火并的趋势。

格尔恩格罗斯少将搀扶了一下险些跌倒的工程师,顺手拿回手枪。工程师却推开少将,转过身,头也不回地走了。

少将镇定了一下,对哥萨克们喊道:"你们敢造反,就全毙了!卡西诺夫,叫你的人抬走少尉,统统滚开!"

"将军⋯⋯"

"执行命令!"

"是。"

哥萨克们抬起了少尉的尸体,悻悻然离开了。那四个险遭污辱的姑娘,此时已穿好衣服,乘机不要命地逃走了。几百名筑路工人又恢复了繁重的劳作。

卡西诺夫紧绷着脸儿执行完将军的命令,又走了回来,很快追上往南走去的将军一伙。

"报告将军!"

格尔恩格罗斯少将头也不回地问道:"你还有什么事?"

"我们的给养怎么办?"

"你们一共多少人?"

"原来是一百一十八人。今天又调来两个排,已是一百九十人。可以不让他们找女人,但总不能让他们饿肚皮呀!"

"女人!——倒霉的哥萨克……你先回去,明天想办法。"

"可是……"

"等一等。"听着两位军官谈话的维连斯基站下来说,"差点儿忘了。将军,我上午说过,我会帮助您解决一些给养。我原准备待索拉吉辽夫来时,叫他给科尔丹写一封信。——唔,是这么回事,科尔丹是哲里木盟代理盟长,我们曾借给他一批枪弹,帮助他镇压了牧民暴动。现在我们有了困难,他一定会慨然相助。我看不必等索拉吉辽夫了,我写一封信,派一个人去交涉。这个差事,就交给卡西诺夫吧,中尉是个能干的人呢。"

少将说道:"卡西诺夫,你看怎样?不太难为你吧?"

"我可以试试看。"

"你有翻译吗?"

"有,我的翻译会汉语,也会蒙古语。"

"那很好。你最好是明天早上就出发。你将以一个上尉衔哥萨克军官的身份出现在科尔丹的面前。军衔吗,在今晚我会派人连同伯爵的信一同送来。"

卡西诺夫以一个标准的立正姿势打了个举手礼,激动地说:"感谢伯爵和将军!"

"还有,上尉。根据几次事件,可以肯定,王绍祖活动的范围就在范家屯到公主岭一带。我将在一星期内再给你调来两个连。一定要除掉王绍祖。如果你能取得成功,我会再给你换一次肩章。"

"报告将军,卡西诺夫将以死报效军前。"

维连斯基微笑了一下说:"卡西诺夫上尉,首先祝贺你晋升。其次,祝你马到成功。还有一点,请不要怪罪工程师。当然,过分了点儿。但,他是对的,特别在今天的情况下……卡西诺夫上尉,要知道,我们在这里要建立的是一个'黄色的俄罗斯',黄色的,是——黄色的。所以,让他们多一些畏惧,少一些怨恨。相信你会明白的。好,再见。上帝保佑你!"

就这样,卡西诺夫带着维连斯基的亲笔信,穿着笔挺的军服,戴着闪着金光的簇新的上尉肩章,异常兴奋地出发了。他哪里预料得到,刚一下马,就吃了闭门羹,更哪里预料得到,使他更气愤更尴尬的场面还在后头呢!

38

9月16日早晨,太阳出来后,薄雾散尽,豁然露出一丝不挂的湛蓝湛蓝的天空。百灵鸟高兴地唱着,有时抿起翅膀直上晴空。

科尔丹虽然用了过多的心思,睡得很晚,又睡得不实,却仍旧按照习惯,在早晨八点钟就起床了。净面,用早点后,他顺手拿过昨天夜里给维连斯基伯爵的回信,自己轻声念了一遍:"'尊敬的维连斯基伯爵:来函拜读,无任惶恐之至。所说牛羊事,本应遵命奉达,奈敝盟兵连祸结,疫害接踵。有如大病方酣,自顾不暇。四方凋敝,贡献久竭。故心余力乏,爱莫能助。想阁下宽厚仁慈,定能体谅而不加苛责的。至歉至歉。科尔丹叩。年月日。'……嗯,还可以。你既不提枪弹事,我也权作糊涂。"科尔丹自言自语地轻声说着,冷然一笑,把信折好函封,便唤库玛去准备马车。

九点钟,科尔丹坐上四轮双套马车上路了。库玛骑马跟随左右。为了预防万一出现的危急,科尔丹和库玛的怀里都藏着短枪。半小时后,马车驶过一段岗路,下面是一带沙漠。科尔丹叫驭手停车,他跳下来,站在山坡的黄土官道上,满腹感慨地望着沙漠和隐约可见的沼泽地。一年前,官军和造反的阿拉特,曾进行过最后一次决战。这片沙漠和沼泽地,便是结束战斗的地方。刹那间,各种可怕的声音又响在耳边,各种恐怖的场面又历历在目了。他想起了格力图尔、奈曼乌勒和乌日娜金。以前和这些人共同经历的一切,似乎又在他眼前重演了一遍。

科尔丹回忆的这些,已成历史的陈迹了。现在眼前已不存在鲜血和尸体。还是在战斗结束的第三天,科尔丹便派人把这里所有的尸体都抬到王府周围的深沟里,埋葬了起来。现在,平掉的深沟上,已长满了蒿草。

科尔丹回忆着这些,凭吊了一会儿冤魂困集的战场,心里祝祷了一次那些被召回的亡灵,便往坡下走去。

库玛问道:"少爷,您不坐车吗?"

"不。"科尔丹头也不回地说道,"在这里,曾有不少乡亲惨遭杀戮。他们都是成吉思汗的子孙。我怎么可以乘着车威风凛凛地过去呢?"

就这样,科尔丹在前面,库玛跟在后面,马车跟在最后,真有点儿凭吊亡灵的样子,在凉爽的微风轻拂中,慢慢走过沙漠和沼泽当中那条不平坦的官道。过了沼泽地,科尔丹才跨进马车,库玛跳上马背,驭手坐上自己的位置,放开速度,向当时已很繁华的小镇——突泉驰去。

突泉镇城南八九里的地方,有一座坡度舒缓,只长些矮草和杏树的小山,山下是一个湖泊。人们把这湖泊称作南大泡子。后来,有一些好事之辈,想给湖泊起个名字。但拟出几个不太雅的名字后,人们才发现,那个湖泊已气愤得成了老态龙钟的样子,周围的龟裂的碱土面积不断向里扩展,只有当中最深的地方还残留一些浑浊的水,时常引逗一两只长嘴水鸟到水里衔出寸把长的水虫。但我们故事所描写的时代,却正是这个湖泊的壮年期,湖面宽阔,周遭至少十数里地,湖里可以荡船网鱼。湖边长着水草和芦苇,经常有一群群水鸟鸣叫着起落其间。一到产卵期,水草里的鸟蛋白花花一层。

当科尔丹从车上望见这个白汪汪雾腾腾的湖泊时,命令驭手缓辔而行,以便欣赏那湖光水色并到湖边饮饮马。

在他们到达湖边以前,已先有一个女牧民坐在那里,看样子刚饮完马,正在歇脚。库玛和科尔丹不由得同时注目地观看起来,不知她为什么一个人独自跑到异乡来。那女人听到马车声,回头看了一眼,慌忙站起来,牵着马向旁边走去。

库玛一下怔住了。他激动地对从车窗探出头来的科尔丹说:"少爷,我敢发誓,那匹马正是我当年的坐骑。"

科尔丹也正在惊讶之中,他说道:"这证明你当年没有骗我。因为那牵马的姑娘,肯定是乌日娜金!我相信我绝不是白日见到了鬼魂!"

"哪里会呢,少爷。那时,我把她扶到马上,确信她可以纵马飞奔一百里,才放心地走开。"

"可是现在怎么办呢?竟在这里碰上了她……"

"她怎么会跑到这里来呢?据说,她跟额勒瓦奇尔老爷住在一起。"

"你怎么知道?"

"在喀喇沁旗我听敖尔敦对海哥敦扎布说过。但敖尔敦说,他没看清,不敢肯定就是乌日娜金。——可是少爷,她可是要骑马跑开了。要不要喊住她?"

"过去叫住她。已经没有必要隐瞒什么了。"

库玛大声喊道:"喂,女乡亲!在外乡遇到乡亲,怎么能不问候就走开呢?"同时,他抖起缰绳,追了过去,在与乌日娜金一马之隔的后边跳下马背。

"女乡亲,你好啊!"库玛在乌日娜金身后行了一个礼。

乌日娜金头也不回地还了礼,说道:"你好。——我不认识你。"

"你认识的。你只要回过头看看我,就会想起的。"

乌日娜金回头看着这个陌生人,也似乎有点儿眼熟,但一时又想不起在什么地方见过这个年轻人。

库玛微笑着说:"我不怪罪你的记性不好。因为在扎布曼都老爷府上,我们只见过几次面。而我们最后一次见面时,你的伤很重,又是刚刚苏醒过来,不可能保留清晰的记忆……"

"伤……苏醒……天哪,是你!你是库玛,是你救了我,对吗?"

"不,乌日娜金,救你的不是我。因为我的一生都是不停地执行我的主人的指令,所有的行为,都是主人思想支配的。马是我送给你的,但不是我的马。连我本人也不是我自己所有。送给你马,也同样是主人的命令。"

"你的主人……他是谁?"乌日娜金此时有些心慌意乱,她猛然想起库玛是接替格力图尔作科尔丹的驭手的。她觉得脸上燃起了大火,"是他……是科尔丹?"

"正是他,科尔丹少爷。"

乌日娜金觉得一阵天昏地暗,心里乱成一团,她不无怨恨地看着正跳下车来向她接近的科尔丹。

科尔丹也感到十分紧张,心脏在猛烈跳动。他镇定了一下,壮着胆子把视线投向乌日娜金的脸。还是那样美,只是瘦了,黑了点儿。眼睛还是那样大而迷人,甚至更大了,更深幽了,好像能看透任何人的心。身体还是那样丰满,或者说,从胸脯看,比原来还丰满。一个突然产生的念头,闯入科尔丹的心:"假如她不是另外一个人的妻子……"但他又立刻打断自己的念头,脸一红,在心里骂了自己一句:"鬼迷心窍!"

科尔丹觉得走了很长一段距离,终于站到乌日娜金对面了。

"乌日娜金,真没想到会在这个地方遇到你。"

乌日娜金的嗓子发干了,她怨恨而吃力地说道:"科尔丹,是你叫库玛救我的吗?"

"是的。"

"当时,我不知道是你救我,否则,我宁可死掉!"

"我也估计到,你在战败后,不会接受我的救助。所以,我没让库玛讲出真情……"

"为什么？你为什么要救我？"

"我处在那样的境遇,你也会救我的。"

"不,不会。我会杀死你。"

科尔丹打了个寒噤,声色凄楚地说:"当然,也可能……我是个很使人憎恶的人。但你就不一样。看到你受伤,痛苦……就是铁石心肠的人,也会毫不犹豫地救你的。"

"你是说,你有一颗高贵的怜悯心？"

"我听出你的话里裹着锋利的箭镞。但是……"

没等科尔丹说完,乌日娜金很快地说道:"你是否想过,你救活的不是一个人的肉体,而是复活了一颗仇恨的心？"

"不会的,乌日娜金。仇恨不应该是永恒的东西。是的,它不是永远追随不去的身影,它只是头顶的一片乌云,无论是风,还是阳光,都会驱散它……"

"你以为从成堆的尸骨中,扶起几个刀斧余生的人,就可以驱散所有的冤魂,消除所有的仇恨吗？甚至应该由我们这些幸存的人立个丰碑,刻上你的慈悲和功德吗？——看看你的脸吧,它为什么突然苍白起来？这说明你心里很清楚,你刚才说的是自欺欺人的话。"

科尔丹充满悲伤的眼睛躲开了乌日娜金逼人的注视,无力地低下头去,颤抖着声音说道:"那么说,你还在恨我……"

"不仅仅是我。"

"还有我的叔父。你们都太骄傲……"

"骄傲并不能培育出仇恨,却能增加仇恨的分量。"

"可怕的骄傲……"

"可怕的不是别人的骄傲,而是你自己种下的仇恨。"

"你说得对,乌日娜金。"科尔丹慢慢抬起失去光彩的眼睛,冷幽幽悲凄凄地说道,"不管你的话里有多少支箭镞,我也愿意全部收集到我的心房里。因为在那里盛满了罪恶,应该受到惩罚。是的,我并不是一开始就这样想的。我以为,我曾给叔父写信,以期避免刀枪相见,也曾对王世祺的过分残暴发火,并放走了许多受伤和没受伤的乡亲……以为这也算仁至义尽了。但是,我的心并未因此获得安宁。……后来,我终于弄清了,我自认为的仁至义尽也好,怜悯慈悲也好,都是自我欺骗,都无法弥补我的罪过。事实是,我是真正的刽子手!……乌日娜金,你可知道,认识到这一点,有多可怕!我常常被折磨得彻夜不眠。在很长一段时间,我不愿承认,不敢承认,企图用双倍的忙碌,挤去心灵上徘徊的魔影,忘却自己的罪孽。然而一切努力都是白费。我刚才经过曾尸体狼藉的战场时,似乎听到了一声声临死前的惨叫,似乎看到了无数双哀怨仇恨的眼睛。特别是你这一番话,更使我恐怖地确信,我直到死亡也洗不去身上的血迹……"

乌日娜金看到科尔丹极度痛苦的样子,心里也有些可怜起来,不由得叹了一口气说:"我们原来也并不希望把仇恨落在你身上。这是你自找的。当然,你不去盛京求兵,也还会有别人去。但恰恰是你充当了这样的角色。在我们给了你生路以后,你这样做,就更使人可恨。我曾想,我一旦碰上你,就毫不犹豫地把仇恨变为行动。但是,我又想到了斯琴妈妈,我爱她,尊敬她,她对我的恩义,使我还不忍心在今天和她的爱子拼命。以后……"

"我等着,乌日娜金。假如上天要通过你的手对我进行惩罚,我不会躲避,反而会高高兴兴地迎接死亡……"

"那就请你赶快上车,我们各走各的路。"

科尔丹咬着嘴唇,神情仍旧十分迷惘,他想了想说道:"好吧,我们就各走各的路吧,……不,等一等,我好像还有些话要说……"

"你一定想问问你叔父的近况吧?"

"不。我知道他现在生活得很好。遗憾的是,我今天才偶然从库玛嘴里获悉你和叔父住在一起,否则,我早就不避风险去探望你们了。咳,可惜,我的一片苦心又白费了,我原想,待局面更好些,请叔父到王府任职。但是,博克拿多马上要出山。他不会容得叔父的,也许……连我也容不得,……生活真是太险恶了,特别是想干点儿事业,就更是荆棘满途,处处掣肘。——不,我不是想说这些,我只是想问,你为什么不继续和叔父住在一起?"

乌日娜金本不想再和科尔丹谈下去,但犹豫了一下,还是作了简单的答复:"他把我赶了出来。"

"为什么?"科尔丹惊讶地问道。

"他让我寻找格力图尔。"

"你对此怎么想?"

"我觉得奇怪。有人说格力图尔被俘了。额勒瓦奇尔不会估计不到,你们是不会留下格力图尔的。"

"以我的本意,是想让他活下去。但王世祺无论如何不答应。我毫无办法,只好眼睁睁看着格力图尔被押解到热河去。也许……"

乌日娜金早就预料到格力图尔的死亡,但听到科尔丹的话,心里仍像听到惊雷般震动。她咬着颤抖的嘴唇,脸色煞白,用尽平生力量噙住眼里的泪水,费力地说道:"也许他早已不在人世了……"

科尔丹内疚地说:"我有罪过……这是留在我灵魂上的最大的不安……"

再有一刹那,乌日娜金也许就会失声痛哭起来,也许会把自己的手击在科尔丹的脸上,她克制着自己,猛地背过脸,大声说:"你——走吧!"

"我……走。可是乌日娜金,你还准备到什么地方去?"

"这用不着你多问。"

"我倒希望你同家母住在一起。"

"如果没有你……"

"有我怕什么,我又不常在家。"

"我不想再和你说话。你走吧!"

"乌日娜金,我不能这样离开你。如果妈妈知道我见到了你,又没问明白你的打算,她会怪罪我的。"

"告诉她,我去找哥哥,找妈妈……"

"哥哥?是王绍祖吗?听说他现在正和俄国人周旋。你知道他在什么地方吗?"

"会找到的。"

"是啊,他现在已是声名远震了。我听说他好像在宽城子一带。……只是东去不大安全,到处是哥萨克兵,……特别是像你这样的姑娘。……唉,好吧,既然你决心要去。"科尔丹说着,从怀里掏出护身的手枪,给乌日娜金递过去。乌日娜金没有接,他便自己动手插在乌日娜金的腰缠上,"这支手枪是俄国造,很好用。送给你,也好防身。子弹不多,以后自己想法补充吧。"

乌日娜金本想把枪扔过去,又一转念,觉得有一支手枪确实有用,何必多想别的,反正像他赠马一样,也不想感谢他,就算是捡到的吧!但她却冷然说道:"你不害怕我会用这支手枪打死你?"

"不会。除非你下一次遇到我,才有可能朝我开枪。但到了那时,你也许就认为不应该打死我了。"

"那,等着瞧吧。"

"再见吧,乌日娜金。祝你一路平安。如果找到王绍祖,请转告他,我对他衷心敬佩。他有困难可以找我,我会以礼相待和全力相助的。甚至我可以赠送给他一百匹马和一百支枪。我说的都是实话……对了,你不想去同家母告别吗?如果你不愿再看到我,我可以取消这次看望母亲的计划……"

乌日娜金想了想说:"也许斯琴妈妈更想见到儿子吧。你把我的祝福捎给她吧!"

等科尔丹又坐到车上,向突泉镇驰去的时候,他感到心胸里一阵气闷,似乎为丢掉了什么不可复得的东西产生一种难忍又难言的苦楚,并总想回头去看牵着马孤零零地向山坡走去的乌日娜金。他生气地责问自己:"难道我真的一直爱着这个刚强美丽的姑娘吗?"他觉得天旋地转了,一头倒在车厢里,两行热泪滴落在起伏的胸口……

39

科尔丹华丽的四轮马车驶进突泉镇的南门,经过两侧长着高大杨树的街道,停在正十字街东西坐北朝南的皮货商行门前。这个皮货商行,还是索拉吉辽夫当年苦心经营起来的。一开始叫"宝聚号",后来因为这个名号不断出现在各地的招牌上,索拉吉辽夫便拟了一个不露锋芒的名字,即科尔丹目睹的那块黑:油漆面阴文镏金的招牌,上面用蒙、汉两种文字写着:友华号。这个商行,使沙俄在哲盟北部几个旗确实聚宝无数,并交了不少朋友。科尔丹下得车来,先是对那招牌凝视了片刻,嘴角现出一丝讥讽的笑意,然后整了整衣冠,大步迈进门市里去。柜台里、墙壁上、货架上挂满了各种珍贵的山货和上等熟皮革,货架的格子里摆着各种精致的马具、皮靴和蒙古人喜欢的物件。在柜台里正应酬顾客的商人发现进来的人仪表不凡,便赶忙过来主动打了招呼。科尔丹说明是来拜见卡西诺夫上尉的,那人立刻堆出笑脸,恭恭敬敬地请他进到里面。科尔丹和库玛跟在那人的后边,穿过帐房,走进后院。后院很宽阔,简直可以做操场,各种皮革分门别类,堆积如山,地上晾晒的也全是新收的皮革,其间仅可通人。后院的东侧有一个大门,门外是一辆接一辆的勒勒车,都是等着交皮货的。科尔丹看到这些,不由得在心里重重地哀叹了一声,早就在脑袋里酝酿过的开办皮革作坊的计划,又在鼓动着他的勃勃雄心了。他一不留神,险些被地上的皮革绊倒。引路的人连忙抱歉道:"实在对不起。请慢走。"

走过皮革的世界,便是一排青砖明窗的高大瓦房。房门关闭着。门的上半部是一式的万字格,下半部精细地雕着芙蓉花。完全是中国风格。

带路的人在门前站下,毕恭毕敬地对科尔丹说:"请稍留步,容我进去通报。"

"请便。"科尔丹回答道,并又一次回头看了看那些高过房脊的皮革山。

"怎么称呼您呢?"

科尔丹略一思索,说道:"图什业图王府的代表。"

那人推门进去不大一会儿,哥萨克骑兵上尉卡西诺夫便迎出来。他客客气气地俯首让道:"请里面坐。"他生硬地说完刚刚学来的一句蒙古话,后退了一步,让科尔丹和库玛走进屋去。

过了阴暗的堂屋,便是一间雅致的客厅。这是当年索拉吉辽夫经常会客的地方。所有的摆设都是俄罗斯风格,靠北墙放着一对单人沙发,当中是一个茶几。单人沙发的两边,又各有一个长沙发。南边的大玻璃窗下摆着盆景。地当中是一块很旧但很干净的紫色地毯。

宾主坐定后,便有仆人上来斟茶。同时,卡西诺夫的翻译也走进来,坐在卡西诺夫旁边的大沙发上。

卡西诺夫对翻译说:"问一下来人的姓名。"

翻译欠了欠身体对科尔丹说:"卡西诺夫上尉请教您尊姓大名。"

"卡西诺夫上尉不会说蒙古话吗?"

"不会。由我来翻译。"

"刚才他倒说了一句。"

翻译笑着说:"今天早晨学了几句。"

科尔丹也笑了:"是这样。那就劳您的大驾了。请告诉上尉,我就是他要见的科尔丹。"

卡西诺夫皱着眉问翻译:"你们在说什么?"

翻译说:"他说您刚才说了一句蒙古话。"

"啊,哈……"卡西诺夫摇着头大笑起来。

"上尉,他说他就是您要见的科尔丹。"

"科尔丹!"卡西诺夫一下子从沙发上跳起来,向科尔丹不得要领地深鞠一躬,高兴得涨红了脸,"您就是科尔丹梅伦?"

科尔丹站起来还礼道:"正是。"

"快快地请坐!"

科尔丹听着他从舌尖上发出的蒙古话,忍不住笑了笑,俯了一下上身,坐了下去。

卡西诺夫随后也坐下去,又兴致勃勃地对翻译说了一阵话。

翻译对科尔丹说道:"上尉说,久仰大名,未曾一见。今天得偿夙愿,感

到非常荣幸。"

科尔丹客气地说道:"感谢上尉的盛情。上尉带来的信,我已看过了。今天是专程来拜访、请教和道歉的。"

(以下,我们还是为了方便起见,不再写翻译的过程,直接写出这两位交谈的原话吧。)

卡西诺夫表情很生动地说:"梅伦阁下,我行前,维连斯基伯爵和格尔恩格罗斯少将再三叫我向您致意。其实,我是准备明天再去王府拜见阁下的,您却大驾枉屈,真令我不胜惶悚之至。"

"哪里,是我们怠慢了阁下,本应登门告罪。"

"您的客气,反倒更叫我心里不安了。"

"我们都是朋友,就请不必客套了。看到了阁下,就像看到了我的老朋友索拉吉辽夫参赞和那位……维连斯基伯爵。但不知您此次驾临敝盟,是专为投书呢,还是另有指教?"

"我想,维连斯基伯爵的信中,已经说清楚了。我只是来执行信中所说的任务。"

"您所说的任务是什么呢?"

卡西诺夫略略皱了一下眉头,有些不高兴,但仍是很恭敬地说:"我并不知信中的具体内容都有哪些。但维连斯基伯爵曾亲口说,在你们危难之际,他和索拉吉辽夫参赞帮助过您,借给您一些枪弹,使您平服了牧民暴动,保住了各位王公的利益。现在,我们护路的哥萨克,给养困难,也希望您出于友谊,援助我们一些牛羊奶酪等,以解除我们的饥饿。"

科尔丹微笑了一下,认真地说:"您说的前半部分是事实。过去,贵国的朋友们,曾在很多方面帮助了我们。这是我们永铭肺腑的。如果有可能,我们肯定会倾力补报。但就贵军的给养而谈,您却是在和我开玩笑。钢铁道路已畅通无阻,岂有给养匮乏的道理?"

"梅伦阁下,关于给养问题,确是实话。干脆不瞒您说吧,我的部下二百人,已经半个月没尝到牛肉的味道了……"

"不,上尉。您不必为维连斯基伯爵的信进行解释,我明白伯爵的意思。他实在是要我还上枪支的欠款。关于这个问题,我也不瞒阁下说,敝盟经过这么久的动乱,已经到了经济崩溃、民不聊生的地步。原来所说以牲畜抵债,实在难以做到了。即或打肿脸充胖子,弄几只牛羊,对贵军也是杯水车薪,无济于事。而且,我总认为,贵军并不需要这些并不缺少的牲畜。所说给养匮乏,只是为了照顾我的面子,不好直接说讨债罢了。所以,我在来此拜见阁下之前,已将所借枪弹,全数备齐。上尉可以带回,或者由我们派车派人运往贵军驻地。好在我们缴获的大批枪弹,已足够三两年使用了,绝不敢再叫贵国为难。"

卡西诺夫原以为蒙古王公对一个哥萨克军官会是卑躬屈节,谀词诡媚,但他为了表明自己的文明,一开始就做出彬彬有礼的样子。可是面前这个白净脸皮的年轻梅伦,显然是在耍笑他这个加官晋级的上尉。他几乎气炸了肚皮。只是为了不让对方看出自己的空虚和急躁,才没有发作起来。为了控制自己,他顺手拿起一支烟,点燃后使劲吸了几口,然后冷冷地看了科尔丹一眼,说道:"阁下,我不希望我这次拜访会成为我们和贵民族友谊史上不愉快的记录。我必须再次向阁下重复,我们现在需要的正是您所说的不需要的牲畜。您应该知道,哥萨克和贵民族一样,是不能缺少牛羊肉的。而这些,只有梅伦阁下能帮助我们解决,也应该帮助解决。至于枪弹,我们还可以奉送您更多,只要您需要和提出要求。我们还不够大方吗?但希望您,也要做出相应的友好姿态。我诚恳地希望,您能慨然相助,使您的行为成为我们友谊的新的纽带。"

科尔丹故作思考的样子,把两手攥在胸前,过了一会儿,说道:"如果确是如此,那我是不能袖手旁观的。只是,您说得明白,而维连斯基伯爵的信,却又那么含混……不过,既然上尉是真的为此专程而来,我也不能使您回去在伯爵面前为难。我同意执行原协议,以牲畜抵偿枪支欠款……"

卡西诺夫听了科尔丹这番话,一下子又高兴起来,庆幸自己刚才没有发火,而把意思又表达得那样得体,好像突然发现了自己的外交才能。他微笑着并有些感动地搓着双手,娓娓地说道:"您真是慷慨之至,是我们不可多得的好朋友。我代表维连斯基伯爵对您表示衷心感谢!"

"惭愧得很。这本是我应该效劳的。"科尔丹说着,从怀里拿出那封早已写好的信,双手递给卡西诺夫,"这里,我已写好了一封信,请您带回交给伯爵。关于牛羊奶酪之类,我一定在冬季移营前凑足,派人送去。这是两全的办法,不知阁下认为如何?"

上尉一甩手,抛掉烟蒂,腾地跳了起来,他的忍耐达到了极限,冲着科尔丹大声说:"您是在和我开玩笑!冬季移营前?……哼!我们的肚子能等到

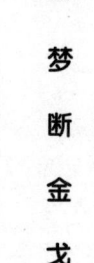

冬季移营前,就不会来这里跟您说这些了!"

他的这番伴随着唾沫星子的话,没有被翻译过来,科尔丹却从声音和态度中弄清了那愤怒的意思。他沉着地微笑着摇起头来,并端起茶杯喝了一口已经冷下去的茶水。待暴跳了一阵复又安静下来的哥萨克军官把自己重重地掷回到沙发上以后,科尔丹平静地说:"上尉何必动火?有话可以慢慢说嘛。"

"'不必动火'!您简直是希望看到我像一颗炮弹一样炸开,您才开心吧!"

"哪里会呢?我理解您的难处,上尉阁下。您也应该理解我的难处。我们不是在做私人之间的交往,都是负有使命的。您的使命是来讨债,要牲畜,以求哥萨克骑兵们吃得胖,吃得壮,精力充沛地保护贵国的东清铁路。我呢,比您的处境要困难得多。我们的阿拉特们自己也很艰难。而且,我的每一句对外应允的话,又必须有王府协理台吉等的支持才会有效。否则,我说了一些大话,结果您还是空手而归,您会更生我的气的。您说对吗,上尉?"

"不对!梅伦大人,您在说谎!我们知道您在王府是独揽大权的。您的协理官布说过,您命令王府的阁僚们不准和俄国人来往,还叫他们把俄国人一概拒之门外。结果,没有任何人敢违抗您的命令。我这不是瞎编出来的话吧?梅伦大人!"

科尔丹听了卡西诺夫的话,心里一阵气愤,并觉得已无必要再和这个哥萨克军官多费唇舌了。

卡西诺夫见科尔丹没有说话,便继续进攻地说:"您不说话,证明您确实有过那样的命令。这首先证明您在王府说一不二;其次,也是更严重的,这是对敝国的极大污辱!您必须改变您的态度和不友好的政策。否则,这将是不愉快和不幸的起点!"

科尔丹站起身来,冷峻地盯着卡西诺夫,威严而讥诮地说道:"上尉,您根本不配作贵国的使者,您还没有学会怎样和上层人物打交道,您还是回去训斥您的哥萨克和那些懦弱的工人吧!您听着,您知道了我对贵国的态度,这很好。在今天,我要您彻底明白一下我为什么产生这样的态度。您是在什么地方?在顿河吗?在俄罗斯吗?不,是在我大清的土地上!您应该明白,在别人家的院子里逞威作恶是问心有愧的。这是三岁的小孩子也明白的道理。可您,却把自己当成了主人!说到在我们草原上,你们得到的好处还嫌少吗?您看窗外,那如山的皮革你们花了多少钱?就算我们是一个愚昧的民族,你们也不能欺人太甚!再和您说说我的欠债,你们给了我多少枪弹?已经拿去了多少牲畜?从我父亲的牧场赶去的大牛群,你们偿付清了吗?而且,你们是个商行,每年从草地贱价骗购五十万张皮革。请问,欠债的是谁?是我们,还是您的伯爵?无须对您多讲,您比索拉吉辽夫更不通事理!"科尔丹说着,从茶几上又拿起那封信,掷到卡西诺夫怀里,"您能拿回去的,全在这儿了!"然后,转身向外走去。

"科尔丹!"卡西诺夫挥着两个拳头对着他的背影狂喊道,"你会受到报复的!"

科尔丹怒目回首,冷然笑了一下,说道:"悉听尊便!"

科尔丹不再搭理在后面暴跳的卡西诺夫,带着库玛,很快地走出客厅,走出堂屋,穿过院子,穿过买卖兴隆的门市走到大街上。他深深地吸了一口气,跨进车子,对驭手说:"去西郊!"

在马车跑了一段路以后,科尔丹突然命令驭手停车,他把头探出窗外,皱着眉头对库玛说:"库玛,我心里总是不能平静,似乎预感到叔父发生了什么不幸……"

库玛跳到地上说道:"乌日娜金好像说刚刚离开额勒瓦奇尔老爷,这说明不久前他还是安然无恙的。"

科尔丹摇头道:"这正是令人费解的地方。乌日娜金听到格力图尔的死讯,并未产生太大的震惊和悲痛,看来她早已知道或预料到了这一点。叔父更能明白,寻找格力图尔毫无意义,又为什么逼着乌日娜金去进行毫无意义的追寻呢?显然,叔父要做一件不想让乌日娜金看到的事,这会是什么呢?除非叔父又一次决心摆脱尘世的纷扰……"

"少爷是不是想去探望一下?"

"是的。……可你我都不知道叔父的住处。"

"敖尔敦知道,去找他带路。"

"看来只好如此了。"

"明天去吗?"

"不,马上。"

"不去看望老夫人就走吗?"

"回来再拜见妈妈,否则我的心不会安宁。"

接着科尔丹便命令驭手放开速度向喀喇沁旗扎萨克官邸飞奔而去……

40

　　午夜,正在酣梦中的海哥敦扎布和敖尔敦分别被随丁唤醒。他们被告知,科尔丹少爷驾到,叫他们立刻去议事厅候见。这两个人匆匆穿戴好,在院子里打个照面,一起向正房跑去,心里都在纳闷,科尔丹少爷刚刚在各地巡视完毕,一个星期前曾在这里下榻,为什么仅仅几天后又一次光临?而且,有什么紧急的事,竟在半夜抵达后立即召见代理扎萨克和协理呢?当这两个人惴惴不安地跫进红烛高烧的议事厅,立刻发现科尔丹正展阅着条几上的一张文告,不知他对自己授意发下的文告何以如此细心地阅读,更不明白他的脸上何以充满怒气和焦虑不安的神情?

　　突然,科尔丹一掌击在文告上,倏地从靠椅上站起来,使两个被召见的人骇然一抖,垂手恭立在旁边了。

　　科尔丹颤抖着惨白的嘴唇,声音嘶哑地问道:"这是怎么回事?"

　　敖尔敦看了看大气不敢出的海哥敦扎布,胆怯而又莫名其妙地回答:"少爷,这是您发下来的文告呀!"

　　"胡说!"科尔丹提高声音说道,"我什么时候发过这种文告?"

　　"少爷,请容禀。这还是您上次离开这里……"

　　"上次?"科尔丹蹙额攒眉地说,"是七天之前吗?"

　　"正是,少爷。是您走后的第二天,您派人送来的这份文告。"

　　"荒唐!简直是海外奇谈!——来送文告的人,你认识吗?"

　　"见过。好像是官布的随丁。"

　　"是他!好个官布,竟干出这种事来!——敖尔敦,你们没有张贴出去吗?"

　　"少爷,文告全在这里,一张也没贴出,我和海哥敦扎布都认为这个文告是不宜四处张贴的。"

科尔丹舒了一口气说道："倒还想得周到。坐下，从头详细地讲一遍。"说完，他自己先坐下去，喝了一口茶水，眼睛又落到文告上，心里又默默念了一遍："近查，去年大乱王府、逼杀王爷十恶不赦之逆首额勒瓦奇尔等，尚藏身僻野，逍遥法外。且阴图重树贼旗，东山再起。亦有为数不少之漏网贼众，反心未泯，蠢然欲动。为确保盟内升平，牧民康泰，须早早剪除之。但念阿拉特均系无知盲从，姑置不予追究，可即着额勒瓦奇尔等前来王府投案。否则，旗丁将驰赴各地，捕捉曾参与逆乱者，全部枭首。勿谓言之不预也。此布。"

"荒唐！可恶！"科尔丹看完后，恨恨地说道，并把视线投向敖尔敦，"讲！怎么不讲？"

"是，少爷，奴才这就从头详细讲……七天前，少爷从这里离去的次日晚，官布的随丁飞骑而来。当时海哥敦扎布不在，由我接待了他。他递给我一卷文告，声称系少爷授意由官布草拟的，他说，少爷责令各旗在他巡视完毕后，立即广为张贴。此人走后，我打开文告，十分震惊，知此事非可等闲视之。并且奴才感到惊讶，因少爷行前并未谈及此事。故暂放案上，未敢造次张贴。后与海哥敦扎布商议再三，也深感事出蹊跷。但有一点可以肯定，少爷救活额勒瓦奇尔老爷一事，显然已为王府内的官员获悉。肯定这一层，我们又推测，是否是少爷已知事情败露，为掩盖和自保计，发此文告遮人耳目。为证实这一点，我们拟派人去王府面见少爷。第二天——唔，就是接到文告的第二天，刚想派人前往王府，门人传报博克拿多大人驾到……"

"什么？"科尔丹一惊，第二次从靠椅上跃起，急切地问道，"博克拿多？他来干什么？"

海哥敦扎布欠了欠身说道："他来也是为了文告的事。"

"是这样！"科尔丹悲哀而绝望地说道，"他……这个恶棍，市侩……他已经插手了，从此事开始插手，他是稳操胜券了……海哥敦扎布，是你接待的博克拿多？"

"他把我们俩都叫到议事厅，但他却只让我回答他的问话。"

"快讲，越详细越好。"科尔丹稳定了一下情绪，坐了下去，但已显得浑身无力了。

"是。"海哥敦扎布说道，"博克拿多一进入议事厅，便指着案几上的文告问道：'文告还没有贴出吗？'

"我答道:'还没有。'

"'你们感到很为难吧?'

"'不。'我答道,'我们准备面见科尔丹少爷后再张贴。'

"'不相信文告是科尔丹授意写的?'

"'没这样想过。但我们知道,额勒瓦奇尔老爷已在一年前升天,科尔丹在王府为他举行了葬礼。我们不明白为什么责令已不在人世的人去投案自首。'

"听我说完,博克拿多冷笑了一下说:'你说得倒很像真事。但额勒瓦奇尔是否真的死去,你们是心中有数的。王府内的人,除尚不知额勒瓦奇尔的隐秘的住处,其他情节已无人不晓。实话对你们讲吧,此事我和你们一样清楚。我一直替科尔丹担心。他留下额勒瓦奇尔是很不聪明的。他本人也为此辗转不安。我重返王府后,曾为解脱他,和他商议过此事。我推心置腹地对他说,此事一旦被上边知道,于他非常不利。他问我,事已如此,怎么了结为好?我说,最好是抓起来,投进死牢。科尔丹很为难,不忍心这样做。最后,他想出了个绝妙的办法,即发此文告。用此文告虚晃一枪,额勒瓦奇尔闻风必定逃往他乡。这样,既搪塞了上边的追查,又保全了额勒瓦奇尔的性命。两全其美,实在是上策。对此,我表示了同意。'

"我听博克拿多说的也尽情尽理,但仍未敢深信,便试探着问:'您现在在王府……'

"'唔,你是想问我在王府的职务吗?'博克拿多抢过话头,笑了笑说,'我原是协理,但尚未官复原职。科尔丹一直留守王府,剿匪有功,地位当在我之上。'说着,他冷着脸站起来,冷冷地说下去,'所以,对我的话,你们可置若罔闻。我此行只是想帮助科尔丹摆脱困境。我担心你们会对张贴文告犹豫不决,而把可贵的时间白白丢掉。数日后,王府即要派出旗丁搜捕额勒瓦奇尔。到那时,科尔丹定会陷入窘境,无法开脱卖放纵容罪,因而埋怨你们的不果断。'说完一甩袖子就走了。"

科尔丹脸上的肌肉不住地抽动,他怜悯而隐含恼怒地看着海哥敦扎布:"你就相信了吗?"

"是的,少爷。他说的不像假话。但我和敖尔敦并不敢相信自己的判断,博克拿多走后,我们仍决定不张贴文告,星夜派人前去见您。"

"我并未见到你们派的人。"

"此人已去三天,仍不见返回。我们打算明天亲自去请教,可巧少爷回来了。"

科尔丹呻吟般地问:"讲完了吗?"

"没完。博克拿多走后,我们决定不张贴文告。我们想,不管文告真假,额勒瓦奇尔的事是肯定败露了。我们知道少爷保护额勒瓦奇尔老爷的苦心,不应该使他陷入险境。因此,由敖尔敦带人即刻起程,向额勒瓦奇尔老爷告知险情,并劝他连夜逃走……"

科尔丹好像再也没有力量站起来了,他往前倾了倾上身,双肘支在案几上,异常吃力地说道:"你真是这样做的吗?敖尔敦……"

敖尔敦答道:"是的,少爷。"

"见到叔父没有?"

"见到了。而且我走时看到一个姑娘进入他的毡帐,那样子好像是乌日娜金……"

"你劝叔父逃跑?"

"是的。我说越快越好。他一走,再张贴文告就没有危险了。"

"他……怎么说?"

"他笑了笑说:'知道了。'别的什么也没有说。他赶我快走,还叫他的夫人去喊回女儿……"

"女儿……乌日娜金……哼!敖尔敦哪敖尔敦,"科尔丹咬牙切齿地走到这两个人面前,先打了海哥敦扎布一记耳光,又劈手拽住敖尔敦的前襟,拉到自己的胸前,然后又用力把他推到椅子上,从牙缝里挤出两个字:"蠢材!"

"少爷!"

"住口!"科尔丹暴怒得浑身都抖动了,他说话的声音从来没这么高过,态度从来没这么可怕过,"蠢材!一对蠢材!你们被骗了,知道吗?被骗了还在卖弄聪明!你们难道不知道叔父的脾气?他能在这种情况下自己逃生吗?他赶走了乌日娜金,会立刻不皱眉头地去投案。博克拿多把你们看透了!他在牵着你们的鼻子走!你们……你们知道吗?"科尔丹说完,像患了重病一样无力地靠到案几上,痛苦地闭上眼睛。

被训斥的两个人意识到事情的严重性,从两旁扶住科尔丹,怀罪地低下头去。

科尔丹本想再发作,但想了想,忍住了,他轻挥一下手说:"立刻套车,带我去叔父住处。但愿叔父把自首的日子推迟几天……"

然而,再快的速度也来不及了。当马车经过小半夜的狂奔,终于到了额勒瓦奇尔的毡帐跟前时,科尔丹只看到一片灰烬。他慢慢走到毡帐的遗址前,蹲下去,把那未燃烧尽的木头和其他杂物一条条一块块地拾起,扔到身后。最后,他看到了婶母已烧焦了的尸体……

41

乌日娜金在湖边碰到科尔丹以后,并没有离去。她牵着马,心里痛苦、步履艰难地向山坡上走去。待科尔丹的马车已经走得很远,不会再看到她的时候,她再也站不住了,一下子坐在一丛杏树旁,双手捂着脸,大声哭了起来。

乌日娜金的痛哭,并不是为了格力图尔已死的这个事实。这一点,她早就预料到了。在战败的最初三个月,她曾怀着希望和绝望参半的心情,四处寻找格力图尔的踪迹,经过了许多苦难和危险,就像"一饮一啄莫非前定"一样,格力图尔曾痛苦地寻找乌日娜金,乌日娜金也非经历同样的苦难不可。有一天,她遇到了原格力图尔手下的老战士胡木,从这个老人嘴里,乌日娜金获悉格力图尔是为了救她,才在冲出重围后又返回战场,因而被俘的。从那以后,乌日娜金便确信格力图尔必死无疑。乌日娜金感到伤心和内疚,后悔在决战前离开他,使他蒙受巨大的痛苦和打击,并带着这样的痛苦和打击离开了人间……

就这样,乌日娜金坐在山坡上,为格力图尔也为自己哀伤地哭着……但事情毕竟已成过去,并无可挽回了。她此后的生命中,将永远带着这个自我谴责的痛苦,去迎接种种苦难的惩罚。太阳快落山的时候,她才起身骑马进入突泉镇,投宿到陈家车马店。她打算当晚将仍保存在怀里的那颗纯红晶莹的玛瑙兑换成通宝,第二天就取道洮南东行寻找王绍祖,然后南下辽河寻找妈妈。

车马店里只有一间女客房,又凑巧已住满。店主人便把乌日娜金引进老厨师的住室。那厨师六十岁已过,很忠厚,乌日娜金想了想,点头表示愿意住在这里。接着,她回答了店主人关于牲口是否加料的问题,问了问此地有无珠宝店。店主人告诉她珠宝店的位置,她便走出去了。按着店主人指的路线,她走到最繁华的正十字街。所有的店铺都还没有上栅板,西北角的

"一品香"糕点铺,东北角的"三义和"布庄,西南角的"美味斋"饭馆,东南角的"仁昌号"估衣店,都还在繁忙地接待着进进出出的顾客。街头巷尾的小贩的叫卖声不绝于耳。乌日娜金绕过行人,顺正十字街向南拐去。不过十几丈远,道南就是一间珠宝店,门楣上边有一块横匾,上面刻着蒙汉两种文字的镏金大字:索记珠宝店。看样子,门还没有关。正在这时,一个拎着暖盒的饭店跑堂的伙计快步走来,推门走进珠宝店。乌日娜金想,这珠宝店的主人好像是个单身。待饭店小伙计退出来后,她走了进去。

屋子里光线很暗,在镶着玻璃的柜台后面,坐着店主人,看上去有四十多岁,留着一把山羊胡,戴着一副花镜,正借着幽暗的烛光聚精会神地看着一件镂空雕的象牙塔。听到门响,他撩起眼皮看了一眼推门闪进的模糊人影,一边继续摆弄手里的古玩,一边问道:"是买,是卖,还是修?"

乌日娜金犹豫了一下。她很讨厌眼前这个人的傲慢,同时,那个人的声音让她想起好多不愉快的往事。但她还是把手里那颗红玛瑙递过去。

珠宝商顺手接过来,先是一怔,推开那件牙雕,细细地看起来,还不时斜睨一眼正低头看着玻璃下各种金银首饰的卖者。最近一段时间,他从蒙古人手里买了不少值钱的便宜货,但从未遇到眼前这样炫目的珍品。过了一会儿,他用蒙古话问道:"要多少钱?"

乌日娜金头也没抬地说:"你看着给吧。"

珠宝商把玛瑙从左手又放到右手,欣赏着它柔和润泽的红光,真有些爱不释手了,后来,他品鉴着点头道:"倒是个真货。不过不好出手。这年月,也很难卖上好价钱……"

乌日娜金不耐烦地说:"到底给多少钱?"

"嗯……这样吧。"珠宝商的两只眼睛盯着红玛瑙说,"大老远跑来,也实在不易。就给你一个顶天的价钱:五百吊!"

乌日娜金不假思索地伸出手,珠宝商以为她是要那块玛瑙。因为论价钱,这样纯色的玛瑙是少见的,至少也值一千吊,要卖给一个新授官的赐戴亮红顶的举子,可以敲诈他三千吊。所以,他连忙说:"可以再商量嘛,……你的意思……"

"快拿来。我还有事,我可等不到明天。"

"你看……唔?你要什么?"

"钱。"

"噢！好,好！马上就拿,马上就拿!"珠宝商赶快从怀里摸出钥匙,打开钱柜,很快数好了五百吊铜钱,稀里哗啦地放在柜台上,"你请数好,数好。如果还有,请拿来,不会叫你吃亏的。"

乌日娜金把钱揣入怀里,也不管那珠宝商如何低头哈腰地恭送她,很快转过身走出店门。到了街上,她长长出了一口气,回头看了看"索记珠宝店"的店门,发现那珠宝商正从玻璃里看着她,她紧走几步,躲开那可恶的视线。在十字街,她买了几只烧鸡和熏兔。

回到车马店后,乌日娜金进入她过夜的房间。老厨师正坐在炕沿上"吧嗒吧嗒"吸着旱烟袋,指了指炕头,说道:"你就睡在那里吧……这屋比别的地方肃静……"

"您会说蒙古话?"

"会。干这个买卖,经常和你们的人打交道,不会几句怎么成?不过,我说得不好。我们老板说得好。"

"您说的就很好嘛。我全听得懂。"

"那你是夸奖我这老头子了。"

乌日娜金把买来的食物放在桌子上,笑着说:"我以为今晚要当哑巴了。这可好了。您吃吧,要喝酒吗?我去打。"

"那怎么成?我吃客人,成何体统。"

乌日娜金装作认真的样子,嗔怪道:"我们可有规矩。让你,你不吃,是不尊敬人!"

"是吗?"老厨师笑着说,"那好,我吃。我可真要吃了!"说着,磕去烟灰,跳下炕来。

乌日娜金笑出了声:"您都吃了,我才高兴呢。"

"天哪!那非撑死我不可!"老厨师哈哈笑着,从桌子底下拎出个大瓶子,咕嘟咕嘟倒了一大碗白酒。

"姑娘,你也来喝点儿吧。听说你们的女人都能喝酒呢。"

"那是瞎说。这种东西,从来就是给男人预备的。"

"所有男人都是坏东西,是不?哈……"

乌日娜金受到这个乐观的老头的感染,也笑了起来,并动手把鸡肉撕成一片片放在他的面前,说道:"您的贵姓我还没问,怎么称呼您呀?"

"我吗?你就叫我'老头',你呢,我就叫你'姑娘'。反正明天你一走,我们很快就会互相忘掉的。对吗?"说完,老头又笑起来。

乌日娜金觉得这老头很有趣,微笑着说:"行,就这么叫。老头,这街里有我们蒙古人吗?"

"有是有,不太多。西门外有几户,听说有一户还是公爷的夫人。北门外只有一户……街里吗,让我想想,想想……唔,对了,在十字街北面,道南,住着一家蒙古人,是开说书馆的……姑娘,你是想找谁吧?"

乌日娜金没有回答老厨师的问话,却又追问道:"他们在这里住多久了?"

"那可就不一样了。我四十岁到这里卖手艺,就有几家蒙古人……不过,那个说书人倒是来得很晚,是他的爸爸临死前不久来的……"

"那个说书人叫什么名字?"

"这个可不知道。都叫他说书人。赶盐车的、卖皮货的蒙古人都愿到那里去听书。要不,我去给你问问?"

"不用了。反正我找的不是他。"

过了一会儿,乌日娜金又问道:"老头,你认识那个开珠宝店的吗?"

"认识。突泉镇哪一个不认识他?很有钱,听说正张罗娶太太呢。"

"他叫什么名字?"

"姓索,好像叫索长山……搬来快一年了。——唔,对了,听说他也是蒙古人,会说几句汉话。不过,咱们这些穷光蛋从不和他打交道,没有珠宝玉玩可卖,也买不起那捞什子!"

乌日娜金陷入沉思了。她一进入珠宝店,一眼就看出那个人像索伦扎鲁,听到他说话的声音,觉得更像了。但她知道,索伦扎鲁的下颌是没有胡子的,而此人却有一把修剪得很整齐的山羊胡。过去她和许多同伴,包括索伦扎鲁,都听江风讲过企图化装潜入王府的事,难道现在索伦扎鲁也效仿江风采取了化装术?可是为什么呢?是为了逃避朝廷的追捕,还是为了逃避朋友们对他劣迹的谴责?乌日娜金猛然记起,额勒瓦奇尔曾讲过,索伦扎鲁为抢夺王府的财宝,刺死江风,又险些打死额勒瓦奇尔。如果不是索伦扎鲁,谁会有这么多珠宝?乌日娜金早就恨透了索伦扎鲁,这个灵魂卑鄙的小人,曾不怀好意地挑起格力图尔和王绍祖的纠纷,她早就想教训他一番了。今天,他竟狗胆包天地躲在这里,骗取同民族乡亲手中的珠宝!乌日娜金感到十分愤慨,决定明天再去一次,一定弄个水落石出。

42

第二天早晨,乌日娜金勉强吃了一碗老厨师特意加了肉丝的面条,吃了一只鸡腿,然后到账房算清了头一天的店费和章料款,便独自一人走到街上去了。所有店铺都已开张,十字街处的小摊贩正在抢占着有利的位置。打着"哈拉巴"的特殊乞丐,在买卖家门前唱着快板,一群孩子很感兴趣地包围着,好像在看戏,或者想学一学这种演戏一样的乞讨方式。和阿拉特们生活的草原比,这里是够热闹了。乌日娜金觉得这些人都在发疯,实在不明白,人们怎能在这种花花绿绿的喧嚣世界活下去。她加快脚步,离开最繁华的十字街,又走到"索记珠宝店"了。但她没有立刻进去,却慢慢踱到邻近的杂货店门前,心不在焉地观看那些锅碗瓢盆去了。

此刻,珠宝商索长山坐在柜台里,心神不安地注视着店门。往常,那门的吱嘎声是会像音乐一样使他兴奋的。因为那预示着他将高价卖出或低价买进各种珠宝玉玩、古董珍品,那将预示着财神爷向他微笑。这一年来,随着那店门的吱嘎声,各种大的、小的,有孔的和没孔的通宝像流水一样,流进他加了三道锁的钱柜。他和本地的好多达官贵人和殷实富庶人家都有来往,那些太太、少奶奶们都愿意到他这里买点儿什么装饰品或玩物,都赞不绝口地说"那是真货",也愿意把自己已不喜欢的首饰之类拿到他这里换钱或寄卖。他把大串大串的铜钱,都神不知鬼不觉地拿到钱庄兑换回金条或元宝。他的财产已多到使他日夜担惊受怕的程度了。所以,他正叫他的代理人到六户和水泉两个屯子寻找可以购买的生荒地,买妥后,他就要退归田园了。当然,他也有另外一个打算,就是如果买不妥土地,他便把珠宝店迁到洮南或四平去,或者干脆把珠宝玉器等全部出让,到一个大城市开一个一本万利的钱庄。这些都是计划之中的,并且秘而不宣,没有第二个人知道。他还打算娶一房太太,改变一下孤寂的生活,生个一男半女,也好使自己的万贯家私有个继承人。可巧南门外王大财主愿将一个三十岁的老姑娘嫁给他,还能陪送一份嫁妆。亲事已订,再有几天就要过门了。那时,突泉镇准会热闹一阵的。

但是,昨天傍晚买了一件便宜货,那个女主顾回转身的一刹那,他却大吃一惊,所有的计划都倏地从脑袋里飞出去了。他那积年的心疼病竟又有了发作的征兆。他几乎一宿没合眼,形影相吊地坐在明烛下,怔怔地思考着,回忆着傍晚同突然降临的乌日娜金讲买卖的每一个细节。越想,他便越心慌起来,也就越没有睡意了。甚至不时抬起惊恐的眼睛看着那垂在门上的花门帘,以为乌日娜金会突然掀开门帘闯进来,把乌黑的枪口对向他的前胸。后来,他索性闭上眼睛不去看了,但那烛光又偏偏摇动不止,使他眼前出现种种幻想。再后来,他索性吹熄了蜡烛,屏息坐在那里,等待着天明……

早晨终于慢慢来到了,他睁开发疼的眼皮,扶着椅子的把手,费劲儿地站起来,迈开麻木的双腿在室内走了几步。然后他轻轻撕掉下巴上的胡子,在冷水里洗了洗脸,对着镜子看了看因失眠而显得疲倦的眼睛,他不由得吓了一跳,那镜子里明明是一副索伦扎鲁的嘴脸。他下意识地回头看了看门帘,赶快把胡子粘好,再戴上眼镜,遮住眼下的一段鞭痕。这时,镜子里的形象又是索老板的尊容了。他俯着身注意地品鉴着镜子里的"非我"的相貌,心里竟又亮堂起来。"难道索伦扎鲁是这个样子吗?"他凝视着自己映在镜子里的脸问道,"不,这不是索伦扎鲁,不是服苦役的索伦扎鲁,更不是暴动队伍的统领索伦扎鲁,而是珠宝商索老板,索——长——山!"

人就是这样,常常被自己的情绪所左右,陷入一叶障目而不见泰山的自欺境地。一高兴起来,便把一切都设想得很好,那些坏的甚至是可怕的可能,都置之度外了。索伦扎鲁此刻就是这样。他觉得过去的担惊受怕的一夜简直是毫无道理地折腾自己,乌日娜金怎么能认出"改头换面"的索伦扎鲁呀!所以,他决定今天照常营业。他吃过早点,又掀开门帘进入店房,坐在铺着厚垫子的靠椅上,准备接待顾客了。

不过,做贼心虚的索伦扎鲁,总不能踏实。渐渐地又开始心惊肉跳了,甚至那司祸管灾的右眼皮也颤动不止。他深悔自己开了店门,本应在天亮前就躲出去,在门上挂起"今日休业"的牌子,然后躺在床上,蒙起大被,什么也不去看。现在去关上店门、挂出牌子还来得及吗?不,索伦扎鲁可不敢再走出去了,甚至不敢站起来,不敢抬头看那随时都有可能被推开的店门。一个羞耻心尚未泯灭殆尽的人,做下了见不得人的丑事,该是多么可怕!索伦扎鲁曾无数次回顾在王府那一段噩梦般的经历,总觉得自己有对不起格力图尔的地方。是什么呢?是决战时只身逃逸这件事本身吗?不是,难道求生的愿望可以受到非议吗?失足落水的人,没有例外地是要挣扎游到岸边的;堕入深渊能逃脱的人,自己理当庆幸,别人也应该赞叹。有谁能在死神向他招手时,心平气和地跟着走向冥府呢?不,使自己逃离厄运,绝不是愚蠢的行为,而是一个明智的正确的不容歪曲的抉择。假如格力图尔当初能像他索伦扎鲁一样,成为识时务者,因而带着乌日娜金逃出尚未缩小的包围圈,那么,肯定可以安然无恙。至于别人,咳,那种情况,谁顾得了谁呀!那么,是因为携带出王府里的一些有价值的珍宝吗?不是。王爷一死,那就成了没有主人的东西了,再说,这又和"智取生辰纲"一样,不义之财,取之何妨?天与不取,蠢莫大焉!别人不拿,那是不识货,怨不得识家。那么到底是什么使索伦扎鲁一直在良心的谴责中不安呢?想来想去,唯一的原因是这一切都是损害格力图尔的。但是,由于受到带在身边的财宝的局限,不管他怎么想,也想不起(也是不敢想)那些真正对不起朋友的行为了,甚至连他接连杀死三个人的情节都想不起来了。他还是心不得安,神不得宁,最后他觉得他实在是有点儿可怜格力图尔。"是啊,真是个可怜的人。"他在心里喟叹道,"他太愚蠢了,……唉,人的智慧总是有差异的。"特别是在他认为格力图尔已不在人世了,就更加熔铸起怜悯心了。他时常在心里祝祷格力图尔的在天之灵,表白自己对他的思念,愿他的灵魂安宁!……

　　店门吱嘎一声响了。索伦扎鲁的心猛跳了两下,一下冲到了喉咙口。他看了一眼被推开的店门,在心里突然悲哀地叫了一声:"天哪!真是她来了!"他强作镇静,低下头,又拿起前面的牙雕,双手竟不住地颤抖起来。装出的镇静反倒使他内心的恐惧形之于色了。

　　乌日娜金平静地慢慢走到柜台前,站在昨天曾站过的地方,不眨眼地直视着索伦扎鲁,一言不发。

　　大座钟滴滴答答有节奏地响着,每一下都在敲着他那颗倒提的心,使他感到一种惊骇和死亡的恐怖。这样持续了很久,索伦扎鲁无论如何也控制不住了,他试着把脊背靠近椅背,以防止倒下去,但椅背似乎开玩笑一样反倒离他更远了。他放下手中的牙雕,或者说那牙雕自己滑落下去,然后把双肘紧压在桌子上,以支撑全身的重量,咽了一口又咸又涩的唾沫,费劲儿地说了一句原来并未想说的话:"还有东西……要卖吗?"

乌日娜金没有回答,只是抿起嘴,把眼里两束寒冷的光射到索伦扎鲁的脸上。索伦扎鲁似乎感觉到了这讥讽和仇恨的目光,浑身抖了一下。

"你……有什么事?"索伦扎鲁困难地问道,头低得更深了。

乌日娜金无声地冷笑一下,问道:"你怎么不抬起头来?你以为低下头,我就不知道你是谁?你以为粘上假胡子,就没有人能看出你原来那副丑恶的面目?你认出了我,我也同样认出了你!"

"你说这话,是……什么意思?"

"别再装下去了,索伦扎鲁!"

索伦扎鲁虽然预料到乌日娜金会喊出他的名字,但当他的名字真被喊出后,还是免不了骇然。惊定之后,他觉得,既然事已如此,也就没必要装下去了,他倏地站起来,身上也不再发抖了,却恶狠狠地注视着乌日娜金:"你说吧,乌日娜金,你想怎么样?"

乌日娜金又冷然撇了撇嘴,讥诮地说道:"你到底还是抬起头来了!你还想做恶到头吗?要是格力图尔在这儿,他会马上掐住你的脖子,叫你一命呜呼的!"

索伦扎鲁一旦撕开脸皮,也就不去担心和顾及其他了,他朝柜台接近了一步,面对乌日娜金,充满敌意地说:"他凭什么?我索伦扎鲁对得起朋友,包括你和……格力图尔!"

"亏你说得出口!"乌日娜金愤然地大声说道,"你在哪一点上对得起朋友?我倒想听一听阿达尔乞歹①怎样为自己的行为辩解!"

"你不要血口喷人!"索伦扎鲁提高声音说道,但他自己也知道这句话说得毫无力量,他在柜台里走了几步,不时抬起敌视并隐含愧疚的眼睛,看看盛怒中的乌日娜金。后来,他隔着柜台,站在乌日娜金对面,两个人的眼睛在很短的距离上接触了,谁也没有低下头去。

"乌日娜金,咱们打开窗子说亮话吧。你找我是什么意思?"

"找你?我真不好意思见到你这种人。我是无意之间碰上你的。我奇

---

① 阿达尔乞歹——《蒙古秘史》中的一个背叛友谊的人物。

怪的是,像你这种朋友中的败类,友谊的叛变者,竟能心安理得地活在世上,忘记了世上还有羞耻二字!"

"住口!你不要太放肆!不要忘记,我的胡子并不表示我已达到老朽的地步,我身上还有足够的力量对付你!"

乌日娜金冷笑一下,从怀里掏出手枪,放在柜台上,威严地说:"来吧!有胆量就朝我的胸口开一枪,完成你对朋友的'忠诚'!"

索伦扎鲁看着柜台上的枪,不胜骇异,鸡皮疙瘩从脑顶扩展开去,霎时布满了全身。他伸手想摸那支油黑发亮的家伙,却又无力地垂下手,嘴唇抖动着后退两步,一下子跌坐到椅子上了。

"呸!胆小鬼!"乌日娜金说道,嘲弄地瞥了索伦扎鲁一眼,拿起了手枪。

索伦扎鲁以为死神向他招手了,瘫痪般滑落到地上,惊惧地喊道:"乌日娜金——"

乌日娜金眼里闪出一股使人寒栗的光,继而又沉思了一下,把手枪揣入怀里。

过了好一会儿,索伦扎鲁确信危险已经过去,羞愧得无地自容地慢慢爬起来,对乌日娜金说道:"好妹妹,别再逼我了……"

"谁是你的妹妹!你这样的哥哥,连一只狗蝇子都不如。"

"乌日娜金,我知道你们都恨我,……想起过去的事儿,我的心都要零碎了……当然,你们不会相信我天天忏悔,天天夜里梦见你们……唉,说这些干啥?你要想打死我,就动手吧,我也活够了。……"

"真可惜,我怕玷污了我的手……"

"你说得对。是我不好,我是坏蛋!让我死后千刀剐万刀剐吧!"索伦扎鲁说着,退回到椅子跟前,坐下去,双肘紧紧抱住头,痛哭流涕起来。

乌日娜金又气又恨地看着他那副可怜相,不知道应该怎样惩罚他,久久地说不出话来。

索伦扎鲁从肘间偷偷看了乌日娜金一眼,用袖头揩了揩眼泪,站起身,对脸色已开始柔和的乌日娜金说道:"乌日娜金,你说吧,需要什么?我会全力帮助你。那颗玛瑙还给你,钱就算送的。如果不够,我再给你一些,多少都行……"

"哼,我可不好意思拿你的钱去买东西。你还是留着娶太太吧!"乌日娜金说完,转回身想离开这个使她感到耻辱的地方。

索伦扎鲁盼望乌日娜金快些走,但又不敢让她马上走。因为从她离去到下一次"光顾",又将是他担惊受怕的时间。忽然他想起一件事,同时,灵机一动,一个彻底摆脱窘境的计划随之产生了。他喊住乌日娜金:"乌日娜金!奈曼乌勒也在这里,你知道吗?"

乌日娜金停下脚步,握着门拉手,回头问道:"奈曼乌勒?你说的是真的吗?"

"我对天发誓,他真在这里。"

"在什么地方?快告诉我!"

"在十字街北边蒙古说书馆。"

听说奈曼乌勒在突泉镇,并且马上就要见到,这突然的喜讯,就像绝处逢生,使乌日娜金兴奋得差点儿晕倒。一年来有如茫茫夜海的阴晦的心,霎时光风霁月,眼前一片明亮。她多想立刻见到亲人,痛痛快快大哭一场,诉说诉说这一年积累起来的全部痛苦呀!她知道这不是梦幻,索伦扎鲁也肯定不是说谎,一进店门的那股怒火,在变成怜悯之后,终于完全熄灭了。她泪眼模糊地看着索伦扎鲁,喃喃地说:"你总算做了一件……好事……"说完拉开店门,走到娇艳明丽的晴空下,微晃着好像飘然云间的身体,朝北边快步走去,心里埋怨着心房和双腿的剧烈颤抖……

到了蒙古说书馆,却见门上挂着"今日停讲"的牌子。乌日娜金伸手敲了敲门,盼望着来开门的正是奈曼乌勒。不大一会儿,门上的小窗口开了,出现的是一个老妇人的脸。

"没看见吗?今天……不说书!"老妇人说道,语气很不耐烦,显然已有不少人来过。

"老妈妈,为什么不说呢?"

"说书的病了。"

"老妈妈,说书的人叫什么名字?"

"听的是书嘛,问什么名字?"

"别着急呀,老妈妈。我是想找一个人……"

"找人?到别处去找。这里除了我就是我的儿子!"说完,那小窗户"啪"地一声关上了,任凭乌日娜金再敲,也不见应声。乌日娜金急得咬起了嘴唇,眼泪又在眼圈里转了。她知道再敲也没有用,便南北看了一遭,发现稍北处有个大门洞,她拔步走了过去。一打听,知道进入门洞可通说书馆后院。她顺着别人指的路,左拐右拐地总算找到了那个紧紧关闭的角门。正巧又是那个老妇人打开了角门,手里拎着个瓶子和一个破褡裢走了出来,和乌日娜金打了个照面。

"老妈妈。"

"你这个姑娘,真缠人!你到底要干啥呀?"

"我想找那个说书人。"

"已经说过了,他病了!我是他妈妈,有事和我说吧。他欠你钱吗?"

"不。老妈妈,您这么急要去干啥呀?"

"买药,打酒。可你这个姑娘,打听的事太多了!"

"奈曼乌勒是我哥哥呀,我能不打听吗?"

"哥哥?"

"是呀,老妈妈,要是说书人叫奈曼乌勒,那就肯定是我哥哥。我找了他很久了。从闹王府……老妈妈,你不相信我吗?"

老妇人上下打量起眼前这个漂亮的姑娘,不大信任地摇摇头说:"不对,他没有妹妹。不,你不是他妹妹。"

"老妈妈!"乌日娜金扯着老妇人的衣袖,恳切地说,"是还不是,您也该叫我看看呀!"

老妇人看乌日娜金急得流出眼泪,叹了口气说道:"唉,你真是个难缠的姑娘。你大概找哥哥找疯了……那,进来吧。先告诉你,可得轻点儿。他刚睡着,病得很重……如果不是,你就马上走开,可不准惊动他。"

"老妈妈,我一定照办。"

老妇人摇着头,不情愿地在前边带路,乌日娜金随着她走进角门。院子不大,又很零乱,左一堆木头,右一堆牛粪。院子当中还有一眼井,简直没有下脚处。

"唉,没办法。我也没力量收拾,每天还得打水、泡茶,伺候那些……听客。他什么也干不了,"老妇人一边走,一边嘟囔着,"病得这样,还要喝酒,说书卖茶那几个钱,……唉,可怜的人……"

她们很快走进了说书馆的后屋。那是一间很脏并且和后院一样零乱的房间,一进去,就有一股类似发霉的味道,叫人喘不出气。朝南的窗子糊着毛头纸,左粘一块,右补一条,并且有一半挡着又脏又破的毯子,看样子不是为了遮光,而是为了挡风。靠北是一铺炕,那里正躺着一个人。

老妇人向乌日娜金轻"嘘"了一声,示意不要惊扰了睡觉的病人。乌日娜金的眼睛渐渐适应了屋里的黑暗,看出炕上的人是头朝北躺着,脑门上敷着一条湿毛巾。她蹑手蹑脚走到炕边,仔细地看着那张被病热烧得发紫的脸。突然,她忍不住抽咽起来,大滴大滴的泪珠顺着面颊滚落下来,她伸手拉过那瘦骨嶙峋的大手,他醒过来了,痛苦地呻吟了一声。

"看你!到底把他弄醒了!"老妇人埋怨着说,想上去拉开乌日娜金。

乌日娜金却又往前靠了靠,哭着叫道:"大哥!你看看我……是谁呀!"

老妇人生气地说:"他看不着你,他什么也看不着。"

"什么?他的眼睛……天哪!"

说书人费劲儿地动了动凹陷的眼皮,问道:"妈妈,你在和谁……说话?"

"奈曼乌勒大哥,是我呀!"

"什么?乌日娜金!是你吗?乌日娜金!"

"是我,大哥。是我呀!"乌日娜金说着,失声痛哭起来。

奈曼乌勒使足力量坐了起来,把那满是刀伤的脸对着乌日娜金,伸手向前摸去,乌日娜金抽咽着把手递给他。奈曼乌勒火热的手颤抖着紧紧握住同样颤抖的手,脸上每一块伤疤都涨红了,都抽搐起来,深陷的眼窝里,两行浑浊的泪水扑簌簌滚落下来。

"乌日娜金!乌日——娜金,乌……日……娜……金……"奈曼乌勒不断地呼唤着这个亲切的名字,那语调充满痛苦、悲切,像是从一颗纯洁的破碎的心汩汩流出的血……

听着奈曼乌勒深切而凄楚的呼唤,乌日娜金觉得肝肠寸断了。她一下子扑到奈曼乌勒的怀里,像扑在受尽了轮回之苦的妈妈的怀里,令人荡气回肠地使劲儿哭着:"大哥!你受了……多少苦啊!"

奈曼乌勒抽泣着,伸出大手,抚摸着乌日娜金的头发和泪脸,喃喃地说:"乌日……娜金,到底知道你……还活着,……快告诉我,你是怎么活下来的?"

此情此景中,那个老妇人瘫痪般坐在屋里唯一的那把椅子上,不禁也流起老泪来。她对乌日娜金说:"姑娘,别怪罪我……他可从来没说过有一个妹妹呀!"

奈曼乌勒抬起头说:"妈妈,她不是……不,她是我的妹妹,我的好妹妹。……乌日娜金,我做梦都想看到你们。快,别哭了,坐到这里,让我好好看看你!"

乌日娜金顺从地坐在炕沿上,奈曼乌勒伸出颤抖的手,抚着她的脸,像在梦中一样说道:"还是那样漂亮,那样美……那样可爱。可我——"他突然收回自己的手,往旁边挪了挪身体,并捂住脸,悲哀地说下去,"不!别靠近我,别看我……我这副丑脸,你会讨厌的……"

"别说了,大哥!"乌日娜金十分伤心地抓过奈曼乌勒的手,"如果苦难可以由别人代替,我情愿替你承受全部苦难。你永远……永远是我的好哥哥!……"

乌日娜金含着泪真诚地说着,忍不住又伏在奈曼乌勒的肩上,抽泣起来。

过了一会儿,奈曼乌勒稍稍平静了一些,用手背擦了擦眼窝里的泪水,并扶起了乌日娜金,问道:"乌日娜金,听到格力图尔的消息了吗?"

乌日娜金摇摇头说道:"科尔丹说,他被押送热河了,……他们不会让他活的……"

"你见到科尔丹了?"

"见到了。他说他放了你。"

"他没撒谎。……可那时,我是真不想活了。后来一想,我还不能死,万一能找到你,可以把格力图尔和王绍祖的确切消息告诉你,——这个,我一会儿详细对你讲吧。——他们放了我,我就走啊,走啊,一步一个跟斗……后来是爬,爬呀,爬呀,双手都烂了,……我眼前永远是黑夜,……碰不到一个人,也不知道爬向何方,结果,爬到这里来了。是一个好心的老人,叫沙仁巴特的说书人,在野外发现了我这个还留着几口气残喘的又瞎又瘸的人,他就是这位妈妈的老伴。可这个好心的老人,不久就与世长辞了。我从此就成了老妈妈的儿子,当起了说书人。……我想把老妈妈养到天年,再回到喀喇沁旗去寻找我的归宿。可你看我,多不争气,老闹病,还好发脾气,……累得妈妈又要去买药,又要去买酒。唉……这回好了,你一来,我的病也会好起来,脾气也会好起来。我再也不喝酒,再也不发脾气了。妈妈,你听到了吗?儿子向你忏悔了!"

"好儿子,妈妈听到了。"

"妈妈,你知道她是谁吗?她是班卡妈妈的女儿,乌日娜金啊!"

老妇人惊喜地站起来,拉过乌日娜金的手亲切地说:"是你呀,好姑娘!

我见过你妈妈,那时只知道她叫巴兰森格,给过我们钱,是个大好人啊!——该死的儿子,怎么不早说呀!——姑娘,看样子,你也无家可归了,以后就和我们住在一起吧。好吗?"

乌日娜金顺从地点点头。

"好了,你们先说话。我去买药,酒也要打。今天是个喜日子,咱们都喝几口,高兴高兴。"

"等一等,妈妈。"乌日娜金站起来说,从怀里掏出通宝,全部递给老妈妈,"把这钱拿去,你们一人买件衣服。剩下的就留着用吧。"

"哎呀,哪里用得了这么多!再说,怎好用你的钱呢?"

"妈妈,去吧。快去吧。一定要买。我来收拾一下屋子。"

"你……"奈曼乌勒面对乌日娜金惭愧得说不出话,后来叹息了一声转向老妇人,"拿去吧,妈妈……"

老妇人走后,乌日娜金很快把屋子里收拾干净了。地上洒了水,清扫了一遍,屋子里显得明亮和宽绰了不少。老妇人挟着两件簇新的蒙古袍兴冲冲回来时,看到屋子的变化,不住地啧啧赞叹。

乌日娜金帮助奈曼乌勒穿好新袍,还给他系上一条腰带,欣赏地看了看,又帮助老妇人也穿上新袍。老妇人像孩子般地高兴,连连说道:"好,好。年轻了,年轻多了。是吗,姑娘?"

"妈妈,是年轻了。您一乐,就更年轻了。"

"那我就总乐,总乐!"说得三个人都笑起来,"唉哟,光顾乐了。快吃点儿、喝点儿呀!"

乌日娜金立刻着手准备酒菜,把买来的熟肉撕开,堆在一个大铜盘里,用一只大泥碗盛上白干,然后揩了揩手,把奈曼乌勒扶到椅子上坐好。老妇人跑到前屋,搬过两个方凳,和乌日娜金一边一个坐在桌子两头。三个人便高高兴兴地吃起来。老妇人把酒碗递给乌日娜金,非让她喝一口不可,她第一次皱着眉头嘶嘶哈哈地喝了一口辛辣的白酒,娇羞地捂起涨红的脸。

"奈曼乌勒大哥,忘记告诉你了。我今天碰上索伦扎鲁了。"

"他?这个坏蛋!他在哪儿?"

"离我们不远。开一个珠宝店。"

"这个朋友里的败类!我真想亲手除掉他!"

"我也真想开枪打死他,替松和拉弟弟报仇。但怕引起麻烦,只痛斥了他一顿。他还哭了呢。总算知道对不起朋友了。他要不告诉我你在这儿,我今天就离开此地了。那样,也许我们永远不得见面……"

奈曼乌勒沉吟了一下说:"那就是说,这个坏蛋早就知道我在这里。……不过,他的胆子真不小,竟敢在这里开起珠宝店。"

"他安上了假胡子。不细看,真认不出来呢。"

老妇人问道:"你们说的是那个索老板?"

"是。"乌日娜金说,"索长山是他的假名。"

"唔,是他!他还来听过书呢。听完后,给了不少钱……"

"哼,给了不少钱!……"奈曼乌勒愤然道,"他是想通过施舍来弥补他的罪过!妈妈,你怎么不早告诉我?"

"我哪里知道你们那些事呀!"

"可不是。这怪不得妈妈,别生我的气,好妈妈。"奈曼乌勒笑着说。

"你这个坏儿子!喝吧,痛痛快快地喝吧!"

三个人又一次笑起来,不再去谈索伦扎鲁了。

第二天,街里轰动起一件新闻:珠宝商索长山失踪了。谁也不知道他的去向。后来据很多人回忆,在索长山失踪的那天凌晨,有一辆带篷的双套快马车,风驰电掣地驶出东门……

43

是痛苦还是悲哀？是无可奈何的绝望还是静等厄运的麻木？科尔丹自己也弄不清。总之，在他的马车凌晨返抵王府，他顺着石板路向大殿走去的时候，仍旧有处于噩梦中的感觉。耸立的大殿也好，闪光的琉璃瓦顶也好，在微风中摇曳的树木也好，在他身旁的官员也好，他都感到陌生。对这一切，他不想看，不愿看，甚至不敢看。然而他又必须去看。这使他产生一种巨大的压抑之感。

科尔丹原来想，他一踏进王府大门，首先应该看到博克拿多戏谑的表情和官布讥笑的眼睛。接着会有人向他报告，额勒瓦奇尔已投案在押。但是，直到他默然进入大殿，吃过早点并喝了整整两壶浓茶后，这预料的一切都没出现。博克拿多连面也没露，官布的眼睛里没有讥笑，却是胜利者的骄傲。关于额勒瓦奇尔，任何人也没有谈及一个字。好像一天前发生的事，根本不存在，只是科尔丹自己的幻觉。这又使科尔丹感到奇怪。

尤有甚者，使科尔丹更感到万分惊异的是官布的报告。他说，有人在王府附近见到了格力图尔。

这怎么可能呢？科尔丹想道。一年前，他亲眼看见格力图尔被装进特别的囚笼，由十几个人"簇拥"，随着官军凯旋人马和新增加的辎重，往热河押解去了。除非格力图尔有孙悟空的本领，要不就是王管带放了他，否则，他就是有三头六臂，再插上翅膀，也是逃脱不了的。科尔丹这样想，倒不是希望格力图尔确实已被处死，他总觉得自己对这个年轻人怀着一种莫名的特殊感情，甚至好像欠他一笔债务，一直没有还清。假如可能，科尔丹希望由自己网开一面，给格力图尔一条生路，这样他的灵魂才会获得安宁。他这样想，只是因为这消息太难令人相信了。

他还记得，王世祺决意要离开王府前，曾和他进行过一次密谈。那时，王世祺既因与儿子的决裂经受着痛苦的煎熬,也因可以立即回去献功而高度兴奋着。王世祺说,他这次平服反叛,获得辉煌战绩,可以使他提前返回盛京。他要先到热河都统处报捷,如果能赶上皇帝游幸避暑山庄,他甚至能获得召见。

　　他说:"等着瞧吧,我把那个名扬四海的格力图尔往大堂上一带,嘿,准会吓他们一跳!让他们惊讶吧,赞叹吧!当然,我不会忘记科尔丹梅伦,我一定给你美言几句。那时,我的话可不会是无足轻重的了。这王府嘛,就保你坐定了!"但科尔丹心里明白,这所谓"美言"和"坐定"也者,未必能实现;而这位喜形于色的管带大人,把格力图尔当作世间珍宝,当作晋升的踏板,却早在意料之中。所以,这个管带大人,这个一心想飞黄腾达的小市侩,是不能放松对格力图尔的看管的。假如格力图尔逃掉了,王世祺的"巨大功劳"就会骤减二分之一,甚至降到零。然而,竟有人看见了格力图尔,而且在王府附近!这可能吗?王世祺行前还说,一抵热河,马上会有好消息,一定立即派人送信来。科尔丹知道,王管带并不是这样办事有效率和说得出做得到的人。他说的"马上",可能是半年,他说的"立即",可能是十个月。但科尔丹怎么也不会想到,事隔一年,管带无半个字的"好消息"送来,却有人在王府附近看到活着的格力图尔。这可能吗?但如果是真的呢?……这个格力图尔就在大门外呢?要知道,现在的格力图尔可不是格根庙外的格力图尔,以往的誓言理所当然地解除了。谁知道他在什么时候,突然站在科尔丹面前,咬牙切齿地喝道:"跪下!拿命来!"不过……

　　"这可能吗?"科尔丹想道,同时,这声音也从嘴唇上滑了出来。

　　官布以为科尔丹是在问他,便说道:"我也以为不会有此奇事。"

　　科尔丹看了看官布幸灾乐祸的态度,心里想:"哼!你倒巴不得这是事实呢。"嘴上却问道:"是谁看见的呢?"

　　"胡穆达参领。"

　　科尔丹又一惊。在他的脑海里,这件事的可信程度,一下子达到顶点。因为胡穆达参领是最后见过被押解的格力图尔的,不至于认错人。但同时,也有一股恼怒的激流冲进脑海,很生气地想:官布为什么说是有人看见,而不是捕获在押呢?按理,发现这样一个要犯,是该立即捉住的。然而,他们竟不去追捕。这样的参领还有什么用!

　　"他在吗?"科尔丹突然问道。

"谁?"

"胡穆达。"

"在的。"

科尔丹对俯道站在门旁的随丁喊道:"来人,去请胡穆达参领。"

随丁应了一声,走出大殿。

科尔丹望了一眼若无其事地坐在一边的协理台吉,长嘘了一口气,站起身来,在地上踱了几步,心里继续想着这个使他乱了方寸的奇闻。是呀,那个管带王大人,的确是个不平常的人物,一高兴或一发怒,就会忘了形迹。就像一个性格急躁的六岁孩子,任性起来,什么也不管不顾了。想当初,科尔丹极力使这个小人物登上北征军的帅台,就是因为看到他虽然有点小聪明,但终究是个大脑平滑的货色,是能听他科尔丹摆布的。

后来事实证明,科尔丹考虑的只对了一半,对时蹇运乖的管带适用,对胜利后志得意满的管带就不适用了。比如,王管带在平服暴动后杀戮无辜、剽掠财物,就没听他科尔丹的指挥。科尔丹发现,一旦处于顺境,王管带除了自作主张外,那爱财、爱酒和爱鞭打部下的种种嗜好就十倍地表现出来了。凭这么个人,独立地去干什么事,不弄得一团糟才是怪事!但是,在那个当日,科尔丹不也是被巨大的胜利的喜悦和看到草原惨状的悲哀弄得晕头转向吗? 由此看来,王世祺忽略对格力图尔的看押,使格力图尔有机会逃跑,不是没有可能的。

此时,胡穆达参领已轻轻走进大殿,顺着那长长的地毯,走到离科尔丹很近的地方,行过叩拜礼,起立退到地毯右边,垂手站在那里。

科尔丹看了看胡穆达,又看了看官布,坐回到矮矮的躺椅上,问道:"胡穆达参领,请你讲讲看到格力图尔的情形。"

"遵命,大人。"胡穆达深深地俯下脑袋,说道:"下官……"科尔丹皱着眉头说:"什么'下官'?"

"……卑职……"

"'卑职'! 和哪个师爷学来这么多酸溜溜的词儿! 你就干脆说'我'不行吗?"

"奴才不敢。——大人,卑职……我,今天中午去检查王府外围几个哨位。在最南边的哨位附近,有一个人牵着马探头探脑地窥视王府。奴才骑马走过去。喝问他:'什么人,在那里干什么?'他说他是过路的。奴才呵斥他几句:'过路就快去赶路,在这里逛游啥?不知道这是王府重地吗?'那人向奴才鞠了一躬,连声说:'是,就走,就走。'他说完,翻身上马。嘎!我一看,这小子上马多利索!腾地一下,飞上一样。奴才便细细地观察起此人的相貌。恰好他又在马上转过脸来,笑了笑说:'就走。'天哪,我一看不打紧,吓了我一跳,这不是那个格力图尔吗?我见过他,不会弄错。大人,事情就是这样……"

"事情就是这样吗?"科尔丹不耐烦地问道。

"是的,大人。正是如此。"

"那么以后呢?此人骑上马就走开了。是吗?"科尔丹半恼怒半怜悯地模仿着胡穆达的声音说,真想奔过去打他一个耳光。

胡穆达又鞠了一躬说道:"请容禀,大人。以后呢,大人说得对,此人骑上马就走开了。他以为把我骗过了,大大方方地走了。可他怎么知道,我胡穆达可不是傻瓜,我吃着王府的俸禄,可不能不对王府尽心尽力。我当时想,上去抓住他?不行。奴才知道这小子是力大无穷的,谁知道他怀里还藏着什么比力量更可怕的武器!那么,用计策把他骗进王府?也不行。奴才知道,这小子可是个少有的机灵鬼!弄不好,倒是打草惊了蛇。奴才左想想,右想想,总算想出个办法。我到哨卡那里叫出两个旗丁,让他们远远地跟着他,看他到哪儿去?"

科尔丹耐着性子听完这一大堆废话,问道:"你以为,你的两个旗丁不会被甩掉吗?"

"大人,哪里会被甩掉?那是两个人呢。"

科尔丹心里想:"哼,你的旗丁对于格力图尔,二十个又顶个屁!"可是他到底把自己的恼怒降到极限以下,觉得眼前这个参领比"没用"还多少有点儿用。

"胡穆达参领,如果我把追捕格力图尔的差事交给你,你愿意去立这个功吗?"

"这本来是卑职应尽的职守,愿效鹰犬之劳。"胡穆达说道,又深深鞠了一躬。

科尔丹听了他的话,差点儿笑出声来:"参领,格力图尔不是个好对付的家伙。你要多用点儿脑袋。"

"跑不了,大人。他现在已是奴才的掌中物件了。刚才接到报告,格力图尔在五里地外的一个小村子钻进了毡帐。看样子,是准备过夜的。"

"唔?那很好。看来你一定会马到成功了。事不宜迟,你立即挑选一百名旗丁,出发去逮捕格力图尔。要尽量捉活的。成功后,上下均有重赏。"

"遵命,大人。"

胡穆达参领走出大殿后,科尔丹对官布说:"协理大人,我对胡穆达总有些不放心。"

"是的,他是个很草率的人。"

"所以,很可能把事情弄糟,甚至放跑了格力图尔。"

"您的意思是换一个别人?"

科尔丹想了想,摇头叹息道:"算了。都差不了多少。这些军职台吉们,连骑马射箭都快忘掉了。我刚才说的并不是这个意思。胡穆达说,格力图尔钻进了毡帐,我倒预感到格力图尔早就从他们眼皮底下溜走了。"

"是的,很有可能。格力图尔要比胡穆达精明多了。"

科尔丹又沉思片刻说:"我们只好一面等着胡穆达的佳音,一面做另一件事情。劳您的大驾,去草拟一个通缉文告。"

官布一惊,险些跳起来,但他立刻稳住自己,装出很平静的样子,一本正经地问道:"是通缉格力图尔的文告吗?"

"不。"科尔丹只简单回答一个字,又把眼睛盯在他的脸上了。

官布又是一惊,鼻尖渗出汗珠了。他嗫嚅了半天才咽咽唾沫说道:"那……是谁呢?"

科尔丹无声地冷笑一下说:"是当年反叛队伍中的首犯。"

官布感到如坐针毡了。他知道,此刻的科尔丹手里仍握着生杀大权,博克拿多虽然曾担保过他的安全,但眼下毕竟未正式出山。他很担心科尔丹已获知他发出的假文告而加罪于他。一时竟说不出话来。

科尔丹看官布不敢抬头,便又冷笑一下说道:"不过,你可以放心,我不会难为你。别人已做过的事,我不叫你去重复,该别人去做的,我也不会插手。我说的文告,既不是通缉额勒瓦奇尔,也不是通缉格力图尔,而是乌日娜金。"

官布这回可真的感到惊诧了,他偷偷擦去鼻头的汗珠,问道:"这是什么意思?我们要追捕的可是格力图尔呀!"

"正是因为要追捕格力图尔,才要张贴缉捕乌日娜金的文告。这叫声东击西,我们都应该精于此道。"

官布听出科尔丹话里的弦外之音,但故意装出不懂的样子,说道:"可是,乌日娜金久无音讯,也许已经死了吧?"

"对死人缉捕才更有趣。"

"您的意思……"

"好了,不用花费心思猜测我的用意。乌日娜金的死活,暂且不管。我们只需要让格力图尔知道他美丽的心上人还活着,而且就在家乡附近躲藏。"

官布似有所悟地点点头:"唔,这就叫设下香饵钓鳌鱼,对吗?"

"看来你对计谋很精通。"

"哪里,……还是科尔丹梅伦的胜算高人一筹。不过我想,假如乌日娜金真活着,您也不忍心将她逮捕归案的。"

"你这话是什么意思?"

"我的意思是,科尔丹梅伦总是以慈悲为本,特别是对于阿拉特。"

"是吗?你看得很准确。这是我的一大罪行,你说是吗?"

"您误会了我的意思,梅伦大人。"

"即或是误会,也快结束了。你可以去了。"

"是。我现在就遵命草拟文告。"官布说完,鞠了一躬,不大自然地走出大殿。

科尔丹待官布背影消失后,猛地站起来,想冲出门去把他喊回来,甚至叫人把这个得意忘形的无耻小人捆绑起来,但思考片刻,又颓然地坐了下去。他想,就是砍下他的脑袋又有什么用?现在,王府的局势已在博克拿多左右之中了,向科尔丹扑来的厄运,是无法摆脱的。官布只是一个在前台表演的小丑,是无足轻重的小人物,拿他出气是毫无意义的。科尔丹悲哀地坐了一会儿,勉强振作起来,派人唤来库玛。

"昨天你听人讲那个奈曼乌勒在突泉镇是吗?"

"是的,老爷,不会差的。过去奴才只知道突泉镇有一个双目失明的蒙古说书人。昨天有人说,这个说书人就是当年闹王府的奈曼乌勒。而且,乌日娜金找到了他,和他住在一起。"

"看来这封密告信中说的不是瞎编。"

"不会的,奴才想。他既然直投少爷亲启,大概对很多内幕都了若指掌。"

"是的,你说得很对。从语气,此人很可能也曾参与造反,看笔迹则酷似索伦扎鲁。但他们之间何时产生的私仇呢?"

"老爷如果想知道得更清楚些,奴才可以去打探一下。"

"我正是想让你去一下,但不是打探。那个奈曼乌勒你是见过的,是吗?"

"在老爷府上时是见过的。但后来,他变得又瘸又瞎,面貌已很难辨认了。"

科尔丹微笑道:"在这两个特点上巧合的人是不多的。你立刻去突泉镇,如果事实与密告信不符,也要想法打听一下乌日娜金的去向。可以去问问家母,我想乌日娜金离开突泉,肯定会和家母辞行的。总之,要想法找到她……让她知道,王府决定通缉她,叫她黑夜离开突泉,速速东去逃命,万不可再回哲盟。她走后,或者已获得她离开突泉的确切消息后,你要在突泉把她东逃的消息在蒙古人中间宣扬开去。"

"奴才明白了。"

"明白什么了?是我的用意吗?"

"不。奴才是知道了怎样去施行老爷的旨意。至于老爷为什么这样做,那不是奴才应该知道的。"

"这次,恰恰需要你明白我的用意。"

接着,科尔丹如此这般地讲了一番,库玛心领神会,便离开王府,跃马飞奔,去完成这一使命了。

在当晚上灯的时候,胡穆达参领回来了,他那高兴和渴望立功的雀跃劲儿,已跑得无影无踪,脸上现出羞惭和胆战心惊的样子。

"怎么?格力图尔逃掉了?"科尔丹问道。

"不,大人。请恕奴才死罪。"胡穆达低下脑袋怯生生地说道,"不是让他逃掉了,而是奴才放走了他……"

"什么?"科尔丹大惊失色地说。

"大人容禀。"胡穆达深深地把脑袋埋在胸前,声音更低地说道,"此人并非是格力图尔,只是太像了。都怪奴才白天没有看准,以为肯定是他……"

科尔丹看了看相继走进大殿的各位领职台吉,又恼怒地向胡穆达问道:"白天没有看准,错把一个不相干的人当成了格力图尔,那么晚上呢?你是否敢肯定没有把格力图尔当成另外的人？"

"大人！奴才……保证这回看准了。"

胡穆达的话引起在场的人一阵窃笑。

"我看你是立功心切，做梦都在想干出一番惊天动地的奇迹！是吗？"

"大人，小人甘受责罚……"

"责罚？下去吧！"

"是，大人。"胡穆达一边擦汗，一边退出大殿，心里在为自己庆幸，并很佩服自己说谎话的能力。其实，他带领的一百人连格力图尔的影子也没看见，而那两个跟踪者却自己没了踪影，但他没敢如实向科尔丹报告。他知道，在这么重大的事情上失职，可是掉脑袋的事，而他还很想让脖子上的脑袋多留几年呢。

一场虚惊就这样结束了。科尔丹对在场的人扫了一眼，什么也没有说，悻悻然走回自己的寝宫。

到了第二天，事情又有了新的变化。热河都统府派人送来一封"科尔丹梅伦亲启"的公文。科尔丹心里怦怦跳着，急忙展看，心也越跳越厉害。看完信，他只觉得要窒息了。他躺在靠椅上闭了一会儿眼睛，脑门儿上早就沁出汗珠了。好在这是在寝宫，没人看到。因为那信使说，拿上回信就走，不准备在王府停留。科尔丹叫手下人给他一些赏钱，另鞴一匹快马，办好路照，送入客房休息。自己则匆匆展纸写了一封回信，不外是"一切遵命照办"之类。封好信，走出寝宫，亲自交给信使，打发他走了。

科尔丹又返回寝宫后，心里翻涌的浪涛是再也平息不下去了。他紧紧关上门，在面积不大的地面上走来走去，不断地皱着眉头或咬一下嘴唇。与其说他痛苦，倒不如说他恼怒；与其说他思绪纷繁，倒不如说他大失所望；与其说他对自己懊丧，倒不如说他对别人哀怜。实话说，他自己也不知道此刻到底是一种什么样的心情。那封信还揣在怀内，他把手探进去，心里希望根本不存在这封信，但他还是切实地感到那封信硬硬地碰着他的手指，并抖抖地把它拽了出来。他把信笺展开，那些字像一支支利箭一样，纷纷射进他的眼里，射进他的胸膛，射进他的心房……

……王世祺管带于去冬返旆后，上表皇上，言戡乱后，已将逆首额勒瓦奇尔、格力图尔就地正法，深得民心。已蒙皇上圣览。皇恩浩荡，彰罚不爽，王世祺擢调盛京编练新军。以下人等，均有赏赐。梅伦战功赫赫,定当代奏请赏。

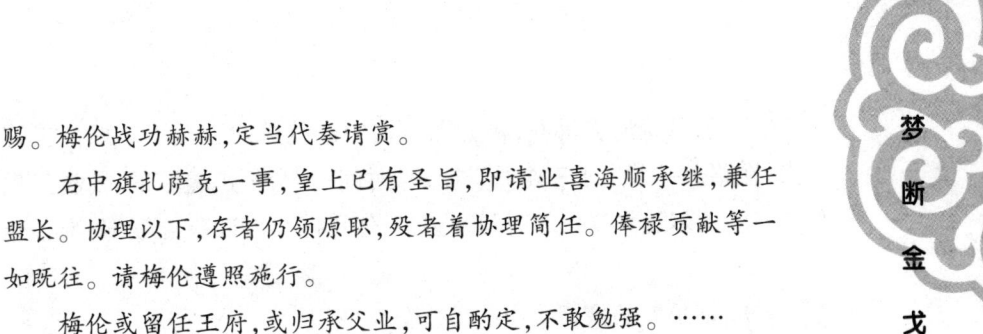

右中旗扎萨克一事,皇上已有圣旨,即请业喜海顺承继,兼任盟长。协理以下,存者仍领原职,殁者着协理简任。俸禄贡献等一如既往。请梅伦遵照施行。

梅伦或留任王府,或归承父业,可自酌定,不敢勉强。……

科尔丹再也无法读完这封令他恼恨和无可奈何的公文,便把它撕成了碎片。是的,文中说了四件事,没有一件使他愉快,也没有一件可以使他漠然的。这里当然并不包括业喜海顺承继父业一事,因为这早在意料之中,并且是合情合理的。再说,据科尔丹所知,业喜海顺不像色旺那样骄奢淫逸、暴戾恣睢和惨刻少恩,而是一个精于学业、夙有抱负和恂恂谦和的青年,由这样的人担任扎萨克和盟长,是再合适没有了,科尔丹也希望协助这样的幼主,用自己的全部才智和精诚,把哲里木盟治理好。那么,使科尔丹不愉快的是什么呢?最主要的是协理一职仍由博克拿多担任,且对简任官员负有全权。这无疑是说,哲盟的权柄又要恭恭敬敬地交给这个恶棍了,而他一片赤诚的心,从此将成为人们饭后茶余的谈资。而且,一年来心血凝成的政绩,顷刻就要化为烟云飘散了。第二件,是使他最为担心的一件,逆首"格力图尔已就地正法",这显然是王世祺在扯谎,格力图尔一定是在途中跑掉了。第三件,是使他最恼恨的一件,"去留自酌",这不明明是叫他从王府滚蛋吗?……

过了很长时间,科尔丹仍然在地上焦躁地来回踱着。最后,他终于感到一切都是一场春梦,不过如此而已。他反倒平静下来了。他从地上把那公文的碎片收拢一起,扔进脚炉,便去找协理台吉了。

官布笑着问:"热河给大人送信来了吗?"

科尔丹点点头,平静地说:"我正想跟你谈谈这件事。先请问,那文告写完了吗?"

官布以问作答地说。"那文告还用贴出去吗?"

"要贴出去。"

"可是,那个人不是格力图尔呀。"

"那个人也许不是格力图尔。但格力图尔一定还活着。迟早他是要回来的。"

"这您怎么知道呢?格力图尔可是押解热河就戮去了。"

"可是,都统府告诉我,格力图尔在中途就逃之夭夭了。那位王管带王大人,在路上一共走了三个月,这么长时间,不会不出差错的。我想,现在正好是格力图尔返乡复仇的时间。甚至,他可能早就收集起残部,准备卷土重来了。"

"唔,都统府的信原来说的是这个……"

"是的。你还希望有别的什么吗?"

"不,不。我不是这个意思。我觉得格力图尔跑了这么久之后,才通知我们,不是有点儿那个……"

"看来奇怪,其实不然。在其位而不谋其政的人太多了,……搞阴谋有方,办正事就不肯用心了。你不知道,那位王大人回热河呈报的是格力图尔已在王府正法。所以,这么长时间,我们以为格力图尔在热河处死了;热河都统府却以为这个要犯被我们砍头了。事情就是这样。"

"这……可是欺君之罪呀!"

"哼,这还算得了什么事吗?唔,好了,还是请你尽快把文告写好,在各旗、各村镇、各驿站广为张示。"

"是,一定照办。"

"还有什么事吗?"

官布犹豫了一下说道:"嗯……博克拿多驾到,不知大人是否立刻接见?"

科尔丹先是一怔,接着就感到整个头脑里像一锅烂粥,一阵阵混乱地涌动起来。他努力克制着自己感情的冲动,终于使那悲哀和恼怒变成冷漠了。他冷然看定官布的嘲笑的双眼,声音有些嘶哑地说道:"立刻准备晚宴,为协理大人接风。"

"是。"

44

乌日娜金到突泉镇的第三个晚上,蒙古说书馆的小后院里热闹起来。短短的东墙下,并排拴着两匹高大的骑马,西墙接近窗子的地方拴着一头奶牛,院子里不时传出它们很动听的鸣叫声。阴暗的寝室里更有些生气盎然的意思。和睦的新家庭的三个成员,很快乐地商谈起未来的生活。乌日娜金说,每天奈曼乌勒必须保证喝三顿牛奶,养得胖胖的,引得小房间里充满了笑声。总之,三颗受伤的心被这意外的快乐陶醉了,暂时忘掉了过去的悲惨遭遇。

前门传来谨慎的叩击声。

乌日娜金跑去开门。叩门的人没等主人礼让,就轻盈而迅速地闪进来。虽然光线很暗,乌日娜金还是一眼便认出了那张漂亮而毫无表情的脸。

"是你!"

"是我。"库玛俯首轻声道,"请把门关好,我给你和奈曼乌勒带来一个很重要的消息。"

库玛似乎看到乌日娜金对他的话很惊讶,解释道:"目前,王府里很多人得知双目失明的说书人就是奈曼乌勒。你和他在一起的消息,也正在传播。——请领我去见他,事不宜迟。"

乌日娜金踌躇了一下,没说什么,回过身领着库玛进入后屋。库玛先向老妈妈行了礼,然后对仰脸坐在炕上的奈曼乌勒点了点头,说道:"乡亲,你好。"

奈曼乌勒用手握住炕沿,说道:"请坐下。你是谁?"

库玛又鞠一躬,坐在那把椅子上,接过乌日娜金递给他的奶茶喝了一口,说道:"我的主人想拯救你们,命我火速赶来,务须在死神踏进你们这间房子以前,传达他的意思。你们从明天起,每一分钟都可能大祸临头。因为王府的当权者,并不都像科尔丹梅伦那样原谅了你们的过去。他们对当年发难的首领,仍旧耿耿于怀。新王爷业喜海顺也不会忘记杀父之仇。而即将返回王府的博克拿多协理决不甘心看到你们安然无恙地活在世上。你们在突泉镇的消息使王府内的王公贵族大为震惊,并下决心把你们逮捕归案。王府内接到了一封密告信,说原反叛队伍的两个首领,均住在蒙古说书馆,并正酝酿一次新的势必危及王府的行动。但科尔丹梅伦对乌日娜金到突泉这件事,未作证实。而王府的人马,将在明天一个尚未肯定的时间,到达你们这个住处。我的主人,曾免你们一死。这次又念同乡之谊,命我驰报消息。同时,在明天官布带人来扑空后,科尔丹梅伦将在全盟张贴缉捕你们的露布,以此堵住你们可能自投罗网的道路。他还说,假如你们想摆脱厄运,就应该向与西正好相反的方向逃跑。我说完了。但不知我主人的意思,是否已被我完备地表达了出来?"

库玛说完,扫了一眼屋内的三个人,又喝了一口奶茶。乌日娜金恼怒而痛苦地咬着嘴唇,看了看每条刀伤都在抽搐的奈曼乌勒,一时不知说什么才好,无力地坐在炕边,靠着墙壁闭上眼睛。

老妈妈则像被惊雷震得头晕眼花,恐慌得不知所措。她抖着老迈的身体,心惊肉跳地向眼前这个噩耗的传播者问道:"你说,真要来抓他们吗?"

"我的主人是这样说的。"

"抓住……要处死吗?"

"这是王府内很多人不可变更的决心。"

"他们……遭了这么多罪,为什么还不放过?老老实实过日子也不让吗?"

"官布说,造过反的人,永远不会安于平静。他们越老实,则越说明不甘心以往的失败,越要掀起更严重的动乱。当然,科尔丹梅伦是不同意这种看法的。"

"天哪!这……不是要我们的命吗?"

"你们都会安全的。只要他们两人今晚离开突泉。"

一直沉默着的奈曼乌勒抬起头,朝着老妈妈的方向悲苦而担忧地劝慰道:"妈妈,别着急。"然后,他突然转向库玛,"你,不报姓名的客人,我知道你是谁。我相信你说的都是实话。这样的事,迟早要发生,我预料到该来了。……在那宽宏的安抚之后,在阿拉特们已忘了过去的鞭打和苦役,忘了妻离子散和刀光剑影的时候,这样的事正该到来,最后的扫荡正该到来了!——只是我不明白,你的主人,他叫科尔丹,对吗?"

"是的,我好像已经说过了。"

"你的确说过了。我不明白,他完全可以派旗丁突然把我抓去,却为什么派你来通风报信,这不是一出滑稽戏吗?是什么原因使他竟对我这样一个罪大恶极的人如此关照呢?"

"我是他的奴隶,只知道分毫不差地执行主人的命令,无须知道他为什么这样命令我。但是,假如你在问我,并希望我遵命回答,那么,我可以告诉你下面的话:由于我两年多和我的主人朝夕相处,形影不离,深知他高贵的谦和,伟大的善良。他有一颗令人感动的恻隐之心,他反对任何酷刑。自他柄政王府,就已废除了对人的肉体的惩罚,原来拘禁罪犯的狱室早已封闭。他不忍看见流血,尤其反对杀戮,哪怕是强盗或窃马贼。他说,这些人的灵魂完全可以变得高贵,如果消灭他,便剥夺了他洗涤灵魂的机会。而他——科尔丹梅伦,是愿意把这样的机会给所有误入歧途的人,特别是他的同乡的。"

奈曼乌勒可怕地冷笑一下,大声叫道:"多美的一幅圣贤图!我眼前的科尔丹,头上闪着灵光了!哈!我应该跪在他的脚下去吻他的靴子,用我的热泪表示我虔诚的敬意了!"他喊着,整个身体都在抖动,就像他发病时一样,他的眼睛用力瞪着,使人感到那凹陷的黑色眼窝里滚动着两团烈火,"你这个自称奴隶的人,你是想来捧回我的感激和热泪,奉献给你的主子吗?你是想来教训我当年不应该把仇恨发泄在你主子的身上吗?你是想来叫我对过去的经历进行忏悔吗?你是想来刺激我身上二十七处刀伤再次崩裂开来吗?听着,奴隶!回去告诉你的尊贵的主人,我感谢他的盛意,无穷地、无限地、无休止地感谢他!感谢他把我的青春和爱情活活埋葬!感谢他当着我的面把我最好的兄弟格力图尔押往都统府!感谢他叫我在惨败后活在世上受罪!奴隶!告诉他,只要有机会,我也让他断腿,也让他双目失明!"

"大哥!"乌日娜金惊恐而心疼地说,"你不要这样激动……"

库玛不动声色地说:"不,请他说下去,我在听着。听到你的这些话,我不会生气,就像听到有人说我好,我绝不感到欢悦一样。你说给我主人的话,我会带回去给他,说给我听的话,我将永远装在心里的最隐蔽处。"

"不!奴隶!你不是装在心里,而是装在空无所有的躯壳里!"

"你说得很对,奈曼乌勒。假如我的躯壳对主人有用,那就永远属于他。"

"好一个虎前的伥,狼后的狈!简直是巧嘴利舌的牲畜!"

"你怎样痛骂我我也不会生你的气,但我想说几句话,请你三思。据我所知,科尔丹梅伦在你身上并没有那些过错,这大概是由于你的过分激动而出现的临时的混淆不清。另外,真正想置你们于死地的,不是科尔丹梅伦,而是官布以及比他更狠毒的博克拿多。你的仇恨应当落在谁的身上,你会做出正确的判断的。"

"不管你怎样赞美他,不管他做了多少好事,他的罪恶都无法洗刷掉,我恨他,我将永远与他为敌!还有官布,还有博克拿多,你告诉他——假如你敢的话——我感谢他们,因为如果没有他们,我也许就永远安于眼前的生活了,正好是他们,又点燃了我心中仇恨的怒火,有一天,我会把这仇恨的怒火再一次烧到他们的身上!"

"那么,请允许我冒昧地问一句,你们是否会考虑一下这个消息的价值?"

乌日娜金担心过分的激动会对奈曼乌勒的刀伤和热病不利,想尽快结束这场谈话,打发走库玛,以便商谈一下该如何行动。所以,没等奈曼乌勒开口,她就抢过话头说:"库玛,你已经完成你主人的使命了。对你的奔波劳累,我们是深深感激的。假如是另外一个人叫你带来今天的消息,他将受到我们永生永世的感激。可是,这个人……是……"

"我理解你的话。我也理解我的主人,他不需要感恩,只希望你……和奈曼乌勒平安。我可以告慰我的高贵的主人,你们已及时地获得了忠告。至于奈曼乌勒的一些话,那是由于宿怨和暂时的误会,我不会告诉他。"

"不是什么误会,"奈曼乌勒又喊道,"把我的话统统告诉他,他如果后悔,就让他来追杀我们吧!"

"遵命。"

乌日娜金示意库玛不要再说话,赶忙说道:"你愿意在这里用饭吗?如果不愿意,我可以送你出门……"

库玛会意地站起来,微微笑了一下说道:"我庆幸我此生能认识两位具有高尚灵魂的人。尤其佩服奈曼乌勒,你比我在战场上看到的奈曼乌勒更可怕。"

一直陷入噩梦中的老妈妈,颓然捂着布满皱纹的泪脸,喃喃地说:"噢!这些天杀的富人……我们可怎么办哪?"

"是的,老妈妈,说得对。"库玛面对老妈妈,仍旧毫无表情地说,"商量一下怎么办,是眼前最紧要的。——那么,我告辞了。愿你们早早登程,一路顺风。奈曼乌勒,再见。乌日娜金,请你把我送出去。"

乌日娜金把库玛送到门口时,轻声说道:"不要责怪他。他吃的苦太多了……"

库玛说道:"不会的,乌日娜金。我理解一个受过灾难的人在激动时不假思索的发泄。我发现他对科尔丹怀有可怕的误解和偏见。因此,科尔丹叫我转达的话,不得不保留一部分而单独讲给你。科尔丹说,如果你对他只有仇恨,不至于仍旧带着别的担心的话,他很希望你留在他母亲的身边。其次,你如果非要东去寻找王绍祖,他将通过某种方式,把你的去向告诉格力图尔……"

乌日娜金陡然一惊,心里怀疑自己是否听错了,瞪起眼睛问道:"什么?你说是谁?"

"格力图尔。"库玛更清晰地重复了一遍这个令乌日娜金震惊的名字。

乌日娜金仍旧不敢相信。但她的耳朵能两次把另一个名字错听为格力图尔吗?而且,眼前正平静地望着她的库玛也绝不会是梦中的人物。那么,这到底是怎么回事呢?难道在接连的奇迹后,还有更大的更令她欣喜若狂的奇迹吗?她把现出迷惘、疑惑和喜悦的眼睛,紧紧盯住库玛的脸,梦呓般地说道:"他……还活着?是真的吗?……"

库玛说道:"科尔丹很有把握地推测格力图尔还活在世上。"

"推测……"乌日娜金垂下眼睛摇头道,"可是几天前,科尔丹……"

库玛抢过话头说:"几天前在湖边见到你时,科尔丹已确信格力图尔早已不在人世。而昨天……"

乌日娜金猛然抬头问道:"昨天怎么样?快……告诉我!"她说着,紧张而又担心地咽咽唾沫,眼睛期待地看着库玛。

"乌日娜金,不必如此紧张。"库玛语气中流露出一丝怜爱地说,"因为我带给你的消息,只会给你快乐和安心。在昨天,科尔丹接到热河都统府一封公函,内中说到,格力图尔在押解途中逃离了樊笼。"

"库玛!"乌日娜金忘情地抓住库玛的胳臂,紧睁着刹那间变得模糊的泪眼,颤抖着苍白的嘴唇,大声说道,"这是真的吗?你不是骗我?真不是骗我吗?快告诉我,库玛,这是真的吗?"

库玛的感情是很难掀起波澜的,但此刻,他被乌日娜金感动了。他轻柔地说:"乌日娜金,这都是真的。我相信,科尔丹是不会骗人的,特别是对你……"

乌日娜金的心已被悲哀、兴奋、喜悦和梦幻充塞满了,不知道在此时是想哭还是想笑,但她觉得,库玛并不那么讨厌,科尔丹也不那么可恨。在这一瞬间,她变得宽容和受到了感动。她久久没有说话,慢慢松开握着库玛胳臂的手,倚在门框上,喃喃说道:"谢谢你,库玛。也谢谢……科尔丹。"

库玛道:"你的话,我当之有愧。但我一定要把你的盛意转达科尔丹……"

乌日娜金有点儿惊恐地扬脸说道:"不!不要告诉他!"

"好吧。"库玛的脸又变得平板而无表情了,"那么请问,你决定怎么办呢?是立即离开突泉,还是等着格力图尔?"

乌日娜金毫不犹豫地回答:"当然等着他。我不能自己走。"

"科尔丹估计到你会这样决定,所以叫我转告你,你可暂住到他母亲那里。这可以保证你的安全,并使格力图尔能顺利找到你。"

"不。"乌日娜金疲惫地摇摇头。

"科尔丹说,其他任何藏身之处,都避免不了受到搜捕。一切细节,科尔丹都为你考虑到了。我希望你不至叫科尔丹这番苦心白费……"

"科尔丹,……科尔丹,……"乌日娜金恐怖地重复着这个名字,心里却不愿——确切地说是不敢再听到这个名字,霎时间,她费力地大声说道,"不要再说了!库玛,你……你走吧!"说完猛地回过身去。

待库玛俯身退出门外后,乌日娜金迅速把门关严,身体瘫软地倚在门上,眼泪泉水般涌流出来,她恨自己,埋怨自己,在心里无限悲哀地说道:"天哪!我真害怕……我为什么要感谢他?为什么要感谢一个仇人?我已经成为一个……软弱的人了吗?"她用力捂住火热的脸,险些哭出声来……

"怎么办?"这发自内心又似乎是身外的声音,一下子把她惊醒。她身体抖动了一下,抬起头来。心里在向自己发问:"是呀,怎么办哪?去和奈曼乌勒大哥商量一下?可他正在火头上,能拿出什么主意?去找斯琴妈妈?……也许,她能在我这纷乱的思绪中启发出一个理智的决定。……也许,暂时躲在她的房间里是个正确的权宜之计?"她这样想着,不自觉地打开门,像梦游一样,感到身体飘忽忽地踏上落满黄叶的人行道,拐过闹市,向西门走去……

可是,当乌日娜金走出西门并已望见那座熟悉的小角门时,却又犹豫起来。她放慢脚步,低头蹙额地想道:"去找斯琴妈妈是否对呢?不用说,她肯定会欢迎我,也会欢迎格力图尔的。可是奈曼乌勒呢?能扔下他不管吗?而他,是决不会同我一起走进那座小角门的。……天哪!"乌日娜金想着,不胜骇然地站下了,心里大声叫起来,"我怎么了?我怎能光想到自己和格力图尔?我被鬼迷住心窍了!"她不由得回望了一眼行人进出的西门,又凝视起前面寂静的小角门,心里悚惧地想道:"如果我走进那座院子,一旦见到了斯琴妈妈……我还会挣脱她对我的挽留吗?噢!我再不敢相信自己了!……"是的,在她看来,那小小的角门俨然是一块巨大的磁铁,而她则犹如一粒微小的铁屑,再往前挪动半步,就会被紧紧吸过去而永远不得脱身了。

"不!"乌日娜金在心里和自己大声抗辩道,"我不能失掉我自己,更不能失掉格力图尔和奈曼乌勒!"她胆怯地退了一步,猝然回转身来,像逃避魔障一样,向城里狂奔起来,一口气跑回到阴暗的说书馆……

乌日娜金倚在关好的门板上,紧闭着不敢视物的双眼,大口地喘息着,心口在怦怦猛跳。过了好久,她才从惊悸中慢慢平息下来。她知道此刻奈曼乌勒一定在急切地盼着她进去,便轻轻拢了拢跑散的头发,拭去脸上的汗水和泪痕,低垂着头,怀罪地走进悄无声息的后屋。

狭小的后屋正陷入绝望的沉默,好像空气也承受不了这突然降临的打击,在阴沉沉地攒动,要膨胀和爆炸开来。是的,怎能料到,刚刚开始的新梦,又被冷然击碎了。老妈妈低头无言,闭着眼睛,以为再一睁开眼睛就会证明刚才发生的一切都是噩梦中的情节,但又害怕正好相反,因而不敢把眼睛睁开。坐在炕上的奈曼乌勒,则像被投进了烈火,感到阵阵干燥的闷热。他想喊,喊不出来;想跳,跳不起来。他那痉挛的双手抓着胸襟,好像要扒出那颗蹦跳的心。

乌日娜金见状心里感到一阵悲哀和压抑,她努力控制喉头的哽咽,轻声叫道:"奈曼乌勒大哥……"

"你到哪儿去了?这么久……"奈曼乌勒扬起脸急切地问道。

"没去哪儿……"乌日娜金做错了事一样红着脸支吾道,并走到炕边,坐到奈曼乌勒的身旁,"大哥,库玛不是说谎。我们离开这里吧。"

"不。"奈曼乌勒断然地说道。

"要是他们真来呢?"

"来吧!我会独自一人、高高兴兴迎接那个最后的时刻。"

乌日娜金惊恐地瞪起大眼睛,说道:"你要叫我一个人走?"

"是的。你应该活下去。"

"你去迎接死亡?"

"这对我是最好的归宿。"

"可是为什么?你为什么在能躲开死亡时,却又向它走去?"

"乌日娜金,对生和死的选择,要看这机会从何而来。我一旦选择了生,那么……那么,我就会去感谢那个给我生的机会的那个人。而对这个坏蛋,我不愿产生一丝一毫的感谢!"

"科尔丹吗?"

"正是他又给了我生的机会。我不接受。是的,我决不接受!"

"那么我呢?"乌日娜金凝视着奈曼乌勒说道,"难道我就应该选择生?难道我就应该去感谢他吗?"

"你?不。"奈曼乌勒把脸转向乌日娜金,犹豫了一下,说道,"这很不一样。我是他的善举无意间捎带上的幸运儿。你的安全却是他的善举的目的。你根本无须感谢他,你的生对他正是最大的满足……"

"大哥,你这话……你在说什么啊?"乌日娜金艰难地说着,满脸涨得通红。

奈曼乌勒也觉出自己的话刺伤了乌日娜金,不安地垂下头去。但他并不想否定自己的分析,而且他相信,乌日娜金的心里也否定不了这个结论,因为他听出,刚才乌日娜金的争辩是软弱无力的。过了一会儿,他轻声说道:"原谅我,乌日娜金。不管怎么说,你要离开这里,你必须活下去!……"

乌日娜金咬了咬嘴唇说道:"为了满足科尔丹吗?不。如果真这样……"

"听我说,好妹妹。"奈曼乌勒抬起头急促地说道,"别听我那些不假思索的糊涂话。你看我……"他的声音变得悲哀起来,"又瘸又瞎,还能干什么?你呢,不说别的,总得去寻找妈妈呀!就算是为了安慰班卡妈妈,你也要活下去。是呀,她一定在想念你,替你担忧啊……"

乌日娜金异常凄楚地垂下眼睛。她的心也在强烈地思念妈妈呀。她曾想,待找到王绍祖,就一同去东辽河。今天,在获悉格力图尔的消息后,她又高兴地一闪念,想道,如果和这几个妈妈喜欢的人一齐走到妈妈身边,那该是多么快乐和幸福的场面啊!虽然她知道,当奈曼乌勒得知格力图尔仍旧活着,这意外的喜讯会使他高兴得跳起来。但她又决定暂时不告诉他。因为这个消息会更坚定他留下来的决心。那样,他们就有可能同时落入法网。她哪里预料得到,奈曼乌勒会固执到眼前的程度呢?

乌日娜金心烦意乱地想着,撩起眼皮,似乎仍拿不定主意地说道:"大哥,格力图尔还……"

奈曼乌勒脸上的刀伤一下子全抖动起来,他急不可待地追问道:"还怎么样?还活着吗?"

"还活着……"

"你不是在说梦话,不是在哄骗我吧?"

"不是的,大哥。"

"他在哪儿?"

"现在还不知道。但我知道他在押解途中逃跑了。"

"消息确切吗?"

"我想,是确切的。"

奈曼乌勒兴奋地大声说:"是的,他会逃跑的!这个死神也奈何不得的家伙!可是——你为什么不早说?"

"我担心你知道他还活着,知道他会回来,你就更不想离开这里了。"

奈曼乌勒像舒心的娃娃那样欢快地说道:"你呀,我的傻妹妹!知道他要回来找我们,我还能让他陷入罗网吗?"

"你是说……"

"活,而且走!尽快离开这里!去找王绍祖。"

"不在这里等格力图尔?"

"我呢,我怎么办?把我藏到地缝里去?对一个又瘸又瞎的人,可不单单格力图尔容易找到啊!我留在这里,只能成为格力图尔和你的绞索。"

乌日娜金恍然大悟,不胜欣喜地说道:"我明白了,大哥。你真聪明。那么你答应同我一起去找王绍祖了?"

"那还用说!"奈曼乌勒越来越兴奋,脸上又变得生动起来,使乌日娜金又看到了当年的奈曼乌勒大哥,"我们就先去找王绍祖。你不是说他现在已经很有名气了吗？那一定很好找,格力图尔也会很快找到。我们走后,让妈妈对所有来听说书的人公开我们的行踪,格力图尔一经知道我们已经东去,会立即策马追寻而不至在哲盟留恋了。待我们会齐后,再去找班卡妈妈。有这几个人,义军至少又有了一半人马。然后我们都回来,班卡妈妈做统帅,你和格力图尔做副统帅,我和王绍祖做军师。这一回我们自己干！看吧,我们还会大干一场呢！"

乌日娜金听着这些梦幻般的振奋人心的话,心头压抑不住地欢跳起来,激动的泪水顺着火红的面颊飞快地滚落。她觉出自己受到了奈曼乌勒的感染,重又有了生活的信心,意识到,自己终于从罪恶的边缘及时退了回来,而且心里对格力图尔和奈曼乌勒的担心同时消散了。她高兴,也伤心。她想笑,却一咬嘴唇把泪脸伏在奈曼乌勒滚烫的肩上,抽抽搭搭哭起来,她喃喃地说道："那我们就快走吧。"

他们决定当天夜里离开突泉。

乌日娜金给老妈妈留下一些钱,足够她度过残生了。

后半夜起身,第二天中午才挨到洮南府。他们先找到一个饭馆吃了点儿饭。吃饭时,竟无意间听到人们高声议论着9月11日俄国列车颠覆事件,绘声绘色地讲述着登车引爆的王绍祖,说他是占据二龙山的山大王。乌日娜金掩饰不住兴奋和惊喜,当即与奈曼乌勒商量,想去二龙山。但奈曼乌勒犹豫了半天,后来说,这样不行。现在很难肯定二龙山这个地点的确切性。再说,以现在这样的速度,什么时候能走到目的地？他坚持让乌日娜金一人先去,没有他的拖累,乌日娜金的坐骑会很快跑到二龙山。他呢,可先住客栈,等着确切消息。乌日娜金拗不过奈曼乌勒,并且觉得这样办也有道理,便同意了。为了防备万一,以及不在途中耽搁时间,她把两匹马全带上了。

45

珠宝商索长山的卷席夜遁和张贴在五个城门旁（这个小城有两个南门）的缉捕乌日娜金的告示，成了两大新闻，使寂静的小镇一时间沸腾起来。人们耳接口传，穿凿附会，甚至添枝加叶地补上了许多耸人听闻和污秽得不堪入耳的情节。要不是一个年轻的蒙古人（当然是库玛）向人们述说乌日娜金是和当年闹王府的另一个首领即双目失明的瘸说书人一起逃走的，说不定那些好事的人会编出多么奇妙的故事，也许要说这个在逃的女强盗把珠宝商挟持走了呢。

有人问库玛："你认识那个女强盗？怎么知道她是和说书人一起逃走的呢？"

库玛说："草原上的人有几个不认识乌日娜金？她是赫赫有名的巴兰森格的女儿！就在三天前，我亲眼见她骑马来到突泉，第二天就住到说书馆去了。要不信，你们去说书馆看看，那里只剩下一个老妈妈了。"

"三天前？"站在一旁静听的老厨师问道。他沉思了一下，想起年轻的女牧民住在他房间的一幕，忽地挑起眉毛，拍了一下手掌，"唔，对了！和我住在一个屋子里的就是她。一定是她！"

"和你住在一个屋子？你可不怕担了通匪的嫌疑？"有人打趣地说道，引起一阵哄笑。

"笑什么？你们要看见她，还巴不得担上嫌疑呢。"

"那一定是很漂亮了！"又一个人挤眉弄眼地说，"你这老头真有艳福，和一个漂亮的女强盗住在一个屋子里，你可睡得着吗？"

老厨师生气地抖着胡子，挥了挥手说道："别胡扯！对那么一个好姑娘说下流话简直是罪过！你们听我说，正好是三天前，一个姑娘要住店，可巧女客房满员。陈老板就把她领到我的屋里，问她愿不愿住。她看了一下，就同意了。当晚,她去珠宝店用什么首饰换了通宝,哗啦啦一大堆。还买烧鸡请我吃。第二天,她就算账走了。——对了,你这个蒙古老乡见过她,看我说得对不?不到二十岁的年龄,长辫子,长圆脸,尖下颏,眼睛又黑又大,鼻子很直,鼻子下面有一层细绒毛……"

"对,对呀。"库玛点头道,"越说越对了。我替你作证,和你住在一个屋子里的正是乌日娜金。"

这一下,围观的人们可哗然了,都从心里羡慕起这个和大名鼎鼎的漂亮女强盗同桌吃烧鸡的老厨师,纷纷要他详加描述。老厨师很兴奋,不住地摇头,啧啧赞叹,看到人们眼巴巴等他说话,便有意地添加了好几个"啧啧"声。

"别光顾自己摇头咂舌呀。说给我们听听!"

老厨师故作认真地说:"不敢,不敢。有人告我个通匪,可要我的老命了。"

"谁会那么害人,刚才是说笑话嘛。再说,人家是住店,和你厨子有啥关系?"

老厨师捻着胡须说道:"你们哪,没见着她实在是可惜。嘿,我可从来没见过这么漂亮的姑娘。那才和气呢,对我这老头子像对亲爸爸。她把烧鸡往桌上一放,笑着说:'吃吧,吃吧。你要不吃,我可生气了!'嘿,我要有那么个好闺女,准活一百岁!强盗?哼,我才不信这样的姑娘是强盗。"

库玛说道:"老伯,她确实是个强盗,就像她确实是个最漂亮的姑娘一样。"

有人感到怪异地摇摇头道:"听说这个姑娘恰巧是在告示张贴的头一天逃走的。她好像知道王府要抓她……"

库玛说道:"她这种人,自己知道随时都有被捕的可能。一有风吹草动,就会及时逃走的。"

老厨师叹了口气说道:"但愿这个姑娘跑得远远的,跑到天边……"

库玛笑道:"照我看,王府的告示也就是让她远远离开这里。因为我听说,现在柄政王府的科尔丹是不愿用刑的。不过,反正乌日娜金跑了,而且是往东跑了……"

"往东?你说……"

"可不,往东多走一步,安全就多一分。——诸位,还是让这位长者讲讲乌日娜金住店的故事吧。"

听众们摇头叹气，都为这个姑娘惋惜，并且为没能看见这个姑娘觉得遗憾。人们又向老厨师跟前围去。库玛认为科尔丹的命令他已完满而又顺利地完成了，便打算抽身走开。

"库玛！"在库玛身后冷然响起一个略显嘶哑却非常严厉的喊声，同时库玛觉出一只有力的大手狠狠抓住了他的肩膀，并把他向人群外面拖去。他趔趄了几下，总算没有倒下去。

库玛稳住了脚跟，恼怒地转过身，准备和这个粗鲁的大汉较量一番。但当他看到此人那双令人骇然的眼睛，不由得一怔，并下意识地回望了一眼身后那群同样惊讶的人，然后惶然倒退一步，讷讷说道："你是……格力图尔！"

46

还是在格力图尔被关进王府的囚牢时,他就预料到已不可能有活命的希望了。特别是当他被锁进特制的囚笼,在几十个身强力壮的兵勇看押下,起程向南走去的时候,他似乎觉得自己已经是一具尸体了;他之所以还在呼吸,那是因为上天对他还没有惩罚完,命运对他还没有折磨够。

但是,是天不该绝吗?他竟没有死。是劫数未满,还要他经受一些命中注定的苦痛吗?在一个偶然的机会,他竟逃脱了已确定的极刑,重新获得了极其宝贵的、对他来说又是极其需要的自由!

说起来话长了。

官军凯旋的队伍离开王府后,以异常缓慢的速度向南行进。每到一个较大的村镇,王世祺都命令队伍休整数日,任凭部下四出抢掠,甚至有人为争夺珠宝或女人发生流血,他也不加过问,只是付之一笑而已。这就使以纪律严明著称的曼都拉将军的兵勇们,充分锻炼了烧杀和掳掠平民百姓的才干。他们行军的速度越慢,殃及黎民百姓的地面也就越广,兵勇们的包裹里的值钱物件也就越多。三个月后,兵勇们对抢掠感到了疲倦,人和坐骑所承担的重压都快超过了极限。他们想立即回到家里,把鼓鼓的行囊往老婆面前一甩,趾高气扬地说:"高兴吧,我们发财了!"所以,他们都希望王大人尽早下达全速前进的命令。

也恰在这时,王世祺开始整顿军纪了。他对部下讲了天朝军队的风纪,命令所有将士把行囊中的不义之财都交到统帅帐下,全部充公。如有抗令私匿者,杀无赦。王世祺的命令,使统领以下全部官兵怨嗟之声滚动不息,险些哗变。但最后,官兵们还是慑于王世祺的身份,忍气吞声、恨恨不已地屈服了。王世祺当夜对交公的物品进行了清理,根据价值,恰到好处地分成两份,一份孝敬皇上,一份奖励自己。王世祺的部下都受到了损失,损失最大的要数一个叫孟贵的副统领了,连他在图什业图王府里盗出的一座金钟也被收缴上去。孟贵痛哭流涕,央告王世祺给他留一件准备带给爱妻的钻石戒指或翡翠耳环。王世祺不仅不答应,还把他臭骂一顿从统帅帐里轰了出去。此时,王世祺的脑袋里只剩下了眼前炫目的珠宝,其他一切都不复存在了。他甚至忘了对他来讲比珠宝更有价值的逆首格力图尔,忘记了孟贵正是受任的监押官。结果,孟贵在纵饮后,砍开了囚笼,借以报复王世祺,使格力图尔意外地捡了个大便宜。第二天,王世祺命令队伍兼程前进时,才发现囚笼已空,而孟贵也在酒醒后畏罪潜逃了……

爬出囚笼的格力图尔的身体是异常虚弱的。在押解途中,他每天只被投给一顿饮食,而且污秽不堪,难以下咽。体内残存的力量已不够他逃跑使用了。但是,在完全失却希望之后,突然获得了自由,那股兴奋劲儿还可以使他的肉体支撑一阵。所以,他乘着夜色,不辨方向地拼命逃跑了。当时,大概只勉强跑出二十里,便晕倒了。等他醒来,无力地挑起眼皮时,发现身旁坐着一个人。他糊涂起来,难道自己仍在囚笼里,逃跑的情节只是梦境中幻化出来的吗?他又仔细地四处看看,证实自己的身体确实是躺在草丛中。那么,身边这个人是谁呢?是孟贵又追上来了?格力图尔迷惘地想着,想坐起来,又怀疑自己已没有挣扎的力量了,但他突然明确地感到浑身的力量竟是异常充足的。

那个人大概听到了格力图尔发出的声音,转过头来说道:"你到底醒来了!"

格力图尔惊诧地跳起来说道:"巴音赛克图!你怎么在这儿?"

巴音赛克图疲惫地叹口气,说道:"算你福星照命。我可被你害苦了。一天一宿我连眼也没敢合,肉也全让你填进大肚子了。"

格力图尔更加糊涂了,他努力回忆着逃跑后的情节,怎么也记不起曾吃过肉啊。可是,自己再没有饥饿的感觉了,说明真的吃过。他疑惑地看着巴音赛克图问道:"怎么回事?我怎么一点儿也记不起来呢?"

"你现在还饿吗?"

"不,非常饱。"

"是嘛,我两天的伙食,叫你一顿就吃光了。想想你那个样子,真可笑。我问你:'吃吗?'你连声也不吭,等我撕一条牛肉干,塞到你嘴里,你就有滋有味地狼吞虎咽起来,吃了一条又一条,简直不知道你那个肚皮里有多大地方。我问你：'喝吗？'你点点头，酒瓶刚一沾嘴唇你就咕噜喝了一大口，要不是我赶忙把瓶子拿开，你会喝凉水似的全喝光！这下可好，你酒足饭饱，就呼呼大睡起来。我却饿着肚子守着你，连眼也不敢眨一眨……"

格力图尔苦笑了一下，冷森森地说："看来，我又死了一次。——巴音赛克图，你知道奈曼乌勒的消息吗？还有……"格力图尔说着，脸上一阵发热，但立刻又变得冰冷苍白了。

巴音赛克图令人难以觉察地讥笑了一下，问道："还有乌日娜金吗？这是你最关心的两个人，对不？"

格力图尔沉痛地垂下头，说道："是我给他们造成了苦难。……我渴望知道，又害怕听到他们的消息……"

"我却什么消息也不能带给你。因为我一直不停地跟着你。"

"跟着我？"

"是，跟着你，一直跟着你。唉，说来话长，我就不详细讲了。反正冲出重围你又返回战阵后，群龙无首，我的话又不灵，人们一下子全散了！你的那些同伴，竟把我当成了外乡人，真叫人无可奈何。后来，我听说你被押解往热河，我就一直跟着，想救你，又无从下手，但走开还不甘心。我就想，跟着吧，跟到热河，干不了别的，总可以在你被处斩时，最后看一眼。……遗憾的是，我没看到。"

"什么什么？"格力图尔瞪起眼睛说道，"遗憾？看样子，你倒很希望我被砍头！你是不是在开玩笑？"

"不。我说得很认真。"

"那你又为什么救我？你是不是在为救了我而后悔？"

"你说对了。"巴音赛克图伤心地说，两只手在痉挛地揉搓着一把枯草，"我原以为，我等着在刑场看到的，在这山坡上也能看到。但是，我仍旧没有看到。"

"你想看到什么？"格力图尔低下头挑衅地问道，眼睛里有两柱灼人的光射到巴音赛克图阴沉的脸上，"你想看到、想欣赏我临死前的颤抖、痛苦和哀告吗？你救了我，有权再给我一刀，我眉头都不会皱一下的！"

巴音赛克图倏地站起来，猛地一拳击在格力图尔的胸口，他猝不及防，趔趄了一下，倒了下去。巴音赛克图疯狂地扑过去，把格力图尔紧紧压在身下，愤怒地喊道："你以为面对屠刀不眨眼就算英雄吗？不，这任何人都可以做到,根本不值得夸耀!我想看到的是一条好汉摔倒了再爬起来,我想看到的是一条好汉在做错了事后会知道悔恨!是的,我原以为,在你被拉上刑场,从你脸上会看到悔恨的表情;后来,又以为会在你醒来时,听到你说出悔恨的话。你从沉睡中醒来的第一句话,应该是对你葬送了义军的悔恨。可直到现在,你一个字也没有说。你连想也没曾想过吧,对不?你说,你想过吗?"巴音赛克图越说越愤怒,眼睛里是两团向外喷发的怒火,两手越来越紧地扼住了格力图尔的脖子。

格力图尔并不示弱,他伸手抓住了巴音赛克图的衣襟,咬牙说道:"你说什么?你说是我葬送了义军?"

"正是如此。我说得不对吗?"

"你把道理说出来!否则……"

"好,我告诉你!"巴音赛克图紧接着说道,"义军被围和死伤惨重,都不应该归咎于你。但突围后呢?你为什么离开队伍?"

"这你知道得和我一样清楚!"

"可我们谁都不会同意你这样做。当然,去救乌日娜金,救朋友,都是光明磊落的。但要看看是在什么情况下。当时,一千多弟兄都盯着你,你却全然不顾。你心里只有几个人。弟兄们能不星离云散吗?这是一千多人,一千多人啊!你不明白吗?"现在还不明白吗?"巴音赛克图说到这里,压抑不住怒火,把格力图尔的头向草地上狠狠地磕去,自己也热泪横流了。过了一会儿,他稍稍平静了一些,并觉出格力图尔的手从自己的胸前慢慢滑落下去。他看到,格力图尔紧闭的眼缝中渗出了泪水。这一阵发泄,使他郁结的心胸轻松了一些,但身体却像发了热病后一样软弱无力。沉甸甸的头渐渐垂到胸前,手也从格力图尔的脖颈上松开。他站起来,背过身去,感到怀罪地低沉地说道:"格力图尔,……也许我不该埋怨你。……站起来,对我报复吧。"

格力图尔坐起身,双手捂住火热的脸,泪水从指缝间流了出来。突然,他一跃而起,用力抱住了巴音赛克图的身体,喊道:"是我,是我葬送了义军啊!你打我,打吧!"

巴音赛克图也回手用力抱住了格力图尔。两条刚强的男子汉,面对死亡都不曾流泪,此刻竟放声大哭起来。

过了很久,他们才止住痛哭平息下来。格力图尔抓住巴音赛克图的胳膊,说道:"走!现在就回去。"

"回哪儿?"

"回哲里木盟。我要把失散的弟兄重新召集起来!"

巴音赛克图摇头道:"这可不是一呼百应的时候了。……刚刚散去,听说科尔丹对参加义军的人一概不予追究,人们是不会轻易再拿起大刀了。"

"那你为什么挑起我的悔恨?为什么我想去挽回错误时又要阻止我?"

"悔恨是应该的。挽回错误却来不及了。"

"那怎么办?只有用一死来表达我的悔恨了!"

"别再说那些傻话。最紧要的是重新干起来。——先听我说下去——格力图尔,请原谅我的直率。我们需要一个有威望的人领着干……"

"这个人是谁?"

"巴兰森格妈妈。我们去找她吧,格力图尔,让她领着我们干。"

格力图尔垂下头说道:"可乌日娜金……我……"

"算了,别想那些。巴兰森格妈妈会谅解你的。"

"听你的!"格力图尔挥手道,"哪怕她因为我丢掉乌日娜金会不理睬我,我也要把她请回来!"

但是,事情却非常不顺利。两个人在东辽河奔波了十几天,也没有找到巴兰森格的踪迹。没人知道她的死活,也没人知道她的去向。他们哪里知道,此时巴兰森格正在一个不为人知的地方和白音达赉①酝酿着一次更大规模的起义。

格力图尔和巴音赛克图都感到很失望,而且,他们用唯一的坐骑换的钱已经用光,真正到了山穷水尽的地步。

有一天,他们流落到一个很繁华的小镇。看到一个街口竖着一面招募新军的旗帜。旁边的树上拴着几匹马,显然是坐在桌子后面的军官的坐骑。这个新军招募站和那些大小商店比起来,冷落得可怜。几个军官都恹恹欲睡。

他们看了一眼,便想离去。正在此时,只听得一声喊叫,整条大街立刻乱了起来。他们看见,有十来个骑马握刀的土匪横冲直撞地跑过来。店铺遭到袭击,三个少女被拖上马背。招募新军的几个军官吓得大眼瞪小眼,竟

---

① 20世纪初一次蒙古族起义的领袖。

一时挪不开腿了。

巴音赛克图捅了格力图尔一下,小声说:"这群坏蛋。干他一下吧!"

"干吧。可是……赤手空拳……"

"你看。"巴音赛克图指了指招兵站。

"走!"

他们几步奔到招兵站,夺过大刀,骂了一声"孬种",便飞身上马,直奔那伙土匪杀去。结果,三个倒霉的土匪丧了命,剩下的人扔下女人不要命地逃跑了。

巴音赛克图和格力图尔收刀勒马,摇着头看着一溜烟没影的窝囊废,觉得这阵砍杀实在乏味。然后,他们回到招兵站,在人们惊羡地注视下,把刀扔给目瞪口呆的军官,把马又拴在树上,转身就走。

"等一等!"一个年岁大一点儿的军官站起来喊道,"两位英雄,怎么不领赏钱就走呢?"

巴音赛克图微笑道:"给多少钱?"

格力图尔说道:"不要钱,给两匹马吧。"

"这还不好说吗?"那个军官绕过桌子,走了过来,"你们是当地人吗?"

"我们是外乡人。"巴音赛克图回答道。

"你们要马,是准备回家吗?"

"我们是流浪汉。无家可归。"

"是吗?那太好了。我叫卢士杰,新军管带。我看,你们来当兵吧。赏钱军饷一齐给,而且马上就让你们当哨官①。怎么样?"

"不,不干。"格力图尔拉过巴音赛克图就要走,"我们回哲里木盟。"

"男子汉怎么能恋家?过些时候,我可以格外照顾,给假探家。我喜欢你们蒙古人,特别是像二位这样武艺出众的人。"

巴音赛克图略一思忖说道:"等一等,让我们商量一下。"说完,拉着格力图尔走到没人的地方,低声说道:"格力图尔,我看可以干一干。一是藏身在官军里比较安全,二是可以借机打听巴兰森格妈妈的消息,三来也许我们能拉出一伙人马。你说呢?"

格力图尔想了一下说道:"好吧。"

---

① 军职,相当于排长。

就这样,格力图尔以布德尔的名字,巴音赛克图以乌力吉的名字,成了奉天新军的两名哨官。

半年后,两个人同时告假。正好卢士杰刚刚升任标统,一高兴就答应了。两个人分道扬镳,一个去东辽河寻找巴兰森格,一个返回到哲里木盟。

两个人分手时,巴音赛克图一再告诫格力图尔,让他忍住怒火,藏起仇恨,暂时万不可去冒险行刺。先要寻找奈曼乌勒和乌日娜金,尽快返回奉天。只要巴音赛克图能打听到巴兰森格妈妈的下落,以后的事就好办了。格力图尔表示一定做到。

但格力图尔的脚一经踏上哲里木盟的地面,埋在心里的仇恨之火便愈燃愈旺。特别是当他站在辉煌肃穆的王府对面不远处的小山包上时,整个胸膛里已全是愤怒和仇恨的烈火了。他感到,假如不先在科尔丹的胸口上捅一刀,他就不会平静下来,也无颜去见朋友和恋人。他甚至认为,这正是原来就确定了的计划,只是现在更见清晰而已。他不再犹豫,也不再受巴音赛克图的告诫所左右了。当天夜里,他把坐骑藏进树林,脱下肥大的蒙古袍,露出武官的紧身服,身怀利刃,躲过巡哨者的眼睛,摸到王府的高墙下,翻身跳进院去。时近午夜,王府里的官员和仆役大概都已进入酣梦,除西偏殿的微启的门缝挤出一线灯光外,到处都是漆黑一团。他知道,科尔丹肯定不会住在西偏殿。那么,能不能住在正殿的王爷的卧室呢?他围着正殿小心翼翼地绕了一周,所有的门都关得紧紧的,推一下纹丝不动。他跳入王府庭院前,曾在心里祝祷,千万别碰到巡夜的人,以便使他这次行刺能成功,但现在,他倒希望被人发现,然后让这个人把他带到科尔丹身边。

说来也巧了,正在这时,格力图尔听到西偏殿的大门吱呀一声开了,一个人提着灯笼走出后,那大门又关上了。提灯笼的人顺着游廊朝正殿走来。格力图尔赶忙抽身躲进正殿右侧的月门里,抽出匕首,屏住呼吸等在那里。待那人从月门闪过向东走去时,格力图尔腾身跃出,左臂一挥,把那人牢牢搂进怀里,同时把右手的匕首抵在他的脖子上,轻喝道:"你敢喊一声,我就捅下去!"

"你……你要干什么?"那人吃了一惊,险些晕过去,从他那抖抖的声音看,就是让他喊也喊不出来了,"你……你是谁?我……可是官布啊!"

格力图尔压抑着声音冷森森地说道:"我不管你是官布还是扎布!走,把我带到科尔丹的住处。要耍花招,就休想活命!"

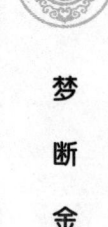

"不敢,不敢……可你是……"

"告诉你,我是格力图尔!"

"天哪!"官布胆战心惊地轻喊一声,眼睛翻了翻,差点儿瘫倒,七魄中至少有五魄已在刹那间飞离了肉体,"……是你……""少啰唆,快走!"

"格力图尔,听我说,科尔丹不在王府啊。我跟你……可没有……仇啊。"

"你骗我!"

"不敢,不敢。我怎么敢骗你呀。……他真的不在王府。他去突泉了……"

"他住在哪儿?"

"正,正殿。"

"西殿是谁?"

"是——业喜海顺。"

"带我进正殿!"

"进不去。格力图尔,真的。我不说谎。科尔丹不在家,三道门全加锁。要不,这样吧。"官布总算知道自己的生命不会受到威胁,渐渐镇定下来,想出了开脱自己的办法,"我们到马厩去,问问马夫。这行吧?"

格力图尔想了想说道:"走。"

官布带着格力图尔来到马厩。他向给马匹添料的马夫问道:"科尔丹梅伦的马车呢?"

马夫诧异而又不满地说:"老爷,科尔丹梅伦没回来,马车怎么能在这里。"

格力图尔失望地咬了咬嘴唇,拉了官布一把,两人向庭院当中的石板路走去。格力图尔边走边对官布说道:"走,把我送出哨卡。"

"是,是。我一定送,一定送……"

王府的协理恭送一个威武的军官,还有哪一个敢阻拦?格力图尔很顺利地走出哨卡。官布心里明白,在此后的生涯中,这一夜发生的事件,将时时令他心惊肉跳,而且是永远不会向人提起的。

格力图尔找到坐骑时已是早晨了。不慎又被胡穆达参领认出,派了两个旗丁紧紧跟踪,他摆脱不了,不得不弄死这两个倒霉鬼。结果,他和科尔丹以及乌日娜金和奈曼乌勒均失之交臂,在突泉街里只遇到了库玛……

47

　　库玛在突泉街里认出了向他怒目而视的格力图尔。

　　"认出了就好!"格力图尔的声音依然很大,而且在严厉里又加进了威胁,"科尔丹在哪儿?"

　　库玛又回望一眼身后的人,压低声音说道:"格力图尔,你怎么可以这样大喊大叫？走,我们找个僻静的地方谈……"

　　"怕什么! 我让你马上告诉我,科尔丹到底在哪儿?"格力图尔的声音仍旧大得使那些好奇的人都能听到。

　　库玛退让地轻声劝道:"别再喊了。我们总不能让那些人围在里边讲话呀! 至少,我们该离他们稍远一点儿。"

　　格力图尔不耐烦地狞视了一下库玛,然后说道:"走!"

　　当两人走到一个略微僻静一些的所在后,库玛问道:"你找科尔丹?"

　　"对,我就是要找他! 跟我说实话便罢,要骗了我,别怪我不客气!"

　　"他在王府里呀。"

　　"说谎! 我知道你和他寸步不离,有你的地方就肯定有他。斯琴那里没有,他一定在这城里。"

　　库玛惊恐地问道:"你去过科尔丹的家? 你把斯琴妈妈……"

　　"跟她有什么关系? 我连碰也没碰她。我只找科尔丹一人!"

　　库玛稍稍安下心来,又问道:"你找他干什么呢?"

　　"和他算账!"格力图尔怒气冲冲、恨恨不已地说,"这个骗子,笑面虎! 我非亲手宰了他不可!"

　　聪明的库玛知道,任何解释和劝说,都无法压下格力图尔的怒火,无法制止他的复仇行动。而且,在他正对科尔丹怀有切齿痛恨的情况下,是不会相信库玛说的是实话的。所以,库玛不想马上进行详细的陈述,凝眉沉思了一下说道:"格力图尔,你没看到城门旁的告示吗?你刚才没听到我和那些人说的是什么吗?"库玛说到这里,略一停顿,抱歉地微微一笑,"唔,对了。你是既不识字也不会汉话的……"

"库玛!"格力图尔着恼地说道,"别跟我绕弯子!"

"这可不是绕弯子。因为那告示上写的,和我刚才对那些人说的,都是关于你最亲近的人的事情。又可以证明,科尔丹在王府而我在这里并非谎话。"

格力图尔纳闷地轻轻自语:"最亲近的人……"突然,他睁大眼睛,急切地问道,"是乌日娜金吗?是奈曼乌勒吗?"

"正是这两个人的消息。"

"你知道?"

"知道得详细又确切。"

"他们——在这里吗?"

库玛笑了一下说道:"是嘛,你最关心的正应该是这两个人,而不是科尔丹。你这次冒险回到哲里木盟,不是首先要寻找乌日娜金和奈曼乌勒吗?"

"我当然要寻找他们。但在这之前,我要先报仇!"

"那就错了,格力图尔。"库玛摇着头说道,"我不管你有无报复科尔丹的充分理由,但这总是一件冒险的事,说你可能九死一生绝不过分。你当然不怕死,但在赴难前不应该先见一见朋友,特别是乌日娜金吗?"

"别再跟我啰唆了!"此刻的格力图尔眼睛都急红了,说话的声音虽然还很冲,但已流露出央告的意思了,"把你知道的统统告诉我。他们……是在这里还是在多伦村?"

库玛又笑了一下说道:"他们曾经住在这里,遗憾的是你来迟了一步。——唔,你干吗那么急迫?放心好了,乌日娜金的生命没受到一丝一毫的威胁,奈曼乌勒也活得蛮好。——不过,我们最好换个地方,我把一切都讲给你。这样吧,我们到乌日娜金和奈曼乌勒曾住过的地方去,那里很安静。"

"你就在这里讲吧,越快越好!"

"怎么,不愿去还是不敢去?那里不会有埋伏的。"

格力图尔反感地看了库玛一眼,大声说道:"你就是埋伏千军万马我也敢去!快走。"

他们很快走进已经停业的蒙古说书馆。

在说书馆寂静而阴暗的后屋里,库玛和已经开始过着孤独日子的老妈妈,详细地向格力图尔讲述了他们所知道的有关乌日娜金和奈曼乌勒的一切。

格力图尔用手托着额头,仔细地听着,唯恐漏掉一句话。有时也扫一眼室内的各种粗俗而又简单的陈设,猜度乌日娜金和奈曼乌勒在这里生活的情景。他感到懊丧。心里泛起一阵阵难以忍受的焦躁。是啊,只要早来三两天,不就可以见到他们了吗?这真差不多是"无缘对面不相逢"了。但是,确实是无缘吗?

"乌日娜金啊,你我以往的深切的爱和海誓山盟真的不复存在了吗?"格力图尔在心里这样悲哀地问道。但他又相信不会如此,认为乌日娜金会谅解他的。他从被俘那天开始,就一直在想,只要能活着逃出去,他第一件要做的事,便是找到乌日娜金,跪在她的面前,承认自己的过错,情愿接受她的任何惩罚。他为误听道尔吉的话而伤害了乌日娜金,一直愧悔交加。他不甘心带着这样的悔恨离开尘世。

还有奈曼乌勒,这是除了乌日娜金令格力图尔最思念的朋友。他在被捕后,亲眼看到了奈曼乌勒的惨状。他当时痛哭失声。他确信,奈曼乌勒是他一生中不可再得的忠诚朋友,也确信,奈曼乌勒的创痛是他的错误造成的。他曾在心里发誓,重新找到奈曼乌勒后,就永远不再分手。他甚至想过,在未来的生活中,他甘心去充当奈曼乌勒的眼睛和双腿。

格力图尔正是怀着向科尔丹报仇,向乌日娜金忏悔,向奈曼乌勒赎罪的心情,返回哲里木盟的。为此,他受过怎样的煎熬啊!他曾在绝望中挣扎,以为注定要带着种种遗恨走向生命的终点。然而,当他意外地逃脱了死亡,终于又有机会回来报仇、忏悔和赎罪的时候,这几个人却都匿身藏形,好像不想让他再见到一样。难道这死里逃生,就是为了让他活着去受轮回之苦吗?难道这一年来他经受的苦难还少吗?

格力图尔想到这些,感到分外孤独,感到自己是世界上最不幸的人。他烦躁得再也坐不住了。但库玛却一再向他提出各种问题。

"王世祺回盛京后没认出你?"

"他的官越做越大,管带以下的人他是不见的。"

"和他连一次照面也没打过?"

"没有。他很少出门。"

库玛见他不耐烦,便不再问了,抬头看了看照在窗纸上的暗红的落日的余晖,站起来说道:"时间不早了。我陪你到街上吃一顿饭吧。"

"我不饿。"格力图尔冷冷地拒绝道,"关于乌日娜金和奈曼乌勒,你再没有什么要告诉我的了吗?"

"我知道的全说了。"库玛笑道,"你下一步一定去寻找他们了,对吗?"

"是的。"

"你循着王绍祖的名声,会很快找到的。"

"谁知道,命运总在跟我作对。"

"不会,你会时来运转的。你看,你今天到突泉,正好碰上了我。你就要如愿以偿了。"

"只可惜,这一刀又叫科尔丹躲过去了!"

库玛一惊,说道:"你仍仇恨他吗?"

"恨?哼,一个恨字能够吗?你回去告诉他,有一天,我会给死去的义军将士报仇的。"

库玛的心猛然紧缩起来,他看着格力图尔那可怖的眼睛,说道:"那么,我走了。你今天就在这里过夜吗?"

"不。我立刻就走。"

"也好。有奈曼乌勒,他们不会走得很快。也许你明天就能见到乌日娜金了。"

48

听了忠诚的库玛的报告,科尔丹很高兴。因为他不仅知道乌日娜金已东去吉林,又意外地获悉格力图尔确实还活着,并在绝顶聪明的库玛的指引下,也顺着乌日娜金的足迹,远离了充满险恶的哲里木盟。科尔丹在心里慨然叹道:"也许有一天,他们会成为王绍祖旗帜下的两员战将。也许……是的,他们一定会结成美满的一对。这大概是天意吧!"他为这两个多灾多难的人庆幸,同时又油然产生一种怅然若失的悲哀心情。但他也暗暗赞美自己的这番心思,觉得对这一对情侣的欠债已偿付清楚,再想起他们时不会有愧疚的感觉了。并且把可能归来复仇的格力图尔引出哲盟,既保证了自己的安全,又可以长长舒一口气。因为对这两个人该做的都做了。他还可以长长舒一口气,因为他认为在王府里该做的也都做了。博克拿多的出场,标志他在王府已是多余的人物。都统府曾用"去留自酌"这种圆滑的词儿,劝他明智地急流勇退,现在正该由博克拿多给他下个"逐客令"了。

科尔丹估计,在把业喜海顺迎进正殿,自己搬入偏殿,并给博克拿多摆了接风筵以后,博克拿多会立即跟他摊牌,以他卖放额勒瓦奇尔为借口,把他驱出王府大门。

然而,出乎意料的是,接风宴以后的三天来,王府里呈现一片奇特的宁静。这宁静又显得严峻,犹如在一场重大事变前,人们在无声地等待难以预料的未来一般。所有官员的神经都绷得很紧,他们照例向科尔丹请示或报告,但对题外的任何事情,都噤若寒蝉,对额勒瓦奇尔一事更是只字不敢涉及。而博克拿多则干脆连面也不露。这就不能不使一向冷静沉着的科尔丹感到头脑膨胀和烦躁不安了。一到夜里,王府偌大的庭院中,静如古刹,只有带着凉意的秋风吹得树木发出沙沙的响声,更令科尔丹感到被一股肃杀之气包围着。

这已经是第三个难熬的夜晚了。科尔丹照例步出西偏殿，孤零零地伫立在廊柱旁，听着风声，看着树影。突然，不知什么地方的凄厉的歌声，被秋风送进王府的庭院，在科尔丹耳畔不绝如缕地萦回不去。好像有一个披头散发形容枯槁的弱女子，用一种极其细微又难以捉摸的声音，在他耳边时断时续地唱着哀歌。他打了一个寒噤，顿觉毛骨悚然。他猛地想起在喀喇沁旗屈死的菊花显形的一幕，也想起好久以前卫兵向他报告，说每到午夜，在王府南面的高坡上，就会出现一个披头散发的女鬼，唱一阵民歌后便消失得无影无踪。卫兵们都很害怕。那时科尔丹是不相信有什么女鬼的，他叫卫兵不去理她，愿意唱就唱去好了。但今天，科尔丹倒希望真有一个厉鬼，搅得王府不得安宁，甚至希望自己也是一个鬼魂，来去无踪，想笑就笑，想哭就哭。他这样想着，反而觉得胆壮了，便信步向王府大门走去，准备登上堞楼，去一睹女鬼的形影。

大概是科尔丹的脚步太轻了，堞楼上的两个伏在窗口也在看着"女鬼"的卫兵，竟不知道身后已站立一个人。科尔丹轻咳了一声，以表示自己的存在，吓得两个卫兵猛地回转身，把枪口抵到了科尔丹的胸口。科尔丹轻轻拨开两根硬硬的枪筒，从两个心惊胆战的卫兵中间挤到窗口，极尽目力，向南面的高坡看去。他觉得呈现在他眼前的世界是阴惨惨的一片，如钩的新月没有更多的光赐给人间，又有飘来飘去的云彩遮去它的身形，使面前的世界闪烁不定，一会儿明，一会儿暗，明也不过现出形体的剪影，暗则漆黑一团。歌声却不断地向这里飘来。后来，歌声停了，风也息了，眼前的景物也似乎较之前清晰不少，但科尔丹只看到极目处浑圆如坟的高坡的剪影，传说中的女鬼却没有任何踪影。

科尔丹不甘心就这样返回偏殿，他打算去高坡上看个究竟。他叫一个卫兵去偏殿喊醒酣睡的库玛，然后鞴好两匹快马，主仆二人怀着奇特的访古探幽的心情，走出大门，在深沉的夜色中，向着正南方向的高坡驰去。

他们终于停在据说曾出现女鬼的高坡上了。他们跳下马来。周围一片宁静，空荡荡的既无人影也无鬼影。后来，科尔丹发现，就在他和库玛站立的地方，有大约五尺见方的一片，被踏得光秃秃的。四外依然是茂密的蒿草。而且和这五尺见方的一片相连的，还有一条向南延伸的小道，也是新近被踏出来的。它延伸到何处，还无法推测。科尔丹暗自嘲弄般地想道："看来，这女鬼和人一样，并不是轻飘飘的，有身形，有重量，也可以踏倒蒿草，踏出路来。而且,我又何尝不是一个活鬼呢?"他摇头叹息了一阵,决定天亮后再来,要顺着那条小道,一直找到"女鬼"的窟穴。随后,他留给那隐约可见的小道一个莫名的注目礼,就带着库玛返回王府了。待这主仆二人进入西偏殿,喝了一阵闷酒,躺到床上时,已是天光初白,日影微红的清晨了……

到了上午十点钟,官布敲响了科尔丹的门,并大声说博克拿多请他到东殿有要事相商。科尔丹一边穿衣,一边冷笑着想道:"该来的,终于来了。要是我……"科尔丹戏谑地偷偷挤挤眼睛,"哼,我还会再拖几天的。看来,你还是着急呀!"

科尔丹想对了,博克拿多怎么会不着急呢?他无时无刻不在盼望着第二次独揽王府的"朝纲",无时无刻不在盼望着和科尔丹正式摊牌这个时刻。但老谋深算的博克拿多明白,心里怎么着急也好,实施起来却不能操之过急。

早在博克拿多舍弃王爷只身逃命的时候,他就估计到,科尔丹不死,就肯定会去求兵,而且毫无疑问,科尔丹会原原本本地在将军府和都统府揭露他的丑行。但他决不甘心就此隐遁山林,默默无闻地离开这个世界。他必须动用永不枯竭的才智,为自己寻找一条重掌哲里木盟权柄的道路。所以,当他听说色旺诺尔布桑保已在造反壮丁威逼下悬梁自尽后,便寻找到业喜海顺,不惮劳苦地握着这张王牌周游盟内各旗,以便达到先入为主的目的,造成有利于他的舆论准备。就便也聚集了大批财物,以备晋见朝廷权贵之用。他选择的道路和科尔丹不谋而合,也是先到盛京,后到热河。在这两个地方,他一开始都受到冷遇,并跪听了严辞责骂。但他在折辩时,却铁嘴钢牙地一口咬定是科尔丹把王爷拱手交给反叛者的。并花言巧语地为自己编造出十分动人的光辉历史。他成功的诡辩加上他的所谓"不腆之贡",最后竟使将军和都统大人一致确信,博克拿多才是名副其实的忠心报国的良臣,而科尔丹却是个卖主求生、枭獍之心难改的忤逆奸佞。都统大人甚至打算派人把科尔丹递解热河,审理后严加裁处。博克拿多却说:"科尔丹毕竟涉世不深,少不更事。虽罪不容诛,但在剿逆中功劳卓著。功过相抵,还是姑置不问为好。如日后再萌邪念,定在盟内斩首示众。"因此,博克拿多在都统府又获得了胸怀豁达、不记前怨、才思超绝、堪柄盟政的评语。

但是,当他喜滋滋登程、威赫赫进入哲里木盟地面时,他发现了科尔丹的卓越的政绩,认识到重返王府的时机尚未成熟。他必须去寻找新的口实和证据,证实科尔丹包藏祸心,理应由博克拿多取而代之。因而,他把业喜海顺藏匿在一个幽静的地方,开始了一阵紧锣密鼓的奔波。他买通了官布和管带旗丁的骁骑校。在一个偶然的机会里,他听说额勒瓦奇尔还活着,便肯定这是科尔丹搞的鬼。他兴奋得直搓手,确信击败科尔丹是毫无问题了。他和官布绞尽脑汁,想出了那个逼额勒瓦奇尔自首的主意。

傲然坐在王府东殿的博克拿多,回忆起上面的一切,很兴奋,很为自己的机变百出自鸣得意,不由得在那张瘦长脸上挂起笑容,缺了一只耳朵的脑袋竟歪得快躺到肩膀上了。

"科尔丹梅伦到——"门外传来通报声。

博克拿多倏地收起笑容,挺直了脑袋,正襟危坐,威严地说道:"请!"

面容苍白憔悴的科尔丹轻轻走了进来。

"请坐。"博克拿多不冷不热地说道。

科尔丹注视了博克拿多一会儿,走到侧面的位置坐下去。他想,博克拿多马上就会告诉他,可以离开王府了。

但博克拿多偏偏不说这话,只是眯着眼盯着科尔丹呆板的脸,对相继走进东殿的各位属员理也不理。

半个小时的难堪的沉默过去了,属员也已到齐。博克拿多转过脸,轻咳了一声说道:"本人不揣鄙陋,自即日起,受任协理,望诸位倾力相助,共效王室。兹宣布以下两项命令:一,官布台吉富有学识、才能出众,在任所期间,对盟内政事多有贡献,着其到喀喇沁旗任代理扎萨克之职,克日赴任;其他属员,一仍其旧;二,前造反贼众之首犯额勒瓦奇尔已投案在押,拟于今日午时开刀问斩。另外,我要加一点说明。"他说着,把眼缝里挤出的讥刺的光投向科尔丹,"剿逆获胜后,科尔丹误将另一具死尸当成额勒瓦奇尔,并予以安葬。因彼时夜光晦暗,难以辨认,故不予追究。并且,除召集王府周围阿拉特到法场观斩外,不发文告。并且——唔,"博克拿多说着,咧嘴笑了一下,"并且,理应由科尔丹梅伦充任监斩官,但考虑他们系叔侄至亲,情同父子,不宜相见,故由官布代理。——科尔丹,你觉得这样合适吗?"

这一切,科尔丹早在意料之中。但他还是受到了极大的触动,似乎就要昏厥过去。他努力克制着自己的软弱,悲哀而愤恨地看着微笑的胜利者,久久说不出话来。

博克拿多站起来说:"既然科尔丹梅伦认为这样做无可挑剔,大家就准备到法场吧。"

这时,科尔丹受着一股悲愤力量的支配,站起来大声说:"等一等!"

博克拿多向在场的人扬了扬手,说:"先坐下,让我们听听科尔丹梅伦想说些什么。"

科尔丹把激烈抖动的手按在桌面上,支撑着站立不稳的身体,咬了咬发紫的嘴唇,凝视着歪着脑袋的协理,说道:"协理大人,我看到了你脸上得意扬扬的表情,看到了你眼睛里讥讽的笑意。你可能以为,我会给叔父求情。不,我不会那样做。你是不会允许有叔父这样正直刚烈的人活在世上的。你也可能以为,我会感谢你对我虚伪的回护。不,我不需要你的回护。我不否认我留下了叔父的性命。我是为我们这个民族留下一个有用之人,一个刚直不阿的高贵灵魂。你是了解叔父的。你非常了解他。正因为你了解他,你才容不得他,你也一定容不得和叔父同样的人!"

博克拿多仰靠在椅背上说道:"科尔丹!听说你早晨还在喝酒。你一定是喝多了,才说出这些醉话。"

"你说我喝多了,只是因为我说了过多的实话!"

"那好吧。"博克拿多站起来说,"把你那些实话先留一留,我会给你机会,让你说个够的。既然你不想给令叔父说情,就不要埋怨我铁面无私。——现在时间差不多了。官布,立即组织旗丁,押解额勒瓦奇尔,带领全体僚属,开赴法场!"

大殿里的官员们全走了,只剩下科尔丹一人。他悲痛欲绝地颓然地坐到椅子上,眼睛怔怔地向前面看着,好像在探索什么。时间飞驶着,午刻就快到了。一个对哲里木盟,对大蒙民族有用的人,就要身首异处了。科尔丹突然跳起来,奔出东殿,奔出王府大门,直向法场奔去。他觉得有几句话必须去讲给叔父……

49

　　行刑的法场设在王府南边大约二里的地方。这里有一个五尺高、三丈见方的土台，原是全盟比丁时王爷的检阅台。四角都曾埋有立柱，上面有横梁相连，比丁时，三面围上黄色的布裙，横梁上挂满波浪状的红白相间的垂绦，正面还插上各色彩旗。土台前，是一片平坦如砥的开阔地，一律长着矮草，且点缀着茁壮的马蔺，各旗参加比丁的队伍，都在这里列成整齐的方阵，接受检阅。但由于多年不用，如今土台上长满了草，棚架早已被义军拆毁当了烧火柴，只有一根幸存的立柱还孤单单地站在原地未动。

　　今天，额勒瓦奇尔就被捆在这唯一的立柱上。土台上还站着面貌丑恶的刽子手、盛气凌人的博克拿多以及威风凛凛的行刑官、监斩官一干人等。土台前面是王府内全部官员，四周都是肩挎火枪脸朝外的旗丁。最外面，则是王府十里范围内被驱赶前来观看行刑的阿拉特。

　　无论是官员，还是围观的阿拉特，都惊讶地看着背靠立柱的额勒瓦奇尔。他们似乎从未见过这样的罪犯，临死前态度竟如此泰然自若，好像不是别人观看他被斩，而是他观看别人挨刀。他有时巡视各类人众，有时遥看草野连山，有时又仰望蓝天白云，简直不像将要引颈受戮，而是去赴一次宴会。

　　额勒瓦奇尔的确感到平静，感到快慰，甚至觉得能这样迎接死亡大大超过了愿望。这种心情，从他决定赴难的一刹那就已产生，并一直保持到这最后的时刻。他还清楚地记得，他通往法场的道路的第一步。那一天，敖尔敦突然拜访他，告诉他王府将发下文告逼他投案自首，劝他速速逃命。敖尔敦讲了文告的内容后，额勒瓦奇尔竟微微笑了笑，然后不由分说地叫敖尔敦立刻离开毡帐。敖尔敦和随从的马蹄声刚刚响起，乌日娜金就回来了。额勒瓦奇尔庆幸此事未被乌日娜金听到。第二天早晨，他便催促乌日娜金去寻找格力图尔和王绍祖。乌日娜金走后，他同老伴作了诀别。老伴没有哭，在他登程时,还送出三四里地。额勒瓦奇尔走上离家十几里的一座山顶时,想最后望一眼自己的毡帐。他看到了一片烟尘。他明白了,老伴在以死相送。他没有哭,也没有回去,却快马加鞭朝王府驰去。他希望能尽快追上老伴的阴魂,好携手同往一个安宁的世界。

是的,额勒瓦奇尔面对大步走来的死神并不感到可怕。他平静、轻松、释然。他盼望快到午时。

站在土台上一直凝视着额勒瓦奇尔的博克拿多,突然嘲弄地笑了一下,问道:"额勒瓦奇尔统帅,你还有什么话要说吗?"

额勒瓦奇尔也笑了一下,点头道:"当然有话要说,协理大人。我首先感谢你给了我这样一个光荣赴难的机会,使我不再后悔第一次死亡后又活了整整一年的时间。我还要感谢你让我在这样风和日丽的一天和苦难告别,前面等着我的是光明和宁静。我还要告诉你,我自首投案,不是为了满足你嗜血的渴望,而是为了阿拉特免遭涂炭。假如你们说话算数,我的死会给可怜的阿拉特带来平安,我会高高兴兴地走到地府。还有,你可能想看一看我临刑前的痛苦,想听一听我的哀告。但你却得不到满足。真的,协理大人,你不感到失望吗?——唔?业喜海顺怎么没来?我有一句话要对他讲,那就请协理大人转告吧。请你告诉他,我此生悟出了一个道理,那就是:愿意听赞歌的主子绝不是明君,喜欢唱赞歌的奴仆也绝不会是忠臣。你听清了吗?协理大人,要不要重复一遍?"

博克拿多用鼻子"哼"了一下。这一声"哼"原打算当成怒喝的开头,他想了想,觉得此时恼怒反而有失身份,便把它改为一阵狂笑的引子了:"哈……你说的好像是尽人皆知的道理。可你怎么解释现在这个场面呢?你我之间必然是一忠一佞,这忠是谁,佞又是谁?如果忠臣是你,为什么上断头台?如果佞臣是我,又为什么不上断头台呢?"

"这不奇怪。忠直遭谗,奸佞获宠,今古不易。忠者不屑狗苟蝇营,佞者却往往瞒天过海。"

"就算你说的这些狂言都对。可是请问,是谁逼死了先王?是谁正在替先王除奸?"

额勒瓦奇尔讥讽地笑了笑,说道:"先王悔罪自裁,是暴行的必然结果,但如果没有你这样的小人,先王未必有此下场。"

博克拿多恼羞成怒地说道:"你死到临头,还这样放肆!——来人,把酒给他灌下去!"

额勒瓦奇尔哈哈大笑了一阵,说道:"死到临头还能看到你被激怒,我是心满意足了。至于酒嘛,我还不想喝。我还是在神志清醒的状态死去才好,否则一糊涂会忘了你的好处的。"

额勒瓦奇尔说到这里,突然发现一个人从旗丁当中挤过来,匆匆奔到土台下,仰起泪脸,看着他,好像有很多话想说。这是科尔丹。额勒瓦奇尔的态度立刻变了,他怒容满面地瞪着喘息不定的科尔丹,厉声问道:"科尔丹,是来给我送行吗?"

科尔丹凄惨地喊道:"叔父——"

"叫错了,科尔丹。我是罪人,是被你折磨够了的敌人!这回,你该满足了吧?"

科尔丹委屈地咬住嘴唇,眼泪像小河一样涌流出来,他知道,在眼前的情况下,作任何解释都没有用。额勒瓦奇尔直到现在也不理解自己的亲侄儿,还在切齿地恨着他。他又一想,这样也许更好。为什么要让叔父知道真情而后悔自首一举呢?让他只有恨吧!带着恨总比带着悔更容易迎接死亡。所以科尔丹把要说的话,又吞进肚里,发自肺腑地轻呼一声:"叔父!"然后回转身,在刚刚赶到的库玛搀扶下,跟跟跄跄地走到旗丁队伍的外面……

额勒瓦奇尔又恶狠狠地怒视着博克拿多说道:"动手吧!欺世盗名的恶棍!"

博克拿多大怒道:"你还敢这样看着我!来人,先砍瞎他的双眼!"

一个刽子手上前一步,举刀一戳,顿时从额勒瓦奇尔的眼窝里流出一股鲜血,但他一动未动,只是讥讽地冷笑一下。

博克拿多又一挥手,行刑官高呼一声:"开——斩——"

就在额勒瓦奇尔的头颅滚落到土台下的同时,人们听到一声女人的惨叫,法场的气氛立刻变得可怖起来。这声惨叫,作为尾声,结束了行刑的场面……

在博克拿多带领下,官员们打道回府了,旗丁们列队撤离了法场,围观的阿拉特也纷纷低头散去。土台周围空荡荡的草野上,只留下四个人。离土台稍近的是科尔丹主仆二人,稍远一点儿的地方,有一个男人正用力把地上的一个女人搀扶起来。科尔丹漠然地扫了一眼这一男一女,心想,刚才的惨叫声一定是这个女人发出的吧?然而,却不再去看她,把自己的眼睛怔怔地盯在叔父仍旧站立的无头尸体上。

科尔丹想移动失去知觉的双腿,向叔父的尸体再靠近几步。正在这时,猛然传来一声更加凄厉的惨叫。科尔丹悚惧地回过头去,只见那刚刚苏醒的女人,挣脱了男人的挟持,一边哭叫着,一边不要命地向土台跑去。到了土台前,她一下子扑到地上,双手紧紧抱起额勒瓦奇尔的头颅,不住地吻着,那样子好像她怀里抱着的正是自己心爱的丈夫。科尔丹和库玛被眼前的场景惊呆了。

那女人不管跟过来的男人如何焦急,也不管另外两个男人惊讶的注视,只是不要命地和怀里的头颅亲近,并喃喃地说:"我的好丈夫,我心爱的丈夫呀!我到底找到你了,别让我再离开你吧!……你受了那么多苦,遭了那么多罪,叫我心疼死了!他们怎么那样坏?砍瞎了你的眼睛,打断了你的腿,还……还砍下你的脑袋,……啊!你……你死了!我的丈夫,我的好奈曼乌勒呀!……"

听到这个女人喊出奈曼乌勒的名字,科尔丹和库玛更加愕然,同时迈步想走过去。但旁边的那个男人用手势制止住他们,并悲哀地不住摇头。科尔丹和库玛又都莫名其妙地站下了。

这时,那女人似乎平静了一些,她跪在地上,把额勒瓦奇尔的头颅立在眼前,然后扬起肮脏的瘦骨嶙峋的手,捋了捋披散的长发,深情地说道:"奈曼乌勒,好哥哥,好丈夫呀!你生前最爱唱歌,也最爱听歌。你总是逼着我给你唱歌。可我知道,我唱的不如乌日娜金,一直没给你唱过。现在……现在听我给你唱一支歌吧……

　　　　　天风浩荡啊夜茫茫,
　　　　　千里寻夫啊在何方?
　　　　　关山迢递啊音容隔,
　　　　　何时携手啊共毡帐?
　　　　　哥哥呀,哥哥呀,
　　　　　妹妹呼唤你可闻?
　　　　　哥哥盼妹妹欲狂。
　　　　　几回醒来湿枕畔,
　　　　　夜踏衰草独彷徨。
　　　　　红消翠隐啊秋风扬,

> 细雨蒙蒙啊透衣裳。
> 魂牵梦萦啊夜未尽,
> 愁入素心啊断柔肠。
> 哥哥呀,哥哥呀,
> 妹妹找你你已去,
> 哥哥等妹妹将亡。
> 奈何桥边暂留步,
> 阴世与哥结鸳鸯。……"

科尔丹听着那女人凄婉的歌声,感动得泪流不止。刹那间,他猛然记起屈死的菊花。眼前这个女人不正是她吗?难道她真的变成了厉鬼?他想到这不由得毛发全竖立起来了。从来也不相信鬼魂的他,这时竟好像被鬼魂追赶一样,惊心裂胆地喊道:"菊花!鬼——"但他的双腿却像钉在地上一样,再也动弹不得。库玛也和他一样,瞪着恐怖的眼睛说不出话来。

那女人听到科尔丹的惊呼,似乎受到了震动,她慢慢抬起眼睛,注视着面如土色的科尔丹,自语般地说:"鬼……我是鬼?……"突然,她像被弹起来一样,猛地立起身,直向科尔丹扑去。科尔丹还来不及想如何逃脱厄运,胸襟已被那女人"哧"地一声撕开了,接着挨了两记重重的耳光。

"原来是你!科尔丹!"菊花从牙缝里往外迸着充满仇恨的话,"还我丈夫来!"

那个男人急急走过来,拉着菊花,并抱歉地对科尔丹说:"别怪罪她,她……疯了。"

科尔丹被打得神志清醒了,他想起菊花死后的显形,想到父亲被绑架后曾在山寨挨了菊花两耳光,想到了昨天夜晚凄厉的歌声,想到南面高坡上被踏平的草地,确信菊花原本没有死。但她怎么会疯的呢?这令他十分纳闷。"唔,对了。"科尔丹想道,"她刚才说砍瞎了眼,打断了腿,……一定是知道奈曼乌勒的遭遇,并相信他已死去,经受不住刺激才疯了。刚才看到额勒瓦奇尔遭到相同的刑罚,又怎能不联想起自己的丈夫呢?"想到这里,科尔丹觉得对不起菊花,觉得那两记耳光打得合情合理。所以他对赔礼的男人说道:"这不怪她。我正该受到这样的惩罚!"他又转向盛怒中的菊花,"菊花,你打吧,尽情地打吧,把你的全部怨恨都发泄出来吧!如果这样能治愈你的创伤,就是打死我,我也会高兴的!……然后,你就去找你的丈夫吧,他没有死!"

菊花恨恨地说："你骗人！你……骗人！……我心爱的丈夫没了！……"她说着，嘴唇一颤，又哀哀抽泣起来，然后一转身，捂着脸朝南边跑去了。

科尔丹见那男人要追随过去，便喊住了他："等一等，乡亲。请你告诉我，菊花为什么会疯？"

那个男人犹豫了一下，说道："说起来话就长了。……我只能简单地讲，我怕她跑丢了。是这么回事：她原来在巴兰森格的山寨，因身体太弱，巴兰森格从来不让她下山。有一天，巴兰森格又带人马走了，她手下的两个坏蛋偷偷溜回山寨，把菊花糟蹋了，又带到很远的地方卖给了一个财主。她逃出来后，想到王府来找奈曼乌勒。可那时王府已被官军占领了，她又患了重病。我收留了她。本想娶她为妻，但她讲了身世后，我打消了这个主意。我知道奈曼乌勒是个叫人尊敬的人，怎能娶他的妻子？后来，一个参加过造反的人告诉她，奈曼乌勒被打断了腿，砍瞎了眼睛，捆到王府斩首了。她受不了这个刺激，就急出了疯病。那以后，一到夜里，她就跑到山坡上给奈曼乌勒唱歌，……我只好天天跟着她。唉，太可怜了，我怎好忍心不管她……"

科尔丹深深叹口气，沉吟着说道："是这样……真是个又可爱又可敬的好姑娘。唔，我告诉你，我刚才对菊花说的是实话，她的丈夫确实没死，不过也够惨了，双目失明了！……"

"老爷的话当真吗？"

"当真。他原在突泉街里说书，刚刚离去两三天，太不巧了。但能找到他。我估计他将到宽城子南边一个叫二龙山的地方。善良的乡亲，你为菊花吃了不少苦，你就把好事做到底吧。带她去找丈夫，她肯定会好起来的。一会儿，我会派库玛给你送去一些银两，以备路上用。"

那男人鞠了一躬说："那就谢谢老爷了。我一定带她去。"

当天下午，科尔丹盛敛了额勒瓦奇尔，并派库玛给菊花送去衣物银两。库玛回来说，菊花相信了那个男人的话，精神好多了，甚至还对库玛说了一声"谢谢"。科尔丹叹了口气，什么也没说。

如梦的一天总算过去了。科尔丹又回到西偏殿。他感到心力交瘁，准备上床睡一觉。他还没躺到床上，却见官布来喊他，报告哥萨克军官卡西诺夫气势汹汹地闯进王府，说有二百名哥萨克兵前来哲里木盟乞食，声言非见科尔丹梅伦不可，博克拿多让科尔丹速到正殿商议。

50

进入图什业图王府正殿的卡西诺夫上尉和十天前在突泉镇"友华号"客厅的卡西诺夫上尉,已经判若两人。那时,他以儒雅端庄的仪表,接待了科尔丹梅伦。那次会谈,客气过后,两个人话不投机,科尔丹成竹在胸,巧辩百出,使他相形见绌,始而如鲠在喉,继而气急败坏,终至于暴跳如雷。今天,他昂昂然而来,面无笑容,旁若无人。看他跷着腿坐在客位上的姿态,近乎一个家资万贯的债主面对一文不名的债户那样盛气凌人;又很像一个势焰赫赫的主子在仰眉承睫的奴仆面前那样傲然自若;更酷似一个霸主的全权使臣在向不堪一击的属国发出最后通牒一样不可一世。这并不奇怪,十天前他是以平等身份甚至怀着对蒙古族王公的敬畏,单枪匹马而来;今天,却是背靠维连斯基伯爵这一后盾,率领整整二百名勇敢的哥萨克骑兵浩浩荡荡而至。难怪卡西诺夫把哥萨克约束在王府大门外后,带领翻译官奥古洛夫少尉,不理睬旗丁的阻拦,昂首阔步直趋正殿了。

卡西诺夫上尉本人对两次来图什业图王府的变化,感到非常得意,因为这证明了他有着多方面的超凡的才干。

他从突泉镇宝山空回后,心情很不愉快。他不但恨死了身体清瘦、脸皮白嫩的科尔丹,而且开始恨起所有黄脸膛、黑脸膛的蒙古人,以为这个民族要比汉族奸狡得多,甚至不驯顺得多。他那时也恨起那个肥胖高傲的维连斯基伯爵和优雅标致的格尔恩格罗斯少将,这些惯于颐指气使的家伙,竟把这么个丢脸的差事交给他卡西诺夫!他们自己为什么不出面?难道哥萨克的给养要哥萨克自己去搞?笑话!可是话说回来,为了此行,少将给他加了一个星,伯爵也没逼他去呀!看来,因受到羞辱而产生的恨,应全部放到那个目光敏锐、语言犀利的年轻梅伦身上。所以,他决定去宽城子,把怨气向那个没有留胡须的胖老头发泄一通,再编造几句科尔丹没有说的骂人话,激起他的自尊心,去向科尔丹施行报复!

这回,卡西诺夫干得非常成功,恰如所料,当他绘声绘色地讲完了虚构的情节,维连斯基大为光火,竟然失态地拍起身旁的茶几,震得杯盘叮当乱响。

"这个乳臭未干的科尔丹!"维连斯基似有切肤之痛和切齿之恨地说道,"不知进退,简直坏透了!两年前,索拉吉辽夫和王府协理博克拿多协商借贷合同时,他就从中作梗。今天,在我们帮助下平服了造反贼众,当上哲里木盟代理盟长,竟忘恩负义,出口不逊,实在令人气愤。——卡西诺夫上尉,我们都是沙皇陛下的忠实奴仆,决不允许国威受损。上尉,你愿意为皇上效忠吗?"

"伯爵大人,我从踏上中国土地的那天起,就下了为皇上捐躯的决心。"

"捐躯?……当然,假如需要。不过,现在倒无须捐躯。我发现你有一定的外交才干。我想请你再充当一次使臣。"

"伯爵大人,恐怕……"

"不必担心,上尉。这次我不会让你一个人去。你手下有多少哥萨克?"

"二百。"

"不少。"

"伯爵的意思是把哥萨克全带去?"

"说得很正确,上尉。科尔丹是个血气方刚、很难驾驭的家伙,必须让他知道,我们并非分不出兵力惩治他。你要对他讲,你的二百名饥饿的哥萨克请他关照,而且还将有两千官兵准备就食哲里木盟。"

"明白了,伯爵大人。只是我们现在……"

"唔,这无须担心。我会告诉格尔恩格罗斯少将,叫他在你起程前,派一连哥萨克接替你们的军务。上尉,前次你在突泉忍辱而归,十天后,你将替自己洗去这一耻辱。"

"谢谢伯爵大人给我这样一个机会。我还想请问一下伯爵大人,如果科尔丹仍不改变态度,我是否可以命令哥萨克采取军事行动?"

"上尉当然有这个权力。不过,不可能出现这样的局面。科尔丹不是个蠢材,当他看见在他的王府外跃跃欲试的哥萨克,他不能不考虑后果。因为他知道哥萨克的威力,更知道他的旗丁是不堪一击的。其实,如果博克拿多协理还在,我们是无须重兵压境的。上尉还有什么问题吗?"

"没有了,伯爵大人。"

"那你就立刻赶回驻地,日夜兼程赶赴图什业图王府。"

"遵命,伯爵大人。卡西诺夫向大人保证,这次一定不辱使命,载誉归来。"

"一定会的,上尉。"

就这样,卡西诺夫上尉率领他的二百名哥萨克威风凛凛地抵达了图什业图王府。当他踏上王府庭院的石板路,恰值官布迎面走来。

卡西诺夫上尉还记得正是这个凸额凹脸尖下巴的王府官员曾把他拒之门外,便怒形于色地说道:"我要马上见代理盟长科尔丹梅伦!"(以下对话,均省略翻译过程。)

官布拱手道:"您是卡西诺夫上尉吧?上次驾到,多有慢待,此次光临,又有失远迎。请阁下海涵是幸。"

卡西诺夫厉声说:"我有二百人来贵盟乞食,带我去见科尔丹!"

"好说,好说。请随我来。"

卡西诺夫和翻译,被恭恭敬敬引进王府正殿。眼下,新王爷业喜海顺尚未视事,在这里发号施令的是刚刚官复原职的博克拿多。但此时辉煌的吊灯下空无一人,博克拿多已到东殿休息去了。

官布指了指客位说:"请稍候。"

卡西诺夫环顾了一下豪华宽敞的大殿,便昂然落座了。奥古洛夫则坐在他的旁边。

官布出去不大一会儿,博克拿多匆匆走了进来。

"幸会,幸会。欢迎之至。卡西诺夫上尉一路风霜,辛苦了!"博克拿多一边不冷不热地说着,一边朝着两个俄国军官点头,走到主位坐下了。

卡西诺夫略一欠身,算作还礼,并冷冷看了博克拿多一眼。但见此人大约六十岁以上,一副粗糙的瘦长脸,一对精明、总是不怀好意的眼睛,髭须修剪得很短很整齐,穿着一身非常整洁的便服,从他走路和落座的姿态,似乎旁若无人,从他侧歪着脑袋和浮在脸上无任何含意的笑容来看,又有点儿猥琐低下。这使卡西诺夫想起在俄国常见的管家。在俄国,管家是高级奴仆。眼前这个老头便非常像这种身份的人。对这样的人,卡西诺夫是不屑与之交谈的,所以,他一句话没说,又掉过脸,去鉴赏大殿内举目皆是的精美的彩绘和雕饰了。

博克拿多见卡西诺夫倨傲的样子,心里实在不痛快,挂在脸上的笑容也立即消失了。实在说,博克拿多原本就不喜欢军界的人物,特别是眼前这样的下等军官,他是从不交往的。在他看来,军人是粗俗的代名词,是野蛮的同义语,只是文人手中的工具和力量而已。他们决不掩盖对金钱和女人的两种嗜好,甚至达到下作的程度,即使一个铜板,也不放过,即使丑如无盐的女人,也会饿狼扑食一样去追逐。文人就不同。比如索拉吉辽夫那样举止风雅的人物,要金钱,须成千上万;要女人,须有天仙般美貌。博克拿多就愿意和这样的人物交朋友。话虽如此,博克拿多却从不招惹那些军人,碰巧要接触时,也常常是很有分寸地拿出点儿谦和的笑容。以今天的事情,博克拿多是可以不出场的,因为卡西诺夫口口声声说要见科尔丹。当官布简单介绍了一下此人上次和科尔丹会面的情形,他觉得还是自己去见见为好。一可打通关节消除误会,二可亮亮相使俄国人知道博克拿多又是王府里举足轻重的要员了。但眼前这个小小的哥萨克军官,对他的俯首含笑却趾高气扬地报以冷漠的一瞥,连声也没吭一吭,使他实在反感甚至着恼了。他拉下脸,本想拂袖离去,但一转念,心里沉吟道:"不可造次,或许他还不知道我的高贵身份吧?"他这样想着,忍住气,欠身道:"阁下,请允许我介绍一下我自己的……"

没等他说完,卡西诺夫便不耐烦地挥了挥手说道:"我不是来听你的自我介绍的,你最好快点把你的主人找来。"

博克拿多惊异地说:"我的主人?……"

"当然是你的主人。你的高贵身份我无须领教。我要见的是代理盟长科尔丹!"

"我们这里没有什么代理盟长。"博克拿多冷若冰霜地说道,"阁下有何公干,尽管跟我说好了。"说着,立起身,走到地毯中间,满脸怒气地逼视着卡西诺夫。

卡西诺夫不甘示弱地从椅子上一跃而起,瞪着蓝眼珠,翘着八字胡,迎接着对方挑战的逼视,大声说道:"和你说没用,明白吗?科尔丹上次叫那个凹脸汉把我拒之门外,今天又用你这个小老头来搪塞我。这样对待维连斯基伯爵的特使,他是要倒霉的!你去告诉他,我的二百哥萨克正在大门外等着他安排食宿呢!"

"卡西诺夫上尉,不要太放肆。我和维连斯基以及索拉吉辽夫先生是好朋友,知道吗?你今天的失礼狂言是很不聪明的!"

还没等奥古洛夫把博克拿多的话翻译过去,就见凹脸汉官布走进大殿,向博克拿多俯首道:"协理大人,科尔丹说一会儿就到。"

"知道了。"

奥古洛夫听到官布称呼眼前的小老头是协理,先是一怔,接着俯在卡西诺夫的耳边说了一句什么。卡西诺夫的怒脸一下换成了吃惊和惶惑的表情。他走了几步,绕到博克拿多的右边,一眼落在那残缺的右耳处,满脸堆笑地说道:"您就是尊敬的博克拿多协理大人吗?万望原谅小人的失礼,刚才……竟未能仔细地看看……"说着伸出手去,想抚摸一下博克拿多的残耳。

博克拿多厌恶地后退一步,躲开了上尉对他右耳遗址的亲近,从鼻子里发出一声轻哼。

卡西诺夫知道刚才的疏忽和言语惹恼了协理大人,想挽回已经造成的僵局,便优雅地倒退两步,脚跟一碰,"啪"地打了个军礼,又深深鞠了一躬,恭敬而响亮地说道:"卡西诺夫上尉参见协理大人!我代表维连斯基伯爵向大人表示崇高的敬意。并敢告请大人,对我哥萨克给养告急给予帮助!"

博克拿多余怒犹盛,冷笑一下说道:"阁下还是等着代理盟长科尔丹吧!"说完,头也不回地向殿外走去。

"大人!"卡西诺夫喊着追了两步,但博克拿多未加理睬,他只好悄然返回,很懊丧地坐回到椅子上。……

博克拿多和官布走出正殿,并未返回自己的休息处,却直趋西殿而去。在西殿门口的廊柱下,遇到了应召前来的科尔丹,便都站下了。

博克拿多盯了科尔丹一眼,开门见山地说道:"科尔丹梅伦,你干了一件蠢事!"

科尔丹蛾眉微蹙,平静地问道:"协理大人指的是卡西诺夫讨债一事吗?"

"岂止讨债!卡西诺夫声言给养告急,就食哲里木盟,这里是隐藏着杀机的!"

科尔丹微微一笑说道:"哥萨克如果带有杀机,就决不会隐藏起来。我知道卡西诺夫上尉的目的,无论是重兵压境也好,就食也好,都是为了赶走我们的牛羊。"

"既然欠下债务,理应偿付。就是白要一些牛羊,也应慷慨送去。岂可为区区五百牛两千羊惹恼了俄国人?你凭年轻气盛,造此事端,就不想这样会给我盟带来不安宁吗?"

"协理大人能考虑盟内宁静,牧业兴旺,这是令人高兴和敬佩的。"

"不要卖弄你的辞令了!"

"那么就单说这所谓的债务吧。协理大人也会知道一些底细。过去索拉吉辽夫曾在我盟赶去上千头牛,至今尚未付清欠款。说到我借的枪弹,当时商定是三年后用牛羊偿付的,我的意思也是和以前的来往一起结算。可是他们不仅提前逼债,又只字不提以前欠我们的款项。协理以为我必须来者不拒、双手恭送,满足俄国人贪得无厌的索取吗?"

"你的意思仍是拒绝还债,是不是?"

"假如是四天前,有人这样问我,我会毫不犹豫地回答:是的,坚决不还!现在,协理大人,这个问题好像应该由您来回答了。"

"你拉屎,我揩腚?笑话!"

"协理大人,您说了一句多么粗俗的话呀!不过,协理大人要我出面交涉,我还会当仁不让,但我肯定让卡西诺夫空手而回。"

"好嘛!就凭你能言善辩,去打破僵局,避免开衅,解决这当务之急吧!"

"当务之急应该是使我们的经济不受破坏。说到所谓僵局,协理大人不必担心,还达不到互相开衅的程度。协理大人,我去年到盛京,了解一些俄国人的底细。他们的战线拉得很长,在二千多公里的铁路线上,哥萨克的人数已显得不敷支用,还时时有义和团骚扰,据说,前不久,宽城子南边二龙山的一支义和团队伍,就炸毁了他们的一列军火车,卡西诺夫上尉恰好在那一带驻防。而且,俄国人又要防备东边的日本。所以眼下是无暇西顾的。"

"纯粹是痴人说梦!那么你对今天的事情怎么解释?"

"您是指这二百名哥萨克吗?这还不好办?我们有五百旗丁嘛!只要让他们看出我们不愿俯首帖耳,不出半月,卡西诺夫就会被维连斯基召回到东清路的。"

博克拿多闻言吃了一惊,怒道:"你还觉得不过瘾,要把事端扩大吗?告诉你,科尔丹,我的旗丁不准你动用一名!事情是你惹下的,解铃还须系铃人,你必须把他们高高兴兴地打发走。"

科尔丹冷笑道:"这个我做不到。"

博克拿多气得发抖,脑袋歪得更厉害了:"科尔丹,我是由不得你胡来的。你要尽快筹集好牛羊,送他们离开王府!"

科尔丹皱眉问道:"我来筹集?你的意思是让我个人还债?"

"当然。难道还让我替你还债不成?令尊不是有很多积蓄吗?"

科尔丹也同样被对方气得要死,他本想再用几句足以使博克拿多暴跳起来的话回敬过去,但又竭力捺下冲动的感情,像忍受巨大灾难那样垂下沉重的头。在这一瞬间,他想了很多,想到叔父的死,想到格力图尔,想到乌日娜金,也想到王绍祖。这些人的形象为什么突然跳到眼前,他自己也不清楚。但突然间,科尔丹态度一下子变了,在博克拿多看来,似乎是无可奈何和承认失败。

科尔丹的确说出了迎合博克拿多的话:"好吧,协理大人。算我自作自受。我同意按您说的做。但我已无颜和卡西诺夫接触。请协理大人让卡西诺夫上尉把他的哥萨克带到十里外扎营。我立即派库玛去筹措资金,购买牛羊,半月后保证如数送去。"说完,似乎浑身无力地返回西殿。

博克拿多和官布相视一笑,回身离开西殿,一边走,一边商定,由官布出面设宴为卡西诺夫接风洗尘,并请他把哥萨克带到十里外扎营,静候科尔丹把牛羊送达。卡西诺夫满口应允,并再三请官布向协理大人转致歉意。卡西诺夫为此行之顺利高兴得得意忘形,但他觉得住在旷野实在乏味,便在扎营的第三天,留下会蒙古话的奥古洛夫等待消息,他自己则跑到突泉镇"友华号"寻找快乐去了。

科尔丹离开博克拿多后,脸上现出一副被击败的可怜相,缓步返回西殿里的住处。他一跨进这隐秘房间的门槛,脸上立刻洋溢起兴奋的表情,使正在为他准备酒食的库玛感到很奇怪。库玛更没想到,从来对吃食不甚在意的科尔丹,竟几步跨到他的跟前,品鉴起桌子上的酒肴,并说道:"弄得好一点儿,我们痛痛快快喝一场,然后你我要干一件重大的事情。"

"今天是什么事情使少爷如此高兴呢?"

"我当然非常高兴。"科尔丹说着,神采飞扬地踱起步来,"你感到奇怪吗?库玛。连我自己也奇怪。这是我偶然产生的决心,……谁知道,这个决心也许早就隐伏在什么地方,是在今天这个悲哀的日子,不,是在那悲愤的一瞬间,突然跳进脑海的。库玛,你好好弄点酒肉,要丰盛点儿,我今天是如此渴望痛饮。现在,让我来仔细想一想,想一想……是啊,要推敲行动的每

345

一个细节,不仅要预料到成功,更要预料到危险和失败。……必须做到万无一失,还要避免给哲里木盟带来祸患……"他一边自言自语地说着,一边踱到茶几旁,慢慢坐下去,托腮沉思起来。半个小时过去了,他似乎觉得计划无懈可击,便趋至案边,提笔写了一封信,这才如释重负地吁出一口气。

　　喝完酒后,夜已深了。科尔丹把信封好,交给库玛,并详细交代了每一步应如何做,叫他天一亮就起程,日夜兼程去宽城子南边的二龙山寻找王绍祖。

51

两千只羊被驱赶到哥萨克营房。送羊的人声称,他是受一个名叫库玛的年轻人雇用的。奥古洛夫很高兴,当即命令部下在营房附近钉好围栏,把咩咩叫着的羊群圈到里边。并赏给赶牧人一顿丰美的酒食。赶牧人千恩万谢告辞后,奥古洛夫乘马奔到王府,到西偏殿拜见了探望母亲刚刚返回的科尔丹。他对科尔丹恪守信用,这么快就把羊群送到,表示赞佩和感谢。科尔丹也表现得很友好,设便宴招待了奥古洛夫。席间,官布曾来过一次,他说,业喜海顺王爷承位大典已筹备就绪,他获得博克拿多的恩准,去家乡元宝屯迎接眷属,到王府观光几日。承位大典后,即去喀喇沁旗就任。科尔丹对他以一个没有领地的台吉获得如此封赏表示赞叹,并祝贺他走马上任后,喀喇沁旗能出现政通人和、牧业兴旺的局面。官布原是想来奚落和刺痛科尔丹的,没料到这个落拓梅伦竟未存芥蒂,没有丝毫的羞怍与怀恨,反而使他感到有点扫兴。所以,他只问了几句有关牛羊的事,便若有所失地离去了。

官布走后,科尔丹和奥古洛夫谈了很久,谈得很融洽。科尔丹讲了在王府屡遭谗陷和准备引退,也讲了这次偿付牛羊,是他个人筹资购买的。奥古洛夫对科尔丹的境遇深表同情,并说,他从心眼里就不大喜欢那个装腔作势的凹脸汉官布和目中无人的秃耳朵协理。当科尔丹讲述了博克拿多丢掉右耳的经过时,奥古洛夫竟拍手大笑起来。在告别的时候,他诚恳地邀请科尔丹到他的营房做客,科尔丹表示一定回拜。

次日,科尔丹如约到哥萨克营房回拜了奥古洛夫。在奥古洛夫和卡西诺夫合用的小帐篷里,他们谈了整整一个小时。在奥古洛夫看来,他们已成了挚友。

这以后的几天,奥古洛夫时常邀科尔丹去"促膝而谈",科尔丹也欣然前往。但见面次数多了,科尔丹渐渐感到对这种虚与委蛇的场面实在力不从心,有时甚至怜悯起这个诚实得可怕的年轻翻译官了。而且一天比一天更紧张的情绪,使他在哪儿也坐不住。

在库玛走后的第十二天,科尔丹又应邀到哥萨克营房做客。他那心事重重、神情不安的样子,使奥古洛夫很觉奇怪。

"科尔丹梅伦,是不是又遇到了不愉快的事?"奥古洛夫关切地问道。

科尔丹摇了摇头说:"不。我只是想,库玛此行……唔,我是说,库玛买牛为什么迟迟不归?"

"原来为的是这个,……科尔丹梅伦,不必为此忧虑,晚几天算得什么?咱们既已成了朋友,我会替你在上尉面前解释的。"

"谢谢您,奥古洛夫少尉。不过……少尉阁下,您不感到在这四顾茫茫的荒野里生活太乏味吗?"

奥古洛夫不明白科尔丹何以提出这么个问题,便疑惑地挑了挑眉毛,说道:"一开始,我的确感到很枯燥,甚至对卡西诺夫自己去突泉而把我留在这里很不是滋味。但现在我却不这样想了。你我之间的交往驱散了我的烦闷之感,使我最近的生活充满了生动的内容。"

"是啊。"科尔丹叹了口气说道,"在异国人里也是可以寻找朋友的。只是我们结交的不是时候……"

"你说什么?"

"我是说,你我相见恨晚。——您看,我的思绪太乱了。请原谅我的语无伦次。我刚才是想问您,这里还有好几个少尉,您为什么不可以像卡西诺夫那样,委托个代班人,去别处玩几天呢?比如说三五天,然后再回来,是不会误了您的行期的。"

"有你在这儿,我什么地方也不想去。再说,那几个少尉只会胡闹,上尉不在,我再走,说不定他们会做出什么事来。"

科尔丹站起来,说道:"那真太遗憾了。也许……是啊,到时我们是很难分手的。"他说着,打了个冷战,"再见吧,少尉。"

"为什么刚坐下就走?你知道我是多么愿意听你的优美动听的谈吐啊!"

科尔丹垂下眼帘,喉咙干燥地说道:"我身体不舒服,移日再来拜访吧。"说完,转过身,急急向外走去,他担心如果再待十分钟,就会控制不住自己而对奥古洛夫给出明确的忠告了。

奥古洛夫站在帐篷门前,看着科尔丹像逃跑一样飞骑驰去的背影,摇头叹息道:"多么令人喜欢而又可怜的人……"然后返身走进帐篷,独饮独酌去了。

十里地的路程,科尔丹是一口气跑完的。他下了马,匆匆走进王府大门,怀着忐忑不安的心情,直奔西偏殿寝处。刚才他在外面的马厩里看到了库玛的坐骑。此刻的科尔丹,心情十分矛盾,既盼望立刻见到库玛,又担心会听到坏消息。想到卡西诺夫和维连斯基,他希望库玛此行成功,想到奥古洛夫,他似乎又希望一切成为泡影。他恨自己此时心绪如此混乱,恨自己事到关头竟动摇了决心。让他排除脑海里互相碰撞的浊浪,又做不到。然而,正在房内洗脸的库玛已赫然出现在眼前了。

"库玛!"科尔丹喊了一声,又犹豫地站到门口了。

"少爷!"库玛兴奋地回过身,说道,"一切都按着您的意愿实现了。"

科尔丹浑身一抖,顺手拉上房门,咽了口唾沫,压抑着声音说道:"你是说,王绍祖真的来了?"

"是的,少爷。他们驻扎在东面七十里的一片林子里。行动的时间就在今天午夜。"

"那么说,二百个哥萨克只能再活半天了?"

"如果他们还像往日一样喝完酒睡大觉……"

"还会这样的。"科尔丹有点哀怜地说,"他们多少人?"

"整整三百。"

"乌日娜金也来了吗?"

"不。她还没到达二龙山。但王绍祖说,相信您不会是说谎。所以,他很痛快地答应下山。您看,我们马不停蹄,这五百多里只用了四天时间。"

"他们一定人困马乏了……"

"还好。那片林子附近有一个元宝屯,使他们还能搞到一些给养。"

"很好,库玛。我谢谢你。"科尔丹说着,思忖了一下,"唔,库玛,你进入王府,没有人注意到你吗?"

"他们都知道我是可以随意进出王府的。而且,又知道我是受少爷之命去筹集资金买牛羊去了。"

"可是,你并没赶回五百头牛啊!"

"少爷不是说……"

科尔丹叹口气说道："家母处的积蓄也很有限。我只拿到了两千只羊的款项。看来，我们的事还有漏洞，很不妙啊！如果有人问起这五百头牛……"

库玛低头想了想说道："少爷，如果有人问到牛，就说我赶运途中叫强盗抢去了。"

"明天怎么扯谎都行。我只怕今天就会有人问起。"

"那也好办，就说我们又筹措了资金，马上再买五百头牛。"

"可是这资金呢？仅有的一点儿钱都送给菊花了……"

"这里有钱。"库玛说着，从桌子底下拎出一个钱袋。

科尔丹诧异地问道："这是从哪里弄来的？"

"王绍祖说，这是对您购买牛羊的赔偿费。"

科尔丹低头默然半响，又抬起头感慨万端地说道："真是一个既明大义又举动光明的人！"停了一下，他又接着说道，"就按你编的谎话去说吧。真是令人悲哀，我们向不诚实迈出了一大步。……你先吃点儿东西，然后我们就在屋里静坐，等待着命运的召唤吧！"

科尔丹刚刚喝下一杯茶水，库玛还没把切好的肉干送到嘴里，就听到门外有人喊道："科尔丹梅伦，协理大人请您和库玛到东殿议事。"

科尔丹一抖，跳了起来，他看了看放下肉干的库玛，为自己如此失态摇头苦笑一下，对着门外说道："知道了。马上就到。"

科尔丹又简单叮嘱了库玛几句，便同往东殿。

博克拿多起身迎接科尔丹的到来，那对微眯的双眼里，闪出两道讥刺的光芒，嘴里却是客客气气地说：

"请坐下，科尔丹梅伦。"

科尔丹坐下了。库玛垂手站在旁边。

"听说库玛回来了。我想问一下，牛羊已经备齐了吧？"

科尔丹尽量控制着嘭嘭跳着的心脏，装出遗憾和无奈的表情说道："我也是希望尽快了结此事。其实，牛羊之数已经备齐，几天前就应交割清楚。但事出不巧，五百头牛在赶运途中被强盗夺去了。"

"强盗？这倒是太巧了！不过，科尔丹梅伦一手治理的清平天下，怎么会有强盗？"

"不管是怎样的清平世界，也还是有为非作歹者存在的。这就像一个法纪严明的官府,总会有贪官污吏存在一样。"

"你的比喻常常是恰到好处和切中要害,实在令人叹服!可是,哲里木盟地界内,我近来几乎无处未到过,从未遇到什么胡子、马贼之类。——库玛,你怎么就偏偏如此倒霉呢?"

库玛俯首道:"协理大人福星高照,能逢凶化吉;小人命途多舛,故祸患相随。"

"少跟我耍花舌,说说到底是怎么回事?"

"是,协理大人。小人受科尔丹梅伦之命,筹资购买牛羊。两千羊先买妥,已如数送达。后五百牛也购足,小人便雇了两个赶运人一同踏上归途。不想到了一处山林外面,闯出一伙强盗,把牛全部赶去,我们三人再三央告,才得免一死。"

"这羊和牛分别购买,怎么会间隔这么久呢?"

"协理大人,请容禀。小人失落了牛群,误了科尔丹梅伦的大事,怎敢空手而回?想梅伦手头拮据,小人就是大胆返回王府,也只能耽搁时间。所以,我又四处奔跑,筹集资金,但总是不够。最后,我不得不到老夫人处诉苦,老夫人忍痛卖掉首饰,总算凑足了款项。我知道时间已很紧迫,又怕科尔丹梅伦着急,便就近先回王府告禀,以便请哥萨克展期收债。"

博克拿多用鼻子哼了一下,说道:"说的倒满像真事。不过,我是要查清你是不是骗了科尔丹梅伦的。"

"协理大人,奴才不敢说半句谎话。"

"为什么筹集资金而不直接求助牛羊?"

"这非常简单,协理大人。求助只能是三头五头,是不好集中的。凑足款项去买,便可立即成群。我们总不能三头五头地往回赶运呀!再说,科尔丹梅伦有言在先,资金可在喀喇沁旗亲朋处筹措,但牛羊不可在喀喇沁旗购买。"

"科尔丹梅伦,这样做有什么用意吗?"

"有的。"科尔丹回答道,"家乡的牧业较之别处更显凋敝……"

"哼,你对家乡倒关心得很。"

"岂止家乡?我还告诉库玛,最好要到盟外购买。"

"你的用心真可谓良苦矣!——库玛,筹集的资金何在?"

库玛说道:"在科尔丹梅伦房里。大人如想过目,奴才此刻便去拿来。"

351

"算了吧!"博克拿多挥手道,"你不要在王府逗留时间太长,尽快把牛买好运回。再有几天,那二百哥萨克要把王府吃空了!"

这时门外的随丁进来报告:"协理大人,官布大人有要事求见。"

"叫他进来。"

"是。"

随丁刚出去,满脸汗水的官布就闯了进来。

博克拿多讨厌地看了官布一眼,问道:"什么事,急成这样?"

"协理大人,有一队义和团的人马,今天夜里要来袭击哥萨克兵营!"

在场的三个人都大吃一惊。对博克拿多,这消息简直不可信;对科尔丹和库玛,这消息就有如铁锤击到头顶,一时不知所措。

最先镇定下来的博克拿多并未想到看看科尔丹和库玛的神情,急忙问道:"官布,你是从哪儿获得这个消息的?确切吗?"

官布擦了一把汗说:"大人,先让我坐下呀!我的腿都快断了。"

博克拿多不耐烦地说:"我还得说一遍'请坐'吗?"

"不必,不必。"官布说着,坐到一把椅子上,长出一口气,"是这样,协理大人。这消息的确切性是毋庸置疑的。我获准回到家乡元宝屯接取家小,本当尽速返回。但回到家乡,今天这个备筵,明天那个请酒,便误了归期。可巧在今天凌晨,随丁喊醒我,说几个外乡人要买一百只羊。买吧,羊有的是,我正愁没法带呢。我告诉随丁一个最低价格,便又睡了。可总觉着有事儿,睡不实。后来我就起来了,想想到底有什么事儿弄得我睡不着觉?突然,我想起来了。这外乡人买羊的事儿好蹊跷呀!哪里见过天不亮就买羊的外乡人?我走出去问随丁:'买羊的客人走了吗?'随丁说:'早走了,连价钱也没讲,交了钱就赶羊,还叫我帮助赶出屯子。'我又问:'他们往哪儿走了?'随丁说:'我帮他们赶出屯子不远,就叫我回来了。我看到林子里有火光,这几个外乡人就朝那里去了。'我一听,更不对劲儿了。林子里的火肯定是为了烤羊。要吃羊肉怎么不进屯子里?哪一家也可以招待几个过路的客人啊!再说,这要多少人才能吃完一百只羊?我突然想到,科尔丹梅伦说过格力图尔还活着,会不会是他又要来打王府?这可非同小可。我立即命令这个随丁趁天没大亮,去林子边看个究竟。两个小时后,随丁回来了。他说:'没事儿,老爷,不是格力图尔。我听他们管那个管事的头儿叫王绍祖。好像说今天夜里就送什么哥萨克回家。'我听了大吃一惊,这不是要夜袭哥萨克兵营吗？可随丁却说什么'没事儿'！我当即问他：'你没被他们看见？'他笑着说：'我就是把他们每个人都看个够,他们也不会发现我。那片林子的每棵树木我都认识。'我把这前前后后一想,知道这事情太重要了,要是他们来打哥萨克,会给协理大人带来不少麻烦的。所以,我吃过中午饭就快马加鞭地跑回来了……"

博克拿多耐着性子听完了官布啰里啰嗦的讲述,觉得这事情是可信的。他想起,过去听人讲起过王绍祖这个名字,但由于此人远在数百里外同哥萨克周旋,和他重返王府了不相涉,故从未放在心上。现在看来,事情就不这么简单了。既然哥萨克可以到王府"乞食",王绍祖为什么不可以跟踪而来呢？不过,他又感到很奇怪。王绍祖是怎么知道卡西诺夫行踪的呢？有无可能是这里有人通风报信呢？"对了。"博克拿多突然一转念,"科尔丹为什么那样痛快地改变态度,决定偿付牛羊呢？他为什么频繁地去哥萨克营房？为什么库玛一返回王府,元宝屯就出现了王绍祖呢？难道这些问题毫无联系？"他这样想着,审视地看了看库玛和科尔丹,这两个人似乎都沉浸在绝望的痛苦中,而且有点儿惶惶然的样子,他无声地冷笑一下,对官布说道："官布,立刻命令全体旗丁分布王府四周,严阵以待；命令官门卫兵,对进入王府的人要严加盘查,王府内上下人等,一律不准走出宫门一步。你办完这两件事后,要尽快去哥萨克兵营,告诉他们面临的危险,并尽量促使他们提前去攻打王绍祖的队伍。快去吧！"

官布跑出去后,博克拿多对科尔丹说："请回去休息养神吧。至于那五百头牛,你一定是想叫库玛立即离开王府去购买吧？我看不必着急,过了今天,一切都会迎刃而解的。好,请回,恕不远送。"

科尔丹和库玛互相看了一眼,便怀着濒临死亡的悲哀,像做梦一样走出东殿……

52

少尉翻译官奥古洛夫,用了近两个小时的时间,把二十个哥萨克安排在离兵营四里地的哨位上,命令他们每两人一组,沿着以兵营为中心的圆周交叉巡逻,一有情况,立刻驰报。然后,他自己则回到他的小帐篷。

帐篷里,官布正坐在桌旁的椅子上闭目养神。桌子上有一只水杯和一盏马灯,幽暗的灯光照着官布的半边脸,另外半边脸藏在黑影里。他听到门响,微启有点儿浮肿的眼皮看了一下,慢慢把搭在桌角的右肘垂下来,忿然而略显冷淡地扯动了一下嘴角,像无可奈何的苦笑,又像横遭误解的怨恨。但这些都无法掩饰他内心的恐惧,因为他心里清楚,哥萨克是什么事都可以干得出来的。

这种表情上的细微变化,奥古洛夫看得很清楚。但他却不动声色地走到桌前,摘下手套,坐在桌子左边的椅子上,斜睨了官布一眼,然后对进来的传令兵吩咐道:"命令全体哥萨克擦拭武器,准备弹药。"

官布听不懂奥古洛夫说的话,但由急匆匆跑出去的传令兵,猜想到哥萨克要采取行动,心里方才踏实起来。他向椅背上靠了靠,跷起一只腿,还把那刚刚垂下来的肘子重又搭在桌角上。

"那么说,少尉阁下,您现在已经把我当作朋友,而不是俘虏或人质了吧?"他说完,觉得全身轻松了不少,竟打了一个长长的哈欠,那鸦片灯的美丽的蓝光又在诱惑他了。

奥古洛夫看着眼前这个灰黄脸的王府官员,心里升起一阵强烈的厌恶。他不明白,精明睿智的科尔丹和老奸巨猾的博克拿多,怎么会任用这么一个大烟鬼,这么一个可恶的一阵微风就会被吹倒的孱头?而且竟未能发现他的通匪嫌疑!这个人装佯却装得极成功,做戏做得简直不亚于皇家剧院的出色演员。厌恶和佩服是截然不同的感情,但发生在一个人身上时,会使你弄不清到底是厌恶的感情更重些,还是正好相反。眼前这个人,便使奥古洛夫既厌恶又佩服。他心里想:"多可恶的面孔,多精彩的表演!"但他却以令人捉摸不透的样子,微显惊讶地笑了一下,说道:"官布大人这话从何说起,我是一直把您当作朋友的。难道是我的部下对您有什么无礼的举动吗?"

官布欠了欠身说道:"您和您的部下对我太赏脸了,真使我受宠若惊了呢!"

"那您是误会了。记得我出去时说过,请您稍候片刻,一会儿我将设筵款待,对您带来重要情报,表示我的谢忱。唔,对了,可能是我一激动,说了俄国话。至于我的部下,您当然指的是门口的两个哥萨克,并非是监视您,而是为了阻止不懂您话的哥萨克来找麻烦。我在您所忠告的情况下,去作必要的部署,不得不这样做。对此,您是能理解的。"

"实在感谢您的关照。看来,我是该舞蹈扬尘拜谢您的大恩了。不过,阁下,我替您惋惜,如果您不是浪费时间去部署岗哨,而是领兵直趋六十里外的桦树林,也许您已经大功告成了!"

奥古洛夫先是怔怔地听着对面这个凹脸汉随着唾沫星子飞溅出来的话,渐渐放松了脸部的肌肉,最后竟哈哈大笑起来,并在心里想道:"真是个机智的坏蛋,可惜已经被我看透了。两个小时的回忆和思考,我已经得出正确的结论。"

官布皱着眉头盯着奥古洛夫,提高声音说道:"您还笑!您是觉得由于误会而迎来死神可笑吗?"

奥古洛夫文雅地摇头道:"的确是误会。可这是您,而不是我。"他想了想,接着说下去,"您一定会问我,既然没有误会,又为什么不去摘取胜利的勋章呢?听我告诉您,官布大人。您大概和我一样不懂军事。您想,如果我带兵去打王绍祖,那是什么情况呢?我在明处,他在暗处,我们的枪弹只能打在树干上,而他们的子弹击中的目标却是哥萨克的胸膛。反过来,王绍祖来打我,我有二百支步枪加二百把大刀等着他,仅隔十里远的贵王府的五百旗丁岂能袖手旁观?这样,等着王绍祖的也是死路一条。"

"照您说,王绍祖不能来打您?"

"是的。他盼望以守为攻。这就叫诱鱼上钩!"

官布沉吟了半晌说道:"阁下说的倒有些道理,但有备无患,不可不防。"

奥古洛夫暗自笑了一下说道:"其实完全可以置之不理。但为了不拂官布大人盛情,我还是派出了十名哨兵。其他人照样睡大觉。"

"那么说,您并没有怀疑我?"

"哪里会呢。不过,有一点我确实奇怪。从来没有一个贵民族的人向我们告过密。而您竟对我们如此关心。"

"奇怪吗?——您听着,阁下。我来帮助您,并非认为你们是仁义之师;我告王绍祖的密,也不是仇恨他们的事业。实在说,我的行为和思想,不受你们任何一方的支配。我来告密,一不是因为爱你们,二不是因为恨王绍祖。你们谁胜谁负,与我毫不相干。但假如有一方要给我带来损失和不幸,我就会命令自己,利用还没有危害我的一方,去打击、消灭它!"

"可王绍祖并没危害您呀!"

"眼前没有。但最终我将受到危害。元宝屯有一半住户和十之八九的牲畜属我所有。当你们的上司得悉有一支义和团的队伍,从元宝屯出发袭击了你们的兵营,不能不进行报复,首当其冲的必然是元宝屯。正因为如此,阁下,您就占了大便宜。"

"噢,圣主,我真得感谢在贵国还有既不受我们支配又不受王绍祖支配的人物。是啊,官布大人,您有一个高尚的信念,您被加爵晋级是当之无愧的。"

"谢谢。但您的动听的话并不能充当酒肉,而我从中午直到现在还未进餐。如果阁下不想赏脸给我一顿晚餐,我就告辞了。"

"哪里,这可是我怠慢了!您马上就可以像我的朋友一样,享受一顿丰盛的晚餐。而且,假如您不嫌弃,就请在此下榻,明天恭送您回王府。"

"阁下的热情已超过我的愿望了。不敢再打扰。"

"那么就请先用餐。"

官布被两个哥萨克带去进餐后,奥古洛夫看了看怀表,是夜里九点整。他喊来传令兵,叫他去请各少尉火速前来,商议重要军务。不大一会儿,五名少尉衔的哥萨克军官接踵而至。不用主人礼让,都傲然就坐,好像是应邀前来打纸牌。

待军官们都已坐好,互相你看看我,我瞧瞧你,最后都把疑惑不解的目光盯在奥古洛夫脸上的时候,他才直了直胸脯,慢慢说道:"诸位军官,我有充分的根据预料,王绍祖这伙流寇要在今夜对我们进行袭击。卡西诺夫又恰巧不在。所以,不得不把诸位请来,由我向诸位报告我们即将面临的严重局面。"

召集人的话给被召集人带来一阵惊讶,这些军官们听惯了冲锋和撤退的号令,却从未听过"预料"之类。接下来,是一阵窃窃私语、耸肩挤眉和摇头讪笑,好像他们听到的是一篇神话故事的开头,而不是临战前的部署。

翻译官静静地等着这一阵轻微的小混乱过去后,清了清喉咙,不动声色地接着说:"的确很突然。……"

"等一下,奥古洛夫少尉。"一个大胡子少尉眯起一只眼睛说,"请问阁下,王绍祖是什么时候把他的行踪和进攻我们的计划报告您的呢?"

他的话引起一阵笑声,接着就七嘴八舌地说起来。奥古洛夫在乱哄哄的一片里,听出一些半奚落半质问的话:

"您的预料是上帝的启示吧?"

"是渴望立功受赏的虚荣心幻觉出来的吧?"

"别让您的'预料'使哥萨克失去一个安睡的夜晚!"

"要哥萨克靠'预料'行动,那可尽是倒霉的日子了!"

他们每个人都不止说一句,互相帮腔,互相补充,就像话剧里"群众哗然"的场面,各自随心所欲地说了一阵临时自编的台词。

奥吉洛夫耐心地等待少尉们渐渐安静下来,轻轻理了理本来十分平滑的头发,竟好像根本没发生这乱哄哄的场面,而又在讲一个新的故事了。他说:"在一个偶然的机会里,我识破了一个阴谋。有一个人向我密告了王绍祖的队伍隐藏在一片树林里,劝我去袭击他们。此人是即将离王府出任新职的官布。把此人这十几天的行为联系起来,很容易得出他是奸细的结论。诸位,还是我们刚到的那一天,正是官布设筵招待了我和卡西诺夫,说尽了好话,这显然是为了稳住我们;叫我们到王府东边十里的地方扎营的,又是此人,这无疑为我们安排了一个挨打的位置;接着,他假称去接取家小,去了那么些天,家小没接来,却带来了王绍祖的消息,并陈述了那么多理由劝我带全部人马去袭击六十里外桦树林里的王绍祖,这不明明是让我们走进王绍祖的包围圈吗?所以我认为,王绍祖确实在官布所说的桦树林里,而官布,至少是接受了王绍祖的贿赂,充当了临时奸细。"

那个大胡子少尉咬着唇边的红胡子沉思着说:"嗯……这倒有几分是真的了。可是,假如我们不走入圈套,他们会不会来袭击我们呢?"

"肯定会的。所以,我尽量让这个奸细相信,我们哥萨克还要高枕无忧地度过今天的夜晚。"

"那个奸细在哪儿?"有人大声问道。

奥古洛夫把手指放在唇上嘘了一下,说道:"请小声点儿"。他又扫了一眼怀表上的指针,继续说下去,"我们相信他的程度与我们成功的可能成正比。现在到了要送走他的时间了。请诸位在这里别作声,我到外面去和他告别。"说完便钻出帐篷。

不大一会儿,他便陪着酒足饭饱的官布走出来了。

"您真吃好了吗?"

"蒙阁下盛情,酒足饭饱,不胜感激之至。"

"要不要我请您到帐篷里喝一杯茶?"

"我只好说:有拂厚意,不敢叨扰——我还有一段路要走呢。"

"天这样晚了,您还是过一夜再走吧。"

"不。我还是回去的好。当然,如果阁下允许。"

奥古洛夫笑着说:"唔,是啦。要不是您用餐前说了那么些疑心话,我是肯定要挽留您的。"

"那么阁下肯定不去袭击王绍祖?"

"那是愚蠢的做法。"

"至少也该枕戈待旦吧?"

"无须如此紧张。王绍祖不会来。"

官布心里想:"倒霉的哥萨克,都会被你们这位刚愎自用的少尉送进阴曹地府的!"嘴上却说道:"阁下也许分析得对。是呀,二百哥萨克,五百旗丁,王绍祖是不能不考虑后果的。——好,再见!"

"您的马牵来了。如果您认为今晚回去更好,就请上马吧。"

官布接过缰绳,骑上马背。

"唔,等一等。我差点儿做出有失礼貌的事情。我应该亲自送您回王府。"

"岂敢!——而且我改变了主意,今晚不回王府了。我想乘着酒兴和您给我的友谊,作一次夜游,到元宝屯去接取家小。"同时,他在心里说道:"等着吧,哥萨克们,你们愿意死,我可不能等着由于你们的死而给我带来的灾难。我要把元宝屯全搬到喀喇沁!还有——博克拿多,我出来这么久没回去,你连个人也没派来看我,好放心啊!看样子,我在你眼里是可有可无的。

你还想等我回去报告吗？哼！等着在枪声里失魂丧胆吧！"想到这里，他一横心，挥起皮鞭，向东奔驰而去了……

奥古洛夫待官布走远，轻轻骂了一句："十足的戏子！"转身走回帐篷，心里在为自己的推测获得了进一步证实而高兴。

有时，敌对双方的交锋，并不是战略或战术上的需要，甚至不靠临战前的周密计划，却往往受第三种力量的支配。这所谓第三种力量对交战的双方都是可怕的，有时是致命的。比如，没有像官布这样一个恶棍插足于王绍祖和奥古洛夫之间，也就是说，假如不是官布的可鄙动机和随之而来的可鄙行动，那么这场战斗将会怎样呢？奥古洛夫少尉即使有超人的智慧，也不会预料到二龙山的王绍祖会跑到五百里外来袭击他的兵营。因此，王绍祖出乎预料的行动，便可大获全胜。可是现在，情况完全变了。奥古洛夫获悉了对方的计划，有了充分的戒备，加上武器的优势，王绍祖成功的把握失去了，胜利的可能趋近于零了。王绍祖不是个粗心的人，但他万万没想到，树林附近的荒僻的小村落会有人和六十里外的哥萨克临时兵营有联系。而一个意外的发现，却又使他稳操胜券。

不管怎么说吧，奥古洛夫和王绍祖在当天深夜都紧张地行动起来。可以预料，十二点钟以后的一场恶战是悄悄临近了。后半夜，会有一钩弯月升起，给大地带来神秘莫测的一片朦胧。在这片朦胧中，会有很多不幸者成为新的鬼魂，去增加黎明前的黑暗的恐怖。

不过，我们还是少说点儿废话，赶快去看看久违的王绍祖吧。

53

王绍祖比一年前瘦了,也比一年前黑了,眼睛比一年前大了,也比一年前深了。因而,显得更精明、更剽悍也更深沉了。但这一切都不足以说明他的变化。他的变化在他那高高的充满智慧的额头上。那里原来绷得很紧,而现在,闪光发亮的皮肤松弛了,刻上了几道皱纹。从简单的时间概念来看,这过去的一年,对每个人都一样长,但就人的感情的进程来说,速度就各不相同了。王绍祖的活跃的、有时异常奔放的感情,在这一年里几乎走完了十年的历程。但我们现在没有时间去讲述他这一年所经历的种种苦难。他正准备进行一次重要的战斗。

不管怎么说,一年后出现在我们面前的王绍祖,精神是很振奋的。他早就恨透了卡西诺夫这支哥萨克队伍,再过几小时,这些哥萨克就会在他手中消失。他也感到喜悦,因为他终于获悉乌日娜金还活着,而且正走在去二龙山的途中。振奋和喜悦,使他对即将开始的奇袭充满了必胜的信心。

王绍祖命令五十人留在树林里守卫宿营地,同时烤好所有羊只,以便得胜后在这里举行一次别有风味的会餐。其他二百五十人,他带出林外,整队出发。这时正好午夜刚过。王绍祖相信在路上不会误事,他对这里的地形很熟悉,为了把握起见,他还派出四个弟兄去侦察,现在其中的两人仍在哥萨克兵营附近继续观察动静,另两个人则正走在他的旁边担任向导。他估计,凌晨三点钟,正当哥萨克沉入酣梦时,枪声就会响起来。但是,他们刚刚以中速跑完五六里地的时候,前面出现两匹狂奔而来的马。借着幽暗灰黄的月光,王绍祖认出那是留在哥萨克兵营附近的两个弟兄。王绍祖命令队伍停止前进,自己迎上去。

来人也认出了自己的首领,勒住缰绳,翻身下马,气喘吁吁地说道:"坏了,大哥,我们的行动计划暴露了!"

"什么？哥萨克有准备了吗？"

"不止如此。他们几乎是在我们行动前就行动起来。他们的骑兵，如果不是全部，至少十之八九，隐藏在那条小溪的西岸。"

"怎么会是这样！到底是什么力量和我们作对！"王绍祖在马鞍上气愤地大声喊道，在寂静的深夜里，那声音就像伏天的滚雷。

人们看着盛怒的首领，谁也不敢吱声，只是互相传递着惊恐、失望和可怜首领的神情。他们知道，王绍祖不可能去冒险进攻有准备的哥萨克。计划周密的夜袭看来必须彻底放弃了。

令人奇怪的是，王绍祖没有让自己的怒火燃烧下去，却渐渐平静下来，慢慢爬下马鞍，紧蹙双眉，一边在马前踱着步，一边用嘴唇轻轻地表达自己的思索："哥萨克知道了我们袭击的行动……说明一定有人通风报信。是自己的弟兄？肯定不会。也许这原本就是科尔丹设下的圈套？不，也不可能。科尔丹虽说是个奸诈之辈，但他绝不至于帮助哥萨克打义和团。那么，显然是树林附近的元宝屯的某一个人……是的，除非如此，要不，简直就是老天爷有意和我作对。但是，元宝屯的人怎么会知道离他们五六十里的地方有一个哥萨克的临时兵营呢？就算知道，又有什么理由痛恨我们而去帮助哥萨克呢？……"

王绍祖这样想了一阵以后，突然向来报信的两个人问道："快告诉我，在你们报告的这些情况的前后，没发现其他什么吗？"

"大哥，我们发现了一点儿可疑的迹象。有一个人，骑马涉过小溪，向南驰去了。但按照您的命令，我们没有打扰这个夜行人。"

"这个人从什么地方来？"

"好像来自哥萨克兵营的方向。这是根据此人涉河的地方判断，因为他是否从兵营里出来，是无法看到的。"

"是元宝屯的人？"

"这……要不要去捉回他？"

"不，我没有问你们。"是的，王绍祖是在问自己。他迅速地把零乱的线索理了一下，似乎一切都清楚了：元宝屯有一个恶棍，知道他们深夜买羊或看到了树林里的火光，甚至偷听了他的部下的谈话，然后，或者为了奖赏，或者为了暂时无法弄清的原因，驰马到哥萨克兵营告了密，最后此人又兴奋地返回元宝屯了。的确，时间、方向都说明不会有另外的可能。

361

想到这里,王绍祖充满愤恨地嘟囔道:"这个比九头孽龙更可恶、比该死的哥萨克更可恨的败类,假如你在我的面前,我会亲手挖出你的心!你真叫我进退两难了。"

一个叫吴景瑞的人走到王绍祖身边说道:"绍祖,你是不是拿不定主意了?"

"是啊。"王绍祖说道,叹了口气,"吴大哥,你说怎么办呢?"

"事已至此,犹豫只能误了战机。"

"你是说,我们去硬拼?"

"还有什么别的良策呢?哥萨克既然已知道要被袭击,是不会再粗心大意的。我们总不能往返徒劳,就这样返回二龙山呀!如果在这种情况下,你再犹豫不决,踌躇不前,天一亮就更不好办了。"

"什么,什么?"王绍祖飞快地问道,"天一亮就不好办了?——等一等。"他挥手止住了要说话的吴景瑞,眼睛里闪出了兴奋的亮光。他沉吟了一会儿,渐渐地,整个脸都舒展开来,全身绷得紧紧的肌肉也舒舒坦坦地放松了。突然,他一掌击在吴景瑞的肩头,在人们大惑不解的注视下,开怀大笑起来。弄得部下目瞪口呆……

笑声还没有结束,他就像跳舞一样回转身,对怔怔看着他的部下大声说道:"勇士们!老天爷不愿让你们在深夜太劳苦,却很高兴看到你们痛饮狂欢!老天爷不想在这么美妙的夜晚听到刺耳的枪声,却很想听听你们的欢声笑语!弟兄们,拨转马头,返回宿营地,用我们的快乐把森林点缀得更加美好吧!"

他的话,除了引起同伴们更大的惊诧外,便是换来了更深沉的寂然。王绍祖故意皱了一下眉头,问道:"怎么,你们没听清我的话吗?还是以为我疯了?弟兄们,相信你们的好运气吧!"接着,他又转向他的副手吴景瑞,"吴大哥!今天的夜宴就由你来主持。要把宴会搞得有声有色,气氛浓浓的。把篝火燃起来,烧得旺旺的,让它火花四射!喝醉后,都放心地睡大觉,一直睡到太阳走到你们的头顶,再掀开你们的眼皮!"

吴景瑞依然感到懵懂地问道:"那么,你呢?"

"我要乘着这么美好的夜色,独自做一次夜游神,同时要去寻找那个给我们带来喜讯的灾星。在你们醒来前,我一定会赶回来。"

"你的话我倒是听清了。只是不明白……"

"你应该明白的呀,吴大哥。连你也认为我们在白天是不敢去惹哥萨克的。那么,你说,哥萨克不睡觉,不正该我们睡吗?等他们要睡觉时,我们不恰好应该醒来吗?"

吴景瑞咀嚼了一阵王绍祖哑谜一样的话,突然抓下头上的帽子,朝王绍祖肩上打了一下,忍不住大笑起来,接着,人们不断地加入到这大笑的队伍。过了一会儿,吴景瑞跳上马背,对眼前的二百多人喊道:"走哇,伙计们!今晚把你们的酒量都放开吧!把你们在路上欠给睡魔的债都偿还清楚吧!"说完,驱马向前,把队伍又带回到密林里去了。

夜,又复归于宁静……

54

遵照奥古洛夫的命令,整个哥萨克兵营只留下一个班。只要开战的枪声一响,他们便可飞上坐骑,从三角形的三个顶点,向直插进三角形中心的王绍祖的马队展开凌厉的攻势。不消一个时辰,即可高奏凯歌。为了防备万一,奥古洛夫又亲自选定特别机警的哥萨克,在距离兵营四里地的地方,沿着一个圆周不停巡哨,以便及时发现任何方向出现的敌人。所有的哥萨克都和奥古洛夫一样,认为后半夜的战斗在一步步逼近,并自信已手操胜券。他们在紧张和兴奋,盼望和急切地等待着冲锋的号令,坐在草丛里或矮树下,和邻近的伙伴轻声谈笑,不时地抚摸伏在身旁更加性急的战马。奥古洛夫骑着马,从一个部位到另一个部位查看,一切都令他满意。那几个少尉似乎今夜才发现文雅的翻译官的军事才华,恭恭敬敬地向他报告一切细小的事物,一再保证,不会有人睡觉。奥古洛夫放心了。三点钟,奥古洛夫带着传令兵作最后一次巡视,胸有成竹地低声下着临战的命令,要求所有人都要保持安静。他不容怀疑地告诉少尉们,前几个小时不是白折腾,那是以防不测,因为战斗会有很多意料不到的变化。而此刻,正是所有进入梦乡的人睡得最沉的时候,王绍祖选定这样的时间袭击,可能性最大,也最合乎逻辑和情理。不用说,那些少尉们是绝对相信的,一切都按照临时指挥官的指令,分毫不差地执行了。奥古洛夫怀着胜利前的激动心情,在夜幕下抿着坚毅的嘴唇,返回营房。进入帐篷后,走到床边,拿过那本随身携带的袖珍本圣经,闭着眼睛随手掀开。他就着灯光看了一下那页的内容,正好是耶稣使一个棺材里的尸体起死回生的记载。他感到一阵轻松和快乐,心想,自己不也是在创造着同样的奇迹吗?他轻轻合上圣经,努力使自己平静下来。心房的跳动却越来越激烈。他像在急切盼望应约而姗姗迟来的情侣一样,下意识地闭起眼,和自己打起赌,暗暗地数着一、二、三、……相信数到"十"的时候,那报喜的枪声定能砰砰响起来。是啊,那枪声一定比贝多芬的交响乐更美、更激越。可是,他已是第五次又从"一"开始数开去,有意识地放慢速度,特别在"九"和"十"之间,拉长了间隔。而那帐篷外的寂静的夜,依然在寂静中。他心慌意乱地跳起,几步跨出门去,看了看毫无生气又毫无变化的夜空,不明白是什么原因阻碍了王绍祖的行程。一会儿,他又返回帐篷,啪地打开圣经,看了一眼,随即气愤地合上,抛到床头,因为他看到的是耶稣蒙难,被钉上十字架。从这一刻开始,他坐立不安了,在帐篷里走来走去,有时劝说自己再耐心一点儿,有时又怀疑官布这个人是否真的来过。他也想到,在早晨的秋凉中,伏在草丛中的哥萨克们,一定在骂着他的"瞎猜测"、"幻觉"和"异想天开"。然而,时间无情地飞驰而过。时间,是世上最可恼的捣蛋鬼,你盼它快些,它偏偏不紧不慢地姗姗而行;你愿它慢点儿,它却乘上快马,一溜烟儿跑走了。眼下,这时间就在奥古洛夫身边乘风飞走了。东方露出微明,半边天亮起来,朝霞喷薄四射;太阳跳出地平线,再一眨眼,那戏谑人的太阳升到半空了!奥古洛夫疲惫极了,瘫痪般斜倒在行军床上。他听到了鸟叫,听到了细切的风声,终于,哥萨克的杂乱无章的但又震耳欲聋的马蹄声,一下子袭进他的耳鼓。马蹄声,马蹄声……他再也听不到别的了。他不再相信自己,不再相信上帝。他的精神整个崩溃了!他迷糊糊地,不知自己是在人间还是在另外一个世界。他只觉得好像有一大批戴着少尉肩章的人破门而入,指手画脚地向他脸上吐着唾沫,却听不清都在喊些什么话。这场面没有持续多久,帐篷里又寂静了,奥古洛夫以为,世间恐怕从此不会再有声音了。他悲哀地想道,也许桦树林里根本不存在什么王绍祖,而官布的行为只是个恶作剧。但是这可能吗?而且,危险是否真过去了?他勉强站起来,走出帐篷,听到附近帐篷里传来枪支抛地的声音和争夺酒瓶的喧哗。但他知道,他此时出现在那些怨气冲天的哥萨克面前是毫无意义的,只能遭到唾骂。他绝望地跑进自己的帐篷,见传令兵也已躺躺睡去,自己也躺下去了……心里说道:"王绍祖,你来把这些该死的哥萨克送进地狱吧!"他眼睛一闭,索性不听也不想。过了不久,他经不住睡意的攻击,竟感到自己摆脱了世间的烦扰,进入了一个不用发火不用焦急的境界了。……后来,奥古洛夫觉得有人触了他一下,他睁开眼睛,天哪!一双凶神般的眼睛,正朝他怒视。他赶紧闭上眼,心里说道:"快醒来吧,多可怕的梦!"

"松开他。——起来吧,奥古洛夫少尉!"

365

奥古洛夫此时方始明白,这根本不是梦,便睁开眼睛,从床上下来,站在刚才说话的人的对面,下意识地摸了摸皮带上的空枪套。

"想要枪吗?"

"不。你们已经缴了我的械,我是俘虏了。……你是……噢!想起来了,你是王绍祖!"

"记性不坏,少尉阁下。"王绍祖笑了一下说道,"我们好久没见面了,对吗?"

"至少有一年了吧,我想。"

"好像没那么久。但这不主要。现在,我可以劳您大驾,到外面去一下吗?"

奥古洛夫耸了一下肩膀,忧伤地环顾了一眼帐篷里的东西,低下头,走到外面。首先映入眼帘的是兵营里各帐篷的门都大开着,斜挎长枪、衣帽不整的中国人,正在往外扛着枪支弹药。马厩里的战马全被牵了出来。

"我的哥萨克……"

"阁下,您的哥萨克已全部进入长久的梦乡了。"

"全部吗?"

"阁下是唯一醒着的一个。"

"可是我连枪声都没听到……"

"何用一枪一弹,大刀就尽够用了。"

奥古洛夫流下眼泪,在胸前划了一次十字,祝祷他的同胞在异乡升入天国。然后,他对王绍祖说:"祝贺您,您成功了。"

"谢谢阁下的祝贺。"

"我已经看到了您的全胜。现在该轮到我进入长久的梦乡了。请吧,阁下。"

王绍祖笑道:"也许您的劫运还没有满,上帝不想召回你。您的余生中,至少要披上少将的绶带。"

"请不要拿一个临死的人取笑吧。那是上帝不能宽恕的残忍。"

"残忍吗?阁下。您知道什么叫残忍吗?您的同胞都在我们的枪口下毙命,您并没有感到残忍,对您说了一句免您一死的话,您就高喊残忍了。您把自己看得过分高贵了吧?"

"不,您说错了。我和我的哥萨克都是高贵的。他们的死,是为了一个神圣的事业,是高贵的死。如果您也同样在我胸口打一枪,而不是戏谑我的灵魂,我绝不会说您是残忍的。"

"就算是戏谑吧,阁下。我还想请教您,戏谑是残忍,还有没有比戏谑更残忍的行为? 和这戏谑比,您以为把中国人砍杀在黑龙江和海兰泡里反而不是残忍吗? 您的哥萨克糟蹋我们的姐妹反而不是残忍吗? 您把铁路修在中国的土地上,却把这里的主人赶走反而不是残忍吗? 比较一下,少尉,哪个更残忍? 就算您的高贵人格被侮辱了,就算这是残忍,阁下,这和使一个独立民族失去土地、失去生存的凭依、失去做人的机会比较,哪个更残忍? 在您看来,您的高贵人格甚至比我们中国人的独立、自由、生存和贞操还要高贵! 是这样想的吗? 阁下!"

奥古洛夫看着一身正气的王绍祖,又耸了耸他那窄小的肩头,说道:"鬼知道您为什么做这样的比较。我只是说,我的人格不允许别人侮辱。"

"人格! 只有您有人格,只有您要人格! 我们呢? 阁下。我们呢? 我们就不该有人格? 就不该要人格吗? 我们也是人,我们也是高贵的人! 丢开您强盗和屠伯的逻辑吧! 只有那些爱祖国、为国土而战不怕失去生命的人,才配说自己有高贵的人格! 你们,跑到人家院子里逞凶的恶棍、流氓,还敢不知羞耻地谈论人格!"

"痛快淋漓地骂吧,阁下。我知道,您的粗野的谩骂是处死我的前奏。我希望这前奏能短暂些。"

"不是处死您的前奏。是把你们赶出去、把你们完全消灭的前奏! 您不愿听,正因为我揭开了你们的丑恶和卑鄙!"

"王绍祖,我请求您能尽快叫我什么也听不到,什么也看不到。您对我的侮辱够了,应该感到满足了。"

"满足!"王绍祖冷笑了一下说道,"您早晚会知道什么才是我们的'满足'!"

"……"

王绍祖抑制住猛烈爆发的感情,扫了一眼忙碌中的同伴,用力挥了挥手,对奥古洛夫说道:"听着,奥古洛夫少尉。我说了免您一死,这就是给了您活的机会。我不杀您,并非因为您不是我的敌人,只是由于您会说我们的话。我相信,热爱我们美好语言的人,总会接受点儿人性的熏陶。其次——唔,您看,我们西边好像有一支马队跑过来了。"

奥古洛夫看了看说:"也许是王府旗丁来帮助我们了。可惜,晚了……但是,您再迎接一场战斗,是不可避免的了。"

"阁下一定想看看我们同胞之间的互相残杀吧?——唔,请看!我无须紧张,您也无须幸灾乐祸。是障眼的烟尘欺骗了我们,因为那只是两人两骑,而不是什么马队!"

"是啊,又是您对了。我看前边那个人像是科尔丹梅伦,他为什么这样急匆匆赶来?"

飞骑而来的,确实是科尔丹。而且,从昨天夜里开始一直处于软禁中的科尔丹,刚刚获得解脱,怎么能不急匆匆赶来呢?

昨天夜里,官布去了哥萨克兵营后,科尔丹和库玛又都被唤到东殿的客厅里,说是等待官布的消息,一旦情况有变,好共议对策。但科尔丹心里明白,他和库玛与在座的几位军职台吉不同,是被暂时剥夺了行动自由。科尔丹心虽焦急万分,却又无可奈何,面对随丁送上来的夜肴,一口也吃不下。午夜时,已小睡一觉的博克拿多从内室踱出,听说官布仍未返回,便派胡穆达参领去哥萨克兵营附近看一看。一个小时后,胡穆达参领回来了。他向博克拿多报告说,哥萨克兵营内外,一片寂静,既无人声,又无马嘶,只隐隐听到阵阵羊叫。科尔丹和博克拿多同时确信,官布是带着哥萨克去元宝屯了。博克拿多放心了,科尔丹却如坐针毡,燥热得从脑门沁出汗珠,并失态地抓起酒杯,猛喝了一口。

博克拿多从斜睨的眼睛里露出讥讽的笑意,说道:"是该喝几口酒镇定一下,以免听到哥萨克获胜后过于兴奋而伤了心脏!"

科尔丹迷惘地看了博克拿多一眼,一言未发。

博克拿多又皮笑肉不笑地说:"官布这回可立了大功喽!——胡穆达参领。"

"在。大人有何吩咐?"

"还要劳驾你等在哥萨克兵营附近。他们凯旋后,你立刻迎上去,请官布陪同哥萨克军官到王府来,我要为他们摆筵庆贺。"

"遵命,大人。"

胡穆达高高兴兴地出去了。博克拿多则一边呵呵笑着,一边走进内室去追寻梦境了。但他却忘记了应该解除紧急状态,结果客厅里的几个人都东倒西歪地熬到太阳升起。

上午九时许,博克拿多醒来,才记起客厅里的几个人。便走出内室,准备叫他们回到自己房间去休息。这时,胡穆达慌慌张张跑了进来。

"怎么回事?胡穆达!"

"哥萨克全……全都完了!"

"说清楚!"

"是,大人。卑职遵照大人的指令,去迎候官布大人和得胜的哥萨克,原想去兵营里等候。但途中遇到哥萨克哨兵,把我赶了回来。我只好坐在兵营附近的小土堆上。太阳升起后,我从瞌睡中猛地醒来,朝兵营一看,可不是,哥萨克的坐骑全在马厩里。我想,他们一定是大获全胜而回了。我遵照大人的指令,骑马向兵营走去。可是突然间,我看见从东边出现一彪人马,向哥萨克兵营冲过去,那速度之快,小人见所未见。我知道坏事了,拨马就往回跑。跑出一段以后,回头一看,兵营里全是拳匪,哥萨克一个也不见。看那里闪动的亮光,我猜想,他们是用大刀把哥萨克砍死的……"

博克拿多大惊失色,一时说不出话来。他下意识地看了科尔丹一眼。科尔丹正长出一口气,眼睛射出兴奋的光,脸上的懊丧、绝望和悲哀一扫而空,换上了舒心的笑意,并抓过酒杯,喝了很大一口。博克拿多怒气冲冲地走过去,凶狠地瞪着科尔丹。

"科尔丹!你倒毫不掩饰自己兴奋的感情!"

科尔丹站起来,声音朗朗地说道:"协理大人,您又看破了我的什么感情?"

"哼!我全明白了,科尔丹!你很会喝酒呀!当你听说王绍祖将被袭击的时候,你喝了一口酒,那绝望的样子是在为王绍祖的大难临头而担忧,现在,当你听说哥萨克全部被砍,又喝了一口酒,那高兴劲儿,好像是你取得了胜利!我真怀疑是你把王绍祖请下山来的!"

科尔丹欣然一笑,说道:"协理大人,请王绍祖下山的人就算是我,有什么不应该呢?"

"科尔丹!你过分地狂悖了!不用说别人,哥萨克也不会放过你!"

"可是哥萨克并不知是谁把王绍祖请来的呀!"

"他们会知道的。"

"不会的,协理大人。就是您也不会允许有人说这事是我干的。"

"梦话!"

"不,大人。"科尔丹振振有词地说,他此刻感到精神上如释重负,头脑也十分清晰起来,"直到现在,维连斯基伯爵还不知道大人又成了王府主宰,只知道一个叫科尔丹的年轻人在这里行使代理盟长的职权。也就是说,哥萨克被消灭的事件,发生在我的任职期间。大人试想,如果俄国人获悉,哲里木盟代理盟长请王绍祖袭击了他的哥萨克,那么他们紧接着的报复行为会仅仅针对我个人吗?不会的,大人。到那时,玉石俱焚,刚刚出山的协理大人将和王府的宏伟建筑同时从地上消失。所以,协理大人,最聪明的做法,是让俄国人确信,我们这里没有一个人和王绍祖有关系,是他们自己不谨慎,让王绍祖知道了他们的行踪。我说得对吗?协理大人。"

"你!"博克拿多恨恨地说,好像要从牙缝里挤出一颗重型炸弹,把眼前这个口似悬河的年轻人炸得粉碎。但他无论怎样努力在丰富的语言仓库里去搜索,是再也找不出能回击科尔丹的词汇了,只能从抖动的嘴唇里的牙缝间,再一次挤出一个字,"你……"接着,他猛地回转身,怒目瞪着胡穆达,"你还站在这里干什么!快去命令所有旗丁,到王府门外集合,去把王绍祖给我消灭掉!"

"是,大人。"

"且慢!"科尔丹扬手止住了胡穆达,向博克拿多走了一步。

博克拿多怒目回首道:"科尔丹!从即刻起,不准你插足王府内任何事务!"

"这不是插足!就算是局外人,至少你应该听听他的忠告。是的,大人,您在感情失去控制的情况下,不该对一件重大事务匆匆做出决定。您的决定很不聪明。您了解我们的旗丁的战斗力,用他们去攻击王绍祖的队伍,无异于以卵击石,而且,王绍祖刚刚获得了大胜利,旗丁在闻风丧胆的情况下,只能束手就擒。您为什么要为这毫无意义的战斗,去做无谓的牺牲呢?此其一。再说,就算我们的旗丁勇敢善战,真的把王绍祖的队伍全部歼灭,您能得到什么呢?如果您真的消灭了王绍祖,俄国人便会以为是我们杀人灭口,肯定会挑旺对哲里木盟的仇恨之火,您的麻烦就多了。所以,我们不如给俄国人留下一个更重要的敌人,而减弱他们对哲里木盟的怨恨。是的,大人,您愿意把仇恨和复仇吸引到自己身上吗?此其二。协理大人,我说完了。请您考虑定夺。"

博克拿多此刻真有点儿六神无主了,那引为自豪的临机应变、儒雅风仪、赫赫威严和侃侃谈锋，都消失得无影无踪。但博克拿多毕竟是博克拿多，他可不是感情用事的人，也不允许由于一时草率而使自己铤而走险。所以当科尔丹落落大方地慷慨陈词时，他虽然十分反感，却也用心听着，暗暗权衡着利弊，终于不得不承认科尔丹说的有道理。当然，让他当着几个下属在科尔丹面前甘拜下风，他是不干的。而且，这个二十二岁的白脸书生，竟如此精明，如此奸狡，把他这个官场老将斗得惨败，步步走进圈套，这本身就是令人恼恨的事。他一方面坚定了驱逐甚至除去科尔丹的决心，一方面恰到好处地把自己不容忽视的威严重新安排在脸上，挥着右臂，对科尔丹命令道："去把王绍祖尽快打发走！"

"遵命，协理大人。"科尔丹高高兴兴地朝博克拿多鞠了一躬，然后扯了扯库玛的衣袖，两人相视一笑，拔步走出协理的客厅。

就这样，科尔丹和库玛带着一阵尘烟，来到早已结束战斗的哥萨克兵营……

科尔丹在王绍祖跟前跳下马来，把缰绳抛给库玛，刚想说话，却又停住了。这倒不是因为王绍祖冷漠、责备的态度，而是突然发现了奥古洛夫。他在飞驰的马上，一直把眼睛盯着王绍祖，竟没有看清旁边那个人的面孔。

科尔丹惊讶地说道："奥古洛夫少尉！您没有……"

"是的，科尔丹梅伦，我还活着。这是使我很遗憾的事。"

"不。"科尔丹释然地说道，"虽说出乎预料，但很令人庆幸。我一直在为阁下担心。"

奥古洛夫皱着眉头说："一直吗？"

"是的，从我昨天离开您的刹那，直到我又看到了您。"

"也就是说，您昨天就预料到了我们的厄运？"

"是的，少尉。"

"所以您才劝我离开兵营三、五天，是吗？"

"正是如此。"

"那么，官布……"

"他向阁下报告了一个准确的消息。因为库玛并不知道官布的家在元宝屯，否则，不会叫王绍祖隐藏在那里。"

"天哪！这真叫我追悔莫及！我还以为他是王绍祖买通的奸细呢。"

"阁下是不应该追悔的。"王绍祖说道，"您怀疑告密的人，使您失掉了取胜的机会,这恰好拯救了您自己。"

"不。"奥古洛夫自信地说,"我失去了立一次大功的机会。"

"可能的,但那样您将跌进罪恶的深渊。您早晚会为今天的失败感到庆幸的。——不过,科尔丹,您和奥古洛夫好像很友好?"

"我不否认。"科尔丹有点儿惭愧地说道,"这一两天来,他给我造成了一个很好的印象。绍祖,您已经饶他一死了吗?"

"是的。我原来有个打算。但现在,我不得不改变主意。当然,科尔丹可以放心,我不会处死他。"

科尔丹长出了一口气说道:"谢天谢地。——奥古洛夫少尉,全部哥萨克只剩下了您,对此,您有何想法?"

"我意识到,我理所当然地应对这次惨败承担罪责。"

"但是,还有哪一个哥萨克会爬起来,对您的幸存进行有据地攻讦呢?"

"当然没有。但是,只有我一个人活下来这一事实,就注定了我将接受惩罚。再说,一颗忠诚的心,是不会允许自己逃避应受到的惩罚的。"

"阁下就等着受这个惩罚吗?"

"对一个效忠沙皇的军人,死是光荣的。"

王绍祖怜悯地看着奥古洛夫,用鼻子哼了一声说道:"可怜的牺牲者。豺狼的贪欲和强盗的野心,照样能束缚聪明的头脑,甚至临死还认识不到是在为魔鬼卖命,反而高谈什么'光荣'和'高贵'!"

奥古洛夫扫了王绍祖一眼,说道:"我不明白您说的话。"

"是吗?多遗憾!"王绍祖说着,摇了摇头,"其实,您可以逃走,回顿河去。"

"为了活吗?"

"当然更是为了摆脱罪恶。——就算为了活,您不高兴吗?"

奥古洛夫苦笑了一下,说道:"那是可耻的。再说,那也是死路一条。即或回避了我的同胞,躲开了您的同胞,也不会逃脱自己的惩罚。"

"阁下,您确实有一颗高贵的灵魂。您还没有干过那些流氓干过的坏事。如果您没有这次想置我于死地的计划,我们也许会成为朋友。"

奥古洛夫咧咧讥讽的嘴唇,没有说话。

"阁下,您迟早会赞成我的话。"

"不。永远不会。"

"走着瞧吧。奥古洛夫少尉，"王绍祖说着，回头看了看已整队待发的队伍，"我的队伍就要踏上凯旋之路。我原想让您活着回去，向上司报告是王绍祖跟踪袭击了你们，与别人毫无关系。但诚实的和过于兴奋的科尔丹，已向您泄露了秘密，为了他的安全，为了这里的安宁，我不能让您把真相告诉维连斯基或格尔恩格罗斯。所以，我想请您随我到二龙山去住一段，领略一下中国山河的壮美和认识一下什么是'高贵'和'光荣'。同时，我想学几句贵国的话，拜您做我的老师。在我认为适当的时机，我会还给您自由的。"

"这是命令吗？"

"也可以这样说。"

"假如是为了处决我，还是让我死在同胞跟前更好些。"

"我已经说过了。我保证您的安全……"

"和耻辱，对吗？不过，随您便吧，我是俘虏。"

王绍祖突然想起一件事，问道："少尉，为什么卡西诺夫不在？"

"他在突泉镇，估计也该回来了。"

"是这样……"王绍祖沉吟道，"真是便宜了他。……为了您和科尔丹，还需要他活一阵。请您写一封信，放在您的床头，使卡西诺夫回来时能看到。这样写：'王绍祖探得我们行踪，追随而来，袭击了兵营。我将被挟持到二龙山。请您速速返回宽城子，向伯爵报告。'"

"我是否这样写，您能认识吗？"

"不认识。但阁下不能不为自己特别是你的朋友科尔丹的安全想一想。"

"您看透了我。……好吧，我写……"

这件事办好后，王绍祖叫传令兵给他牵过坐骑。

奥古洛夫朝思绪纷乱的科尔丹点点头，又叹了一口气，说道："这一切也许都是天意……"

刚要引镫上马的王绍祖转过身来说："您说对了。上帝启示了我们。上帝是主持公道的。我们正好站在正义方面。对吗，少尉？"

奥古洛夫仍在迷惘中，没有回答。

"奥古洛夫少尉，不必再为这次失败大伤脑筋了。战斗嘛，常常是偶然性起作用。我刚才说什么了？唔，对了。我说我们的事业是正义的，是光荣的和值得赞美的。您不认为如此吗？"

"每个人都会说自己的行为无可非议。"

"不对,少尉。"王绍祖牵着马向奥古洛夫走了一步,"您如果不是玩弄诡辩术,至少是抽掉了强盗和君子得以区别的最本质的东西。让我说得具体些吧。你们的家在哪儿?在俄罗斯,顿河,乌拉尔。可你们现在站在什么地方?是中国!你们的铁蹄践踏的是我们的土地,你们的魔爪伸过来想把它攫为己有,你们是想把我们大好的河山变成你们的疆土,把生存在这里的华夏百姓变成你们的奴隶。我说得不对吗?我们聚集起来,拿起武器,是在驱除魔鬼,保卫国土,保卫仁慈的造物主给我们的做人的权利!是的,表面看,你和我都在拿着武器屠杀人类,可这又是多么不同的两回事呀!不,少尉,有的行为是无可非议的,比如我们;可你们,也敢大言不惭地说自己的行为无可非议吗?"

"谁知道,也许您说的有道理……"

"'也许'这个词是不够用的。您应该肯定地说:是这样。"

"您命令我这样说吗?"

"我是叫您凭良心说,假如您还没有把良心丧失殆尽的话。"

奥古洛夫看着怒气冲冲的王绍祖,俯了俯身说道:"阁下,我不想说什么'良心',因为在这个世界上,'良心'是个一文不值的东西。但我可以说实话。您总不会认为说实话是多余的吧?您说您的事业是光荣的和值得赞美的,这一点我不想否认,只要一个人忠诚于他的事业……"

"什么样的'事业'?唔,请说下去,请说下去……"

"是的,只要一个人忠诚于他的事业,那他就是光荣的和应该受到称扬的。但是,这不仅仅需要执着和勇气,更需要力量。力量——这才是有实际意义的因素。我不怀疑,您对您的事业具备执着和必不可少的勇气,今天我又发现您有一颗高贵的灵魂。但请问,偶然出奇制胜的首领,您具备使您的事业胜利的力量吗?你们义和团在鼎盛时期,应该说是有力量的吧?结果怎样?在联军的炮击下,很快分崩离析。这是什么在起作用?良心?正义?不,是力量,阁下,是枪炮轰鸣所传达出来的力量!"

"还有残忍、不人道和背信弃义!——其实,您所举的例子并不恰当。我们没有分崩离析,只是我们由于太轻信,太容易受骗而暂时遇到挫折而已。"

"就算是这样吧。那么是什么原因使您说的残忍、不人道和背信弃义反而获得胜利呢？是什么使你们数十万人的队伍受到挫折呢？无疑,这正是那个'力量'。"

"因此,贵国也想靠阁下所说的'力量'征服我们,随心所欲地创造一个'黄色俄罗斯'!"

"是的。"

"您相信沙皇的梦想会变成现实吗？"

"不是梦想,这已经是现实。"

"多遗憾！您的二百名哥萨克却在这非梦的现实里丧了命,您本人则成了俘虏!"

"您过分乐观了,阁下！这只是我的一个小小的过错而已。您今天杀死二百个哥萨克,明天就会有两千个哥萨克去对付您。今天我一个人成了俘虏,明天您的弟兄就会全部戴上手铐！"

"这的确是可能的。但要是我们并不出现疏忽或过错呢？"

"一样。一样会出现这必然的结局。"

"必然！您说这些话,心里觉得踏实吗？"

"为什么不？我们有力量。如您所知,我们的铁路有两千多公里长,您却只能破坏它的一千米；我们的军队,加上护路哥萨克,至少有二十五万人,并且武装精良,训练有素。而您只能耍个花招杀死二百人。你们,只不过是一伙偷偷干那么一两下的乌合之众！强者统治弱者,这是人类史上一条永远不变的规律。"

"您只说对了一半,奥古洛夫少尉。您大概忘了贵国的历史了。贵国的武器曾全部掌握在奴隶主手里,奴隶只有锁链。照您的说法,最有力量的是奴隶主。但结果怎样？奴隶胜利了,获得了解放。这靠的什么呢？所以,您对力量的理解是不全面的。这就是历史上曾煊赫一时的豪强终归以失败告终的原因。是的,离开道义,侈谈力量,那是强盗的语言。当然,您的骄傲和专横有一定的根据,因为就目前来说,你们的力量很强,并且还在不断增强。但不要忘记,你们只有两千八百公里,只有二三十万而已。我们却是整个满蒙,是几千万人！假如有一天,我们十个人里有一个人和你们作对,假如每一千米就有一个王绍祖呢？阁下,您为什么看不到这一点呢？还有,也许是最重要的一点,你们的哥萨克的力量,是因为沙皇使他们犯罪,我们是在拯救国家！所以,所谓'黄色俄罗斯',只不过是一个疯子喝多了伏特加后的梦

375

呓!"

奥古洛夫思索了一会儿,看了看正听得入神而且显得很激动的科尔丹,缓慢地说道:"您的话倒很具有逻辑说服力。但是,更有说服力的不是语言和思想,而是现实……"

"您说得不对,少尉。人类在脱离了蒙昧期和野蛮期以后,便不仅仅生活在事实中,几乎生命的一半都生活在思想中。并且往往是思想中的一半生命才构成人类更加辉煌的价值。同时,也就随之产生了一切高尚的行为和卑劣的行为。斯巴达克思出于解放奴隶的思想,干出了动摇罗马帝国的惊天动地的事业,他把自己献给了自己的思想,献给了光荣的历史,使他成为天才统帅和自由的象征。如果他没有拯救同类的高尚思想,他没有成为自己思想的奴隶,那他会成为什么呢? 他只会成为惨杀同类的角斗士,博得竞技场上看客们的喝彩和同类的唾骂。拿破仑是个混世魔王,他的天才是靠他驾驭整个人类的思想获得了历史的价值。他们,无论是斯巴达克思,还是拿破仑,都认为自己的思想是高尚的,认为自己思想支配下的行为是无可非议的。但是,光荣的桂冠绝不是王冠,可以想当然地戴在世袭罔替的统治者头上,最终还是人类正义的手来加冕。谁能获得这样的光荣呢? 谁都想要,谁都可能获得,但是绝不是所有人都能获得,也绝不是想获得的人都能获得。是的,少尉阁下,人类的正义的手,将把桂冠戴在具有高尚思想的人的头上,而不是戴在强者的头上。"

奥古洛夫摇摇头说道:"您的思想无可厚非,您的语言也冠冕堂皇。但这有什么意义呢? 比如说,您方才谈到斯巴达克思和拿破仑,那么,拿破仑从莫斯科惨败溃逃回国,斯巴达克思进行只能灭亡的决战,难道是他们本身思想决定的吗? 不,那是事实在支配他们。所以,思想并不总能决定人们的行为,因为有时事实强大到足以左右人的思想的程度。"

王绍祖微微一笑,说道:"您在偷换概念,可怜的诡辩家! 我说的是一个人所从事的事业的根本思想,您说的思想却是决定某一个别事物的一个因素而已。我还想请问阁下,您刚才的例子说明了什么呢? 是说,拿破仑为什么溃败回国? 那是因为他站在别人的国土上。你们呢,阁下,不也是站在别人的国土上吗? 所以,你们也避免不了惨败和溃逃的结局!"

"不管怎么说,您总不能否认……"

"算了吧!"王绍祖挥了挥手,"说来说去,还是您的那个'力量',对吗?

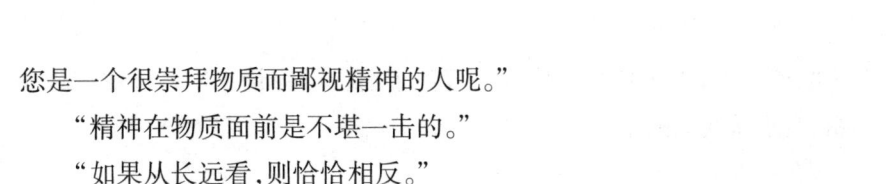

您是一个很崇拜物质而鄙视精神的人呢。"

"精神在物质面前是不堪一击的。"

"如果从长远看,则恰恰相反。"

"我不想和您争论了。"

"您承认失败了?"

"不。我只是不想耽搁我的路途。"

"不,我看您是快被我说服了。"

"不见得。……您的冥顽不化使我感到疲倦。"

"是的,您疲倦了。您的精神就要彻底崩溃了!因为在您的思想中,除了铁路和炮弹,已是一无所有了。而您头脑里唯一幸存的铁路和炮弹,倒真是不堪一击的。"

"什么什么?您太有点儿夸夸其谈了!"

"听着,少尉。您还记得你们大队人马蜷缩在哈尔滨的日子吗?那是第一次,但绝不是最后一次。我们会再一次把你们赶到哈尔滨,不,赶回到你的家乡去!当然,不是今天,甚至不是今年。只要我的同胞还记得是炎黄的子孙,你们就不会得到安宁。像今天这样,不断袭击你们,直到你们回家去老老实实过日子!噢,您该知道吧,成吉思汗曾一直打到你们的都城,你们的祖先曾失魂落魄,跪地求饶,几乎灭国。现在,成吉思汗和大禹的后代,正挽着手积聚力量。你们不害怕吗?是的,成吉思汗的远征,说明我们是有力量的,但也说明,不道义的侵伐终究要失败!……奥古洛夫少尉,您在想什么?为什么不说话?"

"唔……阁下,您的话很有雄辩力量。很可能我已经被您说服了。但是,我总为您的前途担忧。您马上就会遭到报复。以您现在的几百人,是无法抵挡得了的。在我看来,您积聚起足够的力量,那需要很长时间,您的生命却只有几十年,而且说不定明天……"

"怎么不说下去?明天怎样?明天就会丧命,对吗?哈……"在奥古洛夫听来,王绍祖的笑简直有点儿歇斯底里,而在科尔丹听来,却感受到力量的刺激,甚至感到自己的力量也在增长,只听王绍祖继续说道,"死吗?我的很多伙伴已经死了。明天我也可能死。那又怎么样?战斗而死,要比看着亡国痛快多了!我们的死,不正好说明我们这个民族、这个国家没有死吗?"

奥古洛夫看着眼睛闪光的王绍祖和热泪涌流的科尔丹,感到一阵空虚,仰脸哀叹道："噢，上帝！我好像真的看到了道义的力量了！多可怕！——王绍祖，我承认我失败了！……"

"仅仅如此吗？"

"还有，我相信，有阁下这样的人，你们这个国家是没有什么力量可以征服的。"

"力量！又是您的那个力量吗？"

"是啊！物质力量你们也会有的。"

"您这会儿可聪明多了，少尉。——唔，科尔丹，您哭了？"

科尔丹继续毫不吝惜地抛洒着眼泪，感慨万端地说道："是的，您叫我看到了自己的渺小。我需要用眼泪洗涤灵魂，……我似乎刚刚才踏上生命的旅途……"

王绍祖微笑了一下说道："我们都需要重新开始，……不过，我的队伍已走远了，再见吧，科尔丹，我很盼望立刻回到二龙山见到乌日娜金妹妹。"王绍祖说着，飞身上马。

王绍祖的传令兵和奥古洛夫也上了马。

王绍祖对奥古洛夫说道："少尉，我们该上第一课了。"

"什么？您这是什么意思？"

王绍祖环顾了一下滚动草浪的原野，说道："当我的老师吧，翻译官阁下。请问，'我们是这里的主人'，用贵国话怎么说？"

"可从来没有人从这一句开始学起。"

"我恰恰要先学会这句话。"

奥古洛夫悲哀地叹口气，摇了摇头说道："我们是这里的主人……МыЗдесьХозяеза。"

王绍祖重复地念着，品味着音节："多动听的一句话！"接着，他拨正马头，策马飞奔，用尽全身力量喊道："МыЗдесьХозяева！"

奥古洛夫怔怔地看着发疯一样的胜利者，在传令兵的催促下，驱马追了上去……

科尔丹站在原处，久久地久久地注视着王绍祖远去的背影……最后，他感到自己的思想像被洗涤了一样清新，快慰而果断地轻声说道："索拉吉辽夫，如果你再出现在我的面前，我会大声地把王绍祖的话向你重复一百遍！"

378

55

索拉吉辽夫是个头脑有条理、办事讲求效率的精明人。他的行动,都是按照事先的计划十分准确地进行着。他鄙视那种只知娱悦性情而玩忽职守或办事拖拉的人。他决不肯轻易失掉一分一秒的时间,而是尽量使它们都能有效地为他从事的崇高事业服务。因此,他获得了上峰的赏识和重用,获得了同僚们不敢企及的巨大荣誉。他不仅常常以商务参赞的身份,到向沙俄开放的各个商埠巡视,有时还身着将军服装,涉足东北各地沙俄的军务。他这种几乎相当于钦差大臣的赫赫权势,常常使护路哥萨克的军官们为之吐舌,并且令他原来的上司维连斯基伯爵也刮目相看了。

这一次,他又身负重大使命,离开京师,准备到盛京、宽城子、哈尔滨三地做短暂的视察,而后回国述职。他带着公使呈交沙皇尼古拉二世的密件,而且还要亲自晋见沙皇,详细说明日本军队的动向以及日俄之间争夺东北的矛盾日趋炽热化的现状。

但是,当他礼节性地拜会了盛京将军增祺,正准备登车北上的时候,突然获悉宽城子南北各有一段铁路被炸毁因而暂时停运的消息,使他不得不在盛京滞留数日。索拉吉辽夫的日程全被打乱了,他感到非常恼火,心里痛骂起那些无能的哥萨克护路军和杀不绝的拳匪。但他也感到庆幸,因为,假如他早走一天,就有可能在轰鸣声中遭到不测,甚至血染泉台。人命危浅,朝不虑夕,自知随时都存在被自己人和中国人弄死的危险。因为他是个众目所瞩的人物。他早就作好了为沙皇捐躯的准备,会很平静地迎接死亡。但目前他不应该失去宝贵的生命,因为他尚未完成的任务涉及俄罗斯和沙皇的利益。他必须向沙皇陈述立即派舰队开赴太平洋的重要军事意义,否则就有失掉整个满洲的可能。

就这样,索拉吉辽夫被阻隔在盛京城,在又恼火又庆幸的心情中,坐在领事馆舒适的沙发上,一面吸烟,一面研究手头的各种文件,艰难地排遣着等待中的时间。大约在滞留盛京的第四天,驻盛京的哥萨克护路军的军官向他报告了宽城子和公主岭中段路轨被炸的详细消息,得知肇事者的头领名叫王绍祖。

"是他!"索拉吉辽夫熄掉烟蒂,猛地从沙发上跳起来,脸上的表情显得吃惊和恼怒。

索拉吉辽夫早就认识王世祺,也见过他的儿子王绍祖。同时也知道王世祺有过一段与护路哥萨克为敌的历史,以及王绍祖曾是拳匪中一个智勇兼备的小首领。但后来,王世祺与拳匪脱离了关系,王绍祖也"洗手不干"了,而且王世祺在清剿拳匪中战绩卓著,对协助哥萨克护路有所贡献,因而俄方也未再触及王世祺以往的不友好行为。可是现在,王世祺除编练新军,又接替了吴隆义的提法使,他的儿子却又跑到宽城子一带与哥萨克作对去了!"哼!真是岂有此理!"

想到这里,索拉吉辽夫已经是怒火熊熊了。他打发走哥萨克军官,吩咐立刻套车,略一思索,很快换上将军的服装。

不大一会儿,领事馆的华丽的马车伴着急促的辚辚声驶上盛京城石块铺成的马路,直奔将军府而去。

马车一直飞驰到将军府威严肃穆的大门前才停下来。索拉吉辽夫跳到地上,板着苍白的面孔,快步踏上台阶。门两旁荷枪鹄立的剽壮而凶恶的旗丁,似乎早就认识这位非凡的盛气凌人的外国将军,并知道只有这位从来不露笑容的"大鼻子",才能获得增祺将军恭送至大门外的隆遇。所以对他昂首阔步地走过去,不仅未加询查,还忙不迭地举枪致敬,并把索拉吉辽夫的略一扬手,理解为友好和赏识的表示,都感到荣耀和高兴。

在院子里,来往的大小官员,照例向索拉吉辽夫鞠躬致敬,他不耐烦地点着头,表示接受了这些献媚者的敬意,也同时表示没有时间搭理他们,径直走进增祺将军的会客厅。因为每天下午,增祺将军都习惯于在客厅接见属下的部员,对此,索拉吉辽夫早就知道。

此刻,增祺将军确实在客厅里,他正和王世祺商讨军务和研究收编张作霖的"胡匪"的问题。这两个人见索拉吉辽夫未经通禀突然怒气冲冲地从天而降,知道一定发生了什么严重的事,一时惊骇得不知所措,赶忙立起身,连声让坐。但这位不速之客,并不赏脸告坐,只是充满敌意地看了王世祺一

眼,然后走到增祺将军面前站下了。客人不坐,而且满脸冰霜,主人也只好很尴尬地站着作陪。

"不知驾到,有失远迎,敬乞恕罪。但不知索拉吉辽夫先生光临敝府,有何见教?"

索拉吉辽夫冷然说道:"岂敢!我今天是专门向二位大人请教来了。二位大人是否知道最近在东清路上发生的不愉快事件?"

"知道。"增祺将军点头道,心里的紧张似乎放松了一些,脸上的惶惑不安的表情也变为对来访者的同情了,"据悉,半月前,在宽城子南北各一处又发生了炸车毁路事件。"

"将军大人的消息还算灵通。阁下知道,敝国投入巨大资金,不惜耗费时日,修筑这条沟通贵我两国关系的东清铁路,并非为了专供贵国部分刁民用来学习爆破术的。两年前,由于拳匪横行无忌,我们曾遭受过一次惨重损失。现在,正当全线通车的前夕,此类不友好的事件又开始重演,使东清铁路已通车的部分整个陷于瘫痪。尤有甚者,一股拳匪的残部,在宽城子、公主岭中段炸车毁路以后,又杀害了二百名哥萨克!阁下,您对此作何想法呢?"

增祺将军摇首叹息道:"我对此深表遗憾。同时对死难者的英灵表示慰问并祝愿早日恢复通车。"

索拉吉辽夫在鼻子里讥讽地"哼"了一声,说道:"我衷心感谢阁下的良好祝愿。遗憾的是,阁下的祝愿也好,同情也好,并不能加快修复线路的速度,更不能阻止拳匪和刁民继续与我们为敌。"

增祺将军摊开双臂显出无可奈何的样子说道:"阁下是否希望我对此采取某种行动呢?"

"如果我确实这样希望,您打算怎样回答呢?"

增祺将军低头踱了几步,又回到索拉吉辽夫对面,说道:"尊敬的索拉吉辽夫先生,对保证东清路的顺利施工和准期通车,我们都责无旁贷。阁下也一定知道,我对此已经做了并仍旧做着巨大努力。因而,近年来在奉天境内并未出现过较严重的毁路事件。而且,本地的拳匪业已基本剿灭。阁下所提及的炸车毁路的地点,当属吉林将军长顺管辖,鄙人怎好越俎代庖?况且自顾不暇,实在感到鞭长莫及呀!"

索拉吉辽夫突然转向默立一旁冷眼相观的王世祺,问道:"那么王大人呢,您也和将军大人有同感吗?"

王世祺并未作与索拉吉辽夫应对的准备,一时竟不知说什么才好。他勉强拉动嘴角当作微笑,嘴里嗫嚅了一阵,说道:"是的,是的,索拉吉辽夫先生。我可以向阁下保证,在奉天绝不会发生这类危及我们两国关系的事件……"

"两国关系!"索拉吉辽夫冷笑道,"您是在奢谈友谊。友好关系不应该仅仅停留在口头上。二位大人如果不健忘,一定会记得敝国对二位大人的友好表示。我们并不想重复如何使增祺将军在被朝廷罢官后,经我们努力又重新获得起用;同样的,我们也从未让王大人回忆屠杀哥萨克的那段经历。我下面将要说出的话,可能会令二位大人震惊,但我相信,二位大人一定能理解,我仍旧出于至诚和善意,不愿看到二位大人在官运亨通、志得意满的时候,突然陷入可悲的噩梦里去。方才将军大人谈到,奉天境内,拳匪已经剿灭,但事实并非如此。据我近日获得的可靠情报,那个叫巴兰森格的老妖婆仍旧逍遥法外,并且不断收集残部,正准备北去吉林。另外,王大人,您是否知道,在二龙山的山大王即炸车毁路的匪首是何许人。他不是别人,正是您的公子,令人钦佩的当代豪杰王绍祖!……看到您只是表现出害怕而不是惊异,说明您早就知道令郎的行踪和他所干出的震动遐迩的光辉业绩!"说到这里,索拉吉辽夫丢开脸色惨白的王世祺,转向不胜骇异的增祺,"将军阁下!我不希望您由于偶然的疏忽,让长顺将军抓住纵容拳匪骚扰邻省的口实而参奏一本;更不希望因此造成敝国撤军的困难!请阁下三思。再见!"

索拉吉辽夫说完,向增祺将军浅浅地鞠了一躬,然后,以一种外交家和军人特有的姿势,后退半步,旋过身体,很快地朝外走去。

在返回领事馆的途中,索拉吉辽夫的心绪渐趋好转。他设想,当他的马车辚辚声响起的时候,增祺将军一定在大骂王世祺;他估计,在骂完王世祺后,至迟在当天晚上,增祺将军肯定会到领事馆作一次礼节性的回访。想到此处,他竟高兴起来。他叫车夫放慢速度,并拐向闹市。

盛京城的黎民百姓,没有谁不认识俄国驻盛京领事馆的四轮双套马车。无论是领事本人,还是从大使馆或俄国来的要员,都不愿乘坐汽车而宁愿坐马车到石头路面上疾驰。所以,当这辆标志着强权和文明的马车出现在市声嘈杂的街衢时,人们争相回避,躲到远远的地方,向马车上的窗帘投去钦羡的目光。如果有谁不留神碰到了马蹄或车轮,那就算有眼不识泰山,自讨苦吃。

今天,恰恰就有这么两个不识趣的人,在路边交谈得忘乎所以,险些丧命还在其次,竟差一点儿弄惊了那两匹滚瓜流油的高头骏马。

马车停下了。被惊动的索拉吉辽夫把头微微探出窗外,看到那两个倒霉的肇事者一边骇然地向后退去,一边连连向他的肩章鞠躬。索拉吉辽夫一眼看到那个穿蒙古袍的人正把一尊金光闪闪的佛像揣入怀里,心里一惊,招手说道:"你一定是想出让佛像,是吗?拿过来我看一看。这种东西不遇到识家是卖不出好价钱的。"

那个人听到这位俄国将军用熟练的蒙古语和他说话,感到非常高兴,很快趋到车前,把佛像递了过去:"这是少有的珍品,请大人过目。"

索拉吉辽夫接过佛像,立刻被那夺目的金光和登峰造极的铸工吸引住了。那是一尊圣母玛丽亚的坐像,那大慈大悲救苦救难的眼色,微微前举似乎在轻抚罪孽深重的人类的纤细的手指,那颈项下袒露的一角酥胸,以及衣服上的每一条皱褶、裸露的双足前面和两侧的祥云,无不惟妙惟肖,令人神驰。而且,从那尊佛像在掌中直往下坠的重量来看,其含金量至少在九成五以上。

索拉吉辽夫爱不释手地赏玩了一阵,刚想问问售价,心里却突然惊叫起来:"天哪!这不是图什业图王府专为俄国人特备的客房里那尊玛丽亚金像吗?"

他确信自己的眼力和记忆绝不会出现差错。当他第一次住进那间按俄国风格布置的房间,看到这尊玛丽亚金像时,曾惊讶得目瞪口呆。当时,柄政王府的博克拿多协理向他介绍了金像的来历。原来,这尊出色的玛丽亚金像出于英国的能工巧匠之手,是要求同"天朝"通商的英国女皇通过她的代表赠给清朝皇帝的。后来,作为下嫁格格的妆奁,进入了哲里木盟图什图王府,但年轻的色旺诺尔布桑保王爷只喜欢肉体漂亮的格格,不大喜欢金质的、黄色的玛丽亚,只是陈列了数日,便把她请进库房闲居起来了。等到这位王爷觉得需要给外国人准备一间客房时,才想起被冷落了多年的玛丽亚,让她住进这间房子的佛龛里,去接受暂住的外国人的香火和顶礼膜拜。

索拉吉辽夫想起这些,不由得又把他那双慧目里的灼灼的蓝光投到车窗外恭立着的蒙古人身上,心里说道:"这样稀有的珍品,是如何落到这个相貌不扬的蒙古佬手里的呢？难道眼前这个紫黑面孔的蒙古青年,曾是和格力图尔一样的造反丁壮吗？"

但是,索拉吉辽夫并没有把这些心里话通过表情流露出来。却又一次鉴赏起手中的玛丽亚来。同时在心里回忆他见过的所有的蒙古人,不知和占有如此珍奇的金像的人是否见过面。此人不像科尔丹或格力图尔,具有"独此一家"的特点,见过一面就不会忘记,却和其他蒙古人一样,给人的印象是彼此相仿。索拉吉辽夫搜索不出什么印象,便也不再去苦思冥想,一面不大经意地问了几句关于金像的话,一面又去细看了一下那张渴望售出大价钱的紫黑的脸膛。

"不!"索拉吉辽夫在心里猛然叫道,"此人我确实见过,看他脸上的那道鞭伤!"可是,什么时候在什么地方见过,却怎样也追忆不起来了。而读者们会知道,这是索伦扎鲁。

这时,索伦扎鲁说道:"看来,先生您一定是一位难得的识家。可是这么大个盛京城却无人识货,我想出让给一个古董商,他却说这是铜像,以为我这个外乡佬连金子和铜都分不清。正好让这位绅士碰见了,他想买,却给了我一个比银子还要低的价钱。您想,这我能出让吗？我宁可饿肚子也不卖给他们。我劝先生您买下吧,这差不多就是纯金,当然,它的价值不止于此。它曾经是皇宫的珍品,再说您看那铸工,多么传神!这样价值连城的宝物,要不成为先生您收藏中的上品,而落入他人之手,那该多么遗憾,那可真所谓'明珠暗投'了!"

"你知道这是哪个国家铸造的吗？"

"当然知道。有人告诉过我,这是英国人给皇上的贡品。"

"这女人是谁呢？"

"她吗？先生。这是你们外国人中一位最受崇敬的女神,名叫玛丽亚。"

"你说得很对。看来你是个收藏家？"

"正是。其实我是不该出让的。但没办法,连住店钱都没有了,只好忍痛割爱。"

"遇到我了,你很幸运。我也是一个收藏家。并且正想弄到一些流落在中国民间的欧洲珍品。因此,我会给你一个令你满意的价钱。"

"我一眼就看出您是一位慷慨的老爷。我见过一位俄国人,好像叫索拉吉辽夫,他把一个金耶稣像送给了我的一个同乡,真是大方极了。"

"是吗?"索拉吉辽夫皱起眉头说,回忆的浪花又在心里翻滚起来,突然,一条记忆中的游丝被牵动了,他想起同科尔丹打猎返回扎布曼都官邸的一幕。是的,这正是那个跑到雪橇前大献殷勤的年轻人。据说,大闹王府,逼死色旺诺尔布桑保王爷,正是格力图尔和他的几个朋友为首闹起来的。这眼前的人,肯定是造反失败后在逃的要犯!

索拉吉辽夫略一思忖,想出了一个好主意,便装出笑容可掬的样子说道:"你的金像我买下了。但我身边没带钱,需麻烦你同我到领事馆去取。"

"可是先生,我们还没有讲妥价钱呀!"

"傻瓜!这能是个小数目吗?你没想一想,让这些围观的人知道你一下子发了横财,对你可不是件好事呀!"

"真是,先生您想得太周到了。"

"那么就请上车吧。"

"唔,我的上帝!我这样一个下等人,怎能和高贵的外国老爷同车而坐?我还是步行跟随吧。"

索拉吉辽夫笑道:"上来吧!两个收藏家并肩而坐,促膝相谈,不是再合适不过了吗?"

到了领事馆以后,索伦扎鲁被引进豪华的客厅,索拉吉辽夫则声称取钱进入内室。待这位将军再一次出现在客厅时,索伦扎鲁惊骇得跳了起来,站在他面前的外国人,身穿一套蒙古服装,正微笑地注视着他。

"天哪!您是索拉吉辽夫先生!"

索拉吉辽夫在哈哈大笑中甩掉蒙古袍,露出燕尾服,并把自己畅快地投到沙发里,顺手从茶几上抽出一支香烟,燃着后大口吸起来。

"你能认出我,说明你有极强的记忆。我们好像只有过一次短暂的接触。——请坐。"

索伦扎鲁狠狠盯了异常兴奋的索拉吉辽夫一眼,坐了下去,把眼睛投向映在玻璃窗上的婆娑的树影。

"你对我用这种形式把你请到领事馆的客厅里,好像不大高兴,是吗?"

"我替你高兴,索拉吉辽夫先生。你应该感谢那套将军服,它使我上了大当,使阁下又有了送给科尔丹的见面礼。"

"你很聪明,竟无须我多费唇舌,就看到了事情的结局。不过,你不感到遗憾吗?已经逃到了这么远的地方,仍免不了被逮捕归案。而且……你会掉头吧?"

"会的。……看来,对朋友做下坏事,是逃脱不了惩罚的。我已经三次出卖朋友,每一次都应该受到惩罚,但我却神奇般地化险为夷。我以为一定有神在暗中保护我。——唔,您好像对我的话很感兴趣,那么我就来讲讲怎样出卖朋友的吧。"接着,索伦扎鲁扼要地讲了他三次出卖朋友的经过,歇了一会儿后,舔了舔干燥的嘴唇,深深地叹了一口气,"您看,我担心受到惩罚时,反而安然无恙。而刚刚以为摆脱了一夕数惊的窘境,却轻易地落进了您的圈套,这真是所谓彰罚不爽,难逃定数……"

索拉吉辽夫讥讽地笑了笑说:"我很佩服你的机变。和直率的格力图尔比,你真是狡诈得出奇。——不要以为我是在对你过去的劣迹进行评价,我是说你的现在。是的,你的精明远远超过了我的想象。你似乎是在临刑前忏悔罪孽,实际上却是在表白你对朝廷、对曼都拉和科尔丹的忠忱和苦心,企图以此获得我的同情。我说得对吗?"

索伦扎鲁耸了耸肩膀说道:"随您怎么样想吧,我确是在说实话。其实,我已经是死过好几次的人了,不再担心死亡,也不再认为灵魂飞升是一件多么痛苦的事。我只是为您感到遗憾。刚才在车子里我就想,既然我遇到了真正的识家,那么我情愿将我的全部收藏的二分之一低价出让给您。您还不知道,玛丽亚金像在我的全部收藏中,只能算一件下品。如果您有幸看到我的那颗硕大无朋的蓝宝石和五色珍珠串成的令人眩目的项链,以及雕着七十二个罗汉的象牙塔和乾隆皇帝用过的玉如意,那么你会毫不犹豫地把手指上那个镶着宝石的戒指抛到窗外的。索拉吉辽夫先生,我不是在夸张。我留下二分之一,可以像神仙一样度过后半生,而您获得二分之一,会立刻成为俄罗斯的大富翁。可是,您失掉了这个机会。我是不会把这个大便宜送给一个想把我打入冥府的人的。"

这时,仆人进来报告说领事馆稽查官求见。索拉吉辽夫朝索伦扎鲁笑了一下,很快走出客厅。两分钟后,索拉吉辽夫满面春风地走了进来,到了索伦扎鲁面前,他抱起双臂,微侧着头,表情中又加进去一丝怜悯,声调悠扬悦耳地说道:"多可惜呀,年轻人。也许我会获得你的全部财宝,而不是它的二分之一。"

"您说什么!"

"不必惊讶。你应该佩服俄国人办事的效率。你看,我们只交谈了不到

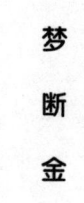

一个小时,而我们的稽查处的官员不仅获知了你的名字叫索伦扎鲁,化名有索长山和陶录铭。同时,还找到了你下榻的和顺客栈。在你赁下的高级房间,他们找到了两个包着铁皮并加了锁的箱子。我想箱子里面一定是你说的可以使我成为富翁使你变成神仙的全部收藏。索伦扎鲁,你是否想现在就打开箱子,叫我大开眼界甚至抛掉我的宝石戒指呀?"

索伦扎鲁听着索拉占辽夫的话,只觉得耳朵里一迭连声的轰鸣,整个身子犹如一摊泥,再也拿不成个了。他恶狠狠地看着眼前的外国绅士,忿然而又像呻吟般地轻吼道:"魔鬼!你快些捅我一刀吧!"

索拉吉辽夫并不为对方的怒骂而恼火,却微皱眉头在地毯上踱起步来。他知道,眼前确实是个发财的好机会,如果他只是想当个"富翁"的话。但是,他不能这样做。因为从眼前这个人身上,他发现了更有意义的价值。这是个有用的人。如果让他为沙皇的事业效劳,也许会比二十箱财宝的价钱高出不知多少倍。所以,他又走回到索伦扎鲁的面前,脸上充满高傲而严肃的表情,很诚挚地说道:"索伦扎鲁,我突然改变了主意,决定不去做对你对我都没有利的事情。并且,我可以保证,你的全部财宝,包括玛丽亚金像,仍旧只属于你一个人。这就是说,你的生命,你的财产,不会受到一丝一毫的威胁。但是,为此你必须为我们做点儿事情。这对你也绝不是难事。据我所知,日本人正想在满洲同我们作对。他们的间谍遍布大中城市。其中一个叫乔本的人,以古董商的身份居住在公主岭,我们怀疑他是一个间谍头子。但对此人的活动,我们一无所知。——我相信你已经明白了我的意思。请听清我下面的话,乔本精通蒙语,这对你同他接触很方便。你从现在起,不是索伦扎鲁,也不是索长山或陶录铭,你的名字叫贡布。你将携带你全部收藏的三分之一,去寻找合股人。这一步实现后,会有人拿着玛丽亚金像找你,他将代表我告诉你下一步该做些什么。至于你的另外两个三分之一的收藏,可分成两份封存在我这里。我将在适当的时候,全部奉还给你,并且还会加上一笔金卢布。——当然,你也可以拒绝与我合作。从现在开始,给你一段充分考虑的时间。如果你同意这样的安排,我将在恢复通车时,亲自把你送到公主岭……"

56

　　王绍祖带领部下离开元宝屯附近那片桦树林,迅速返回二龙山。急切的心情使他的坐骑把队伍落下足足十里地。在山脚,他把坐骑拴在队伍必经的山路旁一棵树干上,循着一条陡峭的山路,抄近路回到树林中隐秘的宿营地,径直向围坐着一圈人的篝火走去,不明白他留下的十人何以这么晚不睡觉,而且不止十人,竟有五六十人之多!哨兵没有发现他,篝火旁自顾交谈的人也没有看见他。他处在黑暗中,可以清楚地看到火光映照的面孔。但他并未仔细辨认那些似曾相识的人,却是在寻找一个姑娘的身影。突然,他兴奋得哽咽了一下,那正面向他,坐在篝火旁低头沉思的不正是乌日娜金吗?这时,乌日娜金大概是回答身旁一个人的问话,抬起了脸。

　　王绍祖流出了眼泪,轻轻说道:"乌日娜金……"又向前紧走了两步,大声喊道:"乌日娜金!"

　　"哥哥!"乌日娜金一跃而起,向王绍祖跑去。

　　"妹妹!"

　　"哥哥!"

　　这并非同胞的两兄妹,在相距半步远的地方站下了,互相看着,淋漓地洒着热泪,刹那后,都伸出双手用力抱住了对方的双臂,大声哭起来。此刻,篝火旁的人也一拥而上,有的叫"大哥",有的喊"师兄",有的喊"首领",纷纷跪在王绍祖周围。王绍祖抬起泪脸,先是迷惘地看了看眼前的人,接着大吃一惊,喊道:"天哪!是你们!"他一边松开乌日娜金,一边激动地喊着这个人或那个人的名字,然后,他噗地一下,也跪了下去,失声痛哭起来。几十个人膝行向前,前面的和王绍祖抱在一起,后面的便抱着前面的人或伏在前面人的脊背上,都泣不成声了。乌日娜金则感到长途跋涉的疲劳一下子袭来,四肢近于瘫痪,靠在身旁的树干上,嘤嘤啜泣。这一奇特的相逢场面,所包括的种种辛酸和庆幸、激动和快慰、幽怨和谅解,全被眼泪所包容了。已经相继返回山上的出征的战士们,被眼前的场面所感染,从那几乎是混沌的感情里,提炼出了高尚和精华,也忍不住哭了起来,增添了篝火旁一幕的悲壮气氛。

很久很久,这一阵震撼人心的哭声才慢慢平息下来。王绍祖擦了擦眼泪,从地上站起,几十个以前义和团的弟兄和闹王府的新伙伴,也随着站起,竟有几个人哭得太伤心,伏在地上,耸动着肩膀,站不起来了。王绍祖满腹感慨地走过去,把他们扶起来,动情地说:"起来,好兄弟,起来……"说着忍不住心酸,声音一抖动,眼泪又刷刷落了下来。最后,他总算控制住感情,走到乌日娜金跟前,拉过她的手,向篝火旁走去,一边擦泪,一边对伙伴们说:"来,兄弟们。都坐下来!……今天是什么日子呀!"说着,他环顾了一下纷纷围拢来的新旧部下,举目向天,高声说道:"今天是什么日子呀!"他的声音异常激动,几乎是在狂喊,不是用口,而是用他流着血泪的心、用他滚着热浪的肺腑在喊,"我相信了!一定有天神在帮助我!在我取得了一次大胜利后,又一下子把妹妹和几十个兄弟给了我!——啊,尊敬的巴兰森格妈妈,我可以去找您了,因为苍天帮助我完成了您的嘱托,能把可爱的妹妹带到您的身旁了!"

虽然已时值午夜,王绍祖还是命令部下去山洞搬来酒坛,举杯共祝这不平常夜晚的不平常的相逢。那些哭了好一阵的人们,觉得心里澄净和轻松了一些,一碗一碗地喝着烧得胸膛发热的烈酒,七嘴八舌地向首领讲述这一年来的经历。他们说,在图什业图王府那场恶战后,他们失散了,这四十八个弟兄是在不同的时间、不同的地点和不同的情况下相聚的。他们找不到王绍祖,东行有哥萨克阻挡,西去有蒙古旗丁追剿,便想循原路返回东辽河找巴兰森格。可是巴兰森格毫无踪影,有人说她逃到了磨盘山,也有人说她去了法库门。总之,说东的也有,说西的也有,弄得他们无所适从。他们到处逃避哥萨克和官兵,与疾病、饥饿和寒冷搏斗,埋葬了十七个弟兄。正在这时,他们听说宽城子一带出了个王绍祖,便星夜寻来。途中遇到了乌日娜金,经过十来天的辗转寻觅,总算找到了二龙山。

王绍祖用心听着老部下的讲述,一边为弟兄们脱险庆幸,一边也在内心对自己进行了检讨,他觉得,弟兄们的灾难都是他这个不称职的首领造成的。所以,他在人们的唏嘘悲叹声中,十分感愧地说道:"神和鬼都惩罚我吧！让它们无所不在的无形的灵魂降祸给我吧！这全是我一个人的罪过！噢，天哪！……我犯下了不可饶恕的罪愆！"

"不，师兄。怎么能怪你呢？我们这四十八个人的心，对你从未产生一丝一毫的怨恨和不信任。"说话的人名叫刘三胡子，他坐在王绍祖身边。

"别原谅我，弟兄们。"王绍祖把目光从刘三胡子身上转向大家，"原谅是不能使我安心的。只有上天的手重重地惩罚我，只有我死去一百次，才能赎回我的罪过，才能洗去我灵魂上的耻辱。弟兄们，不要再说不怪我吧！你们唾我、骂我、指责我扔掉了同生共死的弟兄吧！这一切灾难，一切过错，弟兄们的颠沛和饥寒，痛苦和惨死，都是我造成的。弟兄们，让我来揭发自己的罪过吧！在那次可怕的战斗中，我本应带领大家突围，可是，为了向格力图尔证明我的一文不值的高尚，却把我们的人马变成了敢死队！许多同伴毫无意义地捐生了。而我，竟没有战死！家父杀了我们无数兄弟，却把我从濒死状态中救活。我恨他，我决心永远离开他！可我已经成了孤零零一个人。我找不到你们，找不到一个兄弟，跑到南，跑到北，成了一个叫花子。不，弟兄们，我想说的不是这场恶战后的互相寻觅，我要说的是这之后。我当时，最正确的道路，应该通往东辽河。谁都会在离群索居的情况下，渴望投向老窠巢。可是，可怕的自尊心耽误了我的行程。我成了流浪汉，最后竟当了一名戴手铐的筑路工人。后来，我总算带着一百多个苦工上了山，一开始竟没敢打起王绍祖的旗号，我感到我的名字太卑鄙了。……可诅咒的自尊和胆怯，终于开始惩罚我了。很多弟兄失掉了和我聚会的机会。只是这几个月，我才到处涂写我的名字，希望把弟兄们引来。可是晚了，太晚了！……"

吴景瑞挥了挥手说道："一点儿也不晚！这四十八个弟兄不是投奔你来了吗？你的威名还会不断地把弟兄们招引来。我们还可以干一番事业！还可以继续去实现在拳坛发的誓言！有你做首领，我们能夺回失掉的时间，让那些侵略者胆战心惊！"

"老吴，我的好哥哥。你的话刺到我的最痛处了！我的好弟兄们，不要尊敬我，不要再喊我首领，不要再叫我师兄吧！我不配做首领，是的，不配……"

"你不能这样想，更不能这样说！"刘三胡子跳起来说道，"当我们一起跪在拳坛发誓的时候，就决定了我们生死与共，当我们站到你的旗帜下，就决定了你是我们不变的首领；当巴兰森格妈妈叫我们紧跟你的战马，就决定了我们永远是你忠实的部下。请问,有谁敢违背神坛下的誓言?有谁敢违背巴兰森格妈妈的神令?我们跋山涉水,忍饥挨饿,追寻你的踪迹,说明我们忠于你,需要你。你不能在我们历尽艰辛又突然有了希望时,叫我们看到一个失去锐气、变得软弱的首领!"

吴景瑞也站起来,大声说道:"绍祖,不能叫弟兄们失望!你刚才说的,我们理解。我们都经历了可怕的磨难,都曾失去过信心。但只有你又打起了战旗,震慑了哥萨克。过去的一切,绝不是可耻的记录,是上天对我们诚意的考验!今天,我们又能重整旗鼓了,这是上天在奖励我们!弟兄们,你们承认我说得对吗?"

"对!"几百人的呼声,震得夜空下的林海发出轰鸣,震得篝火发出更明亮的光辉……

王绍祖肃然地听着部下大义凛然的话,不由得流出激动的泪水。后来,他慢慢站起来,眼睛里虽然还残留着痛苦和自责,但已没有迷惘和绝望了。他对部下说道:"我感谢弟兄们对我的责备,我的确太软弱了。我知道,我不会违背誓言,我渴望为它战死。我一定要振作起来。但是,当这一切都像噩梦成为过去的时候,我不能不看到自己的可怕弱点……"

吴景瑞感动地说道:"我们都有软弱的时候,我们都可能犯错误。但不管怎么说,我们谁也无权抛开伟大的事业!让我们从头干起吧!"

"说得对,吴大哥!就让我们振作起来,从头干起吧!"

听了王绍祖坚定的话,人们兴奋地欢呼起来。静下来后,难免紧接着一阵热烈而嘈杂的混乱,因为从此刻起,他们将拨开迷雾,踏上新的征途了!

篝火旁的饮酒狂欢一直持续到黎明。这时王绍祖想起乌日娜金,便拉着她走到一边,歉然地说道:"原谅我把你忘在一边了。我是太痛苦,太激动了……现在,好妹妹,该你告诉我,你这一年的经历了……"

乌日娜金的心潮重又被掀起,她长叹一声,轻拭了一下眼角残留的泪水,讲了自己的经历。

王绍祖听完了乌日娜金的叙述,好像自言自语地说道:"真有如一场梦……我们走的每一步,都是坎坷的,我们每吞下一口酒,都是苦的呀!我们生到这个可诅咒的世界,就像被上天遣来历尽劫难的。"

乌日娜金掠了掠额前的黑发,同时也拂去了刚才讲述遭遇产生的悲哀和迷惘,脸上透露出一个少女在绝处逢生后的天真的喜悦,并且渐渐地又融进少女的羞赧,她很轻松地说道:"总算没有白受苦,又奇迹一样找到了最亲近的人,一个和我的母亲最亲近的人……"

"是呀,能活着见到你,过去的苦难就算不了什么了。我得到了超过愿望的报偿。我们还得挺着胸膛,好好活下去。乌日娜金妹妹,你可知道,今天的事,是多么强烈地勾起我对巴兰森格妈妈的思念。我天天想着她,夜夜梦见她。她老人家一定更苍老了,皱纹增加了,一定天天急切盼望着儿女,盼望着你、我,盼望着我们投入她的怀抱呀!"

王绍祖的话,也勾起了乌日娜金对母亲的感情,她感到一阵晕眩,险些倒在王绍祖的怀里。她勉强稳住身体,用那颤抖的手扶住了身旁的树干。

王绍祖没有看到,正确地说是没去注意乌日娜金的悲伤。因为他自己此时的剧烈痛楚,并不亚于巴兰森格的亲女儿。他的眼睛望着森林里涌起的晨雾,好像努力寻索着什么。他的嘴可怜而又可怕地翕动着,随着呻吟般的叹息,讷讷地继续着发自灵魂最深处的声音:"我不会忘记,在一次偶然的机会里,我救了她的命。而她,却在后来的日子里,拼死把我从死神手里夺回来五次!我这个可怜的被世间遗弃的……私生子,从巴兰森格妈妈身上领受了母爱的快乐,我懂得了'妈妈'和'儿子'这两个亲切的词汇的丰富的含义了。有谁能知道,一个义和团的小兄弟,那时是沉浸在何等巨大的幸福之中啊!有一次妈妈失踪了三天,我整整哭了七十二个小时!待她终于又回到我身边,我伏在她的怀里哭得昏了过去……从那以后,妈妈让我投到她的保护之中。她教我骑术、枪法,教我如何指挥一支上千人的队伍。也教我如何去爱朋友,去恨仇敌!直到我告诉她家父将随同科尔丹去哲里木盟镇压造反的阿拉特,她才告诉我,她有一个从小失去母爱的女儿也在造反队伍里。她叫我把你带回去……可是妈妈呀!我没有完成您的嘱托,您把对女儿的爱,全部倾泻在我身上,我却没能在您需要女儿安慰的时候,把她带到您的眼前。我是世上最不争气的……儿子呀!……"

王绍祖说到这里,已泣不成声了。乌日娜金则任凭胸膛里的暴风雨猛烈的袭击,肩膀耸动的节奏一会儿比一会儿快,那高高隆起的胸脯已湿了一大片了,她使劲儿抱着那棵支撑身体的树干,深深嵌入树皮的手指流出了鲜血,她突然仰起泪脸,大声喊道:"哥哥!不要再说了!我的心已经被你的话撕得支离破碎了!哥哥,这一切能怪你吗?我是妈妈的女儿,亲女儿……我早应该去跪在她的脚前,接受她的爱抚,安慰她受尽人间痛苦的

心啊！……"

王绍祖向乌日娜金走了一步，深深吸入一口气，揩了一把满脸的泪水，从胸膛里滤出一声令人心碎的哀叹和悲泣，然后伸手轻轻拭去乌日娜金脸上的泪水，努力想平复自己和另一颗激烈震动的心。

"哥哥，从此我们不要再分离了，对吗？我们一同去找妈妈。她在哪里？妈妈在哪里？快告诉我，哥哥，妈妈还活着吗？我……我多想念她、多想立刻见到她呀！"

"她会活着。妈妈一定在等着我们。我们很快就去找妈妈！那时，你一定会快乐的。你去看看吧，东辽河多美。那里的人多好！我们离那儿并不远，只消三两天就能走到……"王绍祖梦幻般地说着，却突然停了下来，惊恐地叫道："天哪！让天雷劈死我吧！"

乌日娜金惊异地后退一步，说道："你，你说什么？"

王绍祖用力抓着自己的头发，那悔恨交加的样子，就像要把头颅拉得四分五裂，"我……我做了什么哪！我成了双重罪人了！"

"我不明白，哥哥，你到底在说什么？"

"乌日娜金，我是无法再原谅自己了。当我应该打起旗号招引失散的弟兄时，我没有打起旗号；当我应该迅速向南驰去的时候，却迟迟没有行动。你看，弟兄们找了我几个月，从东辽河循着我的可鄙的声名回到这里。现在看吧，听到杳无音讯的儿子在二龙山，妈妈也一定会飞奔前来的！啊，我这可耻的名字，可耻的……名字啊！"

"不，哥哥，我还是不明白。我不懂……弟兄们的到来，会增加你的力量，这不好吗？妈妈……如果也来，这不好吗？"

"让我说给你听吧，妹妹。这两件事，都是好事，都是我日夜盼望的事。可是时间不对。时间……机会……唉！错过了和失去了它们多可怕！……不！我们不能再耽搁了。我不能让妈妈历尽艰辛和危险到这个即将遭到哥萨克扫荡的地方！你明白吗，妹妹？哥萨克已恨透了我这支小小的队伍，我们很快，甚至明天就要遭到围剿。也许会全军覆没！而在这时，来寻找我的妈妈——她肯定会来——就不可避免地要遭到不测。如果这样，我王绍祖就不但是一个罪魁，而且是哥萨克的帮凶了！"

乌日娜金也似乎认识到这是个危险的局面，着急地说："那怎么办？你有什么主意吗？"

"唯一的办法就是赶快把我的名字往南移动,直到东辽河。"

"是现在吗?"

"是的。这已经过迟了。我怎么会直到今天才想到这一点呢?我快成了双料的笨伯了!走,妹妹,和弟兄们讲讲,我们马上拔营!"

"那么,奈曼乌勒怎么办?总不能丢下他呀!"

"真的,我倒忘记他了,……是呀,总不能丢下他呀,特别是他已经是一个……残废,需要帮助,……绕道洮南?不,不行!那里有一支官府的军队……"

"我去把他接来吧。"

"不。我不允许你再离开我!唔,这样吧,我们立刻起程,另派一个人去接他,把他带到东辽河。"

乌日娜金坚决地摇摇头说道:"不行。别人去,到洮南寻找奈曼乌勒要用去不少时间,让奈曼乌勒相信也需不少唇舌,甚至会惹出别的麻烦。还是让我去吧。一个双目失明的人是不会骑马飞奔的,而除我以外的人,是很难把他引来的。"

"乌日娜金,你可知道,天有不测的风云。一旦在你回来之前……"

"那么,我们同时行动吧。我一定会追上你们。"

王绍祖用拳击着额头说道:"啊,残酷而冥顽的上帝呀!难道不能启迪我想出一个好办法吗?"

"哥哥,不必再为此伤脑筋了。任何微小的心烦意乱都会动摇你的决心和果断。你就赶快向部下下命令吧。我也不能再延迟下去了。"

"等一等!"王绍祖坚定地说,"你去吧,一定要快,我们等着。"

"那怎么行?"

"就这样。我将派出几十个人去各处侦察,一有情况,我们就下山。如果你回来时听到我们受攻击的消息,不要上山,要径直朝南走。"

"可是……"

"就这样,好妹妹。不要再争下去了。你去吃点儿东西,然后就出发。"

"好吧。"乌日娜金说道,看了看王绍祖,又低下羞红的脸。

王绍祖看到乌日娜金欲言复止的窘态,便问道:"还有什么话,尽管说吧。"

"听说格力图尔还活着……"

"对了,看我这脑袋!"王绍祖深感内疚地说道,"库玛还告诉我,他正沿着你东行的道路寻找你。"

"如果他也来二龙山,你会谅解他吗?"

"那还用说吗?我们会成为好朋友的。"

"谢谢你,好哥哥。"

57

格力图尔寻找乌日娜金,可不像乌日娜金寻找王绍祖那么容易。因为乌日娜金是径直地奔赴二龙山,她知道找到二龙山便算找到了王绍祖,心中想的只有这样一个终点,中途的任何事物都不能分散她的注意力,尽管她也费了不少周折,但毕竟不会浪费太多的时间和精力。格力图尔就不同。他也确信,乌日娜金是向二龙山走去,但又知道,乌日娜金是和双目失明的奈曼乌勒同行,速度不会太快,如果自己扬鞭催马,会很快超过乌日娜金。所以,他是走走停停,瞻前顾后,又常常以为河边树丛中的人影或林子边一闪而逝的人影就是乌日娜金和奈曼乌勒,那时,他便毫不犹豫地追寻过去,甚至不惜体力和时间地绕来绕去呼唤着他们的名字。有时他心灰意冷地离开他搜索多遍的所在,向前奔驰,但一会儿又以为自己太粗心,放过了他们最有可能藏身的树丛或山凹,便折身返回……

因此,在乌日娜金已经到了二龙山并且踏上去洮南接奈曼乌勒的道路时,格力图尔仍在河边或树林里徘徊。

在查干花,格力图尔听到王绍祖奇袭哥萨克兵营的消息,也认识到自己最正确的行动是直趋二龙山。但二龙山在何处?他到过奉天的二龙山,四平附近也有二龙山,现在又出了个二龙山!二龙山何以如此之多?他很小心地向当地人打听二龙山的所在,人们只是把手往东边一挥:"在东边,远了!"东边,这只是一个相对的方向,包括的范围是无限的,而"远了"指多远?这又是一个不明确的概念。但他也没法再过细地询问。反正知道了方向和不会太近的距离,那就朝着大致是东的方向阔步前进吧!

一天,他的马跑累了,他的身上也出了不少汗。这时太阳已经偏西。他放慢了速度,一边权作休息,一边四处搜寻有无人家,以便解鞍借宿。后来,他看到不远处的一个高坡上停着一辆有篷的马车,车旁站着几个人。他信马由缰地走过去,想打听一下这里离二龙山还有多远。当他的马和那辆车相当接近的时候,他突然惊呆了。背向他朝东不停地指手画脚的人,不正是他所在的新军标统①卢士杰吗?格力图尔一时间像陷入梦境一样糊涂起来。这是怎么回事?是卢标统到这里来了,还是他自己又走回了奉天?抑或是在梦中和上司相遇?

格力图尔勒住马缰,在懵懂犹豫之际,卢士杰一回头看到了他,立刻吼叫起来。

"布德尔,过来!鬼知道你上哪儿逛游去了!"

平时,卢士杰对格力图尔很赏识,并多方关照;在和几伙土匪的战斗中,格力图尔又表现出勇敢和善战,卢士杰早就有意提拔他。格力图尔对卢士杰也很有好感,加上他和巴音赛克图的计划尚未实现,是不能惹卢士杰的。所以,他听到卢士杰的怒吼,并未介意。他跳下马来,走了过去。

"标统大人,这是什么地方?"

"鬼知道这是什么地方!"

"您到这儿干什么?这里好像不是奉天……"

"什么奉天、奉地!你瞎吗?你不会看!"

格力图尔强忍恼怒地瞪了卢士杰一眼,顺卢士杰指的方向看去。这时他才看到,在大约二三里地的地方,正在进行一场战斗,显然厮杀得非常激烈。

"看到了吗?"卢士杰没好气地大声说,"什么地方?这是阴曹地府,是鬼门关!你的那位傲气冲天的管带也见阎王了。一群孬种!——还瞪什么眼睛?上马冲过去参战!"

"可是,标统大人,我们在跟谁打呀?"

"跟鬼!你他妈别啰唆了!你冲过去就会取胜。等着我给你一鞭子才上马吗?"

格力图尔控制不住恼怒地说道:"你敢给我一鞭子,我就把你的两只胳膊一齐掰断!"

"好小子!还跟我顶撞!"

"我已经告假,你为什么逼我参战?"

---

① 相当于现在的团长。

"告假！你是军人,懂吗？就是搂着老婆睡觉,也得爬起来冲过去！"

"可是,我首先得知道跟谁打？"

"跟谁？跟你的敌人！他们杀死了你的全部部下,还要把你常胜的光荣踩在脚下！快去吧。你挥起大刀神鬼都害怕,你会赢得胜利！"

格力图尔冷笑了一下说道："想让我替你赢得胜利,却用这种态度对待我！"

"布德尔,你要看看这是什么时候,太阳一落山,我们就全完了！我们从未经历过夜战。我们必须在天黑下来以前结束战斗。——干脆吧,布德尔,你打赢这一仗,我给你请头功,提任你当管带,不！我现在就任命你为管带！——上马吧,我的好管带,给你,拿上我的刀。天哪,穿着这么一身衣服！把蒙古袍脱下来！"

格力图尔没有立即接过大刀,却扫了一眼战场问道："乌力吉呢？也在吗？"

"乌力吉！"卢士杰咬牙切齿地说。他本想痛骂几句不久前带领一百多名兵勇背叛他的乌力吉,猛地记起,眼前这条凶汉正是乌力吉的莫逆之交,便赶忙住了口。他想,布德尔也许恰好是乌力吉的同谋,要是知道乌力吉已经背叛,必然不会去为他卢士杰卖命。而眼下,是很需要布德尔去猛砍猛杀的。是的,必须挑起他的仇恨,让他怀着替朋友报仇的心理去勇猛地参战。所以,卢士杰装出悲痛的样子,说道："布德尔,真太不幸了。你的好朋友乌力吉,刚刚在战场上被敌人砍成了碎块……"

"你说什么！"格力图尔的眼里立刻冒出火来,悲痛而愤怒地喊道,"乌力吉！巴音赛克图！"

"什么巴音赛克图？"卢士杰皱眉问道。

格力图尔没有理会卢士杰的惊异,倏地扯掉蒙古袍,一把夺过卢士杰手里的大刀,跃上马背,一边俯身磕镫,一边狂怒地大喊："龟孙子们,看我来收拾你们！巴音赛克图,我来给你报仇了！"

卢士杰阴险地笑了一下,朝着飞骑而去的格力图尔喊道："布德尔！狠狠地杀,替你的朋友报仇！只要不是穿着旗兵服装的,你就给我砍,砍,砍！"

格力图尔就这样,胸膛里燃烧着替巴音赛克图报仇的怒火,瞪着血红的眼睛,直奔正酣战的战场去了。

实话说,不仅偶然碰上这场厮杀的格力图尔是稀里糊涂参战的,就是正在酣战中的拼斗者们,也无一不是稀里糊涂。他们分不清哪是敌,哪是友。有时交手的双方忽然觉得是自己人,便遗憾地"嘿"了一声,互相分开,去寻找真正的敌人了。这是一场混战。而且不是通常所说的"双方"。这里一共有三伙人马,还不算由于使不上火枪而退到高处观战的哥萨克兵。这三伙人马,一伙是王绍祖的三百名战士,一伙是巴兰森格的二百名骑手,第三伙是卢士杰统领的五百名旗兵。

这几伙人马是怎样搅到一起的呢?

还是在乌日娜金走后的第五天早晨,王绍祖已经作好了南下的最后准备。虽说尚未有哥萨克来围剿以及巴兰森格来会合的消息,但他认为不能再拖了,他总觉得心中有一道阴森的魔影在徘徊,头顶有一片乌云在涌动。他为乌日娜金迟迟未归焦急万分。他知道,不带上乌日娜金,他是无颜再见巴兰森格妈妈的。他后悔当时竟答应让乌日娜金独自一人到洮南去接奈曼乌勒,他担心乌日娜金会在途中发生不幸。他在山上无论如何也坐不住了,便走出山林,企望能看到乌日娜金的身影。

走上大路以后,他心绪不宁地踱来踱去,不断朝西边望去,似乎看到了乌日娜金发生了不幸,感到懊悔异常,痛苦万分,直想剖开胸脯,让秋风吹凉那颗闷热得快要窒息的心。在将近中午的时候,他的视野里终于出现了一个单人独骑的身影。他眼睛一亮,大步迎上去。可是,飞奔到面前的不是乌日娜金,而是他派出去侦察的战士。

"有什么情况?"

"首领,哥萨克已顺着铁路,从宽城子方向,向这里奔来。估计他们已经到了我们颠覆列车的那一带。"

"是呀,是该来了。他们是来复仇的,其势正盛,我们需躲避一下他们的锋芒。你立刻回到山上,叫弟兄们整好行装,鞴好马,准备绕道南下。"

"那么你呢?"

"我再等一等,那边又来了一匹马,也许又有什么消息。快去吧。"

"是。"这个战士答应一声,跳上马背,向山脚驰去。

王绍祖已预料到这第二个骑马而来的人不会是乌日娜金,却怎么也没想到竟是令他异常厌恶的李鹤翔。此人是四合屯一个小财主的不肖子。王绍祖在前不久引爆了军火列车后,曾进入离现场仅有三里之遥的四合屯,想求助一些食物和红伤药。恰遇李鹤翔,不仅不肯相帮,还辱骂他们是"匪徒"，气得弟兄们想一刀结果了他。王绍祖不想与此辈理论，命令饥饿的部下抬着受伤的同伴离开了四合屯。

在今天这种心境下，和这样一个讨厌的人不期而遇，王绍祖感到晦气。他狠狠唾了一口，转过脸去，只盼这个小市侩尽快从身旁驰过去，永远从视线和记忆里消失。但，骑马飞奔的李鹤翔也偏偏认出了王绍祖，而且勒住缰绳，翻身下马。他瞪着一对大烟鬼的蓝眼睛，满脸松弛的肌肉都在抽搐，那样子就好像要一口吃掉眼前的王绍祖一样。他扬臂擦了一下脸上污浊的汗水，牵着马朝王绍祖一步步逼近。王绍祖还没来得及防备，敞开的衣襟已被李鹤翔一把拽住了。

"王绍祖！"李鹤翔咬牙切齿、一字一顿地说道："你干的好事！你把灾难带给了四合屯，你却稳坐山寨！四合屯成了一片废墟、一片血海，你却在这里游山逛水！"

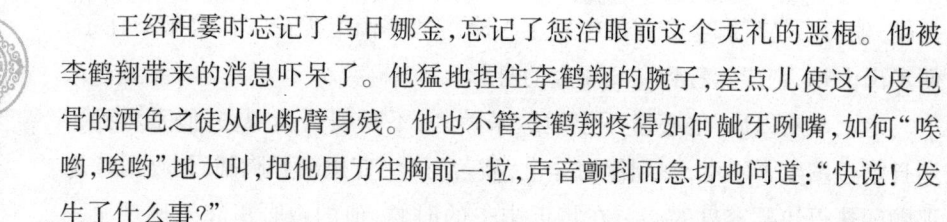

王绍祖霎时忘记了乌日娜金，忘记了惩治眼前这个无礼的恶棍。他被李鹤翔带来的消息吓呆了。他猛地捏住李鹤翔的腕子，差点儿使这个皮包骨的酒色之徒从此断臂身残。他也不管李鹤翔疼得如何龇牙咧嘴，如何"哎哟，哎哟"地大叫，把他用力往胸前一拉，声音颤抖而急切地问道："快说！发生了什么事？"

"天哪！你要捏碎我的胳臂了！"李鹤翔哭声赖韵地说，嘶嘶哈哈地揉着被松开的已经红肿的腕子，接着说下去，"你问我发生了什么事？对吗？这是你早该预料到的！你这个惹是生非的草寇，无恶不作的狂徒！你痛痛快快干一下跑了，却让家父死于非命，让四合屯遭了祸殃！告诉你，卡西诺夫带着几百哥萨克在今天上午血洗了四合屯。亏得我不是昨天夜里而是今天上午回家，否则，我也不会活命了！"

"天哪！"王绍祖呻吟般叫道，像面对苍天，又像自言自语，"上帝创造了世界，就是为了让强者欺凌弱者、让恶狼吞噬羔羊吗？可恶的哥萨克！你们为什么不找我算账，却去砍杀黎民百姓！……"

"好哇，王绍祖。我已经家破人亡了，我问你，我以后怎么办？我的地没了，房子没了，金钱没了，成了穷光蛋了！可我要吃、要喝、要玩，你能给我吗？"

"住口！你这个一文不值的行尸走肉，只知吃喝玩乐的酒囊饭袋！如果你认为这一切灾难都是我造成的，如果令尊的惨死仍旧引不起你的仇恨，四

合屯的毁灭仍旧唤不醒你的良心,那么,你就跟我上山,赔你两个四合屯!"

王绍祖说完,一把揪住李鹤翔,拽着他大步向山上走去。到了他们隐秘的宿营地,他叫手下人把积存的金银玉器搬过来,扔在李鹤翔的脚下,鄙夷地吼道:"拿去吧,没有灵魂的恶棍!"然后转身命令部下扔掉全部辎重,轻装上马,奔下二龙山,顺着大道,朝四合屯的方向疾驰而去。

王绍祖带着他的马队,在傍晚驰抵四合屯。闯进他眼帘的场面,使他骇然地勒住了马缰。他使劲儿揉了揉视物模糊的眼睛,仔细地看去,证明眼前的惨象绝不是幻觉。突然,耳畔传来阵阵喊杀声和火枪的嘭嘭声,不远处尘埃弥漫,刀光人影,正进行着一场激烈的厮杀。这时,一个可怕的念头闪入他的脑际,他想到了巴兰森格……

王绍祖的心一下紧缩起来,脑袋里轰然作响,险些跌下马背,"难道我一直担心的事情终于发生了吗?"他在心里悲哀而怨恨地吼道,"可恶的上帝!你连一天的时间都舍不得给我!"接着,他转过身,用他那变得浑浊的眼睛看着三百个同伴,提高了声音,把自己的话像一阵冰雹又像一团烈火抛进他的队伍,"弟兄们!你们看到了吗?那一定是我们的巴兰森格妈妈。如果你心灵的眼睛还睁着,就会看到我们尊敬的神帅已经处于危险之中。而且,那在风中飘动的是官军的战旗,那冒着火光的是哥萨克的枪口。我们的妈妈陷入两个魔鬼的围攻之中。让我们忘掉自己吧!让我们变成战神,去解救我们的妈妈吧!弟兄们,跟着我,我的马头所向,就是你们伸张正义的地方!挥起手中的钢刀,把死亡带给仇敌吧!"

王绍祖说完,勒转马头。抖动缰绳,直向战场冲去。眨眼之间,他们投入了战斗,几伙人马搅到了一起。在短兵相接中,哥萨克的火枪失去威力,卡西诺夫上尉命令自己的队伍暂时退出战斗,站在高阜处观看中国人之间的械斗和互相残杀。

王绍祖在凶狠的砍杀中,没有注意到卡西诺夫一方已退出战场,否则,他肯定会带领人马尾追过去。而且,他已认出了几个在东辽河的同伴,在拼斗的间隙中,询问出巴兰森格妈妈确实身陷战阵中。这样,他就只顾把手中的大刀片向旗兵头上砍去,好像只有这样才能减轻自己的罪过。他正杀得性起的时候,一个同伴驱马跑了过来,气喘吁吁地对他说:"绍祖!巴兰森格妈妈叫你去。"

"什么!巴兰森格妈妈在哪儿?她怎么样?快,快告诉我!"

"她受伤了,我们已经把她救出去了。但她不肯走,一定要见见你。"

"快!带我去!"

王绍祖跟着来人,驰离了酣战的中心,向北边的一片高粱地奔去。

躺在高粱地垄沟里的巴兰森格,由于流血过多,已处于半昏迷状态,但听说找到了王绍祖,还是用力睁开了她那慈祥而欣慰的眼睛。

王绍祖跳下马背,甩掉缰绳,几步跨到巴兰森格身边,扑通跪下去,双手捂着脸,悲哀而自谴地呼唤着"妈妈",眼泪顺着指缝涌流出来。

"不要哭,孩子……"巴兰森格费力地张开苍白干裂的嘴唇,温柔地说道,"能找到你,我很高兴,……真的,我真高兴!"说着,向王绍祖伸出粗糙的瘦骨嶙峋的大手。

王绍祖感动地浑身颤抖着,他紧紧握住巴兰森格的手,像捧着世界上最宝贵、最神圣的东西,贴在激烈起伏的胸口,痛不欲生地哭喊道:"别说了,我的好妈妈!……让上帝惩罚我吧,让一切不幸……不,让天雷殛到我的头顶吧!我的罪过是不可饶恕的……"

"不,孩子。这不能怪你。我真是糊涂了,我为什么要像发布命令一样,让你带回我的……女儿,……不,绍祖,是我……失掉了理智,异想天开……我是没有权力接受乌日娜金的爱的……"

"您又说错了,好妈妈。您给了我生命,难道我不应该把快乐带给您吗?如果我完不成妈妈的使命,还有脸做您的儿子吗?而且,乌日娜金妹妹哭喊着要我把她带到您的身边,我却为了自己的声名拒绝了她,……当几天前,她费尽周折找到了我,我却又一次犯了错误,竟让她只身一人去洮南寻找奈曼乌勒,……现在,您来了,我却不能把妹妹带到您的身边……而且,而且……我真担心我的错误会带来不堪设想的后果,她在应该回来的时候,仍旧没有回来……"

巴兰森格的微闭的双目渗出大滴大滴的泪珠,她慢慢睁开眼睛,轻轻地似乎很宽慰地说道:"是这样,……我明白了。……可是我很高兴,我总算知道,女儿还想着妈妈,……是吗?绍祖,她还爱我吗?"

"爱您的,妈妈!她说,她只要能在妈妈身边,只要能伏在妈妈怀里痛哭一场,就是死了也甘心了。……"

"真的?"巴兰森格的眼里闪出兴奋而幸福的亮光,"绍祖,我感谢你。你带给我的消息,比能活下去更叫我高兴啊!能带着女儿的爱离开世界,我会

很坦然的。"由于内心的激动和说话的兴奋,她的伤口又大量涌出鲜血,剧烈的伤痛使她的额头渗出汗水,她呻吟了一声,又接近昏厥状态了。

王绍祖担心地看着巴兰森格,声音哽咽地说道:"不要说话了,妈妈。我们不会让您离开我们的。我们会治愈您的伤口。我一定把弟兄们带到安全的地方,一定要找到妹妹,把她带到您的身边,然后,我们一同回东辽河。来人!"王绍祖喊过站在旁边的同伴,"喊回二十个弟兄,保护好巴兰森格妈妈,到二龙山去!"

"等一等!"巴兰森格睁开双目,努力使自己的发音清楚些,"绍祖,把弟兄们带到安全地方,这……很重要。但,先不要去找乌日娜金,……那会误事的。还有,如果我……死了,你就代替我,到东辽河等着,有一天,巴音赛克图会把一个叫白音达赉的人带到你面前……"

"巴音赛克图?妈妈,他还活着?"

"是的,他还活着。……亏得他把你的危险告诉了我……"

原来巴音赛克图和格力图尔分手后,很顺利地找到了巴兰森格。那时,巴兰森格刚从法库门回来,并已把分散隐藏各处的部下都召集到东辽河。她的计划是,暂时按兵不动,静待白音达赉的消息。白音达赉如果夺取沙俄军火库成功,会很快到东辽河和她会合,然后,他们要在东辽河以及哲里木盟大干一场。她听巴音赛克图讲述和格力图尔在新兵营的成绩,很高兴。她让巴音赛克图迅即返回兵营,尽量再多争取一些人,待格力图尔回去,就一起带领人马驰赴东辽河。但巴音赛克图回到兵营后,获悉卢士杰将带领他们去剿杀二龙山的王绍祖,他大吃一惊,认为事不宜迟,不能再等格力图尔了,便连夜带着二百人到东辽河给巴兰森格报信去了。巴兰森格当机立断,决定亲自来营救王绍祖,而让巴音赛克图到法库门去和白音达赉接头。

这段过程很简单,但要让重伤中的巴兰森格去讲述,力量却是远远不够的。而她觉得还有更重要的话必须在神志清醒的时候告诉王绍祖。所以,她只是像上面那样费力地回答了一句关于巴音赛克图的话,又挣扎着说下去:"记住,绍祖。那个人叫白音达赉,你就是他的部下。……听明白了吗?"

王绍祖有许多话想问,有许多事想向妈妈倾诉。但他知道,眼下不能让巴兰森格妈妈多说话,而且他必须返回战阵。所以,他不再问,只是俯着身,热泪涌流地点头道:"听明白了。妈妈。"说完,他站起身来,跳上马背,向激战的地方冲过去。

403

其实,在王绍祖的队伍以生力军的威势加入战斗以后,战局已发生了明显变化,旗丁被砍得七零八落、叫苦连天。但当王绍祖第二次返回战场时,形势却朝着相反的方向发展。旗兵似乎重整旗鼓,增兵添将,取得了绝对优势。正在王绍祖感到不胜骇异的时候,一个败下阵来受了重伤的同伴驱马驰过身边,他大怒地喊住了这个只顾逃命的人。

"站住!怎么回事?难道我们都成了孬种了吗?"

那人勒住马缰,摸了摸肩头的已露出骨头的刀伤,心有余悸地说道:"天哪!那真是一个凶神!……绍祖,也许只有你能抵挡得了他!……"

"凶神?"王绍祖恨恨地咬牙道,"他在哪儿?"

"在当中,人最多的地方,……弟兄们会被他全部砍死的!……"

"住口!你再说一句丧气的话,我就先砍下你的脑袋!听着,赶快回到二龙山,那里有人会治好你的伤口。滚吧!"

王绍祖看着离去的可怜的同伴,在心里叹息了一声,觉得自己快要失去理性了。但他无论如何,也捺不下胸中的怒火。凶神!他正是要找一个"凶神"拼斗一场。他掂了掂手中的大刀,把缰绳挂在鞍鞒上,用力磕了一下马镫,上身一弓,那坐骑便嘶叫着带着它的主人闯进战斗最激烈的地方。

一点儿不错,出现在王绍祖面前的,的确是一个"凶神",看不清他的脸,也看不清他的身躯,只见他浑身都是胳臂,四周全是寒光,接近他的人不是惨叫一声跌下马来,就是捂着刀伤退出战斗。"别高兴得太早!"王绍祖在心里说道,"将要和你交手的也是一员'凶神'!"接着,他大喊一声:"闪开!看我的!"那坐骑早已冲到"凶神"的面前。两个"凶神"立即展开了一场令人胆寒的厮杀。只见两匹骏马一来一往,两团寒光交合分离;只听刀片相碰的铿锵声,两团寒光当中传出一声声喝骂。人们看呆了,站在空场周围,忘掉了是在战斗,好像观看一场精绝的技艺表演。

但是,你来我往,刀起刀落的两个人却不像观战者那样轻松,他们都感到正经历一场你死我活的拼斗,面对的是从未碰到过的刀法精熟的猛将,而且,都想把对方置于死地。他们并不知道周围有那么多人在观战,只是盼望有那么一刹那,对方出现破绽,使自己的大刀有机会接触到对方的血肉。他们从战场的核心,直杀到外围,又从外围直杀到西边的空地。虽然仍旧胜负难分,王绍祖却意识到难于取胜了。他赞叹对手竟有如此的膂力,他痛恨自己竟感到力不能支了。对方似乎也看出王绍祖只剩下了招架之功,失去了

还手之力，便步步紧逼，大刀的寒光时时在王绍祖头顶闪动。突然，王绍祖感到右手虎口震裂般疼痛，手中的大刀早已飞向空中，落到十几丈远的地方了。他看到对方已举起大刀，那寒光正像一个死神，刹那间就会飞落下来。但就在这时，对方似乎怔了一下，大刀从手中垂落下来，王绍祖不假思索，乘机伸手抓住对方的胸襟，一用力，那人便离开马鞍，重重地跌落到地上了。王绍祖也同时跳下马来，劈手夺过大刀，令他奇怪的是，那人好像并不想反抗。但被愤怒和转败为胜的喜悦统治着的王绍祖，哪里会去观察对手的反常状态，只想尽快砍下那颗令他憎恶的头颅。他威武地举起大刀，大声说道："听着，你这个力大无穷的恶棍！你知道你在和谁拼斗吗？你在帮助哥萨克砍杀自己的同胞！我从来不想让自己的大刀沾上同胞的鲜血，但今天，我要代表大禹的子孙和成吉思汗的后裔，砍下你这个惨杀同胞的魔鬼的脑袋！"

"绍祖！砍吧！正应该由你砍死我……"

听到对方的声音，王绍祖浑身一抖，他扔下大刀，扶起准备引颈受戮的人，惊讶地说："是你？格力图尔！"

"正是我呀，绍祖！砍死我吧！我干了什么哪？我还有脸立于天地之间吗？"

"你，格力图尔！"王绍祖松开手，十分憎恶地看着格力图尔的装束，"看看你穿着什么服装！你的身上竟沾上了巴兰森格妈妈的鲜血了！"

"什么！巴兰森格妈妈？"

"你吃惊吗？巴兰森格妈妈身负重伤，正处于危险之中。也许恰巧是你的大刀砍到了她的身上……"

"天！这是梦吗？"格力图尔悲痛欲绝地叫道，"我……我干了什么？我……这是怎么了？——唔！哥萨克！快，绍祖，赶快上马逃开！我来对付他们。"说着，准备俯身去拾起大刀。可是已经来不及了，几十个哥萨克骑兵把他们两人团团围住了。

原来站在高阜处的卡西诺夫早已看到了不远处令人惊心裂胆的厮杀。当他看清了其中的一个人正是他的死对头王绍祖时，便立刻带人围了过来。

"哈哈，是你呀，威名赫赫的王绍祖！"卡西诺夫冷笑着说道。这句话虽然说的是俄语，但王绍祖却听懂了这句话的意思。

接着卡西诺夫又不得要领地咕噜了一句汉话："你瞎（杀）得我们……好

苦啊！"

王绍祖知道，周围几十个哥萨克，自己手中又失去了武器，进行反抗是毫无意义的。而且，他觉得自己的心里很平静，身体也似乎像繁重劳作后将要获得休息一样舒展开了。他看了看卡西诺夫，心里反倒怜悯起这个哥萨克上尉，因为看那蓝眼睛里闪动的兴奋的光，好像在这一刹那获得了整个世界！王绍祖不由得讥讽地笑了一下，说道："Мы, здесь хозяева。"

"Хозяева?"卡西诺夫翘起嘴巴，像唱歌似的说道，接着发出一阵狂笑。

格力图尔听不懂他们说的是什么话，但他意识到，王绍祖落入这些俄国人手里，是不会活命的。这个后果，又是他格力图尔促成的。所以，他又悔恨又恼怒地往前走了一步，对俄国人喝道："不准你们碰他！谁敢动手，我就砍下谁的脑袋！"

王绍祖怨恨而可怜地看着格力图尔，制止道："不要胡来。这是没有意义的。格力图尔，我不知道你这一年来经历了一些什么事，发生了什么变化。但我要奉劝你一句，假如你的良心还没有泯灭，假如你仍旧是放火烧毁俄国人帐篷的好汉，那么，赶快把你的人马带走。即或不能像巴音赛克图那样和哥萨克对垒，也不要再把大刀砍在同胞的头上！不能再增加自己的罪孽了！还有，乌日娜金正从洮南往这里走，顺着查干的路，会找到她。去吧，你一定要找到她！……替我找到她，把她带到巴兰森格妈妈面前。能做到这一点，你也许会赎回一半的罪过……"

格力图尔不想辩解和开脱自己，他只是有些话要一股脑儿地问出来。比如，巴兰森格妈妈现在何处？怎么知道乌日娜金正走在去二龙山的路上？巴音赛克图和从兵营里拉出的人马是否也在战场？但卡西诺夫却不想让面前这两个人继续去交谈他听不懂的蒙古话，皱着眉头朝王绍祖挥了挥手，然后看着被痛苦折磨得快要晕倒的格力图尔，笑了笑，操着生硬的蒙古话说道："你杀得好，去狠狠地杀吧！"说完，他示意手下人把王绍祖带走，并朝着一个中尉衔的哥萨克军官说了几句俄国话，中尉立刻飞身上马，朝着不远处的哥萨克队伍跑去。

被簇拥着走去的王绍祖，听到卡西诺夫的话，浑身一抖，猛地转过头，对格力图尔大喊道："格力图尔！哥萨克决定向所有中国人开枪，快去把弟兄们都带走，快去！"

格力图尔闻声，跃上马背，也大声喊道："王绍祖！我会马上来救你的！"

说完，驱马冲进战阵。

"住手！"格力图尔喊着自己的部下，"俄国人要向我们开枪，不要再砍杀自己的弟兄了！放走他们，都跟我走！"他疯狂地从东跑到西，又从南跑到北。他的声音传到战场的各处，并轻易地获得了响应。砍杀声逐渐稀落下来。旗兵都跟在格力图尔的身后，向南驰去。这时，哥萨克的枪声从他们后面传过来……

跑出一段距离以后，格力图尔勒住马缰，并转身把队伍约束住。他看了看已全力向哥萨克冲去的巴兰森格和王绍祖的部下，以及时时有人在哥萨克的枪击下滚鞍落马的惨状，眼里喷出两柱仇恨的怒火，额头的青筋突突地暴跳起来，也不管气急败坏地跑过来的卢士杰如何责问呵斥他，可着喉咙对眼前的旗兵们喊道："弟兄们！有种的跟着我，和俄国人拼了！"

说完，他一马当先，挥着大刀，向哥萨克的马队冲去。至少有一百旗兵，跟在他的身后。呐喊声震动了整个原野。格力图尔杀得性起，已记不得有多少哥萨克的头颅从眼前飞落到地上。直到夜幕垂落下来，哥萨克的大批增援部队赶到战场，格力图尔才不得不结束这场惬意的砍杀。使他深感遗憾的是没能救出王绍祖。但他毕竟弄清了一个问题，那就是跟着他砍杀哥萨克的旗兵里，没有原来准备一起投奔巴兰森格的人，这说明巴音赛克图肯定不在战场，而卢士杰的那番话，纯属有意编造的谎话。他恨透了这个把他引向罪恶的卢标统！当他把幸存的旗兵带到快气昏的卢士杰面前时，压抑不住怒火地喊道："卢士杰！你这个骗子！"

卢士杰又气又怒，喝道："下来！你这乌力吉的同伙！惹祸的罪魁！我要亲手打死你！"说着从怀里掏出手枪。

但他的手枪还没来得及举起，只听一声巨吼，格力图尔的坐骑直向他奔来，大刀早已带着一阵风声朝他砍去。他骇然一抖，忘了开枪，却一缩身，连手带枪举起去护那顶戴花翎下面的头颅。

只听"嚓"的一声，卢士杰的手握着枪飞落到十几步远的地方了。他大叫一声，疼得在地上打起滚来。格力图尔的坐骑却像一阵狂风，霎时消失在夜色中了……

58

乌日娜金知道,她不能如期返回二龙山,王绍祖肯定非常着急,甚至会因此而误了去东辽河的行期,给山上的几百个弟兄带来灾难。但是,她有什么办法呢?她总不能把发着热病的奈曼乌勒,扔在荒野呀!

乌日娜金没有预料到,奈曼乌勒会在中途病倒。当他们离开洮南府,走上广袤的草野时,心情都十分愉快。这可能是起义失败后,他们所能领略到的最兴奋最心旷神怡的时刻了。是啊,过去的一年,他们是在怎样的苦难困顿中度过的呀!欢时易过,苦日难熬,无论是乌日娜金栖无定所的流浪道途,还是奈曼乌勒低眉下眼的卖唱生涯,每一个漫长的昼夜,都像一年那么长!虽然索伦扎鲁的金蝉脱壳计使他们意外相逢,曾给他们带来一丝快乐,但那仅仅是一瞬间的事。当心海中欣喜的浪潮平静下来以后,他们终于意识到,快乐依然是虚幻的,未来则更显得朦胧了。而现在,当他们踏上去二龙山的道路时,心情就截然不同了。等着他们的是一个明确的目的地,是新的生活。未来也许充满艰辛和荆棘,但绝不会再有苦恼了。

乌日娜金小心翼翼地把奈曼乌勒引向最平坦的道路,尽量使总想撒蹄腾空的坐骑走得平稳。她不时地侧过美丽的脸看着异常激动的奈曼乌勒,明显地看到,那满布伤疤的脸变得红润了,漂亮了,那深陷的眼窝似乎有两柱灼灼欲燃的光闪射出来。乌日娜金心想,他一定看到了很多雄奇的景象。是的,奈曼乌勒虽然双目失明了,但此时此刻,他心灵的眼睛却大睁着。他不仅看到了曲折回环的道路,也看到了蓝天白云,看到了高耸云端的雄鹰,看到了突兀云表的奇峰怪石,看到了银河倒泻般的襟连的飞瀑,看到了澄澈的涧溪和叠翠的山峦……

"他也许要唱起来呢。"乌日娜金想道,差点儿笑出声来。

奈曼乌勒确实想唱,他多想把自己高亢的歌声交给浩荡的天风,冲破云霄,传遍宇宙啊！但是突然间,他感到天旋地转,耳边响起一阵阵炸雷,眼前雄奇的景象变成了一个个张牙舞爪的怪物,从四面八方向他扑来。他大叫一声,挥起拳头同周围的一切展开了搏斗……

事实上,他只是呻吟了一阵,跌下马鞍,就什么也不知道了。他突然发起了热病,昏厥过去了……

乌日娜金不胜惊骇地跳下马来,看到奈曼乌勒的瘦弱的身体不停地拘挛和抖动,干枯的双手可怜地毫无着落地抓挠着,嘴角流出白色的细沫。她急得不知如何是好,只是一遍又一遍地在心里哭喊:"天哪！怎么办……怎么办哪?"她跪在那里,抬头向东边看去,天际的一抹夕照早已收敛得无影无踪,起伏的连山和暗蓝的天空融合到一起,变成挂落眼前的一块黑幕。晚风吹得草野呜咽作响,不远处的一带林木传过来阵阵令人心震骨惊的涛声,似乎又夹杂着一声声拉长的瘆人的狼嚎。她感到手足无措和毛骨悚然,猛地捂住脸,失声痛哭起来……

好不容易熬过了不眠的长夜,盼来了黎明,憧憧鬼影被一片明丽的晨光驱散了。但奈曼乌勒仍旧不见清醒过来的迹象,虽然显得安静了许多。

怎么办？继续往前走显然不可能,先把奈曼乌勒送回洮南也同样不行。因为乌日娜金知道,奈曼乌勒一发热病,短时间内是骑不上马背的,他受不了颠簸。那么就在这空旷的原野等下去吗？这里又隐藏着种种不测的危险,甚至会饿死。乌日娜金真是叩天无路了。但有一点是清楚的,他们不可能按时到达二龙山了。

抛却了快乐和希望以后,便只剩下了照顾奈曼乌勒一个内容了。乌日娜金木然地坐了一会儿,慢慢站起身来,捋了捋额前的乱发,咬了咬牙,背起奈曼乌勒似乎已失去生命的身体,牵着两匹马,踏着晨露,缓缓地如履薄冰地朝树林走去。在一小片林中空地上,她轻轻放好奈曼乌勒,自己则坐在旁边,手托双腮,静静地等着病魔从他身体里辞行。

这天中午,奈曼乌勒醒过来了,但热没有退,显得异常疲惫,好像仍旧处在迷梦之中。他隐约听到乌日娜金的叹息声,努力动了动干瘪的眼皮,喃喃地说:"我们这是在……什么地方？"

"我也不知道……"

"唔……那么说,我误事了,……该死！"

"别这么说,大哥。你能好起来,比什么都强。"

"傻妹妹。……现在是白天还是黑夜?"

"是中午了。"

"……这就是说,我昏过去一天多了,是吗?"

"是的,一天多了。"

"唔,真可怕! 我误了大事了! 听我说,乌日娜金,把我放在这儿吧。你赶快去二龙山。你应该在昨天,是的,最迟应该在昨天就到达二龙山。王绍祖会着急的,甚至有可能去洮南找我们,那就更糟糕了。乌日娜金,听我的话,去吧,不要因为我这么个废物耽搁了你们的行期……"

"别说了,大哥!"乌日娜金强忍住眼泪,压抑着抽咽地说道,"我不会一个人走的。"

奈曼乌勒重重地叹了一口气,无奈地转过头去。

这以后的几天,奈曼乌勒总是交替地处在昏迷和清醒之中。有时他被高烧袭击得神志昏乱,大声地说着谵语,乌日娜金感到凄惶和恐怖。他常常双臂伸开,张着手指向空中抓去,凄惨地高喊着:"菊花,……菊花吗? 我要掉进深渊了,快帮我一把呀! 你为什么只是笑? 不认识我了吗? 我是奈曼乌勒呀! ……"乌日娜金骇然地跪在旁边,默默地流着同情的眼泪,用力按下那挥动的双臂,企图使这个可怜的人安静下来。可是,奈曼乌勒更激动地想跳起来,兴奋地叫道:"啊,菊花! 是你吗? 我终于又见到了你! 你为什么这么长时间不来看我? 你在什么地方藏着了呀? ……"乌日娜金感到悲哀,忍不住伏在奈曼乌勒的胸口,一面哭一面说着:"我是菊花,是你的菊花呀! ……"

可是,当奈曼乌勒清醒起来,那又是另一副面孔了。他推开乌日娜金,好像发狠地瞪起眼睛,生气地甚至狂怒地说:"离开我! 听到了吗? 把我扔下,快走吧! 你要误事,要使我成为罪人的!"

"不! 你说也白费!"乌日娜金大声道。

"那好,我会解除你的累赘的!"

"我会绑上你的双手!"

"我还有双腿。"

"全绑上! 全绑上! 听着,大哥,我不允许你胡来。你一旦残忍地对自己下手,我就立即死在你的身边!"

"噢!"奈曼乌勒悲惨地喊道,"死神快来把我带走吧!"

可是死神却迟迟未来。奈曼乌勒也没有用自己的力量结束生命。他不是没有这个勇气,也不是留恋这个多灾多难的世界。他是不愿伤乌日娜金的心,不愿用自己的解脱刺痛这个美丽可爱的姑娘。

后来,奈曼乌勒的病情有了好转,再有一两天就能坐住马鞍了,但他们的食物已经所剩无几了。时间也过去了一个星期。为了找点儿食物和打听一下王绍祖的消息,乌日娜金用以前说过的话威胁了一阵已变得安静的奈曼乌勒,便牵着马,一个人离开了树林,寻找附近的村落去了。

乌日娜金仅用了半天时间就驰回了他们的林中的住地。她带回来了不少食物,甚至还买到了一些药品,同时也带回了王绍祖战败被俘的消息。奈曼乌勒什么也没有说,只是从胸腔深处过滤出一声催人泪下的哀叹,无力地靠着树干,垂下头去……

没有别的办法,只好改变路线,慢慢向南走去。奈曼乌勒的身体一天比一天衰弱,有时要歇息三两天才能继续走上几里地。马上生活已适应不了,乌日娜金把坐骑连同鞍辔全部卖掉,她搀扶着奈曼乌勒一步步向前挨着。最后,奈曼乌勒终于一步也走不动,又病倒了。为了不至于引起人们的猜疑和注意,乌日娜金没有把奈曼乌勒弄进附近的村子,只是在他倒下的地方,搭起了一个草窝棚。白天,乌日娜金顺着不同方向,寻找有人家的地方,花双倍的价钱讨买一些吃食和必备的生活用具,晚上就和奈曼乌勒挤在狭窄的窝棚里休息。好在身上有些钱,就近又有一条河流,暂时居住一段还不至于有问题。他们的新居周围很幽静,远处雾绕山头,近处翠色迷人,河水传来激荡的声音,草野上阵阵虫唧鸟鸣。但无论是永远处于黑夜的奈曼乌勒,还是双眸明澈的乌日娜金,都没有心绪去领略这美丽的自然风光。他们的心房被一条绝望和哀痛的锁链紧紧捆住了。

渐渐地,风起了,草黄了,秋风送寒,冬天临近了。而他们也引起了当地人们的注意。远近几个村子的多嘴多舌的居民,互相传说着有一对奇怪的夫妻,像野人一样住在河边的草棚里。男的纯粹是个妖怪,女的简直像天仙。有时,竟有好事者来看一眼妖怪和仙女组成的奇怪家庭。乌日娜金决定上冻前离开这里。

起程前,乌日娜金必须准备好充足的食物。附近的村落她去过多次了,她讨厌人们的询问和毫无遮拦的贪婪注视,也不想因讨买过多的食物引起人们的猜疑。她叫奈曼乌勒安心等待,她要找一个较远的村落弄些食物。

然后,她把水和干粮放在奈曼乌勒伸手即能触到的地方,整理一下衣服,掩好草棚的"门",就走了。

奈曼乌勒按照乌日娜金的命令,静静地躺在草棚里等待。

他不知道太阳升起又落下,不知道草棚里的光线渐渐暗了下来。他只是感到时间过了很久,很久,好像有一年那么长。后来,他终于听到外面有了声音。但是,"不对!"他在心里说道,"她在和谁说话?为什么有马蹄声?难道她找到了朋友?"奈曼乌勒想着,警觉地用胳臂支起上身,仔细地听起来。"不对!"他又在心里大声说道,"说话的是两个男人!他们是谁?来干什么?"这时,马蹄声停下了,只听到马在不安地打着响鼻,显然说话的人已经站在不远处,他们的说话声清晰地传进小草棚里:

"哈哈!你不信?"这是一个汉人操着很熟练的蒙古话却又有意炫耀和做作的声音,"我看出你也是蒙古人,别看你穿着旗营军官的服装,我可一眼就看穿了你,你肯定是这对怪夫妻的老乡!对不?他们就是蒙古人。男的又瞎又瘸,女的可漂亮得叫人吃惊!啧啧,真叫人纳闷!他们处得好极了,要是所有的女人都这样对待丈夫,那这世界肯定是非常安静的。你不去看看吗?草棚里没点灯,一定是睡下了。要是看看这么两个——唔,一个丑八怪,一个天仙——搂在一起睡觉,那准会非常有意思。"

"他们从什么地方来?"这是一个沙哑的男中音,说的是一口纯粹科尔沁蒙古话,使奈曼乌勒感到吃惊又意外的亲切。但他没有来得及细加品味,又听那科尔沁男中音继续说道:"你知道他们是什么地方人?为什么住在这里?"

"鬼知道他们是哪儿的人?差不多是突然从天上掉下来或从地底下冒出来的。"

"他们是夫妻?你怎么知道他们是夫妻?"

"天哪,你问得多怪!这里的人几乎没有人不知道他们是夫妻。那女的自己都这么说嘛。她说,丈夫病了,求老乡卖点儿吃的给她。有一天晚上,一个淘气的小伙子爬到草棚外面,想听听他们在干什么。他从外面把草扒开一个缝。嚯!两个人搂做一团,那男的说:'扔下我吧,乌日娜金,扔掉我这个废人吧!'可那女的哭着说:'不!不准你这样说!我死也不离开你!'啧啧,你听,这姑娘的情意多深!"

"你说什么!……乌日娜金?"这又是那个科尔沁男中音,显得更沙哑,甚至带有悲哀的急切,"那女的——叫乌日娜金吗?"

"好像是——是的,错不了!据说,哲里木盟正在通缉一个女强盗也叫这么个名。……你怎么了?病了吗?"

"是……我病了……"科尔沁男中音变成了呻吟,突然狠狠地接下去说,"你这个坏蛋!你为什么要把我带到这里来?为什么要让我听到这样的消息!"

"我的天!这才叫冤枉呢!是你向我打听有没有外地来的蒙古人哪!你要不是蒙古人,单从你这身旗营军官的服装,我还不会把你领来呢!"……

此时的奈曼乌勒简直惊喜得昏过去。因为最后变得高亢起来的科尔沁男中音,不分明是格力图尔的声音吗?他挣扎着爬到草结的门扉前,猛地推开,大声地哽咽着喊道:"格力图尔!真的是你吗?快,快过来呀!"

格力图尔没有说话,牵着马犹豫了一会儿,最后还是走了过去,但在距离奈曼乌勒两三步远的地方站下了。他一边残忍地看着奈曼乌勒张着双手向前摸索,一面在心里想道:"是啊,奈曼乌勒,你是应该和乌日娜金结为夫妻呀!你们都抛弃了我……"

那个带格力图尔来的人,看到这两个蒙古人认识,胆怯地倒退了几步,然后跑开了,他担心这个穿着旗营服装的莽汉,会因为他刚才过分轻薄的话而替朋友出气。

这时,奈曼乌勒已爬出草棚,双手仍在抖动地摸索着,喃喃地自语道:"不会是做梦吧?我明明听到了他的声音……"接着大声说下去,"不!你是格力图尔,不会错的!你为什么不说话,为什么不过来?我是奈曼乌勒,……唔,对了,我变成魔鬼了,你没认出来,对吗?现在你该相信了,我是奈曼乌勒。格力图尔,这一阵你跑到哪儿去了,我们都为你担心哪!现在好了,我终于放心了。……格力图尔!你为什么还不说话?乌日娜金一会儿就要回来,她会多么高兴啊!"

"奈曼乌勒大哥,我听出来了,也认出来了,你是奈曼乌勒。看到你,知道你们还活着,我……真高兴。知道你们……在一起,我……不过,我不想等乌日娜金回来了,你也不必告诉她我还活着。这不怪你们,谁都以为我死了……"

"你在说什么?傻瓜!你不是在寻找乌日娜金吗?为什么马上要见到了却想走开?"

"我还是不见的好。我不愿打搅你们……"

"打搅我们？打搅我们……打搅谁？你想到哪儿去了？你在说什么鬼话？你永远改不掉鲁莽和轻信谣言的脾气！——过来！你来看看！你看看吧,你这个坏蛋！"奈曼乌勒说着,挣扎着站起来,"这里没有别人吗？"

"没有。"格力图尔说,莫名其妙地看着似乎在狂怒的奈曼乌勒。

"那好,你过来,过来看看吧！"奈曼乌勒一边说,一边解开裤带,猛地脱了下去。

格力图尔怔了一下,朝着奈曼乌勒胯间看去。天哪！他看到了一幅怎样的惨状啊！那里血肉模糊,又空荡荡的,有的地方已经结痂,有的地方仍在继续溃烂,流着浑浊的脓水。

格力图尔惊骇得脸色惨白,愕然地问道："你怎么能这样……"

"你还在问我为什么这样做吗？"奈曼乌勒一边不无怨恨地说,一边系好裤带,他此时感到身上似乎增加了不少力量,眼前竟感觉到一片灿烂的光明,他摸索了几下,准确地从草棚边拿过一根棍杖,支撑着自己的身体,"你在问我为什么这样做吗？你应该问问你自己！当然……唔,你听着,格力图尔。我原不想在我们见面时讲述这段……故事,甚至永远不讲述它。可是,你在逼着我说。……你刚才说什么来着？'不打搅你们',是吗？不打搅我们！你怀疑我们已结成夫妻,是不是？告诉你,我们是有机会,有条件成为夫妻的。可是——你在听吗？唔,那好,你要听好。当然,我不能隐瞒,我像一切独身汉一样,和一个温柔美丽的姑娘天天单独在一起,有时会产生邪念,特别当我烧得神志不清时,常常把她当成菊花,……善良的乌日娜金,有时也情愿代替菊花,让我把她当成也许早已死去的菊花,借此抚慰我这颗破碎的心……可是,我能吗？这是班卡妈妈的女儿,是朋友的恋人啊！所以,当我的热病好转过来,神志清醒过来以后,为了惩罚我刹那间的邪念,同时也为了一旦找到你,不叫你这个多疑的莽汉产生不愉快的猜测,有一天,我偷偷地……狠狠地除去了……还好,乌日娜金回到我身边时,我早已从昏迷中醒了过来,并摸索着消除了可能引起她注意的痕迹。……那是在查干花附近的树林里。可是伤口很难愈合,常常流血,骑上马背时疼痛难忍……她几次追问我,我只是说热病折磨得我不能再骑马了。她把马卖掉了,最后,流落到这么个鬼地方！……"

"大哥！"格力图尔感动而带着自责地喊道,"你为什么要这样做呀？这会使朋友感到痛苦的!"

"你还在这样问我吗?事实证明,我的愚蠢行为反倒再正确不过了。你看,你现在已经不怀疑乌日娜金了,对不?"

"大哥!这都怪我呀,你骂我吧!……"

"我会骂你的。还会打你的,狠狠地打你!"

"打吧!我跪在这里接受你的惩罚!"格力图尔真的跪下去,抱着奈曼乌勒呜呜地哭了起来。

奈曼乌勒叹了一口气,说道:"别哭了,……快起来,……现在是什么时候?"

"已经黑天了。"

"这么晚了,……乌日娜金该回来了。"

"她到什么地方去了?我去找她吧。"

"不必,无论发生了什么事,她也不会把我扔在这里的。"

"是的,大哥,让我们永远生活在一起吧!"

"永远……生活在一起吗?"奈曼乌勒迷梦般地说道,苦笑着摇摇头。

"为什么不呢?你永远是我的好哥哥。我一切都听你的!……"

"真的吗?"

"我发誓。"

"以后不要轻易地发誓。你的誓言已使你遭到很多不幸了,……包括你对科尔丹和额勒瓦奇尔的誓言。"

"可是——"

"好了,别一见面就争论。你刚才是说,一切都听我的吗?"

"是。"

"那好。你马上进草棚里去,把灯点着。把那块牛肉干切开,还有一点儿酒。一会儿乌日娜金回来,你们该庆贺一下,喝几杯。"

"那么你呢?"

"我到河边弄点儿水,河里还泡着两条大鲇鱼,我拿回来烧一烧吃了它。"

"你看不见,我去好了。"

"不用。这段路我熟悉,我的棍子比你的眼睛好使。听话吧,格力图尔,快进去,一会儿乌日娜金回来,一定会大吃一惊!"说完,向格力图尔做出

415

一个滑稽的鬼脸,点着棍杖,向河边快步走去,心里在悲叹着:"唉,该退出去了。听听他的话!看到我又瘸又瞎,他连一句话都没问问。听说我没有成为乌日娜金的丈夫却激动地给我下跪!噢,生活如此冷酷,朋友原来不如情人哪!是啊,该退出去了,但不是为了格力图尔,也不是为了自己,而仅仅是为了可爱的乌日娜金……可是,我的菊花还在吗?真难啊!我是随水东流去,还是从此做一个流浪的卖艺人呢?……"

梦断金戈

59

  钻进草棚的格力图尔,虽说还不能忘却重伤的班卡和被俘的王绍祖以及由此引起的自责,但由于和奈曼乌勒的突然重逢,特别是和乌日娜金的即将重逢而在心海中掀起的喜悦的浪涛,毕竟将悲哀冲去了不少;或者可以说,巨大的喜悦掩盖住了浓重的悲哀,虽说这是暂时的。他当时只是想,从此以后又可以和聪明而高尚的奈曼乌勒朝夕相处,和美丽而可爱的乌日娜金携手并辔了。所以,他不可能对奈曼乌勒的弦外之音细加推敲,更不可能对他的河边取鱼之行产生任何怀疑。他相信这个生死之交的密友,在他们交往中,还没有过互相欺瞒的记录。既然说去拿鱼,那么河里肯定泡着两条鲇鱼,而且再过一会儿,他们就可以用烤鱼下酒,来庆贺这次重逢了。

  的确,在这一年来多灾多难的生活中,今天是他真正快乐的日子,是他朝思暮盼的日子。他对乌日娜金的渴想之情是不消细说的。无论是系身槛车之内,还是隐迹兵营之中,乌日娜金的苍白的脸和幽怨的眼睛总是浮在眼前,并且日渐清晰。当年草野驰逐恍如昨日,言谈笑语常萦耳际。然而世事沧桑,倏忽分手,关山迢递,难续旧梦。每当他想到这些,常常热泪飞溅,无法安宁。他对奈曼乌勒的思念,从某种意义上说,也不比对乌日娜金的思念淡薄。如果说他此生中必须获得乌日娜金的爱情的话,那么,他此生也少不了奈曼乌勒的友谊。虽然他一时还说不清,爱情和友谊对一个人的生命和事业有什么样的意义,但毕竟对爱情和友谊产生了崭新的认识,朝着理解它们的真谛迈进了一大步。

  有一次,巴音赛克图和他开玩笑地问道:"格力图尔,还记得我在山上收拾你吗?这笔账该清算了,我可不能老是提心吊胆地等待啊!"

  格力图尔故作认真地说:"我是要讨债的,现在就清算!"说着,乘巴音赛克图不备,一下扑过去,把他按到了床上。

正在这时,巡查营房的卢士杰来了,目睹了这个场面,以为两个人正在角斗,便喝道:"住手!成何体统?"

巴音赛克图喘息着眨着眼睛说:"大人,您不必管,我们常常这么玩耍。"

卢士杰"哼"了一声离去后,两个人都坐起来,四目火热地相接,发出一阵畅快的大笑,都流出了热泪。过了一会儿,格力图尔说道:"我真要收拾你一顿的,为了你没有更早地收拾我。"

巴音赛克图深情地说:"如果因为这个收拾我,那对我是最大的奖赏了。"

格力图尔低下头,无限感伤地叹息道:"咳,要是总有朋友骂我、打我,就好了。……可我,却被鬼迷住了心窍,没有识破花言巧语的索伦扎鲁,还伤害了王绍祖,甚至……乌日娜金。"

"他们会谅解你的。"

格力图尔悲哀地摇摇头说:"不会的。不会谅解我的。没有友谊真可怕!而我,竟自己把它失掉。我失掉的太多了。"

"失掉的还会回到你身边,而且你会获得更多。只要你不仅现在这么想,而且在你成了首领或统帅时也这么想……"

格力图尔一把抓住巴音赛克图的胳膊,诚恳而且异常激动地大声说:"我会永远这样!真的,相信我吧。我尝够了失掉朋友的苦头。没有朋友,我会变得一文不值!给我一个赎罪的机会吧。我的好朋友!这半年,我句句听你的。可总不能让我在这里憋死呀。我几次要回去找奈曼乌勒和乌日娜金,你总是说:'等一等。'别让我再等下去了,我再也控制不住了!"

巴音赛克图低头思考了一会儿,问道:"你仍旧想拉起人马干一场吗?"

"为什么不?"格力图尔松开手,跳到地上,语气越来越热烈、奔放,"为什么不干一场?我一定要找到奈曼乌勒和王绍祖,然后是班卡妈妈。要把所有的真正朋友都拉到一起。让他们指挥我,我去冲锋陷阵!奈曼乌勒说一句:格力图尔,前面有座刀山,你上去!我就毫不犹豫地上去。王绍祖说一句:格力图尔,前面是火海,你闯过去!我就不皱眉头地闯过去!班卡妈妈把手一指:格力图尔,把王府夺回来!我会立即跳上堞楼,把我们的大旗插上去!真的,巴音赛克图,让我们再轰轰烈烈干一场吧!知道我爸爸当年是怎么干的吗?记得我们在王府时的轰轰烈烈的场面吗?会的,还会的。我们还会像爸爸、象额勒瓦奇尔那样干一番大事业的!"

巴音赛克图像受到了感染,也兴奋和激动起来,他跳到地上,紧紧拉住格力图尔烫人的大手,哽咽了一下说道:"格力图尔,我看你现在真可以回去一次了。我们合计一下,分头行动……"

格力图尔正是怀着这样的心情回来寻找朋友和恋人的。当然,在偶然的相逢中又突然碰上爱情和友谊的纠葛时,格力图尔免不了又被感情所左右,又一次伤害了奈曼乌勒。但这个小小的误会很快云消雾散了。虽说因看到奈曼乌勒的自戕后,产生了自责和愧疚,为朋友感到委屈。但此时在他的心里,快乐和兴奋毕竟是第一位的。

但是,见到了朋友和即将见到恋人,给他造成的兴奋和快乐并不是稳定的。总感到有一种担心和不安搅得他的心海翻滚起浑浊的浪头。特别是对乌日娜金……

是的,他能心安理得地接受乌日娜金的拥抱吗?往昔的过错不算,又加上了新的也许是更大的过错,乌日娜金能宽恕他吗?而且仅仅请求宽恕够吗?

他忽然觉得自己是个不可饶恕的罪人,一种可怕的孤独之感又袭上心头。他不由得打起冷战,朝草棚外看了一眼,心里说道:"奈曼乌勒大哥,快回来吧!我多需要你来帮助我一下呀,我的心乱极了……"

可是,过了好久,不见奈曼乌勒回来,他开始担心了。一个可怕的念头猛然闯进脑海,他倏地跳起来,钻出草棚,朝河岸不要命地跑去。晚了!哪里还有奈曼乌勒的踪影?他只找到了似乎被有意留在岸边的棍杖……

格力图尔的脑袋轰然响了一声以后,那余音久久在耳边不肯散去。他懵懂地站在河边,面对那黑黝黝的激流,不知该干什么。他想喊,喊不出来;想哭,哭不出来。后来,他把手中的棍杖抛进河水,心里委屈而又愤然地喊道:"你们都在跟我作对!连你——我尊敬的大哥,也来增加我的罪过!这不是逼着我去结束生命吗?"他刚要纵身跳入水中去寻找生命的平静,但他又想起外出未归的乌日娜金。他还不能这样死去。他留给河水一个充满幽怨的注视,回身像醉汉一样走回草棚。他在里边失神地坐了一会儿,把灯挑亮,又把怀里的几件首饰和全部通宝堆放在奈曼乌勒躺过的地方。他准备一旦听到乌日娜金的脚步声,便冲出草棚,乘着夜色,骑马跑掉。很久也没听到有脚步声,却传来一阵阵狼嚎。他惊恐地想道:"乌日娜金千万别出事呀!我应该去保护她,是的,应该在暗地里保护她……"

乌日娜金很晚才回来。她买来了食物,还有一瓶酒。她一定走了不少路,累得筋疲力尽。不知为什么,她感到一阵阵心悸,总觉得有马蹄的声音跟着她,好像预兆着什么不幸。她急切地深一脚浅一脚地向草棚奔去,躲避着忽左忽右的马蹄声。

突然,乌日娜金骇然地站住了。草棚里竟射出灯光!她知道,不仅灯光,就是阳光对奈曼乌勒也是没有意义的。他不需要光亮。而且,他也没办法把灯点燃。那么,是谁在草棚里,发生了什么事?乌日娜金又听到了马蹄声。

"难道……"她在心里惊骇地想到,忘掉了疲劳,几步奔进草棚。呈现在她眼前的景象更令她震惊。灯芯已快燃烧完,嗞啦啦响着,显然这盏油灯已点燃很久了。地当中的木板上,整整齐齐堆放着干牛肉,看得出,切得十分精心。酒瓶端端正正地摆在木板旁。在奈曼乌勒躺过的地方,放着不少通宝和很值钱的首饰。奈曼乌勒却不见了。

乌日娜金感到不妙,猛地回身钻出草棚,哭一样喊道:"奈曼乌勒!你在哪儿呀?"

这时,不远处又传来马蹄声,她看到一个黑色的人影牵着一匹马向这里走来。一刻后停下了,那人似乎犹豫了一霎,又往草棚走过来。

乌日娜金断定,这牵马的人一定和奈曼乌勒的失踪有关系。她大声喊道:"你是谁?你把我丈夫弄到哪儿去了?你想干什么?"

那黑影受了震动,又停了一霎,最后还是继续走过来。

乌日娜金感到毛骨悚然,她从怀里掏出手枪,对着逐渐走近的人影喝道:"站下!你再往前走一步,我就开枪打死你!"

那黑影终于停下了,看得出在不停地抖动,继而依在马鞍上,最后竟扑到地上,乌日娜金清楚地听到他双手的抓草声和激烈的抽泣声。过了一会儿,她又听到了使她惊讶甚至狂喜的说话声。

"乌日娜金,我……是格力图尔。听我说几句话……"

"格力图尔!我听出来了,真是你!"乌日娜金大喜过望地喊道,"快过来,快过来呀!一定是你把奈曼乌勒藏起来了吧?你们这是演的什么戏?要把我吓死了!"

"站下!乌日娜金,不要走近我!"

想扑过去的乌日娜金吃惊地站下了:"你怎么了?格力图尔!"

格力图尔挣扎着从地上爬起,扶着马鞍,十分艰难地说:

"我已不再是格力图尔。我是个十恶不赦的罪人!……多少天来,我盼着这一刻,盼望能看上你一眼呀!可是,我不能了,我不允许,我没有勇气再走到你的身边。真的,我已从世界上消失了,……我打伤了班卡妈妈,我使王绍祖落入哥萨克的魔掌。我原以为,我找到你,保护好你,会赎回我一点儿罪过。可是,我今天又逼死了奈曼乌勒大哥,他跳河自杀了……我已经再也无法赎罪,我应该去寻找大灾大难。你回家乡吧。我会去寻找班卡妈妈。然后,乌日娜金……然后这世界上就没有格力图尔了。……恨我吧,诅咒我吧!我真想看你一眼,但我没有……没有……没有这个……勇气!……永别了,乌日娜金!"

乌日娜金痛苦地呻吟着,什么也说不出来,两只脚像钉在了地上,一步也迈不开。她眼睁睁地看着格力图尔一面痛哭一面爬上马背,和马蹄声一起,很快被黑夜吞噬了。她悲痛欲绝地喊了一声,昏倒在地上……

60

什么样的灾难算作大灾大难？它在何处？离开乌日娜金的格力图尔，自己也糊涂起来。如果投河自尽或用利刃捅开胸膛也算大灾大难的话，那格力图尔肯定不会犹豫，更不至于为此苦恼了。但他以为，这种死太简单，太容易，甚至是一种不光彩的逃脱惩罚的行为。

此时的格力图尔，经受了重大刺激后，精神和肉体似乎已经分离，俨然成为两个不相容的对立物。而且，精神上的格力图尔对肉体上的格力图尔越来越憎恶了，总想采用一个超乎寻常的残酷手段去消灭他所憎恶的有罪的形体。

有一天，他正在寻找归宿的路上慢慢前行，猛一抬头，发现已站在几天前激战的战场。以各种痛苦的姿态倒毙的同胞的尸体杂陈衰草之中，一股难闻的血腥味直扑鼻息。他咬着嘴唇，心里一阵抽搐。他在心里对自己说："格力图尔啊，格力图尔，奈曼乌勒和乌日娜金曾不止一次告诫你不要莽撞，可你总听不进去。这一次你又犯了莽撞的错误。你眼前这些无人收尸的同胞，不是很多都丧命在你莽撞的大刀下的吗？你站在他们面前，不觉得羞愧吗？是的，对这些屈死的同胞，对王绍祖，对奈曼乌勒，对乌日娜金，你一死能赎回你的罪过吗？"他这样想着，慢慢垂下头去，眼泪簌簌滚落下来，融进凝在草地上的紫红色的血里。

突然传来一阵哇里哇啦的喊声，把格力图尔惊醒。在他抬起头来的同时，腰间的大刀和手中的缰绳都被不客气地夺走了。他面前站着五个横眉立目的哥萨克。他迷惘而又愤恨地盯着可能来索命的哥萨克，异常委屈地想："真没想到，会死在你们的手里！"

但格力图尔估计错了，在哥萨克的眼里，他和别的蒙古族青年毫无区别；正像在他眼里，所有哥萨克几乎都是相同嘴脸一样，是难以分辨的。他们哪里记得在薄暮中向他们猛砍的格力图尔?

一个哥萨克朝格力图尔说了几句俄国话,发现他毫无反应,知道他根本听不懂,便拽着他走到一具哥萨克尸体前,比比画画地又嘟噜了一阵。这回格力图尔总算明白了,原来是让他把哥萨克的尸体搬到不远处的一辆四轮马车上。格力图尔一阵恼怒,心里骂道:"妖魔!我可不耻于给你们当个收尸者!"他想甩开缠在身边的哥萨克,并狠狠唾一口再扇他一记响亮的耳光。但突然有一个念头闯进脑海:"真的,我怎么能死?如果我想赎罪,不正应该去狠狠砍杀这些哥萨克吗?不正应该刺死科尔丹吗?不正应该拉起人马再大干一场吗?"在这一瞬间,格力图尔感到内心由压抑变得轻松了,感到自己变得成熟了,甚至感到一阵快乐的战栗在整个心胸里扩展。但眼前这几个哥萨克怎么办呢?"不能莽撞!"这是乌日娜金的声音,又像奈曼乌勒的声音。格力图尔在心里回答道:"是的,不能莽撞。"

格力图尔思考了一下,第一次装出顺从的样子,俯身轻易地扛起哥萨克的尸体,送到马车上,然后他又去扛第二个。当他扛完第四具尸体时,五个哥萨克笑呵呵地围住了他,有的拍肩膀,有的竖大拇指,不住地摇头赞叹着:"Хорошо!"……"好!"然后又指着仍僵卧在草丛中的哥萨克尸体,鼓励他继续为他们效劳,并拍了拍衣袋里锵锵作响的银币,那意思分明是说:好好干,奖赏大大的。

格力图尔笑着挤了一下眼睛,又去扛第五具尸体了。而那五个哥萨克则快乐地坐在车旁,一边看着毫无倦意的驯顺的大力士,一边拧开军用壶的盖子,互相传递着,喝起酒来。

格力图尔看时机已经成熟,便将被战死者失落在草丛中的大刀藏在尸体下面,若无其事地走到四轮车旁,轻轻放下尸体。这时,一个哥萨克朝他摆了摆手,并举起酒壶,示意他也可以过去喝一口。格力图尔犹豫了一下,松开大刀的把柄,走过去接过酒壶,咕嘟咕嘟喝了一大口,赢得五个哥萨克疯狂的叫好声。

格力图尔觉得胸膛一阵火热,像有一团火在滚动,眼睛也似乎有烈火喷出。他知道他的忍耐力已超过极限,再有一刹那,他也许会扬起拳头猛击那些丑恶的脸了。但他还努力控制着自己,装出被烈酒呛了嗓子,坐在四轮车上,咳嗽起来,引起哥萨克一阵惬意的笑声。格力图尔在心里骂道:"笑吧!笑吧!我叫你们永远也笑不出来。"他扫了一眼前仰后合的哥萨克,回身装

423

作把尸体摆摆正,他的手终于摸到了刀柄。他咬了咬牙,克制着快乐的战栗,嗖地抽出刀来,随着一片寒光的闪亮,他已大吼一声跳转身来,立即有一颗哥萨克的头颅滚到地上去啃草了。接着,嚓,嚓,嚓,又是三刀,三个头颅啃草的声音组成了一曲死亡小调。剩下的一个哥萨克,终于从梦中惊醒过来,格力图尔的大刀又举起来了,他一下跪了下来,一边不清不楚喊着告饶的话,一边不住地磕起头来。

格力图尔收回刀,怒视着眼前这个可鄙的幸存者。他清楚地听到五个头颅发出两种极不协调的声音,一种是咯吱咯吱啃草的声音,一种是碰到地面的咕咚咕咚的声音。他觉得实在又好玩又好笑,忍不住,竟哈哈大笑起来。这更使那个叩头求饶的哥萨克感到恐怖,以为今天碰到的是一个魔鬼,更使劲儿地把额头击到土地上,仿佛拜求土地爷或山神来救他一命。

但不管土地爷还是山神都救不了这个倒霉的哥萨克,因为此刻的格力图尔身上的力量,足以一拳击碎一切妨害他的形体!格力图尔看着那求饶者的丑态,依在车辕上,发出一阵高过一阵的大笑,像要把这一年来郁结于心的全部怨恨用笑声驱散到空中。

格力图尔终于止住大笑。他略为休息后,走到仍在叩头的哥萨克面前,劈胸一把拽起了这个簌簌发抖的肉体,用刀尖指点着地上的四颗头颅,示意他装到车上。

哥萨克胆战心惊地遵命照办了。

格力图尔又命令哥萨克坐到驭手位置。哥萨克感到死而复生的快乐,又是打躬,又是作揖,表示千恩万谢。然后,很快坐到驭手的位置上。

格力图尔走过去,站在驯服的哥萨克面前。那家伙像看着上帝一样看着格力图尔,手里握住缰绳,等着放行的命令。格力图尔冷笑了一下,伸手握住缰绳,那个哥萨克知道大事不好,刚想喊饶命,那直刺过去的大刀早已在他的脊背上露出了刀尖,他只是吭哧了一声便仰面倒到四个头颅上了。

格力图尔抽出大刀,扬臂抹了一下额头上的汗水,又把刚刚毙命的哥萨克扶坐到驭手位置,拽过两具尸体把他紧紧夹住,以保证这个死驭手在马车飞驰中不至于倒下去,然后把缰绳系在他的腕子上。

这一切都做完后,格力图尔解下自己的坐骑,牵着缰绳绕马车走了一圈,觉得很满意。他站在驾车的高大的顿河马旁边,喜爱地抚摩了一阵马颈上的又红又亮的鬃毛,怜惜地摇摇头。然后他后退一步,举起刀,费劲地下

了狠心,朝浑圆的马臀砍了下去。高大俊美的顿河马长嘶一声,向前疯狂地奔驰起来。

格力图尔凝视着渐渐远去的尘烟,轻轻说道:"去吧,可怜的骏马。把倒霉的哥萨克送到卡西诺夫的面前吧!"这时,他才感到一阵疲惫,但他此刻的心海已不再翻滚,而是异常清澈平静起来,他意识到,自己还不能死,不应该死,而应该由悲哀的困兽变成复仇的雄狮,用未来的壮举去挽回自己的罪愆。他盼望自己再站到乌日娜金面前时,已是个赎了罪、洗去了耻辱的好汉,可以毫无愧赧地接受乌日娜金的拥抱。想到这些,他振奋起来,觉得自己的灵魂的秽污已全部涤除,变得一阵轻松。同时,他急于立即见到班卡妈妈,跪在她的脚下,忏悔自己的过去,并发誓去做一个真正的英雄!他想着,倏地跳上马背,抖动缰绳,向二龙山疾驰而去。

但当他在山下顺利地找到了班卡妈妈的部下,并知道班卡妈妈虽然伤势很重但没有生命危险时,又犹豫起来。他狠狠捶了一下头颅,在心里骂着自己:"格力图尔,你怎么了?你来见班卡妈妈,却把她日夜思念的女儿扔在了充满险恶的草棚里!这多么可鄙,多么可恨哪!"他心烦意乱地走过来走过去,而那个班卡妈妈的部下,还在一个劲儿地催促他赶快上山。

"不!"格力图尔断然说道,"你马上到巴兰森格妈妈跟前,告诉她王绍祖已被押解到宽城子。还有,最多五天后,我将把乌日娜金带到山上。"说完,不由对方分说,飞身上马,朝着他心里的那座孤零零的草棚风驰电掣般奔去……

两天后,下了一场雪。格力图尔也总算看到了那座草棚。令他奇怪的是,草棚外站着两个人,可以分辨出是一男一女。格力图尔的心一动,想道:"难道奈曼乌勒没有死?除了他,和乌日娜金站在一起的会是谁呢?"但此刻已不容他多想,即或站在乌日娜金身边的是奈曼乌勒的鬼魂,他也要毫不犹豫地奔过去。他磕了一下马镫,很快跑到草棚跟前。

令他大吃一惊的是,那男人并不是奈曼乌勒,却是个素不相识的人,而那个女人分明是一直杳无音讯的菊花!

格力图尔的脑袋里爆炸一样轰然作响,他在心里大声说道:"天哪!我们都以为她早已不在人世,她却活着!她显然是来寻找奈曼乌勒的,他却被我逼死了!我怎么跟她讲啊!"但他嘴里却只是怀罪地喃喃叫了一声:"菊花……"便无力地滑下马背。

425

菊花也认出来他是格力图尔,她异常高兴地喊道:"格力图尔!"然后冲过去紧紧抓住格力图尔的胳膊,嘴唇一抖,立即双泪纵横,泣不成声了。她哭得那么委屈,那么凄切,使那两个男子汉也珠泪乱溅了。

格力图尔用力扶住要瘫倒的菊花,问道:"菊花,你一直在哪儿?怎么找到这里来了?"

菊花早已说不成话。旁边那个年轻人代她回答道:"她被人卖了后,逃了出来,一直在我的毡帐养病。后来,一个叫科尔丹的人说奈曼乌勒和乌日娜金正朝二龙山走去,我就带她出来寻找。我们一路打听,有人说看到一个又瘸又瞎的男人和一个很漂亮的姑娘住在这座草棚里。可我们到这里,他们却不知什么时候离去了……"

格力图尔恐怖地问道:"连那个姑娘也没看着吗?"

"没有。只有一座空草棚。菊花喊你格力图尔,我听说过你的名字,知道你和奈曼乌勒是最好的朋友。你把她带给奈曼乌勒吧,要不,她还会疯的。"

格力图尔惊问道:"她疯了?"

"疯了很久了。天天给奈曼乌勒唱歌。现在刚刚好了一些。要能见到奈曼乌勒,她会全好的。"

"天哪!"格力图尔在心里狂喊道,"我又要害死菊花了!"他忍不住泪如雨下,紧紧抱住菊花剧烈抖动的瘦弱的身体,悲痛欲绝地说道:"菊花,打我吧,砍了我吧!是我害了奈曼乌勒大哥呀!"

菊花先是猛地一抖,扬起泪脸,接着却不相信地摇摇头,凄然一笑说:"那怎么能怪你?我听人说,他是在打仗时被砍瞎眼睛的。已经瞎了,有什么办法?我以后就牵着他走……"说着,脸上飞起红晕,赶忙低下头去,"我……真想他,真想他呀!……"

格力图尔在心里猛烈地痛哭起来,他知道,菊花爱奈曼乌勒爱得那么深,如果她听说奈曼乌勒投河自尽了,这样沉重的打击,她能受得了吗?她会毫不迟疑地也去跳河的!不能再让菊花死了。既然她误解了自己刚才坦白的话,就让她继续存有希望吧。

摆在格力图尔面前的事情太多了!要去寻找乌日娜金,要保证菊花的安全,还要想办法营救王绍祖。

"真的!"格力图尔在心里对自己说道,"王绍祖是最危险的,必须把他营救出来！乌日娜金也一定要找到！"他想着，眼睛突然一亮，转向旁边的年轻人。

"你叫什么名字？"

"包斯尔。"

"你能一直把她护送到二龙山吗？"

"要是你不能带她走，奈曼乌勒又在山上……"

"奈曼乌勒暂时没在山上，但班卡妈妈在那里。"

菊花兴奋地问道："班卡妈妈也在二龙山？"

"在的。菊花。她一直替你担心。"

"快去吧，格力图尔。我多想马上见到班卡妈妈呀！"

"我还有一件事要做。你们先去。"

"可是奈曼乌勒……"

"他……"格力图尔支吾道，"也许他就快到二龙山了。"

"那，我们快走吧，包斯尔！"菊花快活地叫道，但略一转念，又问道，"你呢？格力图尔。你想回哲里木盟吗？"

"是的，我很想回去一趟。"

"千万别回去！"菊花惊恐地说道，"王府刚刚杀死了额勒瓦奇尔，抓住你也要杀的！"

"你说什么？额勒瓦奇尔？"格力图尔诧异地问道，又转向包斯尔，"真的吗？"

"是真的。"包斯尔证实道，"就是我们被赶到法场观斩，才得知奈曼乌勒仍旧活着的消息。"

格力图尔沉吟道："怎么回事？难道额勒瓦奇尔当时没有自杀？"

包斯尔说："据说，他当时没有死，后来被一只神鸟驮回家了。可不知怎么他又自投罗网走进了王府……"

格力图尔悲怨地叹了口气，在心里说道："你为什么又自投罗网呢？额勒瓦奇尔。早知如此，我会舍命把你救出来的！这到底是怎么了？"

过了片刻，格力图尔说道："菊花，你们尽早起程，二龙山很好找。你们路上一定要小心。"

菊花和包斯尔终于满怀信心地上路了。当两匹马的影子在远处消失后，格力图尔舒了一口气，心里说道："乌日娜金可能也正朝二龙山走去。我

427

该去救王绍祖了。如果能救出王绍祖,我就是死了也甘心了。也许这能赎回我一部分罪吧?"

他思考了营救王绍祖的种种办法,觉得只有舍出自己求救于王世祺最稳妥。他在心里做了决定,就策马朝盛京城驰去。

61

王世祺自从重返盛京,算是又从宦海中浮了起来,进入他一生中最得意的时期了。他感到快乐和满足。他所深切爱恋的春兰已不再是他飞黄腾达的障碍,而是他的合法夫人了。玉蝉的名字已在他的内宅悄然消失,外面也无人再议论借尸还魂的丑闻了。特别是一个月以前,春兰给他生了个白胖的女儿,他高兴得逢人就笑,随时都想听到一句祝贺的话。如果他能永远确信王绍祖已战死,那么就没有什么事情可以引起他的不愉快了。还是在二龙山"清剿拳匪"的战斗结束后,卢士杰向他报告乌力吉带人叛逃、布德尔在战场惹下了祸端的同时,给他带来了王绍祖的死讯。他当即下了追捕乌力吉和布德尔的命令,并返回内宅,同夫人一起抛洒了一阵清泪。但事已至此,他也无法使儿子死而复生,悲痛和落泪又有什么用。他甚至恨起这个一意孤行的儿子,恨恨不已地说:"逆子!活该有如此下场!"以后,他也就觉得心里宁帖了。

一天,王世祺正坐在虎皮椅上处理军务并呵斥下属的怠惰,忽听外面通报道:"新兵营哨官布德尔求见——"

王世祺先是一怔,接着,"啪"地一声把毛笔摔到紫檀木公案上,又恨又怒地说道:"带上来!"

他早就听熟了这个名字,卢士杰管带为了开脱自己,曾数十次提到过这个人。就是这个坏蛋,惹得俄国人大发雷霆,击毙了整整一千名旗兵。但是追捕这个罪魁祸首却一直还没有结果,想不到今天竟自投罗网来了!

格力图尔很快被带上堂来。他没有跪下去。

王世祺抬头看了一眼来人的肮脏的脸,厉声问道:"你就是布德尔吗?"

"王大人想暂时这样称呼我,也可以。"

"不准你耍油嘴!别以为我不知道你干的好事。你的愚蠢行为白白葬送了我的一千人马！"

"不，王大人。这不怪我。是俄国人先向我们开枪的。至于那一千名弟兄，如果在我手里，决不会束手去吃俄国人的枪弹，倒可以砍掉几千哥萨克的脑袋！"

"你还敢如此放肆！如果你老老实实，就算你自首，尚可从轻发落。来人！把他按下去！"

"慢着！"格力图尔甩开两边的兵勇，往前走了一步，"应该下跪的，不一定是我。说到自首，我半年前倒曾想自首。但我发现，我的逍遥法外，并未阻碍你青云直上，便打消了自首的念头。——你感到吃惊吗？请王大人好好看看我，就不至于如此动怒了。"

王世祺听出对方的话里隐隐有弦外之音，便稍稍镇定了一下，仔细看去。这一看不打紧，刚才还声色俱厉的王大人，好像要瘫痪一样，身体也一下子矮了半截，险些滑落到座椅下面去。这眼前的人，不正是去年从他手里逃走的朝廷要犯格力图尔吗？这半年多来，人人都在传颂王世祺的不世之功，很多人都能绘声绘色地描述一遍他镇压造反牧民和处死贼首额勒瓦奇尔、格力图尔的生动场面。他也因此获得了朝廷的赏赐和重用。可是，被"处死"的贼首，不仅仍在逍遥法外，而且，竟让他混进了新兵营，升任了哨官。尤有甚者，最近又惹了大祸！一旦有人知道了底细，王世祺肯定会被问个"欺君之罪"！他有一百张嘴也辩解不了呀！想到这里，王世祺产生了屠刀加颈的感觉。他看了看旁边的人，突然站起来，朝他们挥了挥手，喝道："都退下去！"

等到室内只剩下他们两个人的时候，王世祺压低声音问道："格力图尔！你已经占了好几次便宜，为什么又跑回来？你明说吧，你是想来报复我，还是有别的企图？"

"你猜错了，王大人。我是来向你报告王绍祖的消息。"

"绍祖？他……还活着吗？"

"是的，还活着。他干的事情，比我们任何人都光彩。可是，由于你派我们去清剿他，使他落入了俄国人手里。据说，他现在被关押在宽城子。"

"可是，卢士杰说绍祖已经战死了……"

"卢士杰……哼！他根本就没有踏进战场一步！"

"那么——你为什么要告诉我这个消息？想让我开恩赦你无罪，还是要点儿赏赐?"

格力图尔鄙夷地说道:"你现在顶好想想怎样去救出你的儿子……"

"我也必须想想你可能给我带来的麻烦,以及怎样处置你!"

"随便好了。我原也没想走出你的大门。"

"我会秘密处死你!你后悔吗?"

"不。我能为救活王绍祖而死,就算死得其所。"

"在处死你以前,我要割掉你的舌头,免得你说出自己的真姓名!"

"这一切我早就想过了。"格力图尔笑着说道,"你还应当砍去我的双手、双脚,免得我反抗和逃走!"

"会的!会的!"王世祺狠狠地说。接着他喊来贴身仆侍,命令其把格力图尔先锁进内宅的空房里,严加看管,不得疏忽。然后,他开始琢磨如何救出胡作非为的儿子。他觉得自己还是先不出面为妙,便伏案修书一封,内容是请俄国人把王绍祖引渡到盛京,严加惩处云云。可是他派的人空手而回,根本未获答复。后来,王世祺不得不去找增祺将军。增祺将军表示很同情,说道:"近来俄国人对我也很不满,不知能不能给这个面子。不过,如果有机会,我一定尽力……"这显然是在婉言拒绝。王世祺十分焦急,只好坐上马车,亲自到宽城子央求去了。

到了宽城子,俄国人根本不搭理他。他想见的人,一个也找不到。他快要急疯了。忽然有一天,街上盛传"贼首王绍祖"被装上囚车,押解到盛京处斩去了。王世祺连饭也顾不上吃,叫驭手赶着马车,不要命地顺着官道追赶飞驰的列车去了……

62

还是在这一天的凌晨,有一列深绿色的19世纪的俄罗斯客车,按着标准速度从宽城子车站缓缓开出,向南行驶。十分钟后,时速达到六十公里。这具钢铁魔怪,不时耀武扬威地尖着嗓子吼叫,喷吐出没有充分燃烧的煤屑,洒在钢铁道路两侧,好像下了一场黑雨,白色的雪地上布满密密麻麻的黑点。

坐在头等包厢里的索拉吉辽夫,不耐烦地拉上窗帘,把向外注视的目光收回来,裹了裹大衣,恹恹地直想打呵欠。他对面的维连斯基放下酒杯,眯着眼睛望着不太愉快的同伴。

"您看到了什么?"

索拉吉辽夫耸了耸肩膀,饮干了面前的酒杯,毫无表情地说道:"雪野,和宁静。……可怕而出奇的宁静。"

"可怕而出奇吗?"维连斯基显得活跃地呵呵笑着说,"其实,这一切既不可怕,也不出奇。去年是这样,前年是这样,再往前一年也是这样。明年呢,将是今年的重演,后年呢,又将是今年的再现。不是吗?这是冬天,尊敬的参赞先生,这是满洲的冬天。所以,这宁静是合乎自然合乎情理的。我相信,一百年以后还会这样。"

"看来,您很习惯这里的宁静?"

"岂止习惯,我还非常喜欢这里的宁静。"

"当然,外表确实如此。您的愿望也无可厚非。假如真像您所说一百年也会这样……"

"为什么不呢?"维连斯基抢着说,并用手使劲按了按酒杯,加重了肯定的意味,"一千年也会这样!这是满洲,我了解它。"

索拉吉辽夫怜悯地摇头道:"不,伯爵,您还没有了解它,或者说没有完全了解它。在这似乎合乎自然合乎情理的宁静中,隐藏着一种令人战栗的东西……"

"会发生地震吗?会有人赶我们走吗?哈哈哈哈!"维连斯基放纵地狂笑了一阵,竟压过了车轮飞驰的轰鸣声,"放心吧,参赞阁下。这不是去年,尤其不是前年,这是1902年!明白吗,老弟?您以为拳匪会起死回生吗?不会的。让它在超度的福音中上天堂吧!我已经认识了这个天朝,它是个行尸走肉。黄祸时代过去了!也许它还会产生出成吉思汗,还会产生什么拳匪,但不用我们,这个辉煌的天朝就会把他们扼死!只要那拉氏和它的子孙不被赶到沙漠——这也是我们不允许的,我们要做他们的保护人,让他们在花天酒地的生活里不死不活地留在天地之间——是的,参赞阁下,只要在紫墙的皇城里还听得见参见万岁的声音,我们的满洲就会是合乎自然合乎情理的宁静,简直可以天天举行舞会!哈……宁静吧,我喜欢这种象征死亡的宁静!"

对维连斯基放肆的笑声和狂妄的议论,索拉吉辽夫感到很不痛快,假如没有以往的关系,假如维连斯基不是个长辈,那么,索拉吉辽夫肯定要发起火来。特别令他不满意的,是维连斯基伯爵对面临的局势竟如此麻目,同两年前独具慧眼的维连斯基比较,简直判若两人。索拉吉辽夫强忍住恼怒,叹了口气说:"您太乐观了,这是可怕的乐观!维连斯基伯爵,据我所知,东清路在修建过程中,破坏事件几乎没有间断过。"

"这,当然毋庸讳言。"维连斯基好像估计到对方要说什么话,很快接过话头,"您还记得俄罗斯宁静的盛夏傍晚吗?也许会有一只尚未安眠的麻雀,吱吱叫那么一两声。或者打个比方,您严厉地训斥了一个顽童,他也许会拾起一个小石子,向您脚下抛去,然后跑得无影无踪。您对此并不想发火,倒觉得好笑。对吗?其实,就是这么回事。"

"伯爵大人,请原谅晚辈的直率,我们所遇到的,既不是麻雀的叫声,也不是顽童的石子。我这次回国,到处能听到人们在传说一个人的名字……"

"列宁吗?"

"是的,您知道他?"

"知道,一个狂吼乱叫的疯子。"

索拉吉辽夫皱着眉头瞥了维连斯基一眼,说道:"可是这个'疯子'的狂吼乱叫不仅仅是破坏傍晚的宁静,而是要获得皇上的宝座。至于在满洲,您大概不会忘记……"

"列车颠覆事件？王绍祖？"

"是的。他正和我们同乘一次列车。照您所说,他好像只是往我们脚下投了一颗石子……"

维连斯基微微地笑了一下,说道:"当然,那比石子要厉害,他的枪弹和大刀要去了好多哥萨克的生命。我说过,这仅仅是个比方,是就我们的整个事业而言。而且,您应该知道,王绍祖现在连投石子也不可能了,因为他是锁在加挂的囚车里……"

"锁在囚车里的王绍祖确实是连投石子也不可能了。可是,囚车外面的王绍祖呢？"

"您是说他会逃跑？"

"不。我是说,他还有很多同伙。"

"啊,不必担心。我们清剿拳匪余党的哥萨克已增加了三倍。而且,盛京将军和吉林将军正同我们密切合作。"

"他们可靠吗？我是说那些清廷的旗营兵丁,记得两个月前,正是他们把哥萨克杀得人仰马翻。"

"唔,我忘记告诉你了。您回国的那段时间,我派卡西诺夫上尉（这真是个能干的军官,他马上要成为少校了！）找到盛京将军增祺,提出了抗议,要求他们惩办卢士杰管带和他的部下。"

"结果呢？"

"看样子,您很感兴趣。唔,这真是一次奇妙的外交,奇妙,简直太奇妙了！"维连斯基赞美地拍了一下掌,掀开窗帘看了一眼,又拿起酒瓶给两个人的杯子都斟满,然后绘声绘色地讲述起来。

那是王绍祖被俘以后不久,受到清兵和拳民攻击的哥萨克,损失惨重。卡西诺夫上尉受命到盛京将军衙门呈递抗议备忘录。增祺将军非常吃惊,并对卢士杰惹下的大祸可能酿成的后果十分担心。他立刻派王世祺到卢士杰新兵营了解和处理此事。其时,卢士杰的队伍正驻扎在铁岭进行休整。卡西诺夫带着一连哥萨克随同前往,监督此事的处理。卢士杰介绍了整个经过后,王世祺觉得很为难,因为煽动旗兵向哥萨克冲击的布德尔统领至今查无下落,而且引起这次开衅的原因是哥萨克受命向所有中国人开枪,即责任应在哥萨克一方。按理,既然战斗是以哥萨克胜利告终,俄方不应再纠

缠。但卡西诺夫坚决不让步,他不讲发生冲突的原因,也不讲冲突的结果,只是以"将要如何如何"相威胁。王世祺无奈,只好决定将卢士杰"降调",对新兵营进行改编,并即日起程,回盛京进一步"查处"。卡西诺夫对王世祺的裁处未置可否,但声称必须由他的哥萨克监督新兵营的改编。王世祺不得不首肯。

就这样,一千多名骑兵,扔下坐骑,荷着枪弹,在一连哥萨克的看押下,进入铁岭站的水泥地面的月台,排好方阵,等待专列。列车吼叫着开进车站并停稳以后,卡西诺夫走到王世祺面前,行了一个军礼,说道:"请命令您的部下放下武器。"

王世祺大惊失色地说:"上尉!您这是什么意思?"

卡西诺夫冷峻地笑了一下说:"您已经答应由我方监督改编。为避免您部下的哗变,必须解除武装。"

"我想,不必如此吧。"王世祺脸色惨白地说道,"我们是恪守信义的。"

"哼!信义!在四合屯,你们的信义曾使我们吃了大亏!"

"可是,我了解到的是……嗯,唔……至少是由于贵方的行动造成了误会。"

"是吗?"卡西诺夫背着手跷了跷脚跟,傲慢地吹了一声口哨,"您是在为部下的不友好行为辩解吧?如果您认为我只是个头脑简单的军人,如果您认为我的肩章不配和您的顶戴并列,那么,我可以请将军或伯爵来和您谈判!"

王世祺气得浑身抖动,他在水泥地上走来走去,一会儿看看旗兵,一会儿看看哥萨克,最后他站在卢士杰面前,无奈而悲哀地说道:"命令你的部下解除武装……"

"这……"

"执行!"王世祺闭着眼睛挥手道。

卢士杰叹息了一声,回身登上火车的踏板,哽咽了一声,喊道:"听着!枪下肩——枪放下——向后转——三步走——"

随着卢士杰的口令,旗兵们放下枪弹后,朝后走了三步,队伍里传出哭泣的声音。

卡西诺夫扫了一眼被解除武装的队伍,对垂头丧气的王世祺说道:"请上车。"

435

"他们先上……"

"不。您请上,剩下的事情,我来干吧。"

这时,不知从哪个方向传来一声枪响。

卡西诺夫冷笑了一下对王世祺说道:"怎么样?您的部下是很不友好的。"接着,他不由分说地掏出手枪朝天空连发三响,霎时,哥萨克的火枪同时吐出火舌,月台上倒下一排排尸体,洒满了鲜血……

维连斯基讲完了。问索拉吉辽夫道:"参赞阁下,怎么样?很生动吧?"

"的确很生动。"

"请问,您还想说我对满洲不了解吗?"

"不,我不会那样说了……"

维连斯基呷了一口酒,不出声地笑了一阵,有点儿自我欣赏地说道:"我说我喜欢这里的宁静,我说这里的宁静是合乎情理的,并非是说我们只需等待上帝的恩赐。不,亲爱的索拉吉辽夫先生,我们必须用我们的力量来保证这种宁静。……以后,也许要花费更大的力量。不过,我总觉得您的信心在逐渐减弱,这很不好,应该乐观,是的,应该乐观。"

"伯爵大人,我越来越敬佩您了!"

"谢谢您的夸奖!"

正在这时,列车"咣啷"一声,停下了。

索拉吉辽夫吃惊地说:"怎么回事?"

"不必吃惊。"维连斯基笑着说,"有你我在车上,线路会畅通无阻。这是我叫他们停的车。"说着,唰地拉开窗帘,"啊,正是。这正是我要停车的地方。走,参赞阁下,请随我下车,饱饱您的眼福吧!"

索拉吉辽夫穿好大衣,莫名其妙地跟着维连斯基走下包厢。

"您看到了吗?"维连斯基一边走一边说着,"请看好——您看到了什么?"

"我?我什么也没有看到。"

"不对。是的,不对。您在车上说什么来着?雪野,和宁静,……说得真好,雪野和宁静,……可是,大约三个月前,这里是什么情景呀!到处是破碎的车体,弹皮和尸体。对了,就在那里,列车的残骸上涂写着王绍祖的大名!哼!另一边,对,那里立着一根木杆,是我叫立的,将来,在那里要建一座纪念碑,让我们永远不忘记王绍祖的辉煌战绩。而且,我们二百多名优秀的哥萨克,在图什业图王府门外,通通被他送上了天国!王绍祖只留下一位有才干的翻译,并把他改造成我们的反对者。——此人已被押送回国。当然,您什么也看不到。我早已命令工人们在这里搞了一次大扫除。——唔,走,我们去见一见那位英雄吧,他在此刻一定会有很多感触的。"

说完,他们向车尾走去,那里加挂的囚车里,锁着王绍祖。

一共有十个端着枪的哥萨克看押着戴着手铐的王绍祖。王绍祖和被捕时一样,看得出,对他还没有用刑。

维连斯基命令哥萨克把王绍祖推到车门口,然后仰着脸,讥讽地说道:"王绍祖,你认识这是什么地方吗?"索拉吉辽夫把他的话翻译过来。

王绍祖笑了一下说:"怎么会忘记? 在这里,我炸了你的火车,砍死了你不少哥萨克。感谢你能让我有机会重温以往的战斗,那时的砍杀,真是惬意极了!"

"是吗? 你还想砍我的哥萨克吗?"

"其实,这还用问吗? 你把我锁起来,不就是害怕我再砍你的哥萨克吗?"

"多可惜! 你再也不能享受砍杀哥萨克的惬意了!"

"可是,你还能享受哥萨克被砍杀的悲哀。"

"这是可能的。但我为你遗憾。你为你的同胞做了那么多贡献,可是当你要被处死时,却没有一个人来搭救你。你知道我想把你送到什么地方吗? 盛京的断头台,而且是令尊大人亲自监斩!对此,你一定感到更为惬意吧?"

王绍祖咬牙切齿地说:"卑鄙!"

"骂吧! 再过一天,你连骂的机会也没有了! 你好像受了很大的刺激,是吗? 不过,你还有一线希望,只要你和令尊大人同时跪在我的脚前求饶,我也许还会让你活下去……"

"你……做梦! 卑鄙……你给我滚开——"王绍祖疯了一样狂喊着。几个哥萨克立刻从旁边紧紧地挟持住他向前冲去的身体……

维连斯基耸了耸肩,向索拉吉辽夫摆了一下头,两人又朝车头方向走去。

"对此,您有何感想?"维连斯基心事重重地边走边问道。

"震惊? 佩服? 害怕? ……谁知道,我自己也说不清。"

"真的。说实话,我也有同感。所以,当您说王世祺就是王绍祖的父亲时,我就决定不对他用刑,而是叫盛京将军府处决他,并让王世祺监斩。这样,震慑的作用会更大些。……唔,上车吧,我们在这里停留的时间太长了!"

　　列车鸣了一声长笛后,继续往南行驶。下一个停车站是公主岭,索拉吉辽夫将在那里接见索伦扎鲁……

63

　　索伦扎鲁吃过早点，便离开濒河的珠宝店，向车站走去。按照和他接头的俄国人的指示，他将在车站获得"最高上司"的接见，他的最后三分之一的财宝，也将同时物归原主。那个故弄玄虚的俄国人，拒绝说出所谓"最高上司"的姓名，但索伦扎鲁猜测，这个人肯定就是索拉吉辽夫。

　　索伦扎鲁高兴得有点儿飘飘欲仙了，他缓慢地以绅士的派头踱着方步，心里不住地啧啧赞叹着："索拉吉辽夫真是个讲信用的好人啊！"

　　的确如此，还是在一个月以前，当他向俄国人提供的小小的情报获得证实后，便有人通过十分巧妙的办法，给他送来一张金额五百卢布的支票，还有一包东西，他打开一看，原来是在盛京时由索拉吉辽夫封存的一份珠宝。而今天，他的价值连城的积蓄或称为"收藏"，将全部回到手里，做一个百万富翁的美梦终于可以实现了。索伦扎鲁如何能不高兴啊！就是眼前的日子，别人也是望尘莫及，简直和神仙一样啊！想想看，吃穿自不必说，就是每天往柜台里一坐，看着那些炫目的珠宝玉玩，听着买主的咂嘴赞叹，该是怎样的享受！何况关上栅板后，踏着旋梯，进入楼上的寝室，便可以搂过妖冶的日本女人，尽情地享受人间艳福呢？

　　不过，索伦扎鲁的生活也不光有愉快的一面，还有一个虽然看不见却时时都能感受到的巨大压力。他明显地意识到，脖子上套着两条绳索，分别握在日本人和俄国人手里，只要其中的一方稍一用力，他索伦扎鲁就会去见上帝。而且，几乎每一秒钟都有可能出现这样的结局。他曾经想洗手不干，带着财宝和日本女人远走高飞，尽情地挥霍，尽情地玩乐，直到生命的尽头。但他又知道，这已是办不到的事了。他特别害怕俄国人，因为他事实上已成了日本人的工具，这一点，他在十天前还不知道，而俄国人，直到今天还蒙在鼓里。一旦俄国人恍然大悟，知道受了欺骗，不把他索伦扎鲁剁成肉酱才怪！而俄国人却像影子一样，使他摆脱不了。

所以，索伦扎鲁踱着方步向车站走去的时候，一方面为财宝将到手而高兴，一方面又为前途叵测而胆战心惊。

那么，索伦扎鲁是怎样从俄国间谍变成日本人工具的呢？

索伦扎鲁被护送到公主岭后，只用了几天时间，便通过中人介绍，认识了日本珠宝商乔本三太郎。他声称自己名叫贡布，原是乌珠穆沁的盐商，酷爱古董，发财后便走遍草原收购珠宝玉玩，打算当个珠宝商，想找一个合适的合股人。乔本三太郎以一个行家的眼睛，仔细地观赏了一阵他带来的珠宝，倍加称许，立刻表示同意搭伙。当晚，他们写了合股协议，并召请有关方面的执事人等，在最大的一家饭店举行了一次丰盛的宴会。珠宝店的名声从此大振。第二天，索伦扎鲁便以老板的姿态坐在柜台里面了。他座位的后面是一个嵌着珠宝的屏风，屏风里面便是他的卧榻。楼上是乔本三太郎和夫人的寝室。那女人长得很美，好像叫什么芳子，名字很拗口，索伦扎鲁称呼时便省略了芳子前面的几个字。他们相处得很好，乔本三太郎常常请索伦扎鲁到楼上同桌进餐。芳子总是最后才吃。在两个男人用餐时，她总是跪着斟酒，把碗盘等举过头顶递过去，那时，索伦扎鲁便能咽着唾沫狠狠注视一眼芳子的又白又细腻的颈项和染着红指甲的柔嫩的手，他接碗时，故意使自己粗糙的大手接触一下那温软的手指，觉得浑身都在颤抖。索伦扎鲁觉得奇怪和忌妒，芳子为什么总是温顺地低垂着头？为什么这年轻却嫁给一个头发斑白的老头子？但是，索伦扎鲁更名换姓，当珠宝商的假合伙人，毕竟不是为了调情和观察日本人的生活习惯的。他带着俄国人的指令，必须想尽一切办法刺探有关日本人的情报，否则，留在索拉吉辽夫那里的两份珠宝，就休想回到他的手里。所以，他只好压下欲火和好奇心，开始注意乔本三太郎的秘密活动。而这样的机会，终于有一天自己送上门来。那天中午，芳子又在楼梯口请他上楼进餐。他到了楼上，正值乔本三太郎从阁楼的梯子上下来，有一张纸飘飘悠悠落在索伦扎鲁的脚前。乔本三太郎只顾撒开梯子，根本没注意到那张纸。索伦扎鲁趁机拾起来塞进怀里，并装作献殷勤的样子走过去帮助乔本三太郎放好梯子。

"谢谢。"乔本三太郎点头道，"请进去，今天贱内弄了点儿我们家乡风味的菜，我们小酌一场。"说完，拉开通往寝室的门。

在这场小酌进行了半小时以后，乔本三太郎好像猛然想起了什么事，先是在衣袋里摸了一阵,然后凝眸努力思考了一会儿,最后,一下站了起来,冲出门去。接着,外面响起挪动梯子的咣当当的声音。至少有十分钟,乔本三太郎才摇着头走了回来。他向芳子问道:"没看到在哪里掉了一张纸吗?"

芳子摇了摇头。

乔本三太郎心事重重地坐下去,自言自语地说道:"见鬼……"

"您丢了什么东西?"索伦扎鲁试探着问。

"非常重要的东西……唔,这和你毫无关系。不过,你上楼时拾到过一张纸吗?"

索伦扎鲁红着脸说:"没,没有……我是从来不注意和我无关的事的。"

"当然,当然。你是一个很本分的商人。我呢,除了做买卖,有时还干点别的事情。说实话,那张纸对你不值半文,对我,可是生命攸关哪!——唔,你看,我喝多了,说了些不着边际的话。没什么,喝酒吧。也许早被我烧掉了,……记性坏透了。怎么样?这菜很可口吗?"

"是的,真是太好吃了。"

"这种菜……唔,我们来谈谈烹调术吧。"

实在说,索伦扎鲁根本认不出那张纸上写的是什么,但他知道,乔本三太郎的阁楼总是加着大锁头的,也许那里正藏着索拉吉辽夫说的什么打电报的玩意儿。纸上的字莫不是电文?当晚,他借口去看古董和招揽生意,登车去宽城子走了一趟。五天后,一家客栈的侍者到珠宝店来,告诉索伦扎鲁,一位从乌珠穆沁来的老客给他带来了一批货物,叫他到客栈去取。这时,乔本三太郎正打点行装,打算起程去盛京和旅大办货。他告诉索伦扎鲁要快些回来,否则,芳子一人在家是会害怕的。

但索伦扎鲁却没有很快回来。在客栈,一个俄国人夸奖了他几句,说他送去的情报很重要,鼓励他继续这样干下去,肯定会有更高的奖赏等着他。索伦扎鲁很高兴,硬是拉着这个和索拉吉辽夫长得差不多的人,到饭店痛饮了一场。已经到了上灯时分,喝得醉醺醺的索伦扎鲁才抱着珠宝箱兴冲冲地走回珠宝店。芳子看他回来了,便从柜台后退到楼梯口,上楼去了。索伦扎鲁贪婪地注视着芳子的丰满的背影,觉得这样一个令人神魂颠倒的女人却被一个糟老头子占有,太不公平了,他感到遗憾和不甘心。但是,他还没有胆量冲到楼上去……

过了一会儿,索伦扎鲁叹息了一声,走到柜台里,打开珠宝箱,整个神经又全被那光彩夺目的珍珠玛瑙、翡翠玉石俘获了。店门已关好,窗帘已拉严,他在明亮的灯光下,一件件爱不释手地欣赏起宝物来。最后,他拿起一串五彩斑斓的珍珠项链。这串项链的最下端吊着一颗鸡心状的纯红的玛瑙,玛瑙的正当中,有一朵天然形成的梅花状的纹理。这是稀有的珍品,经独具匠心的巧手细心琢磨,并在顶端镶嵌上两颗熠熠闪光的钻石,更显得华贵了。据说,这是先王福晋在皇宫里当格格的时候,皇娘娘送给她的生日礼物。索伦扎鲁观赏了一会儿,顺手套在脖颈上,忍不住笑了起来。突然他止住笑,思考片刻后,收好珠宝箱,摘下项链犹豫地站了一会儿,最后下了决心和狠心,揣好项链,向楼梯走去。

芳子还没有睡,正独自坐在灯下翻看着日本画册。见索伦扎鲁轻轻踅了进来,既没感到吃惊,也没有表示欢迎,只是抬头看了一眼,说了一句:"先生还没有睡下?"然后又低下头去。

索伦扎鲁晃了一下,咽了口唾沫,借着酒劲儿,跪坐在芳子的对面,将自己的眼睛无耻地盯在芳子玉雕般的鼻梁和鲜红的嘴唇上了。

芳子似乎觉出他的注视,脸上飞起一阵红云,轻声说:"先生有事吗?"

索伦扎鲁心里说道:"多好听的声音!就凭这一点,我也应该把项链送给你呀!"但他此刻的喉咙已烧干了,心里像有个小鹿撞来撞去,好一会儿,他才费力地说道:"有事……唔,没,没什么事……"

芳子略显吃惊地看了索伦扎鲁一眼,问道:"先生是想喝水吧?"

"天哪!"索伦扎鲁在心里叫道,"你的眼睛会把冰融化成水呢!"同时,在芳子抬头的刹那间,闯进他眼睛的那角半裸的像牛奶一样的酥胸,差点儿没把他冲激得倒下去。他几乎要扑过去了。但他仍旧没有足够的胆量,开始后悔刚才的酒喝得太少了。他慢慢摸出项链,像探险一样,举到芳子的眼前:"芳子,你,你看……"

芳子抬起眼睛看着项链,眼里闪出惊讶艳羡的光亮,她启动红唇,露出两排又细又白的牙齿,赞美地说:"唔!多美呀!"

"我……把它送给你了!……"

"您开玩笑吧?先生。这么贵重的东西……"

"正因为它贵重,我才送给你。只有你才配戴它!"

"我怎么好接受先生的恩赐……"

索伦扎鲁的话开始流利了,胆子也大了起来:"芳子,你这么说就把我当外人了。就凭你能让我看到你的美丽的眼睛,我也该把它送给你。"

"先生真会开玩笑。"

"这可不是玩笑。你真美!给你,真给你了。"

芳子伸出手去接项链,并说道:"那我真感谢先生了。"

"不。来,我要亲手给你戴上。"

芳子放下手,想了一下,微笑着把头向前伸去。索伦扎鲁的手触到芳子高耸的发髻上了,他像发疟疾一样,浑身剧烈地抖动着,眼睛已经烧得模糊起来。他拉开项链,顺着那温热柔软的双肩,摸到身后,手掌按在那洁白的裸露的后颈,慢慢扣上项链。然后,他猛地捧过芳子的头,把充满酒臭的大嘴紧紧印在她的额头上。芳子挣扎了一下,吃惊地躲开头,什么也没有说,站了起来,向卧榻走去。索伦扎鲁感到自己做了一件蠢事,甚至闯了大祸,一下子醒了酒。他讪讪地站起来,想逃下楼去。但他又不甘心地朝芳子看去。芳子慢慢走进寝室,脸朝里躺在和地面齐平的松软的卧榻上,她并没有关闭用胶合板制作的拉门。而且,而且……天哪!索伦扎鲁一下子流下了口水,芳子的和服在躺下时,至少有一半掀到了胸口,两只丰满的白得像玉石、润泽得像玛瑙似的大腿,整个裸露着。索伦扎鲁呆站了一会儿,突然像饿狼一样扑过去。芳子一面呻吟着,一面轻声说:"把门拉上……"

从此,只要乔本三太郎不在家,索伦扎鲁便早早关闭店门,飞上楼去,俨然以主人的身份去占有芳子的身体。两个人打得火热,有点儿如胶似漆的味道了。

有一天早上,他在卧榻上正和芳子相抱未起,忽然听到拉门外有声音。索伦扎鲁猛地坐起,推开拉门,吓得差点儿昏过去。原来,乔本三太郎正坐在地桌旁独饮独酌,并讥笑地注视着他。他骇然地怔了一会儿,慢慢蹭下卧榻,站起来走了几步,扑通一声跪了下去。

"怎么样?滋味不错吧?"乔本三太郎喝了一口酒问道。

"我……请饶恕我……"索伦扎鲁垂下脑袋,不知说什么才好。

"我很佩服你。索伦扎鲁——唔,应该称你陶录铭或贡布吧?还有索长山?不必那样吃惊,我对你知道得和索拉吉辽夫一样清楚。我们一会儿再说这个。是啊,我很佩服你,很多人想征服芳子都没有成功。看来,你是很精通此道的。你没少破费吧?"

索伦扎鲁听到乔本三太郎的话,既为他的一半话感到震惊,又为另一半话感到羞愧。他讷讷半天,最后迸出一句:"我还有……很多,给您留的……"

乔本三太郎闻言哈哈大笑起来,笑声还没结束,就说道:

"想补偿我的损失吗?"接着又笑了起来,弄得索伦扎鲁想往地板缝里钻。

过了一会儿,乔本三太郎叹了口气说道:"看来,这也不全怪你。我,老了,……年轻女人总是喜欢身强力壮的男人,在这一点上,你占了上风。放心,我不会因此和你决斗的。只是希望你不要太自私,我也是一个久居外乡的独身汉啊!……虽说不能平分秋色,你也不能独占花魁。好了,事已至此,我们只好共守秘密,否则多嘴多舌的人们会说我们是联床大会呢!"他说到这里,嘿嘿地笑了一阵,然后站了起来,走到卧榻外,推上拉门,遮住了芳子全裸的沉睡着的躯体,甩着和服的宽大袖子,慢慢走到仍旧跪在那里的索伦扎鲁面前,凝眸注视了一会儿,继续说道,"索伦扎鲁,你希望永远占有芳子的身体吗?你希望永远占有你的全部财宝吗?你希望继续活下去享尽人间的快乐和富贵吗?"

"我……这……"

"你不说我也知道,你愿意这样。对不?那么,我今天就告诉你,这一切——对!这一切,包括你的生命,都握在我的手中。芳子虽说只是一个官妓,但她确实很可爱;你的珠宝足以买一百个芳子,你当然不愿丢掉;你的生命不值一文,你却舍不得交出去。我说对了吧?可这一切,我可以叫你在一瞬间统统失去!除非你发誓从此为天皇陛下效劳。其实,我无须用这些去威胁你,因为你早就在为我们效劳了。"

"您是说……"

"是的,你在为我们效劳,一开始就是如此。你到公主岭的第一天,我就对你了若指掌了。我给了你两次机会,你都巧妙地利用了。我又想办法使俄国人相信你的情报的准确性。如此而已。当然,你尽可以放心,现在他们还不会看出破绽。当他们乐极生悲,意识到进入了我的圈套,因而恼羞成怒时,你早已经到了绝对安全的地方。——好了,祝贺你时来运转,金钱美女全有了!如果你还没有魂飞魄散,并且余兴未尽的话,还可以去陪芳子睡一小觉。"说完,走出门去,步下楼梯,到柜台处准备接待第一批顾客去了。

就这样,索伦扎鲁成了日本人的间谍,却接受着俄国人的奖赏。一方面，他舍不得芳子，舍不得眼下绅士般的地位和皇帝般的生活，不愿这一切刹那间烟消云散；另一方面，他也看到了自己的双重危险，看到了黑洞洞的枪口和魔鬼的影子，虽然如临深渊，却又欲罢不能。

所以，当索伦扎鲁迈着绅士的方步，为了等待"最高上司"的接见，向车站走去的时候，心里的志得意满和担惊受怕就不能不交替出现和残酷地角斗起来。他自己也弄不清，到底高兴多于忧虑，还是忧虑压过高兴；甚至弄不清这高兴也好，忧虑也好，到底是实实在在的东西，还是自己虚构出来的。

"是的，高兴是虚幻的，忧虑却是实在的。"索伦扎鲁一边低头走着，一边在心里嘀咕着，"要不，为什么总是看到黑洞洞的枪口？"

真的，枪口又出现了。这枪口好像从地里突然冒出来的，而且那么近，正抵在胸口。索伦扎鲁猛地抬起头来，骇然地站下了。紧接着，又有两个黑洞洞的枪口对准了他的眼睛。不，这不是枪口，而是两柱仇恨的目光。这目光似乎要穿透他的头颅，使他浑身抖了一下。他想逃跑，却像有人给他使了定身法，怎么也拔不开腿。好一会儿，他的舌头才恢复了功能，绝望地说道："你是巴兰森格妈妈……"腿一软，差点儿跪下去。

"跟我走吧！"巴兰森格微笑着，轻轻地说。

索伦扎鲁只好乖乖服从。

64

　　列车在公主岭站停稳后,索拉吉辽夫拉开了窗帘,指着站台上的人对维连斯基说道:"您看,他就是贡布——索伦扎鲁。"

　　"看到了。这是您的成就的一部分。"维连斯基看了一眼说道,"据说他提供的情报非常准确。——您认为他可靠吗?"

　　索拉吉辽夫扫了一眼微蹙眉头的维连斯基,说道:"他很精明。而且——您方才不是说,他的情报准确吗?"

　　"是的,准确,非常准确。不过……"

　　"您是怀疑他?"

　　"怎么说呢?精明是一个工具,谁都可以利用。而可靠,需要各种证明,并且是不会轻易获得的。我觉得,准确得异乎寻常的情报,是会令人惊讶的。"

　　"是吗?"索拉吉辽夫掩饰着不快地说道,"伯爵大人,照您说来,反倒是提供不准确的情报更为顺理成章?"

　　"不,我不是这个意思。我是说,异乎寻常的准确。是的,异乎寻常……"维连斯基说着,向车窗外瞥了一眼,"不过,我们不必争论了。您的情报员正朝我们走来,该准备接见他了。"

　　索拉吉辽夫不满地站起来,走到包厢外面,喊来俄罗斯侍者,把他带到车窗跟前命令道:"看到那位绅士了吗?请他到我的包厢,然后守在门口,不准任何人登上这节车。"

　　"是,老爷"侍者鞠了一躬,转身走出包厢。

　　接见和归还财宝的活动,只进行了十几分钟就结束了。索伦扎鲁听完几句隐藏着威胁的抚慰话,便被很客气地送出包厢。走过两道门,到了车门处,侍者打开门,躬身立在一旁,等着索伦扎鲁下去。索伦扎鲁瞥了一眼仍插在门上的钥匙,从手上褪下钻石戒指,递给侍者。侍者吃惊地看着闪光的钻石,不知这位中国绅士是什么意思。索伦扎鲁思忖片刻,便拉过侍者的手,把戒指放在他的掌心,接连打了几个手势,分明告诉对方,戒指已送给他了,并叫他立刻回到自己的房间藏起来,免得叫别人看见产生忌妒或歹心。那侍者似乎明白了这些手势,却弄不清自己为什么会如此走运,而且心里实在佩服中国的绅士,竟如此慷慨,仅仅开了两次车门,便获得做梦也想不到的赏赐。他赶忙深深鞠了一躬,迅速跑回自己的房间,寻找恰当的藏匿之处去了。索伦扎鲁乘机拔下钥匙,迅速跨到右边车门,把钥匙插进锁孔转动了一下,然后,又跨回左边车门,插好钥匙,便走下车去。刚走出几步,身后传来车门关闭的哐当声,索伦扎鲁知道,那侍者准是害怕他后悔和讨还戒指,把门锁上了。但他装作没有听见,只是朝着索拉吉辽夫的车窗连连点头。

包厢里,维连斯基笑了一下说:"那么些贵重的珍品,又全送给了这个蒙古佬,您不觉得心疼吗?"

索拉吉辽夫说道:"不。要么这些东西对我毫无意义,要么就是暂时寄存一下而已。"

"有意思。您能说得明白些吗?"

"您想,假如我们失败了,那么你我都不可能活下去,即或能买下整个宇宙的财宝,又有什么意义呢?反过来,假如我们胜利了,这一切便毋庸置疑地属于我们。"

"有道理。可是您为什么老是想到失败呢?"

"因为这种可能是存在的。"

"您不应该这样想。困难避免不了,但胜利,一定属于我们。只要东清路全线通车,我们就获得了绝对优势。——唔!什么声音?外面好像发生了什么事。"

索拉吉辽夫也听到了包厢外面的杂乱的脚步声,他跳起来,猛地拉开门,看到门外的场面,骇然倒退了一步,立刻有两个剽壮的大汉举着短枪冲进来站在门口两侧,之后,一个穿着薄薄的皮袍的老妇人,一面解着头上的围巾,一面稳重地走进包厢。索拉吉辽夫突然忆起在哲里木盟的雪原上被巴兰森格劫获的一幕。眼前这个人不正是那个巴兰森格吗?索拉吉辽夫努力镇定下来,仔细地看去。他发现,巴兰森格的变化太多了,无论是身体还是脸庞,虽还保持着原来的刚劲和风韵,但显得疲惫和清瘦,好像在努力忍受着某种痛苦,只是那对总是带着讥诮的眼睛,还是那样深幽,闪着无畏的光,令人在它的注视下不得不低下头。

巴兰森格朝着索拉吉辽夫冷笑了一下说道:"久违了,索拉吉辽夫先生。"然后转向一动不动的维连斯基,"这位一定是大名鼎鼎的维连斯基伯爵了。能见到你,很荣幸。"

维连斯基无奈地耸耸肩,什么也没有说。

索拉吉辽夫稍显困惑地说道:"巴兰森格,我又有幸瞻仰您的威仪,……请坐下,您这是……"

巴兰森格抢过话头,又疲惫又急切地说道:"我没有时间和你们多谈几句。打开天窗说亮话吧,我探听到这列车上押解着我的儿子王绍祖。我的八十个战士早就在这里等着截车了。我是原想炸了铁路再和你的哥萨克血战一场。可是一个偶然的机会,使我获悉您就坐在这间包厢里。我的人马太少了,舍不得让他们流血,这也同时救了你的哥萨克以及你们二位的性命,否则免不了玉石俱焚。一句话,命令你的哥萨克打开囚车,放出王绍祖。然后我们各奔前程,相安无事。怎么样? 条件不算苛刻吧?"

索拉吉辽夫耸了耸肩,说道:"的确不算苛刻,假如王绍祖确实是你的儿子……"

"如果不是呢?"

"那您何必救他呢? 您可以提出别的条件,比如枪弹、金钱或粮食。"

"那么我来告诉你。枪弹、金钱或粮食,我们可以很轻易地得到,不劳你费心。至于王绍祖,虽然不是我的亲儿子,我却非救出他不可,哪怕用几十个弟兄的生命,哪怕我也会因此丧生……"

"这个人的生命的价值,大概超过了我的估计。对于这样一个重要人物,我们也是不愿意轻易交出去的。您大概不知道,驻在公主岭附近的护路哥萨克有多少人吧?"

"知道。不算你们在二龙山一带搜捕我的三百人,这里还有二百五十个哥萨克。但是我相信,这五百多名哥萨克合在一起,也没有你们二位的生命值钱。——好了,干脆说,是答应我们的条件避免流血,还是先打死你们,然后展开一场搏斗?"

索拉吉辽夫无可奈何地看了毫无表情的维连斯基一眼,然后说:"好吧,我答应……"

巴兰森格对另两个人命令道："你们在这里保护好伯爵，我陪索拉吉辽夫先生走一趟。"

他们下车后，顺着站台，走到最后一节囚车。索拉吉辽夫对车上的哥萨克命令道："把车上的犯人解开，放他下来。"

不大一会儿，王绍祖莫名其妙地跳下囚车。索拉吉辽夫对哥萨克们说道："你们没事了。关上门喝酒吧。"然后转向王绍祖，"祝贺你获得了自由。明天，你又可以拿大刀砍杀哥萨克了。"说完，悲哀而无奈地挥了挥手。

王绍祖在耀眼的光线里，一下子辨认不出面前的人都是谁。这时，有两个人跑过来，挽着他的胳臂向车站外边走去，他明确地意识到，他又回到自己的队伍里了……

索拉吉辽夫木然地站在原地，目送着渐渐走远的王绍祖，重重地叹了口气。当他再回过头来的时候，吓了一跳，他发现巴兰森格整个身体都在萎缩，大颗的汗珠从额头流到脸上，滴到月台的水泥地面上，看得出，不是由于激动，而是身体的伤痛在折磨着她。

"您好像病了？"

巴兰森格扶着囚车的边棱，克制着呻吟，苦笑了一下说："我一直在病……不是为了今天的事，也许还起不来。……我的生命快要完结了……"

索拉吉辽夫感动、怜悯而且诧异地说道："那么，您为什么非采取今天的行动呢？"

"为什么？就是因为我快死了。……在东辽河我有一千多人马，他们需要王绍祖，……你明白吗？"

"我……明白。"索拉吉辽夫低下头抑郁地说道，"明白……"

"再见吧，索拉吉辽夫先生。"巴兰森格费力地走了一步，看到包厢里的两个同伴也走下车来，她又面向索拉吉辽夫说下去，"我们这次见面很奇怪，是吗？我们还会以另一种方式见面的，但可能……不是我，而是王绍祖了！……"

索拉吉辽夫在原地站了足足有十分钟，才丢了魂一样，晃晃悠悠走回包厢，把自己的身体重重地投到座位上。他觉得周围的一切都在嘲弄他，就连不住地晃着肥头的维连斯基，也好像在讥笑他的无能。他真想和这个若无其事的银行家大吵一顿。是的，索拉吉辽夫感到委屈，他原来是不同意加挂囚车的,更不同意在起程的头一天,就把王绍祖从监狱里提出来,经过繁华的街道,押解到车站。维连斯基却坚持这样做,因为这可以炫耀剿匪成绩和起到震慑作用。又是震慑!结果怎样?消息透露出去了,要犯被截走了,又险些发生惨剧!

索拉吉辽夫这样想着,至少又过去了十分钟,他觉得胸膛里滚动着巨大的愤懑,直想从喉咙口冲出来,他忍不住讥诮地说:"伯爵大人,这就是您说的满洲的宁静吧?"

"小事一段,小事一段。是的,小小的插曲而已。"维连斯基不动声色地说,脑袋却不再摇晃了,"您说,我们的旅行还要继续下去吗?"

"是的,我必须尽快赶到盛京。"

"可惜我们只有一个王绍祖……"

"您好像在说我们的旅途上还会出现这种满洲的宁静。"

"您可真会钻空子!"

"不过,您尽可放心,今天不会再发生不幸了。据我所知,蒙古人要比我们俄罗斯人更讲信用。当然,伯爵大人可以到此止步。"

"您是在说我胆小如鼠吧?"

"不。我是说,您此行的目的,是想看看一个父亲当处决儿子的监斩官,是怎样的一种场面。而这出戏的主角却不能出场了。"

"当然,这很遗憾。不过,我仍旧要去盛京。我要勒令王世祺在最短的时间,把他的逆子逮捕归案。这出戏我是一定要看到的!"

"唔!今天是怎么了?"索拉吉辽夫两眼瞪着窗外,大声说道,"说曹操,曹操就到。他怎么也突然冒出来了?见鬼!"

维连斯基也朝外看去,皱着眉头说:"真怪!看他那惨白的脸,看他那满身灰土,一定跑了很多路!"

"大概也是来救儿子的吧?"

"非常可能。我真不愿意在车厢里接见任何人了。"

"那么,打开窗子好了!"

脸色惨白、满身尘土的王世祺一眼看到打开的窗口里的两个俄国人的脸,他打了个趔趄,跟跟跄跄地朝窗口扑过去……

65

巴兰森格是在一个偶然的机会里,碰到索伦扎鲁的。她只听说过索伦扎鲁在义军队伍中干了很多坏事,并不知道他已成了一个出卖灵魂的间谍。但索伦扎鲁却以为巴兰森格什么都知道了,所以,原原本本地把自己到车站的目的全部交代出来。这就使得巴兰森格截车救王绍祖的行动,进行得出乎预料的顺利。她当然异常高兴。当她看到王绍祖从车上跳下来,身体仍旧像以往那样健壮,似乎毫无损伤,她分外激动。无论是高兴还是激动,都足以使巴兰森格尚未完全愈合的伤口,全部崩裂开来。她那时,忍住剧痛,眼含热泪,扶着车厢,未敢扑过去拥抱她日夜想念的儿子。她担心会承受不了那巨大的喜悦,担心身体里残存的力量会一下子消失殆尽。她必须再坚持几个小时,虽然极想躺下去睡一觉……

直到这支八十人的队伍跨上坐骑,奔上南下的道路时,巴兰森格终于感到疲困极了。她眼皮发黏,身上软绵绵,四肢倦怠,灵魂也似乎飘飘悠悠地要离开躯壳,飞散到空间。但是,她仍旧努力克制着,装出兴冲冲喜洋洋的样子,和并排走着的王绍祖说这讲那。介绍她养伤以及如何逃避哥萨克的追捕。关于乌日娜金的事,她却一句不讲,并且好像也不愿让王绍祖涉及这个题目。最后她告诉王绍祖,在东辽河还有一千多人马,回去后,将和白音达赉合兵一处,先袭击法库门,夺取一些枪支弹药,然后痛痛快快干一场,甚至还要到哲里木盟去逛逛威风。

王绍祖看出,巴兰森格身上的力量正在一点点消失。她好像在嘱托后事,要在弥留之际把想说的话全部说出来。王绍祖感到压抑和悲怆,整个心房早已在恸哭了——他也有无数的话想要告诉妈妈呀,但他的喉咙肿胀难忍,一句话也说不出来了。他只是担心地一眼不眨地看着巴兰森格越来越惨白的脸。

巴兰森格忽然觉得眼前模糊起来,她轻轻勒住马缰,一阵晕眩过后,她看到王绍祖眼角的泪水,微皱眉头地问道:"你……哭了?"

"不。……没有……"王绍祖强忍住抽咽地说,眼泪却大串大串飞落下来。

巴兰森格环顾了一下默默站在一旁的人们,苦笑了一下说:"是啊,我们还可以大干一场。……可我感到,我的生命……已走到尽头了,……但我很高兴,我能在临终前,和儿子……在一起。"

"妈妈!"王绍祖失声地喊道,捂着脸痛哭起来。八十个人几乎同时掩泣不止。

"不要哭。"巴兰森格微笑着,费力地说道,"好儿子,把妈妈抱下马来,我想躺一会儿。"

王绍祖滑下马背,轻轻地把巴兰森格软弱无力的身体抱下来,小心翼翼地放在草地上,自己则跪在旁边抽咽着。八十个人几乎同时滑下马背,默然环围在巴兰森格的身边。

这时,站在外围的一个人喊道:"绍祖!那边过来一辆马车,我们让巴兰森格妈妈躺在车上走吧。"

王绍祖抬起泪眼,说道:"去吧,好好说,我们……可以给他马和钱……"

那辆马车并没有绕过这队人马,恰恰是疾驰过来,停在附近了。车厢里急匆匆跳下一个人来,并大步地走到队伍里边了。

"绍祖!我的儿子,到底追上你了!"来人正好是王世祺,他站在王绍祖对面,张着胳臂,深情而悲凄地喊道。

王绍祖擦了一把眼泪,慢慢站起来,在这一瞬间,他产生了一种可怜父亲的感情。但紧接着,眼里就射出了仇视的火焰,他咬了咬嘴唇说道:"你来干什么?是带兵来追剿我们吗?"

"绍祖,求你别这样对待我,……我的心被你伤得还不够惨吗?你的生身母亲,也在日夜想念你呀!"王世祺的声音显得很悲惨。

"说得多动情,我都快被你感动了。可是,我能忘记你命令你的人马配合哥萨克怎样残杀我们吗?我们牺牲了多少好弟兄,多少可贵的生命呀!我能因为你的一两句含泪的话,就忘掉这些冤死的灵魂吗?"

"绍祖,不要再说这些了。爸爸也有难处啊!跟我回去吧。我愿意就此解甲归田。你已有了小妹妹。我们都到乡下去……"

452

王绍祖感到一阵天翻地滚的晕眩,他闭了一会儿眼睛,很快镇定下来,仍旧以一种挖苦的口气说道:"你早就该解甲归田了。我祝贺你又有了女儿。你赶快离开这里,去享受你的天伦之乐吧。我的孽还没有作够,下半生仍旧要和你们为敌!"

"你就这样忍心吗?绍祖!你知道为了你我吃了多少苦?格力图尔告诉我你的消息后,我就一直没停地奔波啊!"

王绍祖痛苦而又痛恨地低声说:"为了一个私生子……"忽然,他心里一颤,提高了声音,"你刚才说什么?格力图尔?你看见了格力图尔?他在哪里?"

"是他……"王世祺瑟缩地说,"我已把他监禁起来了。"

"你为什么要监禁他?"

"他是朝廷要犯,我准备处死他。"

"不行!把他放了!"

"可以,只要你答应和我回去。"

王绍祖在地上急促地走了几步,站在王世祺面前,说道:"听着,必须放了他!你这样做了,我也许有一天会到你们跟前喊一声爸爸和妈妈。不然,你今天处死他,明天我的头颅就会出现在你的大门口!你马上回去。——给你两匹马,你的车子我们要了!"

王世祺流着眼泪,失魂落魄地转过身,慢慢走开了……

这时,巴兰森格喃喃地问道:"绍祖,你在和谁说话?"

"妈妈,这是一个我还不忍心杀死的敌人。我太软弱了……"

"唔,我明白了。……你不该那样想。他毕竟是你的……生父。世上没有不爱儿女的父母。……再说,他也和我们一起……打过哥萨克。现在……他的处境也很难……"

看到巴兰森格说话艰难的样子,王绍祖心疼地制止道:"不要说话了,妈妈。我们有了一辆车,您躺在里面吧。"

巴兰森格摇摇头,说道:"不用了。……你们……闪开点儿。怎么这么闷哪!我要……喘口气,我要看一看……唔,天空这么暗,星星也乱了位置,宇宙……又混沌了,又……混沌了。我……"她的声音在弱下去,眼睛也逐渐暗淡了。

王绍祖轻轻喊了一声"妈妈",热泪涌流地跪下去。

巴兰森格的眼睛似乎又闪动了一下,然后瞳孔迅速扩散,嘴唇抽动了几下,用尽全身力量留给世上最后一句话,这句话只有王绍祖勉强听到了:

"乌日娜金……我的女儿,我多想看你一眼啊!"

66

　　这时,乌日娜金正走在去哲里木盟的路上。

　　还是在格力图尔毅然离去后,乌日娜金在她的草棚里,独自一人,无限悲哀又异常艰难地熬过了几个漆黑的夜晚。她吃不下,更睡不稳。一闭上眼睛,就看到青面獠牙的魔鬼和张牙舞爪的野兽,要不,就是冲天激浪裹着奈曼乌勒朝她劈头盖脸地扑来,或者是疯了的可怜的爸爸在狂吼的风雪中呼唤女儿……她常常是从噩梦中惊跳起来,蜷缩在草棚的黑暗的角落,直愣愣地看着柴扉的缝隙,屏住呼吸,盼着黎明的到来。而黎明,偏偏故意躲起来,久久不肯露面。每天夜晚,她几乎都是在这样的恐怖和惊悸中度过去的;剩下来的一半时间,便是用哀哀的哭泣打发走了。她感到了孤苦伶仃的痛苦和身在异乡举目无亲的可怕。她没了主意,不知道一旦离开草棚,第一步应该朝哪个方向迈出。在冥思苦想中,她似乎悟出了一个简单的道理:人是不应该离开养育他的土地的。妈妈、王绍祖、格力图尔,她自己,所有的亲人和朋友,都不应该跑到外乡来。这是她在叫天不应、呼地不灵的孤苦无靠的心境中,唯一能聚而成形的结论。所以,她从头脑中挥斥开一切混乱芜杂的念头,把一切浮泛的或萌动的思绪,全都捺到心海的深处。她决定回过头来,扑向家乡的草原。

　　这一天,她先走到河边,把一捧牛肉干和一瓶酒扔在染着朝霞的红光的河水里,算作是祭奠和告别了最亲密、最不幸的朋友。然后,她在河边默默地坐了一会儿,她看到了映在水中的少女的影子,自己也吓了一跳。她的脸是那样憔悴,而且,褪去了青春的红晕。头发蓬蓬松松,她记起,至少有半个月没有梳理了。她摇头苦笑了一下,扬臂拢了拢头发,轻叹一声,慢慢站了起来。她又踱回到小草棚。这间已快塌倒的草棚,曾带给她快乐和希望,同时也留下了痛苦和悲哀。现在,这间草棚又成了她生活历程的新起点。她此刻很轻松,很释然,因为她感到了精神的复活。她开始收拾行装,又一次看到了那些通宝和首饰。一阵心灵的悸动过后,她怨恨甚至可怜起格力图尔。是呀,他为什么那么不幸?也许她和这个单纯而直率的人根本不该成为一家。他将走向何处?他能否再回到她生活中来呢?她会想念他吗?"肯定会的。"她在心里说道。

临行前该做的,她都做了。该想的,她全想了。精神复活后,她又感到了身体里蕴蓄着巨大的力量。

乌日娜金终于迈出了通往家乡道路的第一步。

中途,刮风了,下雪了,她没有止步。

一个星期后,乌日娜金已经站到突泉镇南大泡子的岸边了。这又引起了她一阵感触。这里也是她生活历程的一个起点。多少天来光怪陆离的迷梦般的生活,就是从这里开始的。那一天,她遇到了科尔丹的马车,并从科尔丹手里接受了足可防身的手枪。乌日娜金下意识地把手探入怀里,抚摸了一下未曾和她须臾相离的手枪,并朝着科尔丹的马车曾驶来的方向看去。

这时,就像人们在回忆往事会出现幻影一样,真有一辆马车疾驰而来。但这绝不是幻影,因为乌日娜金已听到车轮滚动的辘辘声,看到了驭手频频抖着缰绳。真正使乌日娜金惊讶的,是飞驰而来的正是科尔丹乘坐的那辆马车!

不知是一种什么力量在推动她,她非但没有避开,反而快步迎了过去。那马车也似乎想尽快驰到她的身边。

但是她又突然站下了。她不敢相信自己的眼睛,心里又感到骇然,因为坐在驭手位置上的不是库玛,却是个少女,是哈森!

哈森在乌日娜金身边猛地勒住马缰,车停下了。哈森却瘫痪一样倒下去,滑落到雪地上了。乌日娜金赶忙跪下去,扶起哈森的上身,发现她处于极度的衰弱之中,脸上布满伤痕,嘴角流出暗红的血。

"哈森!你怎么了?发生了什么事?"

哈森慢慢睁开失去光彩的眼睛,急切而有气无力地说道:"我……没看错?真是你吗,乌日娜金?"

"是我呀,哈森。你说呀,怎么回事?"

"这是……在哪儿?"哈森迷惘地问道。

"快到突泉镇了。"

"这就好了。……乌日娜金,我快死了。……求你替我照顾……少爷。"

"他怎么了?到底发生了什么事?"

"发生了很多……很多……很多不幸的事。……"哈森喃喃地说,闭着眼睛喘息了一会儿。的确,这不到三个月的时间里,发生的事情太多了,也太可怕了!哈森虽然神志已不大清晰,但一闭上眼睛,那些可怕的场面又都纷然杂陈在面前了……

一切祸患全是博克拿多造成的。

博克拿多对科尔丹下毒手的阴谋在一年前就酝酿成熟了,正式开始是在他喝了接风酒的第二天,从哥萨克兵营被袭击以后,则加速了进程,最后则因业喜海顺和科尔丹的秘密接触而达到高峰。

实在说,业喜海顺进入王府后,并未想去交结科尔丹。科尔丹不冷不热的态度使他很厌恶。特别是在过去的一年时间里,他和博克拿多朝夕相处,几乎无时无刻不听到关于这个"狡诈"的年轻人的坏话。所谓先入为主,这个印象是不易改变的。在他看来,把自己交给老成持重的博克拿多是可以高枕无忧的。所以,他并不反对博克拿多想把科尔丹逐出王府的打算,甚至希望科尔丹那副刚毅而充满忧虑的白嫩面孔尽快从眼前消失。

但是,有一天,偶然出来散步的业喜海顺走到东殿博克拿多客厅的门口,听到博克拿多正在发号施令,他的心情一下子变了。因为他听到博克拿多任命官布为喀喇沁旗扎萨克和宣布处决额勒瓦奇尔。这样事关重大的决定,应该是王爷亲自过问的。可是,他事先竟毫无所知,而且他没在场,协理便僭越职权地宣布了。业喜海顺刹那间如梦乍醒,明白了自己已是博克拿多的掌中玩偶,处于汉献帝一样可怜的地位。他当时哀叹一声,返回正殿后面的寝宫,险些就此郁闷成疾。十多天来,这位末代王爷把自己的脚步深锁在小小的寝宫里,苦苦地回忆着、分析着这一年里经历的每一件事。他终于得出结论:博克拿多和科尔丹在他头脑里的形象必须对调一下才正确。

然而,业喜海顺又知道,自己羽毛未丰,立足未稳,想摆脱博克拿多是办不到的。而且,碍着博克拿多,他想立即接近科尔丹也是不可能的,甚至是不聪明的。所以,他只好暂隐心迹,慢慢再说了。

科尔丹送走王绍祖,返回王府那天,博克拿多带人要去看看哥萨克兵营的劫后状态。借此机会,业喜海顺偷偷进入西殿,站在万分惊讶的科尔丹面前。

"不知王爷驾临,有失跪迎,诚望恕罪。"科尔丹惶悚地说着,甩开了马蹄袖。

"不要跪下。"业喜海顺说着,巡视了一下室内的情景,"不必拘泥。我随便走走。你的随从库玛呢?"

"他去厨房为臣下备饭去了。"

"听说库玛非常精明,是吗?"

"我喜欢他的忠诚。"

"是啊,忠诚是很可贵的品格,也是非常不易获得的。如果有一天,我想让库玛当我的贴身仆侍,不知你是否舍得?"

"这……恐怕不合适。"

"你的意思好像是说,这是做不到的事。我想,作为一个王爷,选择贴身仆侍的权力还是有的。——等一等,听我说。在这里说话没有人听到吗?"

科尔丹疑惑不解地看了业喜海顺一眼,没有回答。

"科尔丹,我此来有要紧事……"

"王爷请讲。"

业喜海顺手扶椅背,苦笑一下说道:"'王爷'……哼!我只是个徒有虚名的王爷而已。"

"王爷的意思……"

"你无须感到惶惑。你心里早就明白,我却是刚刚清醒过来。我先问你,先父出奔至格根庙,都有谁跟随左右?"

"只有臣下一人。所以对先王的驾崩,臣下是负有罪责的。"

"不,我不怪罪你。当然,我曾为此深深怪罪过你。……此事无须多讲,一切我都想象得出。当我终于知道我已是个傀儡王爷的时候,一切事实的真相便自己出现在我眼前了。是的,一件事有时比一百件事更具有影响力;在一分钟内得出的结论,有时要比一百年得出的结论还要正确。好了,科尔丹,让我把心灵的窗子敞开吧。你恐怕也知道,我这徒有虚名的王爷能否当下去,尚不可预卜。丹赞尼玛已经进京上告,想和我争夺王爷之位。对此,我虽说知道必然有一番争斗,但毕竟不太可怕。我担心的是眼前,也就是博克拿多。他把我当成了工具、玩偶。但我又孤掌难鸣,我很希望有你作为臂膀。当然,你当前处境险恶,……我暂时又爱莫能助。望你好自为之,暂时忍愤苟安,只求留任王府。一旦时机成熟,我们就廓清朝野,为哲里木盟的安宁和牧业发展大展宏图……"

"王爷……"

"不。我不必听你的回答。明白我的意思就行了。"业喜海顺说完,匆匆离去。

但是,博克拿多是不会让业喜海顺等到那个时机的,当他获知王爷和科尔丹曾秘密接触后,便决定立即将科尔丹从王府驱逐出去。他把科尔丹叫到他的房间,最后摊牌了。

"请坐。"博克拿多很客气地指着对面的椅子说,跷起的一只腿仍旧未改变原来摆动的节奏。

科尔丹坐下后,凝视着博克拿多似笑非笑的眼睛,说道:"协理大人召见,一定有什么重大事情宣告吧?"

"你实在聪明,科尔丹梅伦。请你来,确实有一件重大事情,不过不是宣告,如果可能,我也许永远不会宣告它。来,请先过一下目。"博克拿多说着,把桌子上的一卷文书推了过去。科尔丹拿起文书后,博克拿多的腿摆动的节奏开始放慢,并用中指和食指在膝盖上交替地弹起来,微眯的双眼,仔细地观察着科尔丹的表情。令他万分惊讶的是,科尔丹直到看完,平静的脸上也没发生任何变化,甚至在那卷文书又被放回到桌面上后,科尔丹竟微微冷笑一下。

"看来,你一点儿也不感到吃惊?"

"正是。一点儿也不奇怪。"

"那么请问,阅后有何感触?"

"这是我意料之中的。"

"那你真是料事如神了!确实令人钦敬。"

"同时我敢肯定,这篇绝妙文章,正是出于协理大人的手笔。"

"这可真新鲜!"博克拿多拍手叫道,并把跷起的大腿放下来,向前探了探身体,"这可是都统府的文告啊!"

"协理大人不必做戏。至少是您提供的内容。我不会说错的。"

"你为什么非要这样猜测呢?"

"猜测?"科尔丹讥诮地撇了一下嘴,拂袖而起,在地上走了几步,面向博克拿多继续说下去,"这是猜测吗?哼!'出卖王爷,纵放逆首'!您也能确信,除了您自己,没有第二个人会为我编造这种恶意中伤的谣言!是的,谁也没有必要这样做。"

"看！你到底激动起来了。说明你还很不老练。"

"谁能如你老练,确切地说是老奸巨猾,——等一等,还有。说什么'再萌邪念,就地正法'！看你想得多周密,文章做得多妙！连我为自己辩护和进一步揭露你的劣行的机会,都被你剥夺了！"

博克拿多忍不住仰面狂笑起来,过了一会儿,他止住笑,突然说道:"你分析得很透彻。你说,一旦有机会,你还想揭发我的什么劣行吗?"

"毫无疑问会这样的！"

"不对,科尔丹,你那样做不仅毫无意义,而且不聪明。再说,你不该只对我发火,首先应该对自己发火才对。你想一想,过去,对令尊,对你,我的情谊不算薄啊！可你怎样？求兵就求兵好了,却把我牵到里面去,说了我很多坏话。只准你说,不准我说,这不是太不公平了吗？"

"协理大人,你这样说不感到害羞吗？谎言是没有资格和实话相提并论的。"

"我却不这样看。无论是谎言,也无论是实话,我只注意它产生的结果。如果你的实话对我不利,那么我未始不可以用谎言去抵消它的影响。哪怕需要撒个弥天大谎,我也在所不惜。你想想看,单单那一句'舍弃王爷,只身逃命',不就足以使我人头落地吗？当此之际,我不自己说话,有谁替我去开脱？"

"你这回倒真说了实话。同时我也发现,您的卑鄙和恶毒比我想象的要超过千百倍！"

"你骂得很痛快,但我还是不生气。请问,你现在准备怎么办呢？"

"首先请你把都统府的文告当众开读。"

"不会的,我还不想把事情做得那么绝。既然王府内对'出卖王爷'或'舍弃王爷',都不甚了了,就让我们互相严守秘密好了。况且,我还希望你在王府继续留任呢。"

"你是不敢当众开读文告的。因为王府内,并非是所有人对'出卖王爷'或'舍弃王爷'都不甚了了。"

"就算是如此吧,那我更不能当众开读。那么,留任王府一事呢？"

"很清楚,我必须回到母亲身边,从此当个白身人①。"

"对了,我想起你们母子是相依为命的。斯琴很有学问,非常爱你,是吗?你一定是想潜心学习,继续增长才干,伺机再来与我作对?"

"正是。假如你那时仍旧没有死的话。"

"那么说,你是决定结束这里的事情了?"

"旧的不结束,新的就不能开始。"

"好吧,我可以表示同意。请在三两天内办好交接。然后,我将举行盛大宴会为你饯行。"

"那是为了庆贺你的胜利!你应该高兴,因为正义已死亡;你应该狂欢,因为邪恶在横行!"科尔丹大声说完,留给博克拿多一个表示不共戴天的注视,转身大步走了出去。

"哼!"博克拿多霍然立起身,在心里恨恨不已地说道,"恨我不能处死你,更不能押解热河!留下你却又后患无穷……哼,等着瞧吧!小东西,我可以想办法把你弄成个市儿争投、群妪乱吐的疯子!"

三天后,科尔丹处理完王府内的未竟事务,在冷风中,跨上坐骑,踏着雪途,朝突泉的方向走去。他没有伴当,库玛被王爷留用了,马车被协理扣下了。四野空空荡荡,路上只有他一个行人,显得分外孤单和凄凉。但科尔丹的情绪却已由最低点开始回升,并随着扑面而来的道路在马蹄下不断隐去,情绪也越来越好。虽说从即日起他已成为一个白身人,不要说对属下发号施令,就连呼唤驭手的权力也没有了,但他毕竟在逐渐远离罪恶的渊薮,和亲爱的妈妈越来越近了。他高兴起来,猛加几鞭,霎时觉得飞起来一样,身体却与地面更近了,耳边似乎有狂风呼啸而过……

中午,他到了突泉西郊的家。

他没有注意满院树木和花丛的凋零,拴好马,高高兴兴地奔进屋内。

"妈妈!"科尔丹喊道,"儿子凯旋了!"

可是堂屋里没人,跑进东屋,也不见妈妈的影子。他这时才注意到,室内很零乱,桌子上的茶具和描金的古瓶也打碎了。科尔丹觉得眼前冒着金星,耳朵嗡嗡作响,脑袋里有一团乱糟糟的东西在滚动。他预感到不幸,……他冲出东屋,又向西屋扑去,推开门,他一眼看到躺在炕上呻

---

① 既无领地又无职的台吉。

461

吟着的哈森。

"哈森！妈妈呢？"

哈森在昏迷中猛然听到科尔丹的声音,她睁开眼睛,抓住科尔丹的冰冷的手,失声哭了起来。

"快告诉我,哈森！妈妈到哪儿去了？"

"她……昨天夜里被强盗……抓……抓走了！"

"强盗？哪儿的强盗？为什么抓妈妈？"

"不……"哈森痛苦地摇着头,"不知道呀。"

"为什么没抓你？"

"……不,不知道……"

科尔丹的精神错乱了,他狠狠地把伏在怀里的哈森推到炕上,暴跳地喊道:"你什么也不知道,什么也不知道！把妈妈给了强盗！你却在炕上睡大觉！你怎么不跟强盗去？"

哈森使了半天劲,从炕上终于跪了起来,她伤心地又有些自责地哭着说:"打我吧！打死我吧！我和他们拼,可是……没有力量啊！他们打我,……我昏了过去,醒来,他们走了,妈妈也没了。……可我为什么还活着？打我吧,惩罚我吧,科尔丹啊！……"

科尔丹望着可怜的哈森,逐渐冷静了下来,他坐到炕沿上,搂过哈森,流着泪说:"原谅我,哈森。……这不怪你,全怪我呀！"

"你在说什么哪,科尔丹。这怎么能怪你？"

"怪我,也怪妈妈。"

"科尔丹,你在说疯话！"

"不,我没有疯。我很清醒,而且全明白了。是怪我,更怪妈妈。妈妈呀,你本来应该是幸福的,欢乐的,可您,为什么,为什么偏偏生了我这么个儿子！为什么偏偏生我这么个只会给您带来祸患的儿子呀！"

哈森睁大眼睛吃惊地看着科尔丹,问道:"你是说不是强盗？"

"不是强盗！不过也是强盗！一定是博克拿多,这个阴损狠毒的恶棍！"

"是他?！"

"是的。哈森,你休息吧,好好养伤。从此,我们没有……没有慈爱的……妈妈了！"科尔丹说着,狠狠抓着自己的头发,跑出门去,冲到东屋,扑到斯琴的被褥上,呼唤着妈妈,放声痛哭起来……哈森忍着伤痛,蹭下炕来,也扑进东屋,看着痛不欲生的科尔丹,也捂着脸哭起来。

科尔丹从中午直哭到晚上,从日落西山直哭到满天星斗。哈森给他送水,他不喝;给他端饭,他不吃;哈森流着泪说了很多安慰的话,他也一句没有听见。他只顾在从未经历过的巨大悲痛的海洋里浮沉。他终于昏睡过去。哈森把他的身体翻转过来。他眼角的泪珠滴落一个,另一个又很快在凝聚,嘴唇轻轻掀动,发出凄楚的呼唤"妈妈"的微弱声音。他开始发烧。

哈森坐在灯下饮泣不止。她知道,科尔丹病了。听不到妈妈的消息,他不会好。可是谁能去打听妈妈的消息呢?库玛也不在——对了,科尔丹是一个人回来的!没穿官服,没坐车,还痛骂博克拿多!看来,几天前科尔丹同斯琴说的话,终于成为现实了。科尔丹被罢官了!并且,科尔丹被逐出王府和斯琴妈妈被抓进王府是同时进行的!

哈森思索了一会儿,决心到王府闯一闯,虽然不能救出斯琴,至少也可以打听到有关消息。这也许是毫无意义的,但为了科尔丹,她需要这样做一次,就是为此而死,也是值得的,因为她太爱、太可怜科尔丹了!

事不宜迟,必须连夜起程。哈森坐在椅子上,把桌面上的玻璃和陶瓷的碎片往里拢了拢,展纸写下留言:

科尔丹:

　　我到王府打听妈妈的消息,很快就会回来。

　　水和饭在你身边,伸手就能拿到。烟卷和火柴在枕头下。

　　天很凉,千万不要外出受了风寒。

哈森

哈森写完留言,对折后塞到科尔丹的衣袖里,以便他醒来就能发现。她又回到西屋,准备停当,走出屋去,回身掩好门,便骑马上路了。

夜色还未退尽,哈森就来到图什业图王府了。她和所有的痴心女人一样,有机会为丈夫出力的时候,是毫不顾惜自己的。即或明明知道丈夫不爱她,也还是实心实意地愿意为丈夫做出牺牲,甚至达到忘我的程度,并为此感到高兴和光荣。哈森就是如此,在这大半夜的奔驰中,她竟未曾有一霎感到创伤的痛楚,好像身体中的力量比往常增加了一倍。

哈森曾有一次陪斯琴妈妈来王府看望科尔丹,在辉煌的建筑群里住了三天,所有的石板路,所有的曲径游廊和月门花墙,她都走了个遍,对里面是很熟悉的。她原来设想,她可以越墙而过,到里边去寻找斯琴的踪迹。可是

463

现在,当王府就耸立在眼前时,她发觉自己是异想天开了。那么高的围墙,她是无法逾越的,再说,四面的角楼里都有旗丁观望,大墙里边的护卫也不会太少。这显然行不通。她失望地坐在地上哭了。就这样悄然而回吗?怎么对科尔丹讲呢?

太阳升起来了,照耀着这个可怜巴巴的泪人。哈森想不出更好的办法,再过一霎,创伤的疼痛就会被她所感知。她突然横下一条心,跳了起来,骑上马,朝王府大门跑去。

哨卡挡住了她的去路。她说她是科尔丹的妻子,到王府里有事。哨兵还不知道科尔丹被革职,便恭恭敬敬地把她送到王府大门前。大门处的卫兵又接连往里通报。她很快就被引到博克拿多的房间。

哈森一走进这间高大的房子,立刻感到一双讥笑的眼睛在戏谑地看着她。她站住了。

"啊,是哈森哪。我们好久没见了。请坐下。"

哈森坐了下去。

"科尔丹不是昨天就荣归家门了吗?你为什么不在家里享受你亲我爱、颠鸾倒凤的快活,跑到这里来干什么?"

"科尔丹……病了。"

"是吗?遗憾的是我可并非郎中啊。"

"协理大人,不要太残忍。不要做得太过分……看到您的眼睛,听到您的声音,我就知道科尔丹说对了,斯琴妈妈肯定在您这里!"

"这话从何说起呀?斯琴怎么会到这里来呢?"

"协理大人,不要欺人太甚吧!……我敢肯定,斯琴妈妈就在这里!协理大人,您为什么要折磨一个体弱的儿子和慈祥的妈妈呢?您做得已经……够了,我求求您,放了斯琴妈妈,叫我死一百次也行,只要您放了斯琴妈妈,怎么都行,要不,可怜的科尔丹……会疯的呀……"哈森说着,忍不住掩面而泣。

博克拿多问道:"你说科尔丹已经病了?"

"是……不吃不喝,总喊妈妈,……现在也许还昏迷不醒。"

"这么严重!"

"协理大人,我看出您也在可怜他?对吗?"

"的确可怜。"

"您是要发发慈悲的,是吗?"

"当然要发慈悲。"

"您是答应放了斯琴妈妈?"

博克拿多想了一会儿,眉头一展,站起来说道:"好吧,我领你去看看她。"

"大人!只是看看而不是放了吗?"

"别着急,先看看,然后再说。放心,我们是不会慢待她的。"

哈森跟在博克拿多的身后,走出房门,被带到色旺诺尔布桑保在世时建造的地下囚室。一进入阴暗的通道,哈森就倒吸了一口冷气,知道"不会慢待"的含意了。她似乎看到了受尽折磨的斯琴妈妈躺在草堆上,或者戴着手铐蜷缩在黑暗之中。紧张、担心、恐怖和愤怒袭击得她颤抖起来。

看得出,这个关押要犯的地下囚室,刚刚被重新起用。正面的可以开合的假壁还没来得及修理,铁轮出槽,脱落在外面,假壁一直敞开着,暴露出一排带倒钩的铁栅。博克拿多绕过一个条几,走到铁栅外边。哈森跟过去,发现布满灰尘的条几上放着一碗看不清颜色的水。

"是啊,灯光太弱。"博克拿多平静地说,"一切乱糟糟,需要修复和增加蜡烛。唔,哈森,过来吧,再过一会儿,就会看清了。"

哈森站在铁栅外,使劲儿朝里看去,眼睛渐渐适应了铁栅里暗淡的光线。她的视线在每个角落搜索,没有发现任何人形的东西,再看几个立柱上,也同样没有斯琴妈妈。她疑惑地刚想回头询问博克拿多,却就在她挑起眼皮的一瞬间,她看到半空悬着的一团!唔!正是斯琴妈妈,她的四肢被捆到一起,吊在房梁上,看不着她动,听不见她呻吟,只看到从嘴角流出一滴滴血。哈森悲惨地喊了一声"妈妈",便昏厥在地,不省人事了。

过了好一会儿,她好像听到了魔鬼的笑声,睁开眼,博克拿多正好把碗从她嘴边拿开。

"很好。半碗就足够了。"博克拿多笑着说,"剩下的半碗,马上就由你的斯琴妈妈享用!"

哈森舔了舔嘴唇,有一种异样的味道伴着一阵麻木袭上她的舌尖。她骇然地说:"这是毒……"

"对了!对了!对了!"博克拿多飞快地大声说,"这是毒药。半碗就是一条生命!不过,它不能立刻引你去见上帝,却可以有整整八个小时叫你尝尝世上最美妙的滋味！快起来，还来得及回去和科尔丹告别和转告他妈妈的近况。为了使你不在中途就滚落地上，我已叫人套上科尔丹的马车，就放在王府大门外。去吧！你自己驾着，快马加鞭，飞到你丈夫的身边吧！再迟一会儿，你送给丈夫的只会是一具变形的尸体了！"

哈森猛地跳起来，"啪"地打了博克拿多一个耳光，便顺着通道不要命地跑出去。是的，她必须在生命结束以前回到科尔丹身边。她要把看到的一切都告诉科尔丹，激起他的仇恨……

上面这些情节，讲起来至少需一个小时。但是，被毒药的力量弄得筋疲力尽、痛苦难捱的哈森，当时不可能作这样详细地述说。即便这些场面都曾在她眼前出现，那也仅仅是一瞬间的事。笔者在这里插叙这么一大段，也是移针匀绣的意思。

事实是，哈森只是断断续续地说了几句话，就时间而言，最多不超过半分钟。

最后，哈森又喘息了一阵，说道："好妹妹，……唔，我什么也看不着了，胸膛里真难受，……我多想见到他……啊！不。不能让他……再受折磨了，……有你就好了，……我真爱他……求你替我……噢，天哪！有多少把刀子在捅我呀！好妹妹，替我……照顾他……爱他……先别走，别离开我，我死后，把我……扔进水里，我身上全是火了，……科尔丹！救救我，科尔丹！啊……可怜的，可怜的，可怜的……科……尔……丹！……"

67

科尔丹的身上也在着火……

哈森离去后,科尔丹一直在高烧中昏迷着。他的喉咙烧干了,嘴唇烧烂了,眼睛烧红了。也许有那么一刹那,他清醒过来,想到找水喝,但抖动的手终于没能握住碗边,反倒把碗里的水全弄洒了。接着,他的眼睛又什么也看不着,或者只能看见虚幻的非现实的东西,一会儿和博克拿多争论,一会儿又和妈妈拥抱,一会儿跃进冰窖,一会儿陷入火海。他醒过来以后,自己也弄不清哪些是梦中的场面,哪些又是现实的存在。比如,他曾讲,他梦见哈森给了他一封信,满纸写着"你,我,妈妈"几个字。他想这可能是高烧中梦幻的情景。但不久,他从衣袖里真的找到哈森的留言时,便确信那不是梦了,只是由于他当时被烧得神情恍惚,没有看清纸上的字,或者看清了而没有记住。

不过,科尔丹确实曾做了一个奇怪的梦,这个梦竟和现实紧紧连接,甚至成了现实的组成部分,不断获得延续。他梦见自己死了,却明明白白地躺在草地上,四外全是火,以为自己正在被活着的人进行火葬。既然已经死了,他也不做挣扎。这时,有一个仙女从天外飘然飞落下来,大火成为她身后的彩霞。这个仙女酷似他很久就在心里想念的姑娘。她左手擎着一只闪光的金杯,右手拿着一枚灵芝。只见她拿着灵芝在金杯里蘸了一下,放在科尔丹的嘴上。他觉得有一粒珍珠般的水滴,从嘴角滚进喉咙,又从喉咙游进胸膛。多甜的甘露!真是沁人心脾呀,科尔丹在心里叫起来,发觉自己开始复活并有了知觉,感觉到大火灼烧的痛楚了。接着,他的嘴角又滚进第二滴,第三滴……科尔丹从未如此惬意过,他希望那甘露不停地从嘴角滚进,希望能大口大口地痛饮。好像他的意念传递给了仙女,那金杯变成了透明的夜光杯,里面的甘露不断增加,变成了琼浆玉液。他夺过杯子,向喉咙里倾倒,倾倒……杯里的水喝光又满,永不枯竭,他不停地倾倒,那样子就像如果有一个大海,他也能全部喝进去……他不再闷热了,血管里不再滚动着火焰了,甘露已在他的血管里变成了新鲜的凉爽的血液。他真感谢这位天外飞来的大慈大悲、救苦救难的女菩萨,但他睁开眼想说两句感谢话时,女菩萨却已消失得无影无踪,只听到一个遥远的温柔的声音说道:"你想一口喝光大地上的水呀?"他循声寻找着说话的菩萨,发现她正坐在身边,露出惊喜的微笑,温情脉脉地注视着自己。他刚想说话,突然,菩萨头顶的闪射的灵光消失了,她身上的五彩斑斓、珠光耀眼的衣服也不见了,她变成了一个满脸污垢、头发蓬松的从未谋面的村野少妇。

科尔丹伸手抹了一把淌到脖颈的"琼浆玉液",惊讶而茫然地看着那个女人的面孔,紧紧地蹙动一下眉头,问道:"你……是谁?"

"我是乌日娜金。认不出来了?"

"这是在哪儿?我好像一直在梦中?"

"你烧了三天,才醒过来。你烧得很厉害。足足喝了两碗水,真吓人。"

"唔,想起来了……"科尔丹环顾着四周,凄然而虚弱地说,"这是我的家……一个不幸的家……我被赶回这个家了……你是谁?"

"我说过了,我是乌日娜金。"

"什么!"科尔丹这时感到真正的惊讶了,他若有所思地研究着眼前的嘴角浮动着微笑的面孔,然后不相信地摇摇头,用一种扫兴的语调说下去,"你不是乌日娜金……"

"你好好看看,难道真认不出来了?"

科尔丹看着对方挑战的目光,又摇了摇头,冷冷地说:"不,你不是。乌日娜金不是这样。"

其实,如果乌日娜金此刻能看到自己的面孔,她也准会吓一跳的。她忘了,在长途的跋涉中,她无心打扮自己,诱人的少女美早就隐藏起来了,而且,在这三天几乎连眼也不敢眨一眨的忙碌中,她进入了忘我的状态,连脸也未曾洗一把。听到科尔丹的话,她才复活了少女的娇羞。她下意识地摸了摸脸,摸了摸头发,心里懊悔地大叫起来:"天哪!我的样子一定又脏又丑。真该死!"她害羞地先是用力捂住蓬松的头发,又捂住脸,一下跳到地上,飞奔到哈森原来居住的房间去了。她在梳妆台的残存的半块镜子里,看到一个肮脏、丑陋的脸和像乱草堆一样的头发,脸上又一次飞起火辣辣的红

晕。她又骂了自己一声"该死",便赶忙弄水洗了脸,洗了脖子和头发。因为急于过去照料科尔丹,她没有打发辫,只是把头发全部拢到脑后,用一条红绫带紧紧扎住。这一切以很快的速度用心弄完后,她又照了一下镜子,看到了一张洁白俊俏的脸和又黑又大流动着秋波的眼睛。她咬着嘴唇笑了笑,奇怪自己为什么竟为"他"进行打扮,同时,少女的温柔、羞赧和矜持又都回到她的身上。最后,她理了理衣服上的皱褶,轻咬嘴唇,迈动少女的飘飘欲飞的步子,轻盈婉约地向科尔丹的房间走去……

此刻的科尔丹,正有一种难以名状的又排解不了的痛苦在胸中郁结,刚才还浮现在脸上的惊讶、兴奋、怀疑的影子消失了。他意识到自己从迷乱的昏睡中醒来,并残酷地嘲笑起自己的多情来。是啊,她怎么会到这里来呢?刚才的场面,只是迷梦中的幻觉罢了,只是以另一种形象出现的菩萨而已,虽然她们或者酷似乌日娜金的容貌,或者酷似乌日娜金的声音。他心里想,难怪人们说"梦是心头想",我为什么总是忘不了她呢?

就在这时,洗得干干净净的乌日娜金走了过来,并切切实实站在他的身旁了。

乌日娜金轻柔地说:"科尔丹,我现在该像乌日娜金了吧?"

科尔丹多想立刻跳起来!但他没有这个力量了。他相信,这绝不是梦。他惊喜又有点儿忘情地握住乌日娜金的手,声音颤抖地说:"真是你!乌日娜金,这不是梦!"

乌日娜金满脸羞红地坐在炕边,轻轻抽回手,低下头去。

世界上的声音好像一下子戛然而止。他们沉默着,都陷入了沉思。

过了一会儿,科尔丹担心地试探着问:"乌日娜金,你……还走吗?"

"别说话,你三天多没吃了。我给你弄饭去。"

"不!"科尔丹不知从哪儿来的那么大力量,一把拽住乌日娜金的胳膊,"别离开我,我害怕一转眼你又消失了。我一辈子不吃都行,……如果这仍旧是梦,就叫它永远停止在这个场面上吧……"

看到科尔丹眼里飞溅出的泪花,乌日娜金也忍不住嘤嘤抽泣起来。她不无担忧地发现,她现在已不再像以前那样恨科尔丹了。在这几天目不交睫地忙碌中,她从科尔丹断断续续的谵语里听出,这个面目清瘦的少爷,也一直在巨大的痛苦中挣扎,他舍弃了家业,舍弃了爸爸,和博克拿多斗,和索拉吉辽夫斗,最终竟妻死母亡,一无所有地被逐出王府,在病中无一个亲朋

469

守在身旁。他的身世如此可怜,他的命运如此悲惨。这在乌日娜金的女性的善良的心里,不能不渐渐产生怜悯之情。她甚至感到,在怜悯之中,又有一种使她害怕又无法挣脱的感情在潜滋暗长。她虽然一时还弄不清,这在心房里涌动的温柔浪花是什么感情,和她曾对格力图尔产生的冲动有何差异,但她毕竟不忍心用力挣脱出自己被紧握的胳膊,而是低垂眼帘轻声嗔道:"别乱动!从现在开始,直到你恢复健康。必须听我的。我去弄牛奶,喝完睡一觉,一天内不准你说话。"然后,她把科尔丹的手从自己的胳膊上轻轻挪下去,红着脸站起身来。

这以后,乌日娜金便以保护人的身份,开始了新的更加精心的忙碌。

几天后,科尔丹的元气完全恢复了。除了吃饭睡觉,他们总是不停地交谈,互相讲述种种离奇的经历,为斯琴妈妈和哈森的不幸哀伤流泪。要不,就由乌日娜金读一段《秘史》,然后争论一番。

有一次,他们谈起王府和博克拿多。科尔丹突然惊恐地说:"不!乌日娜金,你必须离开这里!博克拿多一定会派人来的……"

乌日娜金微笑中伴着快活地说:"你才担心吗?我到这里的第二天,王府就来人了。"

"他们没认出你?"

"你都把我看成一个'村野少妇',别人怎么能认出我。他们倒是更关心你。我想,博克拿多现在准会放心了。"

科尔丹这时才知道,他的生命是在怎样的险境之中被乌日娜金挽救回来的。

又过了一个星期,科尔丹可以下地走动了。从此,他们好像调换了个位置,乌日娜金不自觉地从保护人的地位降到听从摆布的地位。但科尔丹连一分钟也没想要摆布乌日娜金,他什么都先问一问:"这样行吗?"而乌日娜金又非反问一次:"你看呢?"或者说,"你认为这样行,就这样办好了。"乌日娜金自己也奇怪,过去和格力图尔在一起的时候,她总是处于下命令或指教的地位。而现在,为什么在科尔丹面前却成了温顺的羔羊?科尔丹的沉思的眼睛常常像箭簇贯穿了她的心脏,令她战栗,科尔丹的微笑,又总如春风一样,吹得她的心海暖洋洋地漾起微波。她开始感到害怕了。

她命令自己,更多地去想想格力图尔,以便把科尔丹的形象从心里排挤出去……

精神的振奋,可以使病痛退却;而身体的复苏,又往往会使熄灭的思想火焰重新燃烧起来。随着身体的康复,以往种种经历和意识又都获得了生命,重新在脑海里奔涌起来。这样,他除了快乐以外,又有了叹息。有时,他独自走到院里,踏着积雪,焦躁地走来走去,或者把那闪着深沉锐利光芒的眼睛,投向蓝色的晴空,好像在寻找着天外的新世界。

　　有一天,科尔丹突然闯进乌日娜金住的西屋,使正托腮默想中的乌日娜金一阵慌乱,不知说什么才好。

　　"你看我……"科尔丹不安地抱歉道,"请原谅我的鲁莽。可你知道,我心里有多少话想找个人说一说呀?"科尔丹说着,显得精神亢奋地走来走去,"是啊,我这几天想起了以往的事情,想起了王府、博克拿多,甚至王爷和我的……爸爸。也想到我们这个民族和我们这个国家。乌日娜金,你想过吗?我们这个民族,这个国家,为什么总是振作不起来,你读过《秘史》,读过很多书,知道我们民族,我们国家,有过无数次黄金时代,也曾是世界的前驱。可现在,现在……她还没有老态龙钟,却像一个病入膏肓的人,奄奄待毙了!我曾在高贵者和卑贱者组成的海洋里漂浮,寻找着希望,想努力做点儿什么。可是,我的努力白费了,毫无意义,甚至连我自己也失去了存身之地。……也许我早就应该拿起枪来和博克拿多斗,早就应该站到你们的队伍里。可我,却成了博克拿多的帮凶,成了屠杀你们的刽子手。我遭到人们的唾骂是罪有应得的。真的,乌日娜金,我糊涂了。真正拯救我们民族、我们国家的道路究竟在哪里?我糊涂了,……需要明哲的指引,可是点化我的神明藏在何处呀?——你怎么了?你在打冷战?冷吗?"

　　"不,说下去吧。我在用心听着。"

　　"是的,我曾想出去见见世面。无论是在京师,在草原,我所见到的毕竟是个小天地。我想到国外去,到日本去。然后——"说到这里,科尔丹眼睛里的光彩又暗淡下去,他垂下头,叹了口气,"可是,这有什么用?'钻进阴暗的山谷,性命像粪球一样的我,谁能容留[①]?'过去的努力也好,未来的希望也好,都是一些虚幻的东西。除非这世界再混沌一次,盘古重开个新天地!——算了!不说了,有什么用?"他说完,使劲儿挥了一下胳膊,垂头丧

[①] 这是《蒙古秘史》中的一句话。

471

气地走出西屋。

科尔丹离去了,像他闯进来一样的突然。但这一番发泄的话,却搅得乌日娜金的心翻江倒海般涌动起来。她发现,在科尔丹那孱弱的躯壳里面,原来盛着一颗火焰般的心。然而,这颗心好像已经支离破碎了,没有斯琴和哈森,谁去温暖和缝合这颗苦难的心呢?

"唔,天哪!"乌日娜金捂着脸,在心里叫道,"我是应哈森的请求,看在斯琴妈妈的面上,才冒死来救他的。难道要我永远生活在他的身边吗?他是谁?是科尔丹,他是——是反抗王爷统治的牧人们的敌人啊!——万能的神啊,快来救救我吧!"

这一宿,乌日娜金久久未能合上眼。早晨起来,她发现枕头上全是泪水。

当他们在堂屋里见面时,都发现对方的脸比昨天清瘦了,都默默地低着头,找不出可以打破沉默的话。科尔丹在迷惘外,显得焦躁和彷徨,乌日娜金在迷惘外,显得慌乱和忧虑。

过了好久,科尔丹才抬起头,深表惭愧地说道:"乌日娜金,你好像不高兴。都怪我,昨天我和你胡说了一些什么啊!"

乌日娜金抬起亮亮的眼睛,看着科尔丹,说道:"不,你昨天说得很好。使我思考了许多,……我想,如果我们作为一个永恒的存在,又是站在别个星球上,那么地球的历史便只具备时间性质了。但事实正好不是这样。我们都生活在人类之间,我们自己就是历史的组成部分,我们所有人的活动加到一起,就构成了历史。所以,在每个人的眼睛里,人类历史便突出地显示出它的形象性。而且,我们每个单个人,只站在一个微小的空间,只活动在一个短暂的时间,又是站在和活动在不同的角度,只看到人类历史的某一个细部,因而,我们不可避免地常常成为摸象的盲人。历史则变成一个庞然怪物,竟去捉弄和奚落它的主人,使人们总是不断地犯错误。但是,不管我们犯了多少错误,还有多少错误在等着我们,我们还得走下去,一直走到生命的尽头。这很可怕,却回避不了,必须一直走下去……我还想,每个人都应该有他追求的东西,并且不能在应该果断的时候,瞻前顾后,踌躇不前……"

"你说得太对了!"科尔丹赞叹道,"我常常缺少的,正是勇敢和果断。"今天,经过了一宿的思想搏斗的科尔丹,原是想和原来杂乱无章的思绪决

裂的,可是,乌日娜金的一句话,却使他纷杂的思绪很快升华出一个执着的信念了。是啊,他的确缺少勇敢和果断,过去他有几次机会可以置博克拿多于死地,但他犹豫了,结果留下了无穷的悔恨。他没想到,乌日娜金一下子把他点化得开了窍。他有点儿忘情地看着乌日娜金,脱口说道:"你真好,乌日娜金。难怪家母几次说:'看着吧,将来乌日娜金会比你都有学问'!"

乌日娜金脸一红,慌乱地扫了科尔丹一眼,轻声说:"你在取笑我……"

"不。"科尔丹站起来说,"你这一番话说得太精彩了。它把我的死灰般的心又点燃了。这几天,我只是不断地想'柳斗淘不尽斡难河水,赤手捉不住空中的彩虹'①……你到底叫我明白了,我缺少的是勇敢和果断。乌日娜金——"科尔丹的眼睛里,燃起了烈火,他一把抓住乌日娜金的手,"乌日娜金,爱我吧,有你作为我生命里最光辉的一部分,我会干一番大事业的。"

"你疯了!"乌日娜金大声喊道,她感到已没有力量把自己的手挣脱出来了。

科尔丹紧紧搂过乌日娜金,热烈地说道:"乌日娜金,你也不会知道,你的到来给了我多么巨大的快乐。我一直是爱着你的呀!我过去以为,你永远不会属于我。即或在那种不怀任何希望的时候,你的形象也总是浮现在眼前,或者进入梦中。你在我心里永远是一团火!真的,乌日娜金,你拯救了我,再没有你,我会成为一具僵尸呀!答应我吧!"

"不。"乌日娜金无力地挣扎着,和自己作着搏斗,"不,不能……"心里却在说:"我相信你的话……"

"为什么?为什么不能?乌日娜金,为什么不能?不要离开我,千万别离开我!自从又见到了你,享受这短短几天的快乐以后,我是多么害怕……多么害怕再成为孤零零的一个人呀!"

乌日娜金感觉到科尔丹的剧烈抽泣,大颗的泪珠不断地击打到她的脸上,也击打到她的破碎的心上,她觉得,她也正渴望有一个人这样来抚慰她,使她能享受到安谧的幸福。她的心里也在喊着:"我也害怕……孤独啊!"她忍不住也哭泣起来,竟忘情地把脸藏在科尔丹的怀里了。

---

① 语出蒙古族叙事诗《孤儿传》。

科尔丹继续梦呓般地狂热地说着:"乌日娜金,把过去的一切痛苦忘掉吧!我们应该有相爱和快乐的权力,不要再用乌云遮住我们生活中刚刚升起的太阳吧!"

科尔丹用颤抖的手轻轻托起乌日娜金的泪脸,俯下头,准备用热烈的吻去止住乌日娜金的哭泣。也许,再有一刹那,乌日娜金真会把嘴唇递过去,在科尔丹的狂吻中,忘掉过去的一切苦难。但是突然,她使劲儿从科尔丹的臂肘间挣脱开了,惊骇地连连后退,并大声说道:"他!他在看我!"

"谁?乌日娜金,谁在看?"

"他。"乌日娜金颤抖着喃喃地说,"格力图尔……天哪!我要成了罪人了!"说完,像做了见不得人的错事,捂着脸跑到西屋,扑到炕上哭起来……

第二天早上,乌日娜金梳洗完毕,简单收拾了一下行装。她准备离开这座房子,永远忘掉这座房子。她思忖了一下,捧着通宝和几件首饰轻轻走到堂屋,她打算把这些东西留给科尔丹,也算最后回报了斯琴和哈森的恩惠。但当她刚刚把手中的东西放到桌子上时,一眼看到茶碗下面压着一封信。她连忙打开。只见上面写道:

乌日娜金:

  如果你知道我怎样深切地爱着你,你就会原谅我的鲁莽和失态了。但我还是感到不安,因为我的行为伤害了你。

  我走了,也许走得很久,很远。我将勇敢而果断地去追求我的希望。我不会忘记草原,不会忘记草原上有一颗时时召唤我归来的心。如果有一天我真正成为草原上的乌兰巴特尔①,如果那时我能赢得你的爱,那么就请记住今天的日子。以后无论我在哪里,每年的今天,我都要回到这个房子里待一天,希望有一天,我会在这里见到你,而且……而且你不再叫我成为孤独的人……

  不管你怎么不高兴,我还要再说一遍:我不能没有你!

科尔丹　匆就
即日午夜

科尔丹走了。好像他是今天早晨才从昏迷中醒来,而晚上就被漆黑的

---

① 一个"左手扑灭东方的妖怪,右手扑灭西方的魔鬼"的英雄。

夜色吞噬了。空荡荡的屋子里，只剩下饮泣不止的乌日娜金。她耳听外面的雪骤风狂，泪眼模糊地一遍又一遍读着科尔丹留下的信。直到夜幕又降落下来，她还在抽泣着。她坐在那里等待着——等待着明天也许更加艰辛的黎明……